I0768539

LOS MEJORES RELATOS DE ANTÓN CHÉJOV

TOMO I

LOS MEJORES RELATOS DE ANTÓN CHÉJOV TOMO I

©Astria Ediciones
Supervisión Editorial: Óscar Flores López
Diseño de portada: Andrea Rodríguez—Lilyana Gálvez
Ilustración de portada: J.R. Sosa
Administración: Tesla Rodas y Jessica Cordero
Levantamiento de texto: Zona Creativa
Director Ejecutivo: José Azcona Bocock

Primera edición
Tegucigalpa, Honduras—Agosto de 2024

EN LA ADMINISTRACIÓN DE CORREOS

La joven esposa del viejo administrador de Correos Hattopiertzof acababa de ser inhumada. Después del entierro fuimos, según la antigua costumbre, a celebrar el banquete funerario. Al servirse los buñuelos, el anciano viudo rompió a llorar, y dijo:

—Estos buñuelos son tan hermosos y rollizos como ella.

Todos los comensales estuvieron de acuerdo con esta observación. En realidad era una mujer que valía la pena.

—Sí; cuantos la veían quedaban admirados —accedió el administrador—. Pero yo, amigos míos, no la quería por su hermosura ni tampoco por su bondad; ambas cualidades corresponden a la naturaleza femenina, y son harto frecuentes en este mundo. Yo la quería por otro rasgo de su carácter: la quería (¡Dios la tenga en su gloria!) porque ella, con su carácter vivo y retozón, me guardaba fidelidad. Sí, señores; érame fiel, a pesar de que ella tenía veinte años y yo sesenta. Sí, señores; érame fiel, a mí, el viejo.

El diácono, que figuraba entre los convidados, hizo un gesto de incredulidad.

—¿No lo cree usted? —preguntóle el jefe de Correos.

—No es que no lo crea; pero las esposas jóvenes son ahora demasiado…, ¿*entendez vous*…?[1] *sauce provenzale*…[2]

—¿De modo que usted se muestra incrédulo? Ea, le voy a probar la certeza de mi aserto. Ella mantenía su fidelidad por medio de ciertas artes estratégicas o de fortificación, si se puede expresar así, que yo ponía en práctica. Gracias a mi sagacidad y a mi astucia, mi mujer no me podía ser infiel en manera alguna. Yo desplegaba mi astucia para vigilar la castidad de mi lecho matrimonial. Conozco unas frases que son como una hechicería. Con que las pronuncie, basta. Yo podía dormir tranquilo en lo que tocaba a la fidelidad de mi esposa.

—¿Cuáles son esas palabras mágicas?

—Muy sencillas. Yo divulgaba por el pueblo ciertos rumores. Ustedes mismos los conocen muy bien. Yo decía a todo el mundo: "Mi mujer, Alona, sostiene relaciones con el jefe de Policía Zran Alexientch Zalijuatski". Con esto bastaba. Nadie se atrevía a cortejar a Alona, por miedo al jefe de Policía. Los pretendientes apenas la veían echaban a correr, por temor de que Zalijuatski no fuera a imaginarse algo. ¡Ja! ¡Ja!… Cualquiera iba a enredarse con ese diablo. El polizonte era capaz

---

[1] ¿Escuchas?

[2] Salsa provenzal.

de anonadarlo, a fuerza de denuncias. Por ejemplo, vería a tu gato vagabundeando y te denunciaría por dejar tus animales errantes...; por ejemplo...

—¡Cómo! ¿Tu mujer no estaba en relaciones con el jefe de Policía? —exclaman todos con asombro.

—Era una astucia mía. ¡Ja! ¡Ja!... ¡Con qué habilidad os llamé a engaño!

Transcurrieron algunos momentos sin que nadie turbara el silencio.

Nos callábamos por sentirnos ofendidos al advertir que este viejo gordo y de nariz encarnada se había mofado de nosotros.

—Espera un poco. Cásate por segunda vez. Yo te aseguro que no nos volverás a coger —murmuró alguien.

APELLIDO DE CABALLO

El general retirado Buldeiev tenía dolor de muelas. Probó enjuagarse la boca con vodka y con coñac; aplicó a la muela enferma ceniza de tabaco, opio, trementina y queroseno; untó la mejilla con yodo; en los oídos tenía algodón impregnado de alcohol; pero todo ello no surtía efecto y hasta le provocaba náuseas. Recibió la visita de un médico. Éste hurgó en la muela y recetó quinina, lo que tampoco trajo alivio. A la proposición de arrancar la dolorida muela el general respondió con una negativa. Los de la casa —la esposa, los niños, las criadas y hasta el pinche de cocina Petka— proponían cada uno su remedio. El mayordomo Iván Evseich vino también y aconsejó intentar la cura con el conjuro.

—Aquí, en nuestro distrito, excelencia —dijo—, hace unos diez años vivía un empleado de Hacienda, Iakov Vasilich. Conjuraba el dolor de muelas en un santiamén. Se vuelve hacia la ventana, susurra algo, escupe ¡y ya está! Tiene un poder especial…

—¿Y dónde está ahora este hombre?

—Pues, después de ser despedido de Hacienda, se alojó en casa de su suegra, en Saratov. Ahora no se ocupa más que de muelas. Cualquiera que empiece a sentir un dolor de muelas va a verlo, porque, en efecto, ayuda… A los enfermos de Saratov los atiende personalmente en su casa, pero si alguien es de otra ciudad, entonces lo hace por telégrafo. Mándele, excelencia, un telegrama, explicándole que la cosa es así y así…, que al esclavo de Dios Alexy le duelen las muelas y que le pide una atención. Y mándele dinero por correo, por el tratamiento.

—¡Tonterías! ¡Es un charlatán!

—Haga usted una tentativa, excelencia. Cierto, es un gran aficionado al vodka y vive con una alemana en lugar de con su mujer; además es muy blasfemo, pero no se puede negar tampoco que es un señor milagroso. ¡Mándale el telegrama, Aliosha! —imploró la generala—. Tú no crees en los conjuros, pero yo los experimenté sobre mí misma. Y aunque no creas en estas cosas ¿por qué no intentarlo? No se te van a atrofiar las manos por eso.

—Está bien —consintió Buldeiev—. Tal como estoy, soy capaz de mandarle un telegrama no sólo a un empleado de Hacienda sino al mismo demonio… ¡Oh, no aguanto más! Bueno, ¿dónde vive ese hombre? ¿Cómo hay que escribirle?

El general se sentó a la mesa y tomó la pluma.

—En Saratov lo conocen hasta los perros —dijo el mayordomo—. Sírvase escribir, excelencia, a la ciudad de Saratov… A su señoría Iakov

Vasilich… Vasilich…

—¿Y bien?

—Vasilich… Iakov Vasilich… y el apellido es… ¡Me olvidé el apellido! ¡Vasilich!… ¡Diablos! ¿Cómo es su apellido? Cuando venía para acá, recordaba… Espere…

Iván Evseich levantó los ojos hacia el cielo raso y se puso a mover los labios. Buldeiev y la generala esperaban con impaciencia.

—¿Entonces? ¡Piénsalo pronto!

—Un momento… Vasilich… Iakov Vasilich… ¡Me olvidé! Es un apellido simple… como de caballo… ¿Caballero? No, Caballero no es… Espere… ¿Será Alazano? Tampoco. Recuerdo que es algo de caballo, pero cómo es, se me fue de la cabeza…

—¿Tordillo?

—No, no. Espere… Jaco… Jamelgo… Sabueso…

—Este es un apellido de perro y no de caballo. ¿No será Crin?

—No, Crin no es. Caballo… Cavallo… Cavalo… Nada de eso…

—¿Y cómo entonces le voy a escribir? ¡Piénsalo bien!

—Ahora… Casco… Potro… Bayo…

—¿Leoncavallo? —preguntó la generala.

—No, señora. Carreras… Tampoco. ¡Me olvidé!

—¿Para qué diablos te metes entonces con tus consejos, si no te acuerdas de nada? —se enojó el general—. ¡Vete de aquí!

Iván Evseich salió lentamente, mientras el general se agarraba la mejilla y se ponía a andar por las habitaciones.

—¡Ay, señor! —gemía—. ¡Ay, madre mía! ¡Esto es peor que el infierno!

El mayordomo salió al jardín, levantó los ojos hacia el cielo y trató de recordar el apellido del oficinista:

—Corcel… Cuadrúpedo… Rocín… No, no es. Yugo… Cincha… Rienda…

Poco tiempo después lo llamaron.

—¿Recordaste? —le preguntó el general.

—Todavía no, excelencia.

—¿Quizás, Tropero? ¿Anca? ¿No?

Y todos en la casa, a cual más y mejor, se dedicaron a inventar apellidos. Recordaron todas las edades, géneros y razas de los caballos; examinaron la crin, las pezuñas y los arneses… En la casa, en el jardín, en las dependencias de servicio y en la cocina la gente andaba de un rincón a otro y, rascándose la frente, buscaban el apellido…

A cada momento, llamaban al mayordomo desde la casa.

—¿Tropilla? —le iban preguntando—. ¿Galope? ¿Pezuña?

—No, no es —respondía Iván Evseich y, levantando los ojos, continuaba pensando en voz alta—: Overo… Pío… Zaino…

—¡Papá! —llegaban los gritos desde el cuarto de los niños—. ¡Troikin!

¡Cuadriga!

Toda la heredad se vio alborotada. El agotado e impaciente general prometió compensar con cinco rublos a quien diese con el necesario apellido, y una multitud asediaba al mayordomo.

—¡Trotín! —le decían—. ¡Montura!

Llegó la noche, pero el apellido no fue encontrado todavía y la gente de la casa se fue a dormir sin haber enviado el telegrama. El general no pegó los ojos en toda la noche; andaba de un rincón a otro, gimiendo… A las tres de la madrugada, salió de la casa y golpeó en la ventana del mayordomo.

—¿No será Pegaso? —preguntó con voz llorosa.

—No, excelencia, Pegaso no es —contestó Iván Evseich con un suspiro culpable. ¡Puede ser que no sea un apellido de caballo sino de alguna otra cosa!

—Mi palabra, excelencia, que es de caballo… Esto lo recuerdo muy bien.

—¡Qué desmemoriado que eres, amigo! Para mí este apellido es ahora lo más importante del mundo. ¡El dolor me tiene loco!

Por la mañana el general mandó llamar al médico.

—¡Que me la saquen! —decidió—. No aguanto más…

Llegó el doctor y le extrajo la muela enferma. El dolor disminuyó rápidamente y el general se sintió más tranquilo. Cumplida su tarea y cobrados los honorarios, el médico subió a la carretela y partió para su casa. En el campo se encontró con el mayordomo… Éste estaba de pie, a la vera del camino y, concentrado en sus pensamientos, miraba distraídamente sus zapatos. A juzgar por las arrugas que surcaban su frente y por la expresión de sus ojos, aquellos pensamientos eran tensos, mortificantes.

—Remo… Silla… —farfullaba—. Arnés… Recado…

—¡Iván Evseich! —lo llamó el médico—. ¿No puedes venderme, querido, unas cinco cuartillas de avena? Nuestros mujiks suelen venderme avena, pero es muy mala…

El mayordomo miró tontamente al doctor, esbozó una media sonrisa salvaje y, sin responder una sola palabra, alzó los brazos y a continuación echó a correr hacia la casa con tal rapidez como si lo persiguiera el diablo.

—¡Ya lo tengo, excelencia! —gritó con la voz alterada por la alegría, al entrar volando en el despacho del general—. ¡Ya lo tengo, que Dios dé mucha salud al doctor! ¡Avena! ¡Avena es el apellido del empleado! ¡Avena, excelencia!… ¡Mande el telegrama al señor Avena!

—¡Toma! —dijo el general con desprecio e hizo dos gestos obscenos ante la cara del mayordomo—. No necesito ahora tu apellido de caballo. ¡Toma!

EL ÁLBUM

El consejero administrativo Craterov, delgado y seco como la flecha del Almirantazgo, avanzó algunos pasos y, dirigiéndose a Serlavis, le dijo:

—Excelencia: Constantemente alentados y conmovidos hasta el fondo del corazón por vuestra gran autoridad y paternal solicitud...

—Durante más de diez años —le sopló Zacoucine.

—Durante más de diez años... ¡Jum!... En este día memorable, nosotros, sus subordinados, ofrecemos a su excelencia, como prueba de respeto y de profunda gratitud, este álbum con nuestros retratos, haciendo votos porque su noble vida se prolongue muchos años y que por largo tiempo aún, hasta la hora de la muerte, nos honre con...

—Sus paternales enseñanzas en el camino de la verdad y del progreso —añadió Zacoucine, enjugándose las gotas de sudor que de pronto le habían invadido la frente. Se veía que ardía en deseos de tomar la palabra para colocar el discurso que seguramente traía preparado.

—Y que —concluyó— su estandarte siga flotando mucho tiempo aún en la carrera del genio, del trabajo y de la conciencia social.

Por la mejilla izquierda de Serlavis, llena de arrugas, se deslizó una lágrima.

—Señores —dijo con voz temblorosa—, no esperaba yo esto, no podía imaginar que celebraran mi modesto jubileo. Estoy emocionado, profundamente emocionado, y conservaré el recuerdo de estos instantes hasta la muerte. Créanme, amigos míos, les aseguro que nadie les desea como yo tantas felicidades... Si alguna vez ha habido pequeñas dificultades... ha sido siempre en bien de todos ustedes...

Serlavis, actual consejero de Estado, dio un abrazo a Craterov, consejero de estado administrativo, que no esperaba semejante honor y que palideció de satisfacción. Luego, con el rostro bañado en lágrimas como si le hubiesen arrebatado el precioso álbum en vez de ofrecérselo, hizo un gesto con la mano para indicar que la emoción le impedía hablar. Después, calmándose un poco, añadió unas cuantas palabras muy afectuosas, estrechó a todos la mano y, en medio del entusiasmo y de sonoras aclamaciones, se instaló en su coche abrumado de bendiciones. Durante el trayecto sintió su pecho invadido de un júbilo desconocido hasta entonces y de nuevo se le sáltaron las lágrimas.

En su casa lo esperaban nuevas satisfacciones. Su familia, sus amigos y conocidos le hicieron tal ovación que hubo un momento en que creyó sinceramente haber efectuado grandes servicios a la patria y que hubiera sido una gran desgracia para ella que él no hubiese existido.

Durante la comida del jubileo no cesaron los brindis, los discursos, los abrazos y las lágrimas. En fin, que Serlavis no esperaba que sus méritos fuesen premiados tan calurosamente.

—Señores —dijo en el momento de los postres—, hace dos horas he sido indemnizado por todos los sufrimientos que esperan al hombre que se ha puesto al servicio, no ya de la forma ni de la letra, si se me permite expresarlo así, sino del deber. Durante toda mi carrera he sido siempre fiel al principio de que "no es el público el que se ha hecho para nosotros, sino nosotros los que estamos hechos para él". Y hoy he recibido la más alta recompensa. Mis subordinados me han ofrecido este álbum que me ha llenado de emoción.

Todos los rostros se inclinaron sobre el álbum para verlo.

—¡Qué bonito es! —dijo Olga, la hija de Serlavis—. Estoy segura de que no cuesta menos de cincuenta rublos. ¡Oh, es magnífico! ¿Me lo das, papá? Tendré mucho cuidado con él… ¡Es tan bonito!

Después de la comida, Olga se llevó el álbum a su habitación y lo guardó en su secreter. Al día siguiente arrancó los retratos de los funcionarios, los tiró al suelo y colocó en su lugar los de sus compañeras de colegio. Los uniformes cedieron el sitio a las esclavinas blancas. Colás, el hijo pequeño de su excelencia, recortó los retratos de los funcionarios y pintó sus trajes de rojo. Colocó bigotes en los labios afeitados y barbas oscuras en los mentones imberbes. Cuando no tuvo nada más para colorear, recortó siluetas y les atravesó los ojos con una aguja, para jugar con ellas a los soldados. Al consejero Craterov lo pegó de pie en una caja de fósforos y lo llevó colocado así al despacho de su padre.

—Papá, mira, un monumento.

Serlavis se echó a reír, movió la cabeza y, enternecido, dio un sonoro beso en la mejilla a Nicolás.

—Anda, pilluelo, enséñaselo a mamá para que lo vea ella también.

AMORCITO

Oleñka, la hija del asesor de colegio retirado Plemiannikov, estaba sentada, pensativa, en un peldaño del pórtico, en el patio de su casa. Hacía calor, las moscas insistían en molestar y resultaba agradable pensar que la noche ya estaba cerca.

Desde el este avanzaban oscuras nubes y, de vez en cuando, llegaba una brisa húmeda.

De pie, en medio del patio, mirando al cielo, estaba Kukin, empresario del parque de diversiones Tívoli, quien se hospedaba en un pabellón de la casa.

—¡Otra vez! —decía con desesperación—. ¡Otra vez habrá lluvia! ¡Todos los días llueve, todos los días! Como si fuera a propósito… ¡Es la muerte! ¡Es la ruina! ¡Todos los días tengo tremendas pérdidas!

Agitó los brazos y prosiguió, dirigiéndose a Oleñka:

—Ya ve usted, Olga Semionovna, cómo es nuestra vida. ¡Es para llorar! Uno trabaja, se afana, sufre, no duerme de noche, pensando en la manera de mejorar las cosas y todo ¿para qué? Por un lado, es el público, ignorante y salvaje. Le doy la mejor opereta, la magia, excelentes cupletistas, pero ¿le interesa eso acaso? ¿Lo entiende acaso? No, lo que el público necesita es un teatro de feria. ¡Quiere vulgaridades! Por otro lado, mire usted el tiempo. Casi todas las noches llueve. Desde que empezó, el diez de mayo, siguió lloviendo sin parar todo el mes de mayo y luego también en junio, ¡es algo terrible! El público no viene, y sin embargo el arrendamiento ¿lo pago o no? A los actores ¿les pago o no?

Al atardecer del día siguiente el cielo volvió a nublarse y Kukin decía con risa histérica:

—¡Muy bien!… ¡Que llueva! ¡Que se inunde todo el parque y que me ahogue allí mismo! Ya sé que no voy a tener suerte en este mundo ni tampoco en el otro… ¡Que los actores me demanden ante el juzgado! ¡Que me manden a Siberia a los trabajos forzados! ¡Que me lleven al cadalso! ¡Ja, ja, ja!

Al tercer día sucedió lo mismo… Oleñka escuchaba a Kukin en silencio, con expresión seria, y a veces las lágrimas asomaban a sus ojos. Al final, las desgracias de Kukin la conmovieron y terminó enamorándose de él. Era flaco, de baja estatura, con cara amarilla y el cabello peinado sobre las sienes; hablaba con una débil vocecita de tenor y al hablar torcía la boca; en su cara siempre estaba reflejada la desesperación; y a pesar de todo, suscitó en Oleñka un sentimiento auténtico y profundo. Constantemente, ella amaba a alguien y no podía vivir sin ello. Antes amaba a su papá, que ahora estaba enfermo y pasaba el tiempo sentado en su sillón, a oscuras, respirando con dificultad; luego amaba a su tía, que vivía en Briansk y los visitaba una vez cada dos años; y antes aun, cuando era alumna del colegio, amaba a su profesor de francés. Era una señorita apacible, bondadosa y compasiva, de mirada mansa y tierna; tenía buena salud. Mirando sus llenas y sonrosadas mejillas, su blanco y suave cuello, que tenía un lunar, su ingenua y bondadosa sonrisa, que aparecía en su rostro cuando ella escuchaba algo agradable, los hombres pensaban: "Sí, no está mal…" y sonreían también, mientras que las damas no podían contenerse y, en plena conversación, la asían de la mano y exclamaban, contentas:

—¡Amorcito!

La casa que habitaba desde el día de su nacimiento y que en el testamento estaba anotada a su nombre, se hallaba en un extremo de la ciudad, en el arrabal gitano, cerca del parque Tívoli; por las noches, al oír la música y el estallido de los cohetes, ella imaginaba a Kukin desafiando a su destino y acometiendo en un ataque frontal contra su principal enemigo: el indiferente público; su corazón latía con dulce ansiedad, ahuyentando el sueño, y cuando él, a la madrugada, regresaba a casa, ella, desde su dormitorio, golpeaba suavemente en la ventana y le sonreía con cariño, sin mostrarle, a través de las cortinas, más que la cara y un hombro… Él pidió su mano y se casaron. Y cuando vio mejor su cuello y sus hombros redondeados y sanos, levantó los brazos y exclamó:

—¡Amorcito!

Era dichoso, pero como llovió el día de la boda y también por la noche, su rostro no cesaba de trasuntar un aire de desesperación.

Después de la boda las cosas marcharon bien. Ella atendía la caja, vigilaba el orden en el parque, anotaba los gastos, se ocupaba de pagar los sueldos, y sus mejillas rosadas, junto con su ingenua y radiante sonrisa, aparecían fugazmente ya en la ventanilla de la boletería, ya entre bastidores, ya en el bufet. Y ya empezaba a decir a sus conocidos que lo más notable, lo más importante y lo más necesario que había en el mundo era el teatro y que sólo en el teatro uno podía obtener el gozo auténtico y llegar a ser culto y humano.

—Pero ¿acaso el público es capaz de entenderlo? —decía ella—. Lo que él necesita es teatro de feria. Anoche poníamos en escena *Fausto al revés* y casi todos los palcos estaban vacíos; si Vanechka y yo hubiéramos ofrecido alguna obra vulgar, puedes estar seguro, el teatro habría estado repleto. Mañana Vanechka y yo representaremos *Orfeo en los infiernos*. ¡Venga usted también!

Todo lo que Kukin decía sobre el teatro y los actores, lo repetía ella también. Igual que él, despreciaba al público por su indiferencia hacia el arte y por su ignorancia; intervenía en los ensayos, dando indicaciones a los actores; vigilaba la conducta de los músicos, y cuando el periódico local publicaba alguna nota desfavorable al teatro, ella lloraba y más tarde iba a la redacción a pedir explicaciones.

Los actores la querían y la llamaban "Amorcito" y "Vanechka y yo"; a su vez ella los compadecía y les daba pequeños préstamos, y cuando la engañaban a veces, lloraba a escondidas, sin quejarse a su marido.

También en invierno las cosas marchaban bien. Arrendaron el teatro de la ciudad por toda la temporada y lo alquilaban por períodos breves ya al elenco ucraniano, ya al prestidigitador, ya a los aficionados locales. Oleñka engordaba y resplandecía de satisfacción, mientras que Kukin se tornaba más flaco y más amarillo y se quejaba de las tremendas pérdidas, aunque durante todo el invierno las cosas iban bastante bien. Por las noches tosía y ella le hacía beber té de frambuesa y de tilo, le frotaba el pecho con agua de colonia y lo envolvía en sus suaves chales.

—¡Lindo mío! —le decía con absoluta sinceridad, alisándole los cabellos—. ¡Lindito mío!

Durante la cuaresma Kukin viajó a Moscú para formar la compañía y ella no podía dormir sin él y pasaba las noches junto a la ventana, mirando las estrellas. En aquellos momentos se comparaba con las gallinas, que tampoco duermen de noche y se sienten intranquilas, si el gallo no está en el gallinero. Kukin se demoró en Moscú, le escribió que pensaba volver para la Semana Santa y en sus cartas ya hacía disposiciones con respecto a Tívoli. Pero en víspera del Lunes Santo, a avanzadas horas de la noche, resonaron de repente lúgubres golpes en el portón; alguien golpeaba el postigo y éste retumbaba como un tonel: ¡bum! ¡bum! ¡bum! La somnolienta cocinera corrió a abrir la puerta, chapoteando en los charcos con los pies descalzos.

—¡Abra, por favor! —decía del otro lado del portón una sorda voz de abajo—. ¡Un telegrama!

También antes Oleñka recibía telegramas de su marido, pero esta vez, sin saber por qué, se quedó atónita. Con manos temblorosas abrió el telegrama y leyó lo siguiente: "Iván Petrovich falleció hoy súbitamente coratán esperamos disposiciones tepelio martes".

Así estaba en el telegrama: *"tepelio"* y una palabra incomprensible *"coratán"*; la firma era del director de la compañía de operetas.

—¡Palomito mío! —exclamó entre sollozos Oleñka—. ¡Vanechka, querido mío! ¿Para qué te habré yo encontrado? ¿Para qué te habré yo conocido y amado? Y ¿Por qué dejaste sola a tu pobre y desgraciada Oleñka?

El sepelio de Kukin se realizó el martes, en Moscú, en el cementerio de Vagañkovo; Oleñka regresó a casa el miércoles y apenas entró en su dormitorio cayó sobre la cama y comenzó a llorar en voz tan alta que se la oía en la calle y en las casas vecinas.

—¡Amorcito! —decían las vecinas, persignándose—. Amorcito, Olga Semionovna, ¡cómo se desespera la pobre!

Tres meses después, Oleñka regresaba un día de misa, triste, vestida de riguroso luto. Por casualidad, caminaba a su lado un vecino suyo, Vasily Andreich Pustovalov, encargado del depósito de maderas del mercader Babakaiev. También él salía de la iglesia; llevaba un sombrero de paja y un chaleco blanco con cadenita de oro, y más parecía un terrateniente que un comerciante.

—Cada cosa tiene su orden, Olga Semionovna —decía en tono reposado y con compasión en su voz—. Si alguno de nuestros íntimos se muere es porque Dios lo desea así, y en estos casos debemos recordarlo y resignarnos.

Después de acompañar a Oleñka hasta la puerta de su casa, él se despidió y siguió su camino. Durante el resto del día, su reposada voz resonó en los oídos de Oleñka y apenas cerraba ella los ojos se le aparecía su oscura barba. Por lo visto, ella a su vez le causó impresión, ya que poco tiempo después fue a visitarla una señora de edad, a quien ella apenas conocía y quien, no bien se había sentado a la mesa, se puso a hablar sin tardanza acerca de Pustovalov, en el sentido de que era una persona buena y seria y que cualquier mujer estaría muy contenta, casándose con él. Tres días más tarde el mismo Pustovalov le hizo una visita; se quedó poco tiempo, unos diez minutos, y habló poco, pero Oleñka lo quería ya, lo quería tanto, que no pudo pegar ojo en toda la noche, ardía como si tuviera fiebre y a la mañana siguiente mandó llamar a la señora de edad. Al cabo de poco tiempo se comprometieron; luego celebraron la boda.

Después del casamiento las cosas marcharon bien. Habitualmente él permanecía en el depósito de maderas hasta la hora de almorzar, luego iba a hacer diligencias y lo reemplazaba Oleñka, quien quedaba en la oficina hasta la noche, escribiendo las cuentas y despachando las mercaderías.

—El precio de la madera sube ahora cada año un veinte por ciento —decía ella a los compradores y a sus conocidos—. Figúrese, antes vendíamos maderas locales, pero ahora Vanechka tiene que viajar todos los años a las provincias de Moguilev para buscar madera. ¡Y qué tarifas! —exclamaba, cubriéndose ambas mejillas con las manos, en señal de terror—. ¡Qué tarifas!

Le parecía que desde tiempos remotos se dedicaba a comerciar en madera, que lo más importante y lo más necesario en la vida era la madera y que había algo íntimo y conmovedor en las palabras: viga, estaca, tabla, listón, alfarjía, rollizo, tirantillo, costero… Por las noches soñaba con montañas enteras de tablones y de tirantes; con interminables caravanas de carros que transportaban madera a largas distancias; soñaba que todo un regimiento de troncos, del tamaño de doce por cinco, atacaba el depósito de madera en una acción de guerra, y que los troncos, las vigas y los costeros se golpeaban, emitiendo el sonoro ruido de madera seca; todos caían y de nuevo se levantaban encaramándose unos sobre otros; Oleñka dejaba escapar un grito y se despertaba, mientras Pustovalov le decía con ternura:

—Oleñka, ¿qué tienes, querida? ¡Persígnate!

Sus pensamientos eran los mismos que los de su marido. Si él opinaba que en la habitación hacía calor o que los negocios marchaban con cierta lentitud, lo mismo pensaba ella. Su marido no era afecto a las diversiones y en los días festivos se quedaba en casa; ella hacía lo mismo.

—Ustedes siempre están en casa o en la oficina —les decían sus conocidos—. ¿Por qué no van alguna vez al teatro o al circo?

—Vanechka y yo no tenemos tiempo para ir al teatro —respondía ella con dignidad. Somos gente de trabajo y no estamos para estas cosas. Y además ¿qué hay de bueno en estos teatros?

Los sábados iban a oír Las Vísperas, los días de fiesta a misa y, regresando de la iglesia, caminaban juntitos, con rostros enternecidos; los dos olían bien y el vestido de seda de ella producía un agradable murmullo; en casa tomaban té con pan de leche y con toda clase de dulces, luego comían un pastel. Todos los días, a mediodía, en el patio de la casa y aun en la calle flotaba un sabroso olor a *borsch*, cordero asado o pato; en los días de vigilia olía a pescado y no se podía pasar cerca del portón sin sentir ganas de comer. El *samovar* en la oficina siempre estaba con agua hirviente y a los clientes se les convidaba con té y rosquillas. Una vez por semana los esposos iban a la casa de baños y volvían caminando juntitos, los dos con rostros colorados.

—Estamos bien, gracias a Dios —decía Oleñka a sus conocidos—. ¡Ojalá que todos vivan como nosotros!

Cuando Pustovalov partía a la provincia de Moguilev para traer madera, ella lo extrañaba mucho, no podía dormir por las noches, lloraba. A veces la visitaba el veterinario militar Smirnin, hombre joven, que alquilaba un pabellón de su casa. Le contaba alguna historia o jugaba con ella a los naipes y esto la divertía. Especialmente interesantes resultaban los relatos de su propia vida familiar; estaba casado y tenía un hijo, pero se hallaba separado de su mujer porque ella lo había engañado; ahora la odiaba y le enviaba mensualmente cuarenta rublos para la manutención del niño. Escuchándolo, Oleñka suspiraba y meneaba la cabeza, y sentía lástima por él.

—¡Que Dios guarde a usted! —decía, despidiéndolo, mientras lo acompañaba con la bujía hasta la escalera—. Gracias por haber compartido mi aburrimiento y que la Reina de los cielos le dé a usted mucha salud…

Imitando a su marido, se expresaba siempre en forma digna y juiciosa; el veterinario desaparecía detrás de la puerta, cuando ella lo llamaba para decir:

—Sabe, Vladimir Platonich, debería usted de hacer las paces con su mujer. Debería de perdonarla, aunque sea por el hijo… El chico, seguramente, ya entiende todo.

Y cuando regresaba Pustovalov, le contaba a *mecha voz* acerca del veterinario y de su desdichada vida familiar, y los dos suspiraban, meneando la cabeza, y hablaban sobre el chico, que, seguramente, extrañaba a su padre; luego, por un extraño correr del pensamiento, ambos se colocaban ante los iconos y, haciendo profundas reverencias, rogaban a Dios que les mandara hijos.

Y así vivieron los Pustovalov en paz, en amor y en completa concordia durante seis años. Pero una vez, en invierno, Vasily Andreich, después de beber té caliente en el depósito, salió sin la gorra a despachar madera, tomó frío y cayó enfermo. Lo atendían los mejores médicos de la ciudad, pero la enfermedad se impuso y él murió al cabo de cuatro meses. Y de nuevo Oleñka quedó viuda.

—¿Por qué me has abandonado, palomito mío? —sollozaba después del entierro—. ¿Cómo voy a vivir ahora sin ti, sola y desgraciada? Buena gente, tengan piedad de mí que soy una huérfana…

Llevaba vestido negro con crespones y desechó para siempre el sombrerito y los guantes; salía pocas veces y sólo lo hacía para ir a la iglesia o a visitar la tumba de su marido; vivía en su casa como una monja. Y sólo al transcurrir seis meses, se quitó los crespones y comenzó a abrir los postigos de las ventanas. A veces se la veía ir al mercado con su cocinera, pero cómo vivía ahora en su casa y qué pasaba ahora allí, de eso sólo podían hacerse conjeturas. Algunos, por ejemplo, adivinaban algo porque la habían visto tomar el té en su pequeño jardín, en compañía del veterinario, quien le leía el periódico en voz alta, y aun porque, al encontrarse en el correo con una dama conocida, Oleñka le había dicho:

—Nuestra ciudad carece de un adecuado control veterinario y ésta es la causa de muchas enfermedades. En todo momento se oye hablar de que la gente se enferma por causa de la leche y porque se contagian de los caballos y de las vacas. En realidad, hay que cuidar la salud de los animales domésticos de la misma manera como se cuida la de las personas.

Repetía las ideas del veterinario y sobre cualquier asunto tenía ahora la misma opinión que tenía él. Era evidente que no podía pasar ni siquiera un año sin cariño y que encontró su nueva dicha en un ala de su propia casa. A otra mujer en su lugar la hubieran juzgado con severidad, pero nadie podía pensar mal de Oleñka, pues todo era muy claro en su vida. Ni ella ni el veterinario revelaban a nadie el cambio que se había operado en sus relaciones; más aún, trataban de ocultarlo, pero no lo lograban, ya que Oleñka no podía tener secretos. Cuando lo visitaban los colegas del regimiento, ella, sirviéndoles el té o la cena, se ponía a hablar de la peste de los vacunos, de la perlesía, de los mataderos de la ciudad, mientras que él se sentía terriblemente confundido y, una vez retirados los visitantes, la cogía por la mano y le susurraba, enojado:

—¡Te he pedido ya que no hables de lo que no entiendes! Cuando los veterinarios conversamos entre nosotros, hazme el favor de no entrometerte. ¡Al final, esto ya resulta tedioso!

Ella lo miraba, sorprendida y alarmada, y le preguntaba:

—Volodechka ¿y de qué quieres que hable?

Y lo abrazaba, con lágrimas en los ojos, suplicándole que no se enojara, y ambos eran dichosos.

Empero, esta dicha no fue larga. El veterinario se había ido junto con su regimiento, se había ido para siempre, ya que el regimiento había sido trasladado muy lejos, poco menos que a Siberia. Y Oleñka quedó sola.

Esta vez estaba ya completamente sola. Su padre hacía tiempo ya que había muerto y su sillón se hallaba tirado en el desván, cubierto de polvo y con una pata menos. Ella estaba más delgada y menos bella, y en la calle los transeúntes ya no la miraban como antes ni le sonreían; por lo visto, habían pasado ya sus mejores años, se había quedado atrás, y comenzaba ahora una nueva vida desconocida, en la cual mejor era no pensar. Al anochecer, Oleñka se sentaba en el pórtico y desde el Tívoli llegaba a sus oídos la música y el estallido de los cohetes pero eso ya no suscitaba en ella ninguna clase de ideas. Paseaba su mirada indiferente por el patio vacío, sin pensar ni desear nada, y luego, al llegar la noche, iba a dormir; en los sueños se le aparecía su patio desierto. Comía y bebía como por obligación.

Pero lo fundamental, y lo peor, era no tener ninguna opinión. Ella veía los objetos que la rodeaban y comprendía todo lo que pasaba alrededor de ella, pero no podía formar su opinión sobre ningún asunto ni sabía tampoco de qué hablar. ¡Y qué terrible resulta no tener ninguna opinión! Se ve, por ejemplo, una botella en pie, o si está lloviendo, o bien un *mujik* está viajando en su carro, pero para qué está allí la botella o la lluvia, o el *mujik* y qué sentido tienen, eso ni se sabe ni se sabría explicar, aunque le dieran a uno mil rublos. En los tiempos de Kukin y de Pustovalov y más tarde con el veterinario Oleñka podía explicarlo todo y hubiera podido dar su opinión sobre cualquier asunto, ahora, en cambio, sus pensamientos y su corazón estaban tan desiertos como su patio. Y sentía miedo y amargura, como si hubiera comido ajenjo hasta hartarse.

Poco a poco, la ciudad se ensanchaba en todas direcciones; el arrabal gitano era una calle, y en el sitio donde antes tenían ubicación el parque Tívoli y los depósitos de madera, crecieron edificios y se formó una red de callejuelas. ¡Cuán rápido corre el tiempo! La casa de Oleñka se tornó más oscura, el techo está oxidado, el cobertizo tiende a inclinarse hacia un costado y todo el patio exterior se halla cubierto de maleza y de ortigas. La misma Oleñka está más vieja y más fea; en verano permanece sentada en el pórtico, y su alma, igual que antes, está vacía; sólo hay en ella un tedio y un leve sabor a ajenjo. En invierno ella se queda sentada junto a la ventana, contemplando la nieve. Y cuando llega un soplo de primavera, cuando el viento trae el tañido de las campanas de la catedral, y los recuerdos del pasado de golpe invaden su mente, su corazón se oprime con dulzura y le hace derramar abundantes lágrimas, pero sólo por un instante; luego vuelve el vacío y uno no sabe para qué vive. Bryska, la gatita negra, buscando mimos, ronronea suavemente, pero estas caricias gatunas no conmueven a Oleñka. ¿Acaso es esto lo que ella necesita? Si tuviera un amor que se apoderara de todo su ser, su alma, su mente; que le diera ideas, dirección a su vida; que calentara su sangre aletargada… Y ella echa a la negra Bryska de sus rodillas, diciéndole con fastidio:

—Vete, vete… ¡Nada tienes que hacer aquí! Y así día tras día, año tras año, sin ninguna alegría y sin ninguna opinión. Con lo que decía Mayra, la cocinera, estaba ya todo dicho.

Al anochecer de un caluroso día de julio, cuando por la calle arreaban un rebaño y nubes de polvo llenaban el patio, de pronto alguien golpeó en el portón. Oleñka misma fue a abrir y apenas miró al visitante quedó atónita: en la calle estaba el veterinario Smirnin, ya canoso y vestido de civil. De repente ella recordó todo y, sin poder contenerse, rompió a llorar y apoyó la cabeza sobre el pecho de él; sin decir una palabra, presa de una fuerte agitación, no se dio cuenta cómo habían entrado en la casa y cómo se habían sentado a la mesa para tomar el té.

—¡Palomito mío! —murmuraba, temblando de alegría—. ¡Vladimir Platonich! ¿De dónde lo trae Dios?

—Quiero instalarme aquí definitivamente —contaba él—. Pasé a retiro y quiero probar suerte aquí; anhelo una vida libre y estable. Además, ha llegado el momento de mandar a mi hijo al colegio de secundaria. Ha crecido. Me he reconciliado con mi mujer ¿sabe?

—¿Y dónde está ella? —preguntó Oleñka—.

—Está en una hostería, junto con mi hijo, mientras yo ando buscando un apartamento.

—Dios mío, y ¿por qué no toma mi casa? ¿Acaso no sirve para vivir? Ay Dios, si yo no pienso cobrarles… —se agitó Oleñka y volvió a llorar—. Ustedes vivirán aquí… para mí es suficiente el pabellón. ¡Qué alegría, Dios mío!

Al día siguiente ya estaban pintando el techo y blanqueando las paredes de la casa y Oleñka, en jarras, andaba por el patio dando órdenes. Su rostro estaba iluminado por su antigua sonrisa, y toda ella parecía animada y remozada, como si se hubiera despertado de un largo sueño. Llegó la mujer del veterinario, una dama flaca y fea, de cabellos cortos y cara caprichosa, acompañada de Sasha, un niño regordete, de claros ojos azules, con hoyuelos en las mejillas, y cuya poca estatura no correspondía a su edad (tenía nueve años cumplidos). Y apenas entró en el patio, el chicuelo se puso a correr tras la gata y no tardó en oírse su risa alegre.

—¡Tía!… ¿Es suya esta gata? —preguntó a Oleñka—. Cuando tenga crías, regálenos, por favor, un gatito. A mamá le dan mucho miedo los ratones.

Oleñka conversó con él, le hizo tomar el té y sintió de repente que entraba un calor agradable en su pecho y que su corazón se oprimía dulcemente como si el chiquillo fuese su hijo. Y cuando, por la tarde, él estaba haciendo los deberes en el comedor, ella lo miraba con ternura, susurrando:

—Palomito mío… lindito… ¡Chiquillo mío, qué inteligente que eres, qué blanquito!

—Se llama isla una porción de tierra —leyó el chico— rodeada de agua por todas partes.

—Se llama isla una porción de tierra… —repitió ella, y era esta la primera opinión suya expresada con seguridad, después de tantos años de silencio y de vacío en la mente.

Y ya tenía sus opiniones y durante la cena conversaba con los padres de Sasha acerca de las dificultades que los niños tenían ahora para estudiar en los colegios, recalcando que, a pesar de todo, la instrucción clásica era mejor que la profesional, por cuanto el colegio ofrecía todas las perspectivas: uno podía estudiar luego lo mismo para médico que para ingeniero.

Sasha empezó a ir al colegio. Su madre había ido a Karkov, para visitar a su hermana y no volvía; su padre partía todos los días a inspeccionar rebaños y solía pasar afuera varios días, y le parecía a Oleñka que Sasha quedaba completamente abandonado, que era un extraño en casa de sus padres y que se moría de hambre; y ella lo trasladó a su pabellón y lo acomodó allí en una pequeña habitación.

Hace ya medio año que Sasha vive en su casa. Todas las mañanas Oleñka entra en su cuarto, el niño duerme profundamente, sin respirar, apoyando la mejilla en una mano. Le da lástima despertarlo.

—¡Sasheñka, Sasheñka! —le dice tristemente—. ¡Levántate, palomito!

Es hora de ir al colegio.

El muchacho se levanta, se viste, dice una oración y se sienta a tomar el té; bebe tres vasos de té y come dos rosquillas y la mitad de un pan francés con manteca. Aún no se ha despertado del todo y está de mal humor.

—Sasheñka, no conoces la fábula de memoria; no la has aprendido bien —dice Oleñka y lo mira de tal manera, como si lo despidiera para un largo camino—. Estoy preocupada por ti. Trata de estudiar bien, palomito… Hay que obedecer a los profesores.

—¡Ya lo sé, ya lo sé! —dice Sasha.

Luego él va por la calle al colegio, pequeñito, pero con una gorra grande y con un cartapacio a la espalda. Tras él camina sigilosamente Oleñka.

—¡Sasheñka! —lo llama.

Él se vuelve y ella le pone en la mano un dátil o un caramelo. Al doblar por el callejón en que está el colegio, el chico siente vergüenza de ser acompañado por una mujer alta y corpulenta; vuelve la cabeza y dice:

—Regresa a casa, tía; a partir de aquí ya llegaré solo.

Ella se detiene y lo sigue con la mirada, sin pestañear hasta que el chicuelo desaparece en la entrada del colegio. ¡Ah, cómo lo quiere! Entre sus cariños anteriores ninguno había sido tan profundo; nunca su alma se había sometido de manera tan desinteresada, tan abnegada y tan placentera como ahora, al tomar cada vez más incremento su sentimiento maternal. Por este chiquillo, que le era extraño, por los hoyuelos de sus mejillas, por su gorra, ella daría su vida, la daría con satisfacción, con lágrimas de alegría.

¿Por qué? Vaya uno a saber por qué…

Después de acompañar a Sasha al colegio, regresa a casa, sin apresurarse, satisfecha, sosegada, llena de amor; su rostro, rejuvenecido en el último año y medio, sonríe, radiante; los transeúntes, mirándola, sienten satisfacción y le dicen:

—¡Buenos días, Olga Semionovna! ¿Cómo le va, amorcito?

—Ahora ya no es tan fácil estudiar en el colegio —cuenta ella en el mercado—. Figúrese, ayer, en primer año mandaron tantos deberes: una traducción del latín, un problema y una fábula de memoria… ¿Acaso es fácil para un chico? Y ella se pone a hablar de los deberes, de los profesores, de los manuales, diciendo lo mismo que dice Sasha.

Después de las dos almuerzan juntos; al anochecer, juntos hacen los deberes y lloran. Acostándolo en la cama, lo santigua largamente y susurra una oración; luego, acostada ella misma, piensa en aquel lejano y nebuloso futuro en que Sasha, terminados sus estudios, será algún día médico o ingeniero, tendrá una gran casa propia, caballos y carruajes; se casará y tendrá hijos… Ella se duerme, pensando siempre en lo mismo, y de sus ojos cerrados se asoman las lágrimas y se deslizan lentamente por las mejillas. Y la gatita negra está recostada cerca de ella y ronronea:

—Mur… mur… mur…

De repente se oyen fuertes golpes en el portón. Oleñka se despierta y el miedo le corta la respiración; su corazón late con fuerza. Pasa medio minuto y vuelven a resonar los golpes. "Debe ser un telegrama de Karkov —piensa ella y todo su cuerpo empieza a temblar—. La madre quiere que Sasha vaya a vivir con ella, en Karkov… ¡Dios mío!". Está presa de desesperación; la cabeza, los pies y las manos se le ponen fríos y, al parecer, en todo el mundo no hay persona más desdichada que ella. Pero transcurre un minuto más, se oyen voces: es el veterinario que regresó del club. "Ah bueno, no es nada, gracias a Dios", piensa ella. Poco a poco cae el peso de su corazón y vuelve a sentirse bien; se acuesta y piensa en Sasha, quien duerme profundamente en la habitación vecina y, de vez en cuando, dice en sueños:

—¡Te voy a dar! ¡Vete! ¡No me toques!

ANA COLGADA AL CUELLO

I

Tras la bendición nupcial ni siquiera hubo merienda liviana; los recién casados bebieron una copa, cambiaron de traje y partieron a la estación. En lugar de una alegre fiesta de bodas y una cena, en lugar de música y baile, el viaje a un monasterio, a doscientas *verstas* de distancia. Esta actitud fue aprobada por muchas personas, las cuales decían que por cuanto Modest Alekseich era un funcionario de cierta jerarquía y ya no era joven, una boda ruidosa pudiera quizás parecer no muy decente; por otra parte, resulta aburrido escuchar música cuando un funcionario de cincuenta y dos años se casa con una jovencita que acaba de cumplir los dieciocho. Se decía también que Modest Alekseich, siendo un hombre de rígidas costumbres, emprendió este viaje al monasterio ante todo para darle a entender a su joven esposa que también en el matrimonio él otorgaba el primer lugar a la religión y la moralidad.

Una multitud de colegas, empleados y parientes, reunida en el andén para despedir a la flamante pareja, esperaba, copa en mano, la partida del tren para gritar el "hurra", y Piotr Leontich, el padre, vestido de frac y con un sombrero de copa, ya ebrio y muy pálido, tendía su copa de champaña hacia la ventanilla y decía en tono implorante:

—¡Aniuta! ¡Ania! ¡Ania, una sola palabra!…

Desde la ventanilla Ania se inclinaba hacia él, y su padre le susurraba algo, envolviéndola con un fuerte olor a vino, le resoplaba en el oído —nada se le podía entender— y hacía la señal de la cruz sobre su cara, pecho y manos; tenía la respiración entrecortada y en sus ojos asomaban las lágrimas. Mientras tanto, los hermanos de Ania, Petia y Andriusha, alumnos del colegio, le tiraban del frac y le susurraban, confundidos:

—Papaíto, basta… Papaíto, no hagas eso…

Cuando el tren se puso en movimiento, Ania vio a su padre correr un trecho tras el vagón, tambaleándose y derramando el vino; vio también cuán lastimera, bondadosa y culpable era su cara.

—¡Hurra-a-a! —gritaba.

Los recién casados quedaron solos. Modest Alekseich examinó el compartimento, distribuyó el equipaje sobre los estantes y se sentó, sonriendo, frente a su joven esposa. Era un funcionario de estatura mediana, más bien grueso, muy bien alimentado, con largas patillas y sin bigotes, y su redonda, afeitada y bien acusada barbilla se parecía a un talón. Lo más característico de su cara era la ausencia de bigote, ese sitio desnudo, recién afeitado, que se convertía gradualmente en gruesas mejillas, temblorosas como la gelatina. Se comportaba en forma circunspecta, sus movimientos eran pausados, sus maneras suaves.

—No puedo menos que recordar ahora una circunstancia —dijo, sonriendo—. Hará unos cinco años, cuando Kosorotov recibió la orden de Santa Ana, de segundo grado, y fue a dar las gracias a su excelencia, éste se expresó de esta manera: "De modo que usted tiene ahora tres Anas: una en el ojal y dos colgadas al cuello". Es que en aquella época, la mujer de Kosorotov, persona frívola y pendenciera, de nombre Ana, acababa de reintegrarse a su hogar. Espero que para la ocasión en que yo reciba la orden de Santa Ana de segundo grado, su excelencia no tenga motivos para decirme lo mismo.

Sonreía con sus ojillos. Ella sonreía también, turbada por la idea de que en cualquier momento este hombre podía besarla con sus gruesos y húmedos labios y de que ella no tenía derecho a negárselo. Los suaves movimientos de su abultado cuerpo la asustaban; tenía a la vez miedo y asco. Él se levantó, sin prisa se quitó del cuello la orden, se sacó el frac y el chaleco y se puso la bata.

—Así estaremos bien —dijo, sentándose al lado de Ania.

Ella recordó cuán penosa había sido su boda, cuando el sacerdote, los invitados y todos los presentes en la iglesia la miraban con tristeza, según le parecía: ¿Por qué ella tan joven, simpática y bella, se casaba con este señor de edad, tan poco interesante? Todavía esta mañana estaba entusiasmada porque todo se había arreglado tan bien, pero durante la ceremonia y ahora en el vagón sentíase culpable, engañada y ridícula. Hela aquí casada con un hombre rico, a pesar de lo cual, seguía sin dinero, el vestido de novia se hizo a crédito, y cuando hoy su padre y sus hermanos fueron a despedirla ella vio por sus caras que no tenían ni un *kopek*. ¿Podrán cenar hoy? ¿Y mañana? Y le pareció, sin saber por qué, que el padre y los chicos estaban en casa, sin ella, hambrientos, y sentían la misma angustia que en la primera noche después del entierro de su madre.

"¡Qué desdichada soy! —pensó—. ¿Por qué soy tan desdichada?".

Con la torpeza de un hombre serio, que no acostumbra tratar a las mujeres, Modest Alekseich le rozaba el talle y le daba golpecitos en el hombro, mientras que ella pensaba en el dinero, en su madre, en la muerte de ésta. Fallecida su madre, Piotr Leontich, su padre, profesor de caligrafía y dibujo en el colegio de secundaria, se dio a la bebida; sobrevino un período de necesidades, los muchachos carecían de zapatos y de katiuskas, el padre fue llevado varias veces al juzgado, el ujier vino a la casa y embargó los muebles... ¡Qué vergüenza! Ania debió cuidar a su padre borracho, remendar los calcetines a sus hermanos, ir de compras al mercado, y cuando alguien se ponía a elogiar su belleza, juventud y elegantes modales, le parecía que todo el mundo se daba cuenta de su sombrerito barato y de sus zapatos con agujeros disimulados con tinta. Y de noche las lágrimas y la inquieta, obsesionante idea de que al padre, a causa de su vicio, no tardarían en echarlo del colegio y que él no lo soportaría y moriría, como su madre. Pero entonces algunas damas conocidas se empeñaron en buscarle un hombre bueno. Al poco tiempo encontraron a este Modest Alekseich, que no era joven ni buen mozo, pero que tenía dinero. Tenía en el banco unos cien mil rublos y era dueño de una hacienda, entregada en arriendo. Era un hombre de principios morales y bien mirado por sus superiores; nada le costaría, según le habían dicho a Ania, conseguir una carta de recomendación de parte de su excelencia para el director del colegio y aun para el curador, para que no dejaran cesante a Piotr Leontich...

Mientras ella recordaba estos detalles se oyó de pronto una música, que penetró por la ventanilla junto con el ruido de voces. El tren se detuvo en un apeadero. Detrás del andén, entre la multitud, alguien tocaba con brío el acordeón y un barato y chillante violín, mientras que desde las *dachas*, bañadas por la luz de la luna, por encima de los altos abedules y álamos, llegaban los sones de una banda militar: seguramente se realizaba allí una velada danzante. Sobre el andén paseaban los veraneantes y los que venían de la ciudad para pasar un día tranquilo y respirar aire puro. Entre ellos se encontraba Artynov, el dueño de todo este lugar de descanso, un ricachón alto y corpulento, de cabello negro y con cara de armenio; tenía ojos saltones y vestía un traje extraño. Llevaba una camisa, desabrochada sobre el pecho, y altas botas con espuelas; desde sus hombros bajaba una capa negra que se arrastraba por la tierra como la cola de un vestido de gala. Tras él, inclinando sus afilados hocicos, iban dos perros de caza.

Las lágrimas brillaban aún en los ojos de Ania, pero ella no pensaba ya en su madre, ni en el dinero, ni en su boda, sino que estrechaba las manos a los colegiales y a los oficiales conocidos, reía alegremente y saludaba de prisa:

—¡Buenas noches! ¿Cómo le va?

Salió a la plataforma y se situó bajo la luz de la luna de modo que la vieran entera, con su magnífico vestido y su sombrero nuevo.

—¿Por qué estamos parados aquí? —preguntó.

—Porque hay un apeadero aquí —le respondieron—. Están esperando el tren correo.

Al darse cuenta de que la estaba mirando Artynov, ella entornó los ojos con coquetería y empezó a hablar en francés en voz alta, y, porque su propia voz resonaba tan agradablemente, se oía la música y la luna se reflejaba en el estanque, porque con tanta avidez y curiosidad la miraba Artynov, ese conocido donjuán y enredador; y porque todo el mundo estaba animado, de repente sintió alegría, y cuando el tren se puso en marcha y los oficiales conocidos la despidieron con un saludo militar, ella ya estaba canturreando la polca cuyos sones le enviaba aún la banda militar que atronaba a lo lejos, detrás de los árboles; y volvió a su compartimiento con la sensación de que en este apeadero la habían convencido de que sería dichosa sin falta, ocurriera lo que ocurriese.

Los desposados se quedaron en el monasterio dos días, luego volvieron a la ciudad. Se instalaron en un apartamento fiscal. Cuando Modest Alekseich se iba a la oficina, Ania tocaba el piano, o lloraba de tedio, o se recostaba en el diván y leía novelas u hojeaba una revista de modas. Durante el almuerzo Modest Alekseich comía mucho y hablaba de política, designaciones, traslados y condecoraciones; de que era necesario trabajar; que la vida familiar no es un placer sino un deber; que no puede haber un *rublo* si falta una *kopeika* y que por encima de todas las cosas él colocaba la religión y la moralidad. Y, sosteniendo en su puño el cuchillo, cual una espada, sentenciaba:

—¡Cada persona debe tener sus obligaciones!

Ania lo escuchaba, de miedo no podía comer y generalmente se levantaba de la mesa con hambre. Después de comer, el marido se acostaba a descansar y roncaba ruidosamente, y ella iba a ver a los suyos. El padre y los muchachos la miraban de una manera especial, como si un instante antes de su llegada estuvieran juzgándola por haberse casado por interés, con un hombre que no amaba, fastidioso y aburrido; su vestido murmurante, sus pulseras; todo su aspecto de dama los incomodaba y ofendía; en su presencia se sentían algo confusos y no sabían de qué hablar con ella; pero la querían igual que antes y aún no se habían acostumbrado a almorzar sin ella. Ania se sentaba a la mesa y comía con ellos la sopa de repollo, la *kasha* y patatas, fritas con la grasa de cordero, que olía a vela. Con mano temblorosa Piotr Leontich echaba vodka en su copa y la apuraba de prisa, con avidez y asco; luego bebía otra copa, luego otra más... Petia y Andriusha, muchachitos delgados y pálidos, de grandes ojos, retiraban de la mesa el jarro y decían, turbados:

—Papaíto, no bebas... Basta ya, papaíto...

También Ania se alarmaba y le imploraba que no bebiera más, mientras que él estallaba de pronto y golpeaba con el puño en la mesa.

—¡No permitiré que nadie me vigile! —gritaba—. ¡Mocosos! ¡Los echaré de la casa a todos!

Pero en su voz sentíanse la debilidad y la bondad y nadie le tenía miedo. Por la tarde empezaba a vestirse; pálido, con cortes de navaja en la barbilla, estirando su enjuto cuello, quedaba media hora ante el espejo, arreglándose. Se peinaba, se atusaba los negros bigotes, se perfumaba, anudaba la corbata, luego se ponía los guantes y el sombrero de copa e iba a dar lecciones privadas. Y si el día era festivo, se quedaba en casa pintando al óleo o tocando el armonio, que chillaba y rugía; trataba de arrancarle sonidos armoniosos y bellos, acompañándolo con su canto, o reñía a los muchachos:

—¡Pillos! ¡Canallas! ¡Han estropeado el instrumento!

Por las noches, el marido de Ania jugaba a los naipes con sus colegas que vivían bajo el mismo techo, en la casa fiscal. Durante el juego se reunían también las mujeres de los empleados, feas, vestidas sin gusto, vulgares como cocineras; en la casa comenzaban los chismes, tan feos y desabridos como sus autoras. De vez en cuando Modest Alekseich iba con Ania al teatro. En los entreactos no la dejaba dar un paso sola, sino que paseaba del brazo con ella por los pasillos y el vestíbulo. Después de saludar a alguien, se apresuraba a susurrar al oído de Ania: "Consejero civil… es recibido en la casa de su excelencia…"; o bien: "tiene medios… casa propia…". Cuando pasaba cerca del bufet, Ania tenía ganas de comer algo dulce; le gustaban el chocolate y la torta de manzanas, pero no tenía dinero y no se decidía a pedírselo al marido. Éste cogía una pera, la apretaba con los dedos y preguntaba, indeciso:

—¿Cuánto cuesta?

—Veinticinco *kopeikas*.

—¡Mire usted! —decía su marido, dejando la pera en su lugar; pero como le resultaba incómodo alejarse del bufet sin comprar nada, pedía agua mineral y bebía toda la botella solo, de modo que hasta le asomaban las lágrimas a los ojos. En estos momentos Ania lo odiaba.

A veces se ponía de repente todo colorado y decía prestamente:

—¡Saluda a esta anciana dama!

—Pero si no la conozco.

—No importa. Es la esposa del director de la cámara fiscal. Salúdala, te digo —gruñía, insistiendo—. No se te va a caer la cabeza por eso.

Ania saludaba y, efectivamente, no se le caía la cabeza, pero tenía una sensación penosa. Hacía todo lo que quería su marido y estaba enojada consigo misma por haberse dejado engañar por él como una tontuela cualquiera. Se había casado nada más que por el dinero, pero ahora lo tenía menos aun que antes del casamiento. Por lo menos su padre solía darle una moneda de veinte *kopeikas*, mientras que ahora no tenía ni eso. No era capaz de tomar el dinero a escondidas, ni tampoco podía pedirlo; le tenía miedo a su marido y temblaba ante él.

Le parecía que ese miedo lo llevaba ya en su alma desde hacía mucho tiempo. Antes, en su infancia, la fuerza más imponente y terrible, que avanzaba como una nube o una locomotora, dispuesta a aplastar, era el director del colegio; la otra fuerza semejante, a la que se temía y de la que se hablaba en su familia era su excelencia; había también una docena de fuerzas más pequeñas, entre estas los profesores del colegio, con bigotes afeitados, severos e implacables; y ahora, finalmente, Modest Alekseich, hombre de rígidas reglas, quien hasta por su cara se parecía al director. En la imaginación de Ania todas estas fuerzas se fundían y, tomando el aspecto de un enorme y terrible oso polar, avanzaban sobre los débiles y culpables, como su padre, y ella no se animaba a contradecirlos, sonreía forzadamente y mostraba una falsa satisfacción ante las caricias toscas y los abrazos que le causaban terror.

Una sola vez Piotr Leontich se atrevió a pedirle al yerno prestados cincuenta rublos para pagar una deuda muy desagradable, ¡pero cómo debió sufrir!

—Bien, se los daré —dijo Modest Alekseich después de pensar un rato—. Pero le advierto que no lo voy a ayudar más hasta que no deje de beber. Para un hombre que tiene un empleo nacional semejante debilidad es vergonzosa. No puedo menos que recordarle algo que es de público conocimiento, el de que esta pasión perdió a muchas personas capaces, mientras que de abstenerse, quizás hubieran llegado con el tiempo a ser personajes de elevada posición.

Siguieron los extensos períodos que comenzaban con: "A medida que…", "Partiendo de la situación…", "En virtud de lo antedicho…" mientras el pobre Piotr Leontich sufría por la humillación y experimentaba un fuerte deseo de beber una copa.

También los muchachos, que iban a visitar a Ania con los zapatos rotos y con los pantalones gastados, tenían que escuchar preceptos aleccionadores.

—Cada persona debe tener sus obligaciones —les decía Modest Alekseich.

En cuanto al dinero, no se lo daba. En cambio, solía regalar a Ania sortijas, pulseras y broches, señalando que era bueno tener estas cosas para el caso de cualquier emergencia. Y con frecuencia abría la cómoda de ella y efectuaba una revisión para cerciorarse de que todas las alhajas seguían en su lugar.

II

Mientras tanto llegó el invierno. Mucho antes de la Navidad, en el diario local había aparecido el anuncio sobre el habitual baile de invierno que "tendría lugar" el 29 de diciembre en el club de nobles. Todas las noches, después de los naipes, Modest Alekseich cuchicheaba, agitado, con las mujeres de sus colegas, miraba a Ania con aire preocupado y luego paseaba durante largo rato por la habitación, meditabundo. Al fin, una vez, por la noche, muy tarde, se detuvo delante de Ania y le dijo:

—Debes hacerte un vestido de baile. ¿Comprendes? Pero, por favor, consulta con María Grigorievna y Natalia Kizminishna.

Y le dio cien rublos. Ella los aceptó, pero al encargar el vestido, no consultó a nadie; sólo habló con su padre y trató de imaginar cómo se hubiera vestido para el baile su difunta madre. Ésta se vestía siempre según la última moda, a Ania le dedicaba muchas horas, la vestía con elegancia como a una muñeca y le enseñó a hablar en francés y a bailar la mazurca a la perfección (antes de casarse, durante cinco años estuvo empleada como institutriz). Igual que su madre, Ania podía transformar un viejo vestido en nuevo, lavar los guantes con bencina, alquilar las *bijoux* o, igual que su madre, sabía entornar los ojos, tartajear, adoptar poses elegantes, entusiasmarse si era necesario y mirar con expresión triste y enigmática.

Cuando, media hora antes de partir al baile, Modest Alekseich hubo entrado, sin levita, en el aposento de su mujer para colocar la orden en el cuello ante el *trumeau*, hechizado por su belleza y el esplendor de su fresco y vaporoso vestido, se peinó las patillas satisfecho y dijo:

—Mira, tú… ¡mira la mujercita que tengo!… ¡Aniuta! —prosiguió de pronto en tono solemne—. Yo te hice feliz y hoy tú podrás hacerme feliz a mí. Te ruego, ¡preséntate a la esposa de su excelencia! ¡Por el amor de Dios! ¡Mediante ella podré obtener el cargo de informante mayor!

Partieron al baile. He aquí el club de nobles y la entrada con el portero. El vestíbulo con los percheros, las *shubas*, los lacayos que corren y las damas escotadas que se protegen con sus abanicos de las corrientes de aire; huele a gas de alumbrado y a soldados. Cuando Ania, subiendo las escaleras del brazo de su marido, oyó la música y en un enorme espejo se vio de cuerpo entero, iluminada por una infinidad de luces, en su alma se despertó la alegría y el presentimiento de dicha que había experimentado ya en aquella noche de luna, en el apeadero. Iba orgullosa, segura de sí misma, sintiéndose por primera vez una dama y no una chicuela, e imitando, sin querer, a su difunta madre en su modo de caminar y en sus ademanes. Y por primera vez en su vida sintióse rica y libre.

Ni siquiera la presencia de su marido la incomodaba, por cuanto, habiendo atravesado el umbral del club, adivinó por instinto que la compañía del viejo marido lejos de humillarla, por el contrario, le imponía el sello de un excitante misterio, que tanto les gusta a los hombres. En el gran salón ya atronaba la orquesta y comenzaba el baile. Acostumbrada a su apartamento en la casa fiscal, Ania sintióse invadida por una impresión de luces, colores abigarrados, música y ruido; al pasear su mirada por la sala pensó: "¡Ah, qué lindo!" y enseguida distinguió entre la multitud a todos sus conocidos, a aquellos con quienes solía encontrarse antes en las veladas y los paseos, los oficiales, los abogados, los profesores, los funcionarios, los terratenientes, su excelencia y las damas de alta sociedad, vestidas de fiesta, muy escotadas, bellas y feas, que estaban ocupando ya sus posiciones en los pabellones y los quioscos de la feria de beneficencia para comenzar la venta a favor de los pobres. Un enorme oficial con charreteras —lo había conocido siendo colegiala, pero ahora no recordaba su apellido— surgió como por ensalmo y la invitó para el vals; volando ella se alejó del marido y le parecía ya navegar en un barco de vela, en medio de una fuerte tormenta, mientras que su marido se quedaba lejos, en la orilla… Bailó con pasión el vals, la polca y la cuadrilla, pasando de mano en mano, mareada por la música y el ruido, mezclando el idioma ruso con el francés, tartamudeando y riendo, sin pensar en el marido ni en nadie. Tenía éxito entre los hombres, de ello no cabía duda, y no podía ser de otro modo; se quedaba sin aliento a causa de la emoción, convulsivamente apretaba en sus manos el abanico y tenía sed. Piotr Leontich, su padre, vestido con un frac arrugado que olía a bencina, se le acercó, tendiéndole un platito con helado rojo.

—Estás encantadora hoy —dijo, mirándola con admiración— y nunca he lamentado tanto que te hayas dado tanta prisa para casarte… ¿Para qué? Yo sé que lo has hecho por nosotros, pero… —Con manos temblorosas sacó un paquetito de billetes y dijo—: A propósito, hoy cobré por mis lecciones y puedo saldar la deuda con tu marido.

Ella le puso el platito en las manos, arrastrada por alguien se alejó danzando, y por encima del hombro de su pareja vio a su padre deslizarse por el *parquet*, abrazar a una dama y lanzarse con ella a girar por la sala.

"¡Qué simpático es cuando no está borracho!", pensó.

Bailó la mazurca con el mismo oficial gigante; éste, pesado y grave como una mole uniformada, caminaba, movía los hombros y el pecho, y apenas daba golpecitos con los pies, ya que tenía muy pocas ganas de bailar, mientras que ella revoloteaba a su lado, excitándolo con su belleza, con su cuello descubierto; en sus ojos ardía el ímpetu y sus movimientos eran apasionados, pero él tornábase cada vez más indiferente y le tendía las manos con benevolencia, como un rey.

"¡Bravo, bravo…! se decía entre el público".

Pero, poco a poco, también el oficial gigante se fue contagiando del ritmo general; se sintió animado, emocionado y, sucumbiendo al hechizo, enardecido, se movió liviano y juvenil, mientras ella no hacía más que mover los hombros y mirar con picardía, apareciendo ya como una reina y él como un esclavo, y le parecía que toda la sala los estaba mirando y que todas esas personas languidecían de envidia. Apenas le hubo dado las gracias al oficial gigante, el público se apartó de pronto y los hombres se estiraron extrañamente bajando los brazos… Era su excelencia en persona, de frac y con dos estrellas, quien se dirigía hacia ella. Sí, su excelencia caminaba derecho hacia ella, ya que la miraba a la cara y le sonreía melosamente, masticando con los labios, cosa que solía hacer cuando veía a mujeres bonitas.

—Mucho gusto, mucho gusto… —comenzó diciendo—. A su marido lo mandaré a la cárcel por habernos escondido semejante tesoro. Vengo con un encargo de mi mujer —prosiguió, mientras le ofrecía el brazo—. Debe usted ayudarnos… Sí… Hay que otorgarle un premio de belleza… como se hace en América… Sí, sí… Los americanos… Mi mujer la está esperando con impaciencia.

La condujo a una marquesina que tenía la forma de una pequeña *izba*, donde atendía al público una dama de edad; la parte inferior de su rostro era desproporcionadamente grande, de tal modo que parecía tener en la boca una piedra de gran tamaño.

—Ayúdenos —dijo por la nariz y arrastrando las sílabas—. Todas las mujeres bonitas están trabajando en la feria de beneficencia; usted es la única que está desocupada. ¿Por qué no quiere ayudarnos?

Ella se retiró y Ania ocupó su lugar junto a un *samovar* de plata con tazas. No tardó en comenzar un vivaz negocio. Por una taza de té Ania cobraba no menos de un rublo, y al oficial gigante le obligó a tomar tres tazas. Se acercó Artynov, el ricachón de ojos saltones que padecía asma, pero que esta vez ya no llevaba aquel traje extraño con el cual Ania lo había visto en verano, sino vestía de frac, como todos. Sin apartar su mirada de Ania, bebió una copa de champaña y pagó por ella cien rublos, luego tomó una taza de té y dio cien rublos más, todo ello en silencio, padeciendo asma… Ania llamaba a compradores y les cobraba el dinero, muy convencida ya de que sus sonrisas y sus miradas no proporcionaban a la gente más que un gran placer. Comprendió que había sido creada para esta ruidosa, brillante y alegre vida, con música, bailes, admiradores, y su antiguo miedo ante la fuerza que avanzaba amenazando aplastarla, ahora le parecía ridículo; ya no temía a nadie y sólo lamentaba la ausencia de su madre, que se hubiera alegrado junto con ella de sus éxitos.

Piotr Leontich, que ya estaba pálido, pero que se sostenía aún firmemente sobre sus piernas, se acercó a la pequeña *izba* y pidió una copa de coñac. Ania se ruborizó, esperando que dijera algo impropio (sentía vergüenza de tener un padre tan pobre y tan ordinario), pero él bebió, le arrojó de su paquetito un billete de diez rublos y se alejó dignamente, sin decir una sola palabra. Poco tiempo después ella lo vio con una pareja en el *grand rond* y esta vez ya se tambaleaba algo y lanzaba exclamaciones, con gran confusión de su dama; Ania recordó cómo, hacía unos tres años, en un baile, su padre se había tambaleado y gritado de manera parecida, y el asunto concluyó con la llegada del subcomisario que lo llevó a su casa a dormir y al día siguiente el director del colegio amenazó con despedirlo…

¡Qué inoportuno era aquel recuerdo!

Cuando en las pequeñas *izbas* se habían apagado los *samovares* y las fatigadas benefactoras habían entregado la ganancia a la señora de la piedra en la boca, Artynov condujo a Ania, del brazo, a la sala en que fue servida la cena para todas las participantes en la feria. Los comensales no pasaban de veinte personas, pero la cena fue muy ruidosa. Su excelencia pronunció un brindis: "En este comedor lujoso será apropiado beber una copa por el florecimiento de comedores baratos, que fueron el objeto de la feria de hoy". El general de brigada brindó "por la fuerza ante la cual afloja hasta la artillería" y todos comenzaron a colocar sus copas con las de las damas.

¡Fue una cena muy, pero muy alegre!

Cuando a Ania la acompañaban a su casa ya amanecía y las cocineras iban al mercado. Alegre, embriagada, llena de nuevas impresiones y rendida, se desvistió, se dejó caer en la cama y se durmió enseguida…

Después de la una de la tarde la despertó la doncella, anunciándole la visita del señor Artynov. Se vistió rápidamente y fue a la sala. Poco más tarde llegó su excelencia para agradecer su participación en la feria de beneficencia. Dirigiéndole miradas melosas y masticando con los labios, le besó la mano, pidió permiso para visitarla otras veces y se fue, mientras que ella quedó parada en medio de la sala, sorprendida, hechizada, sin poder creer que el cambio de su vida, el asombroso cambio, hubiese ocurrido tan pronto; y en ese momento entró su marido, Modest Alekseich… Se detuvo delante de ella con la misma expresión dulzona, aduladora y respetuosa del lacayo que se ve en presencia de personas ilustres y poderosas; y con entusiasmo, con indignación, con desprecio, segura ya de que nada tenía que temer, ella le dijo, subrayando cada palabra:

—¡Váyase, imbécil!

A partir de entonces Ania no tenía ya un solo día libre, ya que, si no tomaba parte en un *pic-nic*, asistía a un paseo o a un espectáculo. Todas las noches regresaba al amanecer y se acostaba en la sala, en el suelo, y luego, de un modo conmovedor, contaba a todo el mundo cómo dormía bajo las flores. Necesitaba mucho dinero, pero ya no le tenía miedo a Modest Alekseich y gastaba su dinero como si fuera el suyo propio; no se lo pedía ni exigía, se limitaba a enviarle las cuentas o las esquelas: "Sírvase entregar al portador doscientos rublos" o "Pague inmediatamente cien rublos".

Durante las fiestas de pascua Modest Alekseich fue condecorado con la orden de Santa Ana de segundo grado. Cuando fue a dar las gracias, su excelencia dejó de lado el diario y acomodóse en el sillón.

—De modo que usted tiene ahora tres Anas —dijo, mirándose sus blancas manos de uñas rosadas— una en el ojal y dos colgadas al cuello.

Modest Alekseich se puso dos dedos en los labios, por cautela, para no echarse a reír en voz alta y contestó:

—Ahora lo que queda es esperar la aparición del pequeño Vladimiro.

Me atrevo a rogar a su excelencia que sea el padrino.

Aludía a la orden de San Vladimiro de cuarto grado e imaginaba ya cómo contaría en todas partes este *calembour* suyo tan acertado por su ocurrencia y su valentía; quería decir algo más, igualmente acertado, pero su excelencia saludó con la cabeza y volvió a sumergirse en el diario...

Entretanto Ania continuaba con sus paseos en *troika*, iba de caza con Artynov, interpretaba papeles en piezas de un acto, salía a cenar y visitaba cada vez menos a los suyos. Éstos ahora almorzaban solos. Piotr Leontich bebía más que antes, faltaba el dinero, y el armonio hacía tiempo que se había vendido para pagar las deudas. Los muchachos ya no lo dejaban salir solo y lo vigilaban para que no se cayera; y cuando, durante los paseos en la calle Kievskaia tropezaban con la *troika* en que iba Ania, con Artynov en el pescante, Piotr Leontich se quitaba el sombrero de copa e intentaba gritar algo, mientras Petia y Andriusha lo tomaban por los brazos y le decían en tono suplicante:

—No hagas eso, papaíto... Basta, papaíto...

ANIUTA

Por la peor habitación del detestable Hotel Lisboa paseábase infatigablemente el estudiante de tercer año de Medicina Stepan Klochkov. A la par que paseaba, estudiaba en voz alta. Como llevaba largas horas entregado al doble ejercicio, tenía la garganta seca y la frente cubierta de sudor.

Junto a la ventana, cuyos cristales empañaba la nieve congelada, estaba sentada en una silla, cosiendo una camisa de hombre, Aniuta, morenilla de unos veinticinco años, muy delgada, muy pálida, de dulces ojos grises. En el reloj del corredor sonaron, catarrosas, las dos de la tarde; pero la habitación no estaba aún arreglada. La cama hallábase deshecha, y se veían, esparcidos por el aposento, libros y ropas. En un rincón había un lavabo nada limpio, lleno de agua enjabonada.

—El pulmón se divide en tres partes —recitaba Klochkov—. La parte superior llega hasta cuarta o quinta costilla…

Para formarse idea de lo que acababa de decir, se palpó el pecho.

—Las costillas están dispuestas paralelamente unas a otras, como las teclas de un piano —continuó—. Para no errar en los cálculos, conviene orientarse sobre un esqueleto o sobre un ser humano vivo… Ven, Aniuta, voy a orientarme un poco…

Aniuta interrumpió la costura, se quitó el corpiño y se acercó. Klochkov se sentó ante ella, frunció las cejas y empezó a palpar las costillas de la muchacha.

—La primera costilla —observó— es difícil de tocar. Está detrás de la clavícula… Esta es la segunda, esta es la tercera, esta es la cuarta… Es raro; estás delgada, y, sin embargo, no es fácil orientarse sobre tu tórax… ¿Qué te pasa?

—¡Tiene usted los dedos tan fríos!…

—¡Bah! No te morirás… Bueno; esta es la tercera, esta es la cuarta… No, así las confundiré… Voy a dibujarlas…

Cogió un pedazo de carboncillo y trazó en el pecho de Aniuta unas cuantas líneas paralelas, correspondientes cada una a una costilla.

—¡Muy bien! Ahora veo claro. Voy a auscultarte un poco. Levántate.

La muchacha se levantó y Klochkov empezó a golpearle con el dedo en las costillas. Estaba tan absorto en la operación, que no advertía que los labios, la nariz y las manos de Aniuta se habían puesto azules de frío. Ella, sin embargo, no se movía, temiendo entorpecer el trabajo del estudiante. "Si no me estoy quieta —pensaba— no saldrá bien de los exámenes".

—¡Sí, ahora todo está claro! —dijo entonces por fin él, cesando de golpear—. Siéntate y no borres los dibujos hasta que yo acabe de aprenderme este maldito capítulo del pulmón. Y comenzó de nuevo a pasearse, estudiando en voz alta. Aniuta, con las rayas negras en el tórax, parecía tatuada. La pobre temblaba de frío y pensaba. Solía hablar muy poco, casi siempre estaba silenciosa, y pensaba, pensaba sin cesar.

Klochkov era el sexto de los jóvenes con quienes había vivido en los últimos seis o siete años. Todos sus amigos anteriores habían ya acabado sus estudios universitarios, habían ya concluido su carrera, y, naturalmente, la habían olvidado hacía tiempo. Uno de ellos vivía en París, otros dos eran médicos, el cuarto era pintor de fama, el quinto había llegado a catedrático. Klochkov no tardaría en terminar también sus estudios. Le esperaba, sin duda, un bonito porvenir, acaso la celebridad; pero a la sazón se hallaba en la miseria. No tenían ni azúcar, ni té, ni tabaco. Aniuta apresuraba cuanto podía su labor para llevarla al almacén, cobrar los veinticinco kopecs y comprar tabaco, té y azúcar.

—¿Se puede? —preguntaron detrás de la puerta. Aniuta se echó a toda prisa un chal sobre los hombros.

Entró el pintor Fetisov.

—Vengo a pedirle a usted un favor —le dijo a Klochkov—. ¿Tendría usted la bondad de prestarme, por un par de horas, a su gentil amiga? Estoy pintando un cuadro y necesito una modelo.

—¡Con mucho gusto! —contestó Klochkov—. ¡Anda, Aniuta!

—¿Cree usted que es un placer para mí? —murmuró ella.

—¡Pero mujer! —exclamó Klochkov—. Es por el arte… Bien puedes hacer ese pequeño sacrificio.

Aniuta comenzó a vestirse.

—¿Qué cuadro es ése? —preguntó el estudiante.

—*Psiquis*. Un hermoso asunto; pero tropiezo con dificultades. Tengo que cambiar todos los días de modelo. Ayer se me presentó una con las piernas azules. "¿Por qué tiene usted las piernas azules?", le pregunté. Y me contestó: "Llevo unas medias que se destiñen…". Usted siempre a vueltas con la Medicina, ¿eh? ¡Qué paciencia! Yo no podría…

—La Medicina exige un trabajo serio.

—Es verdad… Perdóneme, Klochkov; pero vive usted… como un cerdo. ¡Que sucio está esto!

—¿Qué quiere usted que yo haga? No puedo remediarlo. Mi padre no me manda más que doce rublos al mes, y con ese dinero no se puede vivir muy decorosamente.

—Tiene usted razón; pero… podría usted vivir con un poco de limpieza. Un hombre de cierta cultura no debe descuidar la estética, y usted… La cama deshecha, los platos sucios…

—¡Es verdad! —balbuceó confuso Klochkov—. Aniuta está hoy tan ocupada que no ha tenido tiempo de arreglar la habitación.

Cuando el pintor y Aniuta se fueron, Klochkov se tendió en el sofá y siguió estudiando; mas no tardó en quedarse dormido y no se despertó hasta una hora después. La siesta lo había puesto de mal humor. Recordó las palabras de Fetisov, y, al fijarse en la pobreza y la suciedad del aposento, sintió una especie de repulsión. En un porvenir próximo recibiría a los enfermos en su lujoso gabinete, comería y tomaría el té en un comedor amplio y bien amueblado, en compañía de su mujer, a quien respetaría todo el mundo...; pero, a la sazón..., aquel cuarto sucio, aquellos platos, aquellas colillas esparcidas por el suelo... ¡Qué asco! Aniuta, por su parte, no embellecía mucho el cuadro: iba mal vestida, despeinada...

Y Klochkov decidió separarse de ella en seguida, a todo trance. ¡Estaba ya hasta la coronilla!

Cuando la muchacha, de vuelta, estaba quitándose el abrigo, se levantó y le dijo con acento solemne:

—Escucha, querida... Siéntate y atiende. Tenemos que separarnos. Yo no puedo ni quiero ya vivir contigo.

Aniuta venía del estudio de Fetisov fatigada, nerviosa. El estar de pie tanto tiempo había acentuado la demacración de su rostro. Miró a Klochkov sin decir nada, temblándole los labios.

—Debes comprender que, tarde o temprano, hemos de separarnos. Es fatal. Tú, que eres una buena muchacha y no tienes pelo de tonta, te harás cargo.

Aniuta se puso de nuevo el abrigo en silencio, envolvió su labor en un periódico, cogió las agujas, el hilo...

—Esto es de usted —dijo, apartando unos cuantos terrones de azúcar. Y se volvió de espaldas para que Klochkov no la viese llorar.

—Pero ¿por qué lloras? —preguntó el estudiante.

Tras de ir y venir, silencioso, durante un minuto a través de la habitación, añadió con cierto embarazo:

—¡Tiene gracia!... Demasiado sabes que, tarde o temprano, nuestra separación es inevitable. No podemos vivir juntos toda la vida.

Ella estaba ya a punto, y se volvió hacia él, con el envoltorio bajo el brazo, dispuesta a despedirse. A Klochkov le dio lástima...

"Podría tenerla —pensó— una semana más conmigo. ¡Sí, que se quede! Dentro de una semana le diré que se vaya".

Y, enfadado consigo mismo por su debilidad, le gritó con tono severo:

—Bueno; ¿qué haces ahí como un pasmarote? Una de dos: o te vas, o si no quieres irte te quitas el abrigo y te quedas. ¡Quédate si quieres!

Aniuta se quitó el abrigo sin decir palabra, se sonó, suspiró, y con tácitos pasos se dirigió a su silla junto a la ventana.

Klochkov cogió su libro de medicina y empezó de nuevo a estudiar en voz alta, paseándose por el aposento.

"El pulmón se divide en tres partes. La parte superior…". En el corredor alguien gritaba a voz en cuello:

—¡Grigory, tráeme el samovar!

UNA APUESTA

Era una oscura noche de otoño. El viejo banquero caminaba en su despacho, de un rincón a otro, recordando una recepción que había dado quince años antes, en otoño. Asistieron a esta velada muchas personas inteligentes y se oyeron conversaciones interesantes. Entre otros temas se habló de la pena de muerte. La mayoría de los visitantes, entre los cuales hubo no pocos hombres de ciencia y periodistas, tenían al respecto una opinión negativa. Encontraban ese modo de castigo como anticuado, inservible e inmoral para los estados cristianos. Algunos opinaban que la pena de muerte debería reemplazarse en todas partes por la reclusión perpetua.

—No estoy de acuerdo —dijo el dueño de la casa—. No he probado la ejecución ni la reclusión perpetua, pero si se puede juzgar a priori, la pena de muerte, a mi juicio, es más moral y humana que la reclusión. La ejecución mata de golpe, mientras que la reclusión vitalicia lo hace lentamente. ¿Cuál de los verdugos es más humano? ¿El que lo mata a usted en pocos minutos o el que le quita la vida durante muchos años?

—Uno y otro son igualmente inmorales —observó alguien— porque persiguen el mismo propósito: quitar la vida. El Estado no es Dios. No tiene derecho a quitar algo que no podría devolver si quisiera hacerlo.

Entre los invitados se encontraba un joven jurista, de unos veinticinco años. Al preguntársele su opinión, contestó:

—Tanto la pena de muerte como la reclusión perpetua son igualmente inmorales, pero si me ofrecieran elegir entre la ejecución y la prisión, yo, naturalmente, optaría por la segunda. Vivir de alguna manera es mejor que de ninguna.

Se suscitó una animada discusión. El banquero, por aquel entonces más joven y más nervioso, de repente dio un puñetazo en la mesa y le gritó al joven jurista:

—¡No es cierto! Apuesto dos millones a que usted no aguantaría en la prisión ni cinco años.

—Si usted habla en serio —respondió el jurista— apuesto a que aguantaría no cinco sino quince años.

—¿Quince? ¡Está bien! —exclamó el banquero—. Señores, pongo dos millones.

—De acuerdo. Usted pone los millones y yo pongo mi libertad —dijo el jurista.

¡Y esta feroz y absurda apuesta fue concertada! El banquero, que entonces ni conocía la cuenta exacta de sus millones, mimado por la suerte y despreocupado, estaba entusiasmado por la apuesta. Durante la cena bromeaba a costa del jurista y le decía:

—Piénselo bien, joven, mientras no sea tarde. Para mí dos millones no son nada, pero usted se arriesga a perder los tres o cuatro mejores años de su vida. Y digo tres o cuatro porque más de eso usted no va a soportar. No olvide tampoco, desdichado, que una reclusión voluntaria resulta más penosa que la obligatoria. La idea de que en cualquier momento usted tiene derecho a salir en libertad le envenenará la existencia en su prisión. ¡Tengo lástima de usted!

Y ahora el banquero, caminando de un rincón a otro, recordaba todo aquello y se preguntaba a sí mismo:

—¿Para qué esta apuesta? ¿Qué provecho hay en haber perdido el jurista quince años de su vida y en tirar yo dos millones de rublos? ¿Puede ello demostrar a la gente que la pena de muerte es peor o mejor que la reclusión perpetua? No y no. Es un dislate, un absurdo. Por mi parte ha sido el capricho de un hombre satisfecho y por parte del jurista, una simple avidez por el dinero...

Y él se puso a recordar lo que había ocurrido después de la velada descripta. Decidióse que el jurista cumpliera su reclusión bajo severa vigilancia, en una de las casitas construidas en el jardín del banquero. Se convino que durante quince años sería privado del derecho de traspasar el umbral de la casa, ver a la gente, escuchar voces humanas, recibir cartas y diarios. Se le permitía tener un instrumento musical, leer libros, escribir cartas, tomar vino y fumar. Con el mundo exterior, según el convenio, no podría relacionarse de otra manera que en silencio, a través de una ventanilla arreglada para este propósito. Mediante una esquela podría solicitar todo lo necesario, los libros, la música, el vino, etc., todo lo cual recibiría, en cualquier cantidad, únicamente por la ventanilla.

El convenio preveía todos los detalles que conferían al recluido la condición de estrictamente incomunicado y le obligaba a permanecer en la casa quince años justos, a partir de las doce horas del catorce de noviembre de 1870 hasta las doce horas del catorce de noviembre de 1885. La menor tentativa de infringir estas condiciones por parte del jurista, aunque fuera dos minutos antes del plazo, liberaba al banquero de la obligación de pagarle los dos millones.

En su primer año de reclusión el jurista, por cuanto se podía juzgar a través de sus breves notas, sufrió mucho a causa de la soledad y el tedio. En su casita se oían constantemente los sonidos del piano. El vino y el tabaco fueron rechazados por él. El vino, escribía, provoca los deseos, y los deseos son los primeros enemigos del recluido; además, no hay cosa más aburrida que beber un buen vino y no ver nada. En cuanto al tabaco, vicia el aire de la habitación. En el primer año se le enviaba al jurista libros de contenido preferentemente fácil: novelas con complicada intriga amorosa, cuentos policiales y fantásticos, comedias, etc.

En el segundo año ya dejó de oírse la música en la casita y el jurista sólo pedía en sus notas libros de autores clásicos. En el quinto año se volvió a oír la música y el prisionero solicitó vino. Los que lo observaban por la ventanilla relataban que durante todo ese año no hacía sino comer, beber, quedarse en cama bostezando y conversar malhumorado consigo mismo. No leyó más libros. A veces, de noche, se ponía a escribir durante largo rato y a la madrugada hacía pedazos todo lo escrito. Más de una vez se le oyó llorar.

En la segunda mitad del sexto año el recluido se abocó con ahínco al estudio de los idiomas, la filosofía y la historia. Acometió estas ciencias con tanta avidez que el banquero apenas alcanzaba a pedir libros para él. En el lapso de cuatro años fueron solicitados por correo, a su pedido, cerca de seiscientos volúmenes. En este período el banquero recibió de su prisionero una carta que decía así: "Mi querido carcelero: Le escribo estas líneas en seis idiomas. Muéstrelas a personas entendidas. Que las lean. Si no encuentran ni un solo error, le ruego hagan disparar una escopeta en el jardín. Este disparo me dirá que mis esfuerzos no se perdieron en vano. Los genios de todos los tiempos y países hablan en distintas lenguas, pero arde en ellos la misma llama. ¡Oh, si usted supiera qué dicha sublime experimento ahora en mi alma porque puedo comprenderlos!". El deseo del recluido fue cumplido. El banquero mandó disparar la escopeta en el jardín dos veces.

A partir del décimo año el jurista permanecía sentado a la mesa, inmóvil, y sólo leía el *Evangelio*. Al banquero le pareció extraño que el hombre que en cuatro años había vencido seiscientos tomos difíciles, hubiera gastado cerca de un año en la lectura de un libro no muy grueso y de fácil comprensión. Al *Evangelio* lo sustituyeron luego la historia de las religiones y la teología. En los dos últimos años de reclusión, el prisionero leyó una extraordinaria cantidad de libros, sin ninguna selección. Ora se dedicaba a las ciencias naturales, ora pedía obras de Byron o Shakespeare. En sus notas solicitaba a veces, al mismo tiempo, un libro de química, un manual de medicina, una novela y un tratado de filosofía o teología. Sus lecturas daban la impresión de que el hombre nadase en un mar entre los fragmentos de un buque y, tratando de salvar la vida, se aferraba desesperadamente ya a uno ya a otro de ellos.

El viejo banquero recordaba todo eso, pensando: "Mañana a las doce horas él obtendrá su libertad. Según las condiciones, tendré que pagarle los dos millones. Y si le pago, está todo perdido: estoy arruinado definitivamente...".

Quince años antes no sabía cuántos millones tenía, mientras que ahora le daba miedo preguntarse ¿qué era lo que más tenía: dinero o deudas? El imprudente juego en la Bolsa, las especulaciones arriesgadas y el acaloramiento, del cual no pudo desprenderse ni siquiera en la vejez, poco a poco fueron debilitando sus negocios y el osado, seguro y orgulloso ricachón se transformó en un banquero de segunda clase, que temblaba con cada alza o baja de valores.

—¡Maldita apuesta! —farfullaba el viejo, agarrándose la cabeza—. ¿Por qué no habrá muerto este hombre? Sólo tiene cuarenta años. Me quitará lo último que tengo, se casará, disfrutará de la vida, jugará en la Bolsa y yo, como un mendigo, lo miraré con envidia y todos los días le oiré decir siempre lo mismo: "Le debo a usted la felicidad de mi vida, permítame que le ayude". ¡No, esto es demasiado! ¡La única salvación de la bancarrota y del oprobio está en la muerte de este hombre!

Dieron las tres. El banquero aguzó el oído: todos dormían en la casa y sólo se oía el rumor de los helados árboles detrás de las ventanas. Tratando de no hacer ningún ruido, sacó de la caja fuerte la llave de la puerta que no se abría durante quince años, se puso el abrigo y salió de la casa.

El jardín estaba oscuro y frío. Llovía. Un viento húmedo y penetrante paseaba aullando por todo el jardín y no dejaba en paz a los árboles. El banquero esforzó la vista, pero no veía ni la tierra, ni las blancas estatuas, ni la casita, ni los árboles. Acercóse entonces al lugar donde se hallaba la casita y llamó dos veces al sereno. No hubo respuesta. Por lo visto, el sereno, huyendo del mal tiempo, se refugió en la cocina o en el invernadero y se quedó dormido.

"Si soy capaz de llevar adelante mi propósito —pensó el viejo— la sospecha recaerá antes que en nadie sobre el sereno".

En la oscuridad tanteó los escalones y la puerta y entró en el vestíbulo de la casita; luego penetró a tientas en el pequeño pasillo y encendió un fósforo. Allí no había nadie. Vio una cama sin hacer y una oscura estufa de hierro en un rincón. Los sellos en la puerta que conducía al cuarto del recluido estaban intactos.

Cuando la cerilla se había apagado, el viejo, temblando de emoción, miró por la ventanilla.

La opaca luz de una vela apenas iluminaba la habitación del recluido. Éste estaba sentado junto a la mesa. Sólo se veían su espalda, sus cabellos y sus manos. Sobre la mesa, en dos sillones y sobre la alfombra, junto a la mesa, había libros abiertos.

Transcurrieron cinco minutos y el prisionero no se movió ni una sola vez. La reclusión de quince años le había enseñado a permanecer inmóvil. El banquero golpeó con el dedo en la ventanilla, pero el recluido no hizo ningún movimiento. Entonces el banquero arrancó cuidadosamente los sellos de la puerta e introdujo la llave en la cerradura. Se oyó un ruido áspero y el rechinar de la puerta. El banquero esperaba el grito de sorpresa y los pasos, pero al cabo de tres minutos el silencio detrás de la puerta seguía inalterable. Decidió entonces entrar en la habitación.

Junto a la mesa estaba sentado, inmóvil, un hombre que no parecía una persona común. Era un esqueleto, cubierto con piel, con largos bucles femeninos y enmarañada barba. El color de su cara era amarillo, con un matiz terroso; tenía las mejillas hundidas, espalda larga y estrecha, y la mano que sostenía su melenuda cabeza era tan delgada que daba miedo mirarla. Sus cabellos ya estaban salpicados por las canas, y a juzgar por su cara, avejentada y demacrada, nadie creería que sólo tenía cuarenta años. Dormía… Delante de su inclinada cabeza, se veía sobre el escritorio una hoja de papel, en la cual había unas líneas escritas con letra menuda.

"¡Miserable! —pensó el banquero—. Duerme y, probablemente, sueña con los millones. Pero si yo levanto este semicadáver, lo arrojo sobre la cama y lo aprieto un poco con la almohada, el más minucioso peritaje no encontrará signos de una muerte violenta. Pero leamos primero estas líneas…".

El banquero tomó la hoja y leyó lo siguiente: "Mañana, a las doce horas del día, recupero la libertad y el derecho de comunicarme con la gente. Pero antes de abandonar esta habitación y ver el sol, considero necesario decirle algunas palabras. Con la conciencia tranquila y ante Dios que me está viendo, declaro que yo desprecio la libertad, la vida, la salud y todo lo que en vuestros libros se denomina bienes del mundo".

"Durante quince años estudié atentamente la vida terrenal. Es verdad, yo no veía la tierra ni la gente, pero en vuestros libros bebía vinos aromáticos, cantaba canciones, en los bosques cazaba ciervos y jabalíes, amaba mujeres… Beldades, leves como una nube, creadas por la magia de vuestros poetas geniales, me visitaban de noche y me susurraban cuentos maravillosos que embriagaban mi cabeza. En vuestros libros escalaba las cimas del Elbruz y del Monte Blanco y desde allí veía salir el sol por la mañana mientras al anochecer lo veía derramar el oro purpurino sobre el cielo, el océano, las montañas; veía verdes bosques, prados, ríos, lagos, ciudades; oía el canto de las sirenas y el son de las flautas de los pastores; tocaba las alas de los bellos demonios que descendían para hablar conmigo acerca de Dios… En vuestros libros me arrojaba en insondables abismos, hacía milagros, incendiaba ciudades, profesaba nuevas religiones, conquistaba imperios enteros...

"Vuestros libros me dieron la sabiduría. Todo lo que a través de los siglos iba creando el infatigable pensamiento humano está comprimido cual una bola dentro de mi cráneo. Sé que soy más inteligente que todos vosotros.

"Y yo desprecio vuestros libros, desprecio todos los bienes del mundo y la sabiduría. Todo es miserable, perecedero, fantasmal y engañoso como la fatal morgana. Qué importa que seáis orgullosos, sabios y bellos, si la muerte os borrará de la faz de la tierra junto con las ratas, mientras que vuestros descendientes, la historia, la inmortalidad de vuestros genios se congelarán o se quemarán junto con el globo terráqueo.

"Habéis enloquecido y marcháis por un camino falso. Tomáis la mentira por la verdad, y la fealdad por la belleza. Os quedaríais sorprendidos si, en virtud de algunas circunstancias, sobre los manzanos y los naranjos, en lugar de los frutos, crecieran de golpe las ranas y los lagartos o si las rosas comenzaran a exhalar un olor a caballo transpirado; así me asombro por vosotros que habéis cambiado el cielo por la tierra. No quiero comprenderos.

"Para mostraros de hecho mi desprecio hacia todo lo que representa vuestra vida, rechazo los dos millones, con los cuales había soñado en otro tiempo, como si fueran un paraíso, y a los que desprecio ahora. Para privarme del derecho de cobrarlos, saldré de aquí cinco horas antes del plazo establecido y de esta manera violaré el convenio...".

Después de leer la hoja, el banquero la puso sobre la mesa, besó al extraño hombre en la cabeza y salió de la casita, llorando. En ningún momento de su vida, ni aún después de las fuertes pérdidas en la Bolsa, había sentido tanto desprecio por sí mismo como ahora. Al volver a su casa, se acostó enseguida, pero la emoción y las lágrimas no lo dejaron dormir durante un buen rato...

A la mañana siguiente llegaron corriendo los alarmados serenos y le comunicaron haber visto que el hombre de la casita bajó por la ventana al jardín, se encaminó hacia el portón y luego desapareció. Junto con los criados, el banquero se dirigió a la casita y comprobó la fuga del prisionero. Para no suscitar rumores superfluos, tomó de la mesa la hoja con la renuncia y, al regresar a casa, la guardó en la caja fuerte.

UN ASESINATO

Es de noche. La criadita Varka, una muchacha de trece años, mece en la cuna al nene y le canturrea:

"Duerme, niño bonito, que viene el coco…".

Una lamparilla verde encendida ante el icono alumbra con luz débil e incierta. Colgados a una cuerda que atraviesa la habitación se ven unos pañales y un pantalón negro. La lamparilla proyecta en el techo un gran círculo verde; las sombras de los pañales y el pantalón se agitan, como sacudidas por el viento, sobre la estufa, sobre la cuna y sobre Varka.

La atmósfera es densa. Huele a piel y a sopa de col.

El niño llora. Hace tiempo que está afónico de tanto llorar; pero sigue gritando cuanto le permiten sus fuerzas. Parece que su llanto no va a acabar nunca.

Varka tiene un sueño terrible. Sus ojos, a pesar de todos sus esfuerzos, se cierran, y, por más que intenta evitarlo, da cabezadas. Apenas puede mover los labios, y se siente la cara como de madera y la cabeza pequeñita cual la de un alfiler.

"Duerme, niño bonito…", balbucea.

Se oye el canto monótono de un grillo escondido en una grieta de la estufa. En el cuarto inmediato roncan el maestro y el aprendiz Afanasy. La cuna, al mecerse, gime quejumbrosa. Todos estos ruidos se mezclan con el canturreo de Varka en una música adormecedora, que es grato oír desde la cama. Pero Varka no puede acostarse, y la musiquita la exaspera, pues le da sueño y ella no puede dormir; si se durmiese, los amos le pegarían.

La lamparilla verde está a punto de apagarse. El círculo verde del techo y las sombras se agitan ante los ojos medio cerrados de Varka, en cuyo cerebro semidormido nacen vagos ensueños.

La muchacha ve en ellos correr por el cielo nubes negras que lloran a gritos, como niños de teta. Pero el viento no tarda en barrerlas, y Varka ve un ancho camino, lleno de lodo, por el que transitan, en fila interminable, coches, gentes con talegos a la espalda y sombras. A uno y otro lado del camino, envueltos en la niebla, hay bosques. De pronto, las sombras y los caminantes de los talegos se tienden en el lodo.

—¿Para qué hacen eso? —les pregunta Varka.

—¡Para dormir! —contestan—. Queremos dormir. Y se duermen como lirones.

Cuervos y urracas, posados en los alambres del telégrafo, ponen gran empeño en despertarlos.

"Duerme, niño bonito…", canturrea entre sueños Varka.

Momentos después sueña hallarse en casa de su padre. La casa es angosta y oscura. Su padre, Efim Stepanov, fallecido hace tiempo, se revuelca por el suelo. Ella no lo ve, pero oye sus gemidos de dolor. Sufre tanto —atacado de no se sabe qué dolencia—, que no puede hablar. Jadea y rechina los dientes.

—Bu-bu-bu-bu...

La madre de Varka corre a la casa señorial a decir que su marido está muriéndose. Pero ¿por qué tarda tanto en volver? Hace largo rato que se ha ido y debía haber vuelto ya.

Varka sueña que sigue oyendo quejarse y rechinar los dientes a su padre, acostada en la estufa.

Mas he aquí que se acerca gente a la casa. Se oye trotar de caballos. Los señores han enviado al joven médico a ver al moribundo. Entra. No se le ve en la oscuridad, pero se le oye toser y abrir la puerta.

—¡Enciendan luz! —dice.

—¡Bu-bu-bu! —responde Efim, rechinando los dientes.

La madre de Varka va y viene por el cuarto buscando cerillas. Unos momentos de silencio. El doctor saca del bolsillo una cerilla y la enciende.

—¡Espere un instante, señor doctor! —dice la madre. Sale corriendo y vuelve a poco con un cabo de vela.

Las mejillas del moribundo están rojas, sus ojos brillan, sus miradas parecen hundirse extrañamente agudas en el doctor, en las paredes.

—¿Qué es eso, muchacho? —le pregunta el médico, inclinándose sobre él—. ¿Hace mucho que estás enfermo?

—¡Me ha llegado la hora, excelencia! —contesta, con mucho trabajo, Efim—. No me hago ilusiones...

—¡Vamos, no digas tonterías! Verás cómo te curas...

—Gracias, excelencia; pero bien sé yo que no hay remedio... Cuando la muerte dice aquí estoy, es inútil luchar contra ella...

El médico reconoce detenidamente al enfermo y declara:

—Yo no puedo hacer nada. Hay que llevarle al hospital para que le operen. Pero sin pérdida de tiempo. Aunque es ya muy tarde, no importa; te daré cuatro letras para el doctor y te recibirá. ¡Pero en seguida, en seguida!

—Señor doctor, ¿y cómo va a ir? —dice la madre—. No tenemos caballo.

—No importa; hablaré a los señores y les dejarán uno.

El médico se va, la vela se apaga y de nuevo se oye el rechinar de dientes del moribundo.

—Bu-bu-bu-bu…

Media hora después se detiene un coche ante la casa; lo envían los señores para llevar a Efim al hospital. A los pocos momentos el coche se aleja, conduciendo al enfermo.

Pasa, al cabo, la noche y sale el Sol. La mañana es hermosa, clara. Varka se queda sola en casa; su madre se ha ido al hospital a ver cómo sigue el marido.

Se oye llorar a un niño. Se oye también una canción:

"Duerme niño bonito…".

A Varka le parece su propia voz la voz que canta. Su madre no tarda en volver. Se persigna y dice:

—¡Acaban de operarlo, pero ha muerto! ¡Santa gloria haya!… El doctor dice que se le ha operado demasiado tarde; que debía habérsele operado hace mucho tiempo.

Varka sale de la casa y se dirige al bosque. Pero siente de pronto un tremendo manotazo en la nuca. Se despierta y ve con horror a su amo, que le grita:

—¡Mala pécora! ¡El nene llorando y tú durmiendo!

Le da un tirón de orejas; ella sacude la cabeza, como para ahuyentar el sueño irresistible y empieza de nuevo a balancear la cuna, canturreando con voz ahogada.

El círculo verde del techo y las sombras siguen produciendo un efecto letal sobre Varka, que, cuando su amo se va, torna a dormirse. Y empieza otra vez a soñar.

De nuevo ve el camino enlodado. Infinidad de gente, cargada con talegos, yace dormida en tierra. Vorka quiere acostarse también; pero su madre, que camina a su lado, no la deja; ambas se dirigen a la ciudad en busca de trabajo.

—¡Una limosnita, por el amor de Dios! —implora la madre a los caminantes—. ¡Compasión, buenos cristianos!

—¡Dame el niño! —grita de pronto una voz que le es muy conocida a Varka—. ¡Otra vez dormida, mala pécora!

Varka se levanta bruscamente, mira en torno suyo y se da cuenta de la realidad: no hay camino, ni caminantes, ni su madre está junto a ella; sólo ve a su ama, que ha venido a darle teta al niño.

Mientras el niño mama, Varka, de pie, espera que acabe. El aire empieza a azulear tras los cristales; el círculo verde del techo y las sombras van palideciendo. La noche le cede su puesto a la mañana.

—¡Toma al niño! —ordena a los pocos minutos el ama, abotonándose la camisa—. Siempre está llorando. ¡No sé qué le pasa!

Varka coge al niño, lo acuesta en la cuna y empieza otra vez a mecerle. El círculo verde y las sombras, menos perceptibles a cada instante, no ejercen ya influjo sobre su cerebro. Pero, sin embargo, tiene sueño; su necesidad de dormir es imperiosa, irresistible. Apoya la cabeza en el borde de la cuna, y balancea el cuerpo al par que el mueble, para despabilarse; pero los ojos se le cierran y siente en la frente un peso plúmbeo.

—¡Varka, enciende la estufa! —grita el ama, al otro lado de la puerta. Es de día. Hay que comenzar el trabajo.

Varka deja la cuna y corre por leña al porche. Se anima un poco; es más fácil resistir el sueño andando que sentado.

Lleva leña y enciende la estufa. La niebla que envolvía su cerebro se va disipando.

—¡Varka, prepara el samovar! —grita el ama.

Varka empieza a encender astillas, mas su ama la interrumpe con una nueva orden:

—¡Varka, límpiale los chanclos al amo!

Varka, mientras limpia los chanclos, sentada en el suelo, piensa que sería delicioso meter la cabeza en uno de aquellos zapatones para dormir un rato. De pronto, el chanclo que estaba limpiando crece, se infla, llena toda la estancia. Varka suelta el cepillo y empieza a dormirse; pero hace un nuevo esfuerzo, sacude la cabeza y abre los ojos cuanto puede, en evitación de que los chismes que hay a su alrededor sigan moviéndose y creciendo.

—¡Varka, ve a lavar la escalera! —ordena el ama, a voces—. ¡Está tan cochina, que cuando sube un parroquiano me avergüenzo!

Varka lava la escalera, barre las habitaciones, enciende después otra estufa, va varias veces a la tienda. Son tantos sus quehaceres, que no tiene un momento libre.

Lo que más trabajo le cuesta es estar de pie, inmóvil, ante la mesa de la cocina, mondando patatas. Su cabeza se inclina, sin que ella lo pueda evitar, hacia la mesa; las patatas toman formas fantásticas; su mano no puede sostener el cuchillo. Sin embargo, es preciso no dejarse vencer por el sueño: está allí el ama, gorda, malévola, chillona. Hay momentos en que le acomete a la pobre muchacha una violenta tentación de tenderse en el suelo y dormir, dormir, dormir…

Transcurre así el día. Llega la noche.

Varka, mirando las tinieblas enlutar las ventanas, se aprieta las sienes, que siente como de madera, y sonríe de un modo estúpido, completamente inmotivado. Las tinieblas halagan sus ojos y hacen renacer en su alma la esperanza de poder dormir.

Aquella noche hay una visita.

—¡Varka, enciende el samovar! —grita el ama.

El samovar es muy pequeño, y para que todos puedan tomar té hay que encenderlo cinco veces.

Luego Varka, en pie, espera órdenes, fijos los ojos en los visitantes.

—¡Varka, ve por vodka! Varka, ¿dónde está el sacacorchos? ¡Varka, limpia un arenque!

Por fin la visita se va. Se apagan las luces. Se acuestan los amos.

—¡Varka, abraza al niño! —es la última orden que oye.

Canta el grillo en la estufa. El círculo verde del techo y las sombras vuelven a agitarse ante los ojos medio cerrados de Varka y a envolverle el cerebro en una niebla.

"Duerme, niño bonito…", canturrea la pobre muchacha con voz soñolienta.

El niño grita como un condenado. Está a dos dedos de encanarse.

Varka, medio dormida, sueña con el ancho camino enlodado, con los caminantes del talego, con su madre, con su padre moribundo. No puede darse cuenta de lo que pasa en torno suyo. Sólo sabe que algo la paraliza, pesa sobre ella, le impide vivir. Abre los ojos, tratando de inquirir qué fuerza, qué potencia es ésa, y no saca nada en limpio. Sin alientos ya, mira el círculo verde, las sombras… En este momento oye gritar al niño y se dice: "Ese es el enemigo que me impide vivir".

El enemigo es el niño.

Varka se echa a reír. ¿Cómo no se le ha ocurrido hasta ahora una idea tan sencilla?

Completamente absorbida por tal idea se levanta, y, sonriendo, da algunos pasos por la estancia. La llena de alegría el pensar que va a librarse al punto del niño enemigo. Le matará y podrá dormir lo que quiera.

Riéndose, guiñando los ojos con malicia, se acerca con tácitos pasos a la cuna y se inclina sobre el niño.

Le atenaza con ambas manos el cuello. El niño se pone azul, y a los pocos instantes muere.

Varka entonces, alegre, dichosa, se tiende en el suelo y se queda al punto dormida con un sueño profundo.

LAS BELLAS

I

Recuerdo cómo, siendo colegial del quinto o sexto año, viajaba yo desde el pueblo de Bolshoi Krepkoi, de la región de Don, a Kostov, acompañando a mi abuelo. Era un día de agosto, caluroso y penosamente aburrido. A causa del calor y del viento, seco y cálido, que nos llenaba la cara de nubes de polvo, los ojos se nos pegaban y la boca se volvía reseca, uno no tenía ganas de mirar ni hablar, ni pensar, y cuando el semidormido cochero, el ucranio Karpo, amenazando al caballo me rozaba la gorra con su látigo, yo no emitía ningún sonido en señal de protesta y sólo, despertándome de la modorra, escudriñaba la lejanía: ¿no se veía alguna aldea a través de la polvareda? Para dar de comer a los caballos nos detuvimos en Bjchi-Salaj, un gran poblado armenio, en casa de un rico aldeano, conocido de mi abuelo. En mi vida había visto nada más caricaturesco que aquel armenio. Imagínese una cabecita rapada, de cejas espesas y sobresalientes, nariz de ave, largos y canosos bigotes y ancha boca desde la cual apunta una larga pipa de cerezo; esa cabecita está pegada torpemente a un torso flaco y encorvado, vestido con un traje fantástico: una corta chaqueta roja y amplios bombachos de color celeste claro; esta figura caminaba separando mucho los pies y arrastrando los zapatos, hablaba sin sacar la pipa de la boca y se comportaba con dignidad puramente armenia: no sonreía, abría desmesuradamente los ojos y trataba de prestar la menor atención posible a sus huéspedes.

En las habitaciones del armenio no había ni viento ni polvo, pero la atmósfera de la casa era tan desagradable, sofocante y tediosa como en la estepa y en el camino. Me recuerdo polvoriento y exhausto por el calor, sentado en el rincón sobre un baúl verde. Las paredes de madera sin pintar, los muebles y los pisos recubiertos de ocre expandían un olor a madera seca, quemada por el sol. En todas partes, por donde uno mirara, había moscas, moscas, moscas... El abuelo y el armenio conversaban a media voz acerca de las pasturas, el estiércol, las ovejas... Yo sabía que durante una hora entera iban a preparar el samovar, que mi abuelo emplearía no menos de una hora para tomar el té, que luego se echaría una siesta de dos o tres horas y que yo pasaría la cuarta parte del día esperando, después de lo cual volverían el calor, la polvareda y las sacudidas de la carreta.

Al escuchar el murmullo de dos voces, se me figuraba que hacía ya mucho tiempo que yo estaba viendo al armenio, el armenio con la vajilla, las moscas, las ventanas, en las que pegaba el cálido sol, y que no las dejaría de ver sino en un futuro muy lejano y me dominaba entonces un odio a la estepa, al sol, a las moscas...

Una mujer ucraniana, con un pañuelo en la cabeza, trajo la bandeja con vajilla y luego el samovar.

El armenio, sin prisa, salió al zaguán y gritó:

—¡Mashia! ¡Ven a servir el té! ¿Dónde estás? ¡Mashia!

Se oyeron unos pasos presurosos y entró una joven de unos dieciséis años, llevando un sencillo vestido de percal y un pañuelito blanco. Lavando la vajilla y sirviendo té, me daba la espalda y pude notar solamente que tenía un talle muy fino, que estaba descalza y que sus pequeños talones desnudos se escondían bajo unos pantalones que llegaban hasta el suelo.

El dueño me invitó a tomar el té. Al sentarme en la mesa, miré la cara de la joven, que me ofrecía el vaso, y de pronto sentí como si una ráfaga de viento sacudiera mi alma, borrando todas las impresiones del día, con su tedio y su polvo. Porque vi los encantadores rasgos del más hermoso de los rostros que jamás haya encontrado o sonado. Ante mí estaba una beldad, y lo comprendí a primera vista, como comprendo el relámpago.

Estoy dispuesto a jurar que Masha o, como la llamaba su padre, Mashia, era una verdadera belleza, mas no puedo demostrarlo. Ocurre a veces que las nubes se acumulan desordenadamente en el horizonte, y el sol, escondiéndose tras ellas, las pinta con todos los colores posibles: purpúreo anaranjado, dorado lila, rosado sucio; una nubecilla se parece a un monje, otra a un pez, otra más a un turco tocado con un turbante. El resplandor abarca la tercera parte del cielo; hace brillar la cruz de la iglesia y las ventanas de la mansión señorial; se refleja en el río y en las charcas; tiembla en los árboles; lejos, recortándose sobre el fondo iluminado, una bandada de patos silvestres vuela en busca de un lugar para pernoctar... El zagal, que va arreando vacas, el agrimensor, que atraviesa en carreta el dique. Los señores que están de paseo: todos contemplan la puesta del sol y todos, sin excepción, encuentran que es terriblemente bella, pero nadie sabe ni podrá decir en qué consiste esta belleza.

No era yo solo quien encontraba bella a la joven armenia. Mi abuelo, un anciano de ochenta años, hombre duro e indiferente para las mujeres y las bellezas de la naturaleza, miró a Masha con cariño durante un minuto entero y preguntó:

—¿Es tu hija, Avet Nazárich?

—La hija, sí. Es mi hija —confesó el dueño.

—Linda señorita —alabó el abuelo.

Un pintor llamaría clásica y severa a la belleza de aquella armenia. Era, precisamente, esa clase de belleza, cuya contemplación, Dios sabe cómo, origina en uno la seguridad de ver facciones regulares, de que los cabellos, los ojos, la nariz, la boca, el cuello, el pecho y todos los movimientos del joven cuerpo se han fundido en un solo acorde íntegro y armónico, en el cual la naturaleza no se había equivocado ni en un ápice; no se sabe por qué, nosotros creemos que una mujer idealmente bella debe tener una nariz exactamente igual a la de Masha, recta y levemente encorvada, los mismos ojos, grandes y oscuros, las mismas pestañas largas, la misma mirada lánguida; que sus ondulados cabellos negros y sus cejas hacen el mismo juego con el blanco y delicado color de la frente y las mejillas, como el verde cañaveral con el apacible río. El blanco cuello de Masha y su pecho juvenil no están bien desarrollados aún, pero a uno le parece que para esculpirlos es necesario tener un enorme talento creador. Se la está mirando y poco a poco, invade el deseo de decirle algo muy agradable, sincero, bello tan bello como lo es ella misma.

Al principio me sentía ofendido y avergonzado por el hecho de que Masha no me prestaba ninguna atención y siempre miraba al suelo; parecíame que un aire especial, feliz y orgulloso, la separaba de mí y la ocultaba celosamente de mis miradas.

"Debe ser —pensé— porque estoy cubierto de polvo, quemado por el sol y porque no soy más que un mozalbete".

Pero luego, poco a poco, me olvidé de mí mismo y me abandoné por entero a sentir solamente su belleza. Ya no recordaba el tedio de la estepa ni la polvoreada; no oía el zumbido de las moscas, no percibía el sabor del té, sólo sentía que al otro lado de la mesa se hallaba una hermosa muchacha.

Percibía aquella belleza de una manera extraña. No eran deseos, ni entusiasmo, ni tampoco placer lo que Masha suscitaba en mí, sino una honda, aunque agradable, tristeza. Era una tristeza indefinida, vaga como un sueño. Sin saber por qué, sentía lástima por mí mismo, por mi abuelo, por el armenio y por la misma pequeña armenia, y experimentaba una sensación como si los cuatro hubiéramos perdido algo importante y necesario para la vida, algo que jamás volveríamos a encontrar. También mi abuelo se puso triste. Ya no hablaba de rastrojos ni de ovejas, sino callaba, pensativo, mirando a Masha de tiempo en tiempo.

Después del té el abuelo se acostó a dormir y yo salí de la casa y me senté en un escalón del pórtico. La casa como todas las casas en Bajch-Salaj, estaba expuesta directamente al sol; no había árboles, ni toldos, ni sombra. El gran patio exterior del armenio, cubierto de armuelle y otras hierbas, a pesar del fuerte calor, se hallaba animado y hasta alegre. Detrás de una de las cercas que allá y acá cruzaban el patio, se realizaba la trilla.

Al rededor de un poste, clavado en medio de la era, uncidos en fila y formando un solo radio, corrían doce caballos. Cerca de ellos caminaba un mozo ucranio vestido con un chaleco largo y amplios bombachos, quien hacía restallar el látigo y profería gritos, como si quisiera burlarse de los caballos y jactarse de su poder sobre ellos:

—¡A-a-a, malditos! A-a-a… ¡ya os voy a dar! ¿Tenéis miedo?

Los caballos, bayos, blancos y pintos, sin comprender para qué los obligan a girar en el mismo lugar y aplastar la paja del trigo, corrían de mala gana, como haciendo un gran esfuerzo, y agitaban las colas ofendidos. Debajo de sus cascos el viento levantaba nubes enteras de dorado tamo y las llevaba lejos, por encima de la empalizada. Junto a las altas y frescas hacinas se afanaban las mujeres con rastrillos y se movían los carros, más allá de las hacinas, en otro patio, corría alrededor del poste otra docena de parecidos caballos y otro ucranio, igual que el primero, hacía restallar el látigo y se burlaba de los caballos.

Los escalones en que me hallaba sentado estaban calientes; en algunos sitios del estrecho pasamanos y en los marcos de las ventanas el calor ablandaba el pegamento; bajo los peldaños y los postigos, en las angostas franjas de la sombra, se apretujaban insectos de color rojo. El sol me quemaba la cabeza, el pecho y la espalda; pero yo no lo notaba y sólo sentía el roce de los pies descalzos por los tablones del piso, en el zaguán, en las habitaciones. Después de retirar la vajilla, Masha, bajó corriendo por los peldaños, alcanzándome con una ráfaga de aire, y dirigióse volando como un pájaro hacia una pequeña y ahumada construcción que debía ser cocina y de donde llegaba un olor a cordero asado y un enojado parloteo armenio.

Ella desapareció por la oscura puerta y en su lugar surgió en el umbral una vieja y encorvada armenia, de cara colorada, que vestía largos bombachos verdes. La vieja estaba enfadada y reñía a alguien. Pronto apareció Masha, enrojecida por el calor de la cocina y con un enorme pan negro sobre el hombro, inclinándose con gracia bajo el peso del pan, corrió a través del patio en dirección a la era, en un santiamén se coló por la cerca y envuelta en la nube del dorado polvillo, desapareció detrás de los carros. El ucranio que fustigaba a los caballos bajó el látigo y durante un minuto se quedó mirando, en silencio, hacia el lado de los carros; luego, cuando la muchacha volvió a aparecer junto a los caballos y saltó la cerca la siguió con la mirada y de repente gritó a los caballos de tal modo como si estuviera muy apenado:

—¡Ea, que os lleve el diablo!

Permanecí escuchando sin cesar los pasos de los pies descalzos y viéndola correr por el gran patio, con la cara seria, preocupada. Ora descendía corriendo los escalones, echándome viento, ora volaba a la cocina, ora hacia la era, ora corría fuera del patio, de modo que yo apenas tenía tiempo de mover la cabeza para seguirla con la mirada.

Y cuantas más veces pasaba corriendo, con su belleza, ante mi vista, más fuerte se tornaba mi tristeza. Tenía lástima de mí mismo, de ella y del mozo ucranio que la seguía con su triste mirada cada vez que ella corría hacia los carros, a través de una nube de tamo. No sé si su belleza provocaba en mí la envidia, o lamentaba que la muchacha no fuese mía, ni nunca lo sería y que yo fuese un extraño para ella; o sentía vagamente que su rara belleza era casual, innecesaria, efímera; o, quizás, era mi tristeza aquel sentimiento especial que nace en el hombre al contemplar éste una verdadera belleza. ¿Quién lo sabe?

Las tres horas de espera pasaron inadvertidas. Me pareció que no había tenido suficiente tiempo para ver bien a Masha, cuando Karpo ya había ido al río, bañado el caballo y ya estaba enganchándolo: El mojado caballo resoplaba contento y golpeaba con los cascos. Karpo le gritaba: "¡atra-ás!". El abuelo se despertó. Masha empujó el portón y éste se abrió chirriando, nosotros subimos a la carreta y salimos del patio. Viajábamos en silencio, como si estuviéramos enojados.

Cuando al cabo de dos o tres horas, a lo lejos se avistaron Rostov y Najichevén, Karpo, que durante todo el viaje había permanecido callado, volvióse por un instante hacia nosotros y dijo:

—¡Qué linda moza, la del armenio! Y fustigó al caballo.

II

En otra oportunidad, siendo ya estudiante, me dirigía por ferrocarril al sur. Era el mes de mayo. En una de las estaciones, parece que fue entre Belgorod y Karkov, bajé del vagón para dar un paseo sobre el andén.

La sombra crepuscular había descendido ya sobre el pequeño jardín de la estación, el andén y el campo, el edificio de la estación ocultaba la puesta del sol, pero por las bocanadas superiores de humo que salía de la locomotora y que estaba teñido de un suave color de rosa, se notaba que el sol aún no se había puesto del todo.

Paseando por el andén, observé que la mayoría de los pasajeros caminaban y se detenían siempre junto a un coche de segunda clase y lo hacían con una expresión que parecía señalar la presencia en el vagón de algún personaje célebre. Entre los curiosos que encontré cerca de este vagón se hallaba también mi compañero de viaje, un oficial de artillería, hombre inteligente, cordial y simpático, como todos aquellos con quienes trabada un casual y pasajero conocimiento en el camino.

—¿Qué están mirando aquí? —le pregunté.

Sin responder, me señaló con los ojos una figura femenina. Era una joven de unos diecisiete o dieciocho años, vestida a la usanza rusa con la cabeza descubierta y con una pequeña mantilla negligentemente echada sobre un hombro; no era una pasajera del tren, sino, al parecer, la hija o la hermana del jefe de estación. De pie, junto a la ventanilla del coche, estaba conversando con una pasajera de cierta edad. Antes de darme cuenta de lo que estaba viendo, me invadió de repente la misma sensación que otrora había experimentado en la aldea armenia.

La joven era una notable belleza y de ello no teníamos duda ni yo ni los que la miraban junto conmigo.

Si tuviera que describir su físico por partes, como suele hacerse, debería de reconocer que lo único realmente bello que tenía la muchacha eran sus rubios, ondulados y espesos cabellos, que caían libremente sobre su espalda y sólo estaban sujetos en la cabeza con una cintita negra; todo lo demás era irregular o muy ordinario. Fuese por una manera especial de coquetear o por la miopía, tenía los ojos entornados; su nariz era tímidamente respingada; la boca, pequeña, su perfil, débilmente delineado; sus hombros eran demasiado estrechos para su edad y, sin embargo la muchacha daba impresión de ser una verdadera beldad. Mirándola pude convencerme de que un rostro ruso, para parecer bello no necesita una rigurosa regularidad de facciones; más aún, si a la joven le hubieran cambiado su nariz respingona por otra, recta y plásticamente impecable, como la que tenía la pequeña armenia, su rostro, probablemente, hubiera perdido todo su encanto.

Parada junto a la ventanilla, la muchacha, al conversar, encogía los hombros a causa del aire fresco del anochecer, con frecuencia volvía la cabeza hacia nosotros, se ponía en jarras, alzaba sus manos para arreglar los cabellos, hablaba, reía, expresaba en su cara tan pronto sorpresa como terror y no recuerdo un solo instante en que su rostro y su cuerpo estuvieran quietos. Todo el secreto y el hechizo de su belleza consistían precisamente en estos pequeños e infinitamente graciosos movimientos en su sonrisa en el juego de su rostro, en las fugaces miradas que nos dirigía, en la conjunción de la fina elegancia de sus ademanes con la juventud, la frescura, la pureza del alma que se revelaban en su risa y en su voz, y con esa debilidad que tanto amamos en los niños, en los pájaros, en los jóvenes cierzos, en los jóvenes árboles.

Era una belleza de mariposa a la cual tan bien le queda el vals, el revoloteo por el jardín, la risa, la alegría, y la que no concuerda con una idea seria, ni con la tristeza, ni con la paz; y bastaría, al parecer, que un fuerte viento corriera por el andén o que cayera una lluvia para que el frágil cuerpo se marchitara de golpe y su caprichosa belleza se aventara como el polvillo de las flores.

—¡Sí, sí…! —murmuró suspirando el militar, cuando, después de la segunda campanada, nos dirigíamos a nuestro vagón.

En cuanto al significado de ese "sí-sí", no estoy en condiciones de definirlo.

Puede ser que estuviera triste y no tuviera ganas de abandonar a la bella joven y el crepúsculo primaveral para encerrarse en el sofocante ambiente del vagón; puede ser también que sintiera, igual que yo, una indefinible piedad por la bella, por sí mismo, por mí y por todos los pasajeros que lentamente, sin ganas, se encaminaban hacia sus coches. Al pasar delante de una ventana de la estación, tras la cual se hallaba sentado junto a su aparato el pálido y pelirrojo telegrafista, de cara descolorida y de pómulos salientes, el oficial suspiró y dijo:

—Apuesto que este telegrafista está enamorado de aquella linda. Vivir en medio del campo, bajo el mismo techo con esa celestial criatura y no enamorarse de ella estaría por encima de las fuerzas humanas. ¡Y qué desgracia, mi amigo, que burla resulta ser encorvado, desgreñado, grisáceo, decente y juicioso y enamorarse de esa muchacha linda y tontita que no le presta a uno ni la menor atención! O peor todavía: imagínese que este telegrafista está enamorado, pero al mismo tiempo es casado y que su mujer es tan encorvada, desgreñada y decente como él mismo… ¡Es una tortura!

Junto a nuestro vagón, apoyándose en el pasamanos de la plataforma, el guarda miraba hacia el lugar en que estaba la bella joven, y sus abotargados ojos y demacrado rostro, fatigado por las noches sin dormir y por el trajín del tren, expresaba ternura y profunda tristeza, como si en aquella muchacha viera su propia juventud, su felicidad, su pureza, su sobriedad, su mujer y sus hijos; miraba como si se estuviera arrepintiendo de algo y sintiendo con todo su ser que la muchacha no le pertenecía y que la común dicha humana, la de los pasajeros, resultaba tan inalcanzable para él —con su vejez prematura su torpeza y su cara demacrada— como el cielo.

Sonó la tercera campanada, silbaron los pitos, y el tren se puso perezosamente en marcha. Ante nuestras ventanillas pasaron primero el guarda, el jefe de estación, luego el jardín y la bella moza con su maravillosa sonrisa infantil y pícara…

Asomándome por la ventanilla y mirando hacia atrás, la vi seguir con los ojos el tren, dar unos pasos por el andén ante la ventana del telegrafista, arreglar sus cabellos y correr al jardín. El edificio de la estación ya no obstaculizaba el panorama, y el campo hacia el lado occidental se mostraba abierto, pero el sol se había puesto ya y las negras bocanadas de humo extendíanse por el verde terciopelo de los sembrados. Había tristeza tanto en el aire primaveral y en el oscurecido cielo, como en el vagón.

El conocido guarda entró en el vagón y se puso a encender las bujías.

EL BESO

El veinte de mayo a las ocho de la tarde las seis baterías de la brigada de artillería de la reserva, que se dirigían al campamento, se detuvieron a pernoctar en la aldea de Mestechki. En el momento de mayor confusión, cuando unos oficiales se ocupaban de los cañones y otros, reunidos en la plaza junto a la verja de la iglesia, escuchaban a los aposentadores, por detrás del templo apareció un jinete en traje civil montando una extraña cabalgadura. El animal, un caballo bayo, pequeño, de hermoso cuello y cola corta, no caminaba de frente sino un poco al sesgo, ejecutando con las patas pequeños movimientos de danza, como si se las azotaran con el látigo. Llegado ante los oficiales, el jinete alzó levemente el sombrero y dijo:

—Su Excelencia el teniente general Von Rabbek, propietario del lugar, invita a los señores oficiales a que vengan sin dilación a tomar el té en su casa...

El caballo se inclinó, se puso a danzar y retrocedió de flanco; el jinete volvió a alzar levemente el sombrero, y un instante después desapareció con su extraña montura tras la iglesia.

—¡Maldita sea! —rezongaban algunos oficiales al dirigirse a sus alojamientos—. ¡Con las ganas que uno tiene de dormir y el Von Rabbek ese nos viene ahora con su té! ¡Ya sabemos lo que eso significa!

Los oficiales de las seis baterías recordaban muy vivamente un caso del año anterior, cuando durante unas maniobras, un conde terrateniente y militar retirado los invitó del mismo modo a tomar el té, y con ellos a los oficiales de un regimiento de cosacos. El conde, hospitalario y cordial, los colmó de atenciones, les hizo comer y beber, no les dejó regresar a los alojamientos que tenían en el pueblo y les acomodó en su propia casa. Todo eso estaba bien y nada mejor cabía desear, pero lo malo fue que el militar retirado se entusiasmó sobremanera al ver aquella juventud. Y hasta que rayó el alba les estuvo contando episodios de su hermoso pasado, los condujo por las estancias, les mostró cuadros de valor, viejos grabados y armas raras, les leyó cartas autógrafas de encumbrados personajes, mientras los oficiales, rendidos y fatigados, escuchaban y miraban deseosos de verse en sus camas, bostezaban con disimulo acercando la boca a sus mangas. Y cuando, por fin, el dueño de la casa los dejó libres era ya demasiado tarde para irse a dormir.

¿No sería también de ese estilo el tal Von Rabbek? Lo fuese o no, nada podían hacer. Los oficiales se cambiaron de ropa, se cepillaron y marcharon en grupo a buscar la casa del terrateniente. En la plaza, cerca de la iglesia, les dijeron que a la casa de los señores podía irse por abajo:

detrás de la iglesia se descendía al río, se seguía luego por la orilla hasta el jardín, donde las avenidas conducían hasta el lugar; o bien se podía ir por arriba: siguiendo desde la iglesia directamente el camino que a media ersta del poblado pasaba por los graneros del señor. Los oficiales decidieron ir por arriba.

—¿Quién será ese Von Rabbek? —comentaban por el camino—. ¿No será aquel que en Pleven mandaba la división N de caballería?

—No, aquel no era Von Rabbek, sino simplemente Rabbek, sin von.

—¡Ah, qué tiempo más estupendo!

Ante el primer granero del señor, el camino se bifurcaba: un brazo seguía en línea recta y desaparecía en la oscuridad de la noche; el otro, a la derecha, conducía a la mansión señorial. Los oficiales tomaron a la derecha y se pusieron a hablar en voz más baja… A ambos lados del camino se extendían los graneros con muros de albañilería y techumbre roja, macizos y severos, muy parecidos a los cuarteles de una capital de distrito. Más adelante brillaban las ventanas de la mansión.

—¡Señores, buena señal! —dijo uno de los oficiales—. Nuestro setter va delante de todos; ¡eso significa que olfatea una presa!

El teniente Lobitko, que iba en cabeza, alto y robusto, pero totalmente lampiño (tenía más de veinticinco años, pero en su cara redonda y bien cebada aún no aparecía el pelo, váyase a saber por qué), famoso en toda la brigada por su olfato y habilidad para adivinar a distancia la presencia femenina, se volvió y dijo:

—Sí, aquí debe de haber mujeres. Lo noto por instinto.

Junto al umbral de la casa recibió a los oficiales Von Rabbek en persona, un viejo de venerable aspecto que frisaría en los sesenta años, vestido en traje civil. Al estrechar la mano a los huéspedes, dijo que estaba muy contento y se sentía muy feliz, pero rogaba encarecidamente a los oficiales que, por el amor de Dios, le perdonaran si no les había invitado a pasar la noche en casa. Habían llegado de visita dos hermanas suyas con hijos, hermanos y vecinos, de suerte que no le quedaba ni una sola habitación libre.

El general les estrechaba la mano a todos, se excusaba y sonreía, pero se le notaba en la cara que no estaba ni mucho menos tan contento por la presencia de los huéspedes como el conde del año anterior y que sólo había invitado a los oficiales por entender que así lo exigían los buenos modales. Los propios oficiales, al subir por la escalinata alfombrada y escuchar sus palabras, se daban cuenta de que los habían invitado a la casa únicamente porque resultaba violento no hacerlo, y, al ver a los criados apresurarse a encender las luces abajo en la entrada, y arriba en el recibidor, empezó a parecerles que con su presencia habían provocado inquietud y alarma.

¿Podía ser grata la presencia de diecinueve oficiales desconocidos allí donde se habían reunido dos hermanas con sus hijos, hermanos y vecinos, sin duda con motivo de alguna fiesta o algún acontecimiento familiar?

Arriba, a la entrada de la sala, acogió a los huéspedes una vieja alta y erguida, de rostro ovalado y cejas negras, muy parecida a la emperatriz Eugenia. Con sonrisa amable y majestuosa, decía sentirse contenta y feliz de ver en su casa a aquellos huéspedes, y se excusaba de no poder invitar esta vez a los señores oficiales a pasar la noche en la casa. Por su bella y majestuosa sonrisa que se desvanecía al instante de su rostro cada vez que por alguna razón se volvía hacia otro lado, resultaba evidente que en su vida había visto muchos señores oficiales, que en aquel momento no estaba pendiente de ellos y que, si los había invitado y se disculpaba, era sólo porque así lo exigía su educación y su posición social.

En el gran comedor donde entraron los oficiales, una decena de varones y damas, unos entrados en años y jóvenes otros, estaban tomando el té en el extremo de una larga mesa. Detrás de sus sillas, envuelto en un leve humo de cigarros, se percibía un grupo de hombres. En medio del grupo había un joven delgado, de patillas pelirrojas, que, tartajeando, hablaba en inglés en voz alta. Más allá del grupo se veía, por una puerta, una estancia iluminada, con mobiliario azul.

—¡Señores, son ustedes tantos que no es posible hacer su presentación! —dijo en voz alta el general, esforzándose por parecer muy alegre—. ¡Traben conocimiento ustedes mismos, señores, sin ceremonias!

Los oficiales, unos con el rostro muy serio y hasta severo, otros con sonrisa forzada, y todos sintiéndose en una situación muy embarazosa, saludaron bien que mal, inclinándose, y se sentaron a tomar el té.

Quien más desazonado se sentía era el capitán ayudante Riabóvich, oficial de pequeña estatura y algo encorvado, con gafas y unas patillas como las de un lince. Mientras algunos de sus camaradas ponían cara seria y otros afectaban una sonrisa, su cara, sus patillas de lince y sus gafas parecían decir: "¡Yo soy el oficial más tímido, el más modesto y el más gris de toda la brigada!". En los primeros momentos, al entrar en la sala y luego sentado a la mesa ante su té, no lograba fijar la atención en ningún rostro ni objeto. Las caras, los vestidos, las garrafitas de coñac de cristal tallado, el vapor que salía de los vasos, las molduras del techo, todo se fundía en una sola impresión general, enorme, que alarmaba a Riabóvich y le inspiraba deseos de esconder la cabeza. De modo análogo al declamador que actúa por primera vez en público, veía todo cuanto tenía ante los ojos, pero no llegaba a comprenderlo (los fisiólogos llamaban "ceguera psíquica" a ese estado en que el sujeto ve sin comprender). Pero algo después, adaptado ya al ambiente, empezó a ver claro y se puso a observar. Siendo persona tímida y poco sociable, lo primero que le saltó a la vista fue algo que él nunca había poseído, a saber: la extraordinaria intrepidez de sus nuevos conocidos. Von Rabbek, su mujer, dos damas de edad madura, una señorita con un vestido color lila y el joven de patillas pelirrojas, que resultó ser el hijo menor de Von Rabbek, tomaron con gesto muy hábil, como si lo hubieran ensayado de antemano, asiento entre los oficiales, y entablaron una calurosa discusión en la que no podían dejar de participar los huéspedes. La señorita lila se puso a demostrar con ardor que los artilleros estaban mucho mejor que los de caballería y de infantería, mientras que Von Rabbek y las damas entradas en años sostenían lo contrario. Empezaron a cruzarse las réplicas. Riabóvich observaba a la señorita lila, que discutía con gran vehemencia cosas que le eran extrañas y no le interesaban en absoluto, y advertía que en su rostro aparecían y desaparecían sonrisas afectadas.

Von Rabbek y su familia hacían participar con gran arte a los oficiales en el debate, pero al mismo tiempo estaban pendientes de vasos y bocas, de si todos bebían, si todos tenían azúcar y por qué alguno de los presentes no comía bizcocho o no tomaba coñac. A Riabóvich, cuanto más miraba y escuchaba, tanto más agradable le resultaba aquella familia falta de sinceridad, pero magníficamente disciplinada.

Después del té, los oficiales pasaron a la sala. El instinto no había engañado al teniente Lobitko: en la sala había muchas señoritas y damas jóvenes. El setter-teniente se había plantado ya junto a una rubia muy jovencita vestida de negro e, inclinándose con arrogancia, como si se apoyara en un sable invisible, sonreía y movía los hombros con gracia. Probablemente contaba alguna tontería muy interesante, porque la rubia miraba con aire condescendiente el rostro bien cebado y le preguntaba con indiferencia: "¿De veras?". Y de aquel indolente "de veras", el setter, de haber sido inteligente, habría podido inferir que difícilmente le gritarían

"¡Busca!".

Empezó a sonar un piano; un vals melancólico escapó volando de la sala por las ventanas abiertas de par en par, y todos recordaron, quién sabe por qué motivo, que más allá de las ventanas empezaba la primavera y que aquella era una noche de mayo. Todos notaron que el aire olía a hojas tiernas de álamo, a rosas y a lilas. Riabóvich, en quien, bajo el influjo de la música, empezó a dejarse sentir el coñac que había tomado, miró con el rabillo del ojo la ventana, sonrió y se puso a observar los movimientos de las mujeres, hasta que llegó a parecerle que el aroma de las rosas, de los álamos y de las lilas no procedían del jardín, sino de las caras y de los vestidos femeninos.

El hijo de Von Rabbek invitó a una cenceña jovencita y dio con ella dos vueltas a la sala. Lobitko, deslizándose por el parquet, voló hacia la señorita lila y se lanzó con ella a la pista. El baile había comenzado… Riabóvich estaba de pie cerca de la puerta, entre los que no bailaban, y observaba. En toda su vida no había bailado ni una sola vez y ni una sola vez había estrechado el talle de una mujer honesta. Le gustaba enormemente ver cómo un hombre, a la vista de todos, tomaba a una doncella desconocida por el talle y le ofrecía el hombro para que ella colocara su mano, pero de ningún modo podía imaginarse a sí mismo en la situación de tal hombre. Hubo un tiempo en que envidiaba la osadía y la maña de sus compañeros y sufría por ello; la conciencia de ser tímido, cargado de espaldas y soso, de tener un tronco largo y patillas de lince, lo hería profundamente, pero con los años se había acostumbrado. Ahora, al contemplar a quienes bailaban o hablaban en voz alta, ya no los envidiaba, experimentaba tan solo un enternecimiento melancólico.

Cuando empezó la contradanza, el joven Von Rabbek se acercó a los que no bailaban e invitó a dos oficiales a jugar al billar. Éstos aceptaron y salieron con él de la sala. Riabóvich, sin saber qué hacer y deseoso de tomar parte de algún modo en el movimiento general, los siguió. De la sala pasaron al recibidor y recorrieron un estrecho pasillo con vidrieras, que los llevó a una estancia donde ante su aparición se alzaron rápidamente de los divanes tres soñolientos lacayos. Por fin, después de cruzar una serie de estancias, el joven Von Rabbek y los oficiales entraron en una habitación pequeña donde había una mesa de billar. Empezó el juego.

Riabóvich, que nunca había jugado a nada que no fueran las cartas, contemplaba indiferente junto al billar a los jugadores, mientras que éstos, con las guerreras desabrochadas y los tacos en las manos, daban zancadas, soltaban retruécanos y gritaban palabras incomprensibles. Los jugadores no paraban mientes en él; sólo de vez en cuando alguno de ellos, al empujarlo con el codo o al tocarlo inadvertidamente con el taco, se volvía y le decía

"Pardon!". Aún no había terminado la primera partida cuando le empezó a parecer que allí estaba de más, que estorbaba. De nuevo se sintió atraído por la sala y se fue.

Pero en el camino de retorno le sucedió una pequeña aventura. A la mitad del recorrido se dio cuenta de que no iba por donde debía. Se acordaba muy bien de que tenía que encontrarse con las tres figuras de lacayos soñolientos, pero había cruzado ya cinco o seis estancias, y era como si a aquellas figuras se las hubiera tragado la tierra.

Percatándose de su error, retrocedió un poco, dobló a la derecha y se encontró en un gabinete sumido en la penumbra, que no había visto cuando se dirigía a la sala de billar. Se detuvo unos momentos, luego abrió resuelto la primera puerta en que puso la vista y entró en un cuarto completamente a oscuras. Enfrente se veía la rendija de una puerta por la que se filtraba una luz viva; del otro lado de la puerta, llegaban los apagados sones de una melancólica mazurca. También en el cuarto oscuro, como en la sala, las ventanas estaban abiertas de par en par, y se percibía el aroma de álamos, lilas y rosas…

Riabóvich se detuvo pensativo… En aquel momento, de modo inesperado, se oyeron unos pasos rápidos y el leve rumor de un vestido, una anhelante voz femenina balbuceó "¡Por fin!", y dos brazos mórbidos, perfumados, brazos de mujer sin duda, le envolvieron el cuello; una cálida mejilla se apretó contra la suya y al mismo tiempo resonó un beso. Pero acto seguido la que había dado el beso exhaló un breve grito y Riabóvich tuvo la impresión de que se apartaba bruscamente de él con repugnancia. Poco faltó para que también él profiriera un grito, y se precipitó hacia la rendija iluminada de la puerta…

Cuando volvió a la sala, el corazón le martilleaba y las manos le temblaban de manera tan notoria que se apresuró a esconderlas tras la espalda. En los primeros momentos le atormentaban la vergüenza y el temor de que la sala entera supiera que una mujer acababa de abrazarlo y besarlo, se retraía y miraba inquieto a su alrededor, pero, al convencerse de que allí seguían bailando y charlando tan tranquilamente como antes, se entregó por entero a una sensación nueva, que hasta entonces no había experimentado ni una sola vez en la vida. Le estaba sucediendo algo raro… El cuello, unos momentos antes envuelto por unos brazos mórbidos y perfumados, le parecía untado de aceite; en la mejilla, a la izquierda del bigote, donde lo había besado la desconocida, le palpitaba una leve y agradable sensación de frescor, como de unas gotas de menta, y lo notaba tanto más cuanto más frotaba ese punto.

Todo él, de la cabeza a los pies, estaba colmado de un nuevo sentimiento extraño, que no hacía sino crecer y crecer… Sentía ganas de bailar, de hablar, de correr al jardín, de reír a carcajadas… Se olvidó por completo de que era encorvado y gris, de que tenía patillas de lince y "un aspecto indefinido" (así lo calificaron una vez en una conversación de señoras que él oyó por azar).

Cuando pasó por su vera la mujer de Von Rabbek, le sonrió con tanta amabilidad y efusión que la dama se detuvo y lo miró interrogadora.

—¡Su casa me gusta enormemente...! —dijo Riabóvich, ajustándose las gafas.

La generala sonrió y le contó que aquella casa había pertenecido ya a su padre. Después le preguntó si vivían sus padres, si llevaba en la milicia mucho tiempo, por qué estaba tan delgado y otras cosas por el estilo... Contestadas sus preguntas, siguió ella su camino, pero después de aquella conversación Riabóvich comenzó a sonreír aún con más cordialidad y a pensar que lo rodeaban unas personas magníficas...

Durante la cena, Riabóvich comió maquinalmente todo cuanto le sirvieron. Bebía y, sin oír nada, procuraba explicarse la reciente aventura. Lo que acababa de sucederle tenía un carácter misterioso y romántico, pero no era difícil de descifrar. Sin duda, alguna señorita o dama se había citado con alguien en el cuarto oscuro, había estado esperando largo rato y, debido a sus nervios excitados, había tomado a Riabóvich por su héroe. Esto resultaba más verosímil dado que Riabóvich, al pasar por la estancia oscura, se había detenido caviloso, es decir, tenía el aspecto de una persona que también espera algo... Así se explicaba Riabóvich el beso que había recibido.

"Pero ¿quién será ella? —pensaba, examinando los rostros de las mujeres—. Debe de ser joven, porque las viejas no acuden a las citas. Estaba claro, por otra parte, que pertenecía a un ambiente cultivado, y eso se notaba por el rumor del vestido, por el perfume, por la voz...".

Detuvo la mirada en la señorita lila, que le gustó mucho; tenía hermosos hombros y brazos, rostro inteligente y una voz magnífica. Riabóvich deseó, al contemplarla, que fuese precisamente ella y no otra la desconocida... Pero la joven se echó a reír con aire poco sincero y arrugó su larga nariz, que le pareció la nariz de una vieja. Entonces trasladó la mirada a la rubia vestida de negro. Era más joven, más sencilla y espontánea, tenía unas sienes encantadoras y se llevaba la copa a los labios con mucha gracia. Entonces Riabóvich habría deseado que esa fuese aquella. Pero poco después le pareció que tenía el rostro plano, y volvió los ojos hacia su vecina...

"Es difícil adivinar —pensaba, dando libre curso a su fantasía—. Si de la del vestido lila se tomaran solo los hombros y los brazos, se les añadieran las sienes de la rubia y los ojos de aquella que está sentada a la izquierda de Lobitko, entonces...".

Hizo en su mente esa adición y obtuvo la imagen de la joven que lo había besado, la imagen que él deseaba, pero que no lograba descubrir en la mesa.

Terminada la cena, los huéspedes, ahítos y algo achispados,

empezaron a despedirse y a dar las gracias. Los anfitriones volvieron a disculparse por no poder ofrecerles alojamiento en la casa.

—¡Estoy muy contento, muchísimo, señores! —decía el general, y esta vez era sincero (probablemente porque al despedir a los huéspedes la gente suele ser bastante más sincera y benévola que al darles la bienvenida). ¡Estoy muy contento! ¡Quedan invitados para cuando estén de regreso! ¡Sin cumplidos! Pero ¿por dónde van? ¿Quieren pasar por arriba? No, vayan por el jardín, por abajo, el camino es más corto.

Los oficiales se dirigieron al jardín. Después de la brillante luz y de la algazara, pareció muy oscuro y silencioso. Caminaron sin decir palabra hasta la portezuela. Estaban algo bebidos, alegres y contentos, pero las tinieblas y el silencio los movieron a reflexionar por unos momentos. Probablemente, a cada uno de ellos, como a Riabóvich, se le ocurrió pensar en lo mismo: ¿llegaría también para ellos alguna vez el día en que, como Rabbek, tendrían una casa grande, una familia, un jardín y la posibilidad, aunque fuera con poca sinceridad, de tratar bien a las personas, de dejarlas ahítas, achispadas y contentas?

Salvada la portezuela, se pusieron a hablar todos a la vez y a reír estrepitosamente sin causa alguna. Andaban ya por un sendero que descendía hacia el río y corría luego junto al agua misma, rodeando los arbustos de la orilla, los rehoyos y los sauces que colgaban sobre la corriente. La orilla y el sendero apenas se distinguían y la orilla opuesta se hallaba totalmente sumida en las tinieblas. Acá y allá las estrellas se reflejaban en el agua oscura, tremolaban y se distendían, y sólo por esto se podía adivinar que el río fluía con rapidez. El aire estaba en calma. En la otra orilla gemían los chorlitos soñolientos, y en esta un ruiseñor, sin prestar atención alguna al tropel de oficiales, desgranaba sus agudos trinos en un arbusto. Los oficiales se detuvieron junto al arbusto, lo sacudieron, pero el ruiseñor siguió cantando.

—¿Qué te parece? —Se oyeron unas exclamaciones de aprobación—. Nosotros aquí a su lado y él sin hacer caso, ¡valiente granuja!

Al final el sendero ascendía y desembocaba cerca de la verja de la iglesia. Allí los oficiales, cansados por la subida, se sentaron y se pusieron a fumar. En la otra orilla apareció una débil lucecita roja y ellos, sin nada que hacer, pasaron un buen rato discutiendo si se trataba de una hoguera, de la luz de una ventana o de alguna otra cosa... También Riabóvich contemplaba aquella luz y le parecía que ésta le sonreía y le hacía guiños, como si estuviera en el secreto del beso.

Llegado a su alojamiento, Riabóvich se apresuró a desnudarse y se acostó. En la misma izba que él se albergaban Lobitko y el teniente

Merzliakov, un joven tranquilo y callado, considerado entre sus compañeros como un oficial culto, que leía siempre, cuando podía, el *Véstnik Yevrópy*, que llevaba consigo. Lobitko se desnudó, estuvo un buen rato paseando de un extremo a otro, con el aire de un hombre que no está satisfecho, y mandó al ordenanza a buscar cerveza. Merzliakov se acostó, puso una vela junto a su cabecera y se abismó en la lectura del *Véstnik*.

"¿Quién sería?", pensaba Riabóvich mirando el techo ahumado.

El cuello aún le parecía untado de aceite y cerca de la boca notaba una sensación de frescor como la de unas gotas de menta. En su imaginación centelleaban los hombros y brazos de la señorita de lila. Las sienes y los ojos sinceros de la rubia de negro. Talles, vestidos, broches. Se esforzaba por fijar su atención en aquellas imágenes, pero ellas brincaban, se extendían y oscilaban. Cuando en el anchuroso fondo negro que toda persona ve al cerrar los ojos desaparecían por completo tales imágenes, empezaba a oír pasos presurosos, el rumor de un vestido, el sonido de un beso, y una intensa e inmotivada alegría se apoderaba de él… Mientras se entregaba a este gozo, oyó que volvía el ordenanza y comunicaba que no había cerveza. Lobitko se indignó y se puso a dar zancadas otra vez.

—¡Si será idiota! —decía, deteniéndose ya ante Riabóvich ya ante Merzliakov—. ¡Se necesita ser estúpido e imbécil para no encontrar cerveza! Bueno, ¿no dirán que no es un canalla?

—Claro que aquí es imposible encontrar cerveza —dijo Merzliakov, sin apartar los ojos del *Véstnik Yevrópy*.

—¿No? ¿Lo cree usted así? —insistía Lobitko—. Señores, por Dios,

¡arrójenme a la luna y allí les encontraré yo enseguida cerveza y mujeres! Ya verán, ahora mismo voy por ella… ¡Llámenme miserable si no la encuentro!

Tardó bastante en vestirse y en calzarse las altas botas. Después encendió un cigarrillo y salió sin decir nada.

—Rabbek, Grabbek, Labbek —se puso a musitar, deteniéndose en el zaguán—. Diablos, no tengo ganas de ir solo. Riabóvich, ¿no quiere darse un paseo?

Al no obtener respuesta, volvió sobre sus pasos, se desnudó lentamente y se acostó. Merzliakov suspiró, dejó a un lado el *Véstnik Yevrópy* y apagó la vela.

—Bueno… —balbuceó Lobitko, encendiendo un pitillo en la oscuridad. Riabóvich metió la cabeza bajo la sábana, se hizo un ovillo y empezó a reunir en su imaginación las vacilantes imágenes y a juntarlas en un todo. Pero no logró nada. Pronto se durmió, y su último pensamiento fue que alguien lo acariciaba y lo colmaba de alegría, que en su vida se había producido algo insólito, estúpido, pero extraordinariamente hermoso y agradable. Y ese pensamiento no lo abandonó ni en sueños.

Cuando despertó, la sensación de aceite en el cuello y de frescor de menta cerca de los labios ya había desaparecido, pero la alegría, igual que la víspera, se le agitaba en el pecho como una ola. Miró entusiasmado los marcos de las ventanas dorados por el sol naciente y prestó oído al movimiento de la calle. Al pie mismo de las ventanas hablaban en voz alta. El jefe de la batería de Riabóvich, Lebedetski, que acababa de alcanzar a la brigada, conversaba con su sargento primero en voz muy alta, como tenía por costumbre.

—¿Y qué más? —gritaba el jefe.

—Ayer, al herrar los caballos, señoría, herraron a Golúbchik. El practicante le aplicó un emplaste de arcilla con vinagre. Ahora lo conducen de la rienda, aparte. Y también ayer, su señoría, el herrador Artémiev se emborrachó y el teniente mandó que lo ataran en el avantrén de una cureña de repuesto.

El sargento primero informó además de que Kárpov había olvidado los nuevos cordones de las trompetas y las estaquillas de las tiendas, y de que los señores oficiales habían estado de visita la noche anterior en casa del general Von Rabbek. En plena conversación, apareció en el vano de la ventana la barba roja de Lebedetski. Miró con los ojos miopes semientornados las soñolientas caras de los oficiales y los saludó.

—¿Todo marcha bien? —preguntó.

—El caballo limonero se ha hecho una rozadura en la cerviz —respondió Lobitko bostezando—. Ha sido con la nueva collera.

El jefe suspiró, reflexionó unos momentos y dijo en voz alta:

—Pues yo pienso ir a ver a Aleksandra Yevgráfovna. Tengo que visitarla. Bueno, adiós. Los alcanzaré antes de que anochezca.

Un cuarto de hora después, la brigada se puso en marcha. Cuando pasaba por delante de los graneros del señor, Riabóvich miró a la derecha hacia la casa. Las ventanas tenían las celosías cerradas. Evidentemente, allí dormía aún todo el mundo. También dormía aquella que la víspera lo había besado. Se la quiso imaginar durmiendo. La ventana de la alcoba abierta de par en par, las ramas verdes mirando por aquella ventana, la frescura matinal, el aroma de álamos, de lilas, y de rosas, la cama, la silla y en ella el vestido que el día anterior rumoreaba, las zapatillas, el pequeño reloj en la mesita, todo se lo representaba él con claridad y precisión, pero los rasgos de la cara, la linda sonrisa soñolienta, precisamente aquello que era importante y característico, le resbalaba en la imaginación como el mercurio entre los dedos. Recorrida una media versta, miró hacia atrás: la iglesia amarilla, la casa, el río y el jardín se hallaban inundados de luz; el río, con sus orillas de acentuado verdor, reflejando en sus aguas el cielo azul y mostrando algún que otro lugar plateado por el sol, era hermoso. Riabóvich lanzó una última mirada a Mestechki y experimentó una profunda tristeza, como si se separara de algo muy íntimo y entrañable.

En cambio, en la ruta sólo aparecían ante los ojos cuadros sin ningún interés, conocidos desde hacía mucho tiempo… A derecha y a izquierda, campos de centeno joven y de alforfón, por los que saltaban los grajos. Miras hacia adelante y sólo ves polvo y nucas; miras hacia atrás, y ves el mismo polvo y caras… Delante marchan cuatro hombres armados con sables: forman la vanguardia. Tras ellos va el grupo de cantores, a los que siguen los trompetas, que montan a caballo. La vanguardia y los cantores, como los empleados de las pompas fúnebres que llevan antorchas en los entierros, olvidan a cada momento la distancia que estipula el reglamento y se adelantan demasiado… Riabóvich se encuentra en la primera pieza de la quinta batería. Ve las cuatro baterías que le preceden. A una persona que no sea militar, la fila larga y pesada que forma una brigada en marcha le parece un baturrillo enigmático, poco comprensible; no entiende por qué alrededor de un solo cañón van tantos hombres, ni por qué lo arrastran tantos caballos guarnecidos con un extraño atelaje como si la pieza fuera realmente terrible y pesada. En cambio, para Riabóvich todo es comprensible y, por ello, carece del menor interés.

Sabe hace ya tiempo por qué al frente de cada batería cabalga junto al oficial un vigoroso suboficial, y por qué se llama "delantero"; a la espalda de este suboficial se ve al conductor del primer par de caballos, y luego al del par central; Riabóvich sabe que los caballos de la izquierda, en los que los conductores montan, se llaman de ensillar, y los de la derecha se llaman de refuerzo. Eso no tiene ningún interés. Detrás del conductor van dos caballos limoneros. Uno de ellos lo cabalga un jinete con el polvo de la última jornada en la espalda y con un madero tosco y ridículo sobre la pierna derecha; Riabóvich sabe para qué sirve ese madero y no le parece ridículo. Todos los que montan a caballo agitan maquinalmente los látigos y de vez en cuando gritan. El cañón por sí mismo es feo.

En el avantrén van los sacos de avena, cubiertos con una lona impermeabilizada, y del cañón propiamente dicho cuelgan teteras, macutos de soldado y saquitos; todo eso le da un aspecto de pequeño animal inofensivo al que, no se sabe por qué razón, rodean hombres y caballos.

A su flanco, por la parte resguardada del viento, marchan balanceando los brazos seis servidores. Detrás de la pieza se encuentran otra vez nuevos artilleros, conductores, caballos limoneros, tras los cuales se arrastra un nuevo cañón tan feo y tan poco imponente como el primero. Al segundo le siguen el tercero y el cuarto. Junto a este va un oficial, y así sucesivamente. La brigada consta en total de seis baterías y cada batería tiene cuatro cañones. La columna se extiende una media versta. Se cierra con un convoy a cuya vera, bajando su cabeza de largas orejas, marcha cavilosa una figura en sumo grado simpática: el asno Magar, traído de Turquía por uno de los jefes de batería.

Riabóvich miraba indiferente adelante y atrás, a las nucas y a las caras. En otra ocasión se habría adormilado, pero esta vez se sumergía por entero en sus nuevos y agradables pensamientos. Al principio, cuando la brigada acababa de ponerse en marcha, quiso persuadirse de que la historia del beso sólo podía tener el interés de una aventura pequeña y misteriosa, pero que en realidad era insignificante, y que pensar en ella seriamente resultaba por lo menos estúpido. Pero pronto mandó a paseo la lógica y se entregó a sus quimeras… Ora se imaginaba en el salón de Von Rabbek, al lado de una joven parecida a la señorita de lila y a la rubia de negro; ora cerraba los ojos y se veía con otra joven totalmente desconocida de rasgos muy imprecisos; mentalmente le hablaba, la acariciaba, se inclinaba sobre su hombro, se representaba la guerra y la separación, después el encuentro, la cena con la mujer y los hijos…

—¡A los frenos! —resonaba la voz de mando cada vez que se descendía una cuesta.

Él también exclamaba "¡A los frenos!", temiendo que ese grito interrumpiera sus ensueños y lo devolviera a la realidad.

Al pasar por delante de una hacienda, Riabóvich miró por encima de la empalizada al jardín. Apareció ante sus ojos una avenida larga, recta como una regla, sembrada de arena amarilla y flanqueada de jóvenes abedules… Con la avidez del hombre embebido en sus sueños, se representó unos piececitos de mujer caminando por la arena amarilla, y de manera totalmente inesperada se perfiló en su imaginación, con toda nitidez, aquella que lo había besado y que él había logrado fantasear la noche anterior durante la cena. La imagen se fijó en su cerebro y ya no lo abandonó.

Al mediodía, detrás, cerca del convoy, resonó un grito:

—¡Alto! ¡Vista a la izquierda! ¡Señores oficiales!

En una carretela arrastrada por un par de caballos blancos, se acercó el general de la brigada. Se detuvo junto a la segunda batería y gritó algo que nadie comprendió. Varios oficiales, entre ellos Riabóvich, se le acercaron al galope.

—¿Qué tal? ¿Cómo vamos? —preguntó el general, entornando los ojos enrojecidos—. ¿Hay enfermos?

Obtenidas las respuestas, el general, pequeño y enteco, reflexionó y dijo, volviéndose hacia uno de los oficiales:

—El conductor del limonero de su tercer cañón se ha quitado la rodillera y el bribón la ha colgado en el avantrén. Castíguelo.

Alzó los ojos hacia Riabóvich y prosiguió:

—Me parece que usted ha dejado los tirantes demasiado largos… —Hizo aún algunas aburridas observaciones, miró a Lobitko y se sonrió—. Y usted, teniente Lobitko, tiene un aire muy triste —dijo—. ¿Siente nostalgia por Lopujova? ¡Señores, echa de menos a Lopujova!

Lopujova era una dama muy entrada en carnes y muy alta, que había rebasado hacía ya tiempo los cuarenta. El general, que tenía una debilidad por las féminas de grandes proporciones cualquiera que fuese su edad, sospechaba la misma debilidad en sus oficiales. Ellos sonrieron respetuosamente. El general de la brigada, contento por haber dicho algo divertido y venenoso, rio estrepitosamente, tocó la espalda de su cochero y se llevó la mano a la visera. El coche reemprendió la marcha.

"Todo eso que ahora sueño y que me parece imposible y celestial, es en realidad muy común" —pensaba Riabóvich mirando las nubes de polvo que corrían tras la carretela del general—. "Es muy corriente y le sucede a todo el mundo… Por ejemplo, este general en su tiempo amó; ahora está casado y tiene hijos. El capitán Vájter también está casado y es querido, aunque tiene una feísima nuca roja y carece de cintura… Salmánov es tosco, demasiado tártaro, pero ha tenido también su idilio terminado en boda… Yo soy como los demás, y antes o después sentiré lo mismo que todos…".

La idea de que era un hombre como tantos y de que también su vida era una de tantas, lo alegró y reconfortó. Ya se la representaba osadamente a ella, y también su propia felicidad, sin poner freno alguno a su imaginación. Cuando por la tarde la brigada hubo llegado a su destino y los oficiales descansaban en las tiendas, Riabóvich, Merzliakov y Lobitko se sentaron a cenar alrededor de un baúl. Merzliakov comía sin apresurarse, masticaba despacio y leía el *Véstnik Yevrópy* que sostenía sobre las rodillas. Lobitko hablaba sin parar y se servía cerveza. Y Riabóvich, con la cabeza turbia por los sueños de toda la jornada, callaba y bebía. Después del tercer vaso, se achispó, se debilitó y experimentó un irresistible deseo de compartir su nueva impresión con sus compañeros.

—Me sucedió algo bastante extraño en casa de esos Von Rabbek… —empezó a decir, procurando imprimir a su voz un tono de indiferencia burlona—. Había ido, no sé si lo saben, a la sala de billar…

Se puso a contar con todo detalle la historia del beso y al minuto se calló… En aquel minuto lo había contado todo y le sorprendía tremendamente que hubiera necesitado tan poco tiempo para su relato. Le parecía que de aquel beso habría podido hablar hasta la madrugada. Habiéndolo escuchado, Lobitko, que contaba muchas trolas y por esta razón no creía a nadie, lo miró desconfiado y sonrió. Merzliakov enarcó las cejas y tranquilamente, sin apartar la mirada del *Véstnik Yevrópy*, dijo:

—¡Que Dios lo entienda! Arrojarse al cuello de alguien sin antes haber preguntado quién era… Se trataría de una psicópata.

—Sí, debía de ser una psicópata… —asintió Riabóvich.

—Una vez me ocurrió a mí un caso análogo… —dijo Lobitko, poniendo ojos de susto—. Iba el año pasado a Kovno… Tomé un billete de segunda clase… El vagón estaba de bote en bote y no había manera de dormir. Di medio rublo al revisor… Él cogió mi equipaje y me condujo a un compartimiento… Me acosté y me cubrí con la manta. Estaba oscuro, ¿comprenden? De súbito noté que alguien me ponía la mano en el hombro y respiraba ante mi cara… Abrí los ojos, y figúrense, ¡era una mujer! Los ojos negros, los labios rojos como carne de salmón, las aletas de la nariz latiendo de pasión frenesí, los senos, unos amortiguadores de tren…

—Permítame —lo interrumpió tranquilamente Merzliakov—, lo de los senos se comprende, pero ¿cómo podía usted ver los labios si estaba oscuro?

Lobitko empezó a salirse por la tangente y a burlarse de la poca perspicacia de Merzliakov. Esto molesté a Riabóvich, que se apartó del baúl, se acostó y se prometió no volver a hacer nunca confidencias.

Empezó la vida del campamento… Transcurrían los días muy semejantes unos a los otros. Durante todos ellos, Riabóvich se sentía, pensaba y se comportaba como un enamorado. Cada mañana, cuando el ordenanza lo ayudaba a levantarse, al echarse agua fría a la cabeza se acordaba de que había en su vida algo bueno y afectuoso.

Por las tardes, cuando sus compañeros se ponían a hablar de amor y de mujeres, él escuchaba, se les acercaba y adoptaba una expresión como la que suele aflorar en los rostros de los soldados al oír el relato de una batalla en la que ellos mismos han participado. Y las tardes en que los oficiales superiores, algo alegres, con el señor Lobitko a la cabeza, emprendían alguna correría donjuanesca por el arrabal, Riabóvich, que tomaba parte en tales salidas, solía ponerse triste, se sentía profundamente culpable y mentalmente le pedía a ella perdón… En las horas de ocio o en las noches de insomnio, cuando le venían ganas de rememorar su infancia, a su padre, a su madre y, en general, todo lo que era familiar y entrañable, también se acordaba, infaliblemente, de Mestechki, del raro caballo, de Von Rabbek, de su mujer parecida a la emperatriz Yevguenia, del cuarto oscuro, de la rendija iluminada de la puerta…

El treinta y uno de agosto regresaba del campamento, pero ya no con su brigada, sino con dos baterías. Durante todo el camino soñó y se impacientó como si volviera a su lugar natal. Deseaba con toda el alma ver de nuevo el caballo extraño, la iglesia, la insincera familia Von Rabbek y el cuarto oscuro. La "voz interior" que con tanta frecuencia engaña a los enamorados le susurraba, quién sabe por qué, que la vería sin falta… Unos interrogantes lo torturaban: ¿Cómo se encontraría con ella?, ¿de qué le hablaría?, ¿no habría olvidado ella el beso? En el peor de los casos, pensaba, aunque no se encontraran, para él ya resultaría agradable el mero hecho de pasar por el cuarto oscuro y recordar…

Hacia la tarde se divisaron en el horizonte la conocida iglesia y los blancos graneros. A Riabóvich empezó a palpitarle el corazón… No escuchaba al oficial que cabalgaba a su lado y le decía alguna cosa, se olvidó de todo contemplando con avidez el río que brillaba en lontananza, la techumbre de la casa, el palomar encima del cual revoloteaban las palomas iluminadas por el sol poniente.

Se acercaron a la iglesia y luego, al escuchar al aposentador, esperaba a cada instante que por detrás del templo apareciera el jinete e invitara a los oficiales a tomar el té, pero… el informe de los aposentadores tocó a su fin, los oficiales bajaron de sus cabalgaduras y se dispersaron por el pueblo, y el jinete no comparecía.

"Ahora Von Rabbek se enterará de nuestra llegada por los mujiks y mandará por nosotros", pensaba Riabóvich al entrar en una izba, sin comprender por qué su compañero encendía una vela ni por qué los ordenanzas se apresuraban a preparar los samovares…

Una penosa inquietud se apoderé de él. Se acostó, después se levantó y miró por la ventana si llegaba el jinete. Pero no había jinete. Volvió a acostarse. Media hora más tarde se levantó y, sin poder dominar su inquietud, salió a la calle y dirigió sus pasos hacia la iglesia. La plaza, cerca de la verja, estaba oscura y desierta… Tres soldados se habían detenido, juntos y callados, al mismísimo borde del sendero. Al ver a

Riabóvich, salieron de su ensimismamiento y lo saludaron. Él se llevó la mano a la visera y empezó a bajar por el conocido sendero.

Por encima de la otra orilla, el cielo se había teñido de un color purpúreo: salía la luna. Dos campesinas, charlando en voz alta, andaban por un huerto arrancando hojas de col; tras los huertos negreaban algunas isbas… Y en la orilla de este lado, todo era igual que en mayo: el sendero, los arbustos, los sauces inclinados sobre el agua… Sólo no se oía al valiente ruiseñor, ni se notaba olor a álamo y a hierba tierna.

Ante el jardín, Riabóvich miró por la portezuela. El jardín estaba oscuro y silencioso… Sólo se distinguían los troncos blancos de los abedules próximos y un pequeño tramo de la avenida, todo lo demás se confundía en una masa negra. Riabóvich aguzaba el oído y miraba ávidamente, pero, tras haber permanecido allí alrededor de un cuarto de hora sin oír ni un ruido y sin haber visto una luz, volvió sobre sus pasos…

Se acercó al río. Ante él se destacaban la caseta de baños del general y unas sábanas colgadas en las barandillas del puentecillo. Subió al pequeño puente, se detuvo un poco, tocó sin necesidad una de las sábanas, que encontró áspera y fría. Miró hacia abajo, al agua… El río se deslizaba rápido y apenas se le oía rumorear junto a los pilotes de la caseta. La luna roja se reflejaba cerca de la orilla; pequeñas ondas corrían por su reflejo alargándola, despedazándola, como si quisieran llevársela.

"¡Qué estúpido! ¡Qué estúpido! —pensaba Riabóvich contemplando la corriente—. ¡Qué poco inteligente es todo esto!".

Ahora que ya no esperaba nada, la historia del beso, su impaciencia, sus vagas esperanzas y su desencanto se le aparecían con vívida luz. Ya no le parecía extraño que no se hubiera presentado el jinete enviado por el general, ni no ver nunca a aquella que casualmente lo había besado a él en lugar de otro. Al contrario, lo raro sería que la viera.

El agua corría no se sabía hacia dónde ni para qué. Del mismo modo corría en mayo; el riachuelo, en el mes de mayo, había desembocado en un río caudaloso, y el río en el mar; después se había evaporado, se había convertido en lluvia, y quién sabe si aquella misma agua no era la que en este momento corría otra vez ante los ojos de Riabóvich…

"¿A santo de qué? ¿Para qué?".

Y el mundo entero, la vida toda, le parecieron a Riabóvich una broma incomprensible y sin objeto. Apartando luego la vista del agua y tras haber elevado los ojos al cielo, recordó otra vez cómo el destino en la persona de aquella mujer desconocida lo había acariciado por azar, se acordó de sus ensueños y visiones estivales, y su vida le pareció extraordinariamente aburrida, mísera y gris.

Cuando regresó a su isba, no encontró en ella a ninguno de sus compañeros. El ordenanza le informó que todos se habían ido a casa del "general Fontriabkin", que había mandado un jinete a invitarlos… Por un instante el gozo estalló en el pecho de Riabóvich, pero él se apresuró a apagar aquella llama, se acostó y, para contrariar a su destino, como si deseara vejarle, no fue a casa del general.

UNA BROMITA

Un claro mediodía de invierno… El frío es intenso, el hielo cruje, y a Nádeñka, que me tiene agarrado del brazo, la plateada escarcha le cubre los bucles en las sienes y el vello encima del labio superior. Estamos sobre una alta colina. Desde nuestros pies hasta el llano se extiende una pendiente, en la cual el sol se mira como en un espejo. A nuestro lado está un pequeño trineo, revestido con un llamativo paño rojo.

—Deslicémonos hasta abajo, Nadezhda Petrovna, por favor —le suplicó—. ¡Siquiera una sola vez! Le aseguro que llegaremos sanos y salvos.

Pero Nádeñka tiene miedo. El espacio desde sus pequeñas galochas hasta el pie de la helada colina le parece un inmenso abismo, profundo y aterrador. Ya sólo al proponerle yo que se siente en el trineo o por mirar hacia abajo se le corta el aliento y está a punto de desmayarse; ¡qué no sucederá entonces cuando ella se arriesgue a lanzarse al abismo! Se morirá, perderá la razón.

—¡Le ruego! —le digo—. ¡No hay que tener miedo! ¡Comprenda, de una vez, que es una falta de valor, una simple cobardía!

Nádeñka cede al fin, y advierto por su cara que lo hace arriesgando su vida. La acomodo en el trineo, pálida y temblorosa; la rodeo con un brazo y nos precipitamos al abismo. El trineo vuela como una bala. El aire hendido nos golpea en la cara, brama, silba en los oídos, nos sacude y pellizca furibundo, quiere arrancar nuestras cabezas. La presión del viento torna difícil la respiración. Parece que el mismo diablo nos estrecha entre sus garras y, afilando, nos arrastra al infierno. Los objetos que nos rodean se funden en una solo franja larga que corre vertiginosamente… Un instante más y llegará nuestro fin.

—¡La amo, Nadia! —digo a media voz.

El trineo comienza a correr más despacio, el bramido del viento y el chirriar de los patines ya no son tan terribles, la respiración no se corta más y, por fin, estamos abajo. Nádeñka llegó más muerta que viva. Está pálida y apenas respira… La ayudo a levantarse.

—¡Por nada del mundo haría otro viaje! —dice mirándome con ojos muy abiertos y llenos de horror—. ¡Por nada del mundo! ¡Casi me muero!

Al cabo de un rato vuelve en sí y me dirige miradas inquisitivas "¿fui yo quien dijo aquellas tres palabras o simplemente le pareció oírlas en el silbido del remolino?". Yo fumo a su lado y examino mi guante con atención.

Me toma del brazo y comenzamos un largo paseo cerca de la colina.

El misterio por lo visto no la deja en paz. "¿Fueron dichas aquellas palabras o no? ¿Sí o no?". Es una cuestión de amor propio, de honor, de vida, de dicha; una cuestión muy importante, la más importante en el mundo. Nádeñka vuelve a dirigirme su mirada impaciente, triste, penetrante, y contesta fuera de propósito, esperando que yo diga algo. ¡Oh, qué juego de matices hay en este rostro simpático! Veo que está luchando consigo misma, que tiene necesidad de decir algo, de preguntar, pero no encuentra las palabras, se siente cohibida, atemorizada, confundida por la alegría…

—¿Sabes una cosa? —dice sin mirarme.

—¿Qué? —le pregunto.

—Hagamos… otro viajecito.

Subimos por la escalera. Vuelvo a acomodar a la temblorosa y pálida Nádeñka en el trineo y de nuevo nos lanzamos en el terrible abismo; de nuevo brama el viento y zumban los patines; y de nuevo, al alcanzar el trineo su impulso más fuerte y ruidoso, digo a media voz:

—¡La amo, Nadia!

Cuando el trineo se detiene, Nádeñka contempla la colina por la que acabamos de descender; luego clava su mirada en mi cara, escucha mi voz, indiferente y desapasionada, y toda su pequeña figura, junto con su manguito y su capucha, expresa un extremo desconcierto. Y su cara refleja una serie de preguntas: "¿Cómo es eso? ¿Quién ha pronunciado aquellas palabras? ¿Ha sido él o me ha parecido oírlas y nada más?".

La incertidumbre la tornaba inquieta, la pone nerviosa. La pobre muchacha no contesta mis preguntas, frunce el ceño, está a punto de llorar.

—¿Será hora de irnos a casa? —le pregunto.

—A mí… a mí me gustan estos viajes en trineo —dice, ruborizándose —. ¿Haremos uno más?

Le "gustan" estos viajes, pero al sentarse en el trineo, palidece igual que antes, tiembla y contiene el aliento.

Descendemos par tercera vez, y noto cómo está observando mi cara y mis labios. Pero yo me cubro la boca con un pañuelo, y toso y al llegar a la mitad de la colina alcanzo a musitar:

—¡La amo, Nadia!

Y el misterio sigue siendo misterio. Nádeñka guarda silencio, piensa en algo… Nos retiramos de la pista y ella trata de aminorar la marcha, esperando siempre que yo diga aquellas palabras. Veo cómo sufre su corazón y cómo ella se esfuerza para no decir en voz alta: "¡No puede ser que las haya dicho el viento! ¡Y no quiero que haya sido el viento!".

A la mañana siguiente recibo una esquela: "Si usted va hoy a la pista de patinaje, venga a buscarme". Y a partir de ese día voy con Nádeñka a la pista todos los días y, al precipitarnos hacia abajo en el trineo, cada vez pronuncio a media voz siempre las mismas palabras:

—¡La amo, Nadia!

En poco tiempo, Nádeñka se habitúa a esta frase, como uno se habitúa al vino o a la morfina. Ya no puede vivir sin ella. Es verdad que siempre le da miedo deslizarse por la colina helada, pero ahora el miedo y el peligro otorgan un encanto especial a las palabras de amor, palabras que constituyen un misterio y oprimen dulcemente el corazón. Los sospechosos son siempre dos: el viento y yo… Ella no sabe quién de los dos le declara su amor, pero ello, por lo visto, ya la tiene sin cuidado; poco importa el recipiente del cual uno bebe, lo esencial es sentirse embriagado.

Una vez, al mediodía, fui solo a la pista: mezclado con la multitud, vi a Nádeñka acercarse a la colina y buscarme con los ojos… Tímidamente sube a la escalera… Le da mucho miedo viajar sola, "¡oh, qué miedo!". Está blanca como la nieve y tiembla como si se dirigiera a su propia ejecución. Pero va decidida, sin mirar para atrás.

Por lo visto, ha decidido probar, al fin: "¿Se oyen aquellas sorprendentes y dulces palabras cuando yo no estoy?". La veo colocarse en el trineo, pálida, con la boca abierta por el miedo, cerrar los ojos y emprender la marcha, después de despedirse para siempre de la tierra. "Zsh- zsh-zsh-zsh"… Zumban los patines. Si Nádeñka está oyendo aquellas palabras o no, no lo sé… La veo levantarse del trineo exhausta, débil. Y se ve por su cara que ella misma no sabe si ha oído algo o no. Mientras estuvo deslizándose hacia abajo, el miedo le quitó la capacidad de escuchar, de distinguir sonidos, de entender…

Y he aquí que llega el primaveral mes de marzo… El sol se torna más cariñoso. Nuestra montaña de hielo se oscurece, pierde su brillo y por fin se derrite. Nuestros viajes en trineo se interrumpen. La pobre Nádeñka ya no tiene dónde escuchar aquellas palabras y además no hay quien las pronuncie, puesto que el viento se ha aquietado y yo estoy por irme a Petersburgo, por mucho tiempo, quizá para siempre.

Unos días antes de mi partida al anochecer, estoy sentado en el jardín. Este jardín está separado de la casa de Nádeñka por una alta empalizada con clavos… Aún hace bastante frío, en los rincones del patio exterior hay nieve todavía, los árboles parecen muertos; pero ya huele a primavera y los grajos, acomodándose para dormir desatan su último vocerío de la jornada. Me acerco a la empalizada y durante largo rato miro por una hendidura. Veo a Nádeñka salir al patio y alzar su triste acongojada mirada al cielo… El viento de primavera sopla directamente en su pálido y sombrío rostro… Le hace recordar aquel otro viento que bramaba en la colina dejando oír aquellas tres palabras, y su cara se pone triste, muy triste, y una lágrima se desliza por su mejilla. La pobre muchacha extiende ambos brazos como suplicando al viento le traiga una vez más aquellas palabras. Y yo, al llegar una ráfaga de viento, digo a media voz:

—¡La amo, Nadia!

¡Por Dios, hay que ver lo que sucede con Nádeñka! Deja escapar un grito y con amplia sonrisa tiende sus brazos hacia el viento, alegre, feliz, tan bella.

Y yo me voy a hacer las maletas…

Esto sucedió hace tiempo. Ahora Nádeñka está casada con el secretario de una institución tutelar y tiene ya tres hijos. Pero nuestros viajes en trineo y las palabras "La amo, Nadia", que le llevaba el viento, no están olvidadas, para ella son el recuerdo más feliz más conmovedor y más bello de su vida…

Mientras que yo, ahora que tengo más edad, ya no comprendo para qué decía aquellas palabras. Para qué hacía aquella broma…

EL CAMALEÓN

El inspector de policía Ochumélov, con su capote nuevo y un hatillo en la mano, cruza la plaza del mercado. Tras él camina un municipal pelirrojo con un cedazo lleno de grosellas decomisadas. En torno reina el silencio… En la plaza no hay ni un alma… Las puertas abiertas de las tiendas y tabernas miran el mundo melancólicamente, como fauces hambrientas; en sus inmediaciones no hay ni siquiera mendigos.

—¿A quién muerdes, maldito? —oye de pronto Ochumélov—. ¡No lo dejen salir, muchachos! ¡Ahora no está permitido morder! ¡Sujétalo! ¡Ah… ah!

Se oye el chillido de un perro. Ochumélov vuelve la vista y ve que del almacén de leña de Pichuguin, saltando sobre tres patas y mirando a un lado y a otro, sale corriendo un perro. Lo persigue un hombre con camisa de percal almidonada y el chaleco desabrochado. Corre tras el perro con todo el cuerpo inclinado hacia delante, cae y agarra al animal por las patas traseras. Se oye un nuevo chillido y otro grito: "¡No lo dejes escapar!". Caras soñolientas aparecen en las puertas de las tiendas y pronto, junto al almacén de leña, como si hubiera brotado del suelo, se apiña la gente.

—¡Se ha producido un desorden, señoría!… —dice el municipal.

Ochumélov da media vuelta a la izquierda y se dirige hacia el grupo. En la misma puerta del almacén de leña ve al hombre antes descrito, con el chaleco desabrochado, quien ya de pie levanta la mano derecha y muestra un dedo ensangrentado. En su cara de alcohólico parece leerse: "¡Te voy a despellejar, granuja!"; el mismo dedo es como una bandera de victoria. Ochumélov reconoce en él al orfebre Jriukin. En el centro del grupo, extendidas las patas delanteras y temblando, está sentado en el suelo el culpable del escándalo, un blanco cachorro de galgo de afilado hocico y una mancha amarilla en el lomo. Sus ojos lacrimosos tienen una expresión de angustia y pavor.

—¿Qué ha ocurrido? —pregunta Ochumélov, abriéndose paso entre la gente—. ¿Qué es esto? ¿Qué haces tú ahí con el dedo?… ¿Quién ha gritado?

—Yo no me he metido con nadie, señoría… —empieza Jriukin, y carraspea, tapándose la boca con la mano—. Venía a hablar con Mitri Mítrich, y este maldito perro, sin más ni más, me ha mordido el dedo… Perdóneme, yo soy un hombre que se gana la vida con su trabajo… Es una labor muy delicada. Que me paguen, porque puede que esté una semana sin poder mover el dedo… En ninguna ley está escrito, señoría, que haya que sufrir por culpa de los animales… Si todos empiezan a morder, sería mejor morirse...

—¡Hum!... Está bien... —dice Ochumélov, carraspeando y arqueando las cejas—. Está bien... ¿De quién es el perro? Esto no quedará así. ¡Les voy a enseñar a dejar los perros sueltos! Ya es hora de tratar con esos señores que no desean cumplir las ordenanzas. Cuando le hagan pagar una multa, sabrá ese miserable lo que significa dejar en la calle perros y otros animales. ¡Se va a acordar de mí!... Eldirin —prosigue el inspector, volviéndose hacia el guardia—, infórmate de quién es el perro y levanta el oportuno atestado. Y al perro hay que matarlo. ¡Sin perder un instante! Seguramente está rabioso... ¿Quién es su amo?

—Es del general Zhigálov —dice alguien.

—¿Del general Zhigálov? ¡Hum!... Eldirin, ayúdame a quitarme el capote... ¡Hace un calor terrible! Seguramente anuncia lluvia... Aunque hay una cosa que no comprendo: ¿cómo ha podido morderte? —sigue Ochumélov, dirigiéndose a Jriukin—. ¿Es que te llega hasta el dedo? El perro es pequeño, y tú, ¡tan grande! Has debido de clavarte un clavo y luego se te ha ocurrido la idea de decir esa mentira. Porque tú... ¡ya nos conocemos! ¡Los conozco a todos, diablos!

—Lo que ha hecho, señoría, ha sido acercarle el cigarro al morro para reírse, y el perro, que no es tonto, le ha dado un mordisco... Siempre está haciendo cosas por el estilo, señoría.

—¡Mientes, tuerto! ¿Para qué mientes, si no has visto nada?

—Su señoría es un señor inteligente y comprende quién miente y quién dice la verdad... Y, si miento, eso lo dirá el juez de paz. Él tiene la ley... Ahora todos somos iguales... Un hermano mío es gendarme... por si quieres saberlo...

—¡Basta de comentarios!

—No, no es del general —observa pensativo el municipal—. El general no tiene perros como éste. Son más bien perros de muestra...

—¿Estás seguro?

—Sí, señoría...

—Yo mismo lo sé. Los perros del general son caros, de raza, mientras que éste ¡el diablo sabe lo que es! No tiene ni pelo ni planta... es un asco. ¿Cómo va a tener un perro así? ¿Dónde tienen la cabeza? Si este perro apareciese en Petersburgo o en Moscú, ¿saben lo que pasaría? No se pararían en barras, sino que, al momento, ¡zas! Tú, Jriukin, has salido perjudicado; no dejes el asunto... ¡Ya es hora de darles una lección!

—Aunque podría ser del general... —dice de repente el guardia en voz alta—. No lo lleva escrito en el morro... El otro día vi en su patio un perro como éste.

—¡Es del general, seguro! —dice una voz.

—¡Hum!… Ayúdame a ponerme el capote, Eldirin… Parece que ha refrescado… Siento escalofríos… Llévaselo al general y pregunta allí. Di que lo he encontrado y que se lo mando… Y di que no lo dejen salir a la calle… Puede ser un perro de precio, y si cualquier cerdo le acerca el cigarro al morro, no tardarán en echarlo a perder. El perro es un animal delicado… Y tú, imbécil, baja la mano. ¡Ya está bien de mostrarnos tu estúpido dedo! ¡Tú mismo tienes la culpa!…

—Por ahí va el cocinero del general; le preguntaremos… ¡Eh, Prójor!

¡Acércate, amigo! Mira este perro… ¿Es de ustedes?

—¡Qué ocurrencias! ¡Jamás ha habido perros como éste en nuestra casa!

—¡Basta de preguntas! —dice Ochumélov—. Es un perro vagabundo. No hay razón para perder el tiempo en conversaciones… Si yo he dicho que es un perro vagabundo, es un perro vagabundo… Hay que matarlo y se acabó.

—No es nuestro —sigue Prójor—. Es del hermano del general, que vino hace unos días. A mi amo no le gustan los galgos. A su hermano…

—¿Es que ha venido su hermano? ¿Vladímir Ivánich? —pregunta Ochumélov, y todo su rostro se ilumina con una sonrisa de ternura—. ¡Vaya por Dios! No me había enterado. ¿Ha venido de visita?

—Sí…

—Vaya… Echaba de menos a su hermano… Y yo sin saberlo. ¿Así que el perro es suyo? Lo celebro mucho… Llévatelo… El perro no está mal… Es muy vivo… ¡Le ha mordido el dedo a éste! Ja, ja, ja… Ea, ¿por qué tiemblas? Rrrr… Rrrr… Se ha enfadado, el muy pillo… Vaya con el perrito…

Prójor llama al animal y se aleja con él del almacén de leña… La gente se ríe de Jriukin.

—¡Ya nos veremos las caras! —le amenaza Ochumélov, y, envolviéndose en el capote, sigue su camino por la plaza del mercado.

LOS CAMPESINOS

I

El camarero del Hotel Eslavo Nicolás Chikildieyev había enfermado. Un día, perdido casi por completo el vigor de las piernas, se había caído de bruces en mitad del pasillo llevando en la mano una fuente de jamón con guisantes. Y se había visto obligado a dejar su colocación. Habíase gastado, cuidándose, todos sus ahorros y los de su mujer, y ya no le quedaba nada para vivir. Cansado de su ocio forzoso, decidió irse al campo con su familia.

"Está uno mejor en su casa —se dijo—, y vive con más economía, y por algo dice el proverbio que hasta las paredes le ayudan".

Llegó a su casa —en Jukov— al oscurecer. Sus añoranzas infantiles le hablaban del terruño como de algo claro y suave, y al volver a ver su casita, se aterró: tan sombría, angosta y sucia era. Su mujer, Olga, y su hija, Sacha, miraban perplejas la enorme chimenea, negra de humo y de moscas.

¡Cuántas moscas, señor!… La chimenea estaba combada; las vigas de las paredes, torcidas. La casa parecía a punto de caerse. Había pegados a las paredes, junto a los conos, pedazos de periódicos y etiquetas de botella en lugar de cuadros.

¡Miseria! ¡Miseria!… Las personas mayores estaban en el campo. Una niña como de ocho años, pelirrubia, sucia, estaba sentada en la chimenea, y ni siquiera miró a los recién llegados. En el suelo, junto a una horcadura, ronroneaba un gato blanco.

Sacha le llamó.

—Miss, miss, miss…

—Es sordo —dijo la chicuela—. No oye nada.

—¿De veras?

—Le pegaron una paliza…

Nicolás y Olga comprendieron, al punto, lo que era allí la vida; pero callaron. Colocaron en un rincón el equipaje y salieron de la casa. El aspecto de la inmediata era también muy pobre; pero la de más allá —la última de la fila— tenía tejado de cine y cortinas en las ventanas. Estaba aislada y carecía de cerca. Era un mesón. En la paz taciturna del campo erguíanse sauces, saúcos y serbales. Más allá veíase el río, de orillas altas y pedregosas.

Había, esparcidos por tierra, multitud de tiestos, de pedazos de ladrillo rojo y de montones de basura. Al otro lado del río se extendía una vasta pradera color verde claro, segada ya, en la que pasaban numerosos caballos, cerdos y vacas. A la derecha, sobre una colina, agrupábase un caserío entre la iglesia, de cinco cúpulas, y la casa señorial.

—¡Qué bien se está aquí! —dijo Olga, persignándose al mirar a la iglesia—. ¡Qué tranquilidad, Dios mío!

En aquel momento se oyó tocar a vísperas —era sábado—. Dos niñas que llevaban un cántaro de agua se detuvieron para oír las campanas.

—Es la hora de comer en el Hotel Eslavo —dijo Nicolás con melancolía.

Sentados en la orilla escarpada del río, Nicolás y Olga contemplaban la puesta del Sol, cuyos fulgores de oro y púrpura se reflejaban en el agua, en las ventanas de la iglesia, en el cielo, en el aire, sereno y puro, como nunca lo habían visto en Moscú. Ya puesto el Sol, el rebaño pasó mugiendo, pasaron las manadas de ocas... La suave luz crepuscular se extinguía en el aire; descendía, lenta, la noche.

Entre tanto, habían vuelto a casa el padre y la madre de Nicolás, flacos, encorvados, sin dientes, ambos de la misma estatura, y las dos cuñadas, María y Fekla, que trabajaban en una finca de la otra ribera. María, la mujer de Kiriak, tenía siete hijos, y Fekla, la mujer de Dionisio —a la sazón soldado—, dos. Cuando Nicolás entró en la choza y vio a la familia; cuando vio todos aquellos cuerpos de diversos tamaños que se agitaban en las cunas, en todos los rincones del camaranchón; cuando vio el ansia con que las mujeres y el viejo comían pan negro mojado en agua, comprendió que había hecho mal en irse allí, enfermo, sin dinero y, por añadidura, con la impedimenta de su hija y su mujer.

—¿Dónde está mi hermano Kiriak? —preguntó, acabados los saludos.

—Está de guardabosque en casa de un comerciante —contestó el padre—. Es buen muchacho, pero demasiado bebedor.

—¡De poco nos sirve! —lamentó la vieja—. Son unos tarambanas estos mujiks. Se llevan de casa más que traen. A Kiriak le gusta beber; pero el viejo tampoco le hace ascos a la bebida, y no hay que decir que conoce el camino del mesón. ¿No clama al cielo esto?...

Hicieron té en el samovar, en honor de los recién llegados. El té —que olía a pescado—, el azúcar gris, el pan, la vajilla, eran desagradables; también lo eran los temas de la conversación: miserias, enfermedades... No habían acabado aún la primera taza, cuando se oyó de pronto en el patio una voz de borracho que gritaba:

—¡María!

—Juraría que es Kiriak. Cuando se habla del lobo...

Todos callaron. Momentos después volvió a oírse la misma voz áspera y como subterránea:

—¡Maaaría!...

María, la mayor de las nueras, palideció y se agazapó contra la chimenea. El espanto en el rostro de aquella mujer, fea y corpulenta, de aspecto varonil, resultaba cómico. Su hija —la niña a quien los recién llegados habían encontrado sentada en la chimenea— se echó a llorar.

—¡Bah!... ¿Os va a matar, tontas? —exclamó Fekla, hermosa mujer, corpulenta y fuerte también.

El viejo contó que a María le daba miedo vivir con Kiriak en el bosque, y que el guarda, cuando se emborrachaba, iba a buscarla, armaba escándalo y la vapuleaba.

—¡Maaaría! —oyóse gritar en la puerta.

—¡En nombre de Jesucristo, defendedme, tened piedad de mí! —balbuceaba María, trémula, tiritante, como bajo una ducha helada—. ¡Por favor, defendedme!

Todos los chiquillos prorrumpieron en llanto, y Sacha, mirándoles, también se echó a llorar. Se oyó toser al borracho, y un gran mujik, cuya cabeza cubría una garra de piel, y cuya faz, de barba negra, parecía terrible a la débil luz de la lamparilla, entró en la habitación. Era Kiriak. Se acercó a su mujer y, sin decir palabra, le dio un puñetazo, en las narices. Ella, silenciosa, aturdida, inclinó la cabeza y empezó a sangrar copiosamente.

—¡Qué vergüenza! —murmuró el viejo—. ¡Delante de los huéspedes!

¡Qué pecado!

La vieja, encorvada, pensativa, callaba. Fekla balanceaba la cuna... Orgulloso del susto que les había dado a todos, Kiriak cogió a María por un brazo y la arrastró hacia la puerta, aullando como una fiera, para parecer aún más terrible; pero en aquel momento advirtió la presencia de los huéspedes y se detuvo.

—¡Ah, ya habéis llegado! —exclamó, soltando a su mujer—. El querido hermano con su familia...

Se persignó, mirando al icono. Luego continuó, muy abiertos los rojos ojos de borracho:

—El querido hermano con su familia ha llegado a la casa paterna..., ha llegado de Moscú, de la capital..., de la ciudad de las ciudades... Con vuestro permiso...

Se sentó en el banco ante el samovar, y empezó a beber té a grandes y ruidosos sorbos, en medio del silencio de los circunstantes... Cuando hubo bebido a su gusto, se tendió en el banco, y momentos después roncaba.

Acostáronse todos. Nicolás, como enfermo, al lado del viejo, en la chimenea; Sacha, en el suelo, y Olga, en el porche, con las otras mujeres.

—No llores, tonta —decía, tendida en el heno al lado de María—; no llores. Hay que tener paciencia y sufrir con resignación. La Sagrada Escritura dice: "Si te dan una bofetada en la mejilla izquierda, presenta la derecha". ¡Sí, pobrecita!

Luego empezó a contar, en voz queda, monótona, su vida en Moscú, donde había sido camarera de *chambres garnies*...

—En Moscú —decía— las casas son grandes, de granito, hay un sinfín de iglesias... En las casas, paloma, hay señoras y caballeros muy guapos y muy bien educados.

María dijo que ella no había estado nunca no ya en Moscú, ni siquiera en la capital de provincia más próxima; era ignorantísima, no sabía ni el Padrenuestro.

La otra nuera Fekla, que las oía desde lejos, era también muy ignorante. Ninguna de las dos quería a su marido. Ella le temía al suyo, y cuando estaba junto a él temblaba de miedo y la ponía mala el olor a aguardiente y tabaco.

—Tú también te fastidias junto a tu marido, ¿verdad? —le preguntó a Fekla.

Fekla contestó:

—No hablemos de eso.

Callaron. Hacía frío. El gallo cantaba en el patio y no las dejaba dormir. Cuando la luz azulada del amanecer empezó a entrar por las rendijas, Fekla se levantó, sin ruido, y salió. Las pisadas de sus pies desnudos se alejaron veloces.

II

Olga se fue a la iglesia, acompañada de María. Caminaban alegres por la senda que conducía al prado. Olga respiraba con delicia el aire campesino, y María adivinaba en su cuñada un alma propincua, familiar. Un buitre volaba sobre el prado casi a ras de tierra.

El río aún yacía en la sombra, la niebla envolvía gran parte del paisaje; pero el sol naciente iluminaba lo alto de la montaña, y la iglesia brillaba.

—El viejo no es malo —contaba María—; pero la vieja tiene un genio endiablado y siempre está gruñendo. Cuando se acaba el pan y compramos harina en el mesón, dice que comemos demasiado.

—¿Qué se le va a hacer, hija? Hay que tener paciencia. Nuestro Señor dijo: "Venid a mí cuantos sufrís"...

Olga hablaba con lentitud, arrastrando las palabras, y andaba con el paso vivo de las devotas. Leía todos los días el *Evangelio* en alta voz, y, aunque casi no las comprendía, las palabras santas conmovíanla hasta hacerla llorar. Había vocablos, como, por ejemplo, Virgen santísima, que pronunciaba con el corazón dulcemente oprimido. Creía en Dios, en su Santa Madre, en todos los santos; creía que no se debía ofender a nadie en el mundo, ni a las gentes sencillas ni a los alemanes ni a los bohemios ni a los judíos, y que era pecado incluso maltratar a las bestias; creía que así estaba escrito en los libros sagrados, y por eso, cuando pronunciaba las palabras de las Escrituras, aunque casi no las comprendía, se pintaba en su rostro una dulce emoción.

—¿De dónde eres? —preguntó María.

—Soy de Wladimir. No me llevaron a Moscú hasta los ocho años.

Se acercaron al río. En la ribera opuesta una mujer se desnudaba junto al agua.

—Es Fekla —dijo María—. Ha ido a ver a los trabajadores de la finca de la otra orilla. ¡Es terrible!

Fekla, morena los cabellos sueltos, fresca y robusta como una muchacha, se lanzó al agua, cuya superficie empezó a azotar con los pies levantando un blanco hervor de espumas.

—¡Es terrible! —repitió María.

Por debajo de unas no muy sólidas tablas, colocadas a través del río, nadaban en el agua pura y transparente numerosas mujeres. El rocío brillaba en los verdes matorrales reflejados en la corriente. ¡Qué espléndida mañana! ¡Qué feliz seríase en el mundo si no existiera la miseria, terrible, implacable, de la que no había manera de hurtarse! Una simple mirada atrás evocaba todo lo ocurrido la víspera, y el encanto de bienandanza flotante alrededor desaparecía como por ensalmo.

Llegaron a la iglesia. María se detuvo a la puerta, sin atreverse a avanzar. Ni siquiera se atrevió a sentarse, aunque la misa no empezaba basta las nueve. Y permaneció en pie todo el tiempo.

Cuando el sacerdote comenzaba a leer el *Evangelio* se notó de pronto una rumorosa agitación entre los fieles, que le abrían paso a la familia del Señor: dos jóvenes vestidas de blanco, con grandes sombreros, y un muchacho grueso y sonrosado, vestido de marinero. Su aparición impresionó, agradablemente a Olga, que se dio cuenta al punto de su condición *comme il faut*, María los miraba de reojo, con gesto sombrío, como si fueran monstruos capaces de aplastarla si no se apartaba.

Y oía estremecida la voz de bajo del diácono, pareciéndole oír gritar: "¡Maaaría!".

III

La nueva de la llegada de Nicolás y su familia se había propalado por la aldea, y después de la misa acudió mucha gente a verlos. Acudieron, entre otros, Leonichevi, Matveivichi e Ilichevi, los tres a pedir noticias de sus parientes colocados en Moscú. Todos los muchachos instruidos se iban a Moscú de criados o de camareros, mientras que los de la otra orilla preferían ser panaderos. Hacía muchos años, en tiempos de la servidumbre, un tal Luka Ivanich, mujik de Jukov, convertido ya en personaje legendario, había llegado a sumiller en un "club" de Moscú. Y sólo admitía a su servicio conterráneos. Sus favorecidos, a su vez, hacían ir a sus parientes, a quienes colocaban en cafés y restaurantes.

Nicolás tenía nueve años cuando le enviaron a Moscú. Iván Makarich, de la familia Matveivichi, empleado a la sazón en el teatro Ermitage, lo tomó a su cargo. Y ahora, dirigiéndose a los Matveivichi, Nicolás decía despaciosamente:

—Iván Makarich es mi bienhechor, y le debo pedir a Dios por él a todas horas, pues gracias a él soy lo que soy.

—Padrecito —se lamentó una vieja de elevada estatura, la hermana de Iván Makarich—, no sabemos nada de él.

—Estaba de servicio en el teatro de Omón; pero he oído decir últimamente que tenía una colocación fuera de la ciudad... Ha envejecido mucho. Antes había veranos en que se sacaba hasta diez rublos diarios; pero ahora los negocios se han echado a perder, y además está tan cansado...

Las mujeres miraban los pies de Nicolás, calzados con botas de fieltro, y su cara pálida, y le decían plañideras:

—¡No puedes ya trabajar, Nicolás Osipich! Decirte otra cosa sería engañarte...

Y todos acariciaban a Sacha. Aunque había cumplido diez años, era tan bajita y tan delgada que apenas representaba siete. Entre las otras niñas, curtidas por la intemperie, con los cabellos mal cortados, vestidas con blusones descoloridos, ella, rubia, de ojos grandes, negros y profundos, adornada la cabeza con una cinta roja, como una bestezuela cogida en el campo, era una figura un poco extraña.

—Sabe leer —dijo Olga, contemplándola con ternura—. Léenos algo, hijita...

Buscó el *Evangelio*, se lo dio, y continuó rogándole:

—Léenos un poco y los buenos cristianos escucharán.

El libro era viejo, pesado; sus tapas, de piel, estaban sucias por los bordes, y olía a convento.

Sacha arqueó las cejas y empezó a leer, arrastrando las palabras:

—"El ángel del Señor se apareció a José, que dormía. Levántate —le dijo— y huye a Egipto con el Niño y su Santa Madre…".

—"Con el Niño y su Santa Madre" —repitió Olga, emocionadísima.

—"Huye a Egipto y permanece allí…, conforme te digo".

El "conforme te digo" hizo subir de punto la emoción de Olga, que no pudo ya contenerse y prorrumpió en llanto. María, viéndola llorar, estalló en sollozos, y la hermana de Iván Makárich no tardó en imitarla. El viejo comenzó a toser y buscó una golosina para su nieta; pero como no la encontrase, expresó su contrariedad con un ademán desesperado.

Cuando terminó la lectura los vecinos se fueron, haciéndose lenguas de las buenas prendas de Olga y Sacha.

Con motivo de la fiesta toda la familia permaneció en casa. La vieja, a quien todos, su marido, sus nueras, sus nietas, llamaban la bruja, quería hacerlo todo por sí misma: ella encendía la chimenea, hervía el té en el samovar, hasta tomaba parte en las faenas del campo; y decía luego, lamentándose, que estaba rendida. Siempre la inquietaba la manía de que se comía demasiado y el temor de que el viejo y las nueras se quedaran sin trabajo. Ya se le antojaba que las ocas del mesonero asaltaban su huerta, y corría con un garrote, gritando hasta desgañitarse, por entre las coles, tan poco lucidas como ella; ya le parecía que el cuervo acechaba a sus pollos, y le perseguía, poniéndole de vuelta y media. Se pasaba el día gruñendo y gritando, y a veces sus voces eran tales, que la gente se detenía ante la casa. A su pobre marido lo trataba muy mal; le llamaba a cada momento gandul y otras lindezas. Verdaderamente, él no era una alhaja, y, de no estar siempre ella pinchándole, no hubiera trabajado nada y se hubiera pasado la vida sentado en la chimenea diciendo chirigotas.

Durante largo rato le habló a su hijo de sus enemigos, se quejó de sus vecinos, que, según él, estaban siempre dándole disgustos. Su hijo le escuchaba aburrido.

—Sí —decía el viejo, con las manos en las caderas—. Sí, ocho días después de la Ascensión vendí el heno a treinta kopecs, según me proponía… Pues bien: cuando me iba, por la mañana temprano, con el heno, sin molestar a nadie, salía del mesón el baile Antip Sedelnikov. Al verme me dijo: "¿Adónde vas, hijo de perro?", y me pegó.

Kiriak tenía un dolor de cabeza terrible, a causa de la borrachera de la víspera, y se sentía avergonzado ante su hermano.

—¡Qué demonio de vodka! —balbuceaba, sacudiendo la dolorida cabeza—. Perdonadme, hermanos, perdonadme, os lo suplico… ¡Qué vergüenza!

En la celebración de la fiesta se compró en el mesón un arenque, con cuya cabeza se hizo una sopa. Púsose la familia a tomar el té al mediodía, y lo estuvo tomando hasta que comenzó a sudar, rebosante de té, todo el mundo. Luego, viejos, hijos, nueras, nietos, congregáronse alrededor de la cazuela de la sopa. La vieja, precavida, había guardado el arenque.

Al oscurecer, un alfarero encendió el horno en la colina. Abajo, en el prado, las muchachas, en corro, cantaban. Sonaba un acordeón.

En la otra ribera ardía también un horno y cantaban las muchachas, cuyos cantos embellecía y poetizaba la distancia. En el mesón, los campesinos vociferaban y se insultaban de tal modo, que Olga, estremeciéndose, decía al oírles:

—¡Dios mío!

La asombraban aquellas constantes injurias, sobre todo en boca de viejos, ya con un pie en la sepultura. Los niños y las muchachas las oían sin inmutarse, habituados a ellas desde la cuna.

A medianoche habíanse apagado los hornos; pero en el prado y el mesón seguía la gente divirtiéndose. El viejo y Kiriak, ebrios, cogidos de las manos, haciendo eses, se acercaron a la porchada, donde dormían Olga y María.

—Déjala —intercedía el viejo—, déjala… Es una buena mujer… Eso es un pecado…

—¡Maaaría! —gritó Kiriak.

—Déjala… Eso es un pecado… Es muy buena…

Se detuvieron un momento junto a la porchada, y se fueron. "¡Me gustan las flores, las flores del campo!", cantó con voz estridente el guardabosque. ¡Me gusta cogerlas por huertos y prados!".

Luego escupió, lanzó unos cuantos juramentos y entró en la casa.

IV

Era un día muy caluroso de agosto. La vieja había encargado a Sacha de la custodia de la huerta. Las ocas del mesonero podían realizar uno de sus asaltos, mientras ellas, junto al mesón, cogían avena y charlaban tranquilamente. Dejando ojo avizor al macho, para que viese si ella acudía con el garrote, podían irse acercando, cautelosas… Pero las ocas se paseaban por la otra ribera, en larga procesión blanca. Sacha, que empezaba a aburrirse, viendo que no intentaban ninguna invasión, echó a andar hacia el río…

La hija mayor de María, Motka, de pie sobre una enorme piedra, contemplaba, inmóvil, la iglesia. María había tenido trece hijos; pero sólo le quedaban siete, todos hembras, la mayor de ocho años. Motka, descalza, sin más ropa que un camisón, estaba como petrificada; ni siquiera advertía que el sol, que le daba de lleno, le había puesto la coronilla punto menos que al rojo. Sacha se detuvo a su lado y le dijo, mirando a la iglesia:

—En la iglesia vive el Señor. La gente se alumbra con lámparas y velas; el Señor, con lamparillas rojas, azules, verdes, como ojos. El Señor se pasea de noche por la iglesia, y la Virgen y San Nicolás van detrás de él…, tup…, tup…, tup…, ¡y el sacristán tiene un miedo…!

Sacha calló breves instantes.

—Sí, paloma —añadió, imitando a su madre—; y cuando venga el fin del mundo, todas las iglesias volarán al Cielo.

—¿Con las cam-pa-nas? —preguntó Motka con voz opaca.

—Con las campanas. Y cuando se acabe el mundo, los buenos irán al Paraíso y los malos al fuego eterno. Sí, paloma. A mamá y a María les dirá el Señor: "Como no le habéis hecho daño a nadie, id a la derecha, al Paraíso". Y a Kariak y a la vieja les dirá: "Id a la izquierda, al fuego". Y los que no ayunan irán también al fuego.

Miró al cielo, con ojos muy abiertos, y prosiguió:

—Mira al cielo sin pestañear, y verás a los ángeles. Motka obedeció y hubo una pausa.

—¿Los ves? —preguntó Sacha.

—No veo nada —contestó con su opaca voz Motka.

—Yo sí los veo. Son pequeñitos y vuelan por el cielo, moviendo las alas chiquitinas, como los mosquitos.

Motka se quedó meditabunda unos instantes, y preguntó:

—¿La vieja irá al infierno?

—Irá, paloma.

La piedra estaba en lo alto de una cuesta cubierta de una hierba tan verde y tan suave, que daban ganas de tocarla y de tenderse sobre ella. Sacha se tendió y rodó hasta abajo. Motka imitó a su prima y rodó también hasta abajo, muy seria. En el raudo descenso se le subió la camisa casi a la cabeza.

—¡Bravo, bravo! —gritó Sacha, encantada.

Tornaron a subirse a la piedra para rodar de nuevo; pero en aquel momento oyeron la voz estridente que tanto conocían. ¡Qué horror!… La vieja, desdentada, huesuda, encorvada, la rala cabellera al viento, echaba de la huerta a las ocas, armada de un palo, y gritaba:

—¡Han puesto las coles hechas una lástima las sinvergüenzas! ¡Mal rayo las parta!

Al ver a las niñas tiró el palo, cogió una rama seca, y asiendo a Sacha por el cuello con sus dedos sarmentosos, duros, empezó a pegarle con ella. Sacha lloraba de dolor y de espanto... El macho de las ocas, andando torpemente y alargando el pescuezo, se acercó a la vieja y la increpó con energía, en su áspero idioma. Luego volvió junto a sus blancas compañeras, que le hicieron objeto de una calurosa ovación. La vieja, después de pegarle a Sacha, la emprendió con Motka, cuya camisa tornó a subirse. Desesperada, llorando a moco tendido y chillando, Sacha se dirigió a la casa, seguida de Matka, que también plañía, y llevaba tan mojado el rostro —pues no se secaba las lágrimas— como si acabase de sacarlo de una palangana.

—¡Dios mío! —exclamó Olga, estupefacta, cuando entraron—. ¡Virgen Santísima!

Sacha comenzó a contar lo ocurrido, y en aquel momento irrumpió la vieja en la estancia vociferando y renegando.

Fekla se enfadó, y se disgustó toda la familia.

—Eso no es nada, no es nada —decía Olga, muy pálida, acariciando la cabeza de Sacha—. Es un pecado enfadarse con la abuelita.

Nicolás, que no podía ya soportar los gritos constantes, el hambre, el humo, la suciedad; que odiaba y despreciaba aquella miseria; que se avergonzaba de su familia ante su mujer y su hija, bajó sus piernas de la chimenea y le dijo a su madre, con voz llena de enojo:

—¡No tiene usted derecho a pegarle!

—¡Revienta de una vez, carroña! —gritó Fekla, furiosa—. ¡Os ha enviado aquí el diablo!

Sacha, Motka y las demás chiquillas se agazaparon todas en un rincón de la chimenea, detrás de Nicolás, atemorizadas y mudas. En el silencio trágico se oían latir sus corazones. Cuando en una familia hay un enfermo incurable, cuya enfermedad dura mucho tiempo, y en ciertos momentos se desea de un modo tímido su muerte, solo los niños piensan en ella con horror. Y las chiquillas, reteniendo el aliento, con una expresión triste en el rostro, contemplaban a Nicolás y sentían ganas de llorar y de decirle algo cariñoso, al pensar que moriría pronto.

El enfermo se apretó contra Olga, como buscando protección, y habló así, con voz queda y trémula:

—Olga, querida mía, no puedo continuar aquí. Me falta valor. Escríbele, por Dios, una carta a tu hermana Klavdia Abramovna diciéndole que venda todo lo que tiene y nos envíe dinero para irnos. ¡Dios mío, quién pudiera ver, aunque fuera soñando o por un agujero, nuestro Moscú!

Al oscurecer, en medio del casi absoluto silencio de los circunstantes, presas todos de una extraña angustia, la terrible vieja se puso a mojar cortezas de pan negro en agua y a chuparlas despaciosamente. María, después de ordeñar a la vaca, entró con el cántaro de leche y lo colocó sobre el banco. La vieja fue vertiendo la leche en los jarros, con mucha pachorra, muy contenta, en la seguridad de que nadie la tocaría hasta pasada la vigilia de la Asunción. Luego de verter en un platillo algunas gotas para el hijo de Fekla, bajó los jarros a la cueva, ayudada por Fekla y María. Motka, en cuanto su abuela, su tía y su madre salieron de la habitación, se bajó de la chimenea, se acercó al banco donde había dejado la vieja la taza de madera con las cortezas, y derramó en el agua un poco de la leche destinada a su primo.

La vieja no tardó en volver, y siguió chupando las cortezas. Sacha y Motka, sentadas en la chimenea, la miraban, congratulándose de su segura condenación al fuego eterno por quebrantamiento del ayuno. Acostáronse, muy consoladas, y Sacha soñó que en un enorme horno, como los de los alfareros, un diablo, todo negro y con cuernos de vaca, perseguía a la vieja, blandiendo un palo semejante al que usaba ella para espantar a las ocas.

V

El día de la Asunción, hacia las once de la noche, las muchachas y los mozos, que paseaban por el prado, empezaron a gritar y a correr en dirección a la aldea. Los que se hallaban en la falda de la montaña no se dieron cuenta en el primer momento de lo que sucedía.

—¡Fuego! ¡Fuego! —oyeron gritar desesperadamente—. ¡Socorro!

Volvieron la cabeza, y un cuadro horrible, inenarrable, se ofreció a sus ojos. Sobre el tejado de paja de una de las últimas casas de la aldea se alzaba una columna de fuego de tres metros de altura, de la que se desprendían espesa humareda y multitud de chispas. El fuego no tardó en prender en todo el tejado. Oíase su siniestro crepitar.

Un resplandor trémulo y rojo, más intenso que la luz de la Luna, envolvía la aldea. Negras sombras se agitaban sobre el paisaje. Olía a incendio. Los campesinos, que corrían montaña arriba, sin aliento, mudos de espanto, se atropellaban, se caían, y, cegados por el deslumbrante resplandor, no se reconocían unos a otros. Era horrible ver a las palomas volar sobre el fuego, por en medio del humo, y oír cantar, tocar el acordeón, reír a los que aún no sabían nada.

—¡Es la casa del tío Semenovich! —gritó una voz ronca.

María, a la puerta de su casa, lloraba, se estrujaba las manos, castañeteaba los dientes, aunque el fuego era en el otro extremo de la aldea. Salieron las niñas, en camisa, y Nicolás, con las botas de fieltro. Ante la casa del teniente alcalde empezaron a golpear sonoramente una plancha de hierro.

Bum…, bum…, bum… El precipitado y tenaz martilleo encogía el corazón y daba escalofríos. Las viejas sacaban los iconos. Se hacía salir de los establos al ganado. Baúles, pieles, barriles, eran amontonados a las puertas de las casas. Un garañón negro, al que no se dejaba ir con los demás caballos porque los mordía y los coceaba, comenzó a dar botes al verse en libertad, y se lanzó luego al galope por toda la aldea, que recorrió unas cuantas veces, deteniéndose al cabo ante un carro, sobre el que descargó una lluvia de coces. Empezaron a tocar a fuego en la iglesia. En las inmediaciones de la casa incendiada, el calor era sofocante, y la claridad tal, que se veían, como si el Sol las alumbrase, las más menudas briznas de hierba. Sobre uno de los cofres que se había conseguido sacar estaba sentado Semenovich, un campesino rojo y narigudo, con la boina calada hasta las orejas. Su mujer gemía tendida en el suelo y casi sin conocimiento. Un viejo octogenario, exiguo y barbudo como un gnomo, vecino de una aldea próxima, se paseaba, destocado y con un envoltorio blanco en la mano. El fulgor del incendio brillaba en su cabeza calva.

El baile Antip Sedelnikov, moreno, de cabellos negros —un verdadero cíngaro—, se acercó a la casa hacha en mano, y destrozó a hachazos, una tras otra, todas las ventanas, no se sabe con qué objeto. Después la emprendió con la escalinata.

—¡Agua, mujeres! —gritaba—. ¡Acercad la bomba! ¡Daos prisa!

Los campesinos, que momentos antes empinaban el codo en el mesón, arrastraban la bomba, borrachos perdidos, dando traspiés, haciendo eses y con las lágrimas en los ojos.

—¡Bribones, agua! —les gritaba el baile, no menos borracho que ellos

—. ¡Trabajad, pícaros!

Las mujeres y las muchachas corrían a la fuente, llenaban de agua jarros y cántaros, los vaciaban en la bomba y volaban por agua de nuevo. Olga, Marla, Sacha y Motka tomaron parte en la faena. Numerosos chiquillos trabajaban en el manejo de la bomba. El baile dirigía la manga, ya hacia la puerta, ya hacia las ventanas, y la obturaba en parte con la punta del dedo, lo que hacía más sibilante el chorro.

—¡Muy bien, Antip! —le animaban voces aprobatorias—. ¡Muy bien! Y Antip entraba en el vestíbulo, sin temor al fuego, y gritaba:

—¡Agua, agua, cristianos; haced un esfuerzo! ¡Duro, duro!

Los campesinos, en compacto grupo y mano sobre mano, contemplaban el fuego. Nadie sabía por dónde comenzar, nadie sabía qué hacer… El incendio proyectaba su fulgor siniestro sobre los montones de heno y de trigo, sobre las porchadas, sobre los haces de hierba seca. Kiriak y el viejo Osip, su padre, hallábanse entre los campesinos, borrachos los dos. Y para excusar su pereza, el viejo decía, dirigiéndose a su mujer, sentada en el suelo:

—¡No hay por qué apurarse! Tenemos la casa asegurada.

Semenovich refería, encarándose ora con uno, ora con otro de los que le rodeaban, cómo había ocurrido el incendio.

—Ese viejecito del envoltorio, antiguo cocinero del general Jukov, que en paz descanse, llegó a casa esta tarde, y me dijo, como acostumbra:

"Déjame pasar la noche… Naturalmente, echamos un trago… Mi mujer se puso a encender el samovar, para ofrecerle al viejecito una taza de té, y tuvo la mala ocurrencia de hacerlo en el vestíbulo. El fuego subió por el tubo, llegó a la paja del techo… y ¿para qué seguir contando?… ¡Gracias a que hemos podido escapar!… El viejo no ha tenido tiempo ni de salvar su gorra. ¡Qué desgracia!".

Seguían sonando los golpes en la plancha de hierro y las campanadas de la iglesia. Olga, envuelta en el rojo resplandor de las llamas, miraba, con horror, volar a las palomas por en medio del humo y temblar a los corderillos. Antojábasele que los sonidos del campaneo y del golpear en la plancha horadaban su alma a manera de agujas, que el fuego no iba a acabarse nunca, que Sacha se había perdido… Y cuando el techo de la casa se vino abajo con estrépito, pensó que iba a arder la aldea entera, y, sin ánimos ya para seguir llevando agua, se sentó a la orilla del río, junto a los dos cántaros… Las demás mujeres empezaron a llorar a gritos, como si se hubiera muerto alguien.

Mientras tanto, por el lado opuesto de la aldea llegaban dos carros con obreros y una nueva bomba. Precedíales, a caballo, un joven estudiante, con la cazadora blanca desabrochada. Empezaron todos al punto a trabajar. Cuatro obreros y el estudiante, que, con la faz enrojecida, lanzaba penetrantes e imperiosas voces de mando, como si fuera para él la extinción de un incendio una cosa muy fácil, subieron a la vez, hacha en mano, por una escala de que venían provistos. Y los campesinos asistieron a una concienzuda labor de derribo: fueron derribados el establo, la cerca…

—¡No dejéis derribar! —gritó alguien—. ¡No dejéis derribar!

Kiriak se dirigió a la casa con aire decidido, como para impedir que se siguiese derribando; pero uno de los obreros le hizo girar sobre los talones y le dio un puñetazo. Oyéronse risas. El obrero le dio otro puñetazo a Kiriak, que perdió el equilibrio y se volvió, a gatas, a su sitio.

Dos bellas muchachas con sombrero, al parecer hermanas del

estudiante, llegaron momentos después. Detuviéronse a cierta distancia de la casa incendiada. El estudiante dirigía la manga de la bomba hacia un montón de vigas no apagadas del todo aún.

—¡Georges! —le gritaron las dos muchachas, en tono de reproche—. ¡Georges!

El incendio había sido extinguido. Hasta aquel momento nadie se dio cuenta de que era ya de día ni de que las caras de todos parecían de enfermos, como sucede siempre al amanecer, cuando se apaga el brillo de las últimas estrellas. Camino de sus casas, los campesinos se reían, acordándose del cocinero del general Jukov y de su gorra quemada. Sentíanse inclinados a tomar a broma el incendio, y hasta se diría que, en su fuero interno, se dolían de que se hubiera acabado tan pronto.

—¡Bien ha trabajado usted, señor! —le dijo Olga al estudiante—. Debía usted ir a Moscú: allí casi todos los días tenemos incendios.

—¿Es usted de Moscú? —preguntó una de las muchachas.

—Sí, señorita. Mi marido, ha sido camarero del Hotel Eslavo. Esta niña es mi hija.

Y Olga señaló a Sacha, que tenía frío y se apretaba contra ella.

—También es de Moscú —añadió.

Las dos muchachas le dijeron al estudiante algunas palabras en francés, y el joven le tendió veinte kopecs a Sacha. El viejo Osip lo observó todo, y una dulce esperanza se pintó en su semblante.

—Gracias a Dios, no hacía viento, señoría. Si hubiera hecho viento, en un abrir y cerrar de ojos...

Tras una pausa, el viejo Osip, un poco confuso, añadió:

—Hace fresco... No vendría mal media botellita para entrar en calor... No le dieron nada, y se fue, arrastrando los pies.

Olga se quedó a la orilla del río, y vio cómo pasaban al otro lado los carruajes.

Los señores siguieron a pie por el prado. El carruaje les esperaba al lado opuesto.

—¡Son tan amables y tan guapos! —le dijo Olga a su marido, cuando llegó a su casa—. ¡Las muchachas son dos querubines!

—¡Que revienten! —profirió Fekla, hecha una furia.

VI

María se creía muy desgraciada y decía que quería morirse. A Fekla, por el contrario, la pobreza, la suciedad, las injurias constantes, no le causaban enojo alguno. Comía lo que le servían, se acostaba donde y como podía, tiraba la basura a la puerta de la casa, andaba descalza por los charcos. Desde el primer momento aborreció a Olga y a Nicolás, justamente porque aquella vida no les gustaba.

—¿Qué se les ha perdido aquí a estos marqueses moscovitas? —se decía con malevolencia.

Una mañana de septiembre, Fekla, roja de frío, robusta, arrogante, subió del río con dos cántaros de agua. María y Olga estaban sentadas a la mesa y tomaban té.

—Parecéis dos señoras —les dijo, burlona, su cuñada, dejando los cántaros en el suelo—. Os habéis acostumbrado a tomar té todos los días… Vais a inflaros con tanto té.

Y clavó en Olga una mirada de odio.

—¿Has engordado así en Moscú, barrigona? —añadió.

Cogió la escoba y descargó con ella un golpe sobre el hombro de Olga. Las dos cuñadas, estupefactas, limitáronse a exclamar:

—¡Ave María Purísima!

Luego, Fekla se encaminó de nuevo al río, con un bulto de ropa sucia.

Iba echando sapos y culebras por la boca y se le oía desde la casa.

No mucho después, una noche estaban todas, menos Fekla —que se había ido a la otra ribera—, hilando seda. Se la procuraban en la manufactura vecina, y toda la familia ganaba, con el trabajo del hilado, unos veinte kopecs semanales.

—El campesino estaba mucho mejor que ahora cuando era siervo —decía, hilando, el viejo—. Todo era a sus horas: el trabajo, la comida, el descanso. No faltaban, para la comida, la sopa de coles y los puches, ni, para la cena, los puches y la sopa. El campesino podía comer cuantas coles y cuantos pepinos quisiera. Y las costumbres eran otras, había más seriedad, mucha más seriedad.

Alumbraba la estancia una lámpara que ardía mal y echaba humo. Colando se interponía alguien entre la ventana y la luz, se veía blanquear en las paredes, en el suelo, en los muebles, el fulgor de la Luna llena. El viejo Osip contaba, recreándose en sus recuerdos, cómo se vivía antes de la manumisión en aquellos mismos lugares donde ahora la vida era triste, miserable. Había muchas cacerías, con lebreles y otros perros de ojeo, y se les daba a los campesinos aguardiente siempre que se hacía una batida; se les enviaba caza a los jóvenes señores que residían en Moscú; se castigaba con el látigo a los siervos desobedientes o se les mandaba al patrimonio de Tver, y a los buenos y dóciles se les premiaba.

La vieja tomó la palabra cuando su marido calló, y empezó a contar cosas de su juventud, que recordaba con todo lujo de detalles. Habló de su ama: una mujer buena y devota, casada con un calavera. Las hijas de la pobre señora también se casaron mal todas: una con un borracho, otra con un ricachón, la tercera con su raptor, a quien prestó ayuda la vieja, una muchacha entonces, y las tres murieron jóvenes, de padecer, como su madre. La vieja, evocando estas memorias, casi lloraba.

De pronto llamaron a la puerta. Todos se estremecieron.

—¡Tío Osip, déjeme pasar la noche!

El viejecito calvo, de la gorra quemada, el cocinero del general Jukov, entró. Se sentó, prestó un rato atención silenciosa a la conversación y metió baza, al cabo, refiriendo una historia, a la que siguieron otra y otra... Nicolás, que estaba sentado en la chimenea, con las piernas colgando, le preguntó qué platos se guisaban en su época, y le habló de albondiguillas, de chuletas, de todo género de sopas y salsas. El cocinero, que tenía una memoria felicísima, le nombró platos que, ni se conocían ya. Había uno, por ejemplo, que se llamaba "al levantarse", y cuyo principal componente eran ojos de vaca.

—¿Se hacían chuletas a la mariscala? —preguntó Nicolás.

—No.

Nicolás sacudió escépticamente la cabeza, y dijo:

—¡Hay algunos cocineros...!

Las muchachas, todas sobre la chimenea, miraban abajo, sin pestañear. Parecían un grupo de querubines en una nube. Les gustaban mucho los cuentos y suspiraban, se estremecían, palidecían, ya encantadas, ya temerosas, escuchando. A la vieja, su narradora predilecta, la oían inmóviles, reteniendo el aliento.

Se acostaron todos en silencio. Y los viejos, recién removidos sus recuerdos, pensaban en lo dichoso que se es cuando se es joven, en lo dulce, que es el recordar la juventud, aunque no haya sido feliz, en lo que nos espanta la idea de la muerte cuando la sentimos ya acercarse...

Se apagó la luz. El fulgor de la Luna llena, que entraba por las dos ventanas; el silencio sólo turbado por el balanceo de la cuna, hacían pensar en que la vida pasa y no vuelve...

El sueño, el olvido. De pronto, un golpecito en el hombro, un leve soplo en la mejilla. Y el sueño de nuevo y malestar, y la turbadora, la inquietante idea de la muerte. Una vuelta en el lecho, la idea de la muerte huye...; pero otras, tristes, enojosas, acuden: la de la miseria, la del pan cotidiano, la de lo cara que está la harina..., y otra vez el pensamiento amargo de que la vida pasa y no vuelve...

—¡Dios mío! —suspiró el cocinero.

Alguien llamó muy suavemente a la ventana. Sin duda era Fekla. Olga se levantó, y, bostezando, rezando en voz baja, abrió la puerta del vestíbulo; pero sólo entraron el viento y la claridad del plenilunio. Se veían por la puerta abierta la calle solitaria y la Luna, que caminaba por el cielo.

—¿Quién es? —preguntó Olga.

—Soy yo —contestaron—, soy yo.

Junto a la puerta, Fekla, muy arrimada a la pared, tiritaba y castañeteaba los dientes, desnuda de pies a cabeza. Parecía más pálida, más bella y más extraña, bañada por la luz lunar, que acentuaba el encanto de la negrura de sus cejas y de la lozana robustez de su pecho.

—En la otra ribera —explicó— unos mozos me han desnudado y me han dejado venir así. Me he venido en cueros, ya lo ves, como me parió mi madre. Tráeme algo para vestirme.

—¡Pero entra, mujer! —dijo Olga muy quedo y temblando también.

—Temo que los viejos estén despiertos…

La vieja, en efecto, se había despertado y estaba inquieta y renegando.

El viejo preguntó:

—¿Quién es?

Olga fue de puntillas por una camisa y una falda y se las llevó a Fekla, que se vistió en un santiamén. Luego entraron las dos, procurando no ser oídas.

—¿Eres tú, hermosa? —refunfuñó la vieja, adivinándola—. ¡Y que no revientes, corretona!…

—No te apures, paloma, no te apures —decía Olga, abrigando bien a su cuñada.

Nuevo silencio. Todos estaban desvelados: el viejo, por un dolor de espalda; la vieja, por sus preocupaciones y su mala sangre; María, por el miedo; los niños, por la sarna y el hambre.

Fekla empezó a llorar a gritos; pero se contuvo en seguida. Durante un rato oyéronse, de cuando en cuando, sus sollozos, cada vez más débiles, y al cabo se calló.

De hora en hora sonaban las campanadas del reloj; mas no era posible tomarlas en serio. Una hora después de sonar cinco sonaron tres.

—¡Dios mío! —suspiraba el cocinero.

La claridad, que entraba por las ventanas no se sabía a punto fijo si era de la Luna o del alba.

María se levantó y salió. Se la oyó ordeñar a la vaca y decir:

—No tengas cuidado.

La vieja salió también. No era de día aún; pero se distinguían todos los objetos. Nicolás, que no había pegado los ojos, se bajó de la chimenea, sacó del cofre verde su frac., se le puso y, acercándose a la ventana, acarició sus mangas y sus faldones, y se sonrió. Luego se lo quitó, lo guardó en el cofre y se acostó de nuevo.

María volvió y se puso a encender la chimenea. No estaba aún despabilada del todo. Acaso recordando un sueño o las historias de la víspera, dijo, desperezándose:

—¡No, la libertad es mejor!

VII

Llegó el "jefe". Se llamaba así al comisario de policía. Se sabía desde hacía una semana cuándo y por qué vendría. Aunque en Jukov sólo había cuarenta casas, los atrasos en la contribución fiscal y territorial pasaban de dos mil rublos. El comisario se apeó del coche en el mesón, tomó dos tazas de té y se fue, a pie, a casa del baile, ante la cual un compacto grupo de contribuyentes morosos esperaba ya. El baile Antip Sedelnikov, a pesar de su juventud —tenía poco más de treinta años— y de que era pobre y no pagaba regularmente los impuestos, se distinguía por su severidad y se ponía siempre de parte de las autoridades. El ser baile le divertía, y la conciencia de su autoridad, que, como queda dicho, él hacía sentir, no le disgustaba. Se le temía y obedecía en las asambleas; a veces, detenía a algún borracho en las proximidades del mesón, atábale codo con codo y le metía en la cárcel. Un día detuvo a la vieja por renegar en la asamblea, a la que había acudido en substitución de su marido, y la tuvo presa veinticuatro horas.

Aunque nunca había vivido en la ciudad y no leía libros, usaba en la conversación palabras extraordinarias, y la gente, sin entenderle siempre, tenía de él un alto concepto.

Cuando Osip entró en casa del baile, con su libreta, el comisario, anciano de largas patillas blancas, estaba sentado ante la mesa y escribía. La habitación estaba limpia; cubrían las paredes ilustraciones de periódicos, y en el sitio más visible, junto a los iconos, había un retrato del general Battenberg. A un lado de la mesa, en pie y cruzado de brazos, se hallaba Antip Sedelnikov.

—Debe, señoría —dijo al llegarle a Osip su turno—, ciento diecinueve rublos. Antes de Semana Santa pagó uno, y no ha vuelto a pagar ni un kopec.

El comisario miró a Osip y le preguntó:

—¿Cómo es eso, hermanito?

—Por el amor de Dios, señoría —contestó Osip, con un tono patético—; déjeme su señoría explicarme. El señor Lutoretzky, el año pasado, me dijo: "Osip, vende tu heno…, véndelo". ¿Por qué no? Convinimos el precio… Empezó a quejarse del baile. A cada momento se volvía a los campesinos, como poniéndolos por testigos. Estaba colorado como un tomate y sudaba a mares. En su mirada penetrante había una expresión malévola.

—No comprendo para qué me cuentas todo eso —le interrumpió el comisario—. Yo sólo te pregunto por qué no pagas los impuestos. No pagáis ninguno, y yo soy el responsable.

—¡No puedo pagar!

—Esas palabras —dijo el baile— no merecen un comentario serio. Los Chikildieyev sufren, en efecto, no leves agobios económicos; pero dígnese su señoría preguntar, inquirir… Son alcohólicos, nada apacibles, carecen de inteligencia en absoluto.

El comisario, luego de escribir en sus papeles durante unos instantes, levantó la cabeza y, con la calma, con la suavidad de quien pide un vaso de agua, le dijo a Osip:

—¡Lárgate!

No tardó en marcharse. Y cuando se sentó, tosiendo, en su miserable cochecillo, se advertía no solo en su rostro, sino hasta en su angosta y larga espalda, que ya no se acordaba ni de Osip ni del baile ni de los impuestos de Jukov, y pensaba en cosas más íntimas.

Aún no se habría alejado un kilómetro, cuando Antip Sedelnikov salía de casa de los Chikildieyev con el samovar en la mano y perseguido por la vieja, que vociferaba:

—¡De ninguna manera! ¡Dámelo, maldito!

El baile iba casi corriendo, y la vieja marchaba en pos suyo, encorvada, jadeante, tropezando, a punto de morirse de ira.

La pañoleta se le había deslizado hacia atrás y llevaba al viento los cabellos blancos, de matices verdes. De pronto se detuvo, y, fuera de sí, dándose puñetazos en el pecho, gritó, con voz desfallecida:

—¡Cristianos que creéis en Dios! ¡Padrecitos! ¡Socorro! ¡Defendedme por misericordia! ¡No puedo más!

—¡Vamos, vieja —le dijo el baile con severidad—, un poquito más de cordura!

Embargado el samovar, la casa se tornó aún más triste. Había algo de humillante en aquel embargo. Diríase que, con el samovar, se habían llevado el honor de la casa. Si hubieran embargado la mesa, los bancos, los pucheros, no hubiera sido tan sensible el vacío. La vieja, gritaba; María, lloraba, y las niñas, al ver su llanto, lloraban también. El viejo, que se sentía culpable, se había sentado en un rincón, y callaba, cabizbajo y sombrío. Nicolás también callaba. La vieja le quería y le compadecía; pero en su furia loca, metiéndole los puños por los ojos, le puso de injurias y denuestos que no había por dónde cogerle. ¡Él tenía la culpa!

¿Por qué les había mandado siempre tan poco dinero, ganando, como les decía en sus cartas, cincuenta rublos al mes en el Hotel Eslavo?... ¿Por qué se había metido allí, con sus plepas y con su familia?... ¡Si se moría!, ¿con qué dinero iba a enterrarle?...

Daba lástima ver al pobre hombre. Y no menos lástima daba ver a Olga y a Sacha.

El viejo se levantó, cogió la gorra y se dirigió a casa del baile. Era de noche ya. Antip Sedelnikov sellaba unos documentos, inflando los carrillos; olía a carbón encendido; los chiquillos, flacos, sucios, no más lúcidos que los de Chikildieyev, se revolcaban por el suelo; la mujer, fea, pecosa, barriguda, hilaba seda. Era una familia miserable, enfermiza, en la que el único individuo de buen ver era Antip. Sobre el banco había cinco samovares en fila. El viejo se persignó, puestos los ojos en Battenberg, y dijo:

—¡Antip, por Dios, devuélveme el samovar! ¡Por los clavos de Cristo! Dame tres rublos y te lo devolveré.

—¿De dónde quieres que los saque?

Antip inflaba los carrillos. La lumbre silbaba y se reflejaba en los samovares. El viejo, estrujando la gorra, suplicó:

—¡Devuélvemelo!

El baile no parecía moreno, sino negro, y se diría que era un brujo. Se volvió hacia Osip y contestó severo y breve:

—Todo depende de la autoridad regional. En la asamblea administrativa puedes exponer tus quejas, ya por escrito, ya oralmente.

Osip no entendió nada; pero las solemnes palabras del baile le satisficieron, y tornó a su casa.

Diez días después el comisario fue de nuevo a la aldea. Estuvo una hora y se marchó. Hacía viento y frío; el río llevaba ya helado muchos días, pero no nevaba.

Un día de fiesta, los vecinos se reunieron un rato en casa de Osip.

Como era pecado trabajar, no se había encendido la luz, aunque ya había obscurecido. Los temas de la conversación no fueron muy regocijados. A unos campesinos atrasados en el pago de los impuestos se les había embargado las gallinas, y, depositados los pobres animales en la administración comunal, donde nadie se había cuidado de darles de comer, se habían muerto de hambre. También habían sido embargados unos carneros, uno de los cuales se había muerto al ser trasladado de un carro a otro. ¿Quién tenía la culpa de todo aquello?

—¡Las Diputaciones regionales! —dijo Osip—. ¿Es verdad o no?

—Es verdad, es verdad, no hay duda.

Se culpaba a las Diputaciones de todo: de los atrasos, de las malas cosechas… Y nadie sabía a ciencia cierta lo que eran las Diputaciones. Hasta que los campesinos ricos, dueños de fábricas, de almacenes o de mesones, no fueron elegidos miembros de esas asambleas, y dieron en la flor de hablar mal de los susodichos organismos, ningún aldeano los había oído nombrar.

Se lamentaron también los contertulios de que no nevase. Los montones de tierra helada imposibilitaban el transporte de las maderas.

Quince o veinte años atrás, las conversaciones en Jukov eran mucho más interesantes. Los viejos se diría que guardaban algún secreto, que acababan de enterarse de algo, que esperaban algún acontecimiento. Se hablaba de un decreto secreto del zar, del reparto de nuevas tierras, de tesoros, y se aludía a algunas cosas con medias palabras. Ahora no había secreto ni misterio alguno; la vida era clara como el agua, y apenas se podía hablar de otra cosa que de la miseria, la carestía de la harina, la falta de nieve…

Hubo un silencio. Y de nuevo se sacaron a colación las gallinas y los carneros, y se dijo.

—La culpa de todo…

—La culpa de todo —atajó Osip, sombrío— la tienen las Diputaciones.

VIII

La iglesia parroquial se hallaba a seis kilómetros de la aldea, en Kosogorov. Los vecinos de Jukov solo iban a ella con motivo de funerales, bautizos o bodas. Oían misa y oraban en la iglesia de la otra ribera. Los días de fiesta, las muchachas, muy emperejiladas, iban a misa todas juntas, y era un encanto verlas caminar a través de los prados. Cuando hacía mal tiempo, la gente se quedaba en casa.

El viejo no creía en Dios, en el que no pensaba nunca. Admitía lo sobrenatural, pero lo consideraba materia solo interesante para las mujeres. Cuando se hablaba en su presencia de religión y se le preguntaba, por ejemplo, su opinión sobre los milagros, solía contestar, un poco contrariado y rascándose la cabeza:

—¡Quién sabe!

La vieja creía, a su manera; pero lo mismo era ponerse a pensar en sus pecados, en la muerte, en la salvación de su alma, otros pensamientos, relativos a la miseria, a los cuidados del hogar, acudían a su mente y ahuyentaban a los primeros. Había olvidado las oraciones y solía postrarse, cuando se iba a acostar, ante los iconos y murmurar: "Santa Madre de Kazán, Santa Madre de Smolensk, tres veces Santa

Virgen…".

María y Fekla se persignaban, se confesaban todos los años; pero su religiosidad era ignara y sin elevación. A los niños no se les enseñaba a rezar, no se les hablaba nunca de Dios, no se les inculcaba ninguna moral. Se les hacía comer de vigilia los días de precepto, y a eso se reducía todo.

En las demás casas sucedía, poco más o menos, lo mismo: escaseaban la fe y la inteligencia. Sin embargo, les encantaba a todos la Sagrada Escritura, y, como ninguno la tenía —allí nadie tenía libros—, Olga y Sacha, que la leían algunas veces, gozaban de la consideración general. Todo el mundo las llamaba de usted.

Olga acudía con frecuencia a los Tedeum y demás fiestas religiosas que se celebraban en las aldeas próximas y en la capital del distrito, donde había dos monasterios y veintisiete iglesias.

Olvidaba por completo, en sus peregrinaciones, la existencia de su familia, y al volver a su casa descubría, con sorpresa y júbilo, que tenía un marido y una hija y decía sonriendo:

—¡El Señor es misericordioso para mí!

Lo que sucedía en el campo le parecía abominable y la entristecía. La gente celebraba la fiesta de Ilia, la fiesta de la Intercesión, la fiesta de la Ascensión, con comilonas y borracheras. Para solemnizar la fiesta —muy importante en la parroquia— de la Intercesión, los campesinos de Jukov se pasaron tres días comiendo y bebiendo. Gastáronse cincuenta rublos del tesoro comunal, y se hizo después una cuestación por todas las casas para vodka. El primer día mataron un carnero en casa de los Chikildieyev. La familia almorzó, comió y cenó carnero, y los niños se levantaron a medianoche para zamparse algunas tajadas más. Kiriak se pasó los tres días borracho perdido, y vendió la gorra y las botas cuando se le acabaron los cuartos. Le pegó una paliza tan grande a María, que la pobre mujer perdió el conocimiento. Después, todos estaban avergonzados y se sentían abatidos, mustios…

Y, con todo, en Jukov, en la pobre aldea, había todos los años una procesión. Celebrábase en el mes de agosto, cuando era llevada de aldea en aldea del distrito la Vivificante. El día en que esperaban en Jukov a la Virgen amaneció triste. Las muchachas, muy de mañana, se vistieron con su mejor ropa y tomaron el camino por donde el icono había de llegar. Al oscurecer regresaron, en pos de las andas, cantando. En la otra ribera sonaban, alegres, las campanas. Una clamorosa muchedumbre de campesinos de Jukov y de las aldeas vecinas llenaba la calle y saturaba el aire de polvo… El viejo, la vieja y Kiriak miraban al icono, tendiéndole los brazos, y le decían, sollozando:

—¡Protectora! ¡Madrecita!

Parecían haber comprendido, de pronto, que entre cielo y tierra hay algún lazo, que existe algo no perteneciente a los ricos ni a los fuertes, que es posible encontrar protección contra la esclavitud, contra la miseria, contra el alcohol.

—¡Protectora! ¡Madrecita! —lloraba María—. ¡Madrecita!

Pero la acción benéfica de la gracia solo duró lo que la presencia del icono, y no tardaron en oírse de nuevo, en el silencio campesino, voces groseras de borrachos.

Solo los campesinos ricos le tenían miedo a la muerte, y cuanto más ricos se hacían menos creían en Dios, menos se preocupaban de la salvación de su alma. Únicamente cuando ya iban a morirse, y por lo que pudiera ocurrir, enviaban velas a la iglesia y mandaban cantar un Tedeum. Los campesinos pobres no le temían a la muerte. El viejo y la vieja, aunque a veces se les decía que ya habían vivido demasiado, que ya era hora de que se muriesen, no se apuraban. Se hablaba sin reparo, en presencia de Nicolás, de que cuando él se muriese, Dionisio, el marido de Fekla, recibiría la licencia absoluta. María, no solo no le temía a la muerte, sino que se dolía de que se hiciera esperar, y se congratulaba de la de sus hijos.

Sin embargo, los campesinos les tenían un miedo exagerado a las enfermedades. Bastaba una indigestión, una calenturilla, para que la vieja se acostase en la chimenea, se tapase y empezara a decir quejumbrosamente:

—¡Me muero, me muero!

El viejo corría en busca del cura y se le administraban a la enferma los Santos Sacramentos.

Oíase hablar con frecuencia de resfriados, de solitarias, de tumores que se iniciaban en el vientre y llegaban al corazón. Lo que más temor inspiraba eran los resfriados, y por eso se acostumbraba a ir muy abrigado, incluso en verano, y a acostarse en la chimenea.

La vieja iba muy a menudo al hospital, donde decía que tenía cincuenta y ocho años, teniendo, en realidad, setenta. Pensaba que el médico, si se enteraba de su verdadera edad, no querría curarla y le diría que no estaba ya para curarse, sino para morirse. Solía ir al hospital muy de mañana, acompañada de dos o tres nietas, y volver ya de noche, hambrienta y de muy mal humor. Siempre traía pomada y otras medicinas para las niñas. Un día llevó con ella a Nicolás, que tomó durante dos semanas cierto medicamento, en gotas, y notó alguna mejoría.

Conocía a todos los médicos y seudomédicos de treinta kilómetros a la redonda. El día de la Intercesión, el sacerdote, que entraba en todas las casas a bendecir la cruz, le dijo que había en la ciudad un viejo que había sido practicante y curaba muy bien.

—Vaya usted a verle —le aconsejó.

No echó ella el consejo en saco roto. En cuanto cayó la primera nevada se fue a la ciudad, y volvió acompañada de un viejo judío converso, muy enlevitado, de rostro barbudo y surcado por una red de venillas azules. Aquel día trabajaban tres jornaleros en la casa: un viejo sastre, con unas gafas enormes, que, al entrar el judío, estaba ocupado en la confección de un chaleco de trapos, y dos mozalbetes, que estaban poniéndoles remiendos de lana a unas botas de fieltro. Kiriak, que había sido echado por borracho de la casa donde servía, y que a la sazón vivía en la de su familia, estaba sentado, junto al sastre, arreglando la collera del caballo. En el reducido aposento faltaba aire y olía mal. El converso, después de reconocer a Nicolás, mandó aplicarle unas ventosas.

Se las aplicaron. El viejo sastre, Kiriak y las niñas, de pie ante la chimenea, miraban al enfermo y se imaginaban ver huir la enfermedad de su organismo. Nicolás miraba cómo las ventosas iban llenándose de sangre, y se sonreía de placer al sentir, en efecto, que algo se escapaba de dentro de él.

—¿Te alivia? —le decía el sastre—. ¿Te alivia?

El converso le colocó doce ventosas, después otras doce, se tomó una taza de té y se marchó. Nicolás empezó a temblar. Se le puso la cara del tamaño de un puño, los dientes se le pusieron azules. Se tapó con la colcha y con su pelliza, pero siguió sintiendo frío, más frío a cada instante. Al obscurecer le acometió una gran fatiga y rogó que le bajasen al suelo.

—No fume usted —le suplicó al sastre.

Luego se calmó, acurrucado bajo la pelliza, y por la mañana expiró.

IX

¡Qué largo y terrible invierno! Agotado el pan por Navidad, se compraba harina desde entonces.

Kiriak, que vivía con la familia, armaba escándalo todas las noches y hacía temblar en la casa a todo el mundo. Por la mañana estaba avergonzado, se quejaba de dolor de cabeza, y daba lástima. La vaca mugía de hambre en el establo, y María y la vieja sufrían lo que no es decible. Y, para colmo de males, hacía un frío horroroso; el invierno se prolongaba: hubo tempestades de nieve por la Anunciación y aún después.

Pero llegó, al cabo, la primavera. A principios de abril aún eran frías las noches; mas un día, por fin, los arroyos pusiéronse en marcha, los pájaros empezaron sus cantos: el invierno estaba vencido. Las aguas primaverales cubrían el prado y los matorrales de junto al río, y entre Jukov y la otra orilla todo era una inmensa bahía, que surcaban multitud de patos salvajes. Todas las tardes contemplábase algo nuevo y maravilloso en el milagro de fuego y de colores de la puesta del Sol, algo —matices, nubes...— que parecería inventado, fantástico, visto en un cuadro.

Las grullas volaban veloces y gritaban como suplicando que se las siguiese. De pie al borde del precipicio, Olga miraba la bahía, el Sol, la iglesia —brillante, se diría que rejuvenecida—, y lloraba. Sentía un ansia irresistible de irse, no le importaba adónde, aunque fuera al fin del mundo. Se había decidido que se fuese a Moscú, a colocarse otra vez de camarera, y que se fuese con ella Kiriak a colocarse de portero o cosa parecida.

¿Cuándo llegaría el día de la marcha, Virgen Santa?...

Apenas entrado el verano, una mañanita Olga y Sacha, llevando unos envoltorios a la espalda y calzadas con zapatos de madera, salieron de la aldea, María las acompañaba. Kiriak estaba enfermo y había demorado su viaje una semana. Por última vez, Olga se persignó mirando a la iglesia. Pensaba en su marido, pero no lloraba. Se pintaba en su rostro una gran tristeza, que le afeaba en extremo. La pobre mujer había envejecido y adelgazado mucho aquel invierno, había encanecido, su amable sonrisa se había apagado para siempre, su mirada se había tornado opaca, inexpresiva... Dejaba con dolor la aldea. Los campesinos se habían portada muy bien con Nicolás, le habían mandado decir misas delante de sus casas y habían sentido de todo corazón la desgracia. No pocas veces, en el tiempo que había vivido en la aldea, había pensado que la vida de aquella gente era peor que la de las bestias, y había considerado terrible vivir entre ellos. Eran groseros, ruines, sucios, borrachos; no se entendían nunca; andaban siempre a la greña, temerosos y recelosos unos de otros, en su falta de estimación mutua.

¿Quién, sino el mujik, se gastaba en bebida el dinero de la escuela, de la iglesia, y le robaba al vecino, y declaraba en falso, por una botella de aguardiente, y llegaba a veces hasta al incendio en sus venganzas? ¿Quién, sino el mujik, hablaba contra los mujiks en las sesiones del Ayuntamiento y en otras reuniones análogas?... Sí, era terrible vivir entre los campesinos... Y, sin embargo, eran seres humanos, no había nada en su vida a lo que no se le pudiera encontrar justificación. Al fin y al cabo su suerte era bien triste: trabajo duro, que dejaba molido el cuerpo para toda la noche; inviernos crueles, malas cosechas, viviendas angostas…, y ni el menor socorro.

¿Cómo iban a ayudarles los ricos, los fuertes, siendo tan groseros, tan ruines, tan borrachos, injuriándose de una manera tan abominable?

Cualquier chupatintas o cualquier hortera les trataba como a vagabundos y hasta tuteaba a los bailes municipales y eclesiásticos, creyéndose con derecho a ello. ¿Qué ayuda ni qué buen ejemplo podían esperarse de gentes avaras, codiciosas, inmorales, indolentes, que solo iban al campo a ofender, a robar, a atemorizar? Olga se acordaba de lo que sufrían los viejos cuando se condenaba a Kiriak a ser azotado… Y le tenía lástima a aquella gente, la compadecía, y se volvía a cada paso para despedirse, con la mirada, de la aldea.

Cuando las hubo acompañado cosa de tres kilómetros, María se despidió de ellas y, postrándose en tierra, empezó a gritar:

—Otra vez estoy sola, pobre cabeza mía, pobre y desgraciada cabeza… Durante largo rato siguió lamentándose así. Olga y Sacha, muy lejos ya, la veían aún de rodillas, con la cabeza entre las manos, lanzando al viento sus arrebatadas y dolientes palabras.

Iba ya el Sol bastante alto, y hacía calor. Jukov se había quedado muy atrás. Era grato caminar. Olga y Sacha no tardaron en olvidarse de la aldea y de María. Se sentían felices y las recreaba todo. Ya era un cerro, ya eran los postes del telégrafo, cuya fila se perdía en el horizonte y en cuya altura murmuraban misteriosamente los alambres. Pasaron por cerca de una granja, toda verde, de la que se exhalaba un fresco olor a cáñamo. Debían de vivir allí seres dichosos. Un poco más allá, la blancura del esqueleto de un caballo resaltaba sobre el verdor de un prado. Cantaban las alondras, llamábanse las codornices y lanzaban sus gritos metálicos, semejantes al ruido de un cerrojo.

Al mediodía llegaron Olga y Sacha a una gran aldea, donde se toparon con el viejecito ex cocinero del general Jukov. Tenía calor, y su cabeza roja y calva, brillaba al sol. Olga y él no se reconocieron en el primer momento. Cuando ya se habían cruzado, volvieron ambos la cabeza, y, sin decir una palabra, siguieron su camino. Deteniéndose ante las ventanas abiertas de una casa, que parecía más nueva y rica que las otras, Olga saludó y dijo con voz aguda y lánguida:

—¡Buenos cristianos, una limosnita por el amor de Dios! ¡Vuestros difuntos alcanzarán el reino de los cielos y el reposo eterno!

—¡Buenos cristianos —canturreó Sacha—, una limosnita por el amor de Dios…, aunque sea un centimito!

EL CARBÓN RUSO

Una hermosa mañana de abril, el conde ruso Tulupov iba en un barco alemán río abajo por el Rin y, por hacer algo, conversaba con un "salchichero". Su interlocutor, un enjuto joven alemán muy compuesto, de fisonomía arrogante y científica, suficiencia personal y unos cuellitos fuertemente almidonados, se presentó como el maestro de minas Arthur Imbs, y con terquedad no cambiaba el tema de la empezada conversación, que ya cansaba al conde, sobre el carbón de piedra ruso.

—El destino de nuestro carbón es muy lamentable, —dijo entre tanto el conde, soltando un suspiro de conocedor científico—. Usted no se puede imaginar: Petersburgo y Moscú viven con carbón inglés, Rusia quema en sus estufas sus lujosos bosques vírgenes, ¡y entre tanto, las entrañas de nuestro sur contienen unas riquezas inagotables!

Imbs movió tristemente la cabeza, graznó con fastidio y solicitó un mapa de Rusia.

Cuando el lacayo trajo el mapa, el conde pasó la uña del meñique por la orilla del Mar de Azov, arañó con la misma uña al lado de Jarkov y dijo:

—Aquí pues… en general… ¿Entiende? ¡¡Todo el sur!!

Imbs quería averiguar con más exactitud cuáles eran esos lugares donde se esconde nuestro carbón, pero el conde no dijo nada definido; señaló desordenadamente con su uña por toda Rusia y una vez incluso, deseando mostrar la rica región del Don, señaló el territorio de Stavropol. El conde ruso, por lo visto, conocía mal la geografía de su patria. Se asombró terriblemente, e incluso expresó incredulidad en su rostro, cuando Imbs le dijo que en Rusia hay montañas de los Cárpatos.

—Yo mismo tengo, sabe, en la región del Don, una granja, —dijo el conde.— Ocho mil *desiatínas* de tierra. ¡Una hermosa granja! Carbón hay en ésta, imagínese… *¡eine zahllose… eine oceanische Menge!* Millones ocultos en la tierra… se pierden en vano… Hace tiempo ya que sueño con dedicarme a esa cuestión. Busco una ocasión… un hombre apropiado. ¡Nosotros en Rusia no tenemos pues especialistas! ¡Un despoblado absoluto!

Empezaron a hablar en general de los especialistas. Hablaron mucho y largo tiempo. La conversación terminó cuando el conde saltó de pronto, como si lo hubieran pinchado, se golpeó la frente y dijo:

—¿Sabe qué? Me alegro mucho de haberme encontrado con usted. ¿No quiere ir a mi granja? ¿Qué tiene que hacer aquí, en Alemania? ¡Aquí hay muchos científicos alemanes, sin contarlo a usted, en cambio en mi granja usted hará una obra! ¡Y qué obra! ¿Quiere? ¡Acepte pronto!

Imbs frunció el ceño, caminó por el camarote de una esquina a la otra y, tras razonar y sopesar, aceptó.

El conde le estrechó la mano y gritó por champagne.

—Bueno, ahora estoy tranquilo —dijo—. Voy a tener carbón.

A la semana Imbs, cargado de libros, planos y esperanzas, iba ya a Rusia, soñando insensatamente con los rublos rusos. En Moscú el conde le dio doscientos rublos, la dirección de la granja y le ordenó ir al sur.

—Vaya y empiece allí. Yo puede ser que llegue en otoño. Escríbame.

Al llegar a la granja de Tulupov, Imbs se instaló en una de las alas, y desde el día después de su llegada se dedicó a "abastecer a Rusia de carbón". A las tres semanas, le envió al conde la primera carta. "Yo ya estudié el carbón de su tierra —escribía después de un largo y tímido preámbulo—, y encontré que, por su baja calidad, no merece que lo extraigan de la tierra. Ni siquiera si fuera tres veces mejor convendría tocarlo. Además de la calidad del carbón, me sorprende la total ausencia de demanda. Su vecino, el productor carbonero Alpatov, tiene preparados quince millones de puds. Entre tanto, no hay nadie que le dé siquiera un kopec por pud. El camino que pasa por su granja está construido especialmente para el transporte del carbón de piedra pero en toda su existencia, no ha pasado aún ni un pud por él. Hay que ser deshonesto o demasiado superficial para darle a usted siquiera una gota de esperanza en el éxito. Me atreveré asimismo a agregar que su propiedad está a tal punto arruinada y abandonada que la extracción de carbón —y en general, cualquier innovación, sea cual sea— constituyen un derroche".

Al final de todo, el alemán rogaba al conde recomendarlo a otro "Fürsten oder Grafen" ruso o enviarle "ein wenig" para regresar a Alemania. En espera de la benévola respuesta, Imbs se dedicó a pescar y a cazar codornices al son del caramillo.

La respuesta a esta carta no la recibió Imbs sino el gerente, el polaco Dzierzhinskii. "Y al alemán dígale que él no entiende nada, —escribía el conde en la posdata—. Yo le enseñé su carta a un ingeniero de minas (consejero secreto de Mleev) y ésta provocó risa. Por lo demás, no lo retengo. Que se vaya cuando quiera. Dinero para el camino tiene. Yo le di 200 rublos. Si él gastó en el camino 50, pues entonces le quedarán 150 rublos".

Al conocer esta respuesta, Imbs se asustó terriblemente. Se sentó y cubrió de corrido, con su letra alemana, dos hojas de papel de correo. Le rogaba al conde perdonarlo generosamente, porque le había ocultado en la primera carta muchas cosas "muy importantes". Con lágrimas en los ojos y remordimiento de conciencia, escribía que, después del camino de

Moscú, cometió la imprudencia de perder a las cartas con Dzierzhinskii los restantes 172 rublos. "Posteriormente, yo le gané a él 250 rublos, pero él no me los da, aunque recibió de mí todo lo que yo perdí, y por eso me atrevo a acudir a su autoridad. Obligue al estimado señor Dzierzhinskii a pagarme siquiera la mitad, para que yo pueda dejar Rusia y no comer en vano de su pan". Mucha agua corrió bajo los puentes, y muchos peces y codornices cazó Imbs, antes de recibir la respuesta a esta segunda carta. Un día, a fines de julio, el polaco entró en su habitación y, tras sentarse en la cama, empezó a recordar en voz alta todas las palabrotas que existen en la lengua alemana.

—¡Un asno asombroso este conde! —dijo, golpeando con la visera el borde de la mesa—. Me escribe que se va por unos días a Italia y no me da ninguna instrucción respecto a usted. ¿Dónde lo voy a meter a usted? ¡El carbón al conde le hace falta tanto como a mí su fisonomía, que se lo lleve el diablo! ¡Y usted también es bueno, ni qué decir! ¡Un tonto, un mimado andariego, por hacer algo, le parloteó un poco, y usted le creyó!

—¿El conde se va a Italia? —se asombró Imbs, palideciendo—. ¿Y el dinero, me lo envió? ¡¿No?! ¿Y cómo me iré yo de aquí? ¡No tengo ni un kopec! Escúcheme, estimado señor Dzierzhinskii, si usted no me puede dar lo que perdió, ¿no me compraría acaso mis libros y planos? ¡En Rusia los venderá por una suma muy grande!

—En Rusia no hacen falta sus libros y planos.

Ibms se sentó y se quedó pensativo. Mientras el polaco llenaba el aire de su bilis, el alemán resolvía su cuestión utilitaria y sentía con todos sus instintos alemanes cómo se le malograba la sangre en esos minutos. La expresión de arrogancia científica del rostro dió lugar a una expresión de dolor, de desesperación… La conciencia de un cautiverio sin salida, lejos de las olas del Rin y de la compañía de los maestros de minas, lo hizo llorar. Por la noche, se sentaba junto a la ventana y miraba la luna… Alrededor había silencio. En algún lugar lejano chirriaba una armónica y gemía una quejumbrosa cancioncita rusa. Esos sonidos le apretaron el corazón a Imbs. Se apoderó de él tal añoranza por la patria, por el derecho y la justicia, que habría dado toda su vida sólo por hallarse esa noche en su casa.

"Aquí brilla esta luna y allá brilla también. ¡Y qué diferencia!" pensaba.

Toda la noche Imbs añoró su tierra. A la mañana, no soportó la añoranza y decidió irse. Tras colocar sus libros y planos "inútiles en Rusia" en el morral, bebió agua en ayunas y, exactamente a las cuatro de la mañana, se encaminó a pie hacia el norte. Decidió ir a ese mismo

Jarkov, que hacía tan poco había arañado el conde en la carta con su uña rosada. En Jarkov esperaba encontrar alemanes que pudieran darle dinero para el camino.

—En el camino, dormido, me quitaron las botas —contaba Imbs a sus amigos, sentado al mes en el mismo barco—. ¡Tal es la "honestidad rusa"! Pero, a fin de cuentas, hay que hacerles justicia: de Slaviansk a Jarkov, un cochero ruso me llevó por cuarenta kopecs, el dinero que me entregaron por mi pipa de pacotilla. ¡Viajar por esa suma es deshonesto, pero es muy barato!

CASA CON DESVÁN

I

Ello sucedió hace unos seis o siete años, cuando yo vivía en uno de los distritos de la gobernación T. en la propiedad del terrateniente Belokúrov, hombre joven que se levantaba muy temprano, andaba vestido con una *podiovka* por las noches tomaba cerveza y quejábase siempre de que en nadie ni en ninguna parte encontraba comprensión. Vivía en una casita en el jardín, mientras que yo me alojaba en la vieja casona señorial, en una enorme sala con columnas, en la cual no había ningún mueble, excepto un amplio diván, en el que yo dormía, y una mesa, en la cual yo hacía solitarios. Algo aullaba siempre allí en las viejas estufas, aun con tiempo apacible, mientras que durante las tormentas toda la casa se estremecía y hasta parecía que se resquebrajaba en pedazos, de modo que uno sentía un poco de miedo, especialmente de noche, cuando las diez ventanas se iluminaban de repente con los relámpagos.

Condenado por el destino a un ocio constante, yo no hacía absolutamente nada. Durante horas enteras miraba por las ventanas al cielo, los pájaros, las alamedas, leía todo lo que me traían del correo, dormía. De vez en cuando, salía de la casa y vagaba hasta el anochecer. Una vez, cuando regresaba a la casa, penetré sin querer en una finca desconocida. El sol ya se estaba escondiendo y sobre el centeno en flor se extendían las sombras crepusculares. Dos filas de abetos, muy altos, viejos, densamente plantados, formaban una alameda sombría y bella. Sin mucho esfuerzo traspase el cerco y avancé por esta avenida, deslizándome sobre las agujas de abeto que cubrían la tierra con una capa de una pulgada de espesor.

Había silencio y oscuridad, y sólo en las cimas de los árboles temblaba, aquí y allá, la resplandeciente y dorada luz que reverberaba con los colores del arco iris en las telas de araña. El aroma de los abetos era muy fuerte, hasta sofocante. Luego doblé por una larga avenida de tilos. También allí notábase el abandono y la vetustez; el follaje del año anterior rumoreaba tristemente bajo los pies, y entre los oscurecidos árboles se escondían las sombras. A la derecha, entre los añejos frutales, con voz débil y con poca gana, cantaba una oropéndola, que también debía ser viejecita. Pero ya terminaron los tilos; pasé frente a una blanca casa con terraza y con sotabanco, y de repente, extendiéronse ante mí un gran patio exterior y un amplio estanque con baños, una multitud de verdes sauces, una aldea en la otra orilla del lago, con un campanario alto y estrecho en el cual ardía la cruz, reflejando los últimos rayos del sol.

Por un instante sentí el hechizo de algo familiar, muy conocido, como si ya hubiese visto este mismo panorama hace tiempo, en mi infancia. Y junto al blanco portón de piedra, por el cual se pasaba del patio al campo, junto al antiguo y recio portón con leones, estaban de pie dos jóvenes. Una de ellas —la mayor—, delgada, pálida, muy bella, con un haz de espesos cabellos castaños y una boca pequeña y voluntariosa, denotaba una expresión severa y apenas reparó en mí; la otra, muy jovencita aún —no tendría más de diecisiete o dieciocho años— también delgada y pálida con una boca grande y con grandes ojos, me miró sorprendida, al pasar yo delante de ellas, dijo algo en inglés y se mostró confundida. Y me pareció que tambіén estos dos agradables rostros me resultaban conocidos desde hacía tiempo. Y volví a la casa con la sensación de haber soñado con algo bueno.

Poco tiempo después, en un mediodía, paseábamos Belokúrov y yo cerca de la casa cuando inesperadamente, con un suave murmullo sobre la hierba, se acercó un coche con resortes en el cual venía una de aquellas jóvenes. Era la mayor. Realizaba una colecta en favor de los campesinos víctimas de un incendio. Sin dirigirnos la mirada, muy seria y detalladamente nos contó cuántas casas se habían quemado en la aldea Sianovo, cuántos hombres, mujeres y niños se habían quedado sin techo y cuáles serían las primeras medidas que se proponía tomar el comité de ayuda del cual ella formaba parte. Después de hacernos firmar la lista de suscripción, se la guardó y se dispuso a regresar.

—Usted se olvidó de nosotros, Piotr Petróvich —dijo a Belokúrov tendiéndole la mano—. Venga a vernos, y si *monsieur* N... —Ella dijo mi apellido—, tiene deseos de ver cómo viven los admiradores de su talento y se digna llegar hasta nuestra casa, mamá y yo estaremos muy contentas.

Hice una reverencia.

Cuando ella hubo partido, Piotr Petróvich se puso a explicar. Esta joven, de acuerdo con sus palabras, pertenecía a una buena familia y se llamaba Lidia Volchanínova mientras la propiedad en la que vivía con su madre y su hermana, tenía el nombre de Shelkovka, lo mismo que la aldea del otro lado del lago. En otros tiempos su padre ocupaba un cargo prominente en Moscú, y al morir ostentaba la jerarquía de consejero, secreto. No obstante el buen pasar, las Volchanínov vivían en el campo continuamente, en verano y en invierno; Lidia era maestra de la escuela rural en su aldea y recibía un sueldo mensual de veinticinco rublos. Para sus gastos empleaba sólo este dinero y se enorgullecía de vivir por su propia cuenta.

—Es una familia interesante —dijo Belokúrov—. Habría que hacerles una visita. Ellas estarían encantadas de recibirlo a usted.

En uno de los días feriados, por la tarde, nos acordamos de las Volchanínov y fuimos a verlas. Todas, la madre y sus dos hijas, se encontraban en casa. La madre, Ekaterina Pávlovna —otrora bella, por lo visto, pero ahora prematuramente pesada y lenta, enferma de asma, triste y distraída— trató de entretenerme con una conversación sobre la pintura. Enterada por su hija de la posibilidad de mi visita, recordó, a prisa, dos o tres paisajes míos que había visto en las exposiciones en Moscú, y ahora me preguntaba qué era lo que yo deseaba expresar en ellos. Lidia —o Lida como la llamaban en casa— hablaba más con Belokúrov que conmigo. Seria, sin sonreír, le preguntaba por qué no prestaba ningún servicio en el *zemstvo* y por qué no asistía a sus asambleas.

—Eso no está bien, Piotr Petróvich —le decía en tono de reproche—.

No está bien. Debiera de darle vergüenza.

—Es verdad, Lida, es verdad —asentía la madre—. Eso no está bien.

—Todo nuestro distrito se encuentra en manos de Balaguin —prosiguió Lida, dirigiéndose a mí—. Es presidente de la Dirección General, repartió todos los cargos en el distrito entre sus sobrinos y yernos y hace lo que le da la gana. Hay que luchar. La juventud debe formar con sus elementos un partido fuerte, pero ya ven ustedes qué clase de juventud tenemos. ¡Debería usted de avergonzarse, Piotr Petróvich!

La hermana menor, Yenia, mientras se hablaba del zemstvo permanecía callada. Ella no tomaba parte en las conversaciones serias, en la familia no la consideraban adulta, aún, y la llamaban Missus, como a una pequeñuela, porque de niña ella solía llamar así a la Miss, su institutriz. Me miraba con curiosidad y, cuando abrí un álbum de fotografías, me daba explicaciones:

"Este es mi tío… Este es mi padrino", señalaba los retratos con el dedito, rozándome infantilmente con el hombro, y yo veía de cerca su pecho, poco desarrollado, sus finos hombros, su trenza y su cuerpo delgado, muy estrechado por el cinturón.

Jugamos al *crocquet* y al *lawn-tennis*, paseamos por el jardín, tomamos té, luego cenamos largamente. Después de la enorme y vacía sala con columnas, me sentía a gusto en esta pequeña y acogedora casa, en cuyas paredes no había oleografías y donde a los criados los trataban de "usted"; todo allí me parecía joven y puro por la presencia de Lida y Missus, y todo respiraba corrección. Durante]a cena Lida volvió a conversar con Belokúrov sobre el zemstvo, sobre Balaguin, sobre las bibliotecas escolares. Era una joven despierta, sincera y convencida, y resultaba interesante escucharla, aunque hablaba mucho y con voz fuerte, quizás porque se había acostumbrado a hablar así en la escuela. En cambio, Piotr Petróvich, quien desde los tiempos de estudiante tenía la costumbre de transformar cualquier diálogo en una discusión, hablaba aburrida, perezosa y largamente, con evidente deseo de parecer un hombre inteligente y avanzado. Gesticulando, volcó la salsera con la manga y se formó un gran charco sobre el mantel, pero, al parecer, nadie, excepto yo, se dio cuenta de ello.

Todo era silencioso y oscuro alrededor de nosotros cuando caminábamos de regreso a nuestra casa.

—La buena educación no consiste en no volcar la salsera sobre el mantel, sino en no darse cuenta cuando alguien lo hace —dijo Belokúrov con un suspiro—. Sí, es una familia excelente y culta. Me quedé algo aislado de la buena gente, ando atrasado, ¡muy atrasado! Y todo porque estoy colmado de tareas, tareas y tareas.

Y me habló de cuánto tiene uno que trabajar si quiere ser un agricultor ejemplar, mientras yo pensé: ¡qué hombre tan pesado y perezoso! Al hablar seriamente sobre cualquier asunto solía prolongar con esfuerzo una "e-e-e- e" y trabajaba de la misma manera que hablaba: lentamente, atrasado, perdiendo plazos. Ya por el solo hecho de que las cartas que yo le encargaba despachar en el correo, él las llevaba en su bolsillo durante semanas enteras, no podía creer mucho en su celo.

—Lo peor es —barbotaba caminando a mi lado—, lo peor es que uno trabaja sin encontrar comprensión. ¡Ninguna comprensión!

II

Comencé a frecuentar la casa de las Volchanínov. Solía sentarme en el primer escalón inferior de la terraza; me oprimía el descontento conmigo mismo; me daba lástima mi vida que transcurría en forma tan rápida y tan poco interesante, y pensaba en que no estaría mal arrancar de mi pecho este corazón que llegó a ser tan pesado. Y mientras tanto, en la terraza se oían voces, el rumorcillo de los vestidos, alguien daba vueltas a las páginas de un libro. Pronto me habitué a ver a Lida, durante el día, atender a los enfermos, repartir limosnas, ausentarse a menudo a la aldea, con una sombrilla sobre su cabeza descubierta, y por la noche explayarse en voz alta sobre el zemstvo y las escuelas.

Cada vez que se entablaba una conversación seria, esta delgada y bella joven, invariablemente severa, de boca finamente delineada, me decía con sequedad:

—Esto no le interesa.

Yo no le caí simpático. No me quería porque era paisajista, porque en mis cuadros no mostraba las necesidades del pueblo y porque era indiferente —según le parecía— a todo aquello en lo que ella creía tan firmemente. Recuerdo que una vez, al viajar por la costa del lago Bailtal me encontré con un joven buriata que montaba un caballo y vestía con una camisa y un pantalón de tela azul china; le pregunté si quería venderme su pipa, y mientras hablábamos, miraba con desprecio mi cara europea y sin sombrero; en un instante se hartó de charlar conmigo, azuzó el caballo y se fue galopando. De la misma manera Lida despreciaba en mí a un extraño. Exteriormente no manifestaba en absoluto su desafecto, pero yo lo sentía y, sentado en el primer escalón de la terraza, experimentaba cierta irritación y decía que curar a los campesinos sin ser médico significaba engañarlos, y que no era difícil ser benefactor poseyendo dos mil deciatinas de tierra.

Su hermana Missus no tenía preocupación alguna y pasaba el tiempo en el mismo ocio total que yo. Al levantarse por la mañana, en seguida tomaba un libro y se ponía a leer en la terraza, sentada en un hondo sillón de tal modo que sus pequeños pies apenas tocaban el suelo, o bien escondíase con el libro en una alameda, o se iba al campo. Pasaba todo el día leyendo, los ojos clavados con avidez en el libro, y sólo porque su mirada a veces se tornaba fatigada y anonada, y porque su rostro palidecía mucho, se podía adivinar cómo esta lectura cansaba su cerebro. Cuando yo llegaba a la casa, ella se ruborizaba levemente, dejaba el libro y con animación fijando en mi cara sus grandes ojos me contaba los acontecimientos del día: en el cuarto de los criados había comenzado a arder el hollín de las estufas, o un peón había sacado del estanque un pez grande. En los días hábiles vestía, por lo común, una blusa de colores claros y una falda azul oscura. Paseábamos juntos, arrancábamos guindas para el dulce, andábamos en bote, y cuando ella saltaba para alcanzar una guinda o manejaba los remos, sus delgados y débiles brazos traslucían a través de las amplias mangas. O si no, yo pintaba un boceto y ella se quedaba de pie a mi lado y me miraba trabajar con admiración.

Un domingo, a fines de julio, llegué a la finca de las Volchanínov por la mañana, a eso de las nueve. Di vueltas por el parque, manteniéndome lejos de la casa, busqué hongos blancos, muy abundantes en aquel verano, dejando marcas cerca de ellos para recogerlos más tarde junto con Yenia. Soplaba un viento tibio. Vi pasar a Yenia y a su madre que volvían de la iglesia. Ambas llevaban claros vestidos domingueros y Yenia sostenía el sombrero a causa del viento. Luego las oí tomar el té en la terraza.

Para mí, hombre despreocupado y que buscaba justificación a su ocio constante, estas mañanas dominicales de verano en nuestras fincas resultaban siempre singularmente atrayentes. Cuando el verde jardín, todavía húmedo por el rocío, brilla al sol y parece feliz; cuando cerca de la casa se siente el aroma de la reseda y del almendro, cuando los jóvenes acaban de regresar de la iglesia y están tomando el té en el jardín, cuando todos están alegres y llevan puestas ropas agradables y cuando uno sabe que todas estas hermosas, sanas y satisfechas personas durante todo el largo día no van a hacer nada, siente deseo entonces de que toda la vida fuese así. Y ahora yo estaba pensando lo mismo y paseaba por el jardín, dispuesto a caminar así, sin hacer nada y sin propósito, durante todo el día, todo el verano.

Vino Yenia con una canasta; tenía la expresión como si supiera o presintiera que me encontraría en el jardín, recogíamos los hongos y conversábamos, y cuando me preguntaba algo, se me adelantaba unos pasos para ver mi cara.

—Ayer en nuestra aldea se produjo un milagro —me dijo—. La renga Pelagia había estado enferma todo el año. Ningún médico y ningún remedio podían ayudarla, pero ayer una vieja curandera le susurró unas palabras y ya está bien.

—No tiene importancia —dije—. No se debe buscar milagros solamente junto a los enfermos y los curanderos. ¿Acaso la salud no es un milagro? ¿Y la vida misma? Lo que es incomprensible ya es un milagro.

—¿Y usted no le tiene miedo a lo incomprensible?

—No. Encaro jovialmente los fenómenos que no comprendo y nunca me supedito a ellos. Soy superior a ellos. El hombre debe considerarse por encima de los leones, de los tigres, de las estrellas, por encima de todo lo que existe en la naturaleza, hasta por encima de lo que no se comprende y lo que parece milagroso, si no no sería un hombre sino un ratón que teme a todo el mundo.

Yenia creía que yo, como pintor, sabía muchas cosas y que podía acertar en aquello que no sabía. Quería que la introdujera en la esfera de lo eterno y de lo bello, en aquel mundo sublime que, según su opinión, me era familiar, y por eso hablaba conmigo sobre Dios, sobre la vida eterna, sobre lo milagroso. Y yo, que no podía admitir en mi ser y mi imaginación, después de la muerte, dejarían de existir por siempre jamás, le contestaba: "Sí, los hombres son inmortales", "Sí, nos espera la vida eterna". Ella me escuchaba, me creía, y no me pedía comprobaciones.

Cuando nos dirigíamos hacia la casa, se detuvo de repente y dijo:

—Nuestra Lida es una persona notable. ¿No es cierto? La quiero entrañablemente y en cualquier momento podría sacrificar mi vida por ella. Pero dígame —Yenia tocó mi manga con el dedo—, dígame: ¿por qué siempre discute con ella? ¿Por qué se muestra irritado?

—Porque ella no tiene razón.

Yenia meneó la cabeza negativamente y las lágrimas asomaron a sus ojos.

—¡Qué difícil es comprenderlo! —expresó.

En ese instante Lida acababa de regresar de alguna parte y, de pie junto a la puerta, con un látigo en las manos, esbelta y hermosa, iluminada por el sol, impartía algunas órdenes al peón. De prisa y hablando en voz alta atendió a dos o tres enfermos; luego, con aire preocupado, anduvo de una habitación a otra; abriendo un armario tras otro, se dirigió al sotabanco; durante un rato estuvieron buscándola y llamándola para almorzar y llegó cuando ya habíamos tomado la sopa.

No sé por qué recuerdo y amo estos detalles, como también recuerdo vivamente todo aquel día, aunque no había ocurrido nada especial. Después de comer Yenia estuvo leyendo recostada en su hondo sillón, mientras que yo me senté en el escalón inferior de la terraza. Permanecimos callados. El cielo fue cubriéndose de nubes y comenzó a caer una fina llovizna. Pero hacía calor, el viento había cesado y parecía que el día nunca iba a tener fin. En la terraza apareció Ekaterina Pávlovna, soñolienta, con un abanico.

—Oh, mamá —dijo Yenia, besándole la mano—, el dormir de día te hace mal.

Se adoraban la una a la otra. Cuando una de ellas se iba al jardín, la otra ya estaba en la terraza y, mirando los árboles llamaba: ¡E-e-a, Yenia! o: Mamila, ¿dónde estás? Rezaban siempre juntas, las dos creían de la misma manera y se entendían bien hasta cuando callaban. También dispensaban el mismo trato a la gente. Ekaterina Pávlovna no tardó en acostumbrarse a mí y hasta se encariñó conmigo, y cuando yo no aparecía por dos o tres días mandaba averiguar si yo estaba bien de salud. También ella contemplaba mis bocetos con admiración, y con la misma locuacidad y franqueza con que lo hacía Missus me contaba cuanto ocurría, con frecuencia confiándome sus secretos domésticos.

Veneraba a su hija mayor. Lida no era cariñosa y sólo hablaba de cosas serias; vivía una vida particular y para su madre y su hermana era el mismo personaje sagrado que para los marineros lo es el almirante que pasa todo el tiempo en su camarote.

—Nuestra Lida es una persona notable —decía la madre con frecuencia—. ¿No es cierto?

Y ahora mientras lloviznaba, estábamos conversando sobre Lida:

—Es una persona notable —insistió la madre y añadió en voz baja y mirando con miedo en su derredor como si estuviera complotando—: A personas como ella hay que buscarlas de día con un farol, aunque, sabe, empiezo a sentirme algo inquieta. La escuela, los botiquines, los libros, todo esto está bien, pero ¿por qué caer en los extremos? Es que ya tiene veintitrés años cumplidos y ya es hora de pensar con seriedad en sí misma. Porque si no, con los libros y con los botiquines, pasará la vida misma y una ni se dará cuenta... Debe casarse.

Yenia, pálida de tanto leer, con el peinado algo desordenado, levantó la cabeza y, mirando a su madre dijo como para sí misma:

—Mamila, todo depende de la voluntad divina. Y volvió a sumirse en la lectura.

Llegó Belokúrov, vestido con *podiovka* y con camisa bordada. Jugamos al *crocquet* y al *lawn-tennis*, luego al anochecer cenamos largamente y Lida de nuevo habló de las escuelas y de Balaguin, el que tenía todo el distrito en sus manos. Al irme aquella noche de la casa de las Volchanínov, me llevé la impresión de un día ocioso y largo, muy largo, con la triste sensación de que todo termina en este mundo, por más largo que sea. Yenia nos acompañó hasta el portón y, quizás a causa de que ella había pasado conmigo todo el día, desde la mañana hasta la noche, sentí que sin ella estaría aburrido y que toda esta simpática familia no me era extraña; y por primera vez en todo el verano tuve deseos de pintar.

—Dígame, ¿por qué lleva usted una vida tan aburrida, tan incolora? —le pregunté a Belokúrov por el camino—. Mi vida sí es aburrida, pesada y monótona porque soy pintor, soy un hombre raro; estoy, desde mis años juveniles, maltratado por la envidia, por el descontento conmigo mismo, por la falta de fe en mi actividad; soy siempre pobre, soy un vagabundo; pero usted, usted es un hombre normal, sano; es un terrateniente, un señor; ¿por qué vive usted en forma tan poco interesante?, ¿por qué toma usted tan poco de la vida? ¿Por qué, por ejemplo, no se ha enamorado usted de Lida o de Yenia?

—Usted olvida que yo amo a otra mujer —respondió Belokúrov.

Referíase a su amiga Liubov Ivánovna que vivía con él en la casita del jardín. Era una gruesa dama, con aire de importancia, parecida a una gansa bien alimentada; todos los días la veía pasear por el jardín con ropas rusas adornadas con abalorios, llevando una sombrilla, y a cada rato la criada la llamaba, ora para comer, ora para tomar el té. Unos tres años antes había alquilado la casita para veranear y se quedó allí, por lo visto, para siempre. Era unos diez años mayor que él y lo manejaba con severidad, de tal modo que para ausentarse de la casa él debía pedirle permiso. A menudo sollozaba con voz de hombre y entonces yo mandaba decirle que si no dejaba de sollozar me iría de la casa; y los sollozos cesaban. Al llegar a casa, Belokúrov sentóse sobre el diván y frunció el ceño meditabundo, mientras que yo me puse a caminar por la sala sintiendo una leve emoción, como un enamorado. Tenía ganas de hablar de las Volchanínov.

—Lida sólo puede amar a un funcionario del zemstvo, entusiasmado, igual que ella, con los hospitales y las escuelas —dije—. Oh, por una joven así no sólo se puede ingresar en el zemstvo, sino también gastar un par de zapatos de hierro, como en el cuento de hadas. ¿Y Missus? ¡Qué delicia es esta Missus!

Belokúrov se puso a hablar largamente, estirando las "e-e-e-e", acerca de la enfermedad del siglo, el pesimismo. Hablaba con seguridad y en un tono desafiante como si yo discutiera con él. Centenares de verstas de la desierta monótona y quemada estepa no pueden causar tanto tedio como un hombre que está sentado, habla y no se sabe cuándo se irá.

—No se trata de pesimismo ni de optimismo —observé con irritación—. Lo que ocurre es que el noventa y nueve por ciento de los hombres carece de inteligencia.

Belokúrov lo tomó muy a pecho, se mostró enojado y se fue.

—El príncipe está de visita en Malozemovo, te manda saludos —decía Lida a su madre al regresar de un viaje y quitándose los guantes—. Contó muchas cosas interesantes… Prometió volver a plantar la cuestión del puesto médico de Malozemovo, en la asamblea provisional, pero dice que hay pocas esperanzas. —Y dirigiéndose a mí añadió—. Disculpe, siempre olvido que esto no le puede interesar.

Sentí irritación.

—¿Y por qué no me puede interesar? —le pregunté, encogiéndome de hombros—. No le place conocer mi opinión, pero le aseguro que esta cuestión me interesa vivamente.

—¿Sí?

—Sí. A mi juicio, un puesto de médico en Malozemovo no es necesario en absoluto.

Mi irritación se transmitió a ella me miró, entrecerrando los ojos, y preguntó:

—¿Qué se necesita entonces? ¿Paisajes?

—Tampoco los paisajes. Allí no se necesita nada.

Ella terminó de quitarse los guantes y abrió el diario que acababa de traer del correo; al cabo de un minuto observó en voz baja, conteniéndose, por lo visto:

—La semana pasada Ana murió al dar a luz; de haber existido cerca un puesto médico ella hubiera salvado la vida. Y los señores paisajistas, me parece, debieron de tener algunas convicciones al respecto.

—Tengo una convicción bien definida al respecto —respondí, mientras ella se escondía detrás del diario como si no quisiera escucharme—. A mi juicio, los puestos médicos, las escuelas, las bibliotecas, los botiquines, dadas las condiciones existentes, no sirven sino para la opresión. El pueblo está atado con una gran cadena, y ustedes, lejos de cortarla, le agregan nuevos eslabones. He aquí mi convicción.

Ella levantó la mirada hacia mí y sonrió burlonamente, pero yo proseguí tratando de resumir mi idea principal:

—Lo importante no es que Ana haya muerto del parto, sino el hecho de que todas estas Anas, Mavras Pelagias, encorvan sus espaldas desde el amanecer hasta la noche; se enferman a causa del trabajo excesivo, durante toda la vida tiemblan por sus hijos, hambrientos y dolientes; durante toda la vida temen a las enfermedades y a la muerte, durante toda la vida tratan de curarse, pero se marchitan temprano, envejecen temprano y mueren en el hedor y en la suciedad; sus hijos, al crecer, recomienzan la misma historia y así transcurren centenares de años y miles de millones de personas viven peor que las bestias (sólo por un mendrugo de pan) sintiendo un miedo continuo. Lo terrible de su situación está en que no tienen tiempo de pensar en su alma; no tienen tiempo de recordar la imagen humana, el hambre, el frío, el miedo bestial, la enormidad del trabajo, cual aludes de nieve, les obstruyeron todos los caminos hacia la actividad espiritual, es decir, a lo que distingue al hombre del animal y que constituye lo único por lo cual vale la pena vivir. Ustedes acuden en su ayuda con hospitales y escuelas, pero, lejos de liberarlos de sus ataduras, por el contrario, los esclavizan más aún, ya que, al introducir en su vida nuevos prejuicios, ustedes aumentan el número de sus necesidades, sin hablar de que por los emplastos y por los libros, ellos deben pagar al zemstvo, o sea, doblar aún más la espalda.

—No voy a discutir con usted —dijo Lida bajando el diario—. Todo esto lo he oído ya. Sólo le diré una cosa: no debe uno quedarse sin hacer nada. Es verdad, nosotros no estamos salvando a la humanidad entera y puede ser que estemos equivocados en muchas cosas, pero hacemos lo que podemos y tenemos razón. El más alto y sagrado propósito de una persona culta es servir al prójimo y tratando de servirlo como podemos. A usted no le agrada, pero uno no puede satisfacer a todo el mundo.

—Es verdad, Lida, es verdad —dijo la madre.

En presencia de Lida, ella se mostraba siempre tímida y al hablar la miraba con inquietud, temiendo decir algo superfluo o inapropiado nunca le contradecía sino que siempre estaba de acuerdo: "Es verdad, Lida, es verdad".

—La alfabetización de los mujiks, los libros con míseras instrucciones y máximas y los puestos médicos no pueden disminuir la ignorancia ni la mortalidad, de la misma manera que la luz. De las ventanas no puede iluminar este enorme jardín —proseguí—. Ustedes no aportan nada; con su intromisión en la vida de esta gente ustedes no hacen sino crear nuevas necesidades, nuevos motivos para el trabajo.

—¡Dios mío, pero hay que hacer algo! —dijo Lida con fastidio, y por su tono se podía deducir que ella consideraba insignificantes mis razonamientos y los despreciaba.

—Hay que liberar a la gente del pesado trabajo físico —sostuve—. Hay que aliviar el yugo, darles un respiro, para que no pasen toda su vida junto a los hornos, las artesas y en el campo, sino que tengan también tiempo de pensar en su alma, en Dios, y que puedan manifestar en forma más amplia sus condiciones espirituales. La vocación de todo hombre está en la actividad espiritual, en la constante búsqueda de la verdad y del sentido de la vida. Hagan, pues, que les sea innecesario el brutal trabajo de bestias; permítanles sentirse en libertad y verán entonces que estos libritos y botiquines son, en realidad, una burla. Una vez que el hombre sea consciente de su auténtica vocación, sólo podrán satisfacerle la religión, las ciencias, las artes y no estas menudencias.

—¡Liberarlos del trabajo! —sonrió Lida—. ¿Acaso ello es posible?

—Sí, encárguense de una parte del trabajo de ellos. Si todos los habitantes de la ciudad y del campo, todos sin excepción, consintiéramos dividir entre nosotros el trabajo que en general realiza la humanidad para la satisfacción de sus necesidades físicas, a cada uno no le correspondería quizá más de dos o tres horas por día. Imagínese que todos, los ricos y los pobres, trabajamos solamente tres horas por día y el tiempo restante nos queda libre. Imagínese también que (para depender menos de nuestro cuerpo y trabajar menos) inventamos máquinas que nos reemplazan en ciertas labores y tratamos de reducir la cantidad de nuestras necesidades hasta el mínimo. Templarnos a nosotros y a nuestros hijos para no temer al hambre y al frío y no tener que temblar constantemente por la salud de ellos, como tiemblan Ana, Mavra y Pelagia. Imagínese que no nos curamos, no mantenemos farmacias, ni fábricas de tabaco y de bebidas alcohólicas, ¡cuánto tiempo libre nos queda! Todos, en común, dedicamos este ocio a las ciencias y a las artes. De la misma manera como a veces todos los mujiks de una aldea se unen para arreglar el camino, nosotros, mancomunados todos, buscaríamos la verdad y el sentido de la vida, y (estoy seguro de ello) la verdad sería descubierta muy pronto; el hombre se liberaría de este constante, penoso y deprimente miedo a la muerte y aun de la misma muerte.

—Usted, sin embargo, se contradice —observó Lida—. Habla de las ciencias, pero antes negaba la alfabetización.

—La alfabetización que sólo sirve al hombre para leer los letreros de las tabernas y a voces, libros que no entiende. Esta alfabetización se mantiene en nuestras aldeas desde los tiempos de Rúrik. Petrushka gogoliano hace ya tiempo que sabe leer, mientras que el campo quedó igual que en la época de Rúrik. No es la alfabetización lo que necesitamos sino la libertad para una amplia manifestación de capacidades espirituales. No son escuelas lo que necesitamos sino universidades.

—Pero usted niega también la medicina.

—Sí. Ella sólo sería necesaria para el estudio de las enfermedades como fenómenos de la naturaleza y no para su tratamiento. Hay que curar no las enfermedades sino sus causas. Anulen la causa principal (el trabajo físico) y no habrá enfermedades. No reconozco la ciencia que cura —continué exaltado—. Las ciencias y las artes, cuando son auténticas, no aspiran a lograr propósitos temporales o particulares, sino que tienden hacia lo eterno y lo universal: buscan la verdad y el sentido de la vida, buscan a Dios y el alma, pero cuando se las ata a las necesidades y los problemas del día, a los botiquines y a las bibliotecas, ellas no hacen sino complicar y entorpecer la vida. Tenemos muchos médicos, farmacéuticos, juristas, mucha gente sabe ahora leer y escribir, pero carecemos totalmente de biólogos, matemáticos, filósofos, poetas. Toda la inteligencia, toda la energía espiritual se fueron gastando para la satisfacción de las necesidades temporales, pasajeras… Los sabios, los escritores y los pintores están abarrotados de trabajo; merced a ellos las comodidades de la vida crecen cada día, las necesidades del cuerpo se multiplican, mientras que la verdad queda lejos todavía y el hambre sigue siendo el animal más feroz y menos pulcro, y todo contribuye para que la humanidad, en su mayoría, se degenere y pierda para siempre su vitalidad. En estas condiciones, la vida de un pintor no tiene sentido, y cuanto más talento tiene, tanto más extraño e incomprensible es su papel, ya que resulta que él trabaja para la diversión de un animal feroz y sucio, sosteniendo el orden existente. Y yo no quiero trabajar y no trabajaré. No precisamos nada, ¡qué se hunda la tierra en el infierno!

—Missus, vete a tu cuarto —dijo Lida a su hermana, considerando, por lo visto, mis palabras como dañinas para una señorita tan joven.

Yenia miró con tristeza a la hermana y a la madre y salió.

—Estas lindas cosas se dicen comúnmente cuando quieren justificar su indiferencia —dijo Lida—. Negar hospitales y escuelas es más fácil que curar y enseñar.

—Es verdad, Lida, es verdad —asintió la madre.

—Usted amenaza, con dejar de trabajar —continuó Lida—. Por lo visto, aprecia usted altamente sus obras. No discutamos más: nunca llegaremos a un acuerdo, ya que la más imperfecta de las bibliotecas o farmacias, a las cuales se refirió usted con tanto desprecio, para mí es más importante que todos los paisajes del mundo. —Y en seguida, dirigiéndose a la madre, habló en un tono muy distinto—: El príncipe está muy delgado y ha cambiado mucho desde que estuvo en nuestra casa. Lo mandan a Vichy.

Ella contaba a su madre las cosas acerca del príncipe para no hablar conmigo. Su cara ardía y para ocultar su agitación se inclinó hacia la mesa, como miope, y aparentó leer el diario. Mi presencia era desagradable. Me despedí y me retiré.

III

Afuera todo era paz; la aldea del otro lado del lago dormía ya, no se veía ninguna lucecita y sólo en el agua brillaban apenas los pálidos reflejos de las estrellas. Junto al portón de los leones, inmóvil, Yenia me esperaba, de pie, para acompañarme un trecho.

—Todos están durmiendo en la aldea —le dije, tratando de distinguir su rostro en la oscuridad, y vi sus oscuros y tristes ojos fijarse en mí—. El tabernero y el cuatrero duermen tranquilos, mientras que nosotros, gente de bien nos irritamos el uno al otro discutiendo.

Era una triste noche de agosto, triste porque ya olía a otoño; cubierta por una nube purpurina, salía la luna y apenas iluminaba el camino y los oscuros campos. Con frecuencia caían estrellas fugaces. Yenia iba por el camino a mi lado y trataba de no mirar al cielo, ya que el verlas caer la asustaba no se sabe por qué.

—Me; parece que usted tiene razón —dijo ella, temblando a causa de la humedad nocturna—. Si todos los hombres, en común, pudieran dedicarse a la actividad espiritual pronto llegarían a saberlo todo.

—Naturalmente. Somos seres superiores y si, efectivamente, tuviésemos conciencia dé toda la fuerza del genio humano y viviésemos sólo para propósitos supremos, al final seríamos como dioses. Pero ello no ocurrirá nunca, la humanidad se va a degenerar y del genio no queda ni rastro.

Cuando el portón desapareció de la vista, Yenia se detuvo y me dio tan presuroso apretón de manos.

—Buenas noches —dijo, temblando; sólo una blusa liviana cubría sus hombros y ella se encogió de frío—. Venga mañana.

Sentí angustia al pensar que me quedaría solo, irritado, descontento con la gente y conmigo mismo; también yo traté de no mirar a las estrellas fugaces.

—Quédese conmigo un minuto más —le dije—. Le ruego.

Yo amaba a Yenia. La amaba, quizá, porque solía recibirme y me acompañaba para despedirme; porque me miraba con ternura y admiración.

¡Cuán bellos y conmovedores eran su rostro pálido, su cuello fino, sus delgados brazos, su fragilidad, su ocio, sus libros! ¿Y su inteligencia? Yo sospechaba en ella una inteligencia notable, admiraba la amplitud de sus ideas, quizá porque ella pensaba de otra manera que la hermosa y severa Lida, que no me quería. Yo le agradaba a Yenia como pintor, conquisté su corazón con mi talento, y sentía un apasionado deseo de pintar sólo para ella, soñando con ella como mi pequeña reina, que junto conmigo poseería estos árboles, campos, la niebla, el alba, esta naturaleza maravillosa y encantadora, pero entre la cual me sentí hasta entonces desesperadamente solo e inútil.

—Quédese un minuto más —supliqué—. Le imploro.

Me quité el abrigo y cubrí sus hombros helados, temiendo mostrarse fea y ridícula con el gabán masculino, ella se lo quitó, riendo y entonces la abracé y comencé a besar su cara, sus hombros, sus brazos.

—¡Hasta mañana! —susurró ella y con cuidado, como si temiera alterar el silencio de la noche, me abrazó—. Tengo que contarlo todo en seguida a mamá y a mi hermana, pues no tenemos secretos entre nosotras... ¡Me da mucho miedo! No por mamá ella lo quiere, ¡pero Lida...! —Y se dirigió corriendo hacia el portón—. ¡Adiós! —gritó.

Luego, durante unos dos minutos la oí correr. No tenía ganas de volver a casa y además no había para qué volver allá. Me quedé parado un rato, meditando, y desanduve lentamente el camino para dirigir una mirada más a la casa en que vivía ella: simpática, ingenua y vieja casa me parecía mirarme con las ventanas de su sotabanco y comprenderlo todo. Pasé por delante de la terraza, me senté en un banco junto a la plazoleta de *lawn-tennis*, bajo un añoso olmo y desde la oscuridad contemplé la casa. Las ventanas del sotabanco, donde vivía Missus, ilumináronse con una luz brillante, luego con otra atenuada y verde: la lámpara fue cubierta con una pantalla. Moviéronse algunas sombras... Me sentí embargado de ternura, silencio y satisfacción conmigo mismo, satisfacción por haberme apasionado y enamorado, pero al mismo tiempo me molestaba la idea de que allí mismo, a pocos pasos de mí, en una de las habitaciones de la casa, vivía Lida, que no me quería y, quizá, me odiaba. Estuve esperando que saliera Yenia, y al aguzar el oído me parecía oír hablar a alguien en el sotabanco.

Transcurrió cerca de una hora. La verde luz se había apagado y las sombras dejaron de verse. La luna ya se encontraba alta, encima de la casa, e iluminaba el jardín durmiente y los caminitos; las dalias y las rosas en el parterre, frente a la casa, veíanse con nitidez y parecían todas del mismo color. El aire se hacía muy frío. Salí del jardín, levanté del suelo mi sobre todo y me encaminé lentamente a mi casa.

Al día siguiente, cuando llegué por la tarde a la casa de las Volchanínov, la puerta de vidrio que daba al jardín estaba abierta de par en par. Me senté en la terraza, esperando que detrás del parterre en la plazoleta o en una de las alamedas no tardara en aparecer Yenia, o bien desde alguna de las habitaciones llegara a oírse su voz; luego pasé a la sala, al comedor. No había un alma.

Del comedor, a través de un largo pasillo, fui al vestíbulo, luego me dirigí nuevamente al comedor. En el pasillo había varias puertas y detrás de una de ellas resonaba la voz de Lida.

—En la rama… de un árbol… —pronunciaba ella en voz alta y arrastrando las sílabas, probablemente dictando—. Bien ufa-a-ano y con-te-ente, con un queso en el pi-i-ico… esta-aba… ¿Quién está allí? —llamó de repente al oír mis pasos.

—Soy yo.

—¡Ah! Disculpe, no puedo salir ahora, estoy dando clase a Dasha.

—¿Ekaterina Pávlovna está en el jardín?

—No. Ella y mi hermana partieron esta mañana de visita a nuestra tía, en la gobernación de Penza. Y en invierno, probablemente, Irán al extranjero… —añadió después de una pausa—. En la rama… de un árbol… bien ufa-a-no y contento… ¿Escribiste?

Salí al vestíbulo y sin pensar en nada me quedé de pie mirando el lago y la aldea, mientras llegaba a mis oídos:

—Con un queso en el pico, estaba el señor Cuervo.

Y me fui de la finca por el mismo camino por el que había venido por primera vez, sólo que en sentido contrario: primero del patio al jardín, por delante de la casa, luego por la avenida de los tilos… Allí me alcanzó corriendo un chicuelo y me entrego una esquela. "Le conté todo a mi hermana y ella exige que me separe de usted —leí—. Estaría por encima de mis fuerzas apenarla con mi desobediencia. Que Dios le dé a usted mucha felicidad, perdónome… ¡Si supiera usted con cuánta amargura lloramos, mamá y yo!".

Luego la oscura avenida de abetos, el cerco caído... Por el campo donde aquella vez florecía el centeno y vociferaban las codornices, ahora vagaban las vacas y los caballos trabados. Allá y acá, sobre las colinas, verdeaba intensamente la sementera de otoño. Invadióme un humor sobrio y prosaico, y sentí vergüenza por todo lo que había hablado en casa de las Volchanínov y volví a sentir el tedio de la vida. Al regresar a casa, hice las maletas y por la noche partí para Petersburgo.

No he vuelto a ver a las Volchanínov. No hace mucho, en el viaje a Crimea, encontréme en el tren con Belokúrov. Igual que antes, vestía una *podiorka* y una camisa bordada, y al preguntarle yo sobre su salud me respondió: "La debo a sus oraciones". Nos pusimos a conversar. Había vendido su finca y comprado otra, más pequeña, a nombre de Lubov Ivánovna. Acerca de las Volchanínov contó poca cosa. Lida, según sus palabras, vivía siempre en Shelkovka y enseñaba a los chicos en la escuela; poco a poco ella logró reunir un círculo de personas que le eran simpáticas y que, llegando a constituir un partido fuerte, en las últimas elecciones del zemstvo desplazaron a Balaguin, que hasta entonces tenía en sus manos a todo el distrito. En lo que atañe a Yenia, Belokúrov sólo podo comunicar que ella no vivía en su casa y que no sabía dónde se encontraba.

Comienzo a olvidar ya la casa del sotabanco, y sólo alguna vez, cuando escribo o leo, de repente, sin causa ninguna, me acuerdo ora de la luz verde en la ventana, ora del ruido de mis pasos que resonaban de noche en el campo, cuando enamorado volvía a mi casa, frotando las manos por el frío. Y con menos frecuencia aun, en momentos cuando me oprime la soledad y estoy triste, empiezo a recordar vagamente y me parece entonces que a mí también alguien me recuerda, me espera y que nos encontraremos...

Missus, ¿dónde estás?

LA CERILLA SUECA

En la mañana del 6 de octubre de 1885, en el despacho del *stanovoy* (jefe local de policía) del segundo distrito, presentóse un joven bien vestido y manifestó que el corneta retirado de la Guardia, Marko Ivanovich Kliansov, había sido asesinado. Mientras declaraba, el joven estaba pálido y muy agitado. Le temblaban las manos y miraba con ojos horrorizados.

—¿Con quién tengo el honor de hablar? —le preguntó el stanovoy.

—Soy Pieskov, administrador de Kliansov, agrónomo y mecánico.

El stanovoy y los alguaciles que acudieron con Pieskov al lugar del suceso encontraron lo siguiente:

Junto al pabellón en que vivía Khansov se aglomeraba la muchedumbre. La noticia del suceso había recorrido con la rapidez de un relámpago todas las cercanías, y la gente, gracias a ser día festivo, llegaba al pabellón desde todo el contorno del pueblo. Reinaba un rumor sordo. De cuando en cuando se veían fisonomías pálidas y llorosas. La puerta del dormitorio de Kliansov se hallaba cerrada. La llave estaba colocada en la cerradura y por la parte de adentro.

—Por lo visto los asesinos penetraron por la ventana —observó Pieskov al inspeccionar la puerta.

Se dirigieron a la parte del jardín sobre la que daba la ventana del dormitorio. La ventana, cubierta por un visillo verde y desteñido, tenía un aspecto triste y lúgubre. Un ángulo del visillo aparecía ligeramente doblado, y permitía de este modo ver el interior de la habitación.

—¿Ha mirado alguno de ustedes por la ventana? —preguntó el stanovoy.

—No, señor —contestó el jardinero Efrem, anciano bajito, canoso y con cara de sargento retirado—. No está uno para mirar cuando el espanto le hace temblar el cuerpo.

—¡Ay Marko Ivanovich, Marko Ivanovich! —clamó el stanovoy mientras miraba hacia la ventana—. Ya te decía yo que ibas a terminar mal. Ya te lo decía yo y no me hacías caso. ¡La corrupción no trae buenos resultados!

—Gracias a Efrem —dijo Pieskov—: si no hubiera sido por él no nos habríamos dado cuenta. Él fue el primero a quien se le ocurrió que aquí debía de haber pasado algo. Esta mañana se me presentó y me dijo: "¿Por qué tarda tanto el señor en despertarse? ¡Hace ya una semana que no sale del dormitorio!". En cuanto me lo dijo sentí algo así como si me hubieran dado un hachazo en la cabeza. En el instante se me ocurrió una idea… Desde el sábado pasado no se dejaba ver, y hoy es ya domingo. ¡Hace siete días! ¡Se dice muy pronto!

—Sí, amigo… —suspiró otra vez el stanovoy—. Era un hombre inteligente, culto ¡y tan bueno! Era el primero en todas las reuniones. ¡Pero qué corrompido era el Pobre, que en paz descanse! Yo siempre lo esperaba.

—¡Esteban! —gritó el stanovoy dirigiéndose a uno de los alguaciles—: Ve inmediatamente a mi casa y manda a Andrés para que avise en seguida al ispravnik (comisario de distrito). Di que han asesinado a Marko Ivanovich. Y ve a buscar al mismo tiempo al inspector… ¿Hasta cuándo va a estar allí tomando el fresco? Que venga cuanto antes. Luego te vas a avisar al juez instructor Nicolai Ermolech para que acuda inmediatamente. ¡Espera, te daré una carta!

El stanovoy dejó vigilantes alrededor del pabellón, escribió una carta para el juez de instrucción y se marchó a tomar el té a casa del administrador. Al cabo de unos diez minutos estaba sentado en un taburete, mordía cuidadosamente los terrones de azúcar y sorbía el té, ardiente como una brasa.

—¡Ya, ya…! —exclamaba—. ¡Ya, ya…! Noble rico, "amante de los dioses", como decía Pushkin, ¿y qué ha resultado de todo esto? ¡Nada! Bebedor, mujeriego y… ¡Ahí tiene usted…! Lo han asesinado.

Al cabo de dos horas llegó el juez de instrucción. Nicolai Ermolech Chubikov (así se llamaba el juez), anciano, alto, robusto, de unos sesenta años, desempeñaba su cargo hacía ya un cuarto de siglo. Era célebre en todo el distrito como hombre honrado, inteligente y amante de su profesión. Al lugar del suceso vino también con él su fiel ayudante y escribiente Diukovsky, joven, alto, de uno veintiséis años.

—¿Es posible, señores? —empezó a decir Chubikov al entrar en la habitación de Pieskov, estrechando rápidamente las manos de todos—. ¿Es posible? ¿A Marko Ivanovich lo han asesinado? ¡No, es imposible! ¡Im-po- si-ble!

—Ya lo ve usted… —exclamó suspirando el stanovoy.

—¡Señor, Dios mío! ¡Pero si lo he visto yo el viernes pasado en la feria de Tarabankov! Él y yo estuvimos tomando vodka.

—Pues ya lo ve usted… —volvió a suspirar el stanovoy.

Suspiraron, se horrorizaron, tomaron el té y luego se marcharon hacia el pabellón.

—¡Paso! —gritó el inspector a la multitud.

Al entrar en el pabellón, el juez instructor comenzó, ante todo, a inspeccionar la puerta del dormitorio. La puerta resultó ser de pino, pintada de amarillo, y parecía intacta. No se hallaron señales especiales que pudieran proporcionar algún indicio. Comenzaron a forzar la puerta.

—¡Señores, que se retiren los que estén de más aquí! —dijo el juez de instrucción cuando después de unos cuantos hachazos consiguieron romper la puerta—. Se lo ruego a ustedes en interés de la inspección… ¡Inspector, que no entre nadie aquí!

Chubikov, su ayudante y el stanovoy abrieron la 1ª puerta, e indecisamente, uno tras otro, entraron en el dormitorio. A su vista se presentó el siguiente espectáculo:

Junto a la única ventana había una cama grande con un enorme colchón de plumas. Sobre él se hallaba una manta arrugada. La almohada, con la funda de indiana, estaba en el suelo, también muy arrugada. Encima de la mesita, que aparecía delante de la cama, había dos relojes de plata y una moneda de veinte kopecs, también de plata… Allí mismo encontraron cerillas azufradas. Fuera de la cama, de la mesita y de la única silla, no había otros muebles en el dormitorio. Al mirar debajo de la cama el stanovoy vio un par de docenas de botellas vacías y un gran frasco de vodka. Debajo de la mesita estaba tirada una bota cubierta de polvo. Después de haber lanzado una ojeada por la habitación, el juez instructor frunció el entrecejo y se puso colorado, murmuró apretando los puños.

—Pero ¿dónde está Marko Ivanovich? —preguntó en voz baja Diukovsky.

—Le ruego a usted que no intervenga en esto —respondió severamente Chubikov—. ¡Tengan ustedes la bondad de mirar bien por el suelo! Este es el segundo caso que se me presenta en mi carrera —añadió dirigiéndose al stanovoy y bajando la voz—. En 1870 tuve un caso igual. Usted se acordará seguramente. El asesinato del comerciante Portretov. Allí también pasó lo mismo. Los canallas lo asesinaron y sacaron el cadáver por la ventana… Chubikov se acercó a la ventana y, después de correr el visillo, la empujó ligeramente. La ventana se abrió.

—Se abre, luego no estaba cerrada… ¡Hum! Hay huellas en el alféizar. ¿Lo ve usted? Aquí están las huellas de las rodillas… Alguien ha entrado por aquí… Hace falta inspeccionar, pero muy bien, la ventana.

—En el suelo no hay nada de particular —dijo Diukovsky—. Ni manchas ni rasguños. He encontrado solamente una cerilla sueca apagada, ¡Aquí está! Creo recordar que Marko Ivanovich no fumaba; y en su casa utilizaba cerillas azufradas y no suecas. Esta cerilla nos puede servir de indicio.

—¡Cállese usted, hágame el favor! —exclamó el juez de instrucción haciendo un movimiento con la mano—. ¡Venirnos ahora con una cerilla! No puedo soportar las fantasías ardientes. Mejor sería que registrase bien la cama en lugar de buscar cerillas.

Después de inspeccionar la cama Diukovsky declaró:

—No hay ni una sola mancha de sangre ni de ninguna otra clase... Tampoco hay roturas recientes en el colchón. En la almohada hay huellas de dientes. La manta, en algunas partes, tiene ciertas manchas con olor y sabor de cerveza... El aspecto general del lecho permite suponer que ha habido lucha.

—¡Sin que usted me lo diga sé que ha habido lucha! Nadie le ha preguntado nada de luchas. Antes de buscarlas valdría más...

—Aquí no hay sino una bota, pero no se ve la otra por ninguna parte.

—¿Y qué?

—Pues que lo han estrangulado precisamente cuando se descalzaba. No le dieron tiempo sino de descalzarse un solo pie.

—¡Oh, oh, qué lejos le lleva la fantasía...! ¿Cómo sabe usted que lo han estrangulado?

—En la almohada hay huellas de dientes. La misma almohada aparece muy arrugada y está tirada en el suelo, a unos dos metros y medio de la cama.

—Pero ¿qué historias nos está usted contando? Lo mejor es que nos vayamos al jardín; y a usted le valdría más recorrerlo que estar aquí revolviendo todo esto... Eso lo haré yo sin usted.

Al llegar al jardín comenzó la exploración por buscar en la hierba que estaba pisoteada justamente debajo de la ventana. Una mata de brardana que crecía junto a ella y pegada a la pared aparecía tronchada. Diukovsky consiguió descubrir en ella unas cuantas ramitas rotas y un pedazo de algodón. También encontró algunos finos hilos de lana color azul oscuro.

—¿De qué color era el último traje de Ivanovich? —preguntó Diukovsky a Pieskov.

—De dril amarillo.

—Perfectamente. Los asesinos, entonces, llevaban traje azul.

Cortaron unas cuantas yemas de bardana y las envolvieron muy cuidadosamente en un papel.

En aquel momento llegaron el ispravnik Artsebachev Svistkovsky y el médico Tintinyev. El ispravnik saludó a todos e inmediatamente se dedicó a satisfacer su curiosidad; el médico, alto y muy delgado, con los ojos hundidos, la nariz larga y la barbilla puntiaguda, sin saludar ni preguntar a nadie, se sentó en un tronco, suspiró y dijo:

—¿Conque los serbios han vuelto otra vez a agitarse? ¿Qué es lo que quieren? No lo sé. ¡Ay, Austria, Austria! ¿Es esto, acaso, cosa tuya?

La inspección de la ventana por la parte exterior no dio resultados. La de la hierba y matas cercanas a aquélla dieron muchos indicios útiles para la investigación. Diukovsky, por ejemplo, consiguió encontrar en la hierba un reguero de manchas, largo y oscuro, que iba desde la ventana hasta unos metros más allá, a través del jardín. Dicho reguero terminaba debajo de una mata de filas en una mancha grande de color castaño oscuro. También debajo de la misma mata fue hallada una bota, que resultó ser la pareja de la que había en el dormitorio.

—¡Esto es sangre, y de hace mucho tiempo! —dijo Diukovsky mirando las manchas.

El médico, al pronunciar Diukovsky la palabra sangre, se levantó y lánguidamente lanzó una mirada a las manchas.

—Sí, es sangre —murmuró.

—De modo que si hay sangre no fue estrangulado —dijo Chubikov mirando mordazmente a Diukovsky.

—Lo habrán estrangulado en su cuarto, y aquí, temiendo que no estuviera bien muerto, tal vez lo hicieron con arma blanca. La mancha que está debajo de la mata demuestra que el cuerpo permaneció allí bastante tiempo, hasta que los asesinos encontraron el medio de sacarlo del jardín.

—Bien. ¿Y la bota?

—Esta bota me afirma aún más en mi creencia de que lo han matado cuando estaba descalzándose, antes de acostarse. Se habría quitado una sola bota, y la otra, es decir, ésta, pudo descalzársela solamente a medias. Luego ella se desprendió sola al arrastrar hasta aquí el cadáver…

—¡Qué habilidades! —exclamó riéndose Chubikov—. ¡Se le ocurren una tras otra! ¿Cuándo aprenderá usted a no entrometerse con sus suposiciones? ¡Valdría más que en lugar de fantasear se ocupara usted de hacer el análisis de la hierba y de la sangre!

Después de la inspección y de haber sacado el plano del lugar, todo el personal se dirigió a casa del administrador para redactar el informe y para comer. Durante la comida hablaron del suceso.

—El reloj, el dinero y otras cosas están intactos —comenzó a decir Chubikov.

—El asesinato se ha realizado sin fines interesados: tan cierto es esto como que dos y dos son cuatro.

—El asesino debe de ser un hombre inteligente —exclamó, interviniendo, Diukovsky.

—¿De dónde saca usted eso?

—Tengo en mi poder la cerilla sueca, cuyo uso no conocen aún los aldeanos de este país. Esa clase de cerillas la emplean solamente algunos hacendados, pero no todos. No fue uno solo el matador, sino, por lo menos, tres: dos sujetaban a la víctima, y el tercero lo estranguló.

Kliansov era muy fuerte y los asesinos debían de saberlo.

—¿De qué podría servirle la fuerza si estaba durmiendo?

—Los asesinos debieron de sorprenderlo cuando se descalzaba. Quitarse las botas no quiere decir estar durmiendo.

—¡No hay que inventar historias! ¡Coma usted y no fantasee!

—Y a mi entender, señor —dijo el jardinero Efrem colocando el samovar encima de la mesa—, este asesinato debe de haberlo cometido Nicolacha.

—Es muy posible —dijo Pieskov.

—¿Y quién es ese Nicolacha?

—El ayuda de cámara del amo, señor —respondió Efrem—. ¿Quién pudo hacerlo sino él? Es un bandido, un bebedor, un mujeriego tan corrompido que... ¡Dios nos libre! Él le llevaba al señor el vodka, él lo acostaba... Entonces, ¿quién pudo asesinarlo sino él...? Además... me atrevo a declarar a usía que en una ocasión dijo en la taberna que iba a matar al amo. Todo por Akulka, por una mujer... Es que tenía relaciones con la mujer de un soldado... Al señor le había gustado e hizo todo lo posible para atraerla, y Nicolacha... naturalmente, se enfadó... Ahora está en la cocina, tumbado y completamente borracho. Está llorando... ¡Miente, no le da lástima del señor!

—En efecto, por esa Akulka bien pudo ponerse furioso —dijo Pieskov—. Es mujer de un soldado, pero... no en vano la bautizó Marko Ivanovich con el nombre de Naná. Tiene algo que recuerda a Naná... algo atractivo.

—La conozco... la he visto —dijo el juez instructor sonándose con un pañuelo rojo.

Diukovsky se puso colorado y bajó la vista. El stanovoy golpeó con los dedos en el platillo. El ispravnik comenzó a toser y a buscar algo en su cartera. Solamente al médico, por lo visto, no le produjo impresión alguna el recordar a Akulka y a Naná. El juez instructor ordenó que trajeran a Nicolacha. Éste, mozo joven, de cuello largo, nariz prolongada y llena de pecas, pecho hundido, entró en la habitación: traía puesta una levita del señor. Tenía la cara soñolienta y llorosa. Estaba borracho y apenas se sostenía sobre sus piernas.

—¿Dónde está el señor? —le preguntó Chubikov.

—Lo han asesinado, excelencia.

Dicho esto, Nicolacha parpadeó y comenzó a llorar.

—Sabemos que lo han asesinado; pero ¿dónde está ahora? ¿Dónde está su cuerpo?

—Dicen que lo sacaron por la ventana y lo enterraron en el jardín.

—¡Hum...! Los resultados de la inspección son conocidos ya en la cocina... ¡Muy mal...! Oye, querido, ¿dónde estuviste la noche que mataron al señor? ¿Es decir, el sábado?

Nicolacha levantó la cabeza, estiró el cuello y quedó pensativo.

—No le puedo decir, excelencia —dijo—. Yo estaba un poco bebido y no recuerdo.

—¡Álibi! —exclamó en voz baja Diukovsky, sonriendo y frotándose las manos.

—Muy bien. Pero... ¿por qué hay sangre debajo de la ventana del señor?

Nicolacha volvió a levantar la cabeza y quedó nuevamente pensativo.

—¡Piensa más deprisa! —le dijo el spravnik.

—Enseguida. Esa sangre no es nada, excelencia. Es que he degollado una gallina. Y la he degollado muy sencillamente, como se acostumbra, pero se me escapó de las manos y echó a correr... Por eso hay sangre allí.

Efrem declaró que, efectivamente, Nicolacha degollaba todas las tardes, y en varios sitios, una gallina, pero nadie había visto que una gallina, no degollada por completo, corriese por el jardín.

—¡Álibi! —exclamó sonriéndose Diukovsky.

—¡Y qué álibi más estúpido!

—¿Y has tenido relaciones con Akulka?

—Sí, señor. No puedo negarlo.

—¿Y el señor te la quitó?

—No, señor; me la quitó aquí, el señor Pieskov, y al señor Pieskov se la quitó mi amo. Esto fue lo que pasó.

Pieskov se turbó y comenzó a frotarse el ojo izquierdo. Diukovsky clavó en él sus ojos, notó la turbación y se estremeció. Observó que el administrador llevaba pantalones azules, cosa en la que hasta entonces no había reparado. Los pantalones le hicieron recordar los hilos azules encontrados en la bardana. Chubikov, por su parte, lanzó una mirada de sospecha sobre Pieskov.

—Retírate —le dijo a Nicolacha—. Y ahora permítame una pregunta, señor Pieskov. Usted, naturalmente, estuvo aquí el sábado.

—Sí. A las diez cené con Marko Ivanovich.

—¿Y después?

Pieskov quedó confuso y se levantó de la mesa.

—Después... después... A decir verdad, no recuerdo —comenzó a balbucear—. Aquella noche había bebido demasiado. No recuerdo ni dónde ni cuando me dormí... ¿Por qué me miran todos ustedes de esa manera? ¡Como si yo fuese el asesino!

—¿Dónde se despertó usted?

—Me desperté en la cocina de los criados, cerca de la estufa... Todos lo pueden afirmar: por qué me encontré cerca de la estufa, no lo sé.

—No se agite... ¿Conocía usted a Akulka?

—Eso no tiene nada de particular.

—¿De sus manos pasó alas de Khansov?

—Sí... ¡Efrem, sirve más hongos! ¿Quiere té, Evgraf Kusinich?

Durante cinco minutos reinó un silencio pesado, agobiador. Diukovsky callaba y no quitaba los ojos escrutadores del pálido rostro de Pieskov. El silencio fue interrumpido por el juez instructor.

—Habrá que ir a la casa grande para hablar allí con la hermana del difunto, María Ivanovna —dijo—. Ella podría hacernos alguna declaración interesante. Chubikov y su ayudante agradecieron la comida y se dirigieron a la casa señorial. Encontraron a la hermana de Kliansov, María Ivanovna, mujer de unos cuarenta y cinco años, rezando delante de los iconos. Al ver a los visitantes con las carteras y el uniforme, palideció.

—Ante todo, pido perdón por haber interrumpido sus rezos —comenzó a decir muy galantemente Chubikov—. Venimos a pedirle cierto favor. Usted, naturalmente, lo habrá oído ya... Se sospecha que su hermano ha sido asesinado. ¡La voluntad de Dios...! La muerte no se compadece de nadie, ni de los zares ni de los labradores. ¿No podría usted ayudarnos con algunas declaraciones?

—¡Ay! ¡No me pregunten ustedes! —dijo María Ivanovna, palideciendo aún más y tapándose la cara con las manos—. ¡No puedo decirle nada!¡Nada! ¡Se lo suplico a ustedes! Yo, nada... ¿Qué puedo yo...? ¡Ay, no, no... ni una palabra de mi hermano...! ¡Ni siquiera en la hora de la muerte he de decir nada...!

María Ivanovna se echó a llorar y se marchó a otra habitación. Los jueces cambiaron una mirada, se encogieron de hombros y se retiraron.

—¡Qué mujer del demonio! —exclamó Diukovsky, en tono insultante, al salir de la casa grande—. Por lo visto sabe algo y lo oculta, también se nota algo en la cara de la doncella... ¡Que aguarden, pues, demonios! Lo averiguaremos todo.

Por la noche, Chubikov y su ayudante, iluminados por la pálida luna, se volvieron a sus casas; en el coche hicieron mentalmente el balance del día, Ambos estaban cansados y callaban. A Chubikov, por lo común, no le gustaba hablar yendo de viaje, y el charlatán Diukovsky callaba por complacer al viejo juez. Al término del viaje el ayudante no pudo resistir más el silencio.

—Que Nicolacha ha tomado parte en este asunto —dijo—, *non dubitandum est*. Hasta por su caraza se nota lo granuja que es... El álibi lo descubre por completo. Tampoco cabe la menor duda de que en este asunto no es él el iniciador. El muy estúpido ha sido el brazo mercenario. ¿De acuerdo? Tampoco representa el último papel en este drama el modesto Pieskov. Los pantalones azules, la confusión, el dormir cerca de la estufa lleno de miedo después del asesinato, álibi también es Akulka.

—¡Charle, charle…! ¡Ahora le toca a usted…! Según usted, todo el que conocía a Akulka es asesino… ¡Oh vehemencia! Debería estar usted todavía chupando el biberón sin cuidarse de asuntos importantes. Usted también ha ido detrás de Akulka; por consiguiente, ¿es uno de los complicados?

—También fue cocinera de usted, pero… No hago nada. La víspera del domingo por la noche jugábamos los dos a la baraja; de otra manera podría sospechar igualmente de usted.

—No se trata de ella, mi querido amigo. Se trata del sentimiento trivial, bajo y repugnante. A ese joven modesto no le agradó no haber triunfado. El amor propio… Quería vengarse… Y luego sus labios carnosos dicen todo lo que es. ¿Se acuerda usted de cómo apretaba los labios cuando comparaba a Akulka con Naná? ¡Que el canalla se abrasa de pasión, no cabe duda! Pues bien: es el amor propio ofendido y la pasión insaciada. Esto es bastante para cometer un asesinato. Tenemos dos en nuestro poder; pero ¿quién será el tercero? Nicolacha y Pieskov sujetaron a la víctima. Pero ¿quién será el que la estranguló? Pieskov es tímido, es cobarde en general. Los tipos como Acolacha no saben ahogar con una almohada; prefieren un hacha… El que estranguló fue otro; pero ¿quién pudo ser?

Diukovsky se caló el sombrero hasta los ojos y quedó pensativo. Calló hasta que el coche llegó a la casa del juez de instrucción.

—¡Eureka! —dijo entrando en la casa sin quitarse el gabán—. ¡Eureka, Nicolai Ermolech! ¿Cómo no se me ha ocurrido esto antes?— Déjelo usted, hágame el favor… La cena está ya preparada. ¡Siéntese y vamos a cenar!

El juez de instrucción y Diukovsky pusiéronse a cenar. Diukovsky se sirvió una copa de vodka, se levantó, irguiéndose y, centelleándole los ojos, dijo:

—¡Pues sepa usted que el tercero que intervino, el que estrangulaba, era una mujer! ¡Sí…! Hablo de la hermana del difunto, María Ivanovna.

Chubikov apuró la copa y detuvo la mirada en Diukovsky.

—Usted… no da en el clavo. Tiene la cabeza un poco… ¿no le estará doliendo?

—Estoy perfectamente bien. Quizá sea yo el loco, pero ¿cómo se explica usted la confusión de ella cuando nos presentamos? ¿Cómo se explica usted el no querer declarar? Supongamos que todas estas cosas son tonterías, ¡está bien!, ¡perfectamente!; pues entonces acuérdese de las relaciones que existían entre ellos. Ella odiaba a su hermano. Es *staroverka* (miembro de una secta ortodoxa), y él un mujeriego y un descreído... Ahí tiene usted por qué es el odio. Dicen que él logró convencerla de que era el ángel de Satanás. Delante de ella se entregaba a prácticas de espiritismo.

—¿Y qué?

—¿No lo comprende usted? Ella, staroverka, lo mató por fanatismo; no sólo mató al corruptor: libró también al mundo de un anticristo, y está persuadida de que ha logrado un triunfo para su religión, ¡Usted no conoce a estas solteronas, estas staroverkas! ¡Lea usted a Dostoievsky! ¡Mire usted lo que dicen Leskov, Pechersky...! ¡Es ella, es ella, así me maten! Es ella quien lo ha estrangulado. ¡Es una mujer mala! Para despistarnos estaba rezando delante de los íconos cuando entramos. Como diciendo: "Me voy a poner a rezar para que piensen que rezo por el difunto, para que crean que no los esperaba": ¡Amigo, Nicolai Ermolech, deje a mi cargo este asunto: déjeme que lo lleve hasta el final! ¡Hágame el favor! ¡Yo lo he empezado y lo terminaré!

Chubikov movió negativamente la cabeza y frunció el entrecejo.

—Nosotros también sabemos llevar asuntos difíciles —dijo—. Y usted no debe meterse en lo que no le incumbe. Escriba usted lo que yo le dicte. Esta es su misión.

Diukovsky se enfadó y salió dando un portazo.

—¡Qué listo es este pícaro! —murmuró Chubikov mirando en pos de Diukovsky—. ¡Qué listo! Pero también es vehemente e inoportuno. Habrá que comprarle una tabaquera en la feria.

Al día siguiente por la mañana fue conducido a casa del juez de la aldea Kliausovka, un mozo que tenía la cabeza grande y labio leporino, el cual dijo llamarse pastor Danilka, que prestó una declaración muy interesante...

—Yo estaba un poco bebido —dijo—. Hasta la medianoche estuve en casa de mi compadre. Al ir a casa, como estaba borracho, me metí en el río para bañarme. Me baño... y en esto veo que van dos hombres por el dique y que llevan algo negro. ¡Uuuuh...! grité. Y ellos se asustaron y, pies, para que os quiero. Se dirigieron a la huerta de Makar. ¡Que me parta un rayo si no llevaban un cordero!

Aquel mismo día, a última hora de la tarde, fueron detenidos Pieskov y Nicolacha y conducidos en convoy a la ciudad del distrito. En la ciudad los metieron en la cárcel...

Pasaron doce días.

Era por la mañana. El juez de instrucción, Nicolai Ermolech, estaba sentado en su despacho junto a una mesa verde, y hojeaba la causa de Kliansov; Diukovsky, inquieto, paseaba de un rincón a otro como lobo enjaulado.

—¿Está usted persuadido de la culpabilidad de Nicolacha y Pieskov? — decía acariciando nerviosamente su incipiente barbita—. ¿Por qué no quiere usted convencerse de la culpabilidad de María Ivanovna? ¿Tiene usted pocas pruebas?

—No digo que no estoy persuadido. Estoy convencido de ello; pero, por otro lado, tengo poca fe… Pruebas de verdad no las hay, sino que todo es puras presunciones… fanatismo, etcétera.

—¡Usted lo que quisiera es que le presentasen el hacha, las sábanas ensangrentadas…! ¡Leguleyos! ¡Pues yo se lo demostraré a usted! ¡Yo lo haré dejar de mirar fríamente la parte psicológica de esta causa! ¡Su María Ivanovna irá a Siberia! ¡Yo se lo demostraré a usted! ¿Le parecen poco las presunciones? Pues tengo yo algo fundamental… ¡Ello le demostrará las razones de mis deducciones! Déjeme que lo averigüe mejor.

—¿De qué habla usted?

—De la cerilla sueca… ¿Se le ha olvidado? ¡A mí, no! Yo averiguaré quién fue el que la encendió en la habitación del muerto. No la encendieron ni Nicolacha ni Pieskov, a quienes, al registrarlos, no les hemos encontrado cerillas, sino el tercero, es decir, María Ivanovna. Yo se lo demostraré a usted. Déjeme usted que vaya por el distrito a averiguar las cosas.

—¡Bueno, está bien, siéntese usted…! Vamos a proceder al interrogatorio. Diukovsky se sentó junto a una mesa y metió su larga nariz en los papeles.

—Que entre Nicolai Tetejov —gritó el juez instructor.

Entraron a Nicolacha. Estaba pálido y delgado como una astilla.

Temblaba.

—¡Tetejov! —empezó a decir Chubikov—. En 1879 estaba usted procesado por el juez del primer distrito por delito de robo, y fue usted condenado a prisión. En 1882 lo procesaron por segunda vez y volvieron a meterlo en la cárcel… Nosotros estamos enterados de todo…

En el rostro de Nicolacha reflejóse el asombro. La omnisciencia del juez de instrucción lo dejó pasmado. Pero pronto el asombro convirtióse en expresión de profundo dolor. Se echó a llorar y pidió permiso para ir a lavarse y tranquilizarse. Lo sacaron de la sala.

—¡Que entre Pieskov! —ordenó el juez.

Entraron a Pieskov. El joven, durante los últimos días, había cambiado físicamente. Estaba delgado, pálido, casi demacrado. En sus ojos leíase la apatía.

—Siéntese usted, Pieskov —dijo Chubikov—. Espero que esta vez sea usted más razonable y no mienta como las otras veces. Todos estos días negaba usted su participación en el asesinato de Kliansov, a pesar de las múltiples pruebas que hablan en su contra. Muy mal hecho. La confesión aminora la culpa. Hoy hablo con usted por última vez. Si hoy no confiesa, mañana ya será tarde. Bien. Declare…

—No sé nada… ni sé tampoco qué pruebas son esas —dijo Pieskov.

—¡Muy mal hecho! Pues permítame que le relate cómo ocurrió el suceso. El sábado por la noche estaba usted en el dormitorio de Khansov, bebiendo con él vodka y cerveza. (Diukovsky clavó la mirada en el rostro de Pieskov y ya no la apartó durante todo el monólogo). Nicolacha les servía a ustedes. A la una de la madrugada Marko Ivanovich le manifestó su deseo de acostarse. Siempre se acostaba a la una. Cuando estaba descalzándose y dando órdenes, relativas al gobierno de la casa, usted y Nicolai, a una señal convenida, agarraron al señor, que estaba borracho, y lo arrojaron sobre la cama. Uno de ustedes se le sentó en los pies, otro encima de la cabeza. En ese momento entró por el vestíbulo una mujer conocida de usted, vestida de negro, la cual había convenido de antemano con ustedes todo lo referente a su participación en este asunto criminal. Ella tomó la almohada y empezó a ahogarlo. Durante la lucha se apagó la vela. La mujer sacó del bolsillo una caja de cerillas suecas y la encendió. ¿No es cierto? Veo en su rostro que digo la verdad. Luego… después de haberlo ahogado y de haberse, convencido de que ya no respiraba, usted y Nicolai lo sacaron por la ventana y lo colocaron junto a la mata de bardana. Temiendo que reviviese le dio usted con un arma blanca. Después se lo llevaron y lo pusieron por algún tiempo debajo del arbusto de lilas. Luego de haber descansado y pensarlo bien se lo llevaron… Lo sacaron atravesando la empalizada… Enseguida se dirigieron a la carretera… Luego siguieron por el dique. En el dique los asustó a ustedes un mujik… Pero ¿qué le pasa a usted?

Pieskov, pálido como la muerte, se levantó tambaleándose.

—¡Estoy sofocado! —dijo—. Bien… ¡Así sea…! Pero déjeme usted salir…, hágame el favor.

Sacaron a Pieskov.

—¡Por fin confesó! —exclamó Chubikov satisfecho—. ¡Se ha rendido! ¡Con qué habilidad lo he agarrado! Le he expuesto el asunto con claridad…

—Y no ha negado tampoco lo de la mujer vestida de negro —dijo riéndose Diukovsky—. Sin embargo, me atormenta horrorosamente la cerilla sueca. ¡No puedo contenerme más! ¡Adiós! Allá me voy.

Diukovsky se puso la gorra y se marchó.

Chubikov comenzó a interrogar a Akulka. Ésta declaró que no sabía nada de nada…

—¡Yo he vivido solamente con usted y no conozco a nadie más! —dijo.

A las seis de la tarde volvió Diukovsky. Venía agitado como nunca. Le temblaban las manos hasta tal punto que no fue capaz de desabrocharse el gabán. Le ardían las mejillas. Se veía que traía novedades.

—*Veni, vidi, vici* —exclamó, entrando como una tromba en la habitación de Chubikov y desplomándose en un sillón—. ¡Juro por mi honor que empiezo a creer en mi genio! ¡Escuche usted, el demonio nos lleve! Escuche y asómbrese, da risa y tristeza al mismo, tiempo. Tenemos en nuestro poder a tres… ¿no es eso? ¡He encontrado al cuarto, o, mejor dicho, a la cuarta, porque también es mujer! Y ¡qué mujer! ¡Sólo por una ligera caricia en sus hombros daría yo diez años de vida! Pero… escuche usted… He ido a Khansovka y me he puesto a describir espirales alrededor de ella. Visité por el camino todas las tenduchas, tabernas y bodegas, pidiendo en todas partes cerillas suecas… En todas partes me contestaron: "No tenemos". He estado recorriéndolo todo hasta ahora mismo. Más de veinte veces perdí la esperanza y otras tantas volví a tenerla. He andado durante todo el día, y solamente hace una hora di con lo que buscaba. El sitio está a unas tres verstas de aquí. Me despacharon un paquete de diez cajas de cerillas, y faltaba una… Pregunté enseguida: ¿Quién ha comprado la caja que falta? "Fulana de Tal… Le gustan las cerillas suecas", me dijeron. ¡Querido Nicolai Ennolech, no es posible concebir lo que puede a veces hacer un hombre expulsado del seminario y repleto de lecturas de Gaborio! ¡Desde este mismo día comienzo a respetarme…! ¡Uf!… ¡Bueno, vamos!

—¿Adónde?

—A casa de la cuarta… Hay que darse prisa. Si no…, si no, me abrasaré de impaciencia. ¿Sabe usted quién es ella? ¡No lo adivinará usted! ¡La joven esposa de nuestro stanovoy, Evgyaf Kusmich, Olga Petrovna… ésa es! ¡Ella fue la que compró aquella cajita de cerillas!

—¡Usted… tú… usted…! ¿se ha vuelto loco?

—¡Muy sencillo! En primer lugar, ella fuma. En segundo lugar, estaba enamoradísima de Kliansov. Éste la cambió por Akulka. La venganza. Ahora recuerdo que los he encontrado a los dos, en una ocasión, escondidos en la cocina, detrás de la cortina. Ella le hacía mil promesas, y él fumaba su cigarrillo y le echaba el humo en la cara. Bueno, vámonos… Aprisa… porque ya está oscureciendo… Vámonos.

—Yo no me he vuelto loco todavía para ir a molestar por la noche y por tonterías de chiquillo a una señora noble y honrada.

—¡Noble, honrada…! Después de eso, es usted un trapo y no un juez de instrucción. ¡Nunca me había atrevido a injuriarlo, pero ahora es usted el que me obliga a ello! ¡Trapo! Es usted un trapo. Vamos, querido Nicolai Ermolech, se lo ruego.

El juez hizo un movimiento de desprecio con la mano y escupió.

—¡Se lo ruego a usted! ¡Se lo ruego a usted no por mí, sino por el interés de la Justicia! ¡Se lo suplico a usted, en fin! ¡Hágame usted ese favor por lo menos una vez en la vida!

Diukovsky se arrodilló.

—¡Nicola Ermolech! ¡Sea usted bueno: me llamará usted canalla y malvado si me equivoco acerca de esta mujer! ¡No olvide usted qué causa tenemos! ¡Es toda una causa! ¡Es una novela y no una causa! ¡Llegará a ser célebre en todos los rincones de Rusia! ¡Fíjese usted, viejo insensato!

El juez frunció el entrecejo e indecisamente alargó la mano para recoger el sombrero.

—¡Bueno, el diablo te lleve! —dijo—. Vámonos.

Había ya oscurecido cuando el coche del juez llegó a la casa del stanovoy.

—¡Qué cochinos somos! —dijo Chubikov, asiendo la cuerda de la campanilla. Estamos molestando a la gente.

—No importa, no importa… No tenga usted miedo… Diremos que se nos ha roto una ballesta del coche.

A Chubikov y a Diukovsky los recibió en el umbral una mujer alta, robusta, de unos veintitrés años, cejas negras como el azabache y rojos labios carnosos. Era la propia Olga Petrovna.

—¡Ah…, tanto gusto! —exclamó sonriendo francamente—. Han llegado ustedes precisamente a la hora de cenar… Mi Evgraf Kusmich no está en casa… Está en la del pope… Pero no importa, la pasaremos sin él… Siéntense ustedes… ¿Vienen ahora de hacer averiguaciones…?

—Sí… Es que se nos ha roto una ballesta del coche —comenzó a decir Chubikov, entrando en el salón y acomodándose en un sillón.

—¡Hágalo pronto… atúrdala usted! —dijo en voz baja Diukovsky—. ¡Sorpréndala usted!

—Una ballesta… Un…, sí… y entramos aquí…

—¡Sorpréndala, le digo! ¡Se dará cuenta si empieza usted a divagar!

—Bueno, haz lo que quieras y a mí déjame en paz —murmuró

Chubikov, levantándose y acercándose a la ventana—. Yo no puedo; ¡tú has armado este embrollo y tú tendrás que ponerle término!

—Sí, una ballesta... —comenzó Diukovsky, aproximándose a la mujer del stanovoy y frunciendo su larga nariz—. Hemos venido no para... bueno... para cenar..., ni tampoco para ver a Evgraf Kusmich. ¡Hemos venido a preguntarle a usted, señora mía, dónde está Marko Ivanovich, a quien usted ha asesinado!

—¿Qué? ¿Qué Marko Ivanovich? —balbuceó la mujer del stanovoy, y su ancho rostro tiñóse en un instante de un color rojo subido—. Yo... no comprendo...

—¡Se lo pregunto a usted en nombre de la ley! ¿Dónde está Kiansov? ¡Nosotros estamos perfectamente enterados de todo!

—¿Quién los ha enterado? —preguntó suavemente la mujer del stanovoy, sin poder resistir la mirada de Diukovsky.

—Tenga la bondad de indicarnos el lugar en que se encuentra.

—¿Pero cómo lo han averiguado ustedes? ¿Quién se lo ha contado?

—¡Nosotros estamos enterados de todo! ¡Lo exijo en nombre de la ley!

El juez de instrucción, animado por la turbación de la mujer, se acercó a ella y le dijo:

—Díganos usted dónde está y nos marcharemos. De lo contrario, nosotros...

—¿Para qué lo quieren ustedes?

—¿A qué vienen esas preguntas, señora? ¡Nosotros le rogamos que nos diga usted en dónde se encuentra! ¡Está usted temblando y confusa...! ¡Sí, lo asesinaron, y si quiere usted saber más, le diré que lo ha asesinado usted! ¡Sus cómplices la han delatado!

La mujer del stanovoy palideció.

—Vengan ustedes —dijo suavemente, retorciéndose las manos—. Lo tengo escondido en una cabaña. ¡Pero por amor de Dios, no se lo digan a mi marido, se lo suplico! ¡No podría soportarlo!

La mujer del stanovoy descolgó de la pared una llave grande y condujo a sus huéspedes, atravesando la cocina y el vestíbulo, hasta el patio. Reinaba ya una gran oscuridad. Caía una lluvia menuda. La mujer del stanovoy iba delante. Chubikov y Diukovsky la seguían por la hierba crecida, aspirando el olor del cáñamo salvaje y de la basura que había esparcida por aquellos lugares. El patio era muy grande. Pronto pasaron por el vertedero y sintieron que sus pies pisaban tierra de labor. En la oscuridad se divisaban las siluetas de los árboles y, entre éstos, una casita con la chimenea encorvada.

—Esta es la cabaña —dijo la mujer del stanovoy—. Pero les suplico que no se lo digan a nadie. Al acercarse al lugar, Chubikov y Diukovsky vieron que de la puerta colgaba un enorme candado.

—¡Prepare la vela y las cerillas! —dijo en voz baja el juez de instrucción a su ayudante.

La mujer del stanovoy abrió el candado y dejó entrar a sus huéspedes. Diukovsky encendió una cerilla e iluminó la entrada de la pieza. En med io de ella había una mesa, sobre la cual estaban colocados un samovar, una sopera con restos de sopa y un plato con residuos de salsa.

—¡Adelante!

Entraron en la habitación contigua, en el baño. Allí también había una mesa. Encima de la mesa, una fuente muy grande, con pedazos de pan, una botella de vodka, platos, cuchillos y tenedores.

—Pero ¿dónde está él...? ¿Dónde está el asesinado? —preguntó el juez.

—¡Está arriba, en la litera! —murmuró la mujer, palideciendo y temblando cada vez más.

Diukovsky tomó la vela y subió hasta la litera, donde encontró un cuerpo humano, largo, que yacía inmóvil, sobre un colchón de plumas. El susodicho cuerpo emitía un ligero ronquido...

—¡Nos están engañando, el demonio los lleve! —gritó Diukovsky—. ¡No es él! Aquí está durmiendo alguien que está bien vivo. ¡Hey! ¿Quién es usted, con mil diablos?

El cuerpo suspiró fuertemente con un silbido y comenzó a moverse. Diukovsky le dio con el codo. El durmiente se incorporó y alargó las manos a la cabeza que estaba junto a él.

—¿Quién es? —preguntó por lo bajo—. ¿Qué quieres?

Diukovsky acercó la vela a la cara del desconocido y lanzó un grito. En la nariz roja, en los cabellos encrespados y despeinados, en los negros bigotes, uno de los cuales estaba muy retorcido y vuelto hacia arriba en una postura impertinente, reconoció al corneta Kliansov.

—¿Es usted... Marko... Ivanovich? ¡No puede ser! El juez miró hacia arriba y se quedó medio muerto...

—Soy yo, sí... ¡Ah! ¿Es usted, Diukovsky? ¿Qué demonio lo trae por aquí? ¿Y quién es aquel que está allí? ¿Qué tipo es ese? ¡Señor, el juez! ¿Cómo han venido ustedes aquí?

Khansov descendió rápidamente y abrazó a Chubikov. Olga Petrovna se ocultó detrás de la puerta.

—Pero ¿cómo han venido ustedes? ¡Tomemos una copa de vodka, qué diablo! ¡Tra-ta-ti-to-tom...! ¡Bebamos! Sin embargo, ¿quién los ha traído a ustedes aquí? ¿Cómo se han enterado ustedes de que estoy aquí? ¡Bueno, qué más da! ¡Bebamos!

Kliansov encendió la lámpara y sirvió tres copas de vodka.

—Es que yo… ¡yo no te entiendo! —dijo el juez abriendo los brazos—. ¿Eres tú, o no lo eres?

—Vamos, déjame… ¿Vas a echarme un sermón de moral? ¡No te molestes! ¡Joven Diukovsky, bébete tu copa! ¡Be-ba-mos, a-mi-gos!… Pero ¿qué hacen ustedes ahí? ¡Vamos a beber, bebamos!

—Yo, sin embargo, no lo entiendo —dijo el juez apurando rápidamente su copa—. ¿Por qué estás aquí?

—¿Por qué no voy a estar si me encuentro bien aquí?

Kliansov apuró otra copa y comió después un pedazo de jamón.

—Vivo aquí, como ven, en esta casa de la mujer del stanovoy… Aislado, entre árboles, como un duende… ¡Bebe! ¡Es que me dio lástima de la pobre! Me compadecí de ella y… vivo aquí en la cabaña, como un ermitaño… Como, bebo… La semana próxima pienso marcharme de aquí… Ya estoy harto…

—¡Inconcebible! —dijo Diukovsky.

—¿Por qué inconcebible?

—¡Inconcebible! ¡Por amor de Dios, dígame cómo ha ido a parar su bota al jardín!

—¿Qué bota?

—Hemos encontrado una bota en el dormitorio y la otra en el jardín.

—¿Y para qué quiere saberlo? No es cosa suya. ¡Beban, el demonio los lleve! ¡Me han despertado! ¡Pues beban! La historia de la otra bota es muy interesante. Yo no quería venir aquí, no estaba de humor…, pero ella llegó a mi ventana y empezó a reñirme… ¡Ya sabes tú cómo son las mujeres, por lo general…! Yo, como estaba algo bebido, tomé la bota y se la tiré, a la cabeza… ¡Ja, ja! ¡Toma, por reñirme! Ella entró por la ventana, encendió la lámpara y empezó a darme guerra. Me hizo levantar, EDRW me trajo, aquí y aquí —me encerró—. Aquí me alimento… ¡Amor, vodka y fiambres! Pero ¿adónde van? Chubikov, ¿adónde van?

El juez escupió y salió de la cabaña: detrás de él, Diukovsky, cabizbajo. Ambos se sentaron en el coche y se marcharon. Nunca les pareció el camino tan largo y tan aburrido como aquella vez. Ambos callaban. Chubikov, durante todo el camino, iba temblando de rabia; Diukovsky escondía el rostro en el cuello del gabán, como si temiera que la oscuridad y la llovizna leyesen la vergüenza en su rostro.

Al llegar a su casa, el juez de instrucción encontró en su cuarto al médico Tintinyev. El doctor estaba sentado junto a la mesa y, suspirando fuertemente, hojeaba la revista *Niva*.

—¡Qué cosas pasan en este mundo! —dijo, recibiendo al juez con una sonrisa triste—. ¡Otra vez Austria ha…! Y Gladstone también… de una manera…

Chubikov tiró el sombrero debajo de la mesa y comenzó a temblar.

—¡Esqueleto del demonio! —gritó—. ¡Déjame en paz…! ¡Te he dicho mil veces que me dejes tranquilo con tu política! ¡No estoy ahora para política! Y a ti —añadió Chubikov dirigiéndose a Diukovsky y amenazándolo con el puño—, ¡a ti no te olvidaré por los siglos de los siglos!

—Pero… ¿no era la cerilla sueca? ¡Vaya usted a saber…!

—¡Que te ahorquen con tu cerilla! ¡Quítate de mi vista y no me irrites, porque no sé lo que voy a hacer contigo! ¡No vuelvas más a poner los pies aquí!

Diukovsky suspiró, tomó el sombrero y salió.

—¡Me voy a emborrachar! —decidió al salir de la casa, dirigiéndose tristemente a la taberna.

La mujer del stanovoy, al volver de la cabaña a su casa, encontró a su marido en el salón.

—¿A qué ha venido el juez aquí? —preguntó el marido.

—Ha venido a decir que han encontrado a Klimsov… Figúrate, lo han encontrado en casa de una mujer casada.

—¡Ay Marko Ivanovich, Marko Ivanovich! —exclamó suspirando el stanovoy y levantando los ojos al cielo—. ¡Ya te decía yo que la corrupción no trae buenos resultados! ¡Ya te lo decía yo! ¡No me has hecho caso!

¡CHIST!

Iván Krasnukin, periodista de no mucha importancia, vuelve muy tarde a su hogar, con talante desapacible, desaliñado y totalmente absorto. Tiene el aspecto de alguien a quien se espera para hacer una pesquisa o que medita suicidarse. Da unos paseos por su despacho, se detiene, se despeina de un manotazo y dice con tono de Laertes disponiéndose a vengar a su hermana:

—¡Estás molido, moralmente agotado, te entregas a la melancolía, y, a pesar de todo, enciérrate en tu despacho y escribe! ¿Y a esto se llama vida? ¿Por qué no ha descrito nadie la disonancia dolorosa que se produce en el alma de un escritor que está triste y debe hacer reír a la gente o que está alegre y debe verter lágrimas de encargo? Yo debo ser festivo, matarlas callando, e ingenioso, pero imagínese que me entrego a la melancolía o, una suposición, ¡que estoy enfermo, que ha muerto mi niño, que mi mujer está de parto!…

Dice todo esto agitando los brazos y moviendo los ojos desesperadamente… Luego entra en el dormitorio y despierta a su mujer.

—Nadia —le dice—, voy a escribir… Te ruego que no me molesten, me es imposible escribir si los niños chillan, si las cocineras roncan… Procura que tenga té y… un bistec, ¿eh?… Ya lo sabes, no puedo escribir sin té… El té es lo que me sostiene cuando trabajo.

Aquí nada es resultado del azar, del hábito, sino que todo, hasta la cosa más insignificante, denota una madura reflexión y un programa estricto.

Unos pequeños bustos y retratos de grandes escritores, una montaña de borradores, un volumen de Belinski con una página doblada, una página de periódico, plegada negligentemente, pero de manera que se ve un pasaje encuadrado en lápiz azul, y al margen, con grandes letras, la palabra:

"¡Vil!". También hay una docena de lápices con la punta recién sacada y unos cortaplumas con plumas nuevas, para que causas externas y accidentes del género de una pluma que se rompe no puedan interrumpir, ni siquiera un segundo, el libre impulso creador… Krasnukin se recuesta contra el respaldo del sillón y, cerrando los ojos, se abisma en la meditación del tema. Oye a su mujer que anda arrastrando las zapatillas y parte unas astillas para calentar el samovar. Que no está aún despierta del todo se adivina por el ruido de la tapadera del samovar y del cuchillo que se le cae a cada instante de las manos. No se tarda en oír el ruido del agua hirviendo y el chirriar de la carne. La mujer no cesa de partir astillas y de hacer sonar las tapas redondas y las puertecillas de la estufa. De pronto, Krasnukin se estremece, abre unos ojos asustados y olfatea el aire.

—¡Dios mío, el óxido de carbono! —gime con una mueca de mártir—. ¡El óxido de carbono! ¡Esta mujer insoportable se empeña en envenenarme! ¡Dime, en el nombre de Dios, si puedo escribir en semejantes condiciones!

Corre a la cocina y se extiende en lamentaciones caseras. Cuando, unos instantes después, su mujer le lleva, caminando con precaución sobre la punta de los pies, una taza de té, él se halla, como antes, sentado en su sillón, con los ojos cerrados, abismado en su tema. Está inmóvil, tamborilea ligeramente en su frente con dos dedos y finge no advertir la presencia de su mujer... Su rostro tiene la expresión de inocencia ultrajada de hace un momento. Igual que una jovencita a quien se le ofrece un hermoso abanico, antes de escribir el título coquetea un buen rato ante sí mismo, se pavonea, hace carantoñas... Se aprieta las sienes o bien se crispa y mete los pies bajo el sillón, como si se sintiese mal o entrecierra los ojos con aire lánguido, como un gato tumbado sobre un sofá... Por último, y no sin vacilaciones, adelanta la mano hacia el tintero y, como quien firma una sentencia de muerte, escribe el título...

—¡Mamá, agua! —grita la voz de su hijo.

—¡Chist! —dice la madre—. Papá escribe. Chist...

Papá escribe a toda velocidad, sin tachones ni pausas, sin tiempo apenas para volver las hojas. Los bustos y los retratos de los escritores famosos contemplan el correr de su pluma, inmóviles, y parecen pensar: "¡Muy bien, amigo mío! ¡Qué marcha!".

—¡Chist! —rasguea la pluma.

—¡Chist! —dicen los escritores cuando un rodillazo los sobresalta, al mismo tiempo que la mesa.

Bruscamente, Krasnukin se endereza, deja la pluma y aguza el oído... Oye un cuchicheo monótono... Es el inquilino de la habitación contigua, Tomás Nicolaievich, que está rezando sus oraciones.

—¡Oiga! —grita Krasnukin—. ¿Es que no puede rezar más bajo? No me deja escribir.

—Perdóneme —responde tímidamente Nicolaievich.

—¡Chist!

Cuando ha escrito cinco páginas, Krasnukin se estira de piernas y brazos, bosteza y mira al reloj.

—¡Dios mío, ya son las tres! —gime—. La gente duerme y yo... ¡sólo yo estoy obligado a trabajar!

Roto, agotado, con la cabeza caída hacia a un lado, se va al dormitorio, despierta a su mujer y le dice con voz lánguida:

—Nadia, dame más té. Estoy sin fuerzas…

Escribe hasta las cuatro y escribiría gustosamente hasta las seis, si el asunto no se hubiese agotado. Coquetear, hacer zalamerías ante sí mismo, delante de los objetos inanimados, al abrigo de cualquier mirada indiscreta que le atisbe, ejercer su despotismo y su tiranía sobre el pequeño hormiguero que el destino ha puesto por azar bajo su autoridad, he ahí la sal y la miel de su existencia. ¡De qué manera este tirano doméstico se parece un poco al hombre insignificante, oscuro, mudo y sin talento que solemos ver en las salas de redacción!

—Estoy tan agotado que me costará trabajo dormirme… —dijo al acostarse—. Nuestro trabajo, un trabajo maldito, ingrato, un trabajo de forzado, agota menos el cuerpo que el alma… Debería tomar bromuro… ¡Ay, Dios es testigo de que si no fuera por mi familia dejaría este trabajo!… ¡Escribir de encargo! ¡Esto es horrible! Duerme hasta las doce o la una, con un sueño profundo y tranquilo… ¡Ay, cuánto más dormiría aún, qué hermosos sueños tendría, cómo florecería si fuese un escritor o un editorialista famoso o al menos un editor conocido…!

—¡Ha escrito toda la noche! —cuchichea su mujer con gesto apurado—. ¡Chist!

Nadie se atreve a hablar ni andar, ni a hacer el menor ruido. Su sueño es una cosa sagrada que costaría caro profanar.

—¡Chist! —se oye a través de la casa—. ¡Chist!

LA CIGARRA

I

Todos los amigos y conocidos de Olga Ivanova estaban presentes en su boda.

—Mírenlo bien: ¿verdad que hay algo de particular en él? —decía ella a sus amigos señalando con la cabeza a su marido y como deseando explicar por qué se había casado con un hombre simple, muy común y nada destacable.

Su marido, Osip Stepanich Dimov, era médico y tenía rango de consejero titular. Prestaba servicio en dos hospitales; en uno como médico interno supernumerario y en el otro, como director. Diariamente, desde las nueve de la mañana hasta el mediodía, atendía a los enfermos y cumplía sus tareas en la sala, mientras que por la tarde tomaba el tranvía de caballos y se dirigía al otro hospital, donde realizaba la autopsia de los enfermos fallecidos. Su práctica particular era ínfima: unos quinientos rublos al año. Y esto era todo. ¿Qué otra cosa se puede decir de él? Empero, Olga Ivanova, sus amigos y sus conocidos eran personas no del todo ordinarias.

Cada uno de ellos se destacaba en algo y era en alguna medida conocido, tenía un nombre y se consideraba una celebridad o bien, en el caso de que no fuera célebre aún, constituía una brillante esperanza para el futuro. Un actor del teatro dramático de gran talento, reconocido desde hacía tiempo, hombre elegante, inteligente y modesto, enseñaba a Olga Ivanova el arte de recitar; un cantante de ópera, gordo y bonachón, aseguraba, suspirando, que Olga Ivanova se anulaba a sí misma: de haber sido menos perezosa y más tenaz, hubiera sido una notable cantante; había también varios pintores encabezados por el paisajista y animalista Riabovsky, un joven rubio, muy buen mozo, de unos veinticinco años, que tenía éxito en las exposiciones y que vendió su último cuadro por quinientos rublos; solía corregir los bocetos que hacía Olga Ivanova y le decía que era razonable esperar de ella resultados positivos; un violonchelista, cuyo instrumento lloraba, confesaba con franqueza que entre todas las mujeres que él conocía Olga Ivanova era la única que sabía acompañarlo; había también un literato, joven pero ya conocido, que escribía novelas, piezas teatrales y cuentos.

Y ¿quién más? Bueno, también Vasily Vasilich, un señor hacendado, ilustrador aficionado y viñetista que sentía hondamente el antiguo estilo ruso y los poemas épicos populares; literalmente realizaba milagros sobre el papel, la porcelana y los platos ahumados. En este corrillo artístico, libre y mimado por la suerte, que —aun siendo discreto y correcto— no se acordaba de la existencia de los médicos sino durante la enfermedad y para, el cual el nombre de Dimov resultaba tan indiferente como el de un Sidorov o de un Tarasov cualquiera, Dimov parecía una figura extraña, sobrante y pequeña, a pesar de que era alto de estatura y ancho de hombros. Parecía que llevara puesto un frac ajeno y que tuviera una barbita de almacenero. Aunque si fuese escritor o pintor se hubiera dicho de él que con su barbita hacía recordar a Zola.

El actor le decía a Olga Ivanova que con sus cabellos de lino y el vestido de novia se parecía mucho a un esbelto cerezo, cuando, en primavera, está totalmente cubierto de blancas y suaves flores.

—¡Escúcheme! —replicó Olga Ivanova, cogiéndole de la mano—. Le voy a contar cómo sucedió todo esto. Escuche, escuche… Deseo aclarar que mi padre trabajaba con Dimov en el mismo hospital. Cuando mi pobre padre se había enfermado, Dimov durante días y noches enteras hacía guardia junto a su cama. ¡Tanta abnegación! Escuche, Riabovsky…! Escritor, escuche usted también, que es muy interesante. ¡Acérquese más! ¡Cuánta abnegación y cuánta compasión sincera! Yo tampoco dormía por las noches, pasándolas junto a mi padre, y de repente: ¡zas!… ¡Vencí al joven héroe! Mi Dimov se metió hasta las orejas. Francamente, el destino a veces es muy caprichoso. Bueno, después de morir mi padre él venía a verme dé vez en cuando, nos encontrábamos en la calle, y en una linda noche, de repente… ¡zas! se me declaró… como un rayo… Lloré toda la noche y me enamoré yo misma terriblemente. Y como ustedes ven, me convertí en su esposa. ¿Verdad que hay en él algo fuerte, potente, algo de oso? Ahora estamos viendo nada más que las tres cuartas partes de su cara y, además, está mal iluminada, pero cuando se vuelve, miren bien su frente. Riabovsky, ¿qué me dice usted de esta frente? ¡Dimov, estamos hablando de ti! —gritó al marido—. ¡Ven acá! Tiende tu honrada mano a Riabovsky… Así. ¡Sean amigos!

Dimov, sonriendo ingenua y bondadosamente, tendió la mano a Riabovsky y dijo:

—Mucho gusto. Conmigo regresó también un tal Riabovsky. ¿No será pariente suyo?

II

Olga Ivanova tenía veintidós años; Dimov treinta y uno. Después de la boda llevaron una vida magnífica. Olga Ivanova adornó todas las paredes de la sala con bocetos propios y ajenos, enmarcados y sin marcos, mientras que junto al piano y los muebles dispuso una bella mezcolanza de sombrillas chinas, caballetes, trapitos multicolores, puñales, estatuillas, fotografías… En el comedor, cubrió las paredes de láminas estampadas, colgó las zapatillas y las hoces, colocó en un rincón la guadaña y el rastrillo y obtuvo así un comedor de estilo ruso. En el dormitorio, para que este pareciera una gruta, recubrió el cielo raso y las paredes de paño oscuro, colgó sobre las camas un farol veneciano y cerca de la puerta colocó una figura con una alabarda. Y todo el mundo opinaba que los recién casados tenían un hogar muy simpático.

A diario, después de levantarse de la cama a eso de las once, Olga Ivanova tocaba el piano o, si había sol, pintaba alguna cosa al óleo. Después de las doce iba a la casa de su modista. Como ella y Dimov tenían muy poco dinero, que alcanzaba justo para los gastos indispensables, tanto ella como su modista tenían que recurrir a toda clase de astucias para aparecer con vestidos nuevos y sorprender con su elegancia. Muy a menudo, de un viejo vestido teñido, de unos cuantos trazos de tul, de encaje, de felpa y de seda resultaba un verdadero milagro, algo realmente encantador, un sueño en lugar de un vestido. De la casa de la modista, Olga Ivanova solía trasladarse a la de alguna actriz amiga para enterarse de las novedades teatrales y de paso procurarse entradas para el estreno de alguna obra o para una función de beneficio. De la casa de la actriz había que ir al estudio del pintor o a una exposición; luego a la casa de alguna celebridad ya fuese para formular una invitación, devolver una visita o simplemente para charlar un rato. Y en todas partes la recibían alegre y cordialmente y le aseguraban que era buena, simpática, excepcional… Aquellos a quienes ella titulaba célebres y grandes la recibían como a una igual y le profetizaban, al unísono, que con su talento, su gusto y su inteligencia podía logra grandes resultados si no derrochaba sus habilidades en vano.

Ella cantaba, tocaba el piano, pintaba al óleo, esculpía, formaba parte en los espectáculos de aficionados, y todo ello no lo hacía de cualquier manera sino con talento; ya fabricara farolitos para la iluminación, ya se disfrazara, ya anudara a alguien la corbata, todo le salía con un arte, una gracia y una exquisitez extraordinaria. Empero ningún talento suyo era tan brillante como su capacidad de trabar rápido conocimiento y estrechar relaciones con los personajes famosos. Apenas alguien se tornaba conocido en alguna medida, ella conseguía que se lo presentaran, el mismo día anudaba una amistad con él y lo invitaba a su casa.

Cada nueva relación era una verdadera fiesta para ella. Deificaba a las personas célebres, se enorgullecía de ellas y las veía en sueños todas las noches. Tenía sed de ellas y nunca podía aplacarla. Los viejos se iban y se perdían en el olvido; en su reemplazo venían los nuevos, pero también a éstos ella se acostumbraba pronto o sufría una decepción; comenzaba entonces a buscar ávidamente nuevos y nuevos personajes, los encontraba y volvía a buscarlos. ¿Para qué?

Después de las cuatro de la tarde comía en casa. La sencillez, el sentido común y la bondad de su marido la conmovían y la llenaban de entusiasmo. A menudo se levantaba de un salto, abrazaba impulsivamente su cabeza y la cubría de besos.

—Eres un hombre inteligente y noble, Dimov —le decía— pero tienes un defecto muy importante. No sientes ningún interés por el arte. Rechazas la música y la pintura.

—No las comprendo —respondía él mansamente—. Durante toda mi vida estuve ocupado con las ciencias naturales y la medicina y no tuve tiempo de interesarme por las artes.

—¡Pero eso es terrible, Dimov!

—¿Por qué? Tus amigos no conocen las ciencias naturales ni la medicina y sin embargo tú no le reprochas por eso. A cada cual lo suyo. Yo no soy capaz de comprender los paisajes ni las óperas, pero opino lo siguiente: si existen personas inteligentes que les dedican toda su vida y si hay personas inteligentes que pagan por ellos mucho dinero, eso significa entonces que son necesarios. Yo no los comprendo, pero no comprender no significa rechazar.

—¡Deja que estreche tu honrada mano!

Después de comer Olga Ivanova partía de visita a la casa de unos amigos, luego iba al teatro o a un concierto y regresaba a casa después de medianoche. Y así todos los días.

Los miércoles organizaba en su casa veladas. En estas veladas, la dueña de casa y los invitados, en vez de jugar a los naipes y bailar, se divertían dedicándose a diversas artes. El actor de teatro dramática recitaba, el cantante cantaba, los pintores dibujaban en los álbumes, que Olga Ivanova tenía en grandes cantidades; el violoncelista tocaba, y la propia dueña también dibujaba, esculpía, cantaba y acompañaba al piano.

En los intervalos entre la pintura, la lectura y la música se hablaba y se discutía sobre la literatura, el teatro y la pintura. Damas no había, por cuanto Olga Ivanova consideraba aburridas y vulgares a todas las damas, excepto a las actrices y a su modista. Ninguna velada transcurría sin que la dueña de casa no se estremeciera a cada timbrazo y no dijera con una expresión victoriosa en la cara: "¡Es él!", entendiendo con la palabra "él" alguna nueva celebridad invitada. Dimov no estaba en la sala y nadie se acordaba de su existencia. Pero a las once y media en punto abríase la puerta que daba al comedor y aparecía Dimov con su bondadosa y mansa sonrisa, quien decía, frotándose las manos:

—Por favor, señores, pasen a tomar un bocado.

Todos se dirigían al comedor y cada vez veían sobre la mesa lo mismo: una fuente de ostras, jamón o ternera, sardinas, queso, caviar, setas, vodka y dos jarras de vino.

—¡Mi querido *maître d'hôtel*! —exclamaba Olga Ivanova con júbilo juntando las manos—. ¡Realmente eres encantador! ¡Señores, miren su frente! Dimov, ponte de perfil. Señores, miren: tiene la cara de un tigre de Bengala, pero su expresión es bondadosa simpática como la de un ciervo. ¡Oh, querido mío!

Los invitados comían y, mirando a Dimov, pensaban: "En efecto, es un hombre simpático", pero pronto se olvidaban y de él y continuaban hablando de teatro, de música y de pintura.

Los jóvenes esposos eran felices y su vida transcurría con placidez. A pesar de ello, la tercera semana de su luna de miel fue más bien triste. En el hospital Dimov se contagió de erisipela, guardó cama durante seis días y debió cortar del todo sus hermosos cabellos negros. Olga Ivanova permanecía sentada a su lado llorando con amargura, pero cuando él empezó a sentirse mejor, le colocó sobre la cabeza rapada un pañuelo blanco y se puso a pintar el retrato de un beduino. Y ambos se divertían. Unos tres días después de haberse restablecido y al reanudar Dimov sus tareas en los hospitales, sufrió un nuevo contratiempo.

—¡No tengo suerte, mamita! —dijo durante el almuerzo—. Hoy he hecho cuatro autopsias y me corté a la vez dos dedos. No lo noté hasta que estaba en casa.

Olga Ivanova se asustó. Pero él sonrió diciendo que eran pequeñeces y que no era la primera vez que se hacía cortes en las manos durante las autopsias.

—Me dejo llevar por el afán, mamita, y me vuelvo distraído.

Olga Ivanova esperó con angustia algún signo de infección y por las noches rezaba, pero todo terminó bien. Y volvió a fluir la plácida y feliz vida sin tristezas ni sobresaltos.

El presente era magnífico y para su reemplazo se acercaba la primavera, que ya sonreía de lejos, prometiendo mil alegrías. ¡La dicha no tendría fin! En abril, en mayo y en junio, una *dacha* lejos de la ciudad, paseos, bocetos, pesca, ruiseñores; más tarde desde julio hasta el mismo otoño, la excursión de los pintores a la región del Volga, viaje en el cual tomaría parte también Olga Ivanova, como miembro efectivo de la *société*. Ya se había hecho dos vestidos de lienzo para el camino; había comprado también pinturas, pinceles, lienzos y una paleta nueva.

Casi todos los días Riabovsky iba a su casa para ver los éxitos logrados por ella en la pintura. Cuando ella le mostraba su trabajo, aquél se metía las manos en los bolsillos, apretaba con fuerza los labios, resoplaba y decía:

—A ver... Esta nube es muy chillona; su iluminación no es crepuscular. El primer plano está algo desdibujado y no es lo que debería ser ¿comprende? En cuanto a la *izba*, parece haberse atragantado con alguna cosa y ahora chilla lastimeramente... Ese ángulo tiene que ser más oscuro. Pero en general está bastante bien. La felicito.

Y cuanto menos comprensible era lo que él decía, tanto mejor lo comprendía Olga Ivanova.

III

El segundo día de la Trinidad, después de almorzar, Dimov compró bocadillos y caramelos y partió a la *dacha* para reunirse con su mujer. Hacía dos semanas que no se veían y la extrañaba mucho. Sentado en el vagón y luego buscando su *dacha* en el bosquecillo, no dejaba de sentir hambre y cansancio y gozaba al pensar que iba a cenar, en libertad, con su mujer, y a echarse a dormir luego. Y le causaba alegría mirar el paquete en que llevaba envueltos el caviar, el queso y el salmón blanco.

Cuando encontró y reconoció su *dacha*, el sol se ponía ya. La vieja criada le dijo que la señora no estaba pero que debía regresar pronto. La *dacha*, de aspecto muy poco confortable, con cielos rasos bajos, recubiertos de papel blanco, y con pisos desparejos y agrietados, sólo tenía tres habitaciones. En una estaba la cama; en otra, sobre sillas y ventanas se hallaban desparramados lienzos, pinceles, papeles con manchas de grasa y abrigos y sombreros masculinos; en la tercera Dimov encontró a tres hombres desconocidos. Dos eran morenos, con barbitas, mientras que el tercero, afeitado y gordo, por lo visto era actor. Sobre la mesa, en el *samovar*, hervía el agua.

—¿Qué desea usted? —preguntó el actor con voz de bajo, observando a Dimov con frialdad—. ¿Necesita usted ver a Olga Ivanova? Espere, ella viene enseguida. Dimov tomó asiento y se puso a esperar. Uno de los morenos, somnoliento y apático, se sirvió un vaso de té, lo miró y preguntó:

—¿No quiere un poco de té?

Dimov tenía sed y hambre, pero, para no estropearse el apetito, rehusó. Pronto se oyeron pasos y una risa conocida; resonó un portazo y entró corriendo Olga Ivanova, con un sombrero de anchas alas y llevando una caja en la mano; tras ella, con una sombrilla grande y con una silla plegadiza, entró Riabovsky, alegre y sonrosado.

—¡Dimov! —exclamó Olga Ivanova y sus mejillas se encendieron por la alegría—. ¡Dimov! —repitió, poniendo su cabeza y ambas manos sobre el pecho de su marido—. ¡Eres tú! ¿Por qué has estado tanto tiempo sin venir? ¿Por qué?

—¿Y cuándo iba a venir, mamita? Estoy siempre ocupado y si a veces dispongo de un poco de tiempo, ocurre que el horario de los trenes no me conviene.

—¡Pero cuan contenta estoy de verte! Soñé contigo toda la noche y tuve miedo de que estuvieras enfermo. ¡Ah, si supieras cuan simpático eres y cuán oportuna es tu llegada! Serás mi salvador. ¡Sólo tú puedes salvarme! Mañana habrá aquí una boda sumamente original —prosiguió ella riendo y anudando la corbata al marido—. Se casa el joven telegrafista de la estación, un tal Chikeldeiev. Buen mozo, inteligente; en su cara hay algo fuerte, sabes, algo de oso… Puede servir de modelo para el retrato de un varego. Todos los veraneantes simpatizamos con él y le hicimos la firme promesa de asistir a su boda… Es un hombre de medios modestos, solo, tímido y, por supuesto, estaría mal negarle nuestra participación. Imagínate, la boda será después de la misa; luego iremos a pie hasta la casa de la novia… te das cuenta, el bosquecillo, el canto de los pájaros, las manchas de sol sobre la hierba y todos nosotros como manchas multicolores sobre el fondo verde… es sumamente original, de acuerdo con el gusto de los expresionistas franceses. Pero, Dimov, ¿qué me pondré para ir a la iglesia? —dijo Olga Ivanova con cara compungida—. ¡No tengo nada aquí, absolutamente nada! Ni vestidos, ni flores, ni guantes… Tú debes salvarme… Si has venido, quiere decir que el mismo destino dispone que me salves. Llévate las llaves, querido, vuelve a casa y saca del guardarropa mi vestido rosado. Tú lo conoces, está colgado en primer lugar… Luego, en el depósito, del lado derecho verás en el suelo dos cajas de cartón. Cuando abras la de arriba, verás que todo son tules, tules y tules y toda clase de trapitos pero debajo están las flores. Sácalas con cuidado, trata de no arrugarlas, mi amor, que luego escogeré las que necesito… Cómprame también los guantes.

—Bien —dijo Dimov—. Mañana partiré de regreso y te lo mandaré todo.

—¿Cómo mañana? —preguntó Olga Ivanova y lo miró sorprendida—. ¿Y cómo tendrás tiempo mañana para hacerlo? El primer tren sale a las nueve y la boda es a las once. No, querido, hay que hacerlo hoy, ¡hoy sin falta! Si mañana no puedes venir, mándame las cosas con un recadero. Bueno, vete, pues… Pronto debe pasar un tren. ¡No vayas a perderlo, mi amor!

—Bien.

—Me da pena dejarte ir —dijo Olga Ivanova y las lágrimas asomaron a sus ojos—. ¿Y para qué le habré dado mi palabra al telegrafista? Soy una tonta...

Dimov tomó de prisa un vaso de té, guardó en su bolsillo una rosquilla y, sonriendo mansamente, se encaminó a la estación. En cuanto al caviar, el queso y el salmón blanco, se lo comieron los dos morenos y el gordo actor.

IV

En una apacible noche de luna del mes de julio Olga Ivanova se encontraba en la cubierta del vapor fluvial y miraba ora al agua, ora las bellas orillas del Volga. A su lado estaba Riabovsky y le decía que las negras sombras sobre el agua no eran sombras sino un ensueño y que a la vista de esa agua embrujadora con su brillo fantástico, de ese cielo abismal y de esas tristes y pensativas orillas, sabedores de la futilidad de nuestras vidas y de la existencia de lo sublime, eterno y beatífico, uno sentía anhelo de olvidar todo, morir, llegar a ser un recuerdo.

El pasado era trivial y aburrido, el futuro no tenía importancia, mientras que esta divina noche, única en la vida, iba a terminar pronto, diluyéndose en la eternidad. ¿Para qué vivir entonces? Olga Ivanova escuchaba ora la voz de Riabovsky, ora el silencio de la noche y pensaba en que era inmortal, en que no moriría nunca. Las aguas de color turquesa, como nunca antes las había visto, el cielo, las orillas, las negras sombras y una inexplicable alegría que impregnaba su alma le decían que llegaría a ser una gran pintora y que en algún lugar, tras aquella lejanía, tras la noche de luna, en el infinito espacio, la esperaban el éxito, la gloria, el amor del pueblo... Sin pestañear miraba a lo lejos durante largo rato, imaginando multitudes, luces, solemnes sones de música, exclamaciones de júbilo y viéndose a sí misma con vestido blanco y cubierta de flores que caían sobre ella de todas partes. Pensaba también que a su lado, apoyándose en la borda, estaba un verdadero gran hombre, un genio, un elegido de Dios... Todo lo que él había creado hasta entonces era bello, novedoso y extraordinario, y lo que crearía con el tiempo, cuando la madurez afirmase su excepcional talento, sería asombroso, inmenso, y ello se notaba en su rostro, en su manera de expresarse y en su actitud hacia la naturaleza. De las sombras, de los matices crepusculares, del claro de luna él hablaba a su manera, en su lenguaje, de modo qué involuntariamente se sentía el hechizo de su poder sobre la naturaleza. Él mismo era muy hermoso, original, y su vida,

160

independiente, libre, ajena a todo lo ordinario, semejaba la de un pájaro.

—Empieza a hacer fresco —dijo Olga Ivanova, estremeciéndose.

Riabovsky la envolvió en su capa y dijo tristemente:

—Me siento dominado por usted. Soy su esclavo. ¿Por qué está tan cautivante hoy?

La miraba fijamente y sus ojos le causaban miedo a ella.

—La amo con locura… —susurró—. Dígame una sola palabra y dejaré de vivir, abandonaré el arte… —musitó, muy emocionado—. Ámeme, ámeme…

—No me hable así —dijo Olga Ivanova, cerrando los ojos—. Me da miedo. ¿Y Dimov?

—¿Qué Dimov? ¿Por qué Dimov? ¿Qué tengo que ver yo con Dimov? Lo que hay es el Volga, la luna, la belleza, mi amor, mi júbilo… pero no hay ningún Dimov… ¡Ah yo no sé nada! No tengo necesidad del pasado; deme un momento… un instante.

El corazón de Olga Ivanova comenzó a latir con más fuerza. Ella quería pensar en su marido, pero todo el pasado, con la boda, con Dimov y con las veladas, le parecía pequeño, insignificante, opaco, innecesario y muy lejano… En efecto: ¿qué Dimov?, ¿por qué Dimov?, ¿qué tiene que ver ella con Dimov? ¿Existe él realmente en la naturaleza? ¿O no es más que un sueño?

"Para él, hombre simple y ordinario, es suficiente la felicidad que ya ha recibido —pensaba ella, cubriéndose la cara con las manos—. Que me condenen allí, que me maldigan, pero yo, para fastidiar a todo el mundo, me dejaré caer… eso es, me dejaré caer… Hay que probarlo todo en la vida.

¡Dios mío, qué miedo y qué deleite!".

—¿Y bien? ¿Qué? —musitó el pintor, abrazándola y besando con avidez las manos con las que ella trataba débilmente de apartarlo—. ¿Me amas? ¿Sí? ¿Sí? ¡Oh qué noche! ¡Qué noche divina!

—Sí, ¡qué noche! —susurró ella, mirándole los ojos en que brillaban las lágrimas; luego miró rápidamente hacia atrás, lo abrazó y lo besó con pasión en los labios.

—¡Nos acercamos a Kineshma! —dijo alguien del otro lado de la cubierta.

Oyéronse unos pasos pesados. Era el camarero del bufet que pasaba cerca de ellos.

—Escuche —dijo Olga Ivanova, riendo y llorando de felicidad—, tráiganos vino.

El pintor, pálido de emoción, se sentó en un banco, dirigió a Olga Ivanova una mirada llena de adoración y de gratitud, luego cerró los ojos y dijo con una lánguida sonrisa:

—Estoy cansado.

Y apoyó la cabeza en la borda.

V

El dos de septiembre era un día templado y apacible, pero el cielo estaba cubierto de nubes. Por la mañana temprano, vagaba sobre el Volga una ligera niebla y después de las nueve comenzó a lloviznar. Y no había ninguna esperanza de que el tiempo mejorara más tarde. Durante el desayuno Riabovsky decía a Olga Ivanova que la pintura era la más ingrata y la más aburrida de las artes; que él no era pintor y que solamente los tontos lo creían hombre de talento, y de repente, sin motivo alguno, cogió el cuchillo e hizo algunos cortes en el mejor boceto suyo. Después del desayuno se sentó junto a la ventana y se puso a mirar, sombrío, sobre el Volga. Este ya carecía de brillo y presentaba un aspecto opaco, turbio y frío. Todo hacía recordar la proximidad del tedioso y triste otoño. Y parecía que la naturaleza quitó al Volga las lujosas alfombras verdes de sus orillas, los reflejos de diamante de los rayos solares, la transparente lejanía azul y toda su vestimenta de gala, y guardó todo en los baúles hasta la próxima primavera; y las cornejas volaban cerca del Volga y se burlaban de él: "¡Desnudo! ¡Desnudo!". Riabovsky escuchaba sus graznidos y pensaba en que ya estaba agotado y sin talento, que todo en este mundo era convencional, relativo, estúpido y que no debería ligarse a esa mujer… En una palabra, estaba de mal humor y se abandonaba a la melancolía.

Olga Ivanova, sentada en la cama, detrás del biombo, se pasaba los dedos por sus hermosos cabellos de lino y se imaginaba ya la sala, ya el dormitorio, ya el gabinete de su casa; su imaginación la llevaba al teatro, a la casa de la modista y a sus célebres amigos. ¿Qué estarán haciendo ahora?

¿Se acordarán de ella? La temporada ha comenzado ya y era hora de pensar en las veladas. ¿Y Dimov? ¡Querido Dimov! Con su mansedumbre infantil y quejumbrosa le pide en sus cartas que vuelva a casa lo antes posible.

Cada mes le enviaba setenta y cinco rublos y cuando ella le había escrito que debía a los pintores cien rublos, se los mandó también. ¡Qué hombre tan bondadoso y magnánimo! El largo viaje había fatigado a Olga Ivanova; se aburría y tenía deseos de alejarse de los *mujiks* y del olor a humedad del río y de liberarse de esa sensación de suciedad física que experimentaba continuamente, alojándose en las *izbas* campesinas y trasladándose de una aldea a otra. Si Riabovsky no hubiera dado a los pintores su palabra de honor de que quedaba aquí hasta el veinte de septiembre, hubieran podido irse hoy mismo. ¡Qué magnífico hubiera sido!

—¡Dios mío! —gimió Riabovsky—. ¿Cuándo, hará sol; por fin? Un paisaje soleado no puedo continuarlo sin sol.

—Pero tú tienes un boceto con cielo nublado —dijo Olga Ivanova, saliendo de detrás del biombo—. En el plano derecho está el bosque y en el izquierdo, un rebaño de vacas y los gansos, ¿recuerdas? Ahora podrías terminarlo.

—¡Bah…! —frunció el ceño el pintor—. ¡Terminarlo! ¿Acaso cree usted que soy tan estúpido que no sé lo que debo hacer?

—¡Cómo has cambiado! —suspiró Olga Ivanova.

—Y bueno…

A Olga Ivanova le temblaban los labios; dio unos pasos hacia la estufa y se puso a llorar.

—Eso es… Sólo faltaban las lágrimas. ¡Basta ya! Yo tengo mil motivos para llorar y sin embargo no lloro.

—¡Mil motivos! —exclamo Olga Ivanova—. El motivo principal es que usted ya está harto de mí. ¡Sí! —dijo ella y comenzó a sollozar—. La verdad es que usted tiene vergüenza de nuestro amor. Procura siempre que los pintores no se den cuenta, aunque esto no se puede ocultar y ellos ya lo saben todo hace tiempo.

—Olga, le pido una sola cosa —dijo el pintor con voz suplicante y poniéndose una mano en el corazón—, sólo una cosa: ¡No me torture! ¡Nada más necesito de usted!

—¡Pero jure que me ama todavía!

—¡Ah, esto es una tortura! —farfulló el pintor entre dientes y se levantó de un salto—. ¡No me quedará otra cosa que tirarme al Volga o volverme loco! ¡Déjeme en paz!

—¡Bueno, máteme entonces, máteme! —gritó Olga Ivanova—. ¡Máteme!

Volvió a sollozar y se ocultó tras el biombo. El murmullo de la lluvia sobre el techo de paja de la *izba* se hizo más fuerte. Riabovsky se echó las manos a la cabeza y se puso a caminar por la habitación; luego, con expresión decidida, como si deseara demostrar a alguien una cosa, se puso la gorra, se colgó la escopeta al hombro y salió de la *izba*.

Durante largo rato Olga Ivanova permaneció tendida en la cama, llorando. Al principio pensó que no estaría mal envenenarse, para que Riabovsky, al regresar, la encontrase muerta, pero luego sus pensamientos volaron a su casa, al gabinete de su marido y ella se vio sentada, inmóvil, al lado de Dimov, gozando de una paz física y de limpieza, y por la noche, en el teatro, escuchando a Mazzini. Y la nostalgia por la civilización, por el ruido de la ciudad y por los personajes famosos le oprimió el corazón. Entró la campesina, dueña de la casa, y sin prisa comenzó a encender él horno para preparar la comida. El olor llenó la casa y el aire se tornó azul por el humo. Vinieron los pintores con sus altas botas sucias y sus caras mojadas por la lluvia; estuvieron examinando los bocetos, diciendo consolarse, que aun con el tiempo malo el Volga posee sus encantos. Un barato reloj de pared repetía su tic-tac-tic… Las moscas, adormecidas por el frío, se agolpaban junto a los iconos, zumbando, mientras que bajo los bancos, en las gruesas carretas se afanaban las cucarachas.

Riabovsky volvió a la casa cuando el sol se ponía. Pálido, exhausto, con las botas sucias, arrojó la gorra sobre la mesa, se dejó caer sobre el banco y cerró los ojos.

—Estoy cansado… —dijo y movió las cejas en un esfuerzo para levantar los párpados.

Para demostrar que no estaba enojada con él, Olga Ivanova se le acercó, lo besó en silencio y pasó el peine por sus rubios cabellos. Sintió ganas de peinarlo.

—¿Qué pasa? —preguntó él, estremeciéndose, como si lo hubieran tocado con un objeto frío, y abrió los ojos—. ¿Qué pasa? ¡Déjeme en paz, por favor!

La apartó con las manos y retrocedió, y ella creyó ver en su rostro una expresión de fastidio y de repugnancia. En este momento entró la campesina que sostenía cuidadosamente con ambas manos un plato de sopa, y Olga Ivanova la vio mojar sus grandes dedos en el caldo. La sucia campesina, la sopa de repollo que Riabovsky comenzó a comer con avidez, la *izba* y toda aquella vida que al principio le gustaba por su sencillez y por su pintoresco desorden, le parecieron ahora horribles. Ella sintiose de golpe ofendida y dijo con frialdad:

—Tenemos que separarnos por un tiempo, porque si no llegaremos a reñir seriamente a causa del tedio. Esto me cansa ya. Hoy mismo me iré.

—¿De qué modo? ¿Montando un caballito de madera?

—Hoy es jueves, de modo que a las nueve y media llega el vapor.

—Ah, es cierto… bueno, vete… —dijo con voz suave Riabovsky, limpiándose la boca con la toalla a falta de servilleta—. No tienes nada que hacer aquí y te aburres… Hay que ser un gran egoísta para retenerte. En marcha, pues… Nos veremos después del veinte.

Olga Ivanova hacía los baúles con alegría y hasta las mejillas se le encendieron de satisfacción. "¿Será posible —se preguntaba— que pronto pinte en la sala, duerma en el dormitorio y almuerce con mantel?". Sintió alivio en el corazón y ya no estaba enojada con el pintor.

—Las pinturas y los pinceles te los dejo aquí, Riabusha —le dijo—. Lo que quede me lo traerá... Ten cuidado, no te hagas el haragán ni te pongas melancólico sin mí. Debes trabajar. ¡Eres muchacho bravo, Riabusha!

A las nueve, Riabovsky la besó, para —según ella pensó— no tener que besarla en el barco, en presencia de los pintores, y la acompañó hasta el muelle. Poco tiempo después llegó el vapor y ella partió.

Al cabo de dos días y medio llegó a su casa. Sin quitarse el sombrero ni el impermeable, jadeando de emoción, pasó a la sala y llegó al comedor. Dimov, sin levita y con el chaleco desabrochado, estaba sentado a la mesa, afilando el cuchillo contra el tenedor; delante de él, sobre el plato, yacía un faisán.

Al entrar en la casa, Olga Ivanova estaba convencida de que era indispensable ocultárselo todo al marido y que para ello no le faltaban fuerzas ni habilidad, pero ahora, viendo la amplia, dichosa y apacible sonrisa y los ojos brillantes y jubilosos de Dimov, sintió que mentir a este hombre resultaba algo tan infame, asqueroso e imposible como calumniar, robar o matar; y en un instante decidió contarle todo lo sucedido. Después de dejarse abrazar y besar, se arrodilló delante de él y se tapó la cara.

—¿Qué? ¿Qué, mamita? —preguntó él con ternura—. ¿Me extrañabas?

Ella levantó su rostro enrojecido por la vergüenza, y lo miró con expresión culpable y suplicante, pero el miedo y la turbación le impidieron decir la verdad.

—No es nada... —dijo ella—. No... no es nada...

—Vamos, siéntate —animó Dimov a su mujer, levantándola y ayudándola a tomar asiento en la mesa—. Así... come este faisán. Tendrás hambre, pobrecita.

Y mientras ella aspiraba ávidamente el aire casero y comía el faisán, él la miraba con dulzura y reía, feliz.

VI

A mediados del invierno, Dimov, por lo visto, empezó a darse cuenta de que lo estaban engañando. Como si él mismo no tuviera la conciencia tranquila, ya no podía mirar a su mujer a los ojos ni sonreír con alegría al verla y, para quedarse lo menos posible a solas con ella, con frecuencia invitaba a almorzar a su colega Korostelev, un hombrecillo de cabeza rapada y rostro demacrado, quien, al conversar con Olga Ivanova, desabrochaba, confundido, todos los botones de su chaqueta, volvía a abrocharlos y luego comenzaba a pellizcar con la mano derecha la guía izquierda de su bigote. Durante el almuerzo, ambos médicos se explayaban acerca de los diafragmas altos que a veces podían causar trastornos en el funcionamiento del corazón o sobre las neuritis múltiples que últimamente se observaban con más frecuencia, y comentaban la última autopsia realizada por Dimov, durante la cual éste descubrió en el cadáver un cáncer de páncreas en lugar de la anemia maligna diagnosticada.

Parecía que ambos sostenían una conversación sobre temas medicinales con el único propósito de que Olga Ivanova tuviera posibilidad de callar, es decir, de no mentir.

Después de comer, Korostelev se sentaba al piano y Dimov le decía, suspirando:

—Bueno… a ver, amigo… toca algo triste.

Levantando los hombros y separando mucho los dedos, Korostelev tocaba algunos acordes y comenzaba a entonar con voz de tenor "Enséñame una morada donde no gima el *mujik* ruso", mientras Dimov suspiraba una vez más, apoyaba la cabeza con el puño y se quedaba pensando.

Últimamente Olga Ivanova se comportaba de manera harto imprudente. Todas las mañanas se despertaba de pésimo humor y con la idea de que no amaba a Riabovsky y que, a Dios gracias, estaba terminado. Pero, después de tomar café: reflexionaba y se daba cuenta de que Riabovsky le había quitado el marido y que ella quedó ahora sin marido y sin Riabovsky; luego recordaba los comentarios de sus conocidos acerca de un nuevo cuadro que Riabovsky preparaba para la exposición algo asombroso, una mezcla de paisaje con género costumbrista, al estilo de Polenov, obra que provocaba el júbilo de todos los que concurrían en su taller; pensaba que él había creado ese cuadro influido por ella y que, en general, gracias a su influencia él había mejorado sensiblemente. Su influencia era tan benéfica y esencial que, en caso de que ella lo abandonara, él quizás se perdería. Recordaba también su última visita, cuando vino vestido con una levita gris moteada y con una corbata nueva y le preguntó en tono lánguido: "¿Soy bello?". Y, en efecto, esbelto, con sus largos bucles y sus ojos azules, era muy bello —o, quizás, le hubiera parecido así— y la trató con cariño.

Habiendo recordado y comprendido muchas cosas, Olga Ivanova se vestía y, presa de gran agitación, se dirigía al taller de Riabovsky. Lo encontraba alegre y encantado con su cuadro, que era magnífico de verdad; el pintor saltaba, hacia tonterías y a las preguntas serias respondía con bromas. Olga Ivanova, celosa del cuadro, lo odiaba ya pero, por cortesía, permanecía silenciosa ante el mismo durante unos minutos y, después de suspirar, como si estuviera ante una cosa sagrada, decía en voz baja:

—Sí, nunca has pintado nada semejante. Hasta da miedo ¿sabes?

Luego empezaba a suplicarle que la amase, que no la dejara y que tuviese lástima de ella, pobre y desdichada. Llorando, le besaba las manos, exigía que le jurase su amor y trataba de demostrarle que sin su benéfica influencia él perdería el camino y terminaría mal. Después de estropearle al pintor el buen estado de ánimo y sintiéndose humillada, iba a ver a la modista o a la actriz amiga para tratar de conseguir las entradas.

Si no lo encontraba en el taller, le dejaba una carta en la cual juraba envenenarse sin falta si él no iba a verla el mismo día. Él se asustaba, iba a visitarla y se quedaba a almorzar. Sin tener en cuenta la presencia del marido, le decía cosas insolentes y ella le respondía del mismo modo.

Los dos sentían las ataduras que los ligaban y, comprendiendo que eran despóticos y enemigos, se irritaban y en su irritación no notaban que su conducta se tornaba indecente y que hasta el rapado Korostelev se percataba de todo. Después de comer, Riabovsky se apresuraba a despedirse.

—¿A dónde va usted? —le preguntaba Olga Ivanova en el vestíbulo, mirándolo con odio.

El pintor, frunciendo el ceño y entrecerrando los ojos, nombraba a alguna dama, conocida común de ambos y era evidente que quería fastidiarla y burlarse de sus celos.

Ella se retiraba a su dormitorio y se echaba en la cama; los celos, el fastidio, la humillación y la vergüenza la hacían morder la almohada y llorar en voz alta. Dimov dejaba a Korostelev en la sala, iba al dormitorio y, confundido y desconcertado, decía en voz baja:

—No llores fuerte, mamita... ¿Para qué? Estas cosas es mejor callarlas... No deben de traslucir... Lo ocurrido ya no se puede remediar, ¿sabes?

Sin saber cómo dominar los agobiantes celos, que hasta le causaban un fuerte dolor de cabeza; y creyendo que la situación podía remediarse todavía, se lavaba y empolvaba su llorosa cara y volaba a la casa de la dama conocida. No habiendo encontrado allí a Riabovsky, iba a ver a otra, y luego a otra más... Al principio tenía vergüenza de realizar estos viajes, pero con el tiempo se habituó y hubo veces en que, en una sola noche, había recorrido los domicilios de todas sus conocidas para encontrar a Riabovsky y todos se daban cuenta de ello.

—¡Este hombre me agobia con su magnanimidad!

Esta frase le gustó tanto que, encontrándose con los pintores que conocían su romance con Riabovsky, al hablarles de su marido, cada vez hacía un ademán enérgico y decía:

—¡Este hombre me agobia con su magnanimidad!

Por lo demás, la vida transcurría de la misma manera que el año anterior. Los miércoles se realizaban las veladas. El actor recitaba, los pintores dibujaban, el violonchelista tocaba, el cantante cantaba e, invariablemente, a las once y media se abría la puerta del comedor y Dimov sonriendo, decía:

—Por favor, señores, pasen a tomar un bocado.

Lo mismo que antes, Olga Ivanova buscaba grandes personajes, los encontraba y, al no sentirse satisfecha, seguía buscándolos. Lo mismo que antes, volvía a casa todas las noches muy tarde, pero Dimov no dormía, como el año anterior, sino que estaba trabajando en su despacho. Se acostaba a eso de las tres y se levantaba a las ocho.

Una noche, cuando ella, vistiéndose para ir al teatro, estaba de pie ante el espejo, entró en el dormitorio. Dimov, de frac y con corbata blanca, sonreía y miraba a su mujer en la cara, con alegría, como antes. Su rostro estaba radiante.

—Acabo de presentar la tesis —anunció, tomando asiento y pasándose las manos por las rodillas.

—¿Te fue bien? —preguntó Olga Ivanova.

—¡Oh, sí! —rio Dimov y entonces alargó el cuello para ver en el espejo la cara de su mujer, que seguía, de espaldas a él, arreglándose el peinado—. ¡Oh, sí! —repitió—. ¿Sabes una cosa? Es posible que me ofrezcan la cátedra de Patología General. Huele a eso.

Veíase por su cara, feliz y resplandeciente, que si Olga Ivanova hubiese compartido su alegría y su triunfo, él se lo hubiera perdonado todo, tanto en el presente como en el futuro, pero ella no sabía bien qué era una cátedra o Patología General, y temiendo además llegar tarde al teatro, no dijo nada.

Dimov permaneció sentado unos minutos, sonrió con aire culpable y salió.

VII

Fue un día sumamente agitado.

Dimov tenía un fuerte dolor de cabeza; por la mañana no tomó el desayuno ni fue al hospital, quedándose todo el tiempo acostado sobre el diván turco, en su gabinete. Después de las doce, Olga Ivanova, como de costumbre, fue a ver a Riabovsky para mostrarle el boceto de una *nature morte* y a preguntarle por qué no vino a su casa el día anterior. El boceto le parecía insignificante; lo había hecho sólo como un pretexto más para visitar al pintor.

Entró sin tocar el timbre y cuando se estaba quitando las katiuskas en el vestíbulo, desde el taller llegó a sus oídos un leve rumor de rápidos pasos y el murmullo de un vestido; al asomarse de prisa al taller, no alcanzó a ver más que el vuelo fugaz de un trozo de falda marrón, que enseguida desapareció detrás de un gran cuadro, cubierto, junto con el caballete, con percalina negra que llegaba hasta el suelo. No cabía la menor duda de que era una mujer que se escondía. ¡Cuántas veces la misma Olga Ivanova se refugiaba tras ese mismo cuadro! Riabovsky, evidentemente confuso, se mostró sorprendido y, tendiéndole ambas manos, le dijo con una sonrisa forzada:

—¡Ah, me alegro mucho! ¿Qué dice de bueno?

Los ojos de Olga Ivanova se llenaron de lágrimas. Sentía vergüenza y amargura; ni por un millón estaría dispuesta a hablar en presencia de una mujer extraña, de una rival, que estaba detrás del cuadro, riéndose seguramente, con malicia para sus adentros.

—Le he traído un boceto… —dijo tímidamente con un hilito de voz y sus labios temblaron—. Una naturaleza muerta.

—¡Ah!… ¿Un boceto?

El pintor tomó el boceto y, examinándolo, se dirigió como maquinalmente, a otro cuarto.

Olga Ivanova lo siguió sumisa.

—Naturaleza muerta… qué suerte —barbotó Riabovsky buscando rimas—, huerta… puerta… tuerta…

En el taller volvieron a resonar los presurosos pasos y el rumor del vestido. Eso significaba que ella se había ido. Olga Ivanova tenía deseos de gritar, de golpear al pintor en la cabeza con algún objeto pesado e irse, pero a través de las lágrimas no veía nada, estaba aplastada por la vergüenza y ya no se sentía Olga Ivanova sino un pequeño insecto.

—Estoy cansado… —dijo con voz lánguida el pintor, observando el boceto y sacudiendo la cabeza para vencer la modorra—. Es simpático, claro está, pero… hoy es un boceto, el año pasado un boceto y dentro de un mes habrá un boceto… ¿No le cansa? Yo en su lugar dejaría la pintura y me dedicaría seriamente a la música o a otra cosa cualquiera. Al final, su vocación es la música y no la pintura. Pero qué cansado estoy, ¿sabe? Voy a decir que nos traigan té…

Riabovsky salió de la habitación y Olga Ivanova oyó ordenar algo a su criado. Para no despedirse, no entrar en explicaciones y, principalmente, no romper a llorar, ella, antes de que volviera el pintor, corrió al vestíbulo, se calzó las katiuskas y salió a la calle.

Allí respiró con alivio, sintiéndose liberada para siempre de Riabovsky, de la pintura y de la agobiadora vergüenza que la abrumaba en el estudio. ¡Todo había terminado!

Fue a ver a la modista, luego a casa de un conocido que acababa de volver de un viaje, de allí a la casa de música y durante todo el tiempo pensaba en la carta, fría y seca, llena de dignidad, que escribiría a Riabovsky, y en el viaje a Crimea que ella realizaría en primavera o en verano, junto con Dimov, para liberarse allí definitivamente del pasado y comenzar una nueva vida.

Volvió a casa tarde, de noche, y, sin cambiarse de ropa, sentóse en la sala a escribir la carta. Riabovsky le había dicho que no era pintora y ella le escribía ahora, como venganza, que él pintaba siempre lo mismo, todos los años, y que decía siempre lo mismo, todos los días; que estaba estancado y que no daría ya más resultado que el que ya había dado.

Tenía ganas de escribirle también que en muchos aspectos su obra se debía a la influencia de ella y que si él procedía mal era porque dicha influencia se hallaba paralizada por las ambiguas personas como aquella que se había escondido detrás del cuadro.

—¡Mamita! —llamó Dimov desde su gabinete, sin abrir la puerta—. ¡Mamita!

—¿Qué quieres?

—Acércate a la puerta, pero no entres. Escucha… Hace tres días me contagié de difteria en el hospital, y ahora… no me siento bien. Manda enseguida a buscar a Korostelev.

Olga Ivanova siempre llamaba a su marido, igual que a todos los hombres de su amistad, no por el nombre sino por el apellido; su nombre, Osip, no le gustaba, ya que le hacía recordar al criado de Jlestakov y un trabalenguas ruso.

Pero ahora exclamó: "¡Osip, no puede ser!".

—¡Manda buscarlo! No estoy bien… —dijo Dimov del otro lado de la puerta, y se le oyó acercarse al diván y acostarse—. ¡Manda por él! —resonó sordamente su voz.

"¿Qué será? —pensó Olga Ivanova, atemorizada—. ¡Eso debe ser peligroso!".

Sin ninguna necesidad, tomó una vela y fue al dormitorio; allí, pensando en lo que debía de hacer, se miró, sin querer, en el espejo. Con cara lívida y asustada, la chaqueta de hombreras altas, los volantes amarillos en el pecho y la falda de rayas insólitas, se encontró horrible y repugnante. Sintió de repente una dolorosa piedad por Dimov; por el infinito amor que le profesaba, por su joven vida y hasta por su huérfana cama en la que él hacía mucho tiempo que no dormía; recordó su acostumbrada sonrisa, mansa y resignada. Se puso a llorar con amargura y escribió una carta suplicante a Korostelev. Eran las dos de la madrugada.

VIII

Cuando por la mañana, después de las siete, Olga Ivanova, despeinada y fea, con la cabeza pesada a causa del insomnio, y con aire culpable, salió del dormitorio; cerca de ella pasó, dirigiéndose al vestíbulo, un señor de barba negra, por lo visto, un médico. Olía a medicamentos. En la puerta del gabinete estaba de pie Korostelev y con la mano derecha se atusaba el bigote izquierdo.

—Perdóneme, pero no la dejaré entrar —dijo sombríamente—. Podría contagiarse. Además, no vale la pena; está delirando.

—¿Es la difteria? —preguntó Olga Ivanova en un susurro.

—A aquellos que se meten en la cueva del lobo, en realidad, habría que demandarlos judicialmente —barbotó Korostelev sin contestar la pregunta—. ¿Sabe usted por qué se contagió? El martes pasado estuvo succionándole a un niño, a través de un tubito, las secreciones diftéricas. ¿Para qué? Porque sí... ¡Qué tontería!...

—¿Es peligroso? ¿Muy peligroso? —preguntó Olga.

—Sí, dicen que se trata de una forma grave. Habría que mandar por Schrek...

Primero vino un hombrecillo pelirrojo, de nariz larga y con acento judío; luego un hombre alto, encorvado, de cabellos negros, parecido a un protodiácono; luego un joven grueso, de cara colorada, con lentes. Eran médicos que venían a hacer la guardia junto a su compañero. Korostelev, terminado su turno, no se iba, sino que se quedaba vagando por todas las habitaciones como una sombra. La criada servía té a los médicos y a menudo iba corriendo a la farmacia, de modo que no había nadie para limpiar las habitaciones. La casa estaba silenciosa y sombría.

Olga Ivanova permanecía sentada en su dormitorio pensando que éste era un castigo de Dios porque ella había engañado a su marido. Un ser taciturno, resignado e incomprensible, despersonalizado por su mansedumbre, falto de carácter y débil a causa de la excesiva bondad, sufría en silencio, sin quejas, allí en su diván.

Pero si este ser se hubiera quejado, aunque hubiese sido delirando, los médicos de guardia se hubiesen enterado de que la difteria no era la única culpable de lo sucedido.

Hubieran podido también preguntárselo a Korostelev; él lo sabe todo y no en vano mira a la mujer de su amigo de un modo como si ella fuese la verdadera, la principal malhechora, mientras que la difteria no era más que su cómplice.

Ella ya no recordaba ni la noche de luna sobre el Volga, ni las declaraciones de amor, ni la poética vida en la aldea y sólo se daba cuenta de que por mero capricho, por simple travesura, se había ensuciado toda, de la cabeza a los pies, con algo pegajoso y repulsivo que jamás se podría lavar...

"¡Ah, qué horrible mentira! —pensó, al recordar el agitado amor que había tenido con Riabovsky—. ¡Maldito sea todo aquello!".

A las cuatro almorzó con Korostelev. Este no comió nada; sólo bebía vino tinto y fruncía el ceño, ella tampoco comió. Ora rezaba mentalmente haciendo promesa de volver a amar a Dimov y serle fiel, si él sanaba; ora se olvidaba por un momento y, al mirar a Korostelev, pensaba: "¿Cómo no se aburre uno de ser un hombre simple, en nada destacable, desconocido y, además, con cara demacrada y modales torpes?".

O bien le parecía que Dios iba a matarla en cualquier momento porque ella, temiendo el contagio, ni una sola vez había ido a ver al marido a su gabinete. En general, la embargaba un sentimiento de sorda congoja junto con la certidumbre de que su vida ya estaba deshecha y de que no había manera de reconstruirla...

Después del almuerzo sobrevino el crepúsculo. Al entrar en la sala Olga Ivanova vio a Korostelev dormido en el sofá, la cabeza apoyada sobre un cojín de seda, bordado en oro. "Kji-puá... —roncaba— kji-puá...".

Los médicos que venían a hacer guardia notaban ese desorden. El hecho de que una persona extraña durmiera en la sala, roncando; los bocetos en las paredes; la insólita disposición de los objetos y la negligencia en el vestir de la despeinada dueña de casa, todo ello no suscitaba ahora el menor interés.

Por alguna razón, uno de los médicos sin querer, se echó a reír y su risa sonó en el aire tan extraña y tímida que daba miedo.

Cuando Olga Ivanova por segunda vez entró en la sala, Korostelev ya no dormía; estaba fumando sentado.

—Tiene la difteria de la cavidad nasal —dijo a media voz—. El corazón no funciona bien. En realidad, las cosas andan mal.

—¿Y si mandara por Schrek? —dijo Olga Ivanova.

—Ya estuvo aquí. Fue él quien notó que la difteria se le había pasado a la nariz.

—Pero ¿qué puede hacer Schrek? En realidad ¿qué es Schrek? Nada. Él es Schrek y yo soy Korostelev y eso es todo.

El tiempo pasaba con una lentitud terrible. Olga Ivanova, recostada vestida en la cama sin arreglar, dormitaba. Tenía la sensación de que toda la casa, desde el suelo hasta el techo, estaba ocupada por una enorme mole de hierro y que sólo bastaría sacar este hierro afuera para que todos sintieran alivio y alegría. Al despertarse, se dio cuenta de que eso no era hierro sino la enfermedad de Dimov.

"Naturaleza muerta, huerta… —pensó, volviendo a sumergirse en el sueño— puerta… tuerta… ¿Y entonces, Schrek? Schrek:, grek, vrek, krek. ¿Dónde están todos mis amigos? ¿Saben ellos que hay desgracia en nuestra casa? Señor, sálvanos… líbranos del mal Schrek, grek…".

Y otra vez el hierro… El tiempo era largo, pero el reloj en el piso de abajo daba la hora a menudo. A cada rato sonaba el timbre; llegaban los médicos… Con un vaso vacío sobre la bandeja, entró la criada y preguntó:

—Señora, ¿quiere que haga la cama?

Al no recibir respuesta, salió. Abajo, el reloj dio la hora, surgió la visión de una lluvia sobre el Volga, y de nuevo entró alguien en el dormitorio, al parecer, un extraño. Olga Ivanova se levantó de un salto y reconoció a Korostelev.

—¿Qué hora es? —preguntó.

—Cerca de las tres.

—¿Cómo sigue?

—¿Cómo quiere que siga? He venido a decirle… que se está muriendo…

El doctor dejó oír un sollozo, se sentó a su lado en la cama, y se secó las lágrimas con la manga. En el primer momento ella no entendió bien sus palabras, pero se quedó fría y se persignó lentamente.

—Se está muriendo… —repitió el médico con un hilo de voz y sollozó de nuevo—. Muere porque se ha sacrificado… ¡Qué pérdida para la ciencia! —dijo con amargura—. No se le puede comparar con ninguno de nosotros… Era un gran hombre… ¡Un hombre extraordinario! ¡Qué talento! ¡Cuántas esperanzas cifrábamos en él! —prosiguió Korostelev, torciéndose las manos—. Dios mío, llegaría a ser un sabio como ya no se encuentran hoy ni con un farol… ¡Dimov! ¿Qué has hecho, Dimov? ¡Ah, Dios mío!

Presa de la desesperación, Korostelev se cubrió la cara con las manos y meneó la cabeza.

—¡Y qué fuerza moral! —continuó, cada vez más enojado con alguien—. Un alma bondadosa, pura y amante; ¡no era un hombre sino un cristal! Sirvió a la ciencia y murió por la ciencia. Trabajó como un buey, día y noche; nadie tuvo piedad de él; el joven científico, futuro profesor, debió buscar más y más trabajo y hacer traducciones de noche para pagar estos… ¡Infames trapos! Korostelev miró con odio a Olga Ivanova, asió la sábana con ambas manos y tiró de ella, iracundo, como si fuera la culpable.

—Él mismo no se tenía lástima ni los demás la tenían. ¡Ah!, en realidad, ¡para qué hablar!

—¡Sí, era un hombre excepcional! —dijo alguien en la sala con voz de bajo.

Olga Ivanova recordó toda su vida con él, desde el principio hasta el fin, con todos los detalles, y de golpe entendió que, en comparación con todas las personas que ella conocía, era un hombre extraordinario, excepcional, grande.

Y al recordar el trato que le dispensaban el difunto padre de ella y los colegas médicos comprendió que todos ellos vislumbraban en él una futura celebridad.

Las paredes, el cielo raso, la lámpara y la alfombra sobre el piso le guiñaron burlonamente, como si quisieran decir: "¡Lo dejaste pasar! ¡Lo dejaste pasar!".

Sin poder contener el llanto, ella salió corriendo del dormitorio, atravesó la sala delante de un hombre desconocido y se precipitó al gabinete de su marido.

Este yacía, inmóvil, en el diván turco, cubierto con la frazada hasta la cintura. Su rostro, terriblemente demacrado y enflaquecido, tenía ese color amarillo grisáceo que nunca tienen las personas vivas; y sólo por la frente, por las negras cejas y por la conocida sonrisa se podía reconocer que era Dimov. Olga Ivanova le palpó rápidamente el pecho, la frente y las manos.

El pecho estaba tibio aún, pero en la frente y en las manos se percibía ya, un frío desagradable. Y los ojos semiabiertos no miraban a Olga Ivanova sino a la manta.

—¡Dimov! —llamó ella en voz alta—. ¡Dimov!

Quería explicarle que se trataba de un error; que no todo estaba perdido aún; que la vida podría ser aún bella y feliz; que él era un hombre excepcional, extraordinario y grande y que ella estaba dispuesta a venerarlo, rezar ante él y experimentar un miedo sagrado durante toda su vida…

—¡Dimov! —volvía a llamarlo, sacudiéndole el hombro y

resistiéndose a creer que él jamás despertaría—. ¡Dimov! ¡Pero Dimov!

Mientras tanto, en el vestíbulo, Korostelev decía a la criada:

—No tiene nada que preguntar. Vaya a la iglesia averigüe en la casita del sereno dónde viven las mujeres del asilo. Ellas lavarán el cuerpo, lo vestirán y harán todo lo que haga falta.

CIRUGÍA

Estamos en un hospital del zemstvo. A falta de doctor, que se ausentó para contraer matrimonio, recibe a los enfermos el practicante Kuriatin. Es un hombre grueso que ronda los cuarenta; viste una raída chaqueta de seda cruda y unos usados pantalones de lana. En su rostro se refleja el sentimiento de que cumple su deber y se encuentra satisfecho. Con los dedos índice y pulgar de la mano izquierda sostiene un cigarro que despide un humo pestilente.

En la sala de visitas entra el sacristán Vonmiglásov. Es un viejo alto y robusto, que viste una sotana pardusca ceñida con un ancho cinturón de cuero. El ojo derecho, atacado de cataratas, lo tiene medio cerrado; en la nariz ostenta una verruga que de lejos se asemeja a una mosca grande. En un primer momento el sacristán busca con los ojos el icono y, al no encontrarlo, se persigna ante una bombona que contiene una disolución de ácido fénico; luego saca un trozo de pan bendito, que traía envuelto en un pañuelo rojo, y, haciendo una inclinación, lo coloca ante el practicante.

—Ah… Mis respetos —bosteza el practicante—. ¿Qué le trae por aquí?

—Le deseo un buen domingo, Serguei Kuzmich… Tengo necesidad de sus servicios… Con razón se dice, y usted me perdonará, en el Salterio: "Mi bebida está mezclada con lágrimas". El otro día me disponía con mi vieja a tomar el té y no pude ni probarlo, ni tomar un bocado; era como para morirse… Tomé un sorbo y sentí un dolor horrible en una muela y en toda esta parte… ¡Qué dolor, Dios mío! En el oído, perdóneme, parecía como si me hubieran metido un clavo u otro objeto. ¡Qué punzadas, qué punzadas! He pecado, no observé la ley… Mi alma se ha endurecido con vergonzosos pecados, he pasado mi vida en la pereza… ¡Por mis pecados, Serguei Kuzínich, por mis pecados! El reverendo padre, después de los oficios litúrgicos, me lo echa en cara; "Tartamudeas, Efim, tu voz es gangosa. No hay manera de entender nada cuando cantas". Pero ¿cómo quiere que cante, si me es imposible abrir la boca, tengo el carrillo hinchado y no he podido pegar ojo en toda la noche?

—Ya veo… Siéntese… Abra la boca. Vonmiglásov se sienta y abre la boca.

Kuriatin arruga el ceño, mira y, entre las muelas que el tabaco y el tiempo han puesto amarillas, ve una adornada con un resplandeciente agujero.

—El padre diácono me aconsejó que me aplicara vodka con rábano, pero esto no me ha proporcionado ningún alivio. Glikeria Anísimovna, que Dios le conceda salud, me dio un hilo traído del monte Athos para que lo llevara atado al brazo y me dijo que hiciera buches de leche tibia. El hilo me lo puse, pero lo de la leche no lo cumplí: temo a Dios, estamos en Cuaresma…

—Es un prejuicio… —Pausa—. Hay que extraerla, Efim Mijéich.

—Usted sabrá, Serguei Kuzmich. Para eso estudió, para comprender estas cosas tal como son, lo que hay que extraer y lo que se puede remediar con gotas o algo por el estilo… Para eso está aquí, que Dios le dé salud, para que recemos por usted día y noche… como si fuera nuestro propio padre… hasta el fin de nuestros días…

—Tonterías… —replica el practicante en un rasgo de modestia, mientras busca en el armario del instrumental—. La cirugía es una cosa muy sencilla… todo es cuestión de práctica y de buen pulso… En un instante acaba uno… El otro día, lo mismo que usted, vino el propietario Alexandr Ivánich Eguípetski… También con una muela… Es un hombre culto, todo lo pregunta, quiere saber el porqué y el cómo. Me estrechó la mano, me llamó por el nombre y el patronímico… Vivió siete años en Petersburgo y conoce allí a todos los profesores… Estuvo un buen rato conmigo… “Por nuestro Señor Jesucristo”, me suplicaba, “extráigamela, Serguei Kuzmich”. ¿Por qué no hacerlo? Se la podía extraer. Lo único que hace falta es comprender las cosas… Hay muelas y muelas. Unas se sacan con fórceps, otras con el pie de cabra, otras con la llave… Según los casos.

El practicante toma el pie de cabra, lo mira interrogativamente, luego lo deja y coge los fórceps.

—A ver, abra más la boca… —dice, acercándose al sacristán con los fórceps—. Ahora mismo… Es cosa de un momento… Tendré que hacerle una incisión en la encía… efectuar la tracción según el eje vertical… y eso es todo… —Hace la incisión—. Y eso es todo…

—Usted es nuestro protector… Nosotros, estúpidos, somos unos ignorantes, pero a usted lo iluminó el Señor…

—No hable con la boca abierta… Esta muela es fácil de extraer, a veces uno no encuentra más que raigones… Pero ésta es cosa de nada… —aplica los fórceps—. Quieto, no se mueva…

En un abrir y cerrar de ojos… efectúa la tracción.

—Lo principal es agarrarla lo más hondo posible. —Tira…—. Para que la corona no se rompa…

—Padre nuestro… Virgen Santísima… Ay…

—Así no… así no, así no… ¿A ver? ¡No me agarre! ¡Suélteme! —Tira—. Ahora… Así, así… La cosa no es tan fácil…

—¡Santos padres!... —grita—. ¡Ángeles del cielo! ¡Ay, ay! ¡Pero tira ya, tira! ¿Te vas a pasar cinco años para arrancarla?

—Esto de la cirugía... De un golpe no es posible... Ahora, ahora... Vonmiglásov levanta las rodillas hasta la altura de los codos, mueve los dedos, los ojos se le desorbitan, respira fatigosamente... Su cara, congestionada, se cubre de sudor, los ojos se le llenan de lágrimas. Kuriatin resopla, se mueve ante el sacristán y sigue tirando... Transcurre medio minuto horroroso y los fórceps se escurren de la muela. El sacristán se pone en pie de un salto y se mete los dedos en la boca. La muela sigue en su sitio.

—¡Vaya manera de tirar! —dice con voz llorosa y, al mismo tiempo, burlona—. ¡Ojalá tiren así de ti en el otro mundo! ¡Muchísimas gracias! ¡Si no sabes sacar muelas, no te metas a hacerlo! No veo ni la luz...

—¿Y tú por qué me agarrabas de ese modo? —se irrita el practicante—. Cuando yo tiraba, me empujabas en el brazo y no cesabas de decir estupideces... ¡Imbécil!

—¡El imbécil serás tú!

—¿Crees, mujik, que es fácil extraer una muela? ¡A ver, prueba tú! ¡No es como subir a la torre de la iglesia y repicar las campanas! —Remedándole—. "¡No sabes, no sabes!" ¿Quién eres tú para decirlo? Al señor Eguípetski, Alexandr Ivánich, le extraje una muela y no protestó para nada... Es un hombre mucho más distinguido que tú; no me agarraba... ¡Siéntate! ¡Te digo que te sientes!

—No veo nada... Espera a que recobre el aliento... ¡Oh! Se sienta.

—Pero no te entretengas tanto, tira fuerte. No te entretengas y tira... ¡De una vez!

—No me des lecciones. ¡Señor, qué gente más ignorante! Es para volverse loco... Abre la boca... —Aplica los fórceps—. La cirugía, hermano, no es una broma... No es lo mismo que cantar en el coro... —Hace la tracción—. No te muevas. Se ve que la muela es vieja; las raíces son muy hondas... —Tira—. No te muevas... Así... así... No te muevas... Ahora, ahora... —Se oye un crujido—. ¡Ya lo sabía!

Vonmiglásov permanece unos instantes inmóvil, como si hubiera perdido el conocimiento. Está aturdido... Sus ojos miran estúpidamente al espacio y su pálida cara está bañada en sudor.

—Si hubiera usado el pie de cabra... —balbucea el practicante—.

¡Buena la hemos hecho!

Volviendo en sí, el sacristán se mete los dedos en la boca y en el sitio de la muela enferma encuentra dos salientes.

—Diablo sarnoso... —gruñe—. ¡Te han puesto aquí para nuestra desgracia!

—Todavía vienes con insultos... —protesta el practicante, colocando los fórceps en el armario—. Eres un ignorante... En el seminario no te zurraron bastante... El señor Eguípetski, Alexandr Ivánich, vivió siete años en Petersburgo... es un hombre culto... lleva trajes de cien rublos... y no me insultó... ¿Y tú, qué gallinácea eres? ¡No te pasará nada, no te morirás por eso!

El sacristán coge el pan bendito de la mesa y, con la mano en la mejilla, se va por donde había venido...

LA COLECCIÓN

Hace días pasé a ver a mi amigo, el periodista Misha Kovrov. Estaba sentado en su diván, se limpiaba las uñas y tomaba té. Me ofreció un vaso.

—Yo sin pan no tomo —dije—. ¡Vamos por el pan!

—¡Por nada! A un enemigo, dígnate, lo convido con pan, pero a un amigo nunca.

—Es extraño… ¿Por qué, pues?

—Y mira por qué… ¡Ven acá!

Misha me llevó a la mesa y extrajo una gaveta:

—¡Mira!

Yo miré en la gaveta y no vi definitivamente nada.

—No veo nada… Unos trastos… Unos clavos, trapitos, colitas…

—¡Y precisamente eso, pues y mira! ¡Diez años hace que reúno estos trapitos, cuerditas y clavitos! Una colección memorable.

Y Misha apiló en sus manos todos los trastes y los vertió sobre una hoja de periódico.

—¿Ves este cerillo quemado? —dijo, mostrándome un ordinario, ligeramente carbonizado cerillo—. Este es un cerillo interesante. El año pasado lo encontré en una rosca, comprada en la panadería de Sevastianov. Casi me atraganté. Mi esposa, gracias, estaba en casa y me golpeó por la espalda, si no se me hubiera quedado en la garganta este cerillo. ¿Ves esta uña? Hace tres años fue encontrada en un bizcocho, comprado en la panadería de Filippov. El bizcocho, como ves, estaba sin manos, sin pies, pero con uñas. ¡El juego de la naturaleza! Este trapito verde hace cinco años habitaba en un salchichón, comprado en uno de los mejores almacenes moscovitas. Esa cucaracha reseca se bañaba alguna vez en una sopa, que yo tomé en el bufete de una estación ferroviaria, y este clavo en una albóndiga, en la misma estación. Esta colita de rata y pedacito de cordobán fueron encontrados ambos en un mismo pan de Filippov. El boquerón, del que quedan ahora sólo las espinas, mi esposa lo encontró en una torta, que le fue obsequiada el día del santo. Esta fiera, llamada chinche, me fue obsequiada en una jarra de cerveza en un tugurio alemán… Y ahí, ese pedacito de gusano casi no me lo tragué, comiéndome una empanada en una taberna… Y por el estilo, querido.

—¡Admirable colección!

—Sí. Pesa libra y media, sin contar todo lo que yo, por descuido, alcancé a tragarme y digerir. Y me he tragado yo, probablemente, unas cinco, seis libras…

Misha tomó con cuidado la hoja de periódico, contempló por un minuto la colección y la vertió de vuelta en la gaveta.

Yo tomé en la mano el vaso, empecé a tomar té, pero ya no rogué mandar por el pan.

LA CORISTA

En cierta ocasión, cuando era más joven y hermosa y tenía mejor voz, se encontraba en la planta baja de su casa de campo con Nikolai Petróvich Kolpakov, su amante. Hacía un calor insufrible, no se podía respirar. Kolpakov acababa de comer, había tomado una botella de mal vino del Rin y se sentía de mal humor y destemplado. Estaban aburridos y esperaban que el calor cediese para ir a dar un paseo.

De pronto, inesperadamente, llamaron a la puerta. Kolpakov, que estaba sin levita y en zapatillas, se puso en pie y miró interrogativamente a Pasha.

—Será el cartero, o una amiga —dijo la cantante.

Kolpakov no sentía reparo alguno en que le viesen las amigas de Pasha o el cartero, pero, por si acaso, cogió su ropa y se retiró a la habitación vecina. Pasha fue a abrir. Con gran asombro suyo, no era el cartero ni una amiga, sino una mujer desconocida, joven, hermosa, bien vestida y que, a juzgar por las apariencias, pertenecía a la clase de las decentes.

La desconocida estaba pálida y respiraba fatigosamente, como si acabase de subir una alta escalera.

—¿Qué desea? —preguntó Pasha.

La señora no contestó. Dio un paso adelante, miró alrededor y se sentó como si se sintiera cansada o indispuesta. Luego movió un largo rato sus pálidos labios, tratando de decir algo.

—¿Está aquí mi marido? —preguntó por fin, levantando hacia Pasha sus grandes ojos, con los párpados enrojecidos por el llanto.

—¿Qué marido? —murmuró Pasha, sintiendo que del susto se le enfriaban los pies y las manos—. ¿Qué marido? —repitió, empezando a temblar.

—Mi marido… Nikolai Petróvich Kolpakov.

—No… no, señora… Yo… no sé de quién me habla.

Hubo unos instantes de silencio. La desconocida se pasó varías veces el pañuelo por los descoloridos labios y, para vencer el temor interno, contuvo la respiración. Pasha se encontraba ante ella inmóvil, como petrificada, y la miraba asustada y perpleja.

—¿Dice que no está aquí? —preguntó la señora, ya con voz firme y una extraña sonrisa.

—Yo… no sé por quién pregunta.

—Usted es una miserable, una infame… —balbuceó la desconocida, mirando a Pasha con odio y repugnancia—. Sí, sí… es una miserable.

Celebro mucho, muchísimo, que, por fin, se lo haya podido decir.

Pasha comprendió que producía una impresión pésima en aquella dama vestida de negro, de ojos coléricos y dedos blancos y finos, y sintió vergüenza de sus mejillas regordetas y coloradas, de su nariz picada de viruelas y del flequillo siempre rebelde al peine. Se le figuró que si hubiera sido flaca, sin pintar y sin flequillo, habría podido ocultar que no era una mujer decente; entonces no le habría producido tanto miedo y vergüenza permanecer ante aquella señora desconocida y misteriosa.

—¿Dónde está mi marido? —prosiguió la señora—. Aunque es lo mismo que esté aquí o no. Por lo demás, debo decirle que se ha descubierto un desfalco y que están buscando a Nikolai Petróvich… Lo quieren detener. ¡Para que vea lo que usted ha hecho!

La señora, presa de gran agitación, dio unos pasos. Pasha la miraba perpleja: el miedo no la dejaba comprender.

—Hoy mismo lo encontrarán y lo llevarán a la cárcel —siguió la señora, que dejó escapar un sollozo en que se mezclaban el sentimiento ofendido y el despecho—. Sé quién le ha llevado hasta esta espantosa situación.

¡Miserable, infame; es usted una criatura repugnante que se vende al primero que llega! —Los labios de la señora se contrajeron en una mueca de desprecio, y arrugó la nariz con asco—. Me veo impotente… sépalo, miserable… Me veo impotente; usted es más fuerte que yo, pero Dios, que lo ve todo, saldrá en defensa mía y de mis hijos ¡Dios es justo! Le pedirá cuentas de cada lágrima mía, de todas las noches sin sueño. ¡Entonces se acordará de mí!

De nuevo se hizo el silencio. La señora iba y venía por la habitación y se retorcía las manos. Pasha seguía mirándola perpleja, sin comprender, y esperaba de ella algo espantoso.

—Yo, señora, no sé nada —articuló, y de pronto rompió a llorar.

—¡Miente! —gritó la señora, mirándola colérica—. Lo sé todo. Hace ya mucho que la conozco. Sé que este último mes ha venido a verla todos los días.

—Sí. ¿Y qué? ¿Qué tiene eso que ver? Son muchos los que vienen, pero yo no fuerzo a nadie. Cada uno puede obrar como le parece.

—¡Y yo le digo que se ha descubierto un desfalco! Se ha llevado dinero de la oficina. Ha cometido un delito por una mujer como usted. Escúcheme —añadió la señora con tono enérgico, deteniéndose ante Pasha—: usted no puede guiarse por principio alguno. Usted sólo vive para hacer mal, ése es el fin que se propone, pero no se puede pensar que haya caído tan bajo, que no le quede un resto de sentimientos humanos. Él tiene esposa, hijos… Si lo condenan y es desterrado, mis hijos y yo moriremos de hambre… Compréndalo. Hay, sin embargo, un medio para salvarnos, nosotros y él, de la miseria y la vergüenza. Si hoy entrego los novecientos rublos, lo dejarán tranquilo. ¡Sólo son novecientos rublos!

—¿A qué novecientos rublos se refiere? —preguntó Pasha en voz baja—. Yo… yo no sé nada… No los he visto siquiera…

—No le pido los novecientos rublos… Usted no tiene dinero y no quiero nada suyo. Lo que pido es otra cosa… Los hombres suelen regalar joyas a las mujeres como usted. ¡Devuélvame las que le regaló mi marido!

—Señora, él no me ha regalado nada —elevó la voz Pasha, que empezaba a comprender.

—¿Dónde está, pues, el dinero? Ha gastado lo suyo, lo mío y lo ajeno.

¿Dónde ha metido todo eso? Escúcheme, se lo suplico. Yo estaba irritada y le he dicho muchas inconveniencias, pero le pido que me perdone. Usted debe de odiarme, lo sé, pero, si es capaz de sentir piedad, póngase en mi situación. Se lo suplico, devuélvame las joyas.

—Hum… —empezó Pasha, encogiéndose de hombros—. Se las daría con mucho gusto, pero, que Dios me castigue si miento, no me ha regalado nada, puede creerme. Aunque tiene razón —se turbó la cantante—: en cierta ocasión me trajo dos cosas. Si quiere, se las daré…

Pasha abrió un cajoncito del tocador y sacó de él una pulsera hueca de oro y un anillo de poco precio con un rubí.

—Aquí tiene —dijo, entregándoselos a la señora.

Ésta se puso roja y su rostro tembló; se sentía ofendida.

—¿Qué es lo que me da? —preguntó—. Yo no pido limosna, sino lo que no le pertenece… lo que usted, valiéndose de su situación, sacó a mi marido… a ese desgraciado sin voluntad. El jueves, cuando la vi con él en el muelle, llevaba usted unos broches y unas pulseras de gran valor. No finja, pues; no es un corderillo inocente. Es la última vez que se lo pido: ¿me da las joyas o no?

—Es usted muy extraña… —dijo Pasha, que empezaba a enfadarse—. Le aseguro que su Nikolai Petróvich no me ha dado más que esta pulsera y este anillo. Lo único que traía eran pasteles.

—Pasteles… —sonrió irónicamente la desconocida—. En casa los niños no tenían qué comer, y aquí traía pasteles. ¿Se niega decididamente a devolverme las joyas?

Al no recibir respuesta, la señora se sentó pensativa, con la mirada perdida en el espacio.

"¿Qué podría hacer ahora? —se dijo—. Si no consigo los novecientos rublos, él es hombre perdido y mis hijos y yo nos veremos en la miseria. ¿Qué hacer, matar a esta miserable o caer de rodillas ante ella?".

La señora se llevó el pañuelo al rostro y rompió en llanto.

—Se lo ruego —se oía a través de sus sollozos—: usted ha arruinado y perdido a mi marido, sálvelo... No se compadece de él, pero los niños... los niños... ¿Qué culpa tienen ellos?

Pasha se imaginó a unos niños pequeños en la calle y que lloraban de hambre. Ella misma rompió en sollozos.

—¿Qué puedo hacer, señora? —dijo—. Usted dice que soy una miserable y que he arruinado a Nikolai Petróvich. Ante Dios le aseguro que no he recibido nada de él... En nuestro coro, Motia es la única que tiene un amante rico; las demás salimos adelante como podemos. Nikolai Petróvich es un hombre culto y delicado, y yo lo recibía. Nosotras no podemos hacer otra cosa.

—¡Lo que yo le pido son las joyas! ¡Deme las joyas! Lloro... me humillo... ¡Si quiere, me pondré de rodillas!

Pasha, asustada, lanzó un grito y agitó las manos. Se daba cuenta de que aquella señora pálida y hermosa, que se expresaba con tan nobles frases, como en el teatro, en efecto, era capaz de ponerse de rodillas ante ella: y eso por orgullo, movida por sus nobles sentimientos, para elevarse a sí misma y humillar a la corista.

—Está bien, le daré las joyas —dijo Pasha, limpiándose los ojos—. Como quiera. Pero tenga en cuenta que no son de Nikolai Petróvich... me las regalaron otros señores. Pero si usted lo desea...

Abrió el cajón superior de la cómoda; sacó de allí un broche de diamantes, una sarta de corales, varios anillos y una pulsera, que entregó a la señora.

—Tome si lo desea, pero de su marido no he recibido nada. ¡Tome, hágase rica! —siguió Pasha, ofendida por la amenaza de que la señora se iba a poner de rodillas—. Y, si usted es una persona noble... su esposa legítima, haría mejor en tenerlo sujeto. Eso es lo que debía hacer. Yo no lo llamé, él mismo vino...

La señora, entre las lágrimas, miró las joyas que le entregaban y dijo:

—Esto no es todo... Esto no vale novecientos rublos.

Pasha sacó impulsivamente de la cómoda un reloj de oro, una pitillera y unos gemelos, y dijo, abriendo los brazos:

—Es todo lo que tengo... Registre, si quiere.

La señora suspiró, envolvió con manos temblorosas las joyas en un pañuelo, y sin decir una sola palabra, sin inclinar siquiera la cabeza, salió a la calle.

Abriose la puerta de la habitación vecina y entró Kolpakov. Estaba pálido y sacudía nerviosamente la cabeza, como si acabase de tomar algo muy agrio. En sus ojos brillaban unas lágrimas.

—¿Qué joyas me ha regalado usted? —se arrojó sobre él Pasha—. ¿Cuándo lo hizo, dígame?

—Joyas… ¡Qué importancia tienen las joyas! —replicó Kolpakov, sacudiendo la cabeza—. ¡Dios mío! Ha llorado ante ti, se ha humillado…

—¡Le pregunto cuándo me ha regalado alguna joya! —gritó Pasha.

—Dios mío, ella, tan honrada, tan orgullosa, tan pura… Hasta quería ponerse de rodillas ante… esta mujerzuela. ¡Y yo la he llevado hasta este extremo! ¡Lo he consentido!

Se llevó las manos a la cabeza y gimió:

—No, nunca me lo perdonaré. ¡Nunca! ¡Apártate de mí… canalla! — gritó con asco, haciéndose atrás y alejando de sí a Pasha con manos temblorosas—. Quería ponerse de rodillas… ¿ante quién? ¡Ante ti! ¡Oh, Dios mío!

Se vistió rápidamente y con un gesto de repugnancia, tratando de mantenerse alejado de Pasha, se dirigió a la puerta y desapareció.

Pasha se tumbó en la cama y rompió en sonoros sollozos. Sentía ya haberse desprendido de sus joyas, que había entregado en un arrebato, y se creía ofendida. Recordó que tres años antes un mercader la había golpeado sin razón alguna, y su llanto se hizo aún más desesperado.

LA CRONOLOGÍA VIVIENTE

El salón del consejero áulico Charamúkin se halla envuelto en discreta penumbra. El gran quinqué de bronce con su pantalla verde imprime un tono simpático al mobiliario, a las paredes; y en la chimenea, los tizones chisporrotean, lanzando destellos intermitentes que alumbran la estancia con una claridad más viva. Frente a la chimenea, en una butaca, está arrellanado, haciendo su digestión, Charamúkin, señor de edad, de aire respetable y bondadosos ojos azules. Su cara respira ternura. Una sonrisa triste asoma a sus labios. Al lado suyo, con los pies extendidos hacia la chimenea, se encuentra Lobnief, asesor del gobernador, hombre fuerte y robusto, como de unos cuarenta años.

Junto al piano, Nina, Kola, Nadia y Vania, los hijos del consejero áulico, juegan alegremente. Por la puerta entreabierta penetra una claridad que viene del gabinete de la señora de Charamúkin. Ésta permanece sentada delante de su mesita de escritorio. Ana Pavlovna, que tal es su nombre, ejerce la presidencia de un comité de damas; es vivaracha, coqueta y tiene la edad de treinta y pico de años. Sus ojuelos vivos y negros corren por las páginas de una novela francesa, debajo de la cual se esconde una cuenta del comité, vieja de un año.

—Antes, nuestro pueblo era más alegre —decía Charamúkin contemplando el fuego de la chimenea con ojos amables—; ningún invierno transcurría sin que viniera alguna celebridad teatral. Llegaban artistas famosos, cantantes de primer orden, y ahora, que el diablo se los lleve, no se ven más que saltimbanquis y tocadores de organillo. No tenemos ninguna distracción estética. Vivimos como en un bosque. ¿Se acuerda usted, excelencia, de aquel trágico italiano?… ¿Cómo se llamaba? Un hombre alto, moreno… ¿Cuál era su nombre? ¡Ah! ¡Me acuerdo! Luigi Ernesto de Ruggiero. Fue un gran talento. ¡Qué fuerza la suya! Con una sola palabra ponía en conmoción todo el teatro. Mi Anita se interesaba mucho en su talento. Ella le procuró el teatro de balde y se encargó de venderle los billetes por diez representaciones. En señal de gratitud la enseñaba declamación y música. Era un hombre de corazón. Estuvo aquí, si no me equivoco, doce años ha…, me equivoco, diez años. ¡Anita! ¿Qué edad tiene nuestra Nina?

—¡Nueve! —gritó Ana Pavlovna desde su gabinete—. ¿Por qué lo preguntas?

—Por nada, mamaíta… Teníamos también cantantes muy buenos. ¿Recuerda usted el tenore di grazia Prilipchin?… ¡Qué alma tan elevada! ¡Qué aspecto! Rubio, la cara expresiva, modales parisienses, ¡y qué voz! Adolecía, sin embargo, de un defecto. Daba notas de estómago, y otras de falsete. Por lo demás, su voz era espléndida. Su maestro, a lo que él decía, fue Tamberlick. Nosotros, con Anita, le procuramos la sala grande del Casino de la Nobleza, en agradecimiento de lo cual solía venir a casa, y nos cantaba trozos de su repertorio durante días y noches. Daba a Anita lecciones de canto. Vino, me acuerdo muy bien, en tiempo de Cuaresma, hace unos doce años; no, más. Flaca es mi memoria. ¡Dios mío! Anita, ¿cuántos años tiene nuestra Nadia?

—¡Doce!

—Doce; si le añadimos diez meses, serán trece. Eso es, trece años. En general, la vida de nuestra población era antaño más animada. Por ejemplo: ¡qué hermosas veladas benéficas les di entonces! ¡Qué delicia! Música, canto, declamación… Recuerdo que, después de la guerra, cuando estaban los prisioneros turcos, Anita organizó una representación a beneficio de los heridos que produjo mil cien rublos. La voz de Anita trastornaba el seso de los oficiales turcos. Éstos no cesaban de besarle la mano. ¡Ja! ¡Ja! Aunque asiáticos, son agradecidos. Aquella velada tuvo tanta resonancia que hasta la anoté en mi libro de memorias. Esto ocurrió, me acuerdo como si fuera ayer, en el año 76…, no, 77…; tampoco; oiga usted, ¿en qué año estaban aquí los turcos?… Anita, ¿qué edad tiene nuestra Kola?

—Tengo siete años, papá —replicó Kola, niña de tez parda, pelo y ojos negros como el carbón.

—Sí; hemos envejecido; perdimos nuestra energía —dice Lobnief suspirando—. He ahí la causa de todo: la vejez; nos faltan los hombres de iniciativa, y los que la tenían son viejos. No arde el mismo fuego. En mi juventud no me gustaba que la sociedad se aburriera. Siempre fui el mejor cooperador de Ana Pavlovna. En todo lo que ella llevaba a cabo, veladas de beneficencia, loterías, protección a tal o cual artista de mérito, yo la secundaba con asiduidad, dejando a un lado mis otras ocupaciones. En cierto invierno, tanto me moví, tanto me agité, que hasta me puse enfermo. No olvidaré jamás aquella temporada. ¿No se acuerda usted del espectáculo que arreglamos a beneficio de las víctimas de un incendio?

—¿En qué año fue?

—No ha mucho…; me parece que en el 80.

—Decidme, ¿qué edad tiene Vania?

—¡Cinco años! —grita desde su gabinete Ana Pavlovna.

—Como quiera que sea, ya se han ido seis años. ¡Amigo mío! Ya no arde el mismo fuego.

Lobnief y Charamúkin permanecen pensativos. Los tizones de la chimenea lanzan un postrero destello y se cubren de ceniza.

DE LAS MEMORIAS DE UN IDEALISTA

El diez de mayo tomé una licencia por veintiocho días, le pedí a nuestro tesorero cien rublos de adelanto y decidí, fuera como fuera, "vivir un poco", vivir un poco a todo trapo, de modo que después, en el transcurso de diez años, pudiera vivir sólo de los recuerdos.

¿Y saben ustedes qué significa "vivir un poco" en el mejor sentido de esas palabras? No significa ver una opereta en un teatro veraniego, comerse la cena y regresar a casa en la mañana medio borracho. Tampoco significa dirigirse a una exposición y de ahí a las carreras y sacudir allí el monedero alrededor del totalizador.

Si usted quiere vivir un poco, pues siéntese en un vagón y diríjase ahí, donde el aire está impregnado de la fragancia de la lila y el cerezo, donde, acariciando su vista con su tierna blancura y el brillo del rocío diamantino, florecen a porfía los muguetes y las violetas.

Allí, bajo la bóveda azul, a la vista del bosque verde y los arroyos arrulladores, en compañía de los pájaros y los escarabajos, ¡usted entenderá qué es la vida! Añada a eso dos o tres encuentros con un sombrerito de ala ancha, unos ojitos rápidos y un delantalcito blanco... Confieso que yo soñaba con todo eso cuando, con la licencia en el bolsillo, colmado de las dádivas del tesorero, me trasladaba a la casa de campo.

La casa de campo se la alquilé, por consejo de un amigo, a Sofía Pavlovna Kniguina, que arrendaba en su casa una habitación sobrante con mesa, muebles y demás comodidades. El alquiler de la casa se efectuó más rápido de lo que podía pensar.

Tras llegar a Pirierva y buscar la casa de Kniguina, llegué, recuerdo, a una terraza y... me sentí turbado. La terracita era acogedora, graciosa y adorable, pero aún más graciosa y (permítanme expresarme así) más acogedora era la joven, rolliza damita, que estaba sentada a la mesa en la terraza y tomaba té.

Ella entornó hacia mí los ojitos.

—¿Qué se le ofrece?

—Disculpe, por favor... —empecé—. Yo... yo, probablemente, me equivoqué... Busco la casa de campo de Kniguina.

—Yo soy Kniguina... ¿Qué se le ofrece?

Me sentí perdido... Por las dueñas de apartamentos y casas de campo, yo estoy acostumbrado a sobrentender unas señoras maduras, reumáticas, olorosas de borra de café, pero ahí... —"¡Ángeles y ministros de piedad, amparadnos!", como dijo Hamlet— estaba sentada una maravillosa, suntuosa, asombrosa, encantadora señora. Yo, tartamudeando, expliqué lo que necesitaba.

—¡Ah, mucho gusto! ¡Siéntese, por favor! Su amigo me escribió ya. ¿No quiere acaso té? Para usted, ¿con ciruela o con limón?

Hay una raza de mujeres (con mayor frecuencia rubias) con las que es suficiente sentarse dos o tres minutos para que usted se sienta como en casa, como si fueran viejos, viejos conocidos. Así era exactamente Sofía Pavlovna.

Mientras bebía el primer vaso, yo ya sabía que ella no estaba casada, que vivía de rentas y que esperaba en su casa la visita de una tía; yo sabía las razones que habían motivado a Sofía Pavlovna a dar una habitación en alquiler.

En primer lugar, pagar ciento veinte rublos por una casa de campo para una sola es penoso y, en segundo, espanta: ¡de pronto un ladrón se mete de noche o de día entra un *mujik* temible! Y no hay nada censurable si en la habitación de la esquina vive alguna dama solitaria o un hombre.

—¡Pero un hombre es mejor! —suspiró la dueña, lamiendo la confitura de la cucharita—. Con un hombre hay menos ajetreos y uno no tiene e tanto miedo…

En una palabra, en apenas alguna hora, Sofía Pavlovna y yo ya éramos amigos.

—¡Ah, sí! —recordé, despidiéndome de ella—. Hablamos de todo y de lo principal ni una palabra. ¿Cuánto me va a cobrar? Yo voy a vivir aquí sólo veintiocho días… El almuerzo, por supuesto, té y demás.

—¡Bueno, encontró de qué hablar! Lo que pueda. Yo no arriendo la habitación por cálculo, sino así… para que haya gente. ¿Puede pagarme veinticinco rublos?

Yo, por supuesto, acepté y mi vida veraniega empezó… Esa vida es interesante porque el día se parece al día y la noche a la noche, ¡y cuánto encanto hay en esa uniformidad!, ¡qué días, qué noches! ¡Lector, yo estoy exaltado, permítame abrazarlo! Por la mañana me despertaba y, sin pensar ni un poco en el servicio, tomaba té con ciruelas. A las once iba a darle los buenos días a la dueña y tomaba con ella café con ciruelas cocidas.

Desde el café hasta el almuerzo charlábamos. A las dos, el almuerzo, ¡pero qué almuerzo! Imagine que usted, hambriento como un perro, se sienta a la mesa, toma una copita grande de vodka de grosella y pica cecina caliente con rábano. Después, imagine gazpacho o *schi* verde con crema agria y demás y demás. Después del almuerzo me recostaba a reposar, lectura de novela y sobresalto a cada minuto, ya que la dueña a cada rato pasaba fugazmente cerca de la puerta y decía: "¡Acuéstese! ¡acuéstese!". Después el baño.

Por la tarde, hasta la noche profunda, paseo con Sofía Pavlovna... Imagine que a la hora del atardecer, cuando todo duerme, excepto los ruiseñores y las garzas que gritan rara vez, cuando un vientecito que respira débilmente le trae casi casi el ruido de un tren lejano, usted pasea en el boscaje o por el terraplén de la vía ferroviaria con una rubiecita rolliza, que se encoge coquetamente por la frialdad nocturna y a cada rato voltea hacia usted una carita pálida de luna... ¡Terriblemente bien!

No pasó ni una semana cuando sucedió eso que usted ya hace tiempo espera de mí, lector, y sin lo cual no se contenta ningún cuento decente. Yo no me sostuve en pie... Sofía Pavlovna escuchó mi declaración con indiferencia, casi fríamente, como si ya hace tiempo la esperara; sólo hizo una mueca graciosa con los labios, como queriendo decir: "¿Por qué hablar tanto de esto? ¡No entiendo!".

Veintiocho días pasaron fugazmente, como un segundo. Cuando se terminó el plazo de mi licencia yo, nostálgico, insatisfecho, me despedí de la casa de campo y de Sofía. La dueña, mientras yo hacía la maleta, estaba sentada en el diván y se enjugaba los ojitos.

Yo mismo, casi llorando, la consolaba, prometiendo ir a verla a la casa de campo en las fiestas y visitar su casa en invierno en Moscú.

—Ah... ¿y cuándo, alma mía, sacaremos cuentas contigo? —recordé—. ¿Cuánto te debo?

—Alguna vez, después... —dijo sollozando.

—¿Para qué después? "Amistad con amistad y el dinerito por separado", dice el refrán, y además, yo en absoluto deseo vivir a costa tuya. No hagas melindres, Sofía. ¿Cuánto te debo?

—Ahí... una tontería... —dijo la dueña, sollozando y abriendo una gavetita de la mesa—. Podrías pagar después.

Sonia hurgó en la gavetita, sacó de ahí un papelito y me lo dio.

—¿Esta es la cuenta? —pregunté—. Bueno, excelente, excelente... (me puse los lentes). Ajustamos cuentas y bien... (recorrí la cuenta). La suma... Espera, ¿y esto qué es? La suma... ¡Pero no puede ser, Sofía! Aquí dice: "La suma es doscientos doce rublos cuarenta y cuatro kopecs". ¡Esta no es mi cuenta!

—¡Es la tuya! ¡Échale una mirada!

—Pero... ¿de dónde tanto? Por la casa de campo y la mesa veinticinco rublos. De acuerdo. Por el sirviente tres rublos. Bueno, con eso estoy de acuerdo...

—Yo no entiendo —dijo la dueña alargando las palabras y echándome una mirada asombrada, con ojos llorosos—. ¿Es posible que tú no me creas? ¡Considera este caso! Tomaste vodkita de grosella. ¡No podía yo pues servirte en el almuerzo vodka por el mismo precio! Las

ciruelas para el té y el café… después la fresa, los pepinos, los cerezos…
En cuanto al café, también… tú no acordaste tomarlo, ¡y lo tomabas cada
día! Por lo demás, todo esto son tales tonterías que yo te puedo quitar
doce rublos. Que queden sólo doscientos.

—Pero… ahí está escrito setenta y cinco rublos y no está señalado
por qué… ¿Por qué esto?

—¿Cómo por qué? ¡Pues esto es gracioso!

Yo le miré la carita. Lucía tan sincera, clara y asombrada que mi
lengua ya no pudo articular ni una palabra. Le di a Sofía cien rublos y un
endoso por lo mismo, me eché la maleta sobre los hombros y me fui a la
estación.

¿No tiene acaso alguien, señores, cien rublos para prestarme?

DE MAL EN PEOR

En casa de Gradussoff, sochantre de la catedral, se encontraba el abogado Kaliakin que, dando vueltas entre los dedos a un aviso del juez de paz a nombre de Gradussoff, decía:

—Diga usted lo que diga, Dosifey Petrovich, usted es el que tiene la culpa. Yo le respeto y le aprecio, pero con todo el dolor de mi alma he de manifestarle que usted no ha tenido razón. ¡Eso es, usted no ha tenido razón! Usted ha ofendido a mi cliente Dereviachkin... Pero, vamos a ver, ¿por qué le ha ofendido?

—¡Qué ofensas ni qué demonios! —gritó acalorado Gradussoff, anciano alto, de frente estrecha poco prometedora, cejas espesas y una medalla de bronce en el ojal—. Yo lo que hice fue leerle la cartilla de la moralidad. ¡A los necios hay que enseñarles! Porque si no se les enseña no nos dejarán pasar por la calle...

—Pero, Dosifey Petrovich, usted lo que ha hecho no ha sido instruirle precisamente. Usted, según él manifiesta en su denuncia, le ha ofendido públicamente llamándole burro, canalla, etcétera..., y hasta una vez, intentó levantarle la mano como si deseara maltratarle de obra.

—¿Cómo no pegarle, si lo merece? ¡No lo entiendo!

—¡Comprenda que no tiene usted ningún derecho para hacerlo!

—¿Que no tengo derecho? ¡Vamos, perdóneme!... ¡Vaya usted a contárselo a cualquier otro y a mí no me maree más, hágame el favor! Él, después de haber sido echado a puntapiés del coro episcopal, pasó al mío y allí lo he tenido diez años. ¡Yo soy su bienhechor, para que lo sepa usted! Y si se ha enfadado porque le he echado del coro, él mismo es el culpable. Le he echado por su afán de filosofar. Filosofar es propio solamente de individuos instruidos que han estudiado en la Universidad. ¡Pero si él es un estúpido, de una inteligencia cortísima! Así, métete en un rincón y cállate... Calla y escucha cómo hablan los hombres inteligentes. Pero el gran badulaque siempre procuraba meterse en filosofías. Estaban cantando o diciendo misa y él hablaba de Bismarck o de yo no sé qué Gladstone. ¡Querrá usted creer..., el canalla se ha suscrito a un periódico! ¡Y cuántas veces le hice cerrar a puñetazos la boca por la guerra ruso-turca! ¡No se lo puede usted figurar! Teníamos que cantar y él se inclinaba a los tenores, y venga a contarles cómo los nuestros habían echado a pique con dinamita el acorazado Liufti-Gelil... ¿Acaso esto es orden? Naturalmente, es muy agradable que los nuestros hayan vencido, pero esto no quiere decir que no haya que cantar. Después de la misa puedes hablar todo lo que quieras. En una palabra: es un cerdo.

—¿De modo que usted también le ofendía antes?

—Antes no se quejaba. Se daba cuenta de que lo hacía por su bien. Lo comprendía… Sabía que no se podía contradecir a los mayores ni a los bienhechores, pero en cuanto entró de escribiente en la Policía, ¡adiós!, empezó a darse tono y dejó de comprender las cosas. "¡Yo", dice "no soy ahora cantor, soy un funcionario! ¡Me voy a preparar para registrador!". "¡Pedazo de animal!", —le dije— "filosofa menos y límpiate las narices con más frecuencia: eso te será mucho más provechoso que soñar con los títulos…" "A ti", —le dije— "no te sientan bien los grados, sino la pobreza". ¡Ni oír quiso!

—Veamos, por ejemplo, este caso: ¿Por qué me ha llamado el juez de paz?…

—¿Ve usted qué cafre? Estaba yo en la taberna de Samoplinyeff, tomando el té con nuestro jefe de aldea. Todo estaba lleno, no había un solo sitio libre… Miro y me encuentro con que él estaba también allí, con otros escribientes, atiborrándose de cerveza. Iba hecho un elegante. Levantó su hocico y gritó, gesticulando con los brazos… Yo me puse a escuchar…

Hablaba del cólera. ¿Qué le parece a usted? ¡Filosofando! Yo, ¿sabe usted?, me callaba, soportándole… Charla, charla —pensaba yo—, la lengua no tiene huesos… De pronto, por desgracia, comenzó a sonar la música de la máquina… Entonces, aquel cafre se puso sentimental, se levantó y dejó a sus amigos: "¡Bebamos —dijo— por el progreso!… Yo —dijo— soy hijo de mi patria y soy eslavófilo. ¡Daré mi único pecho por ella! ¡Salid, enemigos! ¡El que no esté de acuerdo conmigo, que salga!". Y dio un puñetazo en la mesa. Entonces, yo no pude contenerme más, me acerqué a él y le dije con toda la delicadeza posible: "Oye, Osip… Si eres un cerdo y no entiendes absolutamente nada, vale más que te calles y no te pongas metafísico. Un hombre instruido puede hacerlo, pero tú no: tú eres la escoria, la ceniza…". Yo le decía una palabra y él me contestaba diez… Entonces se armó allí un jaleo. Yo, naturalmente, lo hacía por su bien, y él me contestaba porque es tonto… Se ofendió, y ahí lo tiene usted: me ha denunciado ante el juez de paz…

—Sí —dijo suspirando Kaliakin—. Eso está muy mal… Por tonterías como ésas, el demonio sabe lo que puede resultar. Usted es un hombre con familia, respetable, y no le benefician en nada estos chismes, causas y arrestos… ¡Hay que acabar con este asunto, Dosifey Petrovich! Tiene usted un recurso, con el cual está también conforme Dereviachkin. Usted va a venir hoy conmigo, a las seis de la tarde, a la taberna de Samoplinyeff, donde se reúnen los escribientes, los actores y otras gentes, delante de los cuales le ha ofendido usted, y ante ellos le pedirá usted perdón… Entonces él retirará su denuncia. ¿Ha comprendido? Supongo que aceptará usted, Dosifey Petrovich… ¡Se lo digo como amigo!… Usted ha ofendido a Derevjachkin… Le ha puesto de vuelta y media, y sobre todo ha dudado de sus sentimientos meritorios, y hasta… los ha profanado. En nuestros tiempos, ¿sabe usted?, no se puede hacer esto. Hay que tener mucho cuidado. En sus palabras hay un cierto matiz…, ¿cómo diría yo? que en nuestros tiempos…, en una palabra: no es… Ahora son las seis menos cuarto: ¿quiere usted venir conmigo?

Gradussoff movió la cabeza negativamente, pero cuando Kaliakin le pintó con vivos colores el "matiz" de sus palabras, añadiendo que ese matiz podía tener consecuencias, Gradussoff se acobardó y aceptó.

—¡Pero fíjese bien!… Pídale perdón como es debido, con buenas formas —le decía el abogado, instruyéndole cuando iban a la taberna—. Lléguese a él y pídale perdón, tratándole de "usted"… "Perdóneme usted… Retiro mis palabras", etcétera, etcétera…

Al llegar a la taberna, Gradussoff y Kaliakin la encontraron llena de gente.

Había comerciantes, actores, funcionarios, escribientes de Policía, y en general toda la gentuza que tenía costumbre de reunirse por las noches en la taberna para tomar té o cerveza. Entre los escribientes se hallaba el propio Dereviachkin, joven, de edad indeterminada, ojos grandes e inmóviles, nariz aplastada y cabellos tan ásperos que al mirarlos entraban ganas de cepillarse las botas… Su rostro tenía una expresión tan feliz que con verle una sola vez podía uno enterarse de todo: de que era un borracho, de que cantaba con voz de bajo y de que era tonto, pero no tanto que se considerase hombre inteligente.

Al ver entrar al sochantre, se levantó e hizo unas muecas como si moviese el bigote. El público que, por lo visto, estaba prevenido de la pública retractación, prestó oídos.

—Aquí… el señor Gradussoff está conforme! —dijo Kaliakin entrando.

El sochantre saludó a unos cuantos, se sonó con estrépito, se ruborizó y se acercó a Dereviachkin.

—Perdone usted… —balbuceó sin mirarle, metiéndose el pañuelo en el bolsillo—. Retiro mis palabras delante de todo el público.

—Le perdono —exclamó Dereviachkin con su voz de bajo, lanzando una mirada de triunfo sobre el gentío y sentándose—. ¡Estoy satisfecho! Señor abogado, le ruego que retire mi denuncia.

—Me excuso —prosiguió Gradussoff—. Perdone usted. No me agradan los disgustos… ¿Quieres que te hable de "usted"? Como quieras… ¿Deseas que te considere un hombre inteligente? Pues ya está… ¡Me importa un comino! Yo, hermano, no soy rencoroso, el demonio te lleve…

—¡Ea! ¡Permítame! Usted excúsese, pero no insulte…

—¿Pero cómo quieres que me excuse? ¿No lo estoy haciendo? ¿Tal vez porque no te doy el "usted"? Pues es porque se me ha olvidado… ¿Que me ponga de rodillas?… Me excuso y hasta doy gracias a Dios de que hayas tenido un poco de seso para terminar con este asunto. Yo no tengo tiempo para rodar por los juzgados… Nunca he pleiteado ni me pondré a pleitear… ni a ti tampoco te lo aconsejo… Es decir, a usted…

—¡Naturalmente! ¿No desea usted tomar algo en señal de paz?

—Sí, ¿por qué no?… Sólo que tú, hermano Osip, eres un cerdo… Esto te lo digo no por insultarte, sino, así… por ponerte un ejemplo… ¡Eres un cerdo, hermano! ¿Te acuerdas de cómo te arrastrabas a mis pies cuando te echaron del coro episcopal? ¿Eh? ¡Y ahora te atreves a denunciar a tu bienhechor! ¡Hocico de cerdo! ¡Marrano! ¿No te da vergüenza? Señores parroquianos: ¡Y no le da vergüenza!

—¡Permítame usted! Resulta que me está usted insultando otra vez…

—¿Qué insultos?… Te lo digo para enseñarte… Hemos hecho las paces y por última vez te digo que no pienso insultarte… ¿Meterme yo otra vez contigo después de que tú has denunciado a tu bienhechor? ¡Vete al diablo! ¡No quiero ni hablar contigo! Y si acabo de decirte que eres un cochino es… porque lo eres… En lugar de pedir eternamente a Dios por tu bienhechor, que durante diez años te ha dado de comer y te ha enseñado la música, vas a denunciarle y me envías a estos abogadillos del demonio…

—¡Oiga usted, Dosifey Petrovich! —dijo Kaliakin ofendido—. En su casa he estado yo, pero no ningún demonio… ¡Tenga usted un poco más de cuidado, se lo ruego!…

—¿Acaso me he referido a usted? Vaya usted a mi casa aunque sea todos los días… Únicamente me asombra ver cómo usted, que ha cursado estudios y que es una persona instruida, en lugar de enseñar a este pavo le ayuda en contra mía… Yo, en su lugar, le metería en la cárcel… Y luego, ¿por qué se enfada usted? ¿No me he excusado? Pues ¿qué más quiere? ¡No lo entiendo! Señores parroquianos: ¡ustedes serán testigos de que yo me he excusado y no he de hacerlo por segunda vez ante un imbécil como éste!

—¡El imbécil es usted! —exclamó roncamente Osip, dándose, lleno de indignación, un puñetazo en el pecho.

—¿Yo imbécil? ¿Yo? ¿Y me lo dices tú?… Gradussoff se puso rojo y comenzó a temblar.

—¿Y tú te has atrevido…? Pues ¡toma! —gritó, al mismo tiempo que le lanzaba un escupitajo—. ¡Y encima de escupirte, canalla, te denunciaré al juez de paz! ¡Ya te enseñaré a ofender! Señores, sean ustedes testigos...

—Señor teniente de Policía: ¿cómo está usted ahí mirando? A mí me están ofendiendo y usted se queda tan tranquilo. Ustedes cobran buen sueldo, pero en cuanto hay que cuidar del orden ya no es cosa de ustedes, ¿eh? Acaso se creen que no hay justicia para ustedes.

El teniente de Policía se acercó a Gradussoff y se produjo un escándalo. Al cabo de una semana Gradussoff comparecía ante el juez de paz, acusado de haber ofendido a Dereviachkin, al abogado y al teniente de Policía; a este último en acto de servicio. Al principio no comprendía si estaba allí como acusador o como acusado; luego, cuando el juez de paz le condenó a dos meses de arresto, se sonrió amargamente y gruñó: "¡Hum!... A mí me han ofendido y encima tengo que ir a la cárcel... ¡Qué cosa tan extraña!... Hay que juzgar según la ley, señor juez de paz y no hacer lo que uno quiere... Su difunta madrecita, Bárbara Sergueyevfla, que en paz descanse, mandaba dar de vergajazos a tipos como Osip, y usted los defiende... ¿Qué va a resultar de todo esto?... Usted los absuelve, otro hace lo mismo... Entonces, ¿dónde podremos ir a quejamos?".

—La sentencia puede ser apelada en el término de dos semanas... Y le suplico que no discuta... ¡Puede usted retirarse!

—¡Naturalmente!... En estos tiempos no se puede vivir totalmente con el sueldo —dijo Gradussoff guiñando significativamente un ojo—. Si uno quiere comer se mete a un inocente en la cárcel...

—Eso es!... Y no se puede protestar de nada...

—¡Nada!... Eso... No tiene importancia... ¿Usted cree que porque lleve la cadena de oro no hay justicia que pueda con usted? Pierda cuidado... ¡Lo pondré todo en claro!

El asunto se complicó por haber ofendido también al juez, pero intervino el arcipreste y todo se arregló.

Al pasar la causa a la Audiencia, Gradussoff estaba convencido de que no solamente le absolverían, sino de que meterían a Osip en la cárcel. Así lo pensaba hasta el momento de celebrarse la vista. Cuando se encontraba ante los jueces se portaba pacíficamente, sin decir ni una palabra de más. Sólo una vez, cuando el presidente le dijo que se sentara, se ofendió y exclamó:

—¿Acaso está escrito en las leyes que un sochantre se siente al lado de sus cantores subalternos?

Cuando la Audiencia confirmó la sentencia del juez de paz, Gradussoff entornó los ojos...

—¿Cóomo? ¿Qué-e?… —preguntó—. ¿Cómo entender eso? ¿A qué se refiere usted?

—La Audiencia confirma la sentencia del juez de paz. Si no está conforme, acuda al Tribunal Supremo.

—¡Muy bien! ¡Muchísimas gracias, excelencia, por juicio tan rápido y justo! Naturalmente, sólo con un sueldo no se puede vivir: lo comprendo perfectamente; pero perdonen ustedes: ya encontraremos un tribunal que no se deje sobornar…

No voy a relatar todo lo que Gradussoff le dijo a la Audiencia. Actualmente está acusado por insultar a los magistrados y ni siquiera presta atención cuando sus amigos intentan explicarle que tan sólo él es culpable… Está persuadido de su inocencia y cree que tarde o temprano le darán las gracias por haber descubierto graves abusos.

—¡No se puede hacer nada con este tonto!… —dijo el párroco, haciendo con el brazo un movimiento de desesperación—. ¡No entiende nada!

EL DELINCUENTE

Ante el juez está un *mujik* pequeño y extremadamente escuálido, vestido con una camisa de abigarrados colores y con unos calzones remendados. Su rostro velludo, comido de picaduras, y sus ojos apenas visibles bajo las espesas y colgantes cejas, tienen una expresión de gravedad taciturna. Sobre la cabeza lleva todo un gorro de pelo enmarañado que no ha sido peinado hace tiempo y que le da un aspecto de severa araña. Está descalzo.

—¡Denis Grigoriev! —empieza a decir el juez—. ¡Acércate y contesta a mis preguntas!... El día siete de este mes de julio, el guardavía, Iván Semion Akinfov, en su recorrido matinal de la línea y en la versta ciento cuarenta y uno te sorprendió destornillando la tuerca del riel. ¡He aquí la tuerca!... Cuando se detuvo, estabas en posesión de dicha tuerca. ¿Fue o no fue así?

—¿Qué?...

—¿Ocurrió todo según lo explica Akinfov?

—¡Claro que ocurrió!

—Bien... ¿Y para qué destornillabas esa tuerca?

—¿Qué?...

—¡Basta de *ques* y contesta a lo que se te pregunta! ¿Para qué destornillabas la tuerca?

—¡Si no hubiera habido necesidad..., no la habría destornillado!... —dijo Denis con voz ronca y mirando de reojo el techo.

—¿Y para qué necesitabas la tuerca?

—¿La tuerca?... Con las tuercas nosotros hacemos pesos.

—¿Y quiénes son "nosotros"?

—¿Nosotros?... ¡Pues la gente!... ¡Los mujiks de Klim!...

—¡Oye, hermano! ¡No te hagas el idiota y contesta juiciosamente! ¡No vengas aquí mintiendo con eso de los *pesos*!

—¡Desde mi nacimiento que no he mentido..., y ahora resulta que miento!... —masculla Denis parpadeando—. ¿Acaso, señoría, puede uno hacer algo sin peso?... ¿Acaso se va a ir el gancho a fondo..., si uno quiere colgarle algo..., o si no lleva peso? ¡Que miento!... —Denis sonríe sarcástico—. ¿Acaso va a estar mecido el diablo en el cebo para tenerlo tieso?... ¡Hay peces..., como el *okuñ* o la *schuka*, que están muy hondos!..., ¡Flotar..., solo flota el *schilispei*..., pero en nuestro río no hay *schilispei*!... ¡Ese es un pez que le gusta ir muy ancho!...

—¿Y para qué me cuentas todo eso de los *schilispei*?

—¿Qué?... ¿Pues no me lo está usted preguntando?... ¡Si hasta los mismos señores pescan así!... ¡Si ni el más mocoso iría a pescar sin peso!... ¡Claro que el que no sepa... se iría a pecar sin peso!... ¡A un tonto no le vale ninguna ley!

—Dices entonces que desatornillaste esta tuerca para utilizarla como peso.

—¿Y cómo no? ¡No la iba a coger para jugar!

—Para peso podías, haber cogido una bala, un poco de plomo o un clavo cualquiera...

—¡El plomo no anda tirado por el camino... y un clavo no sirve! Mejor que la tuerca, ¿qué va uno a encontrar?... Pesa y tiene un agujero.

—¡Miren cómo se hace el tonto! Parece enteramente que ha nacido ayer o que se ha caído de un guindo... ¿Es que no comprendes, cabeza de chorlito, las consecuencias que podía haber traído ese destornillamiento?... ¿Que de no haber reparado en él el guardavía, podía haber descarrilado el tren y podía haber habido muertes?... ¡Tú hubieras sido entonces el que matara a esa gente!

—¡Dios nos libre, señoría!... ¿Para qué matar?... ¿Acaso no está uno bautizado o es uno un criminal? A Dios gracias, buen caballero, ya lleva uno vivido bastante..., y de eso de matar... ¡ni siquiera le ha pasado a uno por la cabeza! ¡Dios nos libre!... ¡Virgen Santísima!...

—¿Y por qué entonces, según tú, ocurren los descarrilamientos?... Se destornillan dos o tres tuercas ¡y ya tienes ahí el descarrilamiento!...

Denis sonríe con sarcasmo e incredulidad y mira al juez guiñando los ojos.

—¡Vaya!... ¡Tantos años que lleva el pueblo destornillando tuercas y Dios guardándole a uno, y ahora que si el descarrilamiento..., que si matar a la gente!... Si yo..., pongo por caso..., hubiera levantado un riel..., o plantado un tronco en mitad de la vía..., entonces puede ser que el tren se hubiera desmandado..., pero que porque uno... una tuerca...

—¿Pero no comprendes que con las tuercas se sujetan los rieles?

—¡Eso ya lo comprende uno!... ¡Por eso no las destornillamos todas! ¡Dejamos muchas!... ¡No lo hace uno así..., a lo tonto!... ¡Comprendemos!...

Y Denis, que bosteza, traza una cruz sobre su boca.

—El año pasado, en este lugar, descarriló el tren —dice el juez— y ahora queda aclarado el porqué.

—¿Cómo manda usted?...

—Digo que ahora se explica por qué el año pasado hubo aquí un descarrilamiento. ¡Ahora lo entiendo!

—¡Pa'eso son ustedes instruidos! ¡Pa'entenderlo todo, bienhechores nuestros!... ¡Ya sabe el Señor a quién da conocimiento!... Ahora que... usted aquí juzga el porqué y el por qué no..., mientras que el guardavía, que es un mujik tal como uno que no tiene comprensión…, te agarra por el cuello y te lleva… ¡Primero hay que juzgar a la gente, luego llevársela!… ¡Cuando se dice *mujik*… es porque así tiene uno la inteligencia!… ¡Y puede apuntar también que me pegó dos veces en la cara y una en el pecho!

—En tu casa, cuando se hizo el registro, se encontró otra tuerca más. ¿Cuándo y en qué sitio la destornillaste?

—¿Qué tuerca dice usted?… ¿La que estaba debajo del baulillo colorado?

—No sé dónde estaba; lo que sé es que la encontraron. ¿Cuándo la destornillaste?

—Yo no la destornillé. Me la dio Ignaschka, el hijo de Semion el tuerto… ¡Hablo de la que estaba debajo del baulillo…, que la que estaba en el patio, en el trineo, la destornillé con Mitrofan!…

—¿Qué Mitrofan?

—Mitrofan Petrov. ¿Acaso no le ha oído usted nombrar?… Hace las redes y se las vende a los señores. Necesita muchas tuercas de esas… ¡Cada red le lleva por lo menos diez!…

—¡Oye!… El artículo mil ochenta y uno del Código penal dice: "Todo desperfecto cometido intencionadamente contra el ferrocarril, cuando constituya peligro para dicho medio de locomoción, ejecutado por el culpable con conocimiento de que sus consecuencias pueden resultar una catástrofe". ¿Comprendes?… ¡Tú eso lo sabias! ¡No podías dejar de saber a qué conducen esos destornillamientos!… "Está castigado con el destierro y los trabajos forzados".

—¡Claro! ¡Usted tiene que saber eso mejor!… ¡Uno tiene más cerrada la mollera! ¿Acaso entiende uno de algo?

—¡Lo entiendes perfectamente! ¡Estás mintiendo y fingiendo!

—¿Y pa'qué iba a mentir?… Pregunte por toda la aldea si no me cree…, ¿qué pez le va a uno a picar sin el peso?…

—Bien… ¿Es que vas a empezar a contarme más cosas de los *schilispei*? —sonríe el juez.

—¡Si en nuestras tierras no hay *schilispei*!… ¡Si cuando uno va a pescar con mariposas a flor de agua y sin peso… lo más que saca es un pez *golav*… y pa'eso… muy rara vez!

—Bueno, cállate ya.

Se hace un silencio. Denis se apoya tan pronto en un pie como en otro, mira a la mesa forrada de paño verde y parpadea mucho como si en lugar de una tela fuera el sol lo que tiene delante. El juez escribe deprisa.

—¿Puedo irme? —pregunta Denis después de un corto silencio.

—No. Tengo que ponerte bajo vigilancia y mandarte al calabozo.

Denis cesa de parpadear y arqueando las espesas cejas mira interrogativamente al funcionario.

—¿Cómo al calabozo, señoría?... ¡No tengo tiempo!... ¡He de ir a la feria!... ¡Egor tiene que pagarme tres rublos por el tocino!

—¡Calla y no me molestes!

—¡Al calabozo!... ¡Si al menos hubiera motivo, uno iría, pero así porque sí!... ¿Por qué culpa?... ¡Si no he robado y si al paraca... no me he pegado!... Porque si su señoría se refiere al tributo... no tiene que creer al *starasta*... ¡No tiene alma de cristiano ese *starasta*!... ¡Pero si estoy todo el tiempo callado!... —masculla Denis—. ¡Lo que pasa es que el *starasta* le ha metido un embuste y esto yo..., hasta por juramento!... ¡Mire..., somos tres hermanos: Kuzma Grigoriev, Egor Grigoriev y yo, Denis Grigoriev!...

—Me inoportunas... ¡Eh!... ¡Semion! —llama en voz baja el juez—. ¡Llevárselo!

—¡Somos tres hermanos!... —masculla Denis cuando dos robustos soldados le sacan del cuarto—. ¡Pero el hermano no tiene que pagar por el hermano!... ¡Kuzma no paga y tú, Denis, vas a tener que responder por él!... ¡Vaya jueces!... ¡Lástima que haya muerto el difunto señor general, que en paz descanse!... ¡Si no... ya hubiera hecho él ver a los jueces! ¡Hay que saber juzgar... y no juzgar así porque sí!... ¡Bueno que le azoten a uno... pero que sea por algo..., por alguna acción! ¡Por conciencia!...

UN DRAMA

—Una señora pregunta por usted, Pavel Vasilich! —dijo el criado—. Hace una hora que espera.

Pavel Vasilich acababa de almorzar. Hizo una mueca de desagrado, y contestó:

—¡Al diablo! ¡Dile a esa señora que estoy ocupado!

—Esta es la quinta vez que viene. Asegura que es para un asunto de gran importancia. Está casi llorando.

—Bueno. ¿Qué vamos a hacerle? Que pase al gabinete.

Se puso, sin apresurarse, la levita, y, llevando en una mano un libro y en la otra un portaplumas, para dar a entender que se hallaba muy ocupado, se encaminó al gabinete. Allí lo esperaba la señora anunciada. Era alta, gruesa, colorada, con antiparras, de un aspecto muy respetable, y vestía elegantemente.

Al ver entrar a Pavel Vasilich alzó los ojos al cielo y juntó las manos, como quien se dispone a rezar ante un icono.

—Naturalmente, ¿no, se acuerda usted de mí? —comenzó con acento en extremo turbado—. Tuve el gusto de conocerlo en casa de Trutzky. Soy la señora Murachkin.

—¡Ah, sí!… Haga el favor de sentarse. ¿En qué puedo serle útil?

—Mire usted, yo…, yo —balbuceó la dama, sentándose, y más turbada aún—. Usted no se acuerda de mí… Soy, la señora Murachkin… Soy gran admiradora de su talento y leo siempre con sumo placer sus artículos. No tengo la menor intención de adularle, ¡líbreme Dios! Hablo con entera sinceridad. Sí, leo sus artículos con mucho placer… Hasta cierto punto, no soy extraña a la literatura. Claro es que no me atrevo a llamarme escritora, pero… no he dejado de contribuir algo…, he publicado tres novelitas para niños… Naturalmente, usted no las habrá leído… He trabajado también en traducciones… Mi hermano escribía en una revista importante de Petrogrado.

—Sí, sí… ¿Y en qué puedo serle útil a usted?

—Verá usted… —y bajó los ojos, poniéndose aún más colorada—. Conozco su talento y sus opiniones. Y quisiera saber lo que piensa… o, más bien, quisiera que me aconsejase… En fin, he escrito un drama, y antes de enviarlo a la censura quisiera que usted me dijese…

Con mano trémula sacó un voluminoso cuaderno.

Pavel Vasilich no gustaba sino de sus propios artículos; los ajenos, cuando se veía obligado a escucharlos, le producían la impresión de un cañón a cuyos disparos sirviera él de blanco. A la vista del gran cuaderno se llenó de terror y dijo:

—Bueno…, déjeme el drama, y lo leeré.

—¡Pavel Vasilich! —suplicó la señora, con voz suspirante y juntando las manos—. Ya sé que está usted muy ocupado y no puede perder ni un minuto. Tampoco se me oculta que en este momento está usted enviándome a todos los diablos, pero…, tenga usted la bondad de permitirme que le lea mi drama ahora, y le quedaré obligadísima.

—Tendría un gran placer, señora, en complacer a usted; pero… no tengo tiempo. Iba a salir.

—Pavel Vasilich —rogó la visitante, con lágrimas en los ojos—. Le pido a usted un sacrificio. Sé que soy osada, impertinente, pero ¡sea usted generoso! Mañana me voy a Kazan, y no quisiera irme sin saber su opinión. ¡Sacrifíqueme usted media hora… sólo media hora!

Pavel Vasilich no era hombre de gran voluntad y no sabía negarse. Cuando vio a la señora disponerse a llorar y a prosternarse ante él, balbuceó:

—Bueno, acepto… Si no es más que media hora…

La señora Murachkin lanzó un grito de triunfo, se quitó el sombrero, se sentó, y empezó a leer.

Leyó primeramente cómo el criado y la criada hablaban largo y tendido de la señorita Ana Sergeyevna, que ha hecho edificar en la aldea una escuela y un hospital. Después del diálogo con el criado la criada recita un monólogo conmovedor sobre la utilidad de la instrucción; luego vuelve el criado y refiere que su señor, el general, mira con malos ojos la actividad de su hija Ana Sergeyevna; quiere casarla un oficial, y considera un lujo inútil la instrucción del pueblo. Después el criado y la criada se marchan y entra Ana Sergeyevna en persona. Hace saber al público que se ha pasado en claro la noche pensando en Valentín Ivanovich, hijo de un pobre preceptor y mozo de nobles sentimientos, que mantiene a su padre enfermo. Valentín es un hombre instruidísimo, pero en extremo pesimista. No cree ni en el amor ni en la amistad, encuentra estúpida la vida y quiere morir. Ana Sergeyevna está decidida a salvarlo.

Pavel Vasilich escuchaba y pensaba en su diván, en el que tenía la costumbre de descansar un poco después del almuerzo. De vez en cuando lanzaba a la señora Murachkin una mirada llena de odio.

—¡Que el diablo te lleve! —pensaba—. ¿Qué culpa tengo yo de que hayas escrito un drama estúpido? ¡Qué cuaderno, Dios mío! ¡No se acaba nunca!

Miró el retrato de su mujer, colgado en la pared, y recordó que aquélla le había encargado que comprase y llevara a la casa de campo cinco metros de cinta, una libra de queso y unos polvos para los dientes.

—¿Dónde he puesto yo la muestra de la cinta? —pensaba—. Creo que está en el bolsillo de la chaqueta… Con tal que no se pierda… Las malditas moscas han manchado el retrato. Le tendré que decir a Olga que lo limpie… Esta endemoniada está leyendo ya la escena octava; el primer acto está, probablemente, tocando a su fin… Pobre señora, está muy gruesa para tener inspiración. Qué idea más graciosa la de meterse a escribir dramas! Más valía que hiciera medias o que cuidase a las gallinas…

—¿No le parece a usted este monólogo demasiado largo? —preguntó de pronto la señora Murachkin, levantando los ojos del cuaderno.

Él no había oído palabra de dicho monólogo, y ante la pregunta inesperada manifestó gran confusión.

—¡Nada de eso! Al contrario, me gusta mucho.

La señora Murachkin puso una cara gozosísima, radiante de dicha, y continuó leyendo:

"Ana. Te entregas con exceso al análisis psicológico. Olvidas demasiado el corazón y atribuyes a la razón excesiva importancia. Valentín. ¿Y qué es el corazón? Es un concepto anatómico, un término convencional, sin sentido alguno para mí. Ana (Turbada). ¿Y el amor? ¿Dirás también acaso que no es sino el producto de la asociación de ideas?… Valentín (Con amargura.) ¡No abramos las viejas heridas! (Una pausa.) ¿En qué piensas? Ana. Sospecho que no eres feliz".

Durante la lectura de la escena diez y seis, Pavel Vasilich bostezó de un modo en absoluto inesperado, y él mismo se asustó de su poca galantería. Para disimularla se apresuró a dar a su rostro la expresión de un hombre que escucha con gran interés.

—La escena diez y siete —se dijo— y el primer acto aún no se ha acabado. ¡Dios mío! Si esto se prolonga diez minutos más, no sé qué voy a hacer… ¡Es insoportable!

Al fin la dramaturga leyó con voz triunfante:

"¡Telón!".

Pavel Vasilich lanzó un suspiro de alivio y se dispuso a levantarse; pero la señora Murachkin volvió la página y, sin haberle dado tiempo para respirar, continuó leyendo:

"Acto segundo. La escena representa una calle de la aldea. A la derecha, la escuela; a la izquierda, el hospital. En la escalinata del hospital están sentadas unas campesinas".

—¡Perdóneme! —interrumpió Pavel Vasilich—. ¿Cuántos actos son?

—¡Cinco! —respondió rápida la señora Murachkin; y, como si temiera que echase a correr, continuó a toda prisa:

"En la ventana de la escuela se encuentra Valentín. En el fondo se ve a los campesinos salir y entrar en la taberna".

Como un condenado a muerte que hubiera perdido toda esperanza de ser indultado, Pavel Vasilich no se hizo ya ilusiones, y se resignó. Sólo se preocupó de tener los ojos abiertos y de conservar en el rostro una expresión atenta. El momento dichoso de su porvenir en que aquella señora acabase la lectura del drama y se fuera le parecía muy lejano.

—Rim, run, run… run, run, run —zumbaba sin tregua en su oído la voz de la señora Murachkin.

—Se me había olvidado tomar bicarbonato —pensaba—. Tengo que cuidarme el estómago… Antes de marcharme iré a ver a Smírrov… ¡Calla, un pajarito se ha parado en la ventana! Debe de ser un gorrión.

Sus párpados parecían de plomo, y hacía esfuerzos sobrehumanos para no dormirse. Bostezó y miró a la señora, que tomó ante sus ojos soñolientos formas fantásticas; comenzó a oscilar, y se convirtió en un ser tricéfalo, que llegaba al techo. La señora leía:

"Valentín. No, permíteme que me vaya. Ana (Asustada) ¿Por qué? Valentín (Aparte.) ¡Se ha puesto pálida! (A ella). No, no me obligues a que te diga las verdaderas razones. ¡Prefiero morir a decírtelas! Ana (Tras una corta pausa.) ¡No, no puedes partir!…".

La señora Murachkin empezó a inflarse, a inflarse. No tardó en parecerle a Pavel Vasilich una enorme montaña que llenaba toda la estancia; luego, súbitamente, se hizo muy pequeñita cómo una botella, y desapareció después con la mesa que había ante ella. Pero siguió leyendo:

"Valentín (Sosteniendo en sus brazos a Ana.) ¡Tú me has resucitado! ¡Tú me has enseñado el sentido de la vida! ¡Has sido para mi alma seca como una lluvia bienhechora! Pero ¡ay!, es demasiado tarde. Soy una víctima de una enfermedad incurable".

Pavel Vasilich se estremeció y fijó una mirada vaga, estúpida, en la señora Murachkin. Durante un minuto la miró así, sin comprender nada, perdido en absoluto el sentido de la realidad.

"Escena undécima. Los mismos; después, el barón y el oficial de policía. Valentín. ¡Deténganme! Ana ¡Y a mí también, le pertenezco! La amo más que a mi vida. El barón Ana Sergeyevna, olvidas el daño que tu conducta causará a tu noble padre…".

La señora Murachkin empezó nuevamente a inflarse, se hizo grande como una montaña, llenó toda la estancia. Entonces Pavel Vasilich, dirigiendo en torno suyo miradas salvajes, lanzó un alarido de terror, tomó de la mesa un pesado pisapapeles, y con todas sus fuerzas lo descargó sobre la cabeza de la señora Murachkin.

—¡Deténganme, la he matado! —dijo momentos después, cuando acudió la servidumbre.

El jurado dictó un veredicto de inculpabilidad.

UN "DVORNIK" INTELIGENTE

De pie, en el centro de la cocina, el *dvornik* Filipp moralizaba. Sus oyentes eran los lacayos, el cochero, dos doncellas, el cocinero, la cocinera y dos pinches, sus hijos. Todas las mañanas moralizaba sobre algo, siendo en aquella ocasión el tema de su discurso la instrucción.

—¡Todos vosotros —decía, sosteniendo con las manos un gorro con insignia de metal— vivís cochinamente!... ¡Os pasáis el tiempo ahí sentados y no se os ve más que ignorancia!... ¡No se os ve civilización!... ¡Mischka, jugando al ajedrez! ¡Matriona, cascando nueces!... ¡Nikifor, siempre a vueltas con sus chuflas!... ¿Es eso acaso inteligencia?... ¿Eso no es inteligencia?... ¡Eso es pura tontería!... ¡Vosotros no tenéis ni una chispa de inteligencia...! ¿Y por qué?

—¡Desde luego, Filipp Nikandrich —observó el cocinero—, ya se sabe!... ¿Qué inteligencia va a tener uno?... ¡La del *mujik*!... ¿Qué va uno a comprender?

—¿Y por qué os falta inteligencia?... ¡Porque no arrancáis de un verdadero punto!... ¡No leéis libros, y para lo tocante a lo escrito, no tenéis ningún sentido!... ¡Si al menos cogierais un librejo, os sentarais y leyerais!... ¡Seguro que sois alfabetos y que comprenderéis lo que está impreso!... ¡Tú, por ejemplo, Mischka, si cogierais un libro y leyeras..., sería un gran provecho para ti y de mucho gusto para los demás!... ¡En los libros, sobre todo, hay una extensión muy grande!... Allí verás que te hablan de la Naturaleza, de lo divino, de los países terrestres!... ¡De que si esto se hace de lo otro... de las diversas gentes que hay... de los idiomas que hay!... También del paganismo... ¡Sobre todas las cosas encontrarás tema en los libros... sólo hay que tener ganas de buscarlas!... Pero vosotros... ahí os estáis sentados junto a la estufa sin hacer más que zampar y beber!... ¡Exactamente como las bestias!... ¡Pfú!...

—Ya es hora de que se vaya a la guardia, Nikandrich —observó la cocinera.

—¡Lo sé!... ¡No eres tú la que tiene que hacerme observaciones!... ¡Esto, por ejemplo!... ¡Digamos, yo!... ¿En qué puedo yo ocuparme a mi edad?... ¿Con qué puede uno satisfacer el alma?... ¡Para eso no hay cosa mejor que un libro o un periódico! Ahora me voy a la guardia... Me estaré tres horas junto a la puerta cochera..., pero ustedes pensarán que me voy a pasar el tiempo bostezando o charlando con las babas. ¡Nada de eso! ¡Yo no soy así!... Cogeré un librito y me pondré a leer muy a gusto. ¡Eso es!

Y Filipp, sacándose del gorro un libro bastante deteriorado, lo deslizó entre sus ropas.

—¡Así es mi ocupación! Desde que era un crío me acostumbré a que "la sabiduría es luz y la ignorancia tinieblas…" ¿Con seguridad habéis oído eso?… ¡Así es!

Después Filipp se caló el gorro, y mascullando abandonó la cocina. Una vez fuera, con nublado semblante, tomó asiento junto al portalón.

—¡No son personas!… ¡Son unos químicos cochinos! —masculló con el pensamiento siempre en la gente de la cocina. Luego, apaciguándose, sacó un libro, lanzó un suspiro con mucha dignidad y se puso a leer.

"¡Tan bien escrito está que no cabe cosa mejor!", pensó, moviendo la cabeza al terminar la lectura de la primera página. "¡Cuánta sapiencia ha concedido el Señor!".

El libro, de edición moscovita, era un buen libro: *El cultivo de las hortalizas*. "¿Tenemos o no necesidad de la calabaza?…". Después de leídas las dos primeras hojas, el *dvornik* movió la cabeza con un gesto lleno de significación, y tosió:

—¡Todo está muy bien dicho!

Terminada la lectura de la tercera página, Filipp quedó pensativo; sentía deseos de meditar sobre la educación y, sin saber por qué, sobre los franceses. Reclinó la cabeza en el pecho y apoyó los codos en las rodillas. Sus ojos se entornaron.

Y Filipp tuvo un sueño. Vio cómo todo había cambiado: la tierra era la misma, las casas las mismas, el portalón el mismo, y, sin embargo, la gente completamente distinta. ¡Todos eran muy sabios! No había ningún tonto, y por las calles andaban franceses y más franceses. Hasta el propio aguador reflexionaba de este modo: "He de confesar que no me siento nada satisfecho del clima. Voy a consultar el termómetro". Mientras esto decía, sostenía un grueso libro entre las manos.

—Lo que tiene que hacer es leer el calendario —le contestaba Filipp.

La cocinera, aunque necia, también se mezclaba en las conversaciones inteligentes y se permitía observaciones. Filipp se dirigió a la Comisaría a hacer la inscripción de inquilinos, y por extraño que parezca, incluso en este severo lugar sólo se hablaba de temas inteligentes. Por todas partes, por encima de las mesas, se veían libros… He aquí, sin embargo, que alguien se acercaba al lacayo Mischa y, dándole un empellón, le gritaba:

—¿Te has dormido?… ¿Te pregunto si te has dormido?

—¡Te duermes estando de guardia, estúpido! —oye decir Filipp a una voz tronante—. ¿Duermes, canalla?… ¿Bestia?

Filipp se levanta de un salto y se restriega los ojos. Ante él se encuentra el ayudante del jefe de Policía del distrito.

—¡Hum!... ¿Conque estabas dormido?... ¡Buena multa voy a ponerte, bestia! ¡Ya te enseñaré yo a dormirte mientras estás de guardia!

Dos horas después, el *dvornik* es reclamado en la Comisaría. Luego vuelve a la cocina. Todos aquí, impresionados por sus sermones, hallábanse sentados alrededor de la mesa, escuchando a Mischa deletrear algo.

Filipp, con el rostro nublando, rojo, se acercó a Mischa, y dando con la manopla de su guante un golpe sobre el libro, dijo sombríamente:

—¡Déjate de todo eso!

EN EL CAMPO

I

A tres kilómetros de la aldea de Obruchanovo se construía un puente sobre el río.

Desde la aldea, situada en lo más eminente de la ribera alta, divisábanse las obras. En los días de invierno, el aspecto del fino armazón metálico del puente y del andamiaje, albos de nieve, era casi fantástico.

A veces, pasaba a través de la aldea, en un cochecillo, el ingeniero Kucherov, encargado de la construcción del puente. Era un hombre fuerte, ancho de hombros, con una gran barba, y tocado con una gorra, como un simple obrero.

De cuando en cuando aparecían en Obruchanovo algunos descamisados que trabajaban a las órdenes del ingeniero. Mendigaban, hacían rabiar a las mujeres y a veces robaban.

Pero, en general, los días se deslizaban en la aldea apacibles, tranquilos, y la construcción del puente no turbaba en lo más mínimo la vida de los aldeanos. Por la noche encendíanse hogueras alrededor del puente, y llegaban, en alas del viento, a Obruchanovo las canciones de los obreros. En los días de calma se oía, apagado por la distancia, el ruido de los trabajos.

Un día, el ingeniero Kucherov recibió la visita de su mujer.

Le encantaron las orillas del río y el bello panorama de la llanura verde salpicada de aldeas, de iglesias, de rebaños, y le suplicó a su marido que comprase allí un trocito de tierra para edificar una casa de campo. El ingeniero consintió. Compró veinte hectáreas de terreno y empezó a edificar la casa. No tardó en alzarse, en la misma costa fluvial en que se asentaba la aldea, y en un paraje hasta entonces sólo frecuentado por las vacas, un hermoso edificio de dos pisos, con una terraza, balcones y una torre que coronaba un mástil metálico, al que se prendía los domingos una bandera.

La construcción estuvo pronto terminada: no duró más de tres meses. En el invierno se plantaron árboles en torno de la casa. Cuando llegó la primavera, todo verdeaba alrededor de la nueva finca. Partían en todas direcciones hermosas alamedas; el jardinero y dos jornaleros trabajaban en el jardín; una fontana sonaba melodiosa. Y una bola de cristal verde, colocada ante la puerta, brillaba bajo el Sol, de tal modo, que obligaba a cerrar los ojos.

Se bautizó la finca con el nombre de "Quinta Nueva".

Una mañana, a fines de mayo, llevaron a casa de Rodion Petrov, el herrador de la aldea, dos caballos de "Quinta Nueva" para que les cambiasen las herraduras. Los caballos eran blancos como la nieve, esbeltos, bien cuidados, y se parecían el uno al otro de un modo asombroso.

—¡Verdaderos cisnes! —dijo Rodion admirándolos.

Su mujer, Estefanía, sus hijos y sus nietos salieron también para admirar a los caballos, en torno de los cuales se fue aglomerando la gente. Acudieron los Zichkov, padre e hijo, ambos imberbes, mofletudos y destocados.

Acudió también Kozov, un viejo enjuto y alto, de luenga y estrecha barba, apoyado en un bastón. Guiñaba sin cesar los ojos astutos y se sonreía irónicamente, como si supiera muchas cosas que ignorase el resto de los hombres.

—Son blancos —dijo—; sí, son blancos; pero para el trabajo no valen gran cosa. Si yo mantuviese a mis caballos con avena, como mantienen a éstos, se pondrían no menos hermosos. Yo quisiera ver a estos cisnes arrastrando un arado y recibiendo algunos latigazos.

El cochero del ingeniero le dirigió a Kozov una mirada de desprecio; pero no dijo nada.

Mientras se encendía la fragua, el cochero les dio algunas noticias a los campesinos sobre la vida de sus amos. Fumando pitillo tras pitillo les contó que sus amos eran muy ricos; que la señora, Elena Ivanovna, antes de casarse, era institutriz en Moscú; que tenía muy buen corazón y gozaba socorriendo a los pobres. En la nueva finca, según decía el cochero, no se labraría ni se sembraría: se respiraría el aire del campo y nada más.

Cuando terminó y se encaminó con los caballos a "Quinta Nueva", siguióle una turba de chiquillos y perros. Los perros le ladraban furiosamente.

Kozov, mirándole alejarse, guiñaba los ojos con malicia.

—¡Vaya unos señores! —dijo con ironía malévola—. Han construido una casa, han comprado caballos; pero parece que no tienen qué comer…

Había sentido desde el primer momento un odio feroz contra "Quinta Nueva". Era un hombre solitario, viudo. Llevaba una vida aburridísima. Una enfermedad le impedía trabajar. Su hijo, dependiente de una confitería de Jarkov, le enviaba dinero para vivir; el viejo no hacía nada; vagaba días enteros por la orilla del río o a través de la aldea, y les daba conversación a los campesinos que estaban trabajando. Cuando veía a uno pescando solía decir que con aquel tiempo no había pesca posible; si el tiempo era seco, aseguraba que no llovería en todo el verano; si llovía, afirmaba que las lluvias durarían mucho y que la humedad pudriría el trigo. Todos sus pronósticos eran pesimistas. Y los hacía guiñando los ojos de un modo maligno, como si supiera algo que ignorase el resto de los hombres.

En "Quinta Nueva" algunas noches había fuegos artificiales. Los propietarios acostumbraban pasearse por el río en una barca iluminada con farolillos de colores.

Una mañana, Elena Ivanovna, la mujer del ingeniero, visitó la aldea con su niña. Llegaron en un coche de ruedas amarillas arrastrado por dos ponney. Llevaban sombreros de paja, de anchas alas, sujetos con cintas.

Los campesinos estaban ocupados en transportar estiércol al campo. El herrador Rodion, alto, enjuto, destocado, descalzo, con un bieldo al hombro, de pie ante su carro, rebosante de estiércol, miraba, boquiabierto, los bien cuidados caballitos. Se advertía que hasta entonces no había visto caballos semejantes.

—¡La señora! ¡La señora! —se oía murmurar.

Elena Ivanovna miraba las casas como eligiendo una; por fin, se detuvo a la puerta de la que le parecía más pobre y a cuyas ventanas se asomaban numerosas cabezas de niño, morenas, rubias, rojas.

Era precisamente la casa de Rodion.

Su mujer, Estefanía, una vieja gorda, apareció al punto en el umbral, mal cubierta la cabeza con una pañoleta. Miraba con asombro el elegante coche, confusa, sonriéndose estúpidamente.

—¡Para tus hijos! —le dijo Elena Ivanovna, dándole tres rublos.

Estefanía, sorprendida, feliz, se echó a llorar y saludó con gran humildad, inclinándose casi hasta el suelo.

Rodion saludó también muy humilde, enseñando su cráneo calvo.

Elena Ivanovna, azorada por aquellas humillaciones, se apresuró a volver a casa.

II

Los Ziclikov, padre e hijo, sorprendieron en un prado de su pertenencia a tres caballos —uno de ellos ponney— y un novillo, todos propiedad del ingeniero. Ayudados por el rojo Volodka, hijo del herrador Rodion, llevaron las bestias a la aldea. Se llamó al alcalde, que, en compañía de los Zichkov, de Volodka y de algunos testigos, encaminóse al prado para proceder a una información sobre los daños causados en él por las bestias.

Kozov, que era de la partida, parecía muy contento.

—¡Muy bien! —decía, guiñando con malicia los ojos—. ¡Que

paguen! ¡Se les obligará a pagar! ¡Gracias a Dios, hay tribunales! Habrá que llamar a la policía e instruir un proceso verbal.

—¡Naturalmente, un proceso verbal! —confirmó Volodka.

—¡Si creen que voy a perdonarlos, se llevarán un chasco! —gritaba Zichkov hijo, con tal arrebato, que su imberbe faz se enrojecía—. ¡Ca! ¡No soy tan tonto! ¡Si se les deja, adiós prados! Afortunadamente aún somos amos de nuestros bienes, y también para los señores existen leyes...

—¡Sí, también para los señores existen leyes! —repitió Volodka.

—Hemos vivido hasta ahora sin puente —dijo con voz sombría Zichkov

—, y podríamos pasarnos sin él. No lo hemos pedido. ¿Para qué demonios lo necesitamos? ¡Que se lo guarden!

—¡Hermanos cristianos, es preciso que nos paguen todos los perjuicios!

—¡Vaya! —apoyó, guiñando los ojos, Kozov—. ¡Ya verán! Hay que escarmentarlos.

Luego, volvieron todos a la aldea. Por el camino, Zichkov hijo se daba puñetazos en el pecho y gritaba; Volodka gritaba también, repitiendo sus palabras.

En la aldea se agolpó la gente alrededor de los caballos y el novillo, que parecía avergonzado y bajaba la cabeza; pero de pronto echó a correr soltando coces. Kozov, asustado, levantó su garrote, entre las risas de los campesinos.

Encerradas las bestias en una cuadra, la gente esperó.

Al oscurecer, el ingeniero le envió cinco rublos a Zichkov para resarcirle del daño causado en su propiedad. Los caballos y el novillo fueron devueltos, y tornaron a la finca cabizbajos, como sintiéndose culpables y temiendo un severo castigo.

Recibidos los cinco rublos, los Zichkov, padre e hijo, el alcalde y Volodka atravesaron en un bote el río y se dirigieron a la gran aldea de Kriakovo, donde había una taberna. Allí se juerguearon de lo lindo. Cantaron, gritaron, juraron. El que más gritaba era Zichkov hijo.

En Obruchanovo, sus familias no podían conciliar el sueño y estaban muy inquietas. Rodion daba vueltas en la cama y pensaba:

—Han hecho mal. El ingeniero se enfadará y querrá vengarse... Además, es injusto lo que han hecho con él... Ha estado muy mal.

Un día, cuando Rodion y otros campesinos volvían del bosque, se encontraron con el ingeniero. Llevaba una blusa roja y botas altas. Seguíale un perro de caza, con la purpúrea lengua fuera.

—¡Buenos días, amigos! —dijo.

Los campesinos se detuvieron y se quitaron la gorra.

—Hace tiempo que busco una ocasión para hablarles, amigos míos —continuó—. He aquí de lo que se trata: desde principios del verano el rebaño de ustedes se pasea por mi bosque y por mi jardín. Se come la hierba, estropea los árboles. Los cerdos me han puesto hechos una lástima el prado y la huerta. Les he rogado muchas veces a los pastores que tuvieran cuidado, pero no han hecho caso y me han contestado muy mal. Constantemente las vacas y los cerdos de ustedes me están perjudicando, y, sin embargo, no les reclamo nada; ni siquiera me quejo, mientras que ustedes me han hecho pagar cinco rublos porque mis bestias han pasado por el prado de ustedes. ¿Es eso justo? ¿Se portan así los buenos vecinos?

Hablaba con voz suave, sin cólera, esforzándose en convencerlos.

—No, las gentes honradas —prosiguió— no obran así. Hace una semana me robaron del bosque dos encinas jóvenes. ¿Por qué me hacen daño a cada paso? ¿Qué queja tienen de mí? ¡Díganme, en nombre de Dios! Yo y mi mujer hacemos cuanto nos es dable por sostener con ustedes buenas relaciones, ayudamos a los campesinos en la medida de nuestras fuerzas. Mi mujer es muy buena y nunca le niega nada a nadie. No piensa sino en serles útil a ustedes y a sus hijos, y ustedes nos devuelven mal por bien. ¡No, eso no es justo, amigos míos! ¡Considérenlo, se los ruego! Nosotros los tratamos de un modo muy humano, y es preciso que ustedes nos paguen en la misma moneda…

El ingeniero siguió su camino.

Los campesinos permanecieron algunos instantes parados. Luego se cubrieron y continuaron andando.

Rodion, que entendía lo que le decían, no como debía entenderse, sino a su manera, suspiró y dijo:

—Sí, habrá que pagar. ¿No han oído lo que dijo? "Es preciso que nos paguen en la misma moneda".

Cuando llegó a su casa, Rodion rezó su oración ante el icono, se quitó las botas y se sentó en el banco, junto a su mujer. Cuando estaban en casa siempre estaban así: sentado el uno junto al otro; por la calle iban también juntos; juntos comían, bebían, dormían, y cuanto más viejos iban siendo se querían más. En la casa el aire era pesado, caluroso, estaba todo muy cerrado, se veían por todas partes —en el suelo, en las ventanas, sobre la estufa— criaturas. A pesar de sus muchos años, Estefanía seguía pariendo, y ante tanto chiquillo no era fácil saber a ciencia cierta los que eran de Rodion y los que eran de su hijo Volodka, casado hacía tiempo.

La mujer de Volodka, Lukeria, joven, pero fea, con nariz de pájaro y ojos de buey, cocía pan; su marido estaba sentado en la estufa con las piernas colgando.

—Nos hemos topado en el camino —comenzó Rodion— al ingeniero con su perro...

Hizo una pausa y empezó a rascarse la cabeza y el seno. El relato suponía para él un no pequeño esfuerzo mental.

—Sí, con su perro... Pues bien: hay que pagar, lo ha dicho el señor ingeniero; hay que pagar en moneda... No hay más remedio... Debía hacerse una colecta, poniendo diez kopecs cada vecino, y darle al ingeniero... Se queja de nosotros, y con razón... Le hacemos porquerías...

—Hasta ahora hemos vivido sin puente y podríamos seguir sin él —dijo Volodka con enojo—. No lo necesitamos...

—Es el Gobierno quien lo construye. Nuestra opinión...

—¡Al diablo el puente!

—Nadie te pregunta si lo quieres o no.

—¡Al diablo! —repitió, furioso, Volodka—. ¿Para qué servirá? Si tenemos que atravesar el río lo podemos hacer en barca...

Alguien llamó a la puerta con tanta violencia, que toda la casa pareció estremecerse.

—¿Está ahí Volodka? —se oyó gritar a Zichkov hijo—. Ven, Volodka... Te espero.

Volodka saltó de la estufa y se puso a buscar la gorra.

—¡Más vale que no salgas! —le dijo con timidez su padre—. ¡No vayas con esa gente! Tú no eres muy listo; eres como un niño, y no aprenderás nada bueno. ¡No salgas!

—¡Sí, no vayas con ellos! —suplicó a su vez Estefanía, a punto de llorar—. De fijo irán a la taberna...

—¡A la taberna! —repitió Volodka, burlándose.

—¡Y vendrás otra vez como una cuba! —dijo Lukeria, mirándolo airada—. ¡Sinvergüenza!... ¡Gandul! ¡Que el maldito vodka te queme las entrañas! ¡Satanás sin rabo!

—¡Cállate! —la amenazó Volodka.

—Me han casado con este idiota, con este imbécil... ¡Me han perdido, pobre huérfana! —exclamó Lukeria, llorando y secándose las lágrimas con la mano, llena de harina—. ¡No te puedo ver, puerco!

Volodka le dio, al pasar, un puñetazo en las narices, y salió a la calle.

III

Elena Ivanovna y su hijita fueron a la aldea a pie. Un hermoso paseo para ellas.

Era domingo y casi todas las mujeres y las muchachas de la aldea estaban en la calle, ataviadas con trajes de colores chillones.

Rodion y su mujer, sentados el uno junto el otro, en un apoyo, a la puerta de su casa, saludaron y sonrieron a Elena Ivanovna y a su niña como antiguos amigos. Más de una docena de niños las miraban por las ventanas con asombro y curiosidad.

—¡La señora! ¡La señora! —murmuraban.

—¡Buenos días! —dijo, deteniéndose, Elena Ivanovna. Calló un instante y añadió:

—¿Cómo les va a ustedes?

—¡Así, así, señora, así, a Dios gracias! —contestó por su parte Rodion—. Vamos tirando…

—¡Figúrese usted nuestra vida! —dijo sonriendo Estefanía—. Ya sabe usted, buena señora, lo pobres que somos. Hay catorce bocas en casa y sólo dos hombres para ganar el pan. Aunque mi marido es herrero, el oficio le produce poco: muchas veces ni tiene carbón para encender la fragua… ¡Es dura nuestra vida, muy dura!

Y se echó a reír, como si lo que decía fuera donosísimo.

Elena Ivanovna se sentó junto a ellos, abrazó a su hijita y se quedó meditabunda. En la faz de la niña también se pintaba la tristeza y se advertía que ingratos pensamientos torturaban su cabecita. Jugaba con la rica sombrilla de encajes que su madre tenía en la mano.

—Sí, vivimos en la miseria —dijo Rodion—. Siempre angustiados… Trabaja uno como un negro, y, sin embargo… Este verano el tiempo es seco, no llueve y la cosecha será mala. La vida es dura, señora…

—Pero, en cambio, serán felices en la otra —dijo Elena Ivanovna para consolarles.

Rodion no comprendió el sentido de estas palabras, y en vez de contestar, carraspeó.

—No le dé usted vueltas, señora —dijo Estefanía—; hasta en el otro mundo los ricos serán más felices que nosotros. Los ricos mandan decir misas, les ponen velas a los santos, les dan limosna a los mendigos, y Dios, a quien tienen contento, les recompensará en la otra vida; mientras que nosotros, los pobres campesinos, ni siquiera tenemos tiempo para rezar, además de no tener dinero para velas, misas ni limosnas. Luego, nuestra pobreza nos hace pecar… Reñimos, juramos… Y Dios no nos perdonará. No, querida señora, nosotros, los campesinos, no seremos felices ni en este mundo ni en el otro. Toda la felicidad es para los ricos…

Hablaba con acento alegre, regocijado, como si contase algo muy gracioso. Estaba acostumbrada, desde hacía tiempo, a hablar de su vida triste y penosa.

Rodion sonreía también; le enorgullecía tener una mujer tan lista y elocuente.

—Es un error creer fácil la vida de los ricos —señaló Elena Ivanovna—. Cada cual tiene sus penas. Nosotros, por ejemplo… Yo y mi marido no somos pobres; pero ¿cree usted que somos felices? Aunque soy joven todavía, tengo ya cuatro hijos, que casi siempre están enfermos. Yo también lo estoy y necesito cuidarme mucho.

—¿Qué enfermedad padece usted? —preguntó Rodion.

—Una enfermedad de mujer. No puedo dormir y me dan unos dolores de cabeza horribles. Ahora, por ejemplo… Estoy aquí sentada, hablando con ustedes, y siento una gran pesadez de cabeza y un desmadejamiento… Preferiría el trabajo más duro a sufrir así. Luego, mi alma tampoco descansa. Siempre estoy inquieta por mi marido, por mis hijos… Toda familia tiene su cruz. Nosotros también la tenemos. Yo no soy de origen noble. Mi abuelo era un simple campesino, mi padre era también un pobre humilde y tenía una tiendecita en Moscú. Pero mi marido es de una familia muy noble y muy rica. Sus padres se oponían a nuestro matrimonio y él no les hizo caso y rompió con su familia para casarse conmigo. Sus padres no lo han perdonado todavía. Esto lo inquieta, no lo deja vivir tranquilo, pues quiere mucho a su madre. Naturalmente, yo padezco. Vivo en un constante desasosiego…

Ante la casa de Rodion se fueron reuniendo campesinos y campesinas, que escuchaban atentamente lo que decía Elena Ivanovna. Uno de los primeros que se aproximaron fue Kozov. Sacudía su estrecha y larga barba. Acercáronse luego los Zichkov, padre e hijo…

—Además —prosiguió Elena Ivanovna—, no puede ser feliz el que no está en su puesto. Ustedes lo están. Cada uno de ustedes tiene su trocito de tierra, trabaja y sabe para qué. Mi marido trabaja también, construye puentes. Pero yo no hago nada. Yo no tengo ningún trabajo y no puedo sentirme en mi centro. Les digo todo esto para que no juzguen por las apariencias. El que un hombre vaya bien vestido y tenga dinero no significa que sea feliz ni mucho menos.

Se levantó y cogió de la mano a su hijita.

—La paso muy bien entre ustedes —dijo sonriendo.

Se advertía en su sonrisa tímida que, efectivamente, estaba enferma. En su rostro, joven y bello, de cejas y pestañas negras y cabellos rubios, había una delgadez y una palidez mórbidas. La niña se parecía mucho a su madre, incluso en lo delgada y pálida. Ambas olían a perfumes.

—Sí, todo me gusta aquí: el bosque, la aldea. Viviría aquí siempre. Creo que aquí me curaría y encontraría mi verdadero puesto en el mundo.

Tengo un gran deseo, un deseo ardiente de ayudarlos, de serles útil, de acercarme a ustedes. Conozco sus penas, sus sufrimientos… Lo que no conozco lo adivino. Estoy enferma, sin fuerzas, y ya no me es posible cambiar de vida, como quisiera; pero tengo hijos y procuraré educarlos en el cariño a ustedes. Procuraré hacerles comprender que su vida no les pertenece a ellos, sino a ustedes. Pero les ruego que confíen en nosotros, que vivan con nosotros como buenos vecinos. Mi marido es un hombre honrado y de buen corazón. No lo irriten. Cualquier pequeñez le llega al alma. Ayer, por ejemplo, el rebaño de ustedes ha pasado por nuestro jardín; alguno de ustedes ha estropeado la cerca de nuestra colmena. Mi marido se desespera… ¡Les ruego…!

Hablaba con voz suplicante, cruzadas las manos sobre el pecho.

—Les ruego que vivan en paz con nosotros. No dice el proverbio a humo de pajas que una mala paz es mejor que una buena riña, y que antes de comprar una casa debe uno enterarse de la condición de los vecinos. Les repito que mi marido es hombre de buen corazón. Si se conducen con nosotros como buenos vecinos, les aseguro que no les pesará: haremos por ustedes cuanto esté en nuestra mano; arreglaremos los caminos, edificaremos una escuela para sus hijos. Lo prometo.

—Está muy bien lo que usted dice —arguyó Zichkov, padre, bajando los ojos—. Ustedes son gente instruida y saben lo que hablan. Pero ¿qué quiere usted?, en la aldea de Eresnevo, Voronov, un rico propietario, prometió también, entre otras muchas cosas, edificar una escuela. Pues bien: sólo edificó el armazón, y no quiso seguir las obras. Los campesinos, obligados por las autoridades, tuvieron que seguirlas y se gastaron en ellas mil rublos. ¿Qué le parece a usted?… A mí me parece una acción que no tiene perdón de Dios.

—Muy bien! —aprobó Kozov, con una sonrisa maligna—. ¡Muy bien!

—¡No tenemos necesidad de su escuela! —dijo Volodka, ásperamente—. Nuestros hijos van a la escuela de la aldea vecina. Que sigan yendo. ¡No queremos escuela!

Elena Ivanovna perdió de pronto todo aplomo. Pálida, abatida, como si acabase de recibir un golpe en la cabeza, se fue sin decir una palabra. Marchaba presurosa, sin mirar atrás.

—¡Señora! —gritó Rodion siguiéndola—. Espere usted, óigame…

La seguía tenaz, descubierto, hablándole en un tono humilde, como si pidiese limosna.

—Señora, espere… escúcheme.

Cuando estaban ya fuera de la aldea, Elena Ivanovna se detuvo a la sombra de un viejo tilo.

—¡No se enfade, señora! —dijo Rodion—. No vale la pena. Hay que tener un poco de paciencia. Tenga paciencia un año, dos. Nuestros campesinos, en el fondo, son buena gente… Se lo juro a usted. No hay que hacer caso de las palabras de Kozov, de Zichkov ni de mi hijo Volodka. Mi hijo es un infeliz y no hace más que repetir lo que les oye a los demás. Le aseguro a usted que los campesinos no son malos. Los hay nada tontos, pero que no se atreven a hablar… o, mejor dicho, que no pueden, porque no saben decir lo que piensan. Somos gente oscura, sin instrucción, ignorante… No hay que enfadarse. Lo mejor es tener paciencia…

Elena Ivanovna miraba, meditabunda, al ancho río tranquilo, y las lágrimas se deslizaban por sus mejillas. Aquellas lágrimas turbaban de tal modo a Rodion que el pobre hombre estaba a punto de llorar también.

—No se apure —decía, tratando de tranquilizar a la dama—. Todo se arreglará. Se edificará la escuela, se pondrán en buen estado los caminos. Pero todo a su debido tiempo, por sus pasos contados. Para sembrar trigo en esta colina hay que empezar por quitar la piedra, hay que labrar… Sólo después de preparar el terreno se podrá sembrar. Lo mismo sucede con nuestros campesinos: hay que preparar el terreno…, y eso requiere tiempo…

En aquel momento vieron venir hacia ellos un grupo de campesinos.

Cantaban y se acompañaban con un acordeón.

—¡Mamá, vámonos! —dijo la niñita, asustada, apretándose contra su madre y temblando de pies a cabeza—. ¡Vámonos, mamá! No quiero seguir aquí…

—¿Y adónde quieres que nos vayamos?

—¡A Moscú! En seguida, mamá, en seguida… La niñita se echó a llorar.

Su llanto aumentó la turbación de Rodion, que empezó a sudar, y sacando del bolsillo un pepino, corvo como una hoz, se lo alargó a la criatura.

—Tómalo… para ti… No llores. Mamá te pegará y se lo contará a papá. Toma el pepino, cómetelo…

Elena Ivanovna y su hija siguieron andando. Rodion fue tras ellas largo trecho, intentando decirles algo afectuoso y convincente. Pero al fin se dio cuenta de que, ensimismadas, taciturnas, no le hacían caso, y se detuvo.

Siguiólas largo rato con la mirada, haciéndose sombra con la mano en los ojos. Y no se decidió a tornar a la aldea hasta que desaparecieron en el bosque.

El ingeniero estaba cada día más nervioso, más irritable, y en cualquier pequeñez veía un robo, un atentado. Hasta durante el día la puerta de la finca estaba cerrada con candado. De noche la guardaban dos centinelas. El ingeniero se negó categóricamente a emplear en ningún trabajo a los campesinos de Obruchanovo.

El mal humor del señor Kucheroy subió de punto con motivo de algunas raterías. Un día, un campesino —o acaso un obrero de los que trabajaban en la construcción del puente— colocó en el coche unas ruedas viejas y se llevó las nuevas; algún tiempo después desaparecieron algunas guarniciones.

Hasta la gente de la aldea estaba indignada. Y cuando pidió que se procediese a un registro en casa de los Zichkov y en casa de Volodka, los objetos robados fueron encontrados en el jardín del ingeniero; no cabía duda de que el ladrón, temeroso del registro solicitado, los había llevado allí.

Una tarde, unos campesinos que volvían del bosque tornaron a encontrarse con el ingeniero. El señor Kucherov se detuvo, sin saludarles, y mirando severamente tan pronto a uno como a otro, habló de esta manera:

—Les he rogado que no cojan setas en mi parque, y, no obstante, sus mujeres vienen al salir el Sol y se las llevan todas; de modo que no queda ninguna para mi mujer y mis hijos. No hacen ningún caso de mis ruegos. Las súplicas y las reflexiones son inútiles con ustedes.

Claváronse sus airados ojos en Rodion, y añadió:

—Yo y mi mujer los hemos tratado humanamente, como a hermanos, y ustedes, en cambio... Pero ¿para qué gastar saliva?... No habrá más remedio que romper con ustedes toda clase de relaciones.

Y haciendo visibles esfuerzos para no dejarse arrastrar por la cólera, les volvió la espalda a los campesinos y se fue.

Cuando llegó a casa, Rodion oró ante el icono; se quitó las botas y se sentó en el banco, junto a su mujer.

—Sí... —dijo tras un corto silencio—. Acabamos de toparnos con el ingeniero... Ha visto al salir el Sol a las mujeres de la aldea... Y está enfadado porque no les llevan setas a su mujer y a sus hijos... Luego me ha mirado y me ha dicho no sé qué de relaciones... Sin duda quieren ayudarnos... Como están enterados de nuestra miseria... ¡Dios se lo pague!

Estefanía se persignó y suspiró.

—Son unos señores muy buenos... Ven nuestra pobreza y quieren hacer algo por nosotros. La Santísima Virgen nos envía ese auxilio para nuestra vejez…

El 14 de septiembre era la fiesta del Patrón de la aldea. Los Zichkov, padre e hijo, atravesaron el río muy de mañana, se metieron en la taberna y volvieron por la tarde borrachos perdidos. Paseáronse un rato por la aldea, cantando y jurando; se pegaron luego, y, por último, corrieron a la finca del ingeniero para querellarse uno contra otro.

Entró delante Zichkov padre con un garrote en la mano. En el patio se detuvo tímidamente y se quitó la gorra. En aquel momento el ingeniero y su familia tomaban el té en la terraza.

—¿Qué se te ofrece? —le gritó el ingeniero.

—¡Excelencia! ¡Noble señor! —clamó Zichkov, echándose a llorar—. ¡Apiádese de un pobre viejo!… Mi hijo es un bruto; no puedo ya sufrirle… Me ha arruinado, y ahora me pega…

En esto entró en el jardín Zichkov hijo, destocado y, como su padre, con un garrote en la mano. Se detuvo y dirigió una mirada estúpida, de beodo, a la terraza.

—No tengo que ver con sus riñas —dijo el ingeniero—. Vayan a ver al juez o al jefe del distrito.

—¡Ya he estado en todas partes! —contestó el viejo sollozando—. Ni siquiera me escuchan. ¿Qué recurso me queda?… ¡Mi propio hijo puede pegarme… y matarme si quiere! Matar a su padre… ¡A su propio padre!

Levantó el garrote y le asestó a su hijo un palo en la cabeza. El otro descargó sobre el cráneo calvo del viejo un garrotazo tal que por poco se lo abre. Zichkov padre ni siquiera se tambaleó. Su garrote volvió a levantarse y a contundir la testa filial.

Durante un rato, uno frente a otro, apaleáronse la cabeza metódicamente. Diríase que la contienda era un juego en que cada uno guardaba su turno.

Desde el otro lado de la verja contemplaban la escena otros habitantes de la aldea: hombres, mujeres, niños. Contemplábanla como un espectáculo al que estuviesen habituados desde hacía tiempo. Habían venido a saludar al ingeniero con motivo de la fiesta; pero al ver a los Ziclikov pegarse no se atrevieron a entrar.

A la mañana siguiente, Elena Ivanovna se fue con los niños a Moscú. Se corrió la voz de que el ingeniero vendía "Quinta Nueva".

V

Todo el mundo se ha acostumbrado al puente, y les es ya difícil a los

226

aldeanos imaginarse sin puente el río en aquel sitio.

Su construcción terminó hace tiempo. Se oye con gran frecuencia el ruido sordo del tren que por él pasa.

"Quinta Nueva" fue puesta en venta y la compró un alto empleado público, que la visita con su familia los días de fiesta, toma té en la terraza y regresa a la ciudad. El indicado personaje les impone a los campesinos un gran respeto, hasta por su manera prócer de hablar y de toser, y cuando lo saludan quitándose la gorra ni siquiera se digna a contestar al saludo.

En la aldea ha envejecido todo el mundo. Kozov se murió. En casa de Rodion ha aumentado el número de niños; Volodka tiene ahora una larga barba roja. La familia sigue muy pobre.

A principios de la primavera, los campesinos suelen tener trabajo en la estación del ferrocarril, donde sierran y cepillan madera. Terminada la faena vuelven a sus casas, tardo el paso, en la faz la luz del Sol poniente. En las frondas de junto al río cantan los ruiseñores. Al pasar por delante de "Quinta Nueva" los campesinos miran prolongadamente a la casa, toda en silencio y como muerta, sobre cuyos tejados vuelan, doradas por el Sol, las palomas.

Rodion, los Zichkov, padre e hijo, Volodka y los demás recuerdan los caballos blancos del ingeniero, los cohetes, los farolillos de colores de la barca, los ponis; y piensan en Elena Ivanovna, bella, elegante, que iba con frecuencia a la aldea y les hablaba con tanto cariño. Nada de aquello existe ya: todo se ha evaporado como un sueño o un cuento de hadas.

Siguen caminando, unos juntos a otros, cansados, ensimismados, taciturnos.

Los aldeanos —piensan— son, al fin y al cabo, gente buena, temerosa de Dios; Elena Ivanovna era buenísima, muy cariñosa, inspiraba afecto y confianza, y, sin embargo… Sin embargo, no pudieron ponerse de acuerdo y se separaron como enemigos. ¿Por qué? ¿Porque todas aquellas mezquinas naderías —la intrusión de unos caballos en un prado, el hurto de unas guarniciones…— lo echaron todo a perder? ¿Y por qué la gente de la aldea vive bien avenida con el nuevo propietario, que ni siquiera les contesta el saludo?

No saben qué contestar a estas preguntas. Sólo Volodka murmura algo.

—¿Qué dices? —le pregunta Rodion.

—Digo que maldita la falta que nos hacía el puente —contesta con hosca aspereza—, y que podíamos seguir sin él.

Ningún campesino le responde. Continúan andando en silencio, encorvados, cabizbajos.

ENEMIGOS

Después de las nueve de una oscura noche de setiembre, en casa del doctor Kirilov, médico del zemstvo fallecía de difteria su único hijo, Andrés, de seis años de edad. Cuando la esposa del médico se arrodilló ante la camita del niño muerto y se sintió invadida por el primer ataque de desesperación, en el vestíbulo sonó ásperamente el timbre.

A causa de la difteria las criadas habían sido despedidas y el mismo Kirilov, tal como estaba, sin levita, con el chaleco desabrochado, cara mojada y manos quemadas por el ácido fénico, fue a abrir la puerta. El vestíbulo estaba oscuro y en el hombre que había entrado sólo podían distinguirse la mediana estatura, la blanca bufanda y el rostro, grande y pálido en extremo, tan pálido que parecía que con la llegada de aquella persona en el vestíbulo se hizo más luz…

—¿El doctor está en casa? —preguntó deprisa el visitante.

—Estoy en casa —contestó Kirilov—. ¿Qué desea usted?

—Ah, ¿es usted? ¡Me alegro mucho! —exclamó el desconocido, se puso a buscar en la oscuridad la mano del médico, la encontró y la estrechó con fuerza entre sus manos—. ¡Estoy muy, pero muy contento! Nos conocemos… Soy Aboguin… Tuve el placer de verlo en casa de Gnuchev, en verano. Muy contento por haberlo encontrado. Por el amor de Dios, no rehúse acompañarme hasta mi casa… Mi mujer se enfermó gravemente… Tengo el coche conmigo…

Por la voz y por los ademanes del visitante se notaba en él un estado de fuerte excitación. Como asustado por un incendio o por un perro rabioso, apenas contenía su respiración acelerada, hablaba deprisa, con voz temblorosa, y algo verdaderamente sincero, infantil y temeroso resonaba en sus palabras. Igual que todos los asustados y aturdidos, hablaba con frases breves, cortadas y pronunciaba muchas palabras innecesarias, que no venían al caso.

—Temía no encontrarlo —continuó diciendo—. Por el camino sufrí una enormidad… Por Dios, vístase y vámonos… Todo sucedió así: Vinieron a mi casa Papchinsky, Alejandro Semionovich… usted lo conoce… Charlamos durante un rato… luego nos sentamos a tomar el té; de pronto mi mujer lanza un grito, se lleva la mano al corazón y cae sobre el respaldo de la silla. La llevamos a la cama y… le froté las sienes con amoníaco, le rocié la cara con agua… estaba como muerta… Temo que sea un aneurisma… Venga, por favor… También el padre de ella había muerto de aneurisma…

Kirilov escuchaba en silencio, como si no entendiera el ruso.

Cuando Aboguin volvió a mencionar a Papchinsky y al padre de su mujer y comenzó una vez más a buscar en la oscuridad la mano del doctor, éste sacudió la cabeza y dijo con apatía, alargando cada palabra:

—Perdone, no puedo viajar con usted… Hace unos cinco minutos… ha muerto mi hijo…

—¡Es posible! —susurró Aboguin, retrocediendo un paso—. ¡Dios mío, en qué mala hora he venido! ¡Qué día tan funesto! Es sorprendente… ¡Qué coincidencia! Como si fuera a propósito…

Aboguin asió el picaporte de la puerta y bajó la cabeza pensativo. Vacilaba visiblemente, sin saber qué hacer: irse o seguir rogando al doctor.

—Escúcheme —dijo con calor, asiendo a Kirilov por la manga—. ¡Comprendo perfectamente su situación! Me da vergüenza tratar de atraer su atención, pero ¿qué puedo hacer? Juzgue usted mismo, ¿a dónde voy a ir? Aparte de usted, no hay aquí otro médico. ¡Venga, por amor de Dios! No se lo pido por mí… ¡No soy yo el enfermo!

Sobrevino el silencio. Kirilov volvió la espalda a Aboguin; durante un rato permaneció inmóvil y luego pasó lentamente del vestíbulo a la sala. A juzgar por sus pasos, inseguros y mecánicos; por la atención con que acomodó la pantalla de una lámpara apagada y hojeó un grueso libro que estaba sobre la mesa, no tenía en estos momentos propósito ni deseo alguno, no pensaba en nada ni, probablemente, recordaba ya que en el vestíbulo lo esperaba, de pie, una persona extraña. Por lo visto, el crepúsculo y el silencio de la sala intensificaron su aturdimiento. Al pasar de la sala a su gabinete, levantaba el pie derecho más alto de lo necesario, buscaba con las manos el quicio de las puertas y en toda su figura se sentía entonces cierta perplejidad, como si viniera a parar a una casa ajena o por primera vez en la vida se hubiera emborrachado y se entregase ahora, sorprendido, a la nueva sensación. Sobre una pared del gabinete, a través de los estantes con libros, extendíase una amplia franja de luz; junto con el pesado olor a éter y ácido fénico, esa luz penetraba por la puerta entreabierta y daba al dormitorio… el doctor se sentó en el sillón ante la mesa; durante un minuto contempló, somnoliento, sus libros iluminados, luego se levantó y fue al dormitorio.

Reinaba allí una quietud mortal. Todo, hasta el último detalle, hablaba elocuentemente de la tempestad, recién soportada, del cansancio, y todo reposaba ahora. Una vela, colocada sobre el taburete en el compacto montón de frascos, cajas y tarritos, y una gran lámpara encima de la cómoda iluminaban generosamente toda la habitación. En la cama junto a la ventana, yacía un niño con los ojos abiertos y una expresión sorprendida en el rostro. Estaba inmóvil; parecía, sin embargo, que sus ojos abiertos se tornaban a cada instante más oscuros y más lejanos. Con las manos sobre su cuerpo y escondida la cara en los pliegues de la colcha, la madre estaba de rodillas ante la cama. No se movía, igual que el niño, y sin embargo ¡cuánto movimiento sentíase en las curvas de su cuerpo y en sus brazos! Con la fuerza y el fervor de todo su ser, inclinábase sobre la cama como temiendo alterar la tranquila y cómoda postura que encontró al fin para su fatigado cuerpo. Las colchas, los trapos, las palanganas, los charcos en el suelo, las cucharitas desparramadas por doquier, la gran botella blanca con agua de cal, el mismo aire, pesado y sofocante... Todo parecía sosegado y sumergido en la quietud.

El doctor se detuvo junto a su mujer, metió las manos en los bolsillos de sus pantalones e, inclinando hacia un lado la cabeza, miró a su hijo. Su cara expresaba la indiferencia y sólo por algunas gotas de rocío que brillaban en su barba, se notaba que había llorado.

El repulsivo terror con que suele hablarse de la muerte estaba ausente en el dormitorio. En la paralización general, en la postura de la madre, en la indiferencia del rostro del médico había algo que atraía, algo que conmovía el corazón, aquella leve y difícilmente asible belleza del dolor humano que aún no aprendieron a comprender y describir y que, al parecer, sólo la música sabe trasmitir. Hasta en el sombrío silencio había belleza; Kirilov y su mujer callaban, sin llorar, como si, además del peso de la pérdida, se percatasen también del lirismo de su situación; del mismo modo en que antaño había pasado su juventud, así ahora, junto con este niño, desaparecía para siempre su derecho a tener hijos. El doctor tenía cuarenta y cuatro años, estaba canoso y parecía un viejo; su enferma y demacrada mujer tenía treinta y cinco años. Andrés no era sólo el único, sino también el último.

En contraste con su mujer, el doctor pertenecía a la clase de naturalezas que durante el dolor espiritual sienten una necesidad imperiosa de movimiento. Después de permanecer cinco minutos al lado de su mujer, se dirigió, levantando mucho el pie derecho, a una pequeña habitación, la mitad de la cual estaba ocupada por un gran diván; desde allí pasó a continuación a la cocina. Habiendo deambulado un buen rato entre el horno y la cama de la cocinera, se inclinó y por una pequeña puerta salió al vestíbulo.

Allí vio de nuevo la bufanda blanca y el pálido rostro.

—¡Por fin! —suspiró Aboguin, asiendo el picaporte de la puerta—. ¡Vamos, por favor!

El doctor se estremeció, lo miró y recordó...

—¡Escuche, ya le dije que no puedo ir con usted! —dijo, animándose—. Me extraña...

—Doctor, no soy de piedra, comprendo perfectamente su situación... ¡lo compadezco! —respondió con tono implorante Aboguin, poniendo la mano en la bufanda—. Pero no lo pido por mí... ¡Se está muriendo mi mujer! Si usted oyera aquel grito, viera su cara, entonces hubiera comprendido mi insistencia. ¡Dios mío, yo creí que usted había ido a vestirse! ¡Doctor, el tiempo es oro! ¡Vamos, se lo ruego!

—¡No puedo ir! —dijo lentamente Kirilov y se dirigió a la sala. Aboguin lo siguió y lo cogió por la manga.

—Usted está apenado, lo comprendo, pero no lo llamo para curar las muelas ni para una consulta, sino para salvar una vida humana —continuó rogando como un mendigo—. ¡Esta vida está por encima de cualquier dolor personal! ¡En fin, le pido un acto de valentía, de heroísmo! ¡En nombre del amor al prójimo!

—El amor al prójimo es un arma de doble filo —dijo Kirilov, irritado—. En nombre de este mismo amor al prójimo le ruego que me deje en paz. Me sorprende, francamente... Usted trata de asustarme con el amor al prójimo, ¡a mí que apenas me sostengo en pie! En este momento no sirvo para nada... y no pienso ir a ningún lado. Y, además, ¿con quién voy a dejar a mi mujer? No, no...

Kirilov agitó las manos y dio un paso atrás.

—¡No me lo pida! —prosiguió, atemorizado—. Perdóneme... Según el tomo trece de las leyes, estoy obligado a ir, y usted tiene derecho de arrastrarme a la fuerza... Muy bien, hágalo si quiere, pero... pero no sirvo para nada... Ni siquiera estoy en condiciones de hablar... Disculpe...

—Hace mal, doctor, en hablar conmigo en ese tono —dijo Aboguin, tomando otra vez al doctor por la manga—. No me importa el tomo trece. No tengo ningún derecho de forzar su voluntad. Si quiere, venga conmigo; si no quiere, Dios sea con usted. Pero no es a su voluntad a quien me dirijo, sino a su sentimiento. ¡Se está muriendo una mujer joven! Dice usted que acaba de fallecer su hijo, ¿quién si no usted debe comprender mi desesperación?

La voz de Aboguin temblaba de emoción; este temblor y el tono eran mucho más convincentes que sus palabras. Aboguin era sincero, pero, sorprendentemente, todas sus frases resultaban vacuas, inanimadas, de un colorido fuera de lugar, y que parecían ofender tanto el ambiente de la casa del médico como a la mujer que se moría en alguna parte. Lo sentía él mismo y por lo tanto, temiendo ser incomprendido, a toda costa trataba de dotar a su voz de un matiz de suavidad y de ternura, para imponerse, si no con las palabras, por lo menos con la sinceridad del tono. En general, la frase, por más bella y profunda que sea, sólo surte efecto sobre los indiferentes, pero no puede satisfacer a las personas felices o desdichadas; por ello la suprema expresión de la dicha o de la desgracia es, la mayoría de las veces, el silencio; los enamorados se comprenden mejor uno al otro cuando están callados, y un apasionado y fervoroso discurso pronunciado ante una tumba sólo conmueve a los extraños, mientras que a la viuda y a los hijos del difunto les parece insignificante y frío.

Kirilov callaba. Cuando Aboguin dijo varias frases más acerca de la elevada vocación del médico, de la abnegación etc., el doctor preguntó en tono sombrío:

—¿Es largo el viaje?

—Son unas trece o catorce verstas. ¡Tengo muy buenos caballos, doctor! Le doy mi palabra de que haremos el viaje de ida y vuelta en una hora. ¡Solamente una hora!

Las últimas palabras hicieron más efecto al doctor que las menciones sobre el altruismo o la vocación del médico. Pensó un rato y dijo con un suspiro:

—¡Bien, vayamos!

Rápidamente, y ya con paso firme, dirigióse a su gabinete y poco después volvió vestido con una larga levita. Correteando a su lado al trotecillo menudo, el reanimado Aboguin le ayudó a ponerse el sobretodo y, junto con él, salió de la casa.

Afuera había más claridad que en el vestíbulo. Ya se distinguía en las tinieblas la alta y algo encorvada figura del doctor con su barba larga y estrecha y con su nariz aguileña. En cuanto a Aboguin, aparte de su pálido rostro, se veían su cabeza grande y la pequeña gorrita de estudiante que apenas le cubría la coronilla. La blanca bufanda no se le notaba sino por delante, ya que por atrás la ocultaban sus largos cabellos.

—Créame, yo sabré apreciar su generosidad —murmuró Aboguin, ayudando al doctor a subir al coche—. No tardaremos en llegar. Lucas, querido, llévanos lo más rápido posible. ¡Te lo ruego!

El cochero emprendió una marcha veloz. Primero pasaron a lo largo de la fila de ordinarios edificios del hospital; todo estaba a oscuras y sólo en el fondo del patio una intensa luz irrumpía por la ventana; además, las tres ventanas del piso superior parecían más claras que el aire. Luego el coche penetró en las tinieblas más espesas; olía allí a hongos húmedos y se oía el murmullo de los árboles; las cornejas, despertadas por el ruido de las ruedas, se movieron entre las hojas y comenzaron a lanzar gritos angustiosos y lastimeros, como si supiesen que al doctor se le había muerto el hijo y que Aboguin tenía la mujer enferma. Luego pasaron raudamente árboles aislados, extensiones de arbustos; brilló melancólicamente un estanque sobre el cual dormían grandes sombras negras; un poco más y el coche rodó por una llanura. El grito de las cornejas resonaba aún sordamente y pronto cesó del todo.

Durante casi todo el viaje Kirilov y Aboguin callaban. Sólo una vez Aboguin suspiró hondamente y masculló:

—¡Qué estado tan penoso! Uno nunca ama tanto a los seres queridos como en los momentos en que hay riesgo de perderlos.

Y cuando el coche vadeaba cuidadosamente el río, Kirilov se estremeció, como asustado por el chapoteo del agua, y comenzó a moverse.

—Escuche… déjeme ir —dijo, angustiado—. Más tarde iré a su casa. Sólo quiero avisar al enfermero para que vaya a acompañar a mi mujer. ¡Está sola!

Aboguin callaba. El carruaje, balanceándose y golpeando contra las piedras, atravesó la arenosa orilla y continuó la marcha. Kirilov agitóse en su asiento y miró en derredor. Atrás, iluminado por la escasa luz de las estrellas, se alargaba el camino; los sauces de la orilla desaparecían en la oscuridad. A la derecha, yacía la llanura, tan ilimitada y pareja como el cielo; lejos, acá y acullá, probablemente sobre los pantanos de turba, ardían opacas lucecitas. A la izquierda, paralelamente al camino, se extendía una colina que parecía peluda por los pequeños arbustos que la cubrían; sobre la colina pendía, inmóvil, una gran media luna roja, levemente envuelta en la niebla y rodeada por menudas nubecillas que parecían observarla por todas partes y vigilarla para que no se escapara.

En toda la naturaleza se sentía algo desesperado, doliente; la tierra, igual que una mujer caída que está sola en una habitación oscura y trata de no pensar en el pasado, languidecía con sus recuerdos de la primavera y del verano y esperaba, con apatía, la inevitable llegada del invierno. Dondequiera que uno mirase, la naturaleza aparecía como un oscuro pozo, infinitamente profundo y frío, del cual no había salida para Kirilov, ni para Aboguin, ni para la roja media luna…

Cuanto más se acercaba el coche a su destino, más impaciente se tornaba Aboguin. Se levantaba de un salto, se movía, miraba hacia adelante por encima del hombro del cochero. Por fin el carruaje se detuvo ante el pórtico finamente adornado con lona a rayas, y cuando Aboguin miró las iluminadas ventanas del primer piso su respiración se hizo temblorosa.

—Si algo ocurre… no lo voy a soportar —dijo, entrando con el doctor en el vestíbulo y frotándose las manos a causa de la emoción—. Pero no se oye ningún alboroto, quiere decir que no hay nada grave aún —añadió, prestando atención al silencio.

En el vestíbulo no se oían voces ni pasos y toda la casa parecía dormida, a pesar de la intensa iluminación. Ahora el doctor y Aboguin, que hasta este momento habían permanecido en la oscuridad, ya podían verse el uno al otro. El doctor era alto, un poco encorvado, vestía con negligencia y su cara era más bien fea. Sus gruesos labios de negro, su nariz aguileña y su mirada indiferente y opaca, expresaban algo severo, duro, áspero.

La cabeza mal peinada, las sienes hundidas, las canas prematuras en la estrecha y larga barba, a través de la cual traslucía el mentón; el color gris pálido de la piel y los modales, negligentes y algo torpes, sugerían la idea acerca de las necesidades vividas, de la mala suerte, del cansancio de la vida y de las gentes. Viendo su seca figura, uno no podía creer que este hombre tuviera mujer y que pudiera llorar la muerte de su hijo.

Aboguin, en cambio, representaba algo diferente. Era un hombre robusto, rubio, de cabeza grande, de facciones amplias pero suaves, vestido con elegancia, según la última moda. En su porte, en su levita, cuidadosamente abrochada, en su melena y en su rostro percibíase algo noble, leonino; caminaba con la cabeza erguida y con el pecho arqueado, hablaba con agradable voz de barítono, y los ademanes con que se quitaba la bufanda o arreglaba sus cabellos revelaban una finura delicada, casi femenina.

Ni siquiera la palidez y el miedo infantil con que, quitándose el abrigo, miraba arriba, a la escalera, alteraban su porte ni afectaban la salud y el aplomo que respiraba toda su figura.

—No hay nadie ni se oye nada —dijo, subiendo la escalera—. No hay ningún alboroto. ¡Quiera Dios!

Después de atravesar el vestíbulo se llegaba a una gran sala, en la que había un piano negro y pendía una araña cubierta con funda blanca, ambos entraron en un saloncito bello y acogedor, sumido en una agradable penumbra rosada.

—Bueno, doctor, espéreme un poco aquí —dijo Aboguin—. Volveré enseguida... Iré a ver... y a avisar.

Kirilov quedó solo. El lujo del salón, la suave penumbra y su propia presencia en esta casa desconocida, que tenía el carácter de una aventura, no lo conmovían, por lo visto. Estaba sentado en el sillón examinando sus manos quemadas por el ácido fénico. Sólo fugazmente vio una pantalla de un color rojo muy vivo y un estuche de violonchelo; además, al volver la cabeza hacia el lado donde se oía el tictac de un reloj, notó el cuerpo disecado de un lobo, tan satisfecho y circunspecto como el propio Aboguin. La casa permanecía silenciosa... En una habitación lejana alguien emitió en voz alta el sonido de "¡Ah!", resonó una puerta de vidrio, probablemente, de un armario, y de nuevo se hizo el silencio. Habiendo esperado unos cinco minutos, Kirilov dejó de observar sus manos y miró la puerta detrás de la cual había desaparecido Aboguin.

En el umbral de esta puerta estaba Aboguin, mas no era el que había salido. El aire de satisfacción y de fina elegancia se había esfumado de su figura, y su rostro, sus manos y su porte se hallaban desfigurados por una repugnante expresión de terror o de torturante dolor físico. La nariz, los labios, los bigotes, todos sus rasgos se movían y parecían tratar de despegarse de la cara, mientras que sus ojos parecían reír de dolor…

Con pasos largos y pesados avanzó hacia el medio del salón, se encorvó, gimió y agitó los puños.

—¡Me ha engañado! —gritó, subrayando con fuerza la sílaba "ña"—. ¡Me ha engañado! ¡Se fue! Fingió estar enferma y me mandó a buscar al médico para poder huir con ese payaso de Papchinsky. ¡Dios mío!

Pesadamente, Aboguin dio un paso hacia el doctor, y agitando ante la cara de éste sus blancos puños, continuó vociferando:

—¡Se fue! ¡Me ha engañado! ¿Por qué esta mentira? ¡Dios mío! ¿Por qué este truco sucio, este diabólico juego de víbora? ¿Qué le he hecho yo?

Las lágrimas saltaron de sus ojos. Giró sobre un talón y se puso a caminar por el cuarto. Con su corta levita, con sus estrechos pantalones de moda, con los cuales sus piernas parecían desproporcionadamente delgadas; con su cabeza grande y su melena, la semejanza que tenía con un león era ahora extraordinaria. En el indiferente rostro del doctor encendióse una chispa de curiosidad. Se levantó y observó a Aboguin.

—Permítame, ¿dónde está la enferma? —preguntó.

—¡La enferma! ¡La enferma! —gritó Aboguin, riendo y llorando al tiempo que agitaba los puños—. ¡No es la enferma, sino la maldita! ¡Una bajeza, una infamia que el mismo Satanás no hubiera ideado mejor! Me hizo salir de la casa para escapar; escapar con ese payaso, ese estúpido saltimbanqui. ¡Dios mío, más le valdría morir! ¡No podré soportarlo!

El doctor se irguió. Sus ojos parpadearon y se llenaron de lágrimas; su estrecha barba se movió hacia la derecha y hacia la izquierda junto con la mandíbula.

—Permítame, ¿cómo es eso? —preguntó, mirando alrededor con curiosidad—. Se me ha muerto un hijo, mi mujer está sola en la casa, con su angustia… Yo mismo apenas me sostengo en pie, no he dormido tres noches… y ¿qué ocurre, ahora? Me obligan a tomar parte en una vulgar comedia, hacer el papel de un objeto de utilería. ¡No… no lo comprendo!

Aboguin abrió un puño, arrojó al suelo una arrugada esquela y la pisó como un insecto que uno tiene ganas de aplastar.

—¡Y yo sin saber nada… sin comprender! —decía con dientes apretados, agitando el puño cerca de su cara y con la expresión del hombre a quien pisaron un callo—. No me daba cuenta de que venía todos los días; no reparé en que hoy había llegado en la berlina. ¿Por qué en la berlina? Y yo sin ver nada… ¡Cabeza de chorlito!

—No… no comprendo… —balbuceó el doctor—. ¿Cómo es eso? No es sino una burla, un mofarse del sufrimiento humano. Es algo increíble… ¡por primera vez en mi vida veo algo semejante!

Con la embotada sorpresa del hombre que acaba de comprender una grave ofensa que le han causado, el doctor se encogió de hombros, separó los brazos y, sin saber qué decir ni qué hacer, se dejó caer, exhausto, en el sillón.

—Muy bien, me ha dejado de amar, se ha enamorado de otro, que Dios sea con ella, pero ¿para qué esta infame y traicionera maniobra? —decía Aboguin con voz llorosa—. ¿Para qué? ¿Y por qué? ¿Qué le he hecho? Escuche, doctor —respondió con vehemencia, acercándose a Kirilov—. Usted es involuntario testigo de mi desgracia y no le voy a ocultar la verdad. Le juro que amaba a esta mujer, la amaba como a una diosa, la amaba como un esclavo… Por ella lo sacrifiqué todo: reñí con mi parentela, dejé el empleo y la música; a ella le perdoné cosas que no hubiera perdonado a mi madre o a mi hermana… Nunca le dirigí una mirada recelosa… nunca le di un motivo de enojo. ¿Por qué, entonces, esta mentira? No exijo amor, pero ¿para qué este vil engaño? Si no me quiere, ¿por qué no me lo dice directa, honestamente, tanto más que conoce mi opinión a ese respecto?

Con lágrimas en los ojos y temblando con todo el cuerpo, Aboguin sinceramente abría su alma ante el doctor. Hablaba con calor, estrechando ambas manos contra el corazón; sin ninguna vacilación revelaba sus secretos familiares y hasta parecía contento de poder arrojarlos, por fin, de su pecho. De haber hablado de esta manera una hora o dos, desnudando su alma, sin duda se hubiera sentido aliviado. Y quién sabe, de haberlo escuchado el doctor, de haberlo aconsejado amigablemente, quizás se hubiera reconciliado con su pena sin protestas, como suele ocurrir, y sin hacer innecesarias tonterías… Pero sucedió en forma distinta. Mientras Aboguin hablaba, el ofendido doctor cambiaba de aspecto. En su rostro, la indiferencia y la sorpresa poco a poco cedían lugar a una expresión de amargura, de indignación y de ira. Sus facciones se tornaron aún más duras, ásperas y desagradables. Cuando Aboguin acercó a sus ojos la fotografía de una mujer joven, con un rostro bello pero inexpresivo y seco, como el de una monja, y le preguntó si uno podía admitir que ese rostro fuese capaz de expresar una mentira, el doctor se levantó de un salto, y, con los ojos brillantes, dijo, recalcando cada palabra:

—¿Para qué me dice usted todo eso? ¡No quiero escucharlo! ¡No quiero! —gritó, dando un puñetazo sobre la mesa—. ¡No necesito sus vulgares secretos, que el diablo los lleve! ¡No tiene usted derecho a contarme esas vulgaridades! ¿O cree usted, por ventura, que aún no estoy suficientemente ofendido? ¿Que soy un lacayo a quien se puede ofender hasta el final? ¿No es así?

Aboguin retrocedió unos pasos y fijó en Kirilov una mirada de asombro.

—¿Para qué me trajo usted aquí? —prosiguió el doctor, sacudiendo la barba—. Si a usted se le ocurre casarse y luego armar escándalos y montar melodramas, ¿qué tengo yo que ver con ello? ¿Qué tengo que ver con sus romances? ¡Déjeme en paz! ¡Ejercite su noble derecho de fuerza, dese tono con las ideas humanitarias, toque —el doctor miró de reojo el estuche del violonchelo— el contrabajo y el trombón, engorde cuanto le plazca, pero no se mofe del ser humano! ¡Si no sabe respetarlo, por lo menos, libérelo de su atención!

—Pero… ¿Qué significa todo eso? —preguntó Aboguin, enrojeciendo.

—Eso significa que no se debe jugar con la gente. Es una acción indigna, despreciable. Yo soy médico; a los médicos y, en general, a los trabajadores que no huelen a perfumes y a prostitución, ustedes nos consideran como sus lacayos y hombres mauvais ton… Y bien, pueden hacerlo, pero nadie les da derecho a tratar al hombre que sufre como si fuera un objeto de utilería.

—¿Cómo se atreve usted a hablar conmigo de ese modo? —preguntó Aboguin en voz baja y su cara volvió a estremecerse, esta vez de cólera.

—¿Cómo usted, conociendo mi desgracia, se atrevió a traerme aquí para escuchar vulgaridades? —gritó el doctor y volvió a golpear en la mesa con el puño—. ¿Quién le dio derecho para burlarse así del dolor ajeno?

—¡Está usted loco! —gritó Aboguin—. No es nada generoso de su parte… Yo mismo soy profundamente desdichado y… y…

—Desdichado, desdichado dice. —Sonrió despectivamente el doctor—. No toque siquiera esa palabra, ella no tiene nada que ver con usted en absoluto. Los haraganes que no encuentran dinero para pagar sus deudas también son desdichados. El capón agobiado por la excesiva grasa también es desdichado. ¡Menuda futilidad!

—¡Señor mío, usted se olvida! —chilló Aboguin—. ¡Palabras como las suyas se pagan a puñetazos! ¿Comprende?

Apresuradamente Aboguin metió la mano en el bolsillo, extrajo la billetera, sacó dos billetes y los arrojó sobre la mesa.

—¡Aquí tiene usted! —dijo, moviendo las aletas de la nariz—. ¡Su visita está pagada!

—¿Cómo se atreve a ofrecerme dinero? —gritó el doctor, barriendo con la mano los billetes—. ¡Una ofensa no se paga con dinero!

Aboguin y el doctor estaban frente a frente y, encolerizados, proseguían infiriéndose mutuamente inmerecidas ofensas. Parecía como si nunca en su vida, ni siquiera delirando, hubiesen pronunciado tantas palabras injustas, crueles y absurdas. En los dos revelóse marcadamente el egoísmo del desgraciado. Los desgraciados son egoístas, maliciosos, injustos, crueles y menos capaces aun que los tontos de comprenderse uno al otro. La desgracia, en lugar de unir, separa a la gente, y hasta allí donde parecería que los hombres debieran estar ligados por el dolor común, se cometen muchas más injusticias y crueldades que en un medio relativamente satisfecho.

—¡Sírvase disponer mi regreso! —gritó jadeante el doctor.

Aboguin dio un brusco campanillazo. Como nadie acudiera a su llamado, hizo sonar la campanilla otra vez y la arrojó al suelo; aquélla golpeó sordamente contra la alfombra, emitiendo el lastimero gemido de un moribundo. No tardó en aparecer un lacayo.

—¿Dónde, diablos, os habéis escondido todos? —se le echó encima el amo, apretando los puños—. ¿Dónde estaba ahora? ¡Vé a decir que traigan de inmediato el coche a este señor y que preparen la berlina para mí! ¡Espera! —gritó al lacayo cuando éste ya se disponía a irse—. ¡No quiero que mañana quede ningún traidor en esta casa! ¡Afuera todos! ¡Tomaré gente nueva! ¡Víboras!

Mientras esperaban a los coches, Aboguin y el doctor guardaban silencio. El primero había recobrado ya su expresión satisfecha y sus finos modales. Caminaba por el salón, sacudía la cabeza con elegancia y, por lo visto, tramaba algo. Su ira no se había aplacado aún, pero trataba de aparentar indiferencia hacia su enemigo… El doctor, en cambio, estaba de pie, apoyándose con una mano en el borde de la mesa, y miraba a Aboguin con el profundo desprecio, algo cínico y feo, con que sólo saben mirar el dolor y el infortunio cuando ven frente a sí el bienestar y la elegancia.

Cuando, poco tiempo después, el doctor tomó asiento en el coche y emprendió la marcha, sus ojos continuaban aún mirando con desprecio. La oscuridad estaba más densa que una hora antes. La roja media luna se había ocultado detrás de la colina y las nubes que la vigilaban yacían junto a las estrellas en forma de manchas oscuras. Una berlina con luces rojas se adelantó al doctor con estrépito. Era la de Aboguin, que iba a protestar y hacer tonterías...

Durante el viaje el doctor estaba pensando no en su mujer ni en su hijo, sino en Aboguin y en la gente que vivía en la casa que él acababa de abandonar. Sus pensamientos eran injustos y cruelmente inhumanos. Condenaba a Aboguin, a su mujer, a Papchinsky y a cuantos vivían en la rosada penumbra y olían a perfume, y durante todo el camino sentía en su alma odio y un doloroso desprecio hacia ellos. Y en su mente se formó una firme convicción acerca de aquellas personas.

Pasará el tiempo; pasará también el dolor de Kirilov, pero esta convicción injusta, indigna del corazón humano no pasará. Quedará en la mente del doctor hasta la misma tumba.

EN LOS BAÑOS PÚBLICOS

I

—¡Oye, tú…, quien seas! —gritó un señor gordo, de blancas carnes, al divisar entre la bruma a un hombre alto y escuálido, con una barbita delgada y una cruz de cobre sobre el pecho—. ¡Dame más vaho!

—Yo no soy bañero, señoría… Soy el barbero. La cuestión del vaho no es de mi incumbencia. ¿Desea, en cambio, que le ponga unas ventosas…?

El señor gordo acarició sus muslos amoratados y después de pensar un poco contestó:

—¿Ventosas?… Bueno, ¿por qué no?… Pónmelas. No tengo prisa.

El barbero corrió a la habitación de al lado en busca de los aparatos, y unos cinco minutos después, sobre el pecho y la espalda del señor gordo proyectaban su sombra diez ventosas.

—Lo he reconocido, señoría… —empezó a decir el barbero, mientras aplicaba la undécima ventosa—. El sábado pasado se sirvió usted venir a bañarse aquí y me acuerdo de que le corté los callos. Soy Mijailo, el barbero… ¿No lo recuerda?… Aquel día me preguntó usted algo sobre las novias…

—¡Ah, sí!… ¿Y qué hay?

—Nada… Ahora estoy haciendo ejercicios espirituales y no quiero criticar porque es pecado, pero no puedo menos de decir a su señoría (y que Dios me perdone por mis censuras) que las novias de ahora son muy ligeras y carecen de reflexión… Antes, las novias aspiraban a casarse con un hombre serio, formal…, que tuviera un capitalito, que supiera hablar de todo y no se olvidara de la religión…, pero las de ahora…, ¡la instrucción es lo único que les interesa! No les des más que un hombre instruido…; de un comerciante o de un funcionario no quieren ni oír hablar… ¡Se ríen de ellos!… ¡Claro que la instrucción!… Un hombre instruido puede alcanzar un puesto muy elevado, mientras que otro que no lo es no pasa toda su vida de escribiente y cuando se muere no deja ni siquiera para el entierro… ¡De esos hay muchos!… Por aquí suele venir uno de esos instruidos…, uno de Correos… Es un hombre que sabe de todo, hasta redactar telegramas…, pero no tiene ni para lavarse con jabón. ¡Da pena verlo!

—¡Pobre, pero honrado! —dijo una voz de bajo, ronca, que venía de la tabla de arriba—. ¡Hombres así deben ser nuestro orgullo! ¡La instrucción, cuando va unida a la pobreza, es testimonio de elevadas cualidades del alma!… ¡Mal educado…!

Mijailo miró de soslayo a la tabla de arriba.

Allí, golpeándose la frente con unos vergajos, estaba sentado un hombre escuálido y huesudo…, sólo compuesto, al parecer, de piel y de costillas. El largo pelo colgante que le cubría no permitía ver su cara, distinguiéndose tan sólo dos ojos llenos de desprecio y malignidad que miraban fijamente a Mijailo.

—Es uno de esos que se dejan el pelo largo… —dijo Mijailo haciendo un guiño significativo—. De esa gente que llaman…, de ideas… ¡Cuántos de esos hay ahora! No se les puede cazar a todos. La conversación cristiana les repugna tanto como a las fuerzas maléficas el incienso… ¿Le oye usted defender la instrucción?… ¡Estos son los que gustan a las novias de ahora! ¡Estos precisamente, señoría!… ¡Da asco!… Figúrese que este otoño me manda a llamar la hija de un pope y me dice: "Búscame, Michel… (en las casas suelen llamarme Michel…, como rizo el pelo a las señoras…), búscame —dice— un novio. Pero que sea escritor". Por suerte, en aquel momento sabía yo de uno. Solía éste frecuentar la taberna de Porfirii Emejianovich, a quien acostumbraba amenazar con hablar de él en el periódico. Cuando se le acercaba el mozo a cobrarle el vodka que se había bebido, le pegaba una bofetada y se ponía a gritar: "¿Cómo?… ¿Pedirme a mí que pague?… ¿No sabes acaso quién soy yo? ¿Ignoras que puedo perderte hablando de ti en el periódico?…". Era pequeñito y solía ir muy andrajoso… Yo lo atraje hablándole del dinero del pope, le enseñé un retrato de la señorita, le alquilé un traje…, ¡pero a la señorita no le gustó! "¡No tiene la cara bastante melancólica!", me dijo. Ella era la primera que no sabía qué diablo quería.

—¡Eso es una calumnia a la Prensa! —se oyó decir desde la misma tabla a la ronca voz de bajo—. ¡Y tú; una porquería!

—¿Porquería yo?… ¡Hum!… ¡Tiene usted la suerte, caballero, de que esta semana esté haciendo ejercicios espirituales!… ¡De no haber sido así, le hubiera dicho que porquería es una palabra!… Según eso, ¿también es usted escritor?

—Sea o no sea escritor, ¿con qué derecho hablas de lo que no entiendes? ¡Ha habido muchos escritores en Rusia y varios de ellos fueron de gran utilidad para su país, por lo que nuestro deber es honrarlos y no hablar mal de ellos! Con esto me refiero lo mismo a los escritores profanos que a los religiosos.

—¡Los religiosos no se ocupan de tales asuntos!

—¡Eso no lo puedes comprender tú…, ignorante!… ¡Dmitrii Rostovskii, Innokentii Jersonskii, Filaret Moscovskii y demás hombres de la iglesia, contribuyeron con sus creaciones a la formación de la cultura!

Mijailo miró de reojo a su adversario y movió la cabeza.

—Este me está resultando demasiado... —murmuro rascándose la nuca—, demasiado inteligente... ¡Por algo lleva esos pelos!... ¡Por algo!... Lo comprendemos perfectamente —dijo en voz alta—, y ahora mismo vamos a demostrarle que sabemos la clase de persona que es. (Quédese un ratito con las ventosas, señoría, que yo en seguida vuelvo. Voy a decir solamente...).

Y Mijailo, acomodándose al andar los mojados pantalones y chapoteando con los pies descalzos, pasó a la habitación de al lado.

—Escucha... Ahora saldrá del baño uno de esos de pelo largo... —dijo dirigiéndose al joven que vendía el jabón—. Vigílalo... Es de esos que van sembrando la confusión entre la gente... De esos que andan a vueltas con las ideas... Habría que ir a buscar a Nazar Zajarevich...

—Debes decírselo a los muchachos.

Mijailo se dirigió a los muchachos encargados del guardarropa y les dijo en voz baja:

—Ahora va a salir uno de pelo largo... De esos que van sembrando la confusión entre la gente. Hay que vigilarlo e ir corriendo a avisar al ama y que mande a buscar a Nazar Zajarevich para que levante acta... ¡Dice unas cosas!... ¡Tiene unas ideas...!

—¿Cuál de pelo largo? —preguntan inquietos los muchachos—. Aquí no se ha quitado la ropa nadie de esas señas. En total se la han quitado seis. Dos tártaros, un caballero, dos comerciantes, un diácono... y nadie más. ¿A ver si es que has tomado al padre diácono por uno de esos de pelo largo de que hablas...?

—¡Diablo, qué cosas se les ocurren! ¡Sé lo que digo!

Mijailo examinó la vestimenta del diácono, palpó su traje y se encogió de hombros... Una expresión de profundo asombro se deslizó por su rostro.

—¿Cómo es?

—Delgadito..., rubio..., con una barbita... está constantemente tosiendo.

—¡Hum!... —murmuró Mijailo—. ¡Entonces..., eso quiere decir que he ofendido a una persona del clero!... ¡Dios mío!... ¡Qué pecado! ¡Qué pecado!... ¡Yo, que estoy haciendo ejercicios espirituales, hermanos!..., ¿cómo voy a poder confesarme después de haber ofendido a una persona del clero?... ¡Perdona, Dios mío, al pecador!... ¡Corro a pedirle perdón...!

Y Mijailo, rascándose la nuca y con rostro afligido, se dirigió a los baños. Ya no estaba el diácono en la tabla de arriba, sino abajo, junto a los grifos y llenando de agua un barreño.

—¡Padre diácono! —le dijo Mijailo con voz llorosa—. ¡Perdone a este pecador, por el amor de Dios!

—¿Qué tengo que perdonarle?

Mijailo suspiró profundamente; se arrodilló ante el diácono e inclinándose hasta el suelo dijo:

—¡Haber pensado que en su cabeza había ideas...!

II

—Me asombra que su hija..., dada su belleza y su buena conducta... no se haya casado todavía —dijo Nicodim Egorich mientras subía a la tabla de arriba.

Nicodim Egorich Potichkin estaba desnudo como cualquier hombre desnudo, pero llevaba puesto un gorro sobre su cabeza calva. Tenía miedo a la congestión cerebral y al ataque de apoplejía, por lo que tomaba siempre su baño de vapor con su gorro encima de la cabeza. Su compañero Macar Tarasich Peschkin, viejecillo de piernas delgaduchas y azuladas, al escuchar esta pregunta se encogió de hombros y dijo:

—No se ha casado porque Dios no me ha dotado de suficiente carácter. Soy demasiado tímido, Nicodim Egorich, y ahora no sirve de nada la timidez. Los novios de ahora son feroces y hay que tratarlos con procedimientos adecuados.

—¿Cómo feroces?... ¿Desde qué punto de vista...?

—¡Muy consentidos!... Hay que emplear con ellos la severidad, Nicodim Egorich... No andar con contemplaciones y, si es necesario, pegarles unas cuantas bofetadas y acudir a la Policía... ¡Eso es lo que hay que hacer!... Son gente inútil..., sin ningún valor...

Los dos amigos se tumbaron el uno al lado del otro sobre la tabla y empezaron a darse golpes con los vergajos.

—Sin ningún valor... —prosiguió Macar Tarasich—. A mí me han hecho sufrir bastante..., ¡canallas!... Si mi carácter fuera más firme..., hace tiempo que mi Dascha estaría casada y tendría una porción de niños... ¡Eso es!... A decir verdad, ahora, en el campo femenino, señor mío, hay un cincuenta por ciento de solteronas... ¡Y observe bien, Nicodim Egorich..., que todas estas mozas tuvieron novios en su juventud!... ¿Por qué no se casaron?... ¿Cuál fue la causa?... No se casaron porque los padres no supieron retener al novio y lo dejaron escapar.

—Exacto.

—El hombre de hoy en día está muy consentido..., es necio y

despreocupado. Todo lo quiere gratis y con ventaja. Le das lo que se le antoja y encima te pide dinero… Cuando se casa calcula: "Si me caso, tendré dinero". ¡Lo de menos es que coma, que zampe y que acepte mi dinero…, pero que haga siquiera la merced de casarse con la criatura!… Porque a veces, además de que te cuesta el dinero, acabas sufriendo y llorando. Los hay que hacen la corte a la muchacha y que cuando llegan al punto decisivo, esto es, al momento de ir a la iglesia, se vuelven atrás y se ponen a hacer la corte a otra. ¡Desde luego, el noviazgo es muy agradable!… ¡encantador!… Le dan a uno de comer, de beber, le prestan lo que necesita… Por eso el novio sigue así hasta la vejez, y cuando le llega la muerte ya no le hace falta casarse. Algunos están calvos, tienen el pelo blanco y se les doblan las rodillas…, ¡pero siguen de novios!… Hay otros que no se casan por pura estupidez. Un hombre tonto no sabe él mismo lo que quiere, y por eso tan pronto le parece mal una cosa como otra. Frecuenta las casas…, hace el amor… y de pronto, sin que se sepa por qué, sale diciendo: "No puedo casarme. No me da la gana casarme". Como ejemplo puedo citarle al señor Catavasov, el primer novio de Dascha…, maestro de escuela y consejero titular al mismo tiempo… Había estudiado todas las ciencias. Francés, alemán, matemáticas…, y luego resultó ser un majadero. ¡Un perfecto estúpido y nada más!… ¿Se ha dormido usted, Nicodim Egorich?

—No, no… Es que me agrada cerrar los ojos.

—Así, pues…, como le digo…, empezó a hacer la corte a mi Dascha. He de advertirle que entonces Dascha no había cumplido todavía los veinte años. ¡Era un asombro de muchacha! ¡Un dátil!… Gruesa…, formal… El consejero civil Ciceronov le pidió de rodillas que fuera de institutriz a su casa, pero ella no quiso. Catavasov empezó a frecuentar la nuestra, venía diariamente y se quedaba hasta la noche conversando con ella sobre física y otras diversas ciencias. Le traía libros, le oía tocar el piano… Lo que más le interesaba eran los libros, pero mi Dascha no necesitaba libros… Como también ella era muy erudita, libros no le faltaban… Él, sin embargo, le estaba siempre diciendo que leyera esto y que leyera lo otro… ¡Un aburrimiento de muerte!… Observé, no obstante, que la quería y que ella tampoco parecía tener nada en contra de él…, aunque solía decirme: "No me gusta, papaíto, que no sea militar…". Cierto que no era militar, pero tenía una buena posición…, un carácter noble…, no era borracho…, conque ¿qué más se podía pedir?… Solicitó su mano…, se les bendijo ¡y ni siquiera se informó de la dote!… Sobre este punto… ¡silencio! Lo mismo que si hubiera sido un ser incorpóreo que puede pasarse sin una dote. Se fijó el día de la boda, ¿y qué se figura usted que pasó?… ¿Eh?… Pues que tres días antes de ésta se me presenta en la tienda el propio Catavasov, con los ojos irritados, el rostro pálido como si le hubieran dado un susto y temblando con todo su cuerpo.

"—¿Qué se le ofrece? —le pregunté yo.

"—¡Perdóneme, Macar Tarasich! —dijo él—; pero no puedo casarme con Daria Macarovna. ¡Me he equivocado! —dijo—. ¡Su florida juventud..., su imaginación..., me hicieron pensar que había de encontrar en ella el terreno..., digamos..., la frescura espiritual!... ¡Veo, sin embargo, que ya ha tenido tiempo de adquirir otras inclinaciones! Dice que le atrae la vanidad, que no sabe lo que es trabajar y que con la leche de su madre ha mamado... Ya no recuerdo qué era lo que había mamado... Él seguía hablando y llorando al mismo tiempo. Yo, señor mío, me limité a enfadarme y lo dejé marchar. Ni me dirigí al juez, ni fui a quejarme a su jefe, ni dije nada por la ciudad. Si hubiera acudido al juez, seguro que se hubiera asustado y se hubiera casado... A la autoridad le tendría sin cuidado lo que ella había mamado... ¿Te has prometido a una joven?... ¡Pues tienes que casarte, y se acabó!... ¿Oyó usted hablar de un comerciante llamado Kliakin?... Era un mujik, ¡pero qué ocurrencia tuvo!... También el novio de su hija, que había reparado en que la cuestión de la dote no estaba del todo clara, empezó a protestar. Kliakin entonces se encerró con él en la despensa, sacó de su bolsillo una gran pistola con todas las balas en regla y le dijo:

"¡Jura delante de la imagen que te casarás! ¡Si no lo haces —dijo—, ahora mismo te mataré, canalla! ¡Ahora mismo!...". El joven juró y se casó. ¿Lo está usted viendo?... Yo, en cambio, no soy capaz de hacer eso ni de pegarme con nadie... En otra ocasión, un funcionario ucraniano... un tal Briusdenco..., vio a mi Dascha y se enamoró de ella. Iba tras de ella, rojo como un cangrejo y diciéndole una porción de cosas. Su boca despedía calor, como una estufa. Se pasaba el día entero sentado en nuestra casa y la noche paseando bajo las ventanas. También Dascha había empezado a quererlo. Le gustaban sus ojos, porque decía que en ellos había ¡fuego y negrura de noche!... Así, pues, el ucraniano venía a visitarnos, y un día se decidió a pedir la mano de Dascha. Ésta, que puede decirse que estaba encantada..., se la concedió. "Comprendo, papaíto —me dijo—, que no es militar; pero como, en cambio, pertenece al departamento de Asuntos Eclesiásticos..., o sea, como si fuera de intendencia, lo quiero mucho...". Se veía que la muchacha, a pesar de su juventud, sabía distinguir... ¿Se fija usted cómo dijo "¡De intendencia!"?... Cuando el ucraniano se enteró de la dote, regateó un poco conmigo, pero dijo que estaba conforme con todo. Lo único que quería era que la boda se celebrara lo antes posible. Pues bien..., cuando llegó el día de los esponsales y vio reunidos a los invitados, se agarró la cabeza con las manos y exclamó: "¡Dios mío! ¡Cuántos parientes tiene! ¡No estoy conforme…, no! ¡No puedo! ¡No quiero!…". Y así dale que dale. Yo intenté por todos los medios tranquilizarlo. "Pero ¿se ha vuelto loco su señoría?… ¡Cuantos más parientes, más honor!…". Pero él no estaba de acuerdo con esto. Cogió su gorro y no volvimos a verlo más. Le contaré también otro caso: El guardabosque Alialiev pretendió casarse con Dascha. La quería por su inteligencia y por su conducta. A su vez, Dascha se enamoró de él. Le agradaba su carácter equilibrado. Era, en efecto, un hombre bueno y noble. Procedió en aquella ocasión con mucha seriedad. Se enteró de la cuantía de la dote, revolvió todos los baúles y reprendió a Matriona por no haber sabido preservar bien las capas de la polilla. A mí también me dio una lista de sus haberes. Era, desde luego, un noble carácter y una persona seria (es un pecado hablar mal de él) y, a decir verdad, a mí me gustaba enormemente. Se pasó dos meses regateando conmigo. Yo le daba ocho mil, pero él quería ocho mil quinientos. Regateábamos y regateábamos constantemente. Se daba el caso de que nos sentáramos a tomar el té, lleváramos bebidos quince vasos y siguiéramos siempre regateando… Yo subí hasta doscientos, pero él no quiso aceptar. ¡Y eso fue lo que nos separó!… ¡Trescientos rublos!… Él se fue todo pálido y lloroso… ¡Quería tanto a Dascha!… Ahora, pecador de mí, me culpo a mí mismo… Debería haberle dado los trescientos rublos o haberlo asustado o avergonzado delante de la ciudad entera…, o haberlo metido en una habitación oscura y propinado unas cuantas bofetadas. ¡Ahora me doy cuenta de que el que perdió fui yo! ¡Perdí por tonto!… Pero ¡qué se le va a hacer, Nicodim Egorich!… Mi carácter es así…, demasiado tímido.

—Demasiado tímido…, exacto. Bien… yo ya me voy. Siento la cabeza un poco pesada.

Nicodim Egorich se golpeó con los vergajos por última vez y bajó.

Macar Tarasich agitó los suyos con renovado brío y suspiró.

EN LA BARBERÍA

Es por la mañana. Todavía no han dado las siete y la barbería de Makar Kusmich Bliostkin está ya abierta. El dueño, joven de unos veintitrés años, sin lavarse, desaseado, aunque vestido con pretensiones de petimetre, se ocupa de su arreglo. Nada hay en realidad que arreglar, pero él termina sudoroso de aquel trabajo.

Aquí frota con un trapito, allí arranca con el dedo, allá ve una chinche y la desprende de la pared de un manotazo… La barbería es pequeña, estrecha, miserable. El papel que cubre las paredes recuerda a la blusa descolorida de un cochero. Entre dos empañados y lagrimeantes cristales hay una delgada, rechinante y escuálida puertecita; sobre ella, una campanilla que la humedad ha tornado verdosa y que se estremece y suena enfermizamente, por si sola, sin que nadie la agite. Si se contempla usted en el espejo que cuelga de una de las paredes, verá cómo su fisonomía se tuerce implacablemente hacia todos lados. Ante este espejo se corta uno el pelo y se afeita.

Encima de la mesita (tan poco lavada y tan deslumbrada como el propio Makar Kusmich) hay de todo: peines, tijeras, navajas de afeitar, un fijador que vale una kopec, polvos que valen una kopec, agua de colonia fuertemente aguada que vale una kopec… En resumidas cuentas: que la barbería entera no rebasa el valor de quince kopecs.

En lo alto de la puerta resuena el chillido de la campanilla enferma, y en la barbería entra un hombre de edad, vestido de un poluschubok y calzado con unos valenkii. Su cabeza y su cuello aparecen envueltos en un chal femenino.

Es Erast Ivanich Iagodov, padrino de Makar Kusmich. En tiempos pasados prestaba servicio como guardián en el Conservatorio. Ahora vive junto a la calle Krasnii Prud y se ocupa de trabajos de carpintería.

—¡Buenos días, Makaruschka…, lucero mío! —dice a Makar Kusmich, entregado afanosamente al arreglo de la barbería.

Se abrazan. Iagodov se quita el chal de la cabeza, se santigua y se sienta.

—¡Menuda distancia! —dice, arrellanándose en el asiento—. ¡Vaya con la broma!… ¡Hay que ver lo que hay desde Kransnii Prud hasta Kalujskie Vorota!…

—¿Qué tal está usted?

—¡Mal, hermano! ¡He tenido unas fiebres muy altas!

—¿Qué dice?… ¿Fiebres muy altas?

—¡Fiebres muy altas!… ¡Estuve sacramentado y me pasé un mes en la cama, creyendo que me moría!… Ahora se me cae el pelo… El médico me manda que me lo corte; dice que así echaré otro más fuerte… ¡Y mi cabeza se echó esta cuenta!… "Vete a casa de Makar…". ¡Uno tiene que ir al que es de uno antes que a otro cualquiera!… ¡Lo hará mejor y no me llevará nada!… ¡Verdad que está un poco lejos…, pero qué le vamos a hacer!… ¡También le sirve a uno el paseo!

—¡Yo, claro…, con mucho gusto!… Haga el favor…

Y Makar Kusmich, chocando los talones, le señala la silla; Iagonov se mira al espejo y se siente, al parecer, satisfecho del espectáculo: el espejo le muestra una cara torcida, con labios de calmuco, nariz ancha y roma y ojos en la frente. Makar Kusmich cúbre los hombros de su cliente con una sábana blanca, llena de manchas amarillas, y empieza a hacer chillar las tijeras.

—Se lo cortaré muy limpio…, ¡Al rape! —dice.

—¡Si, si!… Que parezca un tártaro… o una bomba… Así me crecerá más espeso.

—¿Cómo se encuentra la tía?

—Bien… ¡Viviendo!… El otro día estuvo a recoger al chico de la mujer del mayor. La dieron un rublo.

—¿Ah, sí?… ¿Un rublo?… Sosténgame la oreja.

—Ya me la sostengo. Tú procura no cortarme. ¡Eh!… ¡Que me haces daño!… ¡Que me tiras del pelo!

—No es nada. En nuestro oficio hay que pasar por eso. ¿Y qué tal Anna Erastovna?

—¿La hija?… Bien; allí está… El miércoles de la semana pasada se la hemos prometido a Scheikin. ¿Por qué no viniste tú?

Las tijeras cesan de chillar, Makar Kusmich deja caer las manos y pregunta asustado.

—¿Habéis prometido a quién?

—A Anna.

—¿Y eso, cómo? ¿A quién?

—A Scheikin Prokofii Petrovich. Su tía está de ama de llaves en el callejón Slatoustenkii. ¡Buena mujer!… ¡A Dios gracias, y como es natural, todos estamos muy contentos! La boda será dentro de una semana. Ven a la fiesta.

—Pero…, ¿cómo puede ser, Erast Ivanich? —dice Makar. Kusmich, pálido asombrado y encogiéndose de hombros.

—¿Cómo es posible esto? ¡Esto…, esto… es completamente imposible!… Anna Erastovna… y yo… Quiero decir que mis sentimientos para ella… Yo tenía intención… ¿Cómo va a poder ser?…

—¡Pues siendo!… ¡La cogimos y la prometimos! ¡Es un hombre muy cabal!

Del rostro de Makar Kusmich brota un sudor frío; deja caer las tijeras sobre la mesa y empieza a restregarse la nariz con el puño.

—¡Yo tenía intención!… ¡Esto es imposible, Erast Ivanich!… ¡Yo… estoy enamorado!… ¡La ofrecí mi corazón!…¡También la tía me prometió!… ¡Siempre le he estimado como a mi padre!… ¡No le cobro nada por cortarle el pelo! ¡Usted siempre ha recibido favores por lo que está de mi parte!… ¡Cuando papaíto falleció, usted se llevó el sofá y diez rublos en dinero, y no me los ha devuelto!… ¿Se acuerda?

—¿Cómo que si me acuerdo?… ¡Me acuerdo!… ¡Pero esa es otra cuestión! ¿Qué vales tú para novio, Makar?… ¿Acaso vales tú para novio?… ¡Ni dinero, ni categoría!… ¡Un oficio mísero!…

—Pues ¿Y Scheikin?… ¿Es rico Scheikin?

—Scheikin está trabajando de cobrador!… ¡Tiene puestos de fianza mil quinientos rublos!… ¡Así es, hermano!… Habla lo que quieras, pero el asunto está ya arreglado. ¡No puede uno volverse atrás, Makaruschka! ¡Búscate otra novia!… ¡Ni que fuera la única en el mundo!… Bueno; sigue cortándome… ¿Por qué te paras?

Makar Kusmisch, inmóvil, guarda silencio. Después saca un pañuelo de su bolsillo y empieza a llorar.

—Pero ¿Por qué lloras, vamos a ver?… —Le consuela Erast Ivanich—. ¡Vamos…, déjate!… ¡Mira que tú llorando como una baba!… Acaba primero con mi cabeza y luego lloras. ¡Coge las tijeras!

Makar Kusmich coge las tijeras, las contempla un minuto inconscientemente y las deja caer sobre la mesa. Sus manos tiemblan.

—¡No puedo! —dice—. ¡Ahora no puedo! ¡No tengo fuerzas!… ¡Soy un desgraciado! ¡Y ella también es una desgraciada!… ¡Nos queríamos!… ¡Nos prometimos…, y la gente mala nos separa sin piedad alguna!… ¡Márchese, Erast Ivanich!…

—Entonces…, mañana volveré, Makaruschka. Mañana terminas de cortarme el pelo.

—¡Bueno!…

—Tú, tranquilízate, y yo mañana vendré más temprano.

Erast Ivanich, con su media cabeza pelada al rape, parece un presidiario. ¡Es violento llevarse de esta guisa la cabeza, pero… qué se le va a hacer!… Se la tapa, como el cuello, con el chal y sale de la barbería. Una vez solo, Makar Kusmich se sienta y continúa llorando despacito. Al día siguiente por la mañana vuelve Erast Ivanich.

—¿Qué desea usted? —pregunta fríamente Makar Kusmich.

—Que acabes de cortarme el pelo, Makaruschka. ¡Tengo media cabeza sin pelar!

—Pague por adelantado, haga el favor. No corto de balde.

Erast Ivanich se marcha sin pronunciar palabra. Todavía ahora en la mitad de su cabeza lleva el pelo largo y en la otra corto… ¡Pagar por cortarse el pelo es considerado por él como un lujo!… Y espera que en la mitad rapada le crezca por sí solo. Y así se presentó ante las gentes durante la fiesta de boda.

EN LA OSCURIDAD

Una mosca de mediano tamaño se metió en la nariz del consejero suplente Gaguin. Aunque se hubiera metido allí por curiosidad, por atolondramiento o a causa de la oscuridad, lo cierto es que la nariz no toleró la presencia de un cuerpo extraño y dio muestras de estornudar. Gaguin estornudó tan ruidosamente y tan fuerte que la cama se estremeció y los resortes, alarmados, gimieron. La esposa de Gaguin, María Michailovna, una rubia regordeta y robusta, se estremeció también y se despertó. Miró en la oscuridad, suspiró y se volvió del otro lado. A los cinco minutos se dio otra vuelta, apretó los párpados, pero no concilió el sueño. Después de varias vueltas y suspiros se incorporó, pasó por encima de su marido, se calzó las zapatillas y se fue a la ventana.

Fuera de la casa, la oscuridad era completa. No se distinguían más que las siluetas de los árboles y los tejados negros de las granjas. Hacia oriente había una leve palidez, pero unas masas de nubes se aprestaban a cubrir esta zona pálida. En el ambiente, tranquilo y envuelto en la bruma, reinaba el silencio. Y hasta permanecía silencioso el sereno, a quien se paga para que rompa con el ruido de su chuzo el silencio de la noche, y el estertor de la negreta, único volátil silvestre que no rehúye la vecindad de los veraneantes de la capital.

Fue María Michailovna quien rompió el silencio. De pie, junto a la ventana, mirando hacia fuera, lanzó de pronto un grito. Le había parecido que una sombra, que procedía del arriate, en el que se destaca un álamo deshojado, se dirigía hacia la casa. Al principio creyó que era una vaca o un caballo, pero, después de restregarse los ojos, distinguió claramente los contornos de un ser humano.

Luego le pareció que la sombra se aproximaba a la ventana de la cocina y, después de detenerse unos instantes, al parecer por indecisión, ponía el pie sobre la cornisa y… desaparecía en el hueco negro de la ventana.

"¡Un ladrón!", se dijo como en un relámpago, y una palidez mortal se extendió por su rostro.

En un instante su imaginación le reprodujo el cuadro que tanto temen los veraneantes: un ladrón se desliza en la cocina, de la cocina al comedor…, en el aparador está la vajilla de plata…, más allá el dormitorio…, un hacha…, los rostros de unos bandidos…, las joyas… Le flaquearon las piernas y sintió un escalofrío en la espalda.

—¡Vasia! —exclamó zarandeando a su marido—. ¡Vasili Pracovich! ¡Dios mío, está roque! ¡Despierta, Vasili, te lo suplico!

—¿Qué ocurre? —balbucea el consejero suplente, aspirando aire profundamente y emitiendo un ruido con las mandíbulas.

—¡Despiértate, en el nombre del cielo! ¡Un ladrón ha entrado en la cocina! Yo estaba junto a la vidriera y he visto que alguien saltaba por la ventana. De la cocina irá al comedor..., ¡las cucharas están en el aparador! ¡Vasili! Lo mismo sucedió el año pasado en casa de Mavra.

—¿Qué pasa? ¿Quién... es?

—¡Dios mío! No oye... Pero, comprende, pedazo de tronco... Acabo de ver a un hombre entrar en nuestra cocina. Pelagia tendrá miedo y... ¡la vasija de plata está en el aparador!

—¡Majaderías!

—¡Vasili, eres insoportable! Te digo que hay un ladrón en casa y tú duermes y roncas. ¿Qué es lo que quieres? ¿Qué nos roben y nos degüellen?

El consejero suplente se incorporó lentamente y se sentó en la cama bostezando ruidosamente.

—¡Dios mío, qué seres! —gruñó—. ¿Es que ni de noche me puedes dejar en paz? ¡No se despierta a uno por estas tonterías!

—Te lo juro, Vasili; he visto a un hombre entrar por la ventana.

—¿Y qué? Que entre... Será, seguramente, el bombero de Pelagia que viene a verla.

—¿Cómo? ¿Qué dices?

—Digo que es el bombero de Pelagia que viene a verla.

—¡Eso es peor aún! —gritó María Michailovna—. ¡Eso es peor que si fuera un ladrón! Nunca toleraré en mi casa semejante cinismo.

—¡Vaya una virtud!... No permitir ese cinismo... Pero ¿qué es el cinismo? ¿Por qué emplear a tontas y a locas palabras extranjeras? Es una costumbre inmemorial, querida mía, consagrada por la tradición, que el bombero vaya a visitar a las cocineras.

—¡No, Vasili! ¡Tú no me conoces! No puedo admitir la idea de que, en mi casa, una cosa semejante..., semejante... ¡Vete en seguida a la cocina a decirle que se vaya! ¡Pero ahora mismo! Y mañana yo diré a Pelagia que no tenga el descaro de comportarse así. Cuando me muera puedes tolerar en tu casa el cinismo, pero ahora no lo permito. ¡Vete allá!

—¡Dios mío!... —gruñó Gaguin con fastidio—. Veamos, reflexiona en tu cerebro de mujer, tu cerebro microscópico: ¿por qué voy a ir allí?

—¡Vasili, que me desmayo!

Gaguin escupió con desdén, se calzó las zapatillas, escupió otra vez y se dirigió a la cocina. Estaba tan oscuro como en un barril tapado, y tuvo que andar a tientas. De paso buscó a ciegas la puerta de la alcoba de los niños y despertó a la niñera.

—Vasilia —le dijo entonces Gaguin—, cogiste ayer mi bata para limpiarla. ¿Dónde está?

—Se la he dado a Pelagia para que la limpie, señor.

—¡Qué desorden! Cogen las cosas y no las vuelven a poner en su sitio. Ahora tengo que andar por la casa sin bata.

Al entrar en la cocina se dirigió al rincón donde dormía la cocinera sobre el arca, debajo de las cacerolas…

—¡Pelagia! —gritó, buscando a tientas sus hombros para sacudirla—. ¡Eh, Pelagia! ¡Deja de representar esta comedia! ¡Si no duermes! ¿Quién acaba de entrar por la ventana?

—¿Eh? ¡Por la ventana! ¿Y quién va a entrar por la ventana?

—Mira, no me andes con cuentos. Dile a tu bribón que se vaya a otra parte. ¿Me oyes? No se le ha perdido nada por aquí.

—Pero ¿me quiere hacer perder la cabeza, señor? ¡Vamos!… ¿Me cree tonta? Me paso todo el santo día trabajando, corro de un lado para otro, sin parar ni un momento, y ahora me sale con esas historias. Gano cuatro rublos al mes…, tiene una que pagarse su azúcar y su té, y con la única cosa con que se me honra es con palabras como ésas… ¡He trabajado en casa de comerciantes y nunca me trataron de una manera tan baja!

—Bueno, bueno… No hay por qué gritar tanto… ¡Que se largue tu palurdo inmediatamente! ¿Me oyes?

—Es vergonzoso, señor —dice Pelagia, con voz llorosa—. Unos señores cultos… y nobles, y no comprendan que tal vez unos desgraciados y miserables como nosotros… —se echó a llorar—. No tienen por qué decirnos cosas ofensivas. No hay nadie que nos defienda.

—¡Bueno, basta!… ¡A mí déjame en paz! Es la señora quien me manda aquí. Por mí puede entrar el mismo diablo por la ventana, si te gusta. ¡Me tiene sin cuidado!

Por este interrogatorio ya no le quedaba al consejero más que reconocer que se había equivocado y volver junto a su esposa. Pero tiene frío y se acuerda de su bata.

—Escucha, Pelagia —le dice—. Cogiste mi bata para limpiarla. ¿Dónde está?

—¡Ay, señor, perdóneme! Me olvidé de ponerla de nuevo en la silla. Está colgada aquí en un clavo, junto a la estufa.

Gaguin, a tientas, busca la bata alrededor de la estufa, se la pone y se dirige sin hacer ruido al dormitorio.

María Michailovna se había acostado después de irse su marido y se puso a esperarle. Estuvo tranquila durante dos o tres minutos, pero en seguida comenzó a torturarla la inquietud.

"¡Cuánto tarda en volver! —piensa—. Menos mal si es ese… cínico, pero ¿y si es un ladrón?".

Y en su imaginación se pinta una nueva escena: su marido entra en la cocina oscura..., un golpe de maza..., muere sin proferir un grito..., un charco de sangre...

Transcurrieron cinco minutos, cinco y medio, seis... Un sudor frío perló su frente.

—¡Vasili! —gritó con voz estridente—. ¡Vasili!

—¿Qué sucede? ¿Por qué gritas? Estoy aquí... —le contestó la voz de su marido, al tiempo que oía sus pasos—. ¿Te están matando acaso?

Se acercó y se sentó en el borde de la cama.

—No había nadie —dice—. Estabas ofuscada... Puedes estar tranquila, la estúpida de Pelagia es tan virtuosa como su ama. ¡Lo que eres tú es una miedosa..., una!...

Y el consejero se puso a provocar a su mujer. Estaba desvelado y ya no tenía sueño.

—¡Lo que tú eres es una miedosa! —se burla de ella—. Mañana vete a ver al doctor para que te cure esas alucinaciones. ¡Eres una psicópata!

—Huele a brea —dice su mujer—. A brea o... a algo así como a cebolla..., a sopa de coles.

—Sí... Hay algo que huele mal... ¡No tengo sueño! Voy a encender la bujía... ¿Dónde están las cerillas? Te voy a enseñar la fotografía del procurador de la audiencia. Ayer se despidió de nosotros y nos regaló una foto a cada uno, con su autógrafo.

Raspó un fósforo en la pared y encendió la bujía. Pero antes de que hubiese dado un solo paso para buscar la fotografía, detrás de él resonó un grito estridente, desgarrador. Se volvió y se encontró con que su mujer lo miraba con gran asombro, espanto y cólera...

—¿Has cogido la bata en la cocina? —le preguntó palideciendo.

—¿Por qué?

—¡Mírate al espejo!

El consejero suplente se miró en el espejo y lanzó un grito fenomenal. Sobre sus hombros pendía, en vez de su bata, un capote de bombero.

¿Cómo ha podido ser? Mientras intenta resolver este problema, su mujer veía en su imaginación una nueva escena, espantosa, imposible: la oscuridad, el silencio, susurro de palabras, etc. ¿Qué pasa entre Gaguin y la cocinera? María Michailovna da rienda suelta a su imaginación.

EN EL PASEO DE SOKÓLNIKI

El día 1 de mayo se inclinaba al anochecer. El susurro de los pinos de Sokólniki y el canto de los pájaros son ahogados por el ruido de los carruajes, el vocerío y la música. El paseo está en pleno. En una de las mesas de té del Viejo Paseo está sentada una parejita: el hombre con un cilindro grasoso y la dama con un sombrerito azul claro. Ante ellos, en la mesa, hay un samovar hirviendo, una botella de vodka vacía, tacitas, copitas, un salchichón cortado, cáscaras de naranja y demás. El hombre está brutalmente borracho. Mira absorto la cáscara de naranja y sonríe sin sentido.

—¡Te hartaste, ídolo! —balbucea la dama enojada, mirando confundida alrededor—. Si tú, antes de beber, lo pensaras, tus ojos son impúdicos. Es poco lo que a la gente le repugna verte, te arruinaste a ti mismo todo el placer. Tomas por ejemplo té, ¿y a qué te sabe ahora? Para ti ahora la mermelada, el salchichón es lo mismo… Y yo me esforcé pues, tomé lo mejor que había…

La sonrisa sin sentido en el rostro del hombre se convierte en una expresión de agudo pesar.

—M-masha, ¿a dónde llevan a la gente?

—No la llevan a ningún lugar, sino pasea por su cuenta.

—¿Y para qué va el alguacil?

—¿El alguacil? Para el orden, y acaso y pasea… ¡Epa, hasta donde bebió, ya no entiende nada!

—Yo… no estoy mal… Yo soy un pintor… de género…

—¡Cállate! Te hartaste, bueno y cállate… Tú, en lugar de balbucear, piensa mejor… Alrededor hay árboles verdes, hierbita, pajaritos de voces diversas… Y tú sin atención, como si no estuvieras ahí… Miras, y como en la niebla… Los pintores se empeñan ahora en reparar en la naturaleza, y tú como un curda…

—La naturaleza… —dice el hombre y mueve la cabeza—. La na-naturaleza… Los pajaritos cantan… los cocodrilos se arrastran… los leones… los tigres…

—Delira, delira… Toda la gente va como gente… pasea de la manita, escucha la música, sólo tú estás en el escándalo. ¿Y cuándo alcanzaste eso? ¿Cómo yo no lo advertí?

—M-masha —balbucea el cilindro, palideciendo—. Pronto…

—¿Qué te pasa?

—Deseo ir a casa… Pronto…

—Espera. Cuando oscurezca, nos iremos; ahora es una vergüenza ir: te tambalearás y la gente empezará a reírse. Siéntate y espera…

—¡N-no puedo! Yo... yo a casa...

El hombre se levanta rápido y, tambaleándose, sale de la mesa. El público, sentado en las otras mesas, empieza a burlarse... La dama se confunde...

—Que me mate Dios si vengo contigo una vez más —balbucea ésta, apoyando al hombre—. Es sólo una deshonra... Bueno sería si fuera legítimo, pero así pues... por gusto.

—M-masha, ¿dónde estamos?

—¡Cállate! Si te avergonzaras, toda la gente te señala con el dedo. ¿Para ti es pues, "como el que oye llover", pero para mí cómo es? Bueno sería si fuera legítimo, pero así... pues... Me da un rublo y me reprocha un mes:

"¡Yo te alimento! ¡Yo te mantengo!" ¡Mucha falta me hace! ¡Y a mí no me importaba tu dinero! Voy a agarrar y me voy a ir con Pavel Ivanich...

—M-masha... a casa... Alquila a un cochero...

—Bueno, ve... Camina por la alameda derecho, y yo iré por el ladito... Me da vergüenza ir contigo... ¡Ve derecho!

La dama pone a su "ilegítimo" de cara a la salida y le da un ligero empujón por la espalda. El hombre se abalanza adelante y, tambaleándose, tropezando con los transeúntes y con los bancos, se apresura adelante... La dama va detrás y vigila sus movimientos. Está confundida y alarmada.

—¿Un palito, señor, no desea? —se dirige al hombre que camina, una persona con un hatillo de palos y cañas—. Los mejores... de guindilla... de bambú...

El hombre mira atontado al vendedor de palos, después se vuelve atrás y corre en dirección opuesta. En su rostro hay una expresión de horror.

—¿A dónde diablos vas? —lo detiene la dama, cogiéndolo por la manga—. Bueno, ¿a dónde?

—¿Dónde está Masha?... M-masha se fue...

—¿Y yo quién soy?

La dama toma al hombre de la mano y lo lleva a la salida. Le da vergüenza.

—Que me mate Dios si vengo contigo una vez más... —balbucea ésta, toda roja de la vergüenza—. Por última vez soporto esta deshonra... Que me castigue Dios... ¡Mañana mismo me voy con Pavel Ivanich!

La dama, con timidez, levanta los ojos hacia la gente, en espera de ver en los rostros sonrisas burlonas. Pero sólo ve rostros de borrachos. Todos se tambalean y dan cabezadas. Y se siente más aliviada.

UN ESCÁNDALO

Macha Pavletskaya, una muchachita que acababa de terminar sus estudios en el Instituto y ejercía el cargo de institutriz en casa del señor Kuchkin, se dijo, al volver del paseo con los niños: "¿Qué habrá pasado aquí?". El criado que le abrió la puerta estaba colorado como un cangrejo y visiblemente alterado. Se oía en las habitaciones interiores un trajín insólito.

"Acaso la señora —siguió pensando la muchacha— esté con uno de sus ataques o le haya armado un escándalo a su marido".

En el pasillo se cruzó con dos doncellas, una de las cuales iba llorando. Ya cerca de su habitación vio salir de ella, presuroso, al señor Kuchkin, un hombrecillo calvo y marchito, aunque no muy viejo.

—¡Es terrible! ¡Qué falta de tacto! ¡Esto es estúpido, abominable, salvaje! —iba diciendo, con el rostro bermejo y los brazos en alto.

Y pasó, sin verla, por delante de Macha, que entró en su habitación.

Por primera vez en su vida la joven sintió ese bochorno que tanto conocen las gentes dedicadas a servir a los ricos. Se estaba efectuando un registro en su cuarto. El ama de la casa, Teodosia Vasilievna, una señora gruesa, de hombros anchos, cejas negras y espesas, manos rojas y boca un tanto bigotuda —una señora, en fin, con aspecto de cocinera— colocaba apresuradamente dentro del cajón de la mesa carretes, retales, papeles…

Sorprendida por la aparición inesperada de la institutriz, se turbó, y balbuceó:

—Perdón…, he tropezado…, se ha caído todo esto… y estaba poniéndolo en su sitio.

Al ver la cara pálida, asombrada, de la muchacha, balbuceó algunas excusas más y se alejó, con un sonoro frufrú de sayas ricas.

Macha contemplaba el aposento, presa el alma de un terror vago y de una angustia dolorosa. ¿Qué buscaba el ama en su cajón? ¿Por qué el señor Kuchkin salía de allí tan alterado? ¿Por qué su mesa, sus libros, sus papeles, sus ropas, estaban en desorden?… Allí acababa, a todas luces, de efectuarse un registro en regla. Pero ¿con qué motivo?, ¿en busca de qué?…

La visible turbación del criado, el trajín que reinaba en la casa, el llanto de la doncella, se relacionaban, sin duda, con el registro. ¿Se le suponía, quizás, autora de algún delito?

Macha se puso aún más pálida de lo que estaba, las piernas le flaquearon y se sentó en un cesto de ropa blanca.

Entró una doncella.

—Lisa, ¿podría usted decirme por qué se ha hecho en mi habitación... un registro? —preguntó la institutriz.

—Se ha perdido un broche de la señora..., un broche que vale dos mil rublos...

—Bien; pero ¿por qué se ha registrado mi habitación?

—¡Se ha registrado todo, señorita! A mí me han registrado de pies a cabeza, aunque, se lo juro a usted, no he tocado en mi vida ese maldito broche. Incluso he procurado siempre acercarme lo menos posible al tocador de la señora.

—Sí, sí, bien...; pero no comprendo...

—Ya le digo a usted que han robado el broche. La señora nos ha registrado, con sus propias manos, a todos, hasta a Mijailc, el portero... ¡Es terrible! El señor parece muy disgustado; pero la deja hacer mangas y capirotes... Usted, señorita, no debe ponerse así. Como no han encontrado nada en su habitación, no tiene nada que temer. Usted no ha cogido la alhaja, ¿verdad?, pues no sea tonta y no se apure...

—Pero ¡es que clama al cielo —dijo Macha, ahogándose de cólera— lo humillante, lo ofensivo, lo bajo, lo vil del proceder de la señora! ¿Qué derecho tiene ella a sospechar de mí y a registrar mi cuarto?

—Usted, señorita —suspiró Lisa—, depende de ella... Aunque es usted la institutriz, la considera al fin y al cabo —perdóneme usted— una criada... Usted come su pan, y ella se cree con derecho a todo y no se para en barras.

Macha se dejó caer en la cama y rompió a llorar amargamente. Nunca había sido humillada, insultada, ultrajada de tal manera. ¡Ella, una muchacha bien educada, sentimental, hija de un profesor, considerada autora posible de un robo y registrada como una vagabunda!

Al pensar en el sesgo que podía tomar el asunto, la institutriz se horrorizó. Si se le había podido suponer autora del robo, ¿quién le garantizaba que no se podía incluso detenerla?... Quizás la desnudaran, delante de todos, para ver si ocultaba la alhaja, y la llevaran a la cárcel, a través de las calles llenas de gente. ¿Quién iba a defenderla? Nadie. Sus padres vivían en un apartado rincón de provincias y su situación económica no les permitía emprender un viaje a la capital, donde ella no tenía parientes ni amigos y estaba como en un desierto. Podían, por lo tanto, hacer de ella lo que quisieran.

"Iré a ver a los jueces, a los abogados —se dijo, llorando— y lo explicaré todo; les juraré que soy inocente. Acabarán por convencerse de que no soy una ladrona".

De pronto recordó que guardaba en el cesto de la ropa blanca algunas golosinas: fiel a sus costumbres de colegiala, solía meterse en el bolsillo, cuando estaba comiendo, algún pastelillo, algún melocotón, y llevárselos a su cuarto. La idea de que el ama lo habría descubierto la hizo ponerse colorada y sentir como una ola cálida por todo el cuerpo. ¡Qué vergüenza! ¡Qué horror!

El corazón empezó a latirle con violencia y las fuerzas la abandonaron.

—¡La comida está servida! —le anunció la doncella—. La esperan a usted.

¿Debía ir a comer?… Se alisó el pelo, se pasó por la cara una toalla mojada y se dirigió al comedor.

Habían ya empezado a comer. A un extremo de la mesa se sentaba la señora Kuchkin, grave y reservada; al otro extremo su marido; a ambos lados los niños y algunos convidados. Servían dos criados, de frac y guante blanco. Reinaba el silencio. La desgracia de la señora ataba todas las lenguas. Sólo se oía el ruido de los platos.

El silencio fue interrumpido por el ama de la casa.

—¿Qué hay de tercer plato? —le preguntó con voz de mártir a un criado.

—Esturión a la rusa —contestó el sirviente.

—Lo he pedido yo, querida —se apresuró a señalar el señor Kuchkin—. Hace mucho tiempo que no hemos comido pescado. Pero si no te gusta, diré que no lo sirvan… Yo creía…

A la señora no le gustaban los platos que no había ella pedido, y se sintió tan ofendida, que sus ojos se llenaron de lágrimas.

—¡Vamos, querida señora, cálmese! —le dijo el doctor Mamikov, que se sentaba junto a ella.

Su voz era suave, acariciadora, y su sonrisa, al dar su mano unos golpecitos sedativos en la de la dama, era no menos dulce.

—¡Vamos, querida señora! Tiene usted que cuidar esos nervios. ¡Olvide ese maldito broche! La salud vale más de dos mil rublos…

—No se trata de los dos mil rublos —dijo la dama con voz casi moribunda, secándose una lágrima—. Es el hecho lo que me subleva. ¡No puedo tolerar ladrones en mi casa! ¡No soy avara; pero no puedo permitir que me roben! ¡Qué ingratitud! ¡Así pagan mi bondad!

Todos los comensales tenían la cabeza baja y miraban al plato; pero a Macha le pareció que habían levantado la cabeza y la miraban a ella. Se le hizo un nudo en la garganta. Apresurándose a cubrirse la faz con el pañuelo, balbuceó:

—¡Perdón! No puedo más… Tengo una jaqueca horrorosa…

Se levantó con tanta precipitación que por poco tira la silla, y, en extremo confusa, salió del comedor.

—¡Qué enojoso es todo esto, Dios mío! —murmuró el señor Kuchkir—. No se ha debido registrar su cuarto… Ha sido un abuso…

—Yo no afirmo —replicó la señora— que sea ella quien ha robado el broche; pero ¿pondrías tú la mano en el fuego?… Yo confieso que estas… institutrices… me inspiran muy poca confianza.

—Sí, pero —contestó el amo de la casa con cierta timidez— ese registro…, ese registro…, perdóname, querida…, no creo que tuvieras, con arreglo a la ley, derecho a efectuarlo.

—Yo no sé de leyes. Lo que sé es que me han robado el broche, ¡y lo he de encontrar!

La dama dio un enérgico cuchillazo en el plato, y sus ojos lanzaron temerosos rayos de cólera.

—¡Y le ruego a usted —añadió dirigiéndose a su marido— que no se mezcle en mis asuntos!

El señor Kuchkin bajó los ojos y exhaló un suspiro.

Macha, cuando llegó a su cuarto, se dejó caer de nuevo en la cama. No sentía ya temor ni vergüenza; lo único que sentía era un deseo violento de volver al comedor y darle un par de bofetadas a aquella señora grosera, malévola, altiva, pagada de sí. ¡Oh, si ella pudiera comprar un broche costosísimo y tirárselo a la cara a la innoble mujer! ¡Oh, si la señora Kuchkin se arruinase y llegara a conocer todas las miserias y todas las humillaciones y se viera un día forzada a pedirle limosna! ¡Con qué placer se la daría ella, Macha Pavletskaya! ¡Oh, si ella heredase una gran fortuna!

¡Qué delicia pasar en un hermoso coche, con insolente estrépito, por delante de las ventanas de la señora Kuchkin!

Pero todo aquello era pura fantasía, sueños. Había que pensar en las cosas reales. Ella no podía continuar allí ni una hora. Era triste, en verdad, el perder la colocación y tener que volver a la casa paterna, tan pobre; pero era preciso. No podía ver a la señora, y el cuarto se le caía encima. Se ahogaba entre aquellas paredes. La señora Kuchkin, con sus enfermedades imaginarias y sus pujos de dama prócer, le inspiraba profunda repulsión. Sólo el oír su voz le crispaba los nervios. ¡Sí, había que marcharse en seguida de aquella casa!

Macha saltó del lecho y se puso a hacer el equipaje.

—¿Se puede? —preguntó detrás de la puerta la voz del señor Kuchkir.

—¡Adelante!

El amo entró y se detuvo a pocos pasos del umbral. Su mirada era turbia y brillaba su nariz roja. Se tambaleaban un poco. Tenía la costumbre de beber cerveza en abundancia después de comer.

—¿Qué hace usted? —preguntó, mirando las maletas abiertas.

—El equipaje para irme. No puedo continuar aquí. Ese registro ha sido para mí un insulto intolerable.

—Comprendo su indignación de usted...; pero hace usted mal en tomarlo tan por la tremenda. La cosa, al cabo, no es tan grave...

La muchacha no contestó y siguió entregada a sus preparativos.

El señor Kuchkin se retorció el bigote, la miró en silencio unos instantes y añadió:

—Comprendo su indignación, señorita; pero... hay que ser indulgente. Ya sabe usted que mi mujer es muy nerviosa y está un poco tocada... No se le debe juzgar demasiado severamente.

Macha siguió callada.

—Si usted se considera ofendida hasta tal punto, yo estoy dispuesto a pedirle perdón. ¡Perdón, señorita!

La institutriz no despegó los labios. Sabía que aquel hombre, casi siempre borracho, sin voluntad, sin energía, era un cero a la izquierda en la casa. Hasta la servidumbre lo trataba con muy poco respeto. Sus excusas no tenían valor alguno.

—¿No contesta usted? ¿No le basta que yo le pida perdón? Se lo pediré entonces en nombre de mi mujer... Como caballero, debo reconocer su falta de tacto...

El señor Kuchkin dio algunos pasos por el cuarto, suspiró y prosiguió:

—¿Quiere usted, pues, que la conciencia me remuerda toda la vida, señorita? ¿Quiere usted que yo sea el más desgraciado de los hombres?...

—Ya sé yo, Nicolás Sergueyevich —le contestó Macha, volviendo hacia él sus grandes ojos arrasados en lágrimas—, ya sé yo que no tiene usted la culpa. Puede usted tener la conciencia tranquila.

—Sí, pero... ¡Se lo ruego, no se vaya usted! Macha movió negativamente la cabeza.

Nicolás Sergueyevich se detuvo junto a la ventana y se puso a tamborilear con los dedos en los cristales.

—¡Si supiera usted —dijo— lo bochornoso que es todo esto para mí! ¿Qué quiere usted? ¿Que le pida perdón de rodillas? Usted ha sido herida en su orgullo, en su amor propio; pero yo también tengo amor propio, y usted lo pisotea... ¿Me obligará usted a decirle una cosa que ni al confesor se la diría a la hora de mi muerte?

Macha no contestó.

—Bueno; ya que se empeña usted, se lo diré todo. ¡Soy yo quien ha robado el broche de mi mujer!... ¿Está usted contenta?... Yo he sido, yo... Naturalmente, cuento con su discreción de usted, y espero que no se lo dirá a nadie... Ni una palabra, ni la menor alusión, ¿eh?

Macha, estupefacta, aterrada, seguía haciendo el equipaje. Con mano nerviosa echaba a la maleta su ropa blanca, sus vestidos. La pasmosa confesión del señor Kuchkin aumentaba su prisa de irse. ¿Cómo había podido vivir tanto tiempo entre aquella gente?

—¿Está usted asombrada? —preguntó, tras un corto silencio, Nicolás Sergueyevich—. ¡Es una historia muy sencilla, una historia vulgar! Yo necesito dinero y mi mujer no me lo da. Esta casa y cuanto hay en ella eran de mi padre. Todo esto es mío. Mío es también el broche. Lo heredé de mi madre. Y, sin embargo, ya ve usted, mi mujer lo ha acaparado todo, se ha apoderado de todo... Comprenderá usted que no voy a llevar el asunto a los tribunales... Le ruego, señorita, que no me juzgue con demasiada severidad. Perdóneme y quédese. Comprender es perdonar... ¿Se queda usted?

—¡No! —contestó con voz firme y resuelta la muchacha, llena de indignación—. ¡Le ruego que me deje en paz!

—¡Qué vamos a hacerle! —suspiró el borrachín, sentándose junto a la maleta—. Me place que haya aún quien se indigne, quien se ofenda, quien defienda su honor... No me cansaría nunca de admirar ese gesto de indignación... ¿No quiere usted, pues, seguir aquí?... Lo comprendo... ¡Quién estuviera en su lugar!... Usted se irá, y yo..., ¡yo no podré nunca dejar esta casa! Hubiera podido retirarme al campo, a alguna de las fincas que heredé de mi padre; pero mi mujer ha colocado en ellas de administradores, de agrónomos y de capataces a una taifa de bribones, ¡el diablo se los lleve!, que me hubieran hecho la vida imposible...

—¡Nicolás Sergueyevich! —gritó por el pasillo la señora Kuchkin—. ¿Dónde se ha metido?

—¿Conque no quiere usted quedarse? —preguntó el amo, levantándose y dirigiéndose a la puerta—. Lo mejor sería que se quedase... Yo vendría todas las noches a charlar un rato con usted... Si se va usted seré aún más desgraciado. Usted es en la casa la única persona que tiene cara humana. ¡Es terrible!

Y miraba a la institutriz con ojos suplicantes; pero ella movió negativamente la cabeza. El señor Kuchkin salió del aposento, pintada en el rostro la desesperación.

Media hora después Macha Pavletskaya se disponía a tomar el tren.

LA ESPOSA

—Ya le he dicho que no me toque la mesa —exclamó Nikolai Evrafych—. Cada vez que me la arregla usted no puedo encontrar nada. ¿Dónde está el telegrama? ¿Dónde lo ha echado usted? Haga el favor de buscarlo. Lo mandan desde Kazan y lleva fecha de ayer.

La doncella, pálida, muy flaca, de rostro impasible, encontró unos telegramas en la papelera debajo de la mesa y sin decir palabra se los entregó al doctor. Pero eran telegramas locales, de enfermos. Luego buscaron en la sala y en la habitación de Olga Dmitrievna.

Era ya la una de la madrugada. Nikolai Evrafych sabía que su mujer no volvería pronto a casa, en todo caso no antes de las cinco. No tenía confianza en ella. Cuando tardaba en regresar, él no dormía, se desesperaba y sentía desprecio por su mujer, por la cama de ella, el espejo, la bombonera y los lirios y jacintos que alguien le enviaba todos los días y que daban a la casa el olor empalagoso de una tienda de florista. En tales noches se tornaba mezquino, caprichoso, irritable. Esta vez le parecía que no podía prescindir del telegrama recibido de su hermano el día antes, aunque el tal telegrama contenía sólo felicitaciones y saludos.

En la mesa del cuarto de su mujer, bajo la caja de papel de cartas, encontró un telegrama y le echó un vistazo. Llevaba las señas de su suegra, para entregar a Olga Dmitrievna, procedía de Montecarlo y lo firmaba "Michel". El doctor no pudo entender palabra del texto porque estaban en un idioma extraño, inglés, al parecer.

—¿Quién es este Michel? ¿Por qué de Montecarlo? ¿Por qué a nombre de mi suegra?

En siete años de vida de casado había adquirido el hábito de sospechar, de adivinar, de ponderar pruebas y nunca se le había ocurrido que gracias a esa práctica casera podría ahora pasar por detective consumado. Cuando entró en el gabinete y se puso a cavilar recordó al punto cómo año y medio antes, estando con su mujer en Petesburgo, habían almorzado en Kyuba con un compañero suyo de colegio, ingeniero de caminos, canales y puertos, y cómo éste les había presentado a un joven de unos veintidós o veintitrés años llamado Mihail Ivanych, con un apellido corto y algo extraño: Ris. Dos meses después el doctor vio en el álbum de su mujer una fotografía de este joven con una dedicatoria en francés, que decía: "En recuerdo del presente y con esperanza para el futuro". Más tarde, en casa de la suegra, tropezó con este mismo joven un par de veces. Y ello cabalmente cuando su mujer había empezado a salir a menudo y volvía a casa a las cuatro o a las cinco de la mañana, y cuando le pedía de continuo un pasaporte para el extranjero, que él le negaba, con lo cual se armaba una trapisonda en la casa que duraba días enteros y que avergonzaba hasta a la servidumbre.

Medio año más tarde sus colegas le diagnosticaron una tisis incipiente y le aconsejaron que lo dejara todo y se fuera a Crimea. Cuando Olga Dmitrievna se enteró de ello, fingió grandísimo susto. Acariciaba a su marido y aseguraba sin cesar que Crimea era comarca fría y aburrida; que sería mejor ir a Niza, adonde ella le acompañaría, y que allí le cuidaría, atendería a sus necesidades y le tendría tranquilo... y ahora comprendía por qué su mujer quería ir precisamente a Niza: Michel vivía en Montecarlo.

Cogió un diccionario inglés-ruso y traduciendo unas palabras y adivinando el significado de otras consiguió formar poco a poco la frase:

"Bebo a la salud de la muy amada mía y beso mil veces su minúsculo pie. Aguardo impaciente llegada". Se percató del papel lamentable y ridículo que representaría si consentía en ir con su mujer a Niza. Casi rompió a llorar del agravio que sentía y, presa de honda agitación, se puso a recorrer la casa entera. Su orgullo se rebelaba y se sintió poseído de asco plebeyo. Con los puños apretados y el rostro contraído por la repugnancia se preguntaba cómo él, hijo de un pope de aldea, educado en un seminario, hombre tosco y sincero, cirujano de profesión, se había esclavizado entregándose ignominiosamente a esa criatura débil, insignificante, mercenaria y ruin.

—¡Minúsculo pie! —murmuró estrujando el telegrama—. ¡Minúsculo pie! De la época en que se enamoró y pidió la mano de su amada y de los siete años posteriores no le quedaba sino el recuerdo de unos cabellos largos y fragantes, de una masa de suaves encajes y de un pie efectivamente minúsculo y bonito. De las caricias pretéritas diríase que todavía le quedaba en la cara y en las manos una sensación de sedas y encajes... y nada más.

Nada más, salvo histeria, alaridos, reproches, amenazas y mentiras, mentiras pérfidas e impúdicas. Recordaba cómo en la casa paterna, allá en la aldea, entraba del patio por casualidad un pájaro y empezaba a derribar cosas y a lanzarse frenéticamente contra los cristales de las ventanas. Pues bien, así también esta mujer, procedente de un mundo que a él le era extraño, había entrado volando en su vida y sembrado en ella la destrucción. Los mejores años de su existencia los había pasado en un infierno, sus esperanzas de felicidad habían resultado vanas e irrisorias, había perdido la salud, su vivienda estaba montada como la de una ramera barata, y de los diez mil rublos que ganaba al año, ni siquiera podía mandar diez a su madre la popesa; y, por añadidura, debía quince mil más, según pagarés firmados. Si en su casa se hubiera instalado una banda de ladrones quizá no le parecería su vida tan irreparable, tan irremisiblemente arruinada como lo estaba junto a su mujer.

Empezó a toser y sofocarse. Necesitaba acostarse en la cama y entrar en calor, pero no podía. Siguió recorriendo habitaciones y sentándose a la mesa. Dejó resbalar el lápiz por el papel y escribió maquinalmente: "Una prueba de esta pluma… Minúsculo pie…".

Hacia las cinco de la mañana se calmó la tirantez que sentía. Ahora se culpaba sólo a sí mismo de todo lo pasado. Pensaba que si Olga Dmitrievria se casaba con otro capaz de ejercer buen influjo sobre ella… ¿quién sabe? quizá llegaría por fin a ser buena y honrada. Él, después de todo, no era buen psicólogo y desconocía el alma femenina. Además, era hombre basto, poco interesante…

"Me queda poco tiempo de vida", pensaba; "soy un cadáver y no debo estorbar a los vivos. A estas alturas, en realidad, sería singular estupidez insistir en mis supuestos derechos. Tendré una explicación con ella; que vaya a reunirse con su amante… Le daré el divorcio y me declararé culpable…".

Por fin llegó Olga Dmitrievna y tal como estaba, con pelerina blanca, gorro de piel y chanclos, entró en el gabinete y se dejó caer en un sillón.

—¡Qué repugnante, ese chico gordo! —exclamó, respirando con esfuerzo y sollozando—. Eso es deshonesto, incluso asqueroso. —Dio una patada en el suelo—. No puedo, no puedo, no puedo.

—¿De qué se trata? —preguntó Nikolai Evrafych acercándose a ella.

—Ha venido conmigo Azarbekov, el estudiante, y ha perdido mi bolso, y con él quince rublos. Me los había prestado mamá.

Lloraba con toda seriedad, como llora una muchacha. No sólo el pañuelo, sino hasta los guantes los tenía húmedos de llanto.

—¡Qué se le va a hacer! —suspiró el doctor—. Lo ha perdido y perdido está, eso es todo. Tranquilízate. Necesito hablar contigo…

—No soy una millonaria para perder el dinero así como así. Él dice que me lo devolverá, pero no lo creo. Es pobre…

El marido le rogó que se calmara y atendiera a lo que le iba a decir, pero ella seguía hablando del estudiante y de los quince rublos perdidos.

—Bueno, mañana te doy veinticinco, pero ahora hazme el favor de callar —dijo él con irritación.

—Tengo que cambiarme de ropa —exclamó ella llorando—. No puedo hablar en serio con el abrigo puesto. ¡Cosa extraña!

Él le quitó el abrigo y los chanclos y mientras lo hacía notó el olor a vino blanco, el vino que a ella le gustaba tomar con las ostras (a pesar de su esbeltez comía y bebía mucho). Ella entró en su cuarto y al poco rato volvió cambiada de ropa, con el rostro cubierto de polvos y los ojos llenos de lágrimas. Se sentó y se envolvió en su amplia y suave bata de noche entre cuyas ondas color de rosa el marido sólo podía distinguir sus cabellos sueltos y un pie diminuto calzado de pantufla.

—¿De qué quieres hablar? —preguntó ella meciéndose en el sillón.

—He encontrado esto por casualidad… —dijo el doctor alargándole el telegrama. Ella lo leyó y se encogió de hombros.

—¿Y qué? —preguntó meciéndose con más rapidez—. No es más que la felicitación habitual de Año Nuevo. Ahí no hay secretos.

—Te aprovechas de que no sé inglés. Sí, es verdad que no lo sé; pero tengo un diccionario. Este es un telegrama de Ris. Bebe a la salud de su amada y le manda mil besos. Pero dejemos esto, dejémoslo —prosiguió el doctor apresuradamente—. No me propongo hacerte reproche alguno ni dar un espectáculo. Bastantes reproches y espectáculos hemos tenido. Ya es hora de acabar… Oye lo que quiero decirte: eres libre y puedes vivir donde quieras.

Hubo un silencio. Ella rompió a llorar.

—Te ahorro la necesidad de fingir y mentir —continuó Nikolai Evrafych—. Si quieres a ese mozo, quiérelo. Si quieres ir a reunirte con él en el extranjero, ve allá. Eres joven, tienes buena salud, mientras que yo ya soy un inválido y me queda poca vida por delante. En fin ya me entiendes.

Estaba agitado y no pudo continuar. Olga Dmitrievna, llorando, y con esa voz con que se habla cuando se compadece uno de sí mismo, confesó que amaba a Ris; que había hecho algunas escapadas con él fuera de la ciudad y le había visitado en su habitación del hotel y que, efectivamente, ahora quería ir al extranjero.

—Ya es que no te oculto nada —suspiró—. Te soy enteramente franca. Y vuelvo a pedirte que seas generoso y me des el pasaporte.

—Repito que eres libre.

Ella cambió de asiento para estar más cerca de él y observar la expresión de su rostro. No le creía y ahora deseaba leer sus más recónditos pensamientos. No creía nunca a nadie y, por nobles que fueran las intenciones de una persona, ella siempre veía motivos viles y mezquinos y propósitos egoístas. Y ahora, cuando escudriñaba la cara de su marido, éste creyó ver en el fondo de su mirada una lucecita verde como la de los ojos de los gatos.

—Entonces, ¿cuándo voy a recibir el pasaporte? —preguntó en voz baja.

Él, de pronto, hubiera querido decir "Nunca", pero se contuvo y replicó:

—Cuando quieras.

—Iré sólo por un mes.

—Te irás con Ris para siempre. Te doy el divorcio, me declaro culpable y Ris puede casarse contigo.

—¡Pero yo no quiero el divorcio! ¡De ninguna manera! —exclamó Olga Dmitrievna con viveza y con gesto de sorpresa—. No te pido el divorcio. Dame el pasaporte, eso es todo.

—Pero ¿por qué no quieres el divorcio? —preguntó el doctor empezando a irritarse—: ¡Pero qué extraña eres! Si de veras estás enamorada de él y él también te quiere a ti no hay solución mejor en vuestro caso que el casamiento. ¿Acaso dudas todavía entre el casamiento y el adulterio?

—Ya, ya te comprendo —dijo ella apartándose de su marido, con una expresión maligna y vengativa en el semblante—. Te comprendo perfectamente. Estás cansado de mí y ahora quieres sencillamente quitarme de en medio imponiéndome el divorcio. Muchas gracias no soy tan tonta como crees. No quiero el divorcio y no me separo de ti, ¡no y no! En primer lugar no quiero perder mi posición social —agregó con rapidez, como temiendo que le interrumpieran—, y en segundo lugar, tengo ya veintisiete años y Ris sólo veintitrés. Dentro de un año se cansa de mí y me abandona. Y en tercer lugar, no estoy segura de que mi enamoramiento pueda durar mucho… Conque ahí tienes. No me separo de ti.

—¡Entonces te echo de casa! —gritó Nikolai Evrafych dando patadas en el suelo—. ¡Te echo sinvergüenza, malvada!

—¡Eso ya la veremos! —respondió ella saliendo del cuarto.

Ya hacía tiempo que clareaba en el patio. El doctor, sentado todavía a la mesa, dejaba correr el lápiz por el papel y escribía maquinalmente: "Muy señor mío… Pie minúsculo…". Se levantó y fue a plantarse ante la fotografía de la sala, hecha siete años antes, poco después de la boda. La estuvo contemplando largo rato. Era un grupo de familia: el suegro, la suegra, su mujer Olga Dmitrievna cuando tenía veinte años, y él mismo, en calidad de marido joven y feliz. El suegro, afeitado, regordete, funcionario hidrópico, astuto y avaricioso; la suegra, dama corpulenta, de rostro pequeño y rapaz como el de un hurón, que amaba a su hija con delirio y la ayudaba en todo; si la hija estrangulara a alguien, la madre no diría palabra y se limitaría a ocultarla bajo su falda. Olga Dmitrievna tenía también rasgos pequeños y rapaces, pero más expresivos y audaces que los de su madre. No era sino una fiera de mayor empuje. Y el propio Nikolai Evrafych tenía en esa fotografía cara de buen chico, inocente y campechano, de seminarista, y creía ingenuamente que esta compañía de ladrones en que su suerte le había metido le daría poesía y felicidad, y que todo aquello con que había soñado cuando era todavía estudiante lo cantaba en la canción: "No amar es destruir una vida joven".

Y una vez más, maravillado, se preguntaba cómo él, hijo de un pope de aldea, educado en un seminario, hombre sencillo, tosco y sincero, había podido entregarse tan sin voluntad a esa criatura insignificante y mendaz, chabacana y ruin, a una criatura de índole tan extraña a la suya propia.

Cuando a las once de la mañana se ponía la levita para ir al hospital, entró la doncella en el gabinete.

—¿Qué desea? —preguntó.

—De parte de la señorita, que diga a usted que se ha levantado y que le dé los veinticinco rublos que le ha prometido.

EL ESTUDIANTE

En principio, el tiempo era bueno y tranquilo. Los mirlos gorjeaban y de los pantanos vecinos llegaba el zumbido lastimoso de algo vivo, igual que si soplaran en una botella vacía. Una chocha inició el vuelo, y un disparo retumbó en el aire primaveral con alegría y estrépito. Pero cuando oscureció en el bosque, empezó a soplar el intempestivo y frío viento del este y todo quedó en silencio. Los charcos se cubrieron de agujas de hielo y el bosque adquirió un aspecto desapacible, sórdido y solitario. Olía a invierno.

Iván Velikopolski, estudiante de la academia eclesiástica, hijo de un sacristán, volvía de cazar y se dirigía a su casa por un sendero junto a un prado anegado. Tenía los dedos entumecidos y el viento le quemaba la cara. Le parecía que ese frío repentino quebraba el orden y la armonía, que la propia naturaleza sentía miedo y que, por ello, había oscurecido antes de tiempo. A su alrededor todo estaba desierto y parecía especialmente sombrío. Sólo en la huerta de las viudas, junto al río, brillaba una luz; en unas cuatro *verstas* a la redonda, hasta donde estaba la aldea, todo estaba sumido en la fría oscuridad de la noche.

El estudiante recordó que cuando salió de casa, su madre, descalza, sentada en el suelo del zaguán, limpiaba el samovar, y su padre estaba echado junto a la estufa y tosía; al ser Viernes Santo, en su casa no habían hecho comida y sentía un hambre atroz. Ahora, encogido de frío, el estudiante pensaba que ese mismo viento soplaba en tiempos de Riurik, de Iván el Terrible y de Pedro el Grande y que también en aquellos tiempos había existido esa brutal pobreza, esa hambruna, esas agujereadas techumbres de paja, la ignorancia, la tristeza, ese mismo entorno desierto, la oscuridad y el sentimiento de opresión. Todos esos horrores habían existido, existían y existirían y, aun cuando pasaran mil años más, la vida no sería mejor. No tenía ganas de volver a casa.

La huerta de las viudas se llamaba así porque la cuidaban dos viudas, madre e hija. Una hoguera ardía vivamente, entre chasquidos y chisporroteos, iluminando a su alrededor la tierra labrada. La viuda Vasilisa, una vieja alta y robusta, vestida con una zamarra de hombre, estaba junto al fuego y miraba con aire pensativo las llamas; su hija Lukeria, baja, de rostro abobado, picado de viruelas, estaba sentada en el suelo y fregaba el caldero y las cucharas. Seguramente acababan de cenar. Se oían voces de hombre; eran los trabajadores del lugar que llevaban los caballos a abrevar al río.

—Ha vuelto el invierno —dijo el estudiante, acercándose a la hoguera—. ¡Buenas noches!

Vasilisa se estremeció, pero enseguida le reconoció y sonrió afablemente.

—No te había reconocido, Dios mío. Eso es que vas a ser rico.

Se pusieron a conversar. Vasilisa era una mujer que había vivido mucho. Había servido en un tiempo como nodriza y después como niñera en casa de unos señores, se expresaba con delicadeza y su rostro mostraba siempre una leve y sensata sonrisa. Lukeria, su hija, era una aldeana, sumisa ante su marido, se limitaba a mirar al estudiante y permanecer callada, con una expresión extraña en su rostro, como la de un sordomudo.

—En una noche igual de fría que ésta, se calentaba en la hoguera el apóstol Pedro —dijo el estudiante, extendiendo las manos hacia el fuego—. Eso quiere decir que también entonces hacía frío. ¡Ah, qué noche tan terrible fue esa! ¡Una noche larga y triste a más no poder!

Miró a la oscuridad que le rodeaba, sacudió convulsivamente la cabeza y preguntó:

—¿Fuiste a la lectura del *Evangelio*?

—Sí, fui.

—Entonces te acordarás de que durante la Última Cena, Pedro dijo a Jesús: "Estoy dispuesto a ir contigo a la cárcel y a la muerte". Y el Señor le contestó: "Pedro, en verdad te digo que antes de que cante el gallo, negarás tres veces que me conoces". Después de la cena, Jesús se puso muy triste en el huerto y rezó, mientras el pobre Pedro, completamente agotado, con los párpados pesados, no pudo vencer al sueño y se durmió. Luego oirías que Judas besó a Jesús y les entregó a sus verdugos aquella misma noche. Le llevaron atado ante el sumo pontífice y le azotaron, mientras Pedro, exhausto, atormentado por la angustia y la tristeza, ¿lo entiendes?, desvelado, presintiendo que algo terrible iba a suceder en la tierra, les siguió... Quería con locura a Jesús y ahora veía, desde lejos, cómo le azotaban...

Lukeria dejó las cucharas y fijó su inmóvil mirada en el estudiante.

—Llegaron adonde estaba el sumo pontífice —prosiguió— y comenzaron a interrogar a Jesús, mientras los criados encendieron una hoguera en medio del patio, pues hacía frío, y se calentaban. Con ellos, cerca de la hoguera, estaba Pedro y también se calentaba, como yo ahora. Una mujer, al verle, dijo: "Éste también estaba con Jesús", lo que quería decir que también a él había que llevarle al interrogatorio. Todos los criados que se hallaban junto al fuego le miraron, seguro, severamente, con recelo, puesto que él, agitado, dijo: "No le conozco". Poco después, alguien le reconoció de nuevo como uno de los discípulos de Jesús y dijo: "Tú también eres de los suyos". Y él lo volvió a negar. Y por tercera vez, alguien se dirigió a él: "¿Acaso no te he visto hoy con él en el huerto?". Y él lo negó por tercera vez. Justo después de eso, cantó el gallo y Pedro, mirando desde lejos a Jesús, recordó las palabras que él le había dicho durante la cena… Las recordó, volvió en sí, salió del patio y rompió a llorar amargamente. El *Evangelio* dice: "Tras salir de allí, lloró amargamente". Así me lo imagino: un jardín tranquilo, muy tranquilo, y oscuro, muy oscuro, y en medio del silencio apenas se oye un callado sollozo…

El estudiante suspiró y se quedó pensativo. Vasilisa, que seguía sonriente, sollozó de pronto, gruesas y abundantes lágrimas se deslizaron por sus mejillas mientras ella interponía una manga entre su rostro y el fuego, como si se avergonzara de sus propias lágrimas. Lukeria, por su parte, miraba fijamente al estudiante, ruborizada, con la expresión grave y tensa, como la de quien siente un fuerte dolor.

Los trabajadores volvían del río, y uno de ellos, montado a caballo, ya estaba cerca y la luz de la hoguera oscilaba ante él. El estudiante dio las buenas noches a las viudas y reemprendió la marcha. De nuevo le envolvió la oscuridad y se entumecieron sus manos. Hacía mucho viento; parecía, en efecto, que el invierno había vuelto y no que al cabo de dos días llegaría la Pascua.

Ahora el estudiante pensaba en Vasilisa: si se echó a llorar es porque lo que le sucedió a Pedro aquella terrible noche guarda alguna relación con ella… Miró atrás. El fuego solitario crepitaba en la oscuridad, y a su lado ya no se veía a nadie. El estudiante volvió a pensar que si Vasilisa se echó a llorar y su hija se conmovió, era evidente que aquello que él había contado, lo que sucedió diecinueve siglos antes, tenía relación con el presente, con las dos mujeres y, probablemente, con aquella aldea desierta, con él mismo y con todo el mundo. Si la vieja se echó a llorar no fue porque él lo supiera contar de manera conmovedora, sino porque Pedro le resultaba cercano a ella y porque ella se interesaba con todo su ser en lo que había ocurrido en el alma de Pedro.

Una súbita alegría agitó su alma, e incluso tuvo que pararse para recobrar el aliento. El pasado —pensó— y el presente están unidos por una cadena ininterrumpida de acontecimientos que surgen unos de otros. Y le pareció que acababa de ver los dos extremos de esa cadena: al tocar uno de ellos, vibraba el otro.

Luego, cruzó el río en una balsa y después, al subir la colina, contempló su aldea natal y el poniente, donde en la raya del ocaso brillaba una luz púrpura y fría. Entonces pensó que la verdad y la belleza que habían orientado la vida humana en el huerto y en el palacio del sumo pontífice, habían continuado sin interrupción hasta el tiempo presente y siempre constituirían lo más importante de la vida humana y de toda la tierra. Un sentimiento de juventud, de salud, de fuerza (sólo tenía veintidós años), y una inefable y dulce esperanza de felicidad, de una misteriosa y desconocida felicidad, se apoderaron poco a poco de él, y la vida le pareció admirable, encantadora, llena de un elevado sentido.

EXAGERÓ LA NOTA

La finca a la cual se dirigía para efectuar el deslinde distaba unos treinta o cuarenta kilómetros, que el agrimensor Gleb Smirnov Gravrilovich tenía que recorrer a caballo. Se había apeado en la estación de Grilushki.

(Si el cochero está sobrio y los caballos son de buena pasta, pueden calcularse unos treinta kilómetros; pero si el cochero se ha tomado cuatro copas y los caballos están fatigados, hay que calcular unos cincuenta).

—Oiga, señor gendarme, ¿podría decirme dónde puedo encontrar caballos de posta? —le preguntó el agrimensor al gendarme de servicio en la estación.

—¿Cómo dice? ¿Caballos de posta? Aquí no hay un perro decente en cien kilómetros a la redonda. ¿Cómo quiere que haya caballos? ¿Tiene usted que ir muy lejos?

—A la finca del general Jojotov, en Devkino.

—Intente en el patio, al otro lado de la estación —dijo el gendarme, bostezando—. A veces hay campesinos que admiten pasajeros.

El agrimensor dio un suspiro y, malhumorado, pasó al otro lado de la estación. Tras muchas discusiones y regateos, se puso de acuerdo con un campesino alto y recio, de rostro sombrío, picado de viruelas, embutido en un chaquetón roto y calzado con unas botas de abedul.

—Vaya un carro —gruñó el agrimensor al subir al destartalado vehículo—. No se sabe dónde está la parte delantera ni la parte trasera...

—Nada más fácil —replicó el campesino—. Donde el caballo tiene la cola es la parte de adelante y donde está sentado su señoría es la parte de atrás.

El caballo era joven, aunque muy flaco, abierto de patas y de orejas caídas. Cuando el campesino, alzándose sobre su asiento, lo azotó con el látigo, el caballo se limitó a sacudir la cabeza; al segundo azote, acompañado de una blasfemia, el carro rechinó y empezó a temblar como si tuviera fiebre. Después del tercer azote, el carro se tambaleó; después del cuarto, se puso en marcha.

—¿Crees que llegaremos a ese paso? —preguntó el agrimensor, dolorido por las fuertes sacudidas y maravillado de la habilidad que muestran los carreteros rusos para combinar la marcha a paso de tortuga con sacudidas capaces de arrancarle a uno el alma del cuerpo.

—¡Desde luego! —respondió el carretero, en tono tranquilizador—. El caballo es joven y animoso... Cuando se pone en marcha, no hay modo de detenerlo. ¡Arre-e-e, maldi-i-i-to!

Cuando el carro salió del patio de la estación empezaba a oscurecer.

A la derecha del agrimensor se extendía una llanura interminable, oscura y helada. Probablemente conducía al lugar donde Cristo dio las tres voces... En el horizonte, donde la llanura se confundía con el cielo, se extinguía perezosamente el frío crepúsculo de aquella tarde otoñal. A la izquierda del camino, en la oscuridad, se divisaban unos montones que lo mismo podían ser pilas de heno del año anterior que casas rurales. El agrimensor no veía lo que había delante, pues en aquella dirección su campo visual quedaba tapado por la ancha espalda del carretero. La calma era absoluta. El frío, intensísimo. Helaba.

"¡Qué parajes más solitarios! —pensaba el agrimensor, mientras trataba de taparse las orejas con el cuello del abrigo—. Ni un solo árbol, ni una sola casa... Si por desgracia te asaltan, nadie se entera de ello, aunque dispares un cañonazo. Y el cochero no tiene un aspecto muy tranquilizador que digamos... ¡Vaya espaldas! Un tipo así te pega un trompazo y sacas el hígado por la boca. Y su cara es de lo más sospechosa...".

—Oye, amigo —le preguntó al cochero—. ¿Cómo te llamas?

—¿A mí me hablas? Me llamo Klim.

—Dime, Klim, ¿qué tal andan las cosas por aquí? ¿No hay peligro? ¿No hay quienes hagan bromas pesadas?

—No, gracias a Dios. ¿Quién va a gastar bromas en un lugar como éste?

—Me alegro de que no tengan esas aficiones. Pero, por si acaso, voy armado con tres revólveres —mintió el agrimensor—. Y, con un revólver en la mano, el que quiera buscarme las pulgas está arreglado: puedo enfrentarme con diez bandidos, ¿sabes?

La oscuridad era cada vez más intensa. De pronto el carro emitió un quejido, rechinó, tembló y dobló hacia la izquierda, como si lo hiciera de mala gana.

"¿A dónde me lleva este sinvergüenza? —pensó el agrimensor—. Íbamos en línea recta y ahora, de repente, tuerce hacia la izquierda. Sabe Dios... quizás a alguna cueva de bandoleros... y... no sería el primer caso...".

—Escucha —le dijo al campesino—. ¿De veras no son peligrosos estos parajes? ¡Qué lástima! Con lo que a mí me gusta verme las caras con los bandidos... Aquí donde me ves, con mi aspecto flaco y enfermizo, tengo la fuerza de un toro... En cierta ocasión me atacaron unos bandidos. Pues bien, lo sacudí a uno de tal modo, que ahí quedó, ¿entiendes? Y los otros, gracias a mí, fueron enviados a Siberia condenados a trabajos forzados. Ni yo mismo sé de dónde saco tanta fuerza... Tomo con una mano a un hombrón como tú... y lo volteo.

Klim miró de reojo al agrimensor, parpadeó y arreó al caballo.

—Sí, amigo —continuó el agrimensor—. Pobre del que se meta conmigo. Le arranco los brazos, las piernas y, de postre, el bandido tiene que vérselas luego con los tribunales. Todos los jefes de policía y todos los jueces me conocen. Soy un funcionario del Estado, un personaje… La Superioridad sabe que hago este viaje… y está pendiente de que nadie se meta conmigo. A lo largo del camino, detrás de los arbustos, hay soldados apostados y gendarmes apostados. ¡Para! ¡Para! —bramó súbitamente—.

¿Dónde te has metido? ¿Adónde me llevas?

—¿No tiene usted ojos? ¡Al bosque!

"Es cierto, al bosque —pensó el agrimensor—. ¡Me había asustado! Pero no me conviene que este hombre se dé cuenta de mi preocupación… Ya ha notado que tengo miedo. ¿Por qué se vuelve a mirarme tantas veces? Seguro que está tramando algo… Antes avanzaba a paso de tortuga y ahora vuela".

—Oye, Klim, ¿por qué arreas de ese modo al caballo?

—No le he dicho nada. Se ha puesto a galopar por iniciativa suya. Cuando echa a correr, no hay modo de detenerlo… Con esas patas que tiene…

—¡Mientes, amigo! ¡Mientes! Y te aconsejo que no corras tanto. Frena un poco al caballo. ¿Me oyes? ¡Frénalo!

—¿Por qué?

—Porque… porque detrás de mí debían salir otros cuatro camaradas de la estación. Tienen que alcanzarnos… Prometieron alcanzarme en este bosque… El viaje será más entretenido con ellos… Son gente sana, fuerte… los cuatro llevan pistola… ¿Por qué te vuelves tantas veces y te agitas como si tuvieras agujas en el asiento? ¿Eh? ¡Cuidado, amigo! ¿Tengo monos en la cara? Lo único que tengo interesante son mis revólveres… Espera, voy a sacarlos y te los enseñaré… Espera…

El agrimensor fingió rebuscar en sus bolsillos; pero en aquel instante sucedió lo que nunca se hubiera imaginado, a pesar de toda su cobardía; de repente, Klim se lanzó fuera del carro y se dirigió a cuatro patas hacia la espesura del bosque lindante.

—¡Socorro! —empezó a gritar—. ¡Socorro! ¡Llévate el caballo y la carreta, maldito, pero no me condenes el alma! ¡Socorro!

Se oyeron pasos veloces que se alejaban, crujidos de ramas al quebrarse, y luego reinó el silencio. Lo primero que hizo el agrimensor, que jamás se esperaba aquella salida, fue detener el caballo. Luego se acomodó lo mejor que pudo en el carro y empezó a pensar.

"El muy imbécil ha huido, se ha asustado… Bueno, ¿y qué hago yo ahora? No puedo seguir adelante, porque no conozco el camino, y, además, podrían creer que he robado el caballo... ¿Qué hago?".

—¡Klim! ¡Klim!

—¡Klim! —le respondió el eco.

La simple idea de tener que pasar la noche en aquel oscuro bosque, al aire libre, sin más compañía que los aullidos de los lobos, el eco y los relinchos del caballo le ponían la carne de gallina.

—¡Klimito! —empezó a gritar—. ¡Querido! ¿Dónde estás, Klimt?

El agrimensor se pasó unas dos horas gritando, y ya se había quedado ronco, se había hecho ya a la idea de pasar la noche en el bosque, cuando una débil ráfaga de viento llevó hasta sus oídos un lamento.

—¡Klim! ¿Eres tú, querido? ¡Acércate!

—¿No... no me matarás?

—Sólo he querido gastarte una broma, querido. ¡Te lo juro! ¡No llevo ningún revólver, créeme! ¡Te he mentido por miedo! ¡Vámonos, por favor! ¡Me estoy helando!

Klim comprendió que si el agrimensor hubiera sido un bandido, como había temido, se habría marchado con el caballo y el carro sin esperar a más. Salió de su escondrijo y se dirigió hacia el vehículo con paso vacilante.

—¡Vamos! —exclamó el agrimensor—. ¡Sube! Te he gastado una broma inocente y te has asustado como un niño.

—¡Dios te perdone! —gruñó Klimt, subiendo a la carreta—. Si llego a imaginármelo, no te hubiera llevado ni por cien rublos de plata. Por poco me muero de miedo...

Klim azotó el caballo. El carro tembló. Klim azotó al animal por segunda vez y el vehículo se tambaleó. Después del cuarto azote, cuando el carro se puso en marcha, el agrimensor se tapó las orejas con el cuello del abrigo y se quedó pensativo. Ni el camino ni Klim le parecían ya peligrosos.

EXCELENTES PERSONAS

Había una vez en Moscú un hombre llamado Vladimir Semiónich Liadovski. Había obtenido su grado universitario en la Facultad de Leyes y tenía un puesto en el consejo administrativo de cierto ferrocarril; pero si se le preguntaba cuál era su oficio, sus grandes ojos brillantes miraban con candor y franqueza a través de sus gafas doradas, y su agradable, aterciopelada, ceceante voz de barítono respondía:

—Mi oficio es la literatura.

Después de terminar su carrera, Vladimir Semiónich había logrado que un periódico le publicara una columna de crítica teatral. De esto pasó a notas más extensas, y un año después escribía ya, para el mismo periódico, un artículo semanal sobre cuestiones literarias. Pero no debe pensarse que era un aficionado, que su trabajo literario tenía un carácter efímero y fortuito. Al ver su magra e impecable figura, de alta frente y larga melena, al escuchar sus discursos, me parecía que el acto de escribir, sin importar lo que escribiera o cómo lo hacía, era parte orgánica de él, como el latido de su corazón, y que todo su programa literario debía haber sido parte integral de su cerebro cuando él estaba aún en el vientre de su madre. Hasta en su modo de andar, en sus gestos, en la manera como sacudía la ceniza de su cigarro, podía yo leer todo su programa, de la A a la Z, con todo su artificio, tedio y sentimientos honorables. Era un literato de pies a cabeza cuando, con rostro inspirado, colocaba una corona de flores sobre el ataúd de alguna celebridad, o cuando, con rostro grave y solemne, reunía firmas para alguna solicitud; su pasión por amistarse con literatos distinguidos, su aptitud para encontrar talento hasta donde no lo había, su perpetuo entusiasmo, su pulso que latía ciento veinte veces por minuto, su ignorancia de la vida, el aleteo genuinamente femenino con que acudía a conciertos y a veladas literarias en beneficio de los estudiantes desamparados, el modo en que gravitaba hacia los jóvenes…; todo esto le hubiera creado reputación de escritor, incluso, sin la existencia de sus artículos.

Era uno de aquellos escritores a quienes las frases como "Somos apenas unos cuantos" o "¿Qué es la vida sino una lucha? ¡Adelante!", sientan perfectamente; aunque él jamás luchaba con nadie y jamás iba hacia adelante. Incluso podía permitirse especular a propósito de ideales sin ser empalagoso. Cada aniversario de la universidad, el día de santa Tatiana, Vladimir Semiónich se emborrachaba, cantaba el Gaudeamus fuera de tiempo, y su cara resplandeciente y sudorosa parecía decir: "¡Ved, estoy borracho; estoy celebrando!". Pero aun eso le sentaba bien.

Vladimir Semiónich poseía genuina fe en su vocación literaria y en todo su programa. No tenía dudas, y evidentemente estaba muy satisfecho de sí mismo. Sólo una cosa lo atormentaba: su periódico circulaba poco y no era muy influyente. Pero Vladimir Semiónich creía que tarde o temprano podría ingresar en una revista sólida y tener más campo y más oportunidades de expresarse; y toda su escasa preocupación a este respecto palidecía ante el brillo de sus esperanzas.

Visitando a este hombre encantador, conocí a su hermana, la doctora Vera Semiónovna. Lo que me impresionó de ella a primera vista fue su aspecto exhausto y su salud pésima. Era joven, con buena figura y facciones agradables aunque un poco grandes, pero comparada con su ágil, locuaz y elegante hermano, parecía angulosa, distraída, descuidada y hosca. Había algo tenso, frío, apático en sus movimientos, sonrisas y palabras; no gozaba de simpatías y tenía fama de orgullosa y de poco inteligente. En realidad, creo yo, estaba descansando.

—Querido amigo —me decía a menudo su hermano, suspirando y echándose el cabello hacia atrás con un movimiento pintoresco y literario—, ¡nunca hay que juzgar por las apariencias! Mire este libro: se ha leído desde hace mucho tiempo. Está torcido, andrajoso, y yace en el polvo sin que nadie se acuerde de él; pero ábralo usted, y lo hará llorar y palidecer. Mi hermana es como ese libro. Alce usted la tapa y atisbe su alma: se horrorizará. ¡Vera tuvo en tres meses experiencias que hubieran sido amplias para toda una vida!

Vladimir Semiónich miró alrededor, me tomó de la manga y empezó a murmurar:

—¿Sabe usted?, después de graduada se casó, por amor, con un arquitecto. ¡Es toda una tragedia! Llevaban apenas un mes de casados cuando, ¡tras!, el esposo murió de tifo. Pero eso no fue todo. Ella enfermó también, y cuando al recobrarse supo que su Iván había muerto tomó una buena dosis de morfina. De no haber sido por las vigorosas medidas adoptadas por sus amigos, mi Vera descansaría ya en el cielo. Dígame, ¿no es una tragedia? ¿Y no es mi hermana como una ingénue que ha representado ya los cinco actos de su vida? El público puede quedarse para ver la farsa, pero la ingénue debe irse a casa a descansar.

Después de tres meses desolados, Vera Semionovna había ido a vivir con su hermano. No estaba hecha para practicar la medicina, que la extenuaba y no la satisfacía; no daba la impresión de conocer su materia, y nunca la oí decir nada referente a sus estudios médicos.

Dejó la medicina, y callada y ociosa, como una prisionera, pasó el resto de su juventud en incolora apatía, gacha la cabeza e inertes las manos. Lo único que no le era del todo indiferente y disipaba en algo la penumbra de su vida, era la presencia de su hermano, a quien amaba. Lo amaba a él y amaba su programa, sentía gran reverencia por sus artículos; y cuando se le preguntaba qué estaba haciendo Vladimir Semiónich, respondía en voz queda, como temerosa de despertarlo o distraerlo:

—Está escribiendo.

Cuando él trabajaba, ella solía sentarse a su lado, los ojos fijos en la mano que escribía. En tales momentos parecía un animal enfermo calentándose al sol...

Un atardecer invernal Vladimir Semiónich escribía una crítica para su periódico; Vera Semionovna estaba a su lado, mirando como siempre su diestra. El crítico escribía rápidamente, sin tachaduras ni correcciones. La pluma raspaba y rechinaba. Cerca del papel, yacía en la mesa un recién cortado ejemplar de una voluminosa revista, que contenía un relato sobre la vida campesina, firmado con dos iniciales. Vladimir Semiónich estaba entusiasmado; pensaba que el autor era admirable en su manejo del tema, sugería a Turgeniev en sus descripciones de la naturaleza, era honesto, y conocía en forma excelente la vida campesina. El propio crítico no sabía nada de la vida campesina, a no ser lo que había leído o escuchado por allí, pero sus sentimientos y sus convicciones íntimas lo forzaban a creer la historia. Predecía un brillante futuro para el autor, le aseguraba que esperaría con impaciencia la conclusión del relato, y así por el estilo.

—¡Estupenda historia! —dijo, reclinándose en la silla y cerrando plácidamente los ojos—. El tono es extremadamente bueno.

Vera Semionovna miró a su hermano, bostezó, y súbitamente hizo una pregunta inesperada. Por las noches tenía la costumbre de bostezar nerviosamente y de hacer preguntas cortas, repentinas y no siempre oportunas.

—Volodia —preguntó—, ¿qué significa la no resistencia al mal?

—¡La no resistencia al mal! —repitió su hermano abriendo los ojos.

—Sí. ¿Qué entiendes tú por eso?

—Pues verás, querida, supónte que unos ladrones o salteadores te ataquen, y tú, en vez de...

—No, dame una definición lógica.

—¿Una definición lógica? ¡Hum! Bien —Vladimir Semiónich meditó—. La no resistencia al mal significa una actitud de no intervención respecto a todo aquello que en la esfera de la moral se considera malo.

Así diciendo, Vladimir Semiónich se inclinó sobre la mesa para tomar una novela. Dicha novela, escrita por una mujer, exploraba la dolorosa e irregular situación de una dama de sociedad que vivía bajo el mismo techo con su amante y su hijo ilegítimo. Vladimir Semiónich se sentía complacido con la excelente tendencia de la historia, con el argumento y con la manera de presentarlo. Haciendo un breve sumario de la novela, seleccionó los mejores pasajes y añadió a su informe: "¡Cuán apegado a la realidad, cuán vivo, cuán pintoresco! La autora no es solamente una artista; es, asimismo, una psicóloga sutil, capaz de ahondar en las almas de sus personajes. Ved, por ejemplo, esta vívida descripción de las emociones de la heroína al encontrarse con su marido", y así por el estilo.

—Volodia —dijo Vera Semionovna interrumpiendo sus efusiones críticas—, una idea extraña me obsesiona desde ayer. Me pregunto una y otra vez dónde estaríamos todos si la vida humana estuviera organizada sobre la no resistencia al mal.

—Según toda probabilidad, en ninguna parte. La no resistencia daría rienda suelta a la voluntad criminal, y para no hablar de lo que ocurriría con la civilización, esto no dejaría piedra sobre piedra en ningún lugar de la tierra.

—¿Qué quedaría?

—Arrabales y burdeles. En mi próximo artículo hablaré quizá de ello.

Gracias por recordármelo.

Y una semana después mi amigo cumplió su promesa. Esto ocurría justamente en el periodo —durante la década de los ochenta— en que la gente empezaba a hablar y a escribir acerca de la no resistencia, del derecho de juzgar, de castigar, de hacer la guerra; cuando algunas personas de nuestro grupo empezaban a prescindir de sus sirvientes, a retirarse al campo, a labrar la tierra, y a renunciar a la comida animal y al amor carnal.

Tras leer el artículo de su hermano, Vera Semionovna meditó, y apenas perceptiblemente alzó los hombros.

—¡Muy bonito! —dijo—. Pero todavía hay muchas cosas que no comprendo. Por ejemplo, en el cuento "Pertenecientes a la Catedral", de Leskov, hay un jardinero raro que siembra para beneficio de todos: para sus clientes, para los limosneros, y para quien quiera robarle. ¿Se comporta con sensatez?

Por el tono y por la expresión de su hermana, Vladimir Semiónich se dio cuenta de que no le había gustado el artículo, y casi por vez primera, su vanidad de autor sufrió un golpe. Con un ligero matiz de irritación, respondió:

—El robo es inmoral. Sembrar para los ladrones equivale a reconocer el derecho de los ladrones a existir. ¿Qué pensarías tú si yo estableciera un periódico, y dividiéndolo en secciones, destinara una al chantaje, otra a las ideas liberales? De seguir el ejemplo de ese jardinero, lógicamente debería yo destinar una sección a los chantajistas, a la canalla intelectual. ¿Sí?

Vera Semionovna no respondió. Se levantó de la mesa, fue con languidez al sofá y se acostó.

—No sé, no sé nada de eso —dijo meditabunda—. Quizá tengas razón; pero a mí me parece, siento de algún modo, que hay algo falso en nuestra resistencia al mal, como si algo se ocultara o se callara. Sabe Dios… Acaso nuestros métodos de resistir al mal pertenezcan a la categoría de los prejuicios que han arraigado tanto en nosotros que no podemos separarnos de ellos, y por tanto no podemos juzgarlos imparcialmente.

—¿Qué quieres decir?

—No sé cómo explicarte. Quizá el hombre se equivoca al pensar que tiene la obligación de resistir al mal y que tiene derecho de hacerlo, del mismo modo que se equivoca al pensar, por ejemplo, que el corazón es como un as de corazones. Es muy posible que al resistir al mal no debamos usar la fuerza, sino usar precisamente lo opuesto a la fuerza… Si tú, por ejemplo, no quieres que te roben este cuadro, deberías regalarlo, en vez de encerrarlo con llave…

—¡Inteligente, muy inteligente! ¡Si quiero casarme con una mujer rica y vulgar, ella debería salvarme de una acción tan baja adelantándoseme en la proposición!

Hermano y hermana hablaron hasta la medianoche sin comprenderse. Cualquier extraño que los hubiera oído, apenas habría podido discernir lo que cualquiera de los dos quería demostrar.

Acostumbraban pasar la velada en casa. No había amistades a quienes pudieran visitar, y no sentían necesidad de amistades; siguiendo la costumbre de los círculos literarios, sólo iban al teatro cuando había una nueva obra; no iban a conciertos, pues no les interesaba la música.

—Puedes pensar lo que gustes —empezó de nuevo Vera Semionovna, al día siguiente—; pero para mí la cuestión está casi por completo resuelta.

Estoy firmemente convencida de que no tengo bases para resistir un mal dirigido contra mí personalmente. Si quieren matarme, que lo hagan. Con defenderme no mejoraré al asesino. Todo lo que tengo que decidir ahora es la segunda mitad de la cuestión: ¿cómo debo comportarme ante un mal dirigido contra mi prójimo?

—¡Vera, cuidado y no te dé la rabia! —dijo Vladimir Semiónich riendo—. ¡Veo que la no resistencia se está convirtiendo en tu *idée fixe*!

Quería poner fin con una broma a las aburridas discusiones, pero de algún modo el asunto estaba más allá de toda broma; la que lo acompañaba era artificial y agria. Su hermana dejó de sentarse junto a él y de mirar reverente su mano, y él sentía cada noche que a su espalda, en el sofá, yacía alguien que no estaba de acuerdo con él. Y su espalda se ponía tiesa y entumida, y su alma se helaba. La vanidad de un autor es vengativa, implacable, incapaz de perdonar, y su hermana era la primera y única persona que había desnudado y perturbado aquel incómodo sentimiento, que es como una gran vajilla, fácil de desempacar pero imposible de guardar de nuevo como estaba.

Semanas y meses pasaron, y su hermana seguía aferrada a sus ideas y no se sentaba junto a él. Una noche de invierno, Vladimir Semiónich escribía un artículo. Hablaba de cierta novela que describía cómo una maestra de aldea rechazaba al hombre a quien amaba y que la amaba, un hombre tan próspero como inteligente, sólo porque el matrimonio haría imposible su trabajo educativo. Vera Semionovna yacía en el sofá y meditaba sombría.

—¡Dios mío, qué lenta! —dijo estirándose—. ¡Qué insípida y vacía es la vida! Yo no sé qué hacer, y tú gastas tus mejores años en sólo Dios sabe qué. Como algún alquimista, te pones a remover basura vieja que nadie quiere. ¡Dios mío!

Vladimir Semiónich dejó caer su pluma y se volvió lentamente hacia su hermana.

—¡Es deprimente mirarte! —dijo ella—. Wagner, en "Fausto", desenterraba gusanos, pero al menos estaba buscando un tesoro, mientras que tú buscas gusanos por los gusanos mismos.

—¡Eso es confuso!

—Sí, Volodia, todos estos días he estado pensando, he estado pensando con dolor durante largo tiempo, y he llegado a la conclusión de que eres reaccionario y convencional más allá de toda esperanza. Anda, pregúntate a ti mismo cuál es el objeto de tu celosa y esmerada labor. Dime, ¿cuál es? Vaya, todo lo que se podría extraer de esa basura que siempre andas revolviendo se ha extraído desde hace mucho tiempo. Uno puede machacar agua en un mortero y analizarla cuanto quiera sin descubrir más de lo que los químicos han descubierto ya…

—¡Conque sí! —dijo Vladimir Semiónich, arrastrando pesadamente las palabras, al tiempo que se levantaba—. Sí, todo esto es basura vieja porque estas ideas son eternas; pero entonces, ¿qué es lo que tú consideras nuevo?

—Tú te dedicaste a trabajar en el dominio del pensamiento; eres tú quien debe pensar algo nuevo. Yo no tengo por qué enseñarte.

—¡Yo, un alquimista! —gritó el crítico, con asombro e indignación, alzando irónicamente los ojos—. Arte, progreso… ¿es alquimista todo eso?

—¿Ves, Volodia?, me parece que si todos ustedes los pensadores se ocuparan de resolver los grandes problemas, todas las pequeñas cuestiones de las que se ocupan en la actualidad se resolverían por añadidura. Si uno sube en un globo para ver un pueblo, verá asimismo, sin ningún esfuerzo, los campos y las aldeas y los ríos. Cuando se manufacturara estearina, se obtiene glicerina como producto accesorio. Me parece que el pensamiento contemporáneo se ha posado en un sitio y está aferrado allí. Es apático, tímido, prejuzga, teme emprender un vuelo amplio y titánico, del mismo modo que tú y yo tememos escalar una alta montaña; es conservador.

Conversaciones como ésta no podían menos que dejar huella. Las relaciones entre los hermanos se volvían más tensas cada día. El hermano llegó a ser incapaz de trabajar en presencia de la hermana, y se irritaba al saberla acostada en el sofá, mirando su espalda; la hermana fruncía nerviosa el entrecejo y se estiraba cuando, queriendo volver al pasado, él trataba de compartir con ella sus entusiasmos. Cada noche se quejaba de estar aburrida y hablaba acerca de la independencia y de la mente y de aquellos que se encuentran presos en el cauce de la tradición. Arrastrada por sus nuevas ideas, Vera Seminovna demostraba que el trabajo en que su hermano tanto se abstraía era convencional, un vano esfuerzo de las metas conservadoras por defender lo que ya había tenido su época y empezaba a desvanecerse de la escena. Hacía innumerables comparaciones. Primero comparaba a su hermano con un alquimista, luego, con un mohoso viejo creyente que prefería morir antes que escuchar la voz de la razón. Gradualmente hubo también un cambio en su manera de vivir.

Era capaz de pasarse todo el día acostada en el sofá sin hacer nada más que pensar, mientras su rostro mostraba una expresión seca y hostil como la de una persona poseída por una fe hasta un grado de intransigencia. Empezó a rechazar las atenciones de los sirvientes; ella misma barría y aseaba su cuarto, limpiaba sus botas y cepillaba sus vestidos. Su hermano no podía evitar sentir irritación y hasta odió al verla ir de aquí para allá, con su rostro frío, ocupada en su trabajo de sirvienta. En ese trabajo que su hermana desempeñaba con cierta solemnidad, veía él algo forzado y falso, algo a la vez fariseo y afectado. Y sabiendo que no podía aspirar a persuadirla, la molestaba con pullas, como un niño.

—¡Has decidido no resistir al mal, pero resistes el que tengamos sirvientes! —se burlaba—. Si la servidumbre es un mal, ¿por qué le opones resistencia? ¡Eso es incongruente!

Sufría, sentía indignación e incluso vergüenza. Sentía vergüenza cuando su hermana hacía cosas extrañas enfrente de otras personas.

—Es horrible, amigo mío —me dijo en privado, moviendo con desolación las manos—. Parece que nuestra ingénue se ha quedado a la farsa para representar también allí un papel. ¡Se ha vuelto morbosa hasta la médula de los huesos! Me lavo las manos, que piense como quiera; pero ¿por qué habla, por qué me provoca? Debería darse cuenta de lo que significa para mí el escucharla. ¡De lo que siento cuando en mi presencia tiene el descaro de apoyar sus errores citando en forma blasfema las enseñanzas de Cristo! ¡Me asfixia! Me hace hervir de indignación el oírla desarrollar sus teorías y tratar de distorsionar el *Evangelio* para acomodarlo a su gusto, absteniéndose de citar el pasaje de los mercaderes arrojados del templo. ¡Ése, mi querido amigo, es el resultado de tener una educación deficiente, un desarrollo incompleto! ¡Esa es la consecuencia de un programa de estudios médicos ajeno por completo a la cultura general!

Un día, al regresar de la oficina, Vladimir Semiónich encontró a su hermana llorando. Sentada en el sofá con la cabeza baja, se retorcía las manos, y las lágrimas corrían libremente por su mejillas. El buen corazón del crítico latió dolorosamente. Las lágrimas inundaron también sus ojos, y ansió acariciar a su hermana, perdonarla, implorarle perdón, y vivir como antes vivían... Se arrodilló frente a ella y le besó la cabeza, las manos, los hombros... Ella sonrió, sonrió amarga e inexplicablemente, mientras él se incorporaba con un grito de alegría, y recogiendo una revista de la mesa dijo cálidamente:

—¡Hurra! ¡Viviremos como antes, Verochka! ¡Con la bendición de Dios! ¡Y tengo una sorpresa para ti! ¡A falta de champaña, celebraremos la ocasión leyéndola juntos! ¡Es un relato espléndido y maravilloso!

—¡Oh, no, no! —gritó Vera Semionovna, apartando el libro con alarma—. ¡Lo he leído ya! ¡No lo quiero, no lo quiero!

—¿Cuándo lo leíste?

—Hace un año..., dos... ¡Lo leí hace mucho tiempo, y lo conozco!

—¡Jm! ¡Eres una fanática! —dijo fríamente el hermano, lanzando la revista a la mesa.

—¡No, el fanático eres tú, no yo! ¡Tú!

Y Vera Semionovna se deshizo nuevamente en lágrimas. Su hermano quedó de pie ante ella, miró sus hombros temblorosos, y pensó. Pensó, no en las agonías de soledad sufridas por cualquiera que empieza a pensar de una manera nueva y propia, ni en los inevitables sufrimientos implícitos en una genuina revolución espiritual, sino en la ofensa a su propio programa, la ofensa a su vanidad de autor.

Desde entonces trató a su hermana con frialdad, con ironía descuidada, soportando su presencia en la habitación del mismo modo que se soporta la presencia de ancianas que dependen de uno. Ella, por su parte, cesó de discutir con él y opuso a todos sus argumentos, pullas y ataques un silencio condescendiente que irritaba al crítico más que nunca.

Una mañana de verano Vera Semionovna, vestida de viaje y con una bolsa de viaje al hombro, entró a ver a su hermano y lo besó con ligereza en la frente.

—¿Dónde vas? —preguntó él con sorpresa.

—A la provincia de N... a trabajar en la vacunación. El hermano la acompañó a la calle.

—Conque eso es lo que has decidido, muchacha extraña —murmuró—. ¿No quieres algún dinero?

—No, gracias. Adiós.

La hermana estrechó la diestra del hermano y se alejó.

—¿Por qué no tomas un coche? —gritó Vladimir Semiónich.

Ella no contestó. Su hermano la miró alejarse, observó su impermeable de color herrumbroso, el contoneo de su figura cabizbaja; forzó un suspiro, pero no logró despertar un sentimiento de tristeza. Su hermana se había vuelto una extraña para él. Y él era un extraño para ella. Por lo menos, ella no volvió una sola vez la cabeza.

Regresando a su habitación, Vladimir Semiónich se sentó en el acto a la mesa y empezó a trabajar en su artículo.

Nunca volví a ver a Vera Semionovna. No sé dónde pueda estar ahora. Y Vladimir Semiónich continuó escribiendo sus artículos, depositando coronas sobre los ataúdes de las celebridades, cantando Gaudeamus, colaborando activamente con la Sociedad de Ayuda Mutua de los Periodistas Moscovitas.

Cayó enfermo de inflamación pulmonar; estuvo en cama tres meses, primero en su casa, luego, en el hospital Golitsin. Un absceso se formó en su rodilla. Se dijo que debía ser enviado a Crimea, y se recolectaron fondos para tal propósito. Pero Vladimir Semiónich no fue a Crimea: murió. Lo enterramos en el cementerio de Vagankovski, en el lado izquierdo, donde yacen los artistas y los literatos.

El otro día, varios escritores comíamos en el restaurante Tártaro. Referí que había estado hacía poco en el cementerio de Vagankovski y había visto allí la tumba de Vladimir Semiónich. Estaba totalmente descuidada y apenas si sobresalía del terreno; la cruz se había roto; era necesario colectar unos cuantos rublos para arreglarla.

Pero los demás me escucharon sin atención, no respondieron, y no pude conseguir un solo centavo. Nadie recordaba a Vladimir Semiónich. Estaba completamente olvidado.

LOS EXTRAVIADOS

Es un lugar de veraneo. La oscuridad, completa; el campanario de la iglesia marca la una de la noche.

Cosiaokin y Lapkin, ambos algo titubeantes, pero de muy buen humor, salen del bosque y se dirigen hacia las casitas.

—¡Gracias a Dios que hemos llegado! —dice Cosiaokin—; es una hazaña venir andando los cinco kilómetros desde la estación, y en nuestro estado.

—Me encuentro rendido…, y como si fuera hecho expresamente, no hay ni un solo coche. ¡Amigo Pedro! No puedo más…; si dentro de cinco minutos no estoy en la cama me muero…

—¡En la cama! ¡Ni pensarlo! Cenaremos, beberemos una botella de vino tinto, y luego a dormir. No te permitiremos ni Verotchka ni yo que te acuestes antes. ¡No sabes tú, amigo mío, la felicidad que experimenta uno con estar casado! Tú no la comprendes; tú tienes un alma de solterón. Mira: ahora llegaré yo extenuado, rendido…; mi mujercita saldrá a recibirme; la comida estará preparada, el té listo… Para compensarme de mi labor dirigirá sobre mí sus ojitos negros con tanta afabilidad y cariño que lo olvidaré todo: mi cansancio, el robo con fractura, el Tribunal de casación, la Sala de la Audiencia… ¡Una gloria! ¡Una delicia!

—Es que no puedo tirar más de mi cuerpo; mis piernas se doblan. ¡Tengo una sed!…

—Nada; ya hemos llegado; henos en casa.

Los amigos se acercan a una de las casitas y se detienen frente a la ventana.

—Es una casita bonita —dice Cosiaokin—; mañana verás qué hermosas vistas tiene. Pero las ventanas están obscuras… Verotchka se habrá cansado de esperar, y se habrá acostado; no duerme, hallaráse inquieta por mi tardanza (empuja la ventana con su bastón y la abre); pero qué valiente es: se acuesta sin cerrar la ventana. Quítase el abrigo y lo echa dentro de la estancia, lo propio que su carpeta.—¡Qué calor! Vamos a entonar una canción; la haremos reír. (Canta.) ¡Canta, Aliocha! Verotchka, ¿quieres oír la serenata de Schubert? (Canta, pero hace un gallo y tose.) ¡Verotchka, dile a María que abra la puerta! (Pausa). Verotchka, no seas perezosa; levántate. (Sube por encima de una piedra y se asoma por la ventana). Verotchka, rosita mía, angelito, mujercita mía incomparable. ¡Anda, levántate! ¡Dile a María que abra! ¡Bien sé que no duermes, gatita mía! No podemos soportar más bromas; estamos tan cansados que ya no tenemos fuerzas. Hemos llegado a pie desde la estación; ¿pero me oyes, o no?... (Intenta escalar la ventana, pero cae). ¡Qué demonio! Ves; nuestro huésped está molesto. Noto que todavía eres una niña que no piensa más que en jugar...

—Escucha; tal vez tu esposa duerme de veras —dice Laef.

—¡No duerme; quiere que arme ruido; que despierte el vecindario! ¡Oye, Verotchka, me voy a enfadar! ¡Verás! ¡Qué diablo! Ayúdame, Aliocha, para que pueda subirme... Verotchka, no eres más que una chiquilla mal criada, una traviesa... ¡Amigo mío, empújame!...

Lapkin, jadeante, empuja a Cosiaokin; al fin éste alcanza la ventana, franquéala y desaparece en las tinieblas.

—¡Vera! —óyese al cabo de un rato—. ¿Dónde estás? ¡Demonio! Me he ensuciado la mano con algo. ¡Qué asco!

Estalla un bullicio, un aleteo y el cacareo desesperado de una gallina.

—¡Caramba! Escucha, Laef. ¿De dónde nos vienen estas gallinas? Pero, qué demonio; si hay una infinidad de ellas... ¡Y un cesto con una pava!... ¡Me ha picado la maldita!

Por la ventana salen volando las gallinas, y prorrumpiendo en chillidos agudos se precipitan a la calle.

—¡Aliocha, nos hemos equivocado!... —grita Cosiaokin con voz llorosa—. Aquí no hay más que gallinas. Por lo visto nos hemos extraviado... Pero malditas, ¿por qué no os estáis quietas?

—¡Sal pronto! ¿Qué haces? ¿No sabes tú que estoy muerto de sed?...

—Ahora mismo... Deja que encuentre el abrigo y la carpeta...

—¿Por qué no enciendes un fósforo?

—Es que están en el abrigo... ¡Quién demonio me habrá traído aquí!... Todas estas casas son iguales. Ni el diablo mismo las distinguiría en la oscuridad. ¡Oh! ¡La pava me dio un picotazo en la mejilla! ¡Maldita!

—¡Pero sal pronto, si no van a creer que estamos robando gallinas!

—Ahora mismo me es imposible dar con el abrigo. Hay tanto trapajo por el suelo que no puedo orientarme. Lánzame tus fósforos...

—Es que no los tengo.

—¡Estamos frescos! ¡No hay que decir!... ¡Valiente situación!... ¿Qué hago?... Yo no puedo, sin embargo, abandonar el abrigo y la carpeta. Necesito buscarlos.

—¡No concibo cómo es posible no reconocer su propia casa! —replica Laef, indignado—. ¡Casa de borracho!... ¡En mal hora vine contigo!... De ir solo, hallaríame ya en casa. Dormiría... en lugar de padecer aquí... ¡Estoy rendido!... ¡No puedo más!... ¡Siento vértigos!

—En seguida, en seguida; no te apures; no te morirás por esto.

Por encima de la cabeza de Laef pasa un gran gallo. Lapkin suspira desconsoladamente y se sienta en una piedra. Sus entrañas arden de sed, sus ojos se cierran, su cabeza tambalea… Pasan cinco minutos, diez, veinte… Cosiaokin está siempre enredado con las gallinas.

—¡Pedro! ¿Cuándo vienes?

—Ahora mismo. ¡Ya encontré la carpeta; pero volví a extraviarla!… Lapkin apoya su cabeza en sus puños y cierra los ojos… Los cacareos aumentan… Las moradoras de la extraña vivienda salen volando y le parece que dan vueltas alrededor de su cabeza, como lechuzas… Le zumban los oídos y el terror se apodera de su alma…

"¡Qué bestia! —piensa—. Me convidó, me prometió obsequiarme con vino y leche, y en vez de esto me obliga a venir aquí a pie y escuchar estas gallinas…".

Lapkin está indignado; hunde la barba en el cuello, coloca la cabeza sobre su carpeta y se tranquiliza poco a poco… Vencido por el cansancio, empieza a dormirse.

—¡He encontrado la carpeta! —oye la exclamación de Cosiaokin triunfante—. No me falta sino encontrar el abrigo, y ¡a casa!

Pero en este momento óyense ladridos de un perro, y de otro, y de un tercero… El ladrar de los perros acompañado del cacareo de gallinas forman una música salvaje. Un desconocido se acerca a Lapkin y le pregunta algo…; parécele que alguien pasa sobre él para saltar por la ventana…; gritan, pegan porrazos…; una mujer con delantal encarnado y un farol en la mano le interroga…

—¡No tiene usted derecho a insultarme! —dice desde dentro Cosiaokin—. ¡Soy funcionario de la Audiencia! Aquí tiene usted mi tarjeta.

—¿Para qué quiero yo su tarjeta? —respondió una voz ronca—. Usted me ha dispersado las gallinas, pisoteado los huevos…; admiro su obra…; los pavitos tenían que salir del cascarón un día de estos, y usted les ha aplastado…; ¡qué me importa a mí su tarjeta!

—¿Usted se atreve a detenerme? ¡Eso yo no lo admitiré jamás!

"¡Qué sed tengo!…", piensa Lapkin esforzándose por abrir los ojos y sintiendo que otra vez alguien pasa por encima de él y sale por la ventana…

—¡Soy Cosiaokin; mi casa está al lado! ¡Todo el mundo me conoce!…

—¡No conocemos a ningún Cosiaokin!

—¿Qué me cuenta usted? ¡Que llamen al alcalde; él, me conoce!

—¡No se acalore usted! Ahora mismo vendrá la policía; conocemos a todos los veraneantes del lugar; a usted no lo hemos visto nunca.

—Todos me conocen; cinco años ha, sin interrupción, que veraneo en los Grili-Viselki.

—¡Caramba!; pero esto no son los Grili-Viselki; esto, es Hilovo...; los Viselki están a la derecha, detrás de la fábrica de fósforos, a cuatro kilómetros de aquí.

—¡Que el demonio me lleve!... ¡Entonces he tomado otro camino!... Los gritos humanos, el cacareo y los ladridos se confunden en una zarabanda por entre la cual de vez en cuando se oyen las exclamaciones de Cosiaokin: "¡Usted no tiene derecho...". "Me las pagará...". "Ya sabrá usted con quién trata!...".

Por fin las vociferaciones se apaciguan, y Lapkin siente que le sacuden el hombro para despertarle...

EL FRACASO

Elías Serguervitch Peplot y su mujer, Cleopatra Petrovna, aplicaban el oído a la puerta y escuchaban ansiosos lo que ocurría detrás. En el gabinete se desarrollaba una explicación amorosa entre su hija Natáchinka y el maestro de la escuela del distrito, Schúpkin. Peplot susurraba con un estremecimiento de satisfacción:

—Ya muerde el anzuelo. Presta atención. En cuanto lleguen al terreno sentimental, descuelga la imagen santa y les daremos nuestra bendición. Éste será un modo de cogerlo. La bendición con la imagen es sagrada. No le será posible escapar, aunque acuda a la justicia.

Entretanto, detrás de la puerta tenía lugar el siguiente coloquio:

—No insista usted —decía Schúpkin encendiendo un fósforo contra su pantalón a cuadros—; yo no le he escrito ninguna carta.

—¡Como si yo no conociera su carácter de letra! —replicaba la joven haciendo muecas y mirándose de soslayo al espejo—. Yo lo descubrí en seguida. ¡Qué raro es usted! Un maestro de caligrafía que escribe tan malamente. ¿Cómo enseña usted la caligrafía si usted mismo no sabe escribir?

—¡Hum! Esto no tiene nada que ver. En la caligrafía, lo más importante no es la letra, sino la disciplina. A uno le doy con la regla en la cabeza; a otro le hago arrodillarse; nada tan fácil. Nekransot fue un buen escritor; pero su carácter de letra era admirable; en sus obras insértase una muestra de su caligrafía.

—Aquel era Nekransot, y usted es usted. Yo me casaré gustosa con un escritor —añade ella suspirando—. Me escribiría siempre versos…

—Versos puedo yo también escribírselos, si usted lo desea.

—¿Y sobre qué asunto escribirá usted?

—Sobre amor, sentimientos, sobre sus ojos… Como me leyera usted, se volvería usted loca. Incluso lloraría usted. Oiga, si yo le dirijo versos poéticos, ¿me dará usted su mano a besar?

—Esto no tiene importancia. Bésela ahora mismo, si así le place. Schúpkin se levantó, sus pupilas dilatáronse y aplicó un beso a la mano regordeta, que olía a jabón.

Peplot, empujando con el codo a su mujer y abrochándose, todo pálido y agitado, dijo:

—Pronto, descuelga la imagen de la pared… ¡Entremos! Y de sopetón abrió la puerta.

—Hijos —balbuceó, alzando las manos al cielo y estremecido—. ¡Que Dios os bendiga, hijos míos!… ¡Creced y multiplicaos!…

—Y yo, y yo —dijo la madre, llorando de felicidad—. ¡Que seáis dichosos!

Luego, dirigiéndose a Schúpkin:

—Usted me arrebata un tesoro. Ha de quererla usted mucho y cuidarla.

Schúpkin, entre atónito y asustado, abrió la boca. El ataque de frente de los padres parecíale tan inesperado y tan atrevido que no podía articular ni una frase. "Estoy perdido —pensaba inmóvil de temor—; ya no puedo salvarme". Lleno de abatimiento bajaba la cabeza, como si dijera: "Tómeme usted, me doy por vencido".

—Os bendigo —proseguía el padre, llorando siempre—. Natáchinka, hija mía, colócate a su lado. Petrovna, pásame la imagen.

En este momento él cesó de llorar y sus facciones torciéronse de rabia.

—¡Zoquete! —dijo a su mujer con indignación—. ¡Tonta que eres! ¿Ésta es para ti una imagen?...

—¡Santo cielo!

¿Qué es lo que ocurría? El maestro de caligrafía levantó los ojos y vio que estaba salvado. La mamá, en su apresuramiento, había descolgado, en lugar de la imagen, el retrato del publicista Lajesnikof Peplot y su esposa Cleopatra Petrovna.

Quedáronse parados, sin saber qué partido tomar. Schúpkin aprovechó esta confusión para escaparse.

GENTE SOBRANTE

Son las seis de la tarde de un día del mes de junio.

Desde el apeadero de Jikovo y en dirección a la colonia veraniega marcha un grupo de veraneantes recién bajados del tren. Son, en su mayor parte, padres de familia, y van cargados de paquetes, carteras, sombrereras y esas cajas de cartón que guardan las creaciones de la moda femenina. Todos presentan un aspecto cansado, hambriento y malhumorado, como si para ellos no brillara el sol ni floreciera la hierba.

En el grupo se encuentra Pavel Matveevich Saikin, miembro del tribunal del distrito, hombre alto, un poco encorvado, vestido con un traje barato y portador de una escarapela en su gorra descolorida. Está sudoroso, sofocado y apesadumbrado.

—¿Viene usted diariamente a la dacha? —dice dirigiéndose a él un veraneante de pantalones color cobrizo.

—No. Diariamente, no —contesta sombrío Saikin—. Mi mujer y mi hijo residen aquí siempre, mientras que yo vengo dos días a la semana. No tengo tiempo de venir todos los días y, además, sale caro.

—¡Y tanto que sale caro! —suspira el de los pantalones color rojizo—. Primeramente, en la ciudad no puedes ir a pie hasta la estación y tienes que tomar un coche...; luego, el billete, que cuesta cuarenta y dos kopecs... Después, en el camino, que si te compras el periódico..., o incurres en la debilidad de beberte una copita de vodka... ¡Todos gastos pequeños... insignificantes!... ¡pero al final del verano resulta que se te han ido doscientos rublos!... Claro que tiene más valor el poder disfrutar de la Naturaleza..., eso no lo voy a discutir... La vida bucólica... Pero hay que tener en cuenta lo que son nuestros sueldos de funcionarios. Por usted mismo sabrá que los kopecs están contados... y que si se descuida uno gastando, luego no duerme en toda la noche... ¡Así es!... Yo, señor mío... (no tengo el gusto de conocer su nombre), cobro cerca de dos mil rublos; al año... tengo el grado de consejero civil..., y fumo tabaco de segunda y no me sobra un rublo para comprarme el agua mineral de Viehy que me ha sido prescrita por el médico, para las piedras del hígado.

—Todo, en general, es desagradable —dice Saikin después de un corto silencio—. Por mi parte, sustento la opinión de que la vida veraniega ha sido inventada por los diablos y por las mujeres. A los diablos les mueve la maldad, y a las mujeres su extrema inconsciencia. Porque esto no es vida..., ¡es un infierno! ¡Las galeras!... El calor no te deja respirar, y aunque te sofoques, tienes que andar de un lado para otro como un condenado, sin contar un momento de tranquilidad. En la ciudad estás sin muebles... sin servicio... ¡Todo se lo llevaron a la dacha!... En cuanto a alimentarte, ¡sabe el diablo con qué te alimentas!... El té no lo puedes tomar, porque no hay nadie que pueda prepararte el samovar... No te lavas, y cuando llegas aquí, o sea a la plena Naturaleza, tienes que darte una caminata a pie a través del polvo y con calor... ¡Puf!... ¿Está usted cansado?

—Sí, señor..., y tengo tres nenitos —suspiran los pantalones color rojizo.

—En general, ¡todo es desagradable! Lo sencillamente asombroso es que vivamos todavía.

Por fin, los veraneantes llegan a la colonia, y Saikim, despidiéndose de los pantalones rojizos, se dirige hacia su dacha.

En su casa, un silencio mortal le sale al encuentro. Tan solo se percibe en ella un zumbido de mosquitos y las peticiones de auxilio de una mosca caída para la cena de una araña. A través de las ventanas, de las que cuelgan cortinillas de muselina, se divisan flores de geranio ya comenzando a marchitarse. En las paredes de madera, desprovistas de pintura, junto a algunas oleografías, dormitan las moscas. Ni en el zaguán, ni en la cocina, ni en el comedor..., se ve un alma. Solo en la habitación que recibe al mismo tiempo el nombre de salón y el de sala, encuentra Saikin a su hijo Petia, chiquillo de seis años. Petia, sentado junto a la mesa, sopando fuertemente y alargando el labio inferior, está ocupado en recortar con unas tijeras el *valet de carreau* de una baraja.

—¡Ah! ¿Eres tú, papá? —dice, sin volver la cabeza—. Hola.

—Hola. ¿Dónde está tu madre?

—¿Mamá?... Se fue con Olga Kirillovna al ensayo del teatro. Pasado mañana es la función y me van a llevar a mí...

—¿Y tú vas a ir?

—Ssssí...

—¿Cuándo va a volver?

—Ha dicho que volvería al anochecer.

—Y Natalia, ¿dónde está?

—Mamá se la llevó para que la ayudara a vestirse en la función, y Akulina se fue al bosque, por setas. Papá..., ¿por qué cuando pican los mosquitos se les pone la tripa roja?

—No sé... Porque chupan la sangre... Entonces, ¿no hay nadie en casa?

—Nadie. Estoy yo solo.

Saikin se sienta en la butaca y mira por la ventana con los ojos embotados.

—Y entonces, ¿quién nos va a servir la comida? —pregunta.

—Hoy no han hecho comida, papá. Mamá pensaba que tú no vendrías, y dispuso que no se hiciera comida. Ella y Olga Kirillovna van a comer durante el ensayo.

—¡Vaya… vaya!… Y tú, ¿qué has comido?

—Yo he comido leche. Para mí trajeron seis kopecs de leche. Papá…, ¿y por qué chupan la sangre los mosquitos?…

A Saikin le parece de repente que algo pesado le rueda por dentro hasta alcanzarle el hígado, al que empieza a chupar. De tal modo se siente enojado, ofendido y amargado, que tiembla y respira con dificultad. Siente ganas de pegar un brinco, de golpear en el suelo con algo duro y de enfadarse, pero recuerda que el médico le ha prohibido terminantemente ponerse nervioso. Haciendo un esfuerzo se levanta y se pone a silbar un pasaje de "Los hugonotes".

—¡Papá!… ¿Sabes tú trabajar en el teatro? —oye decir a la voz de Petia.

—¡Aj!… ¡No me molestes con preguntas tontas! —se irrita Saikin—. ¡Eres más pegajoso que una lapa! Ya tienes seis años y sigues tan tonto cono hace tres. ¡Qué niño más tonto y más mal criado!… ¿Por qué, por ejemplo, estropeas la baraja?…, ¿cómo te atreves a estropearla?

—La baraja no es tuya —dice Petia, volviéndose—. Me la ha dado Natalia.

—¡Mientes, chiquillo mal criado! —se excita más y más Saikin—. ¡Estás siempre mintiendo! ¡Lo que hay que hacer es darte unos azotes, renacuajo! ¡Tirarte de las orejas!

Petia se levanta de un salto, estira el cuello y mira fijamente el rostro encendido y enfadado de su padre. Sus grandes ojos parpadean primero, luego se humedecen y la cara del niño se contorsiona.

—Pero ¿por qué te enfadas? —chilla Petia—. ¿Qué te he hecho yo, tonto?… ¡No he hecho nada malo…, no he hecho ninguna travesura…!, y tú te enfadas… ¿Y por qué te enfadas conmigo?…

El pequeño habla con acento convincente y llora con tal amargura que Saikin se siente avergonzado.

"Es verdad —piensa—. ¿Por qué le fastidio?".

—Bueno, bueno… —dice, cogiéndole por un hombro—. La culpa es mía, Petiuja… Perdóname… Lo que eres es un niño muy listo, muy bueno, y yo te quiero mucho.

Petia se enjuga los ojos con la manga, se sienta en el mismo sitio que antes y se pone a recortar la *dama de carreau*. Sakin entra en su despacho, se tumba en el diván con las manos debajo de la cabeza y queda pensativo. Las recientes lágrimas del chiquillo han quebrantado su enfado y el hígado se le ha ido aliviando poco a poco. Lo único que siente es cansancio y hambre.

—¡Papá! —oye decir a través de la puerta—. ¿Quieres que te enseñe mi colección de insectos?

—¡Sí!… ¡Enséñamela!

Petia entra en el despacho y presenta a su padre un cajoncito largo, de color verde. Ya antes de tenerle escarabajos, saltamontes y moscas clavados con alfileres cerca, Saikin ha percibido un zumbido desesperado y el arañar de unas patitas contra las paredes de la caja. Levantando la tapa, ve una infinidad de mariposas al fondo de la caja. Todas, salvo dos o tres mariposas, viven todavía y se agitan.

—¡El saltamontes aún está vivo! —se asombra Petia—. ¡Le cogimos ayer por la mañana y todavía no se ha muerto!

—¿Quién te ha enseñado a clavarlos así?

—Olga Kirillovna.

—Pues a quien habría que clavar es a Olga Kirillovna —dice Saikin, con repugnancia—. ¡Qué vergüenza! ¡Martirizar a los animales!…

"¡Dios mío…! ¡Cuán terriblemente mal se le educa!", piensa cuando se marcha Petia.

A Pavel Matveevich ya se le han olvidado el cansancio y el hambre, y solo piensa en el destino de su pequeño. Mientras tanto al otro lado de las ventanas la luz va apagándose lentamente. Se oye a los veraneantes que vuelven en pequeños grupos del baño de la tarde. Alguien se detiene ante su ventana abierta del comedor y grita:

—¿Quieren setas?

Como nadie le contesta, se aleja chapoteando con los pies desnudos.

Pero cuando el crepúsculo se hace tan denso que ya los geranios que se divisan a través de los visillos de muselina pierden sus contornos y por la ventana empieza a entrar el frescor de la noche… escuchan pasos rápidos, charlas y risas.

—¡Mamá! —chilla Petia.

Saikin se asoma por la puerta del despacho y ve a su mujer, Nadejda Stepanovna, con su aspecto sonrosado y saludable de siempre. Con ella está Olga Kirillovna, mujer rubia y seca, de rostro pecoso, y dos hombres desconocidos. Uno de ellos es joven, alto, de cabellera rojiza y rizada y nuez prominente. El otro es de pequeña estatura, rollizo, y tiene un rostro de actor, afeitado, en el que resalta la barbilla oscura y torcida.

—Natalia, prepara el samovar —dice Nadejda Stehanovna haciendo crujir los pliegues de su vestido—. Me parece que ha llegado Pavel Matveevich. ¿Dónde estás, Pavel?… ¡Hola, Pavel! —dice, mientras entra corriendo en el despacho y respirando anhelosamente—. ¿Ya has llegado?… Estoy contentísima. Traigo conmigo a otros dos aficionados.

Ven que te los presente. El más alto es Koromislov… ¡Canta que es una maravilla!… El otro, el bajito, es Smorkalov… ¡Enteramente un actor! ¡Lee prodigiosamente! ¡Ay!… Estoy cansada… Acabamos de terminar el ensayo… Todo marcha a las mil maravillas. Vamos a hacer "El huésped del trombón" y "Ella le espera". La función será pasado mañana.

—¿Para qué les has traído? —pregunta Saikin.

—¡No tenía más remedio, papaíto! Después del té tenemos que repasar los papeles y cantar alguna cosa, Koromislov y yo cantamos a dúo. ¡Ah!…, que no se olvide… Haz el favor, querido, de mandar a Natalia por unas sardinas, un poco de vodka, queso y alguna que otra cosa. Seguramente se quedarán a cenar. ¡Uf, qué cansada estoy!…

—¡Hum!… No tengo dinero.

—No hay más remedio, papaíto… ¡Es violento! ¡No me hagas ponerme colorada!…

Media hora después sale Natalia en busca del vodka y de los entremeses. Después de beberse su té y de comerse un panecillo francés, Saikin se retira a su dormitorio y se acuesta mientras Tadejda Stepanovna y sus invitados, entre risas y ruido, se ponen a ensayar los papeles. Durante largo rato escuchó Pavel Matveevich la voz nasal de Koromislov leyendo y las exclamaciones declamatorias de Smerkalov… A la lectura sigue una larga peroración interrumpida por la risa chillona de Olga Kirillovna. Con el tono autoritario de un actor de veras, aplomo y valor, Smerkalov explica los papeles. Luego viene un dúo, y después un ruido de vajilla… Sailin, entre sueños, oye cómo suplican a Smerkalov para que lea "La pecadora", y cómo aquel, después de hacerse rogar, empieza su recitación. En ella silba, se golpea el pecho, llora y ríe con voz ronca de bajo…

Saikin hace una mueca de desairado y mete la cabeza bajo la manta.

—Van ustedes demasiado lejos y está muy oscuro —oye decir al cabo de una hora a la voz de Nadejda Stepanovna—. ¿Por qué no se quedan a dormir?… Koromislov se puede echar aquí, en el salón sobre el diván, y Smerkalov en la cama de Petia. A Petia se le pone en el despacho de mi marido. ¿Verdad?… ¡Quédense!

Por fin, cuando el reloj da las dos de la madrugada, todo queda inmóvil.

La puerta del dormitorio se abre y aparece Nadejda Stepanovna.

—¡Pavel!… ¿Estás dormido?… —murmura.

—No. ¿Por qué?

—Querido…, vete al despacho y échate en el diván para que pueda acostarse aquí Olga Kirillovna. ¡Anda, querido…, ve! Yo la hubiera puesto en el despacho pero le da miedo dormir sola. ¡Anda…, levántate!

Saikin se levanta, se echa encima una bata y cargado con la almohada, se arrastra hacia el despacho. Cuando alcanza a tientas el diván, enciende una perilla y ve a Petia echado encima de éste. El chiquillo no duerme y con ojos muy abiertos mira la cerilla.

—¡Papá!..., ¿por qué no duermen los mosquitos por la noche?...

—Porque..., porque... tú y yo estamos aquí de sobra. No tenemos ni siquiera un sitio en donde dormir.

—¡Papá!... ¿y por qué Olga Kirillovna tiene pecas en la cara?

—¡Ah!... ¡Déjame! ¡Me aburres!

Después de pensarlo un poco, Saikin decide vestirse y salir a la calle para refrescarse. Allí contempla el cielo gris matinal, las nubes inmóviles. Escucha el perezoso grito del rascón adormilado y empieza a soñar con el día de mañana, en el que ya otra vez de vuelta en la ciudad y regresando del Juzgado, podrá echarse a dormir. De una esquina surge de pronto una figura humana.

“Seguramente el guarda”, piensa Saikin. Pero luego, cuando éste se le aproxima y puede verle más detenidamente, reconoce en él al veraneante de los pantalones rojizos, conocido la víspera.

—¿No duerme usted? —pregunta.

—No... No tengo sueño —suspiran los pantalones rojizos—. Me estoy recreando en la Naturaleza. Sabe usted..., a mi casa, en el tren de la noche, nos llegó una querida huésped..., la mamá de mi mujer. Vinieron con ella mis sobrinas, unas muchachas excelentes... Estoy muy contento, aunque... ¡Hace mucha humedad!..., ¿no es cierto? ¿Y usted?... ¿Ha salido usted también a recrearse en la Naturaleza?

—Sí... —muge Saikin—. También yo me estoy recreando en la Naturaleza... Diga... ¿Sabe si por aquí cerca hay alguna taberna o restaurante?

Los pantalones de color rojizo alzan los ojos al cielo y quedan profundamente pensativos.

EL GORDO Y EL FLACO

En una estación de ferrocarril de la línea Nikoláiev se encontraron dos amigos: uno, gordo; el otro, flaco.

El gordo, que acababa de comer en la estación, tenía los labios untados de mantequilla y le lucían como guindas maduras. Olía a *Jere* y a *Fleure d'orange*. El flaco acababa de bajar del tren e iba cargado de maletas, bultos y cajitas de cartón. Olía a jamón y a posos de café. Tras él asomaba una mujer delgaducha, de mentón alargado —su esposa—, y un colegial espigado que guiñaba un ojo —su hijo.

—¡Porfiri! —exclamó el gordo, al ver al flaco—. ¿Eres tú? ¡Mi querido amigo! ¡Cuánto tiempo sin verte!

—¡Madre mía! —soltó el flaco, asombrado—. ¡Misha! ¡Mi amigo de la infancia! ¿De dónde sales?

Los amigos se besaron tres veces y se quedaron mirándose el uno al otro con los ojos llenos de lágrimas. Los dos estaban agradablemente asombrados.

—¡Amigo mío! —comenzó a decir el flaco después de haberse besado—. ¡Esto no me lo esperaba! ¡Vaya sorpresa! ¡A ver, deja que te mire bien! ¡Siempre tan buen mozo! ¡Siempre tan perfumado y elegante! ¡Ah, Señor! ¿Y qué ha sido de ti? ¿Eres rico? ¿Casado? Yo ya estoy casado, como ves… Ésta es mi mujer, Luisa, nacida Vanzenbach… luterana… Y éste es mi hijo, Nafanail, alumno de la tercera clase. ¡Nafanail, este amigo mío es amigo de la infancia! ¡estudiamos juntos en el gimnasio!

Nafanail reflexionó un poco y se quitó el gorro.

—¡Estudiamos juntos en el gimnasio! —prosiguió el flaco—. ¿Recuerdas el apodo que te pusieron? Te llamaban *Eróstrato* porque pegaste fuego a un libro de la escuela con un pitillo; a mí me llamaban *Efial*, porque me gustaba hacer de espía… Ja, ja… ¡Qué niños éramos! ¡No temas, Nafanail! Acércate más… Y ésta es mi mujer, nacida Vanzenbach… luterana.

Nafanail lo pensó un poco y se escondió tras la espalda de su padre.

—Bueno, bueno. ¿Y qué tal vives, amigazo? —preguntó el gordo mirando entusiasmado a su amigo—. Estarás metido en algún ministerio, ¿no? ¿En cuál? ¿Ya has hecho carrera?

—¡Soy funcionario, querido amigo! Soy asesor colegiado hace ya más de un año y tengo la cruz de San Estanislao. El sueldo es pequeño… pero ¡allá penas! Mi mujer da lecciones de música, yo fabrico por mi cuenta pitilleras de madera… ¡Son unas pitilleras estupendas! Las vendo a rublo la pieza. Si alguien me toma diez o más, le hago un descuento, ¿comprendes? Bien que mal, vamos tirando. He servido en un ministerio, ¿sabes?, y ahora he sido trasladado aquí como jefe de oficina por el mismo departamento... Ahora prestaré mis servicios aquí. Y tú ¿qué tal? A lo mejor ya eres consejero de Estado, ¿no?

—No, querido, sube un poco más alto —contestó el gordo—. He llegado ya a consejero privado... Tanto dos estrellas.

Súbitamente el flaco se puso pálido, se quedó de una pieza; pero en seguida torció el rostro en todas direcciones con la más amplia de las sonrisas; parecía que de sus ojos y de su cara saltaban chispas. Se contrajo, se encorvó, se empequeñeció... Maletas, bultos y paquetes se le empequeñecieron, se le arrugaron... El largo mentón de la esposa se hizo aún más largo; Nafanail se estiró y se abrochó todos los botones de la guerrera...

—Yo, Excelencia... ¡Estoy muy contento, Excelencia! ¡Un amigo, por así decirlo, de la infancia, y de pronto convertido en tan alto dignatario! ¡Ji, ji!

—¡Basta, hombre! —repuso el gordo, arrugando la frente—. ¿A qué viene este tono? Tú y yo somos amigos de la infancia. ¿A qué viene este tono? Tú y yo somos amigos de la infancia, ¿a qué me vienes ahora con zarandajos y ceremonias?

—¡Por favor!... ¡Cómo quiere usted...! —replicó el flaco, encogiéndose todavía más, con risa de conejo—. La benevolente atención de Su Excelencia, mi hijo Nafanail... mi esposa Luisa, luterana, en cierto modo...

El gordo quiso replicar, pero en el rostro del flaco era tanta la expresión de deferencia, de dulzura y de respetuosa acidez, que el consejero privado sintió náuseas. Se apartó un poco del flaco y le tendió la mano para despedirse. El flaco estrechó tres dedos, inclinó todo el espinazo y se rió como un chino: "¡Ji, ji, ji!". La esposa se sonrió. Nafanail dio un taconazo y dejó caer la gorra. Los tres estaban agradablemente estupefactos.

GRISCHA

Grischa, chiquillo gordinflón, nacido hace dos años y ocho meses, pasea con su *niania*, por el bulevar. Va vestido con un abrigo adornado de guata, una bufanda, un gran gorro adornado con una borla, y chanclos de abrigo. Tiene calor, y sobre el sofoco que siente, el alegre sol de abril, dándole directamente sobre los ojos, le pellizca los párpados. Toda su figurita torpona y su andar inseguro y tímido, expresan el mayor asombro.

Hasta ahora Grischa conocía tan sólo un mundo compuesto por cuatro rincones, en uno de los cuales estaba su cama, en otro el baúl de la *niania*, en el tercero una silla y en el cuarto una lamparita ardiendo ante la imagen. Mirando debajo de la cama, se veía una muñeca con el brazo roto, y un tambor, y detrás del baúl de la *niania*, infinidad de cosas variadas…, carretes de hilo, papeles, una caja sin tapa y un payaso roto. De este mundo forman parte, además de la *niania* y de Grischa, mamá y el gato. Mamá se parece a una muñeca y el gato a la pelliza de papá, sólo que esta última no tiene ojos ni rabo. La puerta del mundo llamada cuarto de los niños abre sobre el espacio en que se come y se toma el té. Allí está la silla de patas altas de Grischa y un reloj colgado, que al parecer no tiene más objeto que mover el péndulo y sonar. Del comedor puede pasarse a la habitación en la que hay butacas de color rojo.

Aquí, sobre el tapiz, resalta oscura una mancha por la que Grischa hasta ahora ha sido siempre amenazado con el dedo. Detrás de esta habitación hay otra en la que no le dejan entrar y por la que entra y sale de prisa papá, una personalidad en sumo grado enigmática.

A *niania* y a mamá se las comprende…, visten a Grischa, le dan de comer y le acuestan…, pero papá…, ¿para qué existe papá?…, no se sabe. Hay allí otra personalidad también enigmática; la tía que regaló a Grischa el tambor. Ésta, tan pronto aparece como desaparece.

¿Adónde se va? Grischa ha mirado muchas veces detrás de la cama, detrás del baúl, debajo del diván…, pero nada, no estaba allí. En este nuevo mundo en el que el sol pica los ojos, hay tantos papás, tantas mamás y tantas tías, que uno no sabe sobre quién precipitarse corriendo. Pero lo más asombroso y estúpido de todo son los caballos.

Grischa mira cómo mueven las patas y no comprende nada. Mira también a la *niania* para que ésta le saque de su perplejidad, pero la *niania* calla.

De pronto suenan unas terribles pisadas… Por el bulevar, directamente hacia él, avanza un pelotón de soldados con rostros rojos y vergajos debajo del brazo. Grischa, a quien el espanto ha dejado frío, mira a la *niania* con ésta interrogación en los ojos:

"¿Hay peligro?...", pero *niania* ni llora, ni se echa a correr, lo cual quiere decir que no hay peligro. Grischa sigue con la vista a los soldados y se pone a andar al compás de ellos cuando dos grandes gatos, con largos hocicos, lenguas colgantes y retorcidos rabos, atraviesan corriendo el bulevar. Grischa piensa que también él tiene que correr, y corre tras ellos.

—¡Para! —le grita la *niania*, cogiéndole bruscamente por los hombros—. ¿A dónde vas? ¡Las travesuras no se te permiten!

Sentada junto a un puesto de naranjas, de pequeña altura, hay otra *niania*. Grischa pasa por delante de ella y, sin decir nada, coge una naranja.

—¿Qué haces? —dice su acompañante y le da un manotazo y le quita la naranja—. ¡Tonto!

Ahora le gustaría mucho a Grischa coger un cristalito que está a sus pies y que brilla como la lamparita, pero tiene miedo de otro manotazo.

—Le presento mis respetos —oye decir de pronto, Grischa, casi en su mismo oído, a una voz fuerte y profunda.

Junto a él ve a un hombre alto, con unos botones relucientes.

Para su contento, este hombre tiende la mano a la *niania* y se detiene a conversar con ella. El refulgir del sol, el estrépito de los carruajes, los caballos, los botones relucientes, ¡todo ello es tan asombrosamente nuevo y terrible, que el alma de Grischa se llena de deleite y Grischa empieza a reír!

—¡Vamos! ¡Vamos! —dice al hombre de los botones relucientes tirándole del faldón.— ¿Adónde quieres ir? —Pregunta el hombre.

—¡Vamos! —insiste Grischa.

—Es que le gustaría que estuvieran también aquí su papá, su mamá y el gato..., solo que la lengua no se lo deja decir...

Un rato después, *niania* tuerce por el bulevar y hace entrar a Grischa en un gran patio en el que todavía hay nieve.

Acompañados del hombre de los botones relucientes, sortean los charcos y los montones de nieve, y tras de subir por una sucia y oscura escalera, entran en una habitación. Aquí hay mucho humo y huele a asado. Una mujer en pie junto al fogón fríe *kotleti*. La cocinera y la *niania* se abrazan.

Ambas y el hombre se sientan en un banco y se ponen a hablar en voz baja. Como Grischa está tan abrigado, siente calor y un sofoco insoportables.

"¿Por qué será?", piensa, dirigiendo la vista a todos lados.

Ve el oscuro techo, el fogón que le mira con su grande y negro agujero.

—¡Maaá…, maaá!… —lloriquea.

—¡Bueno, bueno!… —dice la *niania*— ¡Espera un poco, que ya vamos! La cocinera coloca encima de la mesa una botella, dos copas y un *pirog*. Las dos mujeres y el hombre de los botones relucientes chocan los vasos y beben. El hombre abraza tan pronto a la *niania* como a la cocinera.

Luego los tres se ponen a cantar a media voz.

Grischa se empina hacia el *pirog*, del que le dan un pedacito. Mientras lo come, mira como bebe la *niania*. También tiene sed.

—¡Dame!… ¡Dame, *niania*!… —pide.

La cocinera le da a beber un poco de su copa y Grischa abre mucho los ojos, hace gestos de desagrado, tose y agita los brazos durante largo rato. La cocinera le mira y se ríe.

Al volver a casa, Grischa empieza a contar a mamá, a las paredes y a la cama, dónde ha estado y lo que ha visto. No habla tanto con la lengua como con la cara y las manos. Explica cómo brilla el sol, cómo corren los caballos, cómo mira el terrible fogón y como bebe la cocinera…

Por la noche no puede dormirse. Los soldados, los vergajos, los grandes gatos, los caballos, el cristalito, el puesto de naranjas, los relucientes botones… ¡Todo se agolpa dentro de su cabeza!, oprime sus sienes y le hace dar vueltas de un lado a otro, charlando sin cesar, hasta que, por fin, sin poder reprimir ya su excitación, rompe a llorar.

—¡Pero si tiene fiebre! —dice mamá, poniéndole la palma de la mano en la frente—. ¿Qué le ha podido ocurrir?

—¡Fogón! —llora Grischa—. ¡Vete de aquí, fogón!…

—Seguramente es que ha comido demasiado —dice mamá.

Y Grischa, repleto de todas las impresiones de su nueva y desconocida vida, recibe de manos de mamá una cucharada de aceite de ricino.

HISTORIA DE MI VIDA

I

El jefe de la oficina me dijo:

—A no ser por lo mucho que estimo a su honorable padre, le habría hecho a usted emprender el vuelo hace tiempo.

Y yo le contesté:

—Me lisonjea en extremo su excelencia al atribuirme la facultad de volar.

Su excelencia gritó, dirigiéndose al secretario:

—¡Llévese usted a ese señor, que me ataca los nervios! A los dos días me pusieron de patitas en la calle.

Desde que era mozo había yo cambiado ocho veces de empleo. Mi padre, arquitecto del Ayuntamiento, estaba desolado. A pesar de que todas las veces que había yo servido al Estado lo había hecho en distintos ministerios, mis empleos se parecían unos a otros como gotas de agua: mi obligación era permanecer sentado horas y horas ante la mesa-escritorio, escribir, oír observaciones estúpidas o groseras y esperar la cesantía.

Con motivo de la pérdida de mi último destino tuve, como es natural, una explicación enojosa con el autor de mis días. Cuando entré en su despacho, estaba hundido en su profundo sillón y tenía los ojos cerrados. En su rostro enjuto, de mejillas rasuradas y azules, parecido al de un viejo organista católico, se pintaba la sumisión al destino.

Sin contestar a mi saludo, me dijo:

—Si tu madre, mi querida esposa, viviera todavía, serías para ella origen constante de disgustos y de bochornos. Dios, en su infinita sabiduría, ha cortado el hilo de su existencia para evitarle terribles decepciones.

Calló un instante y añadió:

—Dime, desgraciado, ¿qué voy a hacer contigo? Antes, cuando yo era más joven, mis deudos y mis conocidos sabían lo que se podía hacer conmigo: unos me aconsejaban que ingresara en el ejército; otros, que me colocase en una farmacia; otros, que me colocase en telégrafos. Pero a la sazón, cuando yo ya tenía veinticinco años cumplidos y algunos cabellos grises en las sienes, lo que se podía hacer conmigo era un misterio para todos: había estado yo empleado en telégrafos, en una farmacia, en numerosas oficinas; había agotado los medios de ganarme, como decía mi padre, honorablemente la vida. Y todos los que me rodeaban me consideraban hombre al agua y sacudían la cabeza, al mirarme, de un modo compasivo.

—Bueno, ¿qué vas a hacer ahora? —continuó mi padre—. A tu edad, los jóvenes ocupan ya una buena posición social, y tú no eres más que un proletario, un miserable que no sabe ganarse honorablemente la vida y que vive como un parasito a expensas de su padre.

Luego se extendió en largas consideraciones sobre su tema favorito: la perdición de la juventud contemporánea a causa de su falta de religión, de su materialismo y de su arrogancia. Los jóvenes de mi época, al decir del autor de mis días, se entregaban de lleno a los placeres, a las ideas perversas y a los espectáculos teatrales de aficionados, que el gobierno debía prohibir, puesto que no servían más que para apartar a la gente moza de la religión y del deber.

—Mañana —terminó diciendo— iremos juntos a ver a tu jefe, a quien le pedirás perdón y le prometerás ser en adelante un empleado modelo. No puedes, en manera alguna, renunciar a tu posición social.

Yo no esperaba nada bueno del sesgo que tornaba la plática, pero contesté:

—¡Óigame usted, padre, se lo ruego! Eso que llama usted posición social no es sino el privilegio del capital y de la instrucción. Los que no tienen ni una ni otra cosa se ganan el pan con un trabajo físico, y no sé en virtud de qué razones no me lo he de ganar yo así.

—Si empiezas a hablar de trabajo físico, no podemos seguir hablando. ¿No comprendes, imbécil, cabeza hueca, que además de la fuerza bruta posees el espíritu de Dios, el fuego sagrado que te eleva infinitamente sobre un asno o un cerdo? Ese fuego sagrado ha sido conquistado en miles de años por los mejores hombres de la tierra. Tu bisabuelo el general Poloznev se distinguió en la batalla de Borodino; tu abuelo era poeta, orador y jefe de la nobleza del distrito; tu tío era pedagogo; yo, en fin, soy arquitecto. ¡Todos los Poloznev han guardado celosamente el fuego sagrado, y tú quieres apagarlo!

—Hay que ser justo: millones de hombres trabajan físicamente —objeté yo con timidez.

—¡Peor para ellos! Si trabajan físicamente es porque no saben hacer otra cosa. Su trabajo se halla al alcance de todos, incluso de los idiotas y los criminales. Es bueno para esclavos y bárbaros, mientras que sólo los elegidos pueden alimentar el fuego sagrado. Los elegidos son poco numerosos, y los esclavos y los bárbaros se cuentan por millones.

Era completamente inútil continuar la conversación. Mi padre se adoraba a sí mismo, y sólo concedía importancia a sus propias palabras. Lo que decían los demás no tenía valor alguno para él.

Por otra parte, yo sabía que el tono altivo con que hablaba del trabajo físico no obedecía tanto a su entusiasmo por el fuego sagrado como al temor que le inspiraba la opinión pública: si yo me hubiera convertido en un simple obrero, el escándalo en la ciudad habría sido enorme. Pero lo que principalmente le mortificaba era que todos mis compañeros de escuela hubieran terminado hacía tiempo sus estudios universitarios y se hubieran conquistado una posición. El hijo del director del Banco era jefe de una oficina muy importante, y yo, el hijo único del arquitecto municipal, no era nada aún.

No se me ocultaba que el seguir hablando no conducía a nada, a no ser a un grave disgusto; pero continuaba sentado frente a mi padre, defendiéndome débilmente, para ver si lograba que me comprendiese. La cuestión no pedía ser más sencilla: no se trataba sino de encontrar una manera de ganarse el pan. Y mi padre no se hacía cargo de la sencillez de la cuestión, y me hablaba sin cesar, con frases afectadas, del fuego sagrado, de Borodino, del abuelo poetastro hacía tanto tiempo olvidado, etc., etc. Me trataba de idiota, de imbécil, de cabeza hueca, y, sin embargo, yo sólo quería que me comprendiese. A pesar de todo, él y mi hermana me inspiraban gran cariño. Acostumbraba, desde mi infancia, a no hacer nada sin su consejo. Estaba tan arraigada en mí esa costumbre, que desembarazarme no podré de ella nunca. Obrase o no con razón, siempre temía afligirlos, siempre temía que le diese a mi padre un ataque hemipléjico cuando se enfadaba conmigo, pues la ira le ponía fuera de sí, le subía la sangre a la cabeza.

—Estar sentad —dije— en una habitación mal aireada, copiar papeles, rivalizar con una máquina de escribir es vergonzoso y humillante para un hombre de mi edad. Y en nada de eso hay ni una chispa del fuego sagrado de que me habla usted.

—No obstante, es un trabajo intelectual —contestó mi padre—. ¡Pero basta! Pongámosle fin a esta conversación. Sólo he de advertirte que, si no sigues asistiendo a la oficina y te empeñas en obrar conforme a tus inclinaciones despreciables, yo y mi hija te privaremos de nuestro afecto. ¡Y te desheredaré, te lo juro!

Con completa sinceridad, para probarle la pureza de mis intenciones, en las que quería inspirarme toda la vida, repliqué:

—La cuestión de la herencia no tiene para mí ninguna importancia.

Renuncio de antemano a mi patrimonio.

Sin que yo lo esperase, tales palabras ofendieron mucho a mi padre. Se puso rojo como la grana.

—¿Te atreves a hablarme así, imbécil? —gritó con voz chillona—. ¡Canalla!

Y me dio un par de bofetadas.

—¡Eres un insolente!

En mi niñez, cuando mi padre me pegaba, yo debía permanecer derecho ante él, inmóvil, con los brazos caídos a lo largo del cuerpo, mirándole de frente. Ya hombre, si alguna vez me sacudía el polvo, el respeto y el hábito me compelían a adoptar la misma postura y a mirarle del mismo modo. Aunque había envejecido, sus músculos eran aún fuertes, y los golpes que me administraba no tenían nada de suaves.

A la segunda bofetada, a pesar de mi respetuosa y añeja costumbre de quedarme quieto, retrocedí hasta el recibidor. Él me siguió, cogió su paraguas del perchero y empezó a darme paraguazos en la cabeza y en los hombros.

En aquel momento mi hermana, atraída por el ruido, abrió la puerta del salón. Al ver lo que ocurría, volvió la cabeza, pintados en el rostro el terror y la lástima, pero no pronunció ni una palabra en favor mío.

Mi decisión de no volver a la oficina de donde me habían echado, y de comenzar una vida nueva, de verdadero trabajo, era inquebrantable. Sólo me faltaba elegir oficio, lo que no me parecía difícil, pues me consideraba con vigor, perseverancia y capacidad para el trabajo más penoso. Harto sabía que la vida que me esperaba era una vida monótona de obrero, con sus miserias, su ambiente grosero, su constante temor de hallarse sin trabajo y perecer de hambre. Acaso al volver de mi trabajo por la calle de la Nobleza —la principal de la ciudad—, lamentase algún día no haber preferido una carrera intelectual; pero, por el momento, yo estaba muy satisfecho de mi decisión y no me espantaba la idea de las privaciones, las inquietudes y los sinsabores que me aguardaban.

En otro tiempo soñaba con una carrera intelectual: me imaginaba ya profesor, ya médico, ya literato. Pero mis sueños no se habían realizado. Aunque sentía marcada inclinación por los placeres espirituales —principalmente por los que nos procuran las letras—, no sabía hasta qué punto el trabajo intelectual concordaría con mis aptitudes. En el Liceo manifesté una aversión tal a la lengua griega que me echaron sin aprobar el cuarto año. Luego estudié en casa mucho tiempo con profesores particulares, para poder examinarme y pasar al quinto año; después desempeñé todos los empleos de que he hablado, me dediqué a perder el tiempo en una porción de oficinas, lo cual me aseguraban que era trabajo intelectual. Mi servicio en tales oficinas no exigía de mí ni esfuerzos de ingenio, ni talento, ni capacidad personal, ni inspiración. Mi trabajo no difería en nada del de una máquina, y era, en mi sentir, más despreciable que cualquier trabajo físico. Me parecía imperdonable la vida ociosa, inútil, de la mayoría de los pretendidos trabajadores intelectuales, verdadera vida de parásitos. Quizás me equivocase. Quizás no tuviese yo idea de lo que es el auténtico trabajo intelectual…

Empezó a anochecer.

Nuestra casa se hallaba en la calle de la Nobleza, por la que, a falta de un buen jardín público, se paseaba todas las tardes la gente distinguida de la ciudad.

La calle era encantadora y podía, hasta cierto punto, reemplazar a un jardín: la bordeaban dos hileras de acacias que exhalaban en el buen tiempo un olor delicioso, sobre todo después de la lluvia. Por encima de las tapias de los jardincillos domésticos asomaban sus ramas las lilas, las acacias, los manzanos.

Estábamos en el mes de mayo. A pesar de que no eran nuevas para mi aquellas tardes primaverales con sus suaves penumbras, con sus tiernos verdores, con sus delicadas fragancias, con su dulce rumor de insectos, con su tibia temperatura, todo eso aquel día me impresionaba más que de costumbre y ponía en mi alma una languidez singular.

Me hallaba en el portal de casa y contemplaba a los paseantes. Conocía a la mayor parte desde mi niñez, y no pocos de ellos habían jugado conmigo. A la sazón, mi compañía, si me hubiera acercado a ellos, los habría enojado, pues yo iba vestido pobremente y nada a la moda; llevaba unos pantalones muy estrechos y unas botas muy grandes, que parecían barcos. Además, mi reputación en la ciudad dejaba mucho que desear. Yo era un hombre, que no se había conquistado una posición, que jugaba al billar en cafetines de mala nota y que había sido dos veces —no sé el motivo a ciencia cierta— conducido a la gendarmería.

En el caserón frontero a casa, perteneciente al ingeniero Dolchikov, alguien tocaba el piano.

La oscuridad se fue adensando y aparecieron en el cielo las primeras estrellas.

Andando lentamente y saludando a los paseantes, pasó mi padre, con su viejo sombrero de copa, del brazo de mi hermana.

—¡Mira! —le decía, señalando al cielo con el paraguas con que me había pegado horas antes—. ¡Mira el cielo! Todas las estrellas que ves, hasta las más pequeñas, son mundos. El hombre, comparado con la inmensidad del Universo, es como un granito de arena.

Afirmaba esto con el tono de quien está muy orgulloso y muy contento de ser tan poca cosa.

¡Qué corto de alcances es! No tiene talento ninguno. Desde hace muchos años no hay otro arquitecto en la ciudad, en la que no se ha construido en todo ese tiempo una casa de regulares condiciones estéticas y prácticas. El buen señor se guía por métodos de construcción horriblemente rutinarios. Cuando se le encarga una casa, lo primero que dibuja en el plano es el salón.

Luego añade el comedor, el cuarto de los niños, el gabinete, las alcobas, y pone en comunicación unas con otras por medio de puertas todas estas habitaciones, de modo que para llegar a la última es preciso pasar por cada una de las anteriores y nadie puede disponer enteramente de ninguna.

Se advierte que conforme va componiendo el plano se le van ocurriendo ideas incoherentes, estrechas, mezquinas, limitadas, y que conforme va dándose cuenta de sus olvidos va añadiendo detalles.

La cocina la coloca siempre en el sótano, con una bóveda de piedra y un suelo de ladrillos. La fachada siempre es sombría, seca, triste, de líneas severas, baja, como aplastada; las chimeneas, anchas y feas, están cubiertas por unas caperuzas de alambre.

No sé por qué, todas las casas construidas por mi padre me recuerdan de un modo vago su sombrero de copa y su nuca.

Poco a poco los habitantes de la ciudad se fueron acostumbrando a su estilo arquitectónico, que llegó a tener un valor local.

Ese mismo estilo lo llevó a mi vida y a la de mi hermana. A mí me puso el nombre bíblico de Misail y a mi hermana el histórico de Cleopatra. Cuando era pequeña, le hablaba de las estrellas, de los sabios de la antigüedad, de nuestros abuelos, que debían servirnos de ejemplo. A la sazón tenía ya veintiséis años y seguía hablándole de las mismas cosas. Evitaba con sumo cuidado el que se tratase con mozos. No le permitía pasear en otra compañía que la suya. Estaba seguro de que el día menos pensado se presentaría un joven distinguido y de excelente educación, que la pediría por esposa. Y mi pobre hermana le adoraba, le temía y le consideraba el más inteligente de los hombres.

Cerró la noche por completo y no tardó la calle, en quedarse desierta.

En casa del ingeniero Dolchikov cesaron de tocar el piano. La puerta cochera se abrió poco después, y un coche arrastrado por tres magníficos caballos salió, con un alegre ruido de cascabeles: el ingeniero y su hija se dirigían a las afueras de la ciudad a dar un paseo nocturno.

Era hora de acostarse.

Yo tenía en la casa una habitación; pero habitaba en un cuartito que había en el patio, en un cobertizo de ladrillos. Aquel cuartito había sido construido no se sabe para qué; probablemente para guardar los trastos viejos. Hacía treinta años que mi padre depositaba allí la colección de su periódico, cuyos números hacía empaquetar cada seis meses y guardaba celosamente, como algo precioso.

Yo le había tomado cariño a aquel cuartito abandonado: en él vivía sin que nadie me molestase, y veía lo menos posible a mi padre y a sus visitas. Además, se me antojaba que no habitando en la misma casa, y no yendo todos los días a comer, mi padre no podría echarme tanto en cara el vivir a su costa.

Mi hermana me atendía en mi apartamento. A hurto de mi padre me llevó la cena: un trocito de vaca fiambre y un pedazo de pan. En casa se gastaba poco; mi padre siempre estaba hablando de la necesidad de limitar los gastos todo lo posible.

—Hay que calcular siempre —decía—. Al dinero le gusta ser contado y recontado.

Mi hermana, guiándose por estas máximas triviales y enojosas, procuraba economizar cuanto le era dable, y en casa se comía muy mal.

Puso sobre la mesa el plato con la cena, se sentó en mi cama y empezó a llorar.

—¡Misail! —dijo—, ¿qué has hecho?

Se pintaba en su rostro gran desconsuelo. Le caían las lágrimas sobre el pecho y en las manos. Apoyó la cabeza en la almohada y prorrumpió en sollozos, presa de un gran temblor.

—¿Has abandonado de nuevo tu empleo? —prosiguió—. ¡Es terrible! Sus lágrimas me desesperaban, y yo no sabía qué hacer para consolarla.

El quinqué, en el que se había acabado el petróleo, estaba a punto de apagarse. Sombras fantásticas llenaban mi pobre habitación.

—¡Ten piedad de nosotras! —me rogó mí hermana, levantándose—. ¡Papá sufre tanto por tu culpa! ¡Y yo estoy enferma, no puedo más, me vuelvo loca!

Tendiéndome las manos, me imploró:

—¡Vuelve a la oficina! ¡Hazlo en memoria de nuestra pobre madre!

—No puedo, Cleopatra —contesté, sintiendo que mis energías flaqueaban, y casi a punto de ceder—. ¡No puedo!

—Pero ¿por qué? Si no quieres volver a la misma oficina, a causa de tu disgusto con el jefe, puedes buscarte otra colocación. ¿Por qué no te colocas en las oficinas de ferrocarriles? He hablado esta tarde con Ana Blagovo, y me ha asegurado que puedes encontrar en ellas un empleo, para lo que se halla dispuesta a ayudarte. ¡Por Dios, Misail, recapacita y haz lo que te pedimos!

Nuestra conversación se prolongó aún un poco, y acabé por capitular.

—Nunca —dije— se me había ocurrido ingresar en esas oficinas. Probaré.

Se trataba de una vía férrea en construcción en las cercanías de la ciudad. Mi hermana se sonrió con alegría al través de sus lágrimas, y me apretó la mano. El quinqué se apagó del todo y me dirigí a la cocina en busca de petróleo.

II

Como no había teatro en la ciudad, solían organizarse funciones de aficionados, conciertos, cuadros vivos, a beneficio, naturalmente, de los pobres.

Entre los aficionados se distinguía la familia Achoguin, que tenía, como nosotros, su morada en la calle de la Nobleza. Casi siempre los espectáculos se celebraban en aquel amplio caserón. Los Achoguin pagaban todos los gastos y desplegaban gran actividad en los preparativos.

Era una familia de ricos terratenientes. Poseía en el distrito más de tres mil hectáreas de tierra y una hermosa casa de campo. Pero poco amiga de la vida campestre, se pasaba todo el año en la ciudad.

La constituían la madre, una señora alta, delgada, pelicorta, que solía llevar, a la usanza inglesa, una falda lisa y una chaqueta hechura sastre, y tres hijas. Al hablar de ellas no se las designaba por sus nombres de pila, sino que se decía sencillamente: la mayor, la de en medio y la pequeña. Las tres eran feas, de barbilla aguda, cortas de vista y tenían los ojos oblicuos. Vestían como su mamá. Su voz desagradable, opaca, no les impedía tomar parte en los espectáculos. Casi siempre estaban ocupadas en preparativos de conciertos, representaciones teatrales, charadas. Declamaban, recitaban, cantaban. Las tres eran muy graves y no se sonreían nunca; hasta el teatro cómico lo interpretaban de un modo tan serio, si se les asignaban papeles en él, que parecían, más que intérpretes de una farsa regocijada, tenedores de libros.

A mí me divertían las funciones de aficionados, sobre todo los ensayos, en los que reinaba un gran desorden y solía armarse una algarabía infernal, y al final de los cuales se nos convidaba siempre a cenar. Yo no tomaba parte alguna en la elección de obras ni en el reparto de papeles. Mi trabajo consistía en copiarlos, pintar las decoraciones, apuntar, imitar entre bastidores el ruido del trueno, el canto del ruiseñor, etc. Como iba mal vestido y carecía de una posición social honorable, me mantenía durante los ensayos un poco a distancia de la gente, a la sombra de los bastidores y no despegaba los labios.

Pintaba las decoraciones en el patio de casa de los Achoguin y me ayudaba en tal tarea un pintor decorador, o, como se denominaba él mismo, un "contratista de obras pictóricas", llamado Andrés Ivanovich.

Era un hombre de unos cincuenta años, de elevada estatura, muy delgado y muy pálido, con la faz rugosa y unas grandes ojeras azules. Su aspecto enfermizo me asustaba un poco. Padecía no sé qué dolencia incurable. Con frecuencia se ponía a morir, pero guardaba cama unos días y se levantaba de nuevo, asombrado él mismo de seguir aún con vida.

—¡A pesar de todo no me he muerto! —decía.

En la ciudad le conocían, más que por Ivanov por Nabó, no sé con qué motivo. Como a mí, le gustaba mucho el teatro. En cuanto sabía que se preparaba alguna función, dejaba todos sus trabajos y acudía a casa de Achoguin, a pintar las decoraciones.

El día siguiente a mi conversación con mi hermana trabajé en casa de Achoguin desde por la mañana hasta el anochecer.

La hora fijada para el comienzo del ensayo era las siete de la tarde. A las seis ya habían llegado cuantos habían de tomar parte en la función. Las tres muchachas —la mayor, la de en medio y la pequeña— se paseaban por el escenario, cuaderno en mano, recitando sus papeles. Nabó, con un largo gabán rojo y una ancha bufanda, miraba, de pie junto a la puerta, al escenario, como mira, en un templo, el altar un creyente devoto. La señora Achoguin se acercaba ya a uno, ya a otro de los concurrentes y le decía a cada cual una cosa agradable. Tenía la costumbre de mirar fijamente a sus interlocutores y hablarles en voz baja, como si estuviera conversando de un modo muy confidencial.

—Debe de ser dificilísimo el pintar las decoraciones —me dijo quedito, acercándose a mí—. He estado hablando con la señora Mufke de las supersticiones arraigadas en nuestra sociedad. ¡Es terrible! No sabe usted lo que yo he luchado contra ellas. Para que la servidumbre se dé cuenta de lo ridículas que son, mando encender todas las noches tres bujías en mi habitación y procuro hacer en día 13 las cosas importantes. La pobre gente está segura de que tres bujías y la fecha 13 traen desgracia…

En aquel momento entró la hija del ingeniero Dolchikov, una rubia muy bella, vestida, como se decía entre nosotros, lo mismo que una parisién. Nunca tomaba parte en las representaciones; pero en los ensayos se ponía siempre en el escenario una silla para ella y no empezaba la función mientras ella no llegaba, radiante, elegantísima, y no se sentaba en un sillón de primera fila.

Se la respetaba mucho, como a una persona que había vivido largo tiempo en la capital. Sólo ella podía permitirse, durante los ensayos, hacer observaciones críticas. Las hacía con una sonrisa de condescendencia y se advertía que consideraba el espectáculo un juego inocente de niños.

Se decía que había estudiado canto en el Conservatorio de Petrogrado y hasta que me gustaba mucho, y mis ojos solían no apartarse de ella en todo el ensayo.

Inesperadamente se presentó mi hermana en el escenario, puesto el sombrero y el abrigo, y acercándose a mí me dijo:

—¡Ven!

La seguí. Detrás del escenario se hallaba Ana Blagovo, también ensombrerada.

Era la hija del vicepresidente de la Audiencia, que residía en la ciudad desde hacía un sinfín de años, casi desde el día en que la Audiencia se creó. Como era de elevada estatura y muy bien formada, se la invitaba siempre a tornar parte en los cuadros vivos. Cuando aparecía en ellos vestida de hada o haciendo de estatua de la Gloria, parecía turbada en extremo y se ponía colorada hasta la raíz de los cabellos. En las funciones de teatro nunca tomaba parte, y rara vez asistía a los ensayos, en los que, además, no salía de entre bastidores.

Aquel día sólo estuvo unos momentos y ni siquiera entró en la sala.

—Mi padre —me dijo secamente, sin mirarme y ruborizándose— le ha recomendado a usted. El señor Dolchikov le ha prometido darle a usted un empleo en el ferrocarril. Vaya usted a verle mañana. Estará en casa. Yo la saludé y le di las gracias.

—En cuanto a eso —añadió, señalando al cuaderno de los papeles que yo llevaba en la mano—, lo mejor sería que dejase usted de emplear tiempo en ello.

Luego, ella y mi hermana se acercaron a la señora Achoguin, con la que hablaron en voz baja durante dos minutos, dirigiéndome frecuentes miradas. Parecían deliberar.

—Si le reclaman a usted —me dijo la señora Achoguin, acercándose a mí y mirándome con fijeza— ocupaciones más serias, puede entregar ese cuaderno a otra persona. ¡Deje usted eso, amigo mío, y vaya a sus quehaceres!

Saludé y me fui muy turbado.

Apenas hube yo salido, vi salir a mi hermana y a la señorita Blagovo. Iban hablando con gran calor, probablemente de mí y de mi posible regeneración, y caminaban muy de prisa. Se veía que a mi hermana, que nunca asistía a los ensayos, le remordía la conciencia el haberse estado, en casa de Achaguin, y tenía miedo de que mi padre se enterase.

Al día siguiente, a cosa de la una de la tarde, me presenté en casa del ingeniero Dolchikov.

Me acompañó un criado a un hermoso aposento, que era al mismo tiempo el salón y el cuarto de trabajo del ingeniero. Todo era allí agradable, elegante y producía una impresión extraña en quien, como yo, no estaba acostumbrado a ver un lujo parecido. Ricos tapices, amplios sillones, cuadros con marcos de terciopelo, bronces. Se veían en las paredes retratos de bellas mujeres de rostro inteligente, en actitudes descocadas. Una puerta de cristales ponía la estancia en comunicación con una gran terraza cuyas escalinatas bajaban a un ameno jardín. En la terraza se veía una mesa servida para el almuerzo adornada con profusión de rosas y lilas y bien provista de botellas.

Flotaba en el aire el aroma de un cigarro habano. Sonreían allí el sol, la primavera y la felicidad. Se advertía que en aquella casa moraban el contento, la satisfacción, la ventura.

Ante la mesa de despacho estaba sentada, leyendo un periódico, la hija del ingeniero.

—¿Quiere usted ver a mi padre? —me preguntó—. Está bañándose y no tardará en salir. Tenga la bondad de sentarse.

Me senté.

—Usted vive en la casa de enfrente, ¿verdad? —me dijo, tras un corto silencio.

—Sí.

—Algunas veces me distraigo mirando por la ventana —continuó, sin apartar la vista del periódico— y los veo a usted y a su hermana. Su hermana de usted tiene una cara muy simpática, una cara leal y seria.

En aquel momento entró Dolchikov frotándose el cuello con una toalla.

—Papá, el señor Poloznev te espera hace un ratito.

—Sí; Blagovo me ha hablado de él —contestó el ingeniero, volviéndose a mí sin tenderme la mano—. Pero no puedo ofrecerle nada. No tengo plazas.

Se detuvo frente a mí y me dijo, con un tono tan poco amable que parecía reñirme:

—¡Son ustedes una gente extraña, señores! Todos los días vienen una porción de caballeros a pedirme empleos, como si yo fuera un ministro. Yo, señores, no dispongo de empleos para intelectuales, es decir, para personas que sólo saben emborronar papel. En la vía férrea que estoy construyendo lo que necesito son mecánicos, cerrajeros, ingenieros, carpinteros, no escritores. ¡Conmigo hay que trabajar duramente y no burocratear! ¿Estamos?

Su persona producía la misma impresión de felicidad, de bienestar, que todo cuanto le rodeaba. Grueso, vigoroso, de carrillos rojos, de pecho ancho, limpia y fresca la piel recién enjugada, vestido con una ancha blusa de seda y unos holgados pantalones, parecía un cochero de opereta.

Tenía los ojos claros e inocentes, la nariz aguileña, ni un solo cabello blanqueaba en su perillita redonda.

—¿Qué saben ustedes hacer? —prosiguió—. ¡No saben ustedes hacer nada los intelectuales! Yo, sin ir más lejos, soy ahora ingeniero, gozo de buena posición; pero antes de llegar a esto he pasado por todas las miserias, he trabajado como simple maquinista, he sido dos años, en Bélgica, fogonero de locomotora. ¿Usted para qué sirve, para qué trabajo se considera útil?

—Sí; tiene usted razón —repuse, muy turbado ante la mirada severa de sus ojos claros e inocentes.

—Al menos, ¿sabe usted manejar el aparato telegráfico? —me preguntó, tras una corta reflexión.

—Sí; he estado empleado en Telégrafos.

—Bueno… Ya veremos. Por de pronto puede usted salir para Dubechnia. Allí tengo ya un empleado; pero no vale nada.

—¿En qué consistirá mi trabajo?

—Ya decidiremos. Váyase. Daré órdenes. Pero se lo prevengo: no se me emborrache y no me moleste con peticiones; pues de lo contrario le despediré.

Y se sentó en una butaca sin hacerme siquiera una inclinación de cabeza. La conversación había terminado. Saludé al ingeniero y a su hija y me fui.

La impresión que me produjo tal entrevista no pudo ser más deprimente. Cuando llegué a casa y mi hermana me preguntó cómo me había recibido el señor Dolchikov, no tuve alientos para pronunciar ni una palabra: tan abatido estaba.

Al día siguiente me levanté antes de salir el sol para irme a Dubechnia. Nuestra calle estaba completamente desierta. Todo el mundo dormía aún, y mis pasos resonaban ruidosos y aislados en el silencio matutino. Las acacias, cubiertas de rocío, impregnaban el aire de una deliciosa fragancia.

Yo estaba triste y sentía en el alma tener que dejar la ciudad. La amaba mucho y me parecía bella y cómoda. Me placían el verdor de sus calles, sus dulces mañanas soleadas, el campaneo de sus iglesias. Sólo la gente que vivía en ella me era extraña, desagradable, odiosa a veces. Ni la amaba ni la comprendía.

No acertaba a explicarme por qué y cómo vivían aquellos sesenta y cinco mil habitantes. Sabía que Tula fabrica samovares y fusiles, que Moscú es un centro importante de producción, que Odessa es un gran puerto de mar; pero ignoraba el papel de nuestra ciudad en el mundo y la razón de su existencia.

Los vecinos de la calle de la Nobleza y de dos o tres calles más vivían de sus rentas y de los sueldos que cobraban como empleados del Estado; pero los de las otras calles que se extendían paralela y perpendicularmente en un área de tres kilómetros ¿de qué diablos vivían?... Esto era para mí un enigma. Vivían, eso sí, de una manera repugnante. No había en la ciudad ni un buen jardín público, ni un teatro, ni siquiera una mediana orquesta. Aunque poseíamos dos bibliotecas —una del Municipio y otra perteneciente al Casino—, no las solían visitar sino jóvenes israelitas, y las revistas permanecían meses enteros sin abrir. Gente rica, hasta intelectual, dormía en alcobas angostas, se acostaba en camas de madera llenas de chinches; los cuartos de los niños eran verdaderas pocilgas; la servidumbre dormía en la cocina, sin más lecho que el suelo, y se abrigaba con harapos. La alimentación era mala, y poco abundante en la mayoría de las casas.

En el Consejo Municipal, en el Gobierno, en el Palacio Episcopal se hablaba sin cesar de la necesidad de dotar de aguas a la ciudad, donde las que había eran escasas y malsanas; pero se tropezaba con la falta de dinero. Sin embargo, había entre nosotros millonarios que perdían en una sola noche miles de rublos en el juego y que también ellos bebían agua insalubre, sin ocurrírseles siquiera hacer un pequeño sacrificio pecuniario en beneficio de la población.

Yo no podía concebirlo: estando en su mano favorecer la ciudad con notables mejoras, ponían el grito en el cielo porque el Gobierno le negaba un crédito al Ayuntamiento. Entre todos los vecinos que yo conocía no había un hombre honrado. Mi padre recibía subvenciones, y se figuraba que se las daban por su bella cara; los estudiantes, para que los profesores no los tratasen con demasiada severidad en los exámenes, solicitaban de ellos clases particulares, que les pagaban carísimas; la señora del gobernador militar recibía fuertes sumas por que su marido librase a los mozos del servicio, y además se hacía llevar los mejores vinos y tomaba unas borracheras escandalosas; los médicos aprovechaban cuantas ocasiones se les ofrecían de medrar a costa del pueblo, y el del Municipio, por ejemplo, recibía regalos de casi todos los carniceros cuyos establecimientos estaba obligado a inspeccionar. En todas partes se consideraba al solicitante un ser cuya misión era la de pagar, y en el Ayuntamiento, en las escuelas, en las oficinas se le engañaba, se le vendían certificados falsos, se hacía todo lo posible por sacarle los cuartos.

Y la pobre gente sabía muy bien que sin una gratificación no se podía conseguir nada, y pagaba a los empleados su tributo de cientos de rublos, y a veces hasta de treinta o cuarenta "kopecs".

Los que no tomaban gratificaciones —por ejemplo, los jueces o el fiscal—, eran altivos, fríos, de ideas estrechas; trataban a la gente con desdén; jugaban, bebían; sólo se casaban con muchachas ricas, y su influjo en la sociedad no era nada beneficioso.

Únicamente las doncellas eran puras de alma. Casi todas tenían aspiraciones nobles y un corazón limpio y entusiasta; pero no comprendían la vida; su concepto del mundo pecaba de cándido; reputaban normal cuanto pasaba en torno suyo. Luego, de casadas, envejecían de un modo prematuro y se hundían en el cieno de una existencia gris, vulgar.

III

El camino de hierro en construcción cerca de la ciudad atraía gran número de obreros. Las vísperas de fiesta se paseaban por las calles en nutridos grupos, atemorizando a los indígenas. A veces, cometían robos. Era frecuente verlos, con la cara cubierta de sangre, destocados, la blusa hecha jirones, conducidos al puesto de policía por haber hurtado un samovar o una pieza de ropa tendida.

Sus lugares predilectos eran los mercados y las tabernas. En la anchura abierta a los cielos de las plazas públicas comían, bebían, gritaban, juraban. En cuanto veían una mujer de conducta no muy austera la saludaban con un coro de agudos silbidos.

Los lonjistas, para divertirlos, les daban "vodka" a los gatos y a los perros, o ataban a la cola de un can una lata vacía y asustaban con grandes gritos al pobre animal, que, aterrorizado, corría que se las pelaba, chillando y moviendo con la lata un infernal estrépito, en la creencia, sin duda, de que le perseguía un monstruo, y no paraba hasta las afueras, adonde llegaba sin aliento. No pocas veces la cerril diversión acababa volviéndose el can loco.

La estación se había emplazado a cinco verstas de la ciudad. Se decía que los ingenieros le habían pedido al Ayuntamiento cincuenta mil rublos para hacer pasar el camino de hierro por la ciudad, y que el Ayuntamiento no había querido dar más que cuarenta mil, lo que había sido causa de que las negociaciones fracasaran y la línea se construyese a gran distancia de la población. Luego, el Ayuntamiento lamentó no haber aceptado las proposiciones de los ingenieros; pues se vio obligado a hacer un camino hasta la estación, lo cual era mucho más caro.

La línea estaba ya casi terminada; los rieles y las traviesas colocados. Pequeños trenes cargados de materiales de construcción y de obreros circulaban ya. Sólo faltaban los puentes, de cuya construcción estaba encargado el ingeniero Dolchikov. Muchas estaciones también estaban edificándose aún.

La de Dubechnia era la más próxima a la ciudad, de la que distaba diez y siete verstas.

Yo avanzaba sin apresurarme. Los campos verdeaban a uno y otro lado del camino. Todo estaba inundado de sal. El paisaje era agradable, pintoresco. A lo lejos se divisaban la estación, algunas colinas, unas cuantas casas de campo.

Yo respiraba a pleno pulmón y me sentía feliz. Procuraba no pensar en nada, para saborear más por entero aquellas horas de libertad. Desechaba todo pensamiento relacionado con mi padre, con el ingeniero Dolchikov, con el empleo que me esperaba en Dubechnia. ¡Ah, si fuera posible no estar sujeto al hambre! Entonces podría uno ser libre como un pájaro. El hambre era mi más terrible enemigo. Cuando tenía hambre, el deseo impetuoso de llenar la barriga turbaba mis mejores pensamientos.

Aquella mañana, por ejemplo, todo era en torno mío bello, resplandeciente; estaba yo solo en mitad de los campos sin límites, miraba cernirse en el aire una alondra canora… y pensaba: "¡Con qué gusto me comería un pedazo de pan con manteca!".

Sentado un instante a la orilla del camino, quería entregarme de lleno al deleite de aspirar la fresca brisa matinal, y —¡ay!— de pronto se me venía a la imaginación el olor delicioso de las patatas fritas.

Era robusto, corpulento, y tenía un apetito de lobo; pero rara vez podía satisfacerlo, y casi siempre estaba hambriento. Quizá debido a eso no ha extrañado nunca que la gente del pueblo hable de comer casi constantemente y sólo piense en el pan cotidiano. El hambre es el motor principal de la actividad humana.

En Dubechnia estaba terminándose la edificación de la estación. Ya había comenzado a alzarse el piso superior. En el inferior trabajaban los pintores.

Hacía un calor horrible. Los obreros trabajaban sin energía enervados por el ardor del sol. Algunos estaban sentados, dormitando, sobre montones de ladrillos y piedras, y el sol les quemaba la cara.

Ni un árbol en una gran distancia. El hilo del telégrafo, sobre el que reposaban algunos pajarillos, sonaba con un rumor monótono.

Empecé a vagar por entre los montones de materiales sin saber lo que debía hacer. Recordaba que el señor Dolchikov, cuando le pregunté cuál era mi obligación en Dubechnia, me había contestado: "Ya veremos". Yo no veía nada. ¿Qué podía ver en aquel desierto, entre aquellos montones de materiales en desorden?

Poco a poco la fatiga y el fastidio fueron adueñándose de mí. Las piernas apenas me obedecían y sentía un deseo creciente de agazaparme en un rincón.

Después de ir y venir durante dos horas por los alrededores de la estación, paré mientras en una serie de postes telegráficos que se alejaba y desaparecía, a unas dos verstas de distancia, tras una tapia blanca. Los obreros me dijeron que allí estaban las oficinas, y caí al fin en la cuenta de que allí era adonde debía dirigirme.

A los veinte minutos me hallaba a la puerta de las oficinas.

Estaban instaladas en una vieja casa de campo abandonada hacía mucho tiempo. Las paredes estaban medio en ruinas, y el tejado, cubierto de orín y lleno de remiendos. En torno del edificio se extendía un gran patio que parecía, una pradera pues verdeaba la hierba en él por todas partes. A derecha e izquierda veíanse dos pabelloncitos parejos en tamaño y construcción. En uno de ellos, las ventanas estaban cubiertas con tablas, y diríanse unos ojos ciegos. Junto al otro, cuyas ventanas se hallaban abiertas, había ropa secándose al sol, colgada de una cuerda, y se paseaban unos ternerillos. El último poste telegráfico se alzaba dentro del patio, y el hilo penetraba, por una ventana, en uno de los pabellones.

La puerta estaba abierta, y entré. Ante una mesa sobre la que había un aparato de telegrafía estaba sentado un señor de cabello obscuro y rizoso, con una larga blusa blanca.

Levantó la cabeza y me miró severamente; pero en seguida una sonrisa iluminó su rostro.

—¡Calla! ¿Eres tú, Poloznev?

Yo también le reconocí al punto. Era Iván Cheprakov, un compañero de Liceo. Le habían expulsado, cuando cursaba segundo año, porque le sorprendieron fumando.

No olvidaré nunca mis excursiones cinegéticas en su compañía. Cazábamos pájaros y luego los vendíamos en el mercado. Acechábamos horas enteras, en otoño, las bandadas que huyendo del filo emigraban a países más cálidos, y hacíamos en ellas estragos valiéndonos de pequeños cartuchos. Muchos de los pobres pájaros heridos morían entre nuestras manos; otros curaban y los vendíamos, haciéndolos pasar por machos aunque no lo fuesen.

Cheprakov era de constitución débil; tenía el pecho angosto, la espalda encorvada, las piernas largas. Vestía con un gran descuido. Llevaba la sucia y estrecha corbata mal anudada; no usaba chaleco; sus botas sobrepujaban en vejez a las mías. Sus movimientos eran bruscos, nerviosos: se estremecía a cada instante como si siempre se encontrase bajo el imperio del miedo. Hablaba de un modo incoherente y se interrumpía con frecuencia.

—Oye… ¿Qué iba yo a decirte?… No me acuerdo…

Despaciosamente me puso en autos de todo lo relativo a Dubechnia. Me contó que la finca donde me hallaba, a la sazón pertenecía a sus padres, y que el otoño anterior había sido adquirida por el ingeniero Dolchikov, el cual opinaba que era mucho más ventajoso poseer tierras que guardar el dinero en el Banco, y había ya comprado en nuestra región tres grandes fincas. La madre de Cheprakov —su padre había muerto hacía mucho tiempo— no había consentido en vender Dubechnia sino con la condición de poder habitar durante dos años después de la venta en uno de los pabellones. Además, Dolchikov le había dado una colocación a mi amigo en la oficina.

—Ha hecho un magnífico negocio comprando Dubechnia —dijo Cheprakov—. Es un cuco. Sabe sacar provecho de todo.

Luego me llevó a su pabellón a almorzar.

—Vivirás conmigo en mi pabellón —decidió de pronto—. Comerás con nosotros. Aunque mi madre es avara, no te hará pagar demasiado.

Las habitaciones que habitaba su madre eran muy reducidas. Estaban atestadas de muebles que se habían transportado allí de la casa grande después de la venta de la finca. Hasta en el vestíbulo y en el pasillo había numerosas mesas, sofás y butacas. El mobiliario era viejo, de caoba.

La señora Cheprakov, una dama corpulenta y anciana, hallábase sentada en un gran sillón, junto a la ventana, y hacía calceta. Me recibió con un empaque presuntuoso.

—Te presento, mamá, a mi amigo Poloznev —le dijo su hijo—, que va a ser empleado aquí.

—¿Es usted noble? —me preguntó ella.

—Sí —repuse.

—Tenga la bondad de sentarse.

El almuerzo dejó mucho que desear. Se compuso de un pastel de queso amargo y una sopa en leche.

La señora Cheprakov guiñaba de vez en cuando, ora un ojo, ora otro. Eran movimientos involuntarios y morbosos. Había un no sé qué en toda ella que anunciaba una muerte próxima. Hasta se me antojaba que olía a cadáver. La vida estaba casi apagada en aquella mujer, en la que lo único que sobrevivía era la idea de su nobleza, de los muchos siervos que tuvo en otro tiempo, de su calidad de viuda de un general y de su derecho, por tanto, a ser tratada de excelencia. Cuando se acordaba de todo eso, su cuerpo semimuerto se animaba un poco, y le decía a su hijo:

—Juan, ¿has olvidado cómo se coge el cuchillo?

A mí me hablaba con un acento afectado de gran señora.

—Sabrá usted por Juan que hemos vendido la finca. Es sensible, pues le teníamos mucho cariño. Pero Dolchikov ha prometido nombrar a mi hijo jefe de la estación, y seguiremos viviendo aquí... El señor Dolchikov es muy bueno. Y guapo, ¿verdad?

Hasta no mucho tiempo antes, la familia Cheprakov había sido muy rica; pero después de la muerte del general había poco a poco venido a menos. La señora Cheprakov empezó a armar pleitos con sus vecinos, a querellarse por cualquier motivo ante los tribunales, a reñir con los proveedores y los obreros, a quienes no quería pagar. Siempre desconfiada, sospechando siempre que intentaban robarle, su estúpida administración dio al cabo al traste con su fortuna. A los pocos años de la muerte del general, Dubechnia se hallaba en un estado desastroso y no parecía la misma finca.

Tras la casa grande había un viejo jardín descuidado, abandonado, cubierto de una vegetación salvaje.

Subí a la terraza, todavía muy hermosa y bien conservada. A través de una puerta vidriera vi una vasta estancia —el salón, a lo que induje— en la que había un piano antiguo y grandes lienzos patinosos con marcos de caoba, restos de lujos pretéritos.

En el jardín, al otro lado de la terraza y no lejos de ella, veíanse algunos cuadros de amapolas y de claveles medio secos, y numerosos abedules y unos jóvenes, que solían crecer demasiado cerca unos de otros y se quitaban espacio mutuamente.

Más allá no había otros árboles que algunos cerezos, manzanos y perales, dispersos entre la hierba que hacían del jardín un prado, y tan altos y copudos que no era empresa fácil reconocer a primera vista su especie.

Se advertía que nadie cuidaba del parque, cuyas plantas estaban enfermas, roídas por los gusanos, mutiladas. La parte donde se hallaban los cerezos, los manzanos y los perales la tenían alquilada unos fruteros de la ciudad y la guardaba un campesino medio imbécil que habitaba allí mismo, en una barraca.

El jardín descendía por aquella parte hasta el río y lo limitaba una línea de sauces y cañas. En la ribera había un viejo molino, con tejado de paja, que producía un ruido ensordecedor como si le poseyese una gran cólera. Junto al molino, el agua era profunda e inquieta y abundaba la pesca.

En la ribera opuesta agrupábase el caserío de la aldehuela de Dubechnia.

Era un lugar poético y pintoresco. A la sazón pertenecía todo aquello al ingeniero Dolchikov.

Comencé mi nuevo servicio.

Sentado ante el aparato telegráfico, descifraba numerosos despachos que transmitía a las estaciones próximas; copiaba gran cantidad de informes que se nos dirigían, redactados en un estilo terrible, por empleados que apenas sabían escribir.

Pero la mayor parte del tiempo no tenía nada que hacer y me paseaba a lo largo de la habitación, en espera de telegramas. A veces dejaba en mi puesto a un muchacho para vigilar el aparato y me iba a vagar por el jardín mientras que mi sustituto no me anunciaba la llegada de un despacho.

Comía en casa de la señora Cheprakov, cuya mesa era bastante mala. Sólo muy raras veces se servía carne: casi todos los componentes del "menú", se reducían a queso y sopa en leche. Los miércoles y viernes —días de ayuno— las comidas eran aún más parcas. La señora Cheprakov me miraba guiñando morbosamente los ojos, y yo no me sentía a gusto en su compañía.

Como había tan poco trabajo en la oficina, Cheprakov no hacía nada en absoluto. Empleaba el tiempo en dormir o se iba, escopeta en mano, a la orilla del río a cazar gansos. Por la noche se emborrachaba en la aldea o en la estación, donde se vendía "vodka" y volvía a casa tambaleándose, y antes de acostarse se miraba largo rato al espejo, entablando coloquios consigo mismo.

—Buenas noches, Iván Cheprakov —se decía—. ¿Qué tal?

Cuando se emborrachaba se ponía muy pálido, se frotaba las manos y lanzaba leves carcajadas. Algunas veces se quedaba en pelota y corría por el jardín como Dios le echó al mundo. En más de una ocasión le vi cazar moscas y le oí asegurar que estaban exquisitas.

—¡Están un poco agrias —añadía—, pero no importa!

IV

Un día, después de almorzar, entró en mi cuarto, jadeante, y me gritó:

—¡Ven en seguida! ¡Tu hermana está ahí! Salí corriendo.

En efecto: ante la casa grande había parado un carruaje, junto al cual se hallaban mi hermana, Ana Blagavo, y un señor con uniforme de oficial. Cuando estuve cerca le reconocí: era el hermano de Ana Blagovo, un joven médico militar.

—Hemos venido —me dijo— a merendar con usted. ¿Aprueba usted la idea?

Mi hermano y su amiga se advertía que deseaban preguntarme qué tal estaba allí; pero me miraban sin hablarme. Yo también guardaba silencio. Comprendieron que distaba mucho de ser feliz. Los ojos de mi hermana se llenaron de lágrimas, y la señorita Blagovo se puso un poco colorada.

Nos dirigimos al jardín. El doctor marchaba delante, y decía a cada momento con entusiasmo:

—¡Dios mío, qué atmósfera, qué deliciosa atmósfera! Se respira a pleno pulmón…

Su aspecto era tan juvenil que se le podía tomar por un estudiante. Su manera de hablar y de andar eran de estudiante también, y la mirada viva, sencilla y franca de sus ojos grises no tenía nada que envidiarle a la de un buen estudiante idealista. Junto a su hermana, alta y hermosa, parecía débil y exiguo. Su perilla era poco poblada y su voz no muy varonil, aunque agradable.

Estaba de médico en un regimiento, en una ciudad lejana, y había venido a pasar las vacaciones en casa de su padre. Decía que para el otoño se iría a Petersburgo a obtener el diploma de profesor.

Era ya padre de familia. Tenía mujer y tres hijos. Se había casado muy joven, siendo aún estudiante de segundo año. Se decía en la ciudad que no era feliz en su matrimonio y que vivía separado de su mujer.

—¿Qué hora es? —preguntó con inquietud mi hermana—. Tenemos que volver temprano. Papá me ha dicho que esté en casa a las seis.

—¡Dios mío, siempre su papá! —suspiró el doctor.

Puse a hervir agua en el samovar. Tomamos el té sobre una alfombra que extendí en el jardín, frente a la terraza. El doctor bebía de rodillas y aseguraba encontrar en ello un hondo placer.

Luego, Cheprakov fue a buscar la llave de la casa grande, abrió la puerta que daba a la terraza y entramos todos. Reinaban en el caserón las sombras y el misterio; olía a setas, y nuestros pasos resonaban sordamente como si bajo nuestros pies hubiese una profunda cueva.

El doctor se aproximó al piano y, sin sentarse, paseó los dedos por el teclado. Le respondieron algunos sonidos débiles, trementes, roncos, pero todavía melodiosos. Luego tarareó una romanza e intentó tocar el acompañamiento, lo que no consiguió, pues a veces oprimía en vano las teclas: algunas notas estaban paralizadas.

Mi hermana le escuchaba cantar. Ya no se preocupaba de volver a casa temprano. Conmovida, turbada, iba y venía por el salón y decía de cuando en cuando:

—¡Qué contenta estoy, qué contenta!

Lo decía como con asombro, como si le pareciese inverosímil poder también ella estar alegre. En efecto, era la primera vez en la vida que yo la veía de aquel humor. Estaba hasta más bella.

En puridad —sobre todo de perfil—, no era bonita; su nariz y su boca le daban una expresión un poco extraña, semejante a la de quien está soplando; pero tenía unos hermosos ojos negros; en su faz, bondadosa y triste, había una palidez delicada, exquisita; el verla hablar producía una impresión muy grata; diríase que se embellecía cuando hablaba. Ambos nos parecíamos a nuestra difunta madre: éramos fuertes, anchos de espaldas, vigorosos; pero mi hermana hacía tiempo que estaba descolorida y enfermiza tosía con frecuencia, y yo a veces sorprendía en sus ojos la expresión de las gentes heridas de muerte que se esfuerzan en ocultar su enfermedad.

En la alegría que manifestaba aquella tarde había algo de ingenuo, de infantil. Se diría que en su alma había despertado de pronto el júbilo de los primeros años de la niñez que había procurado ahogar una educación severa. Me parecía asistir a la resurrección de tal contento y a su lucha por romper las cadenas que hasta entonces lo habían sujetado. No había visto nunca así a mí hermana.

Pero cuando empezó a anochecer y el carruaje estuvo dispuesto para retornar con mis visitantes a la ciudad, mi hermana enmudeció de pronto y se puso muy triste. Ocupó su sitio en el coche con el aire abatido de un reo al sentarse en el banquillo.

Se fueron y de nuevo tornó el silencio en torno mío.

Recordando que Ana Blagovo no me había dirigido en toda la tarde la palabra, pensé: "¡Qué muchacha más extraña!".

Los días sucedíanse monótonos, iguales los unos a los otros. Yo me aburría terriblemente. La ociosidad, unida a la ignorancia en que me encontraba en lo tocante a mi situación, gravitaba pesadamente sobre mí. Descontento de mí mismo, inerte, casi siempre con hambre, pues la alimentación que me daba la señora Cheprakov era insuficiente, vagaba por la finca esperando con ansia el momento propicio para irme de allí.

Una tarde, encontrándose en nuestro pabellón el pintor Nabó, llegó, de un modo inesperado, el ingeniero Dolchikov. Venía tostado por el sol y cubierto de polvo. El viaje hasta Dubechnia lo había hecho en una locomotora, y desde la estación había venido a pie.

Mientras llegaba el coche que debía conducirle a la ciudad, pasó revista a toda la finca, dando, a grandes voces, diferentes órdenes. Después se sentó en nuestro pabellón y empezó a escribir cartas. Durante ese tiempo llegaron algunos despachos dirigidos a él, a los que contestó expidiendo él mismo sus respuestas. Nosotros permanecíamos en pie, en una actitud respetuosa.

—¡Qué desorden, Dios mío, qué desorden! —dijo después de un corto examen de los papeles que había sobre la mesa—. Dentro de dos semanas transportaré la oficina a la estación, y, verdaderamente, no sé qué haré de ustedes...

—Yo procuro hacer mi servicio lo mejor posible, excelencia —contestó Cheprakov.

—No lo veo —replicó Dolchikov—. Lo único que les interesa a ustedes —añadió mirándome a mí— es recibir dinero. Ponen ustedes todas sus esperanzas en la protección y sólo piensan en hacer rápidamente carrera. Pero a mí no me gusta eso. Yo nunca me he valido de la protección. Antes de ser lo que ahora soy he sido, maquinista y trabajado rudamente en Bélgica.

Luego se volvió a Nabó y le preguntó:

—¿Y tú qué hacías aquí? ¿Bebíais juntos "vodka"?

Su acento era desdeñosísimo: despreciaba a los pobres y los calificaba de canallas, inútiles y borrachos. Con los pequeños empleados era cruel; los condenaba a multas sin piedad alguna, y los despedía por un quítame allá esas pajas. Por fin llegó el coche.

Antes de irse, el ingeniero nos amenazó con echarnos a las dos semanas, nos dirigió unas cuantas palabras severas a cada uno y, sin decir siquiera adiós, le gritó al cochero que arrease.

—Andrés Ivanovich —le dije a Nabó—, permítame trabajar con usted.

—¿Por qué no? ¡Vamos!

Y echamos a andar ambos en dirección a la ciudad.

Cuando la finca y la estación se quedaron atrás, le pregunté al pintor:

—Andrés Ivanovich, ¿a qué ha venido usted a Dubechnia?

—Negocios, muchacho. Algunos de mis obreros trabajan en el camino de hierro. Además, tenía que pagarle a la generala Cheprakov los intereses. El año pasado me prestó cincuenta rublos a condición de que le pagase un rublo cada mes.

Se detuvo, me cogió un botón de la americana, me miró fijamente y añadió con el tono solemne de un predicador:

—¿Quiere usted que le diga una cosa, querido? Un hombre sencillo o avisado que se hace pagar intereses, aunque sean muy pequeños, es un criminal. Un hombre así se encuentra a mil verstas de la verdad. ¿Tengo razón o no la tengo?

¿Cómo iba yo a negarle que la tenía? Miraba su rostro enjuto, pálido, enfermizo, y callaba.

—¡Cuánto pecado comete la gente! —exclamó, cerrando los ojos—. ¡Que Dios la perdone! Todo somos pecadores...

Nabó carecía en absoluto de sentido práctico, y nunca sabía poner sus propósitos de acuerdo con su posibilidad de cumplirlos. Aceptaba mucha más trabajo del que le era dable ejecutar, y pasaba ratos muy malos; con frecuencia no tenía bastante dinero para pagar a sus obreros, y muy a menudo no sólo no ganaba nada para él, sino que perdía. Se encargaba de cuantos trabajos se le proponía: pintaba paredes, ponía cristales en las ventanas, construía tejados. Para un encargo sin importancia corría días enteros a través de la ciudad, en busca de obreros.

Era un trabajador excelente, y ganaba, trabajando solo como un obrero, hasta diez rublos diarios. Pero prefería ser contratista, lo que halagaba su ambición, y con ese motivo luchaba siempre con innumerables dificultades y vivía en la miseria.

Me pagaba, como a les demás obreros, de setenta "kopecs" a un rublo por día.

Cuando el tiempo era bueno y seco, nos dedicábamos a trabajos exteriores, principalmente en los tejados. Debido a mi falta de costumbre, me parecía que el cinc de éstos me quemaba los pies. Probé a trabajar con botas; pero eso no me permitía andar bien, y no tardé en seguir trabajando descalzo. En poco tiempo me acostumbré de tal manera que no sentía molestia alguna.

En fin, yo estaba muy contento de mi nueva vida. Vivía entre gente que consideraba el trabajo obligatorio, indispensable, y trabajaba como las bestias de carga, con frecuencia sin darse cuenta de la significación moral que el trabajo posee, y hasta sin llamarle trabajo.

Junto a esa gente yo mismo me iba tornando poco a poco en una bestia de carga, cada día más penetrado de que el trabajo es una cosa obligatoria, inevitable. Tal convicción me hacía la vida más sencilla y fácil y me libraba, de cavilaciones.

Al principio todo era nuevo e interesante para mí como si acabase de nacer. Podía darme el gusto de acostarme en tierra y de andar descalzo, cosas con que gozaba mucho; podía mezclarme a una muchedumbre de gente sencilla sin cohibirla y sin que se apartase ante mí; cuando veía en la calle un caballo caído, podía acudir en ayuda del cochero, para que lo levantase, sin temor de ensuciarme la ropa.

Pero lo que me regocijaba sobre todo era el vivir de mi propio trabajo y no tener que vivir a expensas de otro. La pintura de los tejados era un negocio muy ventajoso; se ganaba mucho con ese trabajo desagradable y fastidioso. Mi nuevo amo, Nabó, trabajaba él mismo con nosotros en los tejados. Con unos pantalones muy cortos que dejaban al aire sus pantorrillas sucias de pintura, flaco como una espátula, se paseaba por el tejado, brocha en mano, suspirando y repitiendo:

—¡Pobres de nosotros los pecadores!

Andaba por el tejado con la misma facilidad que por un pavimento. Cuando trabajaba en las cúpulas de las iglesias, a una gran altura, sólo se valía de cuerdas, a las que se ataba. Viéndole trabajar a tan desmesurada altura sin las precauciones necesarias, yo me atemorizaba en extremo; pero él no tenía miedo ninguno, parecía estar completamente a gusto y de cuando en cuando lanzaba, a voz en cuello, una de sus frases favoritas:

—¡Pobres de nosotros los pecadores! O bien:

—¡La mentira devora el alma como el orín devora el hierro!

Al volver a casa por la noche tras la jornada de trabajo, y pasar por delante de las tiendas, oía con frecuencia chirigotas en boca de tenderos y dependientes:

—¡Ahí tenéis a un caballero, a un noble descalzo!

Al principio eso me turbaba, me ofendía; pero poco a poco aprendí a acoger con calma tales burlas. Y cosa extraña: quienes más encarnizadamente me hacían objeto de sus mofas eran aquellos que en otro tiempo se habían visto obligados a trabajar de un modo rudo. Muchas veces, cuando pasaba por delante del mercado me tiraban, como sin querer, agua, y un día un tenderillo llegó a tirarme un palo a los pies. Un pescadero anciano de luenga barba blanca me dijo una vez, mirándome con odio:

—¡No eres tú el digno de lástima, canalla, sino tu pobre padre!

Los amigos de casa, cuando me encontraban, no podían disimular su azoramiento. Unos me miraban como a un extraño; otros me compadecían; otros no sabían qué actitud adoptar ante mí.

Un día, en una callejuela que desembocaba en la calle de la Nobleza, me topé con Ana Blagovo. Iba a mi trabajo y llevaba un saco de pintura y dos largas brochas. Al reconocerme, la amiga de mi hermana se ruborizó:

—¡Le suplico a usted que no me salude en la calle! —me dijo con voz alterada, dura y temblorosa, sin tenderme la mano.

En sus ojos brillaban las lágrimas.

—Si cree usted obrar bien, haga lo que quiera; pero… se lo ruego: no vuelva a saludarme.

Naturalmente, no seguí viviendo en casa de mi padre; vivía en el arrabal de la ciudad llamado "Makarija" en casa de mi anciana nodriza, Karpovna, una vieja de muy buen corazón, pero de un carácter sombrío. Siempre estaba hablando de presentimientos nefastos y de malos sueños; hasta las abejas que entraban del jardín se le antojaban signo de desgracias próximas a ocurrir.

El hecho de que yo me convirtiese en un simple obrero fue también para ella un presagio siniestro.

—¡Eres un desgraciado! ¡Esto acabará mal! —repetía, balanceando tristemente la cabeza canosa—. Me da el corazón…

En su reducida casucha vivía también su hijo adoptivo, Prokofy, un carnicero. Era un hombre casi gigantesco, de unos treinta años, desgalichado, rojo, con unos bigotes que parecían de alambre. Cuando me encontraba en el vestíbulo, se apartaba respetuosamente para dejarme paso, y si estaba borracho me hacía un saludo militar llevándose la mano a la gorra. Por las noches, cuando estaba cenando, yo le oía, al través del tabique que separaba mi camaranchón de su cuarto, masticar y lanzar ruidosos suspiros cada vez que bebía "vodka" como si bebiese veneno.

—¡Mamá! —le gritaba a la vieja Karpovna.

—¿Qué, hijo mío? —le preguntaba ella al carnicero, a quien quería con locura.

—Oiga usted una cosa, mamá: como es usted tan buena conmigo, la mantendré a usted mientras viva, y cuando se muera la haré enterrar a mis expensas. ¡Palabra de honor!

Me levantaba todos los días antes de salir el sol y me acostaba temprano. Los pintores de brocha gorda comemos mucho y dormimos profundamente; pero, no sé por qué, padecemos, sobre todo de noche, fuertes palpitaciones de corazón.

Con mis compañeros me hallaba en buenas relaciones. Se pasaban la vida cambiando maldiciones terribles, como, por ejemplo: "¡Que se te salten los ojos!". "¡Que te dé el cólera!"; pero, a la postre, se vivía en perfecta camaradería. Los obreros me consideraban una especie de sectario religioso; de otro modo, no se explicaban que un caballero, hijo de un arquitecto, se hubiera convertido, por su propia voluntad, en un simple trabajador. Me gastaban frecuentes bromas; pero yo no me ofendía. Casi todos carecían de sentimientos religiosos, y confesaban que no iban o que iban muy poco a la iglesia.

—Nuestro traje —decían para justificarse— asustaría a los fieles…

La mayoría de ellos me tenían cierto respeto. Me estimaban porque no bebía "vodka", no fumaba y llevaba una vida sobria y tranquila. Sólo les enojaba el que no robase pintura, como se acostumbra entre los del oficio, y el que me negase a pedirles propinas a los parroquianos. Todos ellos robaban pintura: era una tradición consagrada por la práctica. Hasta el propio Nabó, aquel hombre, escrupulosamente honrado, se creía en el deber de respetar dicha tradición, y todos los días, cuando terminaba el trabajo, se llevaba un poco de pintura perteneciente al parroquiano. En cuanto a las propinas, incluso los obreros viejos y respetables que tenían casa propia en el arrabal Marakija no se avergonzaban de pedirlas. Era triste ver a todo un grupo de trabajadores descubrirse ante un parroquiano, pedirle con tono humilde una propina y expresarle su gratitud, al recibirla, con tono no más digno.

En fin: se conducían con los parroquianos como verdaderos jesuitas, y yo me acordaba, mirándolos, de Polonio, el personaje de Shakespeare.

—Creo que va a llover —decía el parroquiano, mirando al cielo.

—¡De seguro! —confirmaban los obreros—. ¡Va a llover a mares!

—Sin embargo, se va poniendo raso. Me parece que no lloverá.

—Sí, tiene razón su excelencia. No lloverá, no.

Despreciaban de todo corazón a los parroquianos, y, en su ausencia, se burlaban de ellos sin piedad. Si veían, por ejemplo, a uno leyendo un periódico en la terraza, hacían en voz baja observaciones como ésta:

—Está leyendo el periódico; pero quizá no tenga qué llevarse a la boca.

Yo no iba nunca a casa de mi padre. Muchas tardes, cuando volvía, después del trabajo, a mi posada, encontraba cartitas de mi hermana, concisas, escritas con una visible turbación. Casi siempre me hablaba en ellas de mi padre, que ora estaba triste y silencioso durante la comida, ora de un humor endiablado, ora tan taciturno y poco sociable que no salía de su cuarto.

Aquellas cartas turbaban mi alma y me quitaban el sueño. Algunas noches vagaba horas enteras por la calle de la Nobleza, por delante de nuestra casa, dirigiendo miradas escrutadoras a las ventanas obscuras y esforzándome en adivinar lo que ocurría tras ellas. Se me antojaba siempre que había ocurrido alguna desgracia.

Los domingos mi hermana venía a verme, siempre en secreto, sin que mi padre se enterase. Aparentaba venir no a verme a mí, sino a nuestra nodriza. Estaba pálida y con los ojos hinchados de llorar. En cuanto llegaba daba rienda suelta a las lágrimas.

—¡Papá no soportará esto! —me decía en tono quejumbroso—. Si le sucede una desgracia —no lo quiera Dios—, tendrás toda tu vida remordimientos de conciencia… ¡Es horrible, Misail! En nombre de nuestra pobre madre te suplico que cambies de conducta!

—No comprendo, querida —le respondía—, cómo te empeñas en que cambie de conducta cuando estoy seguro de que obro según me manda mi conciencia.

—Ya sé que llevas una vida honesta… Está muy bien; pero ¿no podrías comportarte lo mismo… de otra manera, para no hacer sufrir a los demás?

La vieja Karpovna escuchaba desde su cuarto nuestra conversación, suspiraba dolorosamente y decía de cuando en cuando: "¡Dios mío, es un desgraciado! Acabará mal, muy mal...".

VI

Un domingo recibí la visita inesperada del doctor Blagovo. Llevaba una guerrera blanca, camisa de seda y botas de montar.

—¡Aquí me tiene usted! —me dijo en tono amistoso, dándome un fuerte apretón de manos como un joven estudiante—. Hace tiempo que deseaba verle. Todos los días oigo hablar de usted, y he decidido venir a verle para que hablemos un poco como buenos amigos. Se aburre uno terriblemente en la ciudad. Ni una sola persona con quien poder charlar un rato...

Calló, se enjugó con el pañuelo el sudor de la frente, y continuó:

—¡Qué calor hace, Virgen Santa! ¿Me permite usted? Se quitó la guerrera y se quedó en mangas de camisa.

—Bueno, si no tiene usted inconveniente, echaremos un párrafo —me propuso de nuevo.

Yo también me aburría y tenía gana, hacía tiempo, de hablar con alguien que no fuese pintor de brocha gorda. Y aquella visita me placía. Se lo dije.

—Ante todo, he de declararle a usted —comenzó, sentándose en mi cama— que he visto con mucha simpatía el paso decisivo que ha dado, y que su vida actual merece toda mi estimación. Aquí, en esta ciudad, no se le comprende, y no es extraño; como usted sabe, todos nuestros paisanos, casi sin ninguna excepción, son unos salvajes, unas gentes sin cultura, llenas de prejuicios. Se diría que son personajes de Gogol resucitados. Pero usted tiene un alma noble, aspiraciones elevadas. Las adiviné cuando nos conocimos en Dubechnia. Le respeto y quiero estrecharle la mano para demostrárselo.

Hablaba con tono solemne y entusiástico.

Luego de estrecharme fuertemente la mano, prosiguió:

—Para cambiar tan brusca y tan radicalmente de vida como usted acaba de hacerlo, ha debido usted de pasar por una larga lucha interior; para continuar esta nueva vida y mantenerse a la altura de sus ideas, debe usted, sin duda, gastar diariamente gran cantidad de energías espirituales. Ahora bien, dígamelo usted con toda sinceridad: ¿No le parece a usted que sería más razonable, más productivo, gastar esas mismas energías con miras más altas, por ejemplo, con la de llegar a ser un gran sabio o un gran artista? ¿No le parece a usted que su existencia, entonces, sería infinitamente más bella, y más útil a la humanidad?

La conversación de tal manera comenzada siguió su curso. A una de sus objeciones, relativa al trabajo físico, le contesté:

—Es absolutamente necesario que todos, los fuertes y los débiles, los ricos y los pobres, tomen parte, en la misma medida, en la lucha por la existencia. Cada uno debe contribuir, con arreglo a sus fuerzas, en el trabajo humano. El trabajo físico debe ser obligatorio para todos, sin excepción, y sólo así se logrará que desaparezcan todas las injusticias sociales. Sólo así los fuertes dejarán de oprimir a los débiles y la minoría dejará de considerar a la mayoría una bestia de carga que debe trabajar para los parásitos.

—Entonces, a su juicio de usted, ¿todos, sin excepción, deben ocuparse en el trabajo físico?

—Sí.

—¿Pero no cree usted que si todos, incluso los más grandes pensadores y sabios, tomaran parte en la lucha por la existencia, como usted la concibe, es decir, picando piedra y cavando, entregándose al trabajo físico, se vería el progreso seriamente amenazado?

—No. El progreso no se hallaría, en manera alguna, en peligro. El progreso se basa en el amor al prójimo, en el cumplimiento de las leyes morales. Si nadie vive a expensas de los demás ni los oprime, ¿qué más progreso? ¿Existe acaso otro progreso?

—¡Pero, permítame usted! —me replicó el doctor, encolerizado de pronto—. ¡Si cada uno se dedica por entero al perfeccionamiento de su propia persona y a la contemplación de su propia belleza moral, no hay progreso posible!

—¿Por qué? Si para mantener su famoso progreso de usted es preciso que unos trabajen para otros, alimentándolos, vistiéndolos, defendiéndolos, con riesgo de su vida, contra sus enemigos, tal progreso no vale un comino, pues se basa en una tremenda injusticia.

—Usted constriñe la idea del progreso —objetó vivamente Blagovo—. Lo reduce a algo demasiado pequeño, a algo mezquino. El progreso no puede ser limitado por las necesidades y las aspiraciones de tal o cual grupo de gentes. Tiene un carácter universal y no se somete a nuestros deseos. Escapa a nuestra comprensión y desconocemos sus fines.

—Entonces, ¿ni siquiera nos es dable saber adónde puede conducirnos ese famoso progreso? En ese caso la vida no tenía sentido.

—¿Y qué falta nos hace saber adónde se dirige la humanidad? El saberlo sería aburrido y la vida perdería todo interés. Subo por la escala que se llama progreso, civilización, cultura; subo sin saber adónde iré a parar; pero no me enoja. El camino en sí es tan hermoso que sólo el avanzar por él vale la pena de vivir. Y usted, que busca el sentido de la vida, ¿para qué vive? ¿Para luchar contra la opresión de unos por otros? ¿Para que un gran pintor y el que le fabrica los colores puedan tener el mismo dinero? Ese es el lado prosaico, filisteo de la vida; es su segundo término, la cocina, la fachada trasera, y le aseguro a usted que no tiene nada de interesante. No vale la pena de vivir para eso. Hasta sería repugnante vivir para eso. Si hay bestias que se devoran unas a otras, ¿qué se le va a hacer? ¡Allá se las compongan! No deben preocuparnos. Nunca será posible salvarlas de su estupidez, y están destinadas a la podredumbre. Lo que nos debe preocupar es el grande y radiante porvenir de la humanidad…

Aunque discutía conmigo en tono apasionado, Blagovo parecía preocupado por otra cosa y daba muestras de cierta inquietud.

—Probablemente su hermana de usted no vendrá ya —dijo, luego de consultar el reloj—. Ayer estuvo en casa y dijo que vendría hoy.

Se quedó silencioso un instante y continuó después:

—Habla usted de la esclavitud, de la explotación de unos por otros; pero eso son detalles, cuestiones de harto escasa importancia al lado del progreso humano, considerado en conjunto. Esas cuestiones las va resolviendo la humanidad poco a poco, a medida que evoluciona.

—Sí; pero en la espera de que resuelva esas cuestiones no podemos permanecer con los brazos cruzados, no podemos limitarnos a ser espectadores pasivos de todas las injusticias. Cada uno de nosotros debe resolver por sí mismo la cuestión del bien y del mal. Por otra parte, nada nos indica que la humanidad evolucione con rumbo al bien. Junto al desarrollo de las ideas humanitarias contemplamos el de ideas de muy distinto género. La servidumbre ha sido abolida; pero en su lugar yergue la cabeza el capitalismo. Y en plena floración de las ideas emancipadoras, la explotación del hombre por el hombre sigue su curso: exactamente igual que en la Edad Media, la minoría continúa alimentándose, vistiéndose, y haciéndose defender por la mayoría, que continúa hambrienta, desnuda y sin defensa.

—Pero no se puede negar que la humanidad mejora de día en día.

—No lo veo. Las injusticias más atroces subsisten al lado de las más nobles corrientes de ideas y del desenvolvimiento de la ciencia y del arte. El arte de explotar al prójimo se desenvuelve al unísono de las demás artes. Es verdad que la servidumbre ha sido jurídicamente abolida; pero la hemos resucitado, revistiéndola de otras formas más refinadas, y nos hemos hecho bastante inteligentes para justificarla con toda suerte de sofismas. Pese a todas las nobles ideas de que hacemos gala, si la gente pudiera encargar de sus funciones fisiológicas más desagradables a sus servidores, lo haría sin titubear; y para justificarlo, argüiría que los sabios, los artistas, los pensadores, no pueden malgastar su precioso tiempo en cierta clase de funciones sin grave peligro del progreso humano…

En aquel instante entró mi hermana. Al ver al doctor se turbó mucho y dijo, momentos después de llegar, que era ya tarde y que la esperaba papá.

—¡Cleopatra Alexeyevna! —exclamó Blagovo con acento persuasivo—. ¿Qué daño puede haber para su padre de usted en que pase usted media hora conmigo y su hermano?

Había en su voz tal expresión de sinceridad que convencía. Mi hermana reflexionó un poco, se echó luego a reír y se llenó de una súbita alegría.

Nos dirigimos a las afueras, nos sentamos sobre la hierba y continuamos nuestra conversación. En la ciudad, frente a nosotros, las ventanas parecían de oro, heridos sus cristales por los rayos del sol.

A partir de aquel día, cada vez que mi hermana venía a verme, venía también el doctor Blagovo. Aparentaban encontrarse en casa por casualidad.

Ella escuchaba atentamente nuestras discusiones, pintados en el rostro la alegría y el entusiasmo. Se diría que un mundo nuevo se abría poco a poco a sus ojos, un mundo cuya existencia no sospechaba y que se esforzaba en conocer una vez entrevisto.

Cuando el doctor no estaba presente, permanecía silenciosa y triste. De cuando en cuando lloraba con un suave llanto; pero no era yo quien la hacía llorar.

En el mes de agosto, Nabó nos anunció que íbamos a trabajar en el camino de hierro, fuera de la ciudad. Dos días antes del fijado para nuestra marcha, mi padre se presentó de pronto en casa.

Se sentó, se secó la frente sudorosa con el pañuelo, y sin mirarme, lentamente, extrajo de un bolsillo de su americana el periódico local, y casi deletreando me leyó una noticia referente a mi antiguo compañero de colegio, el hijo del director del Banco. Aquel joven había sido nombrado no sé qué de gran importancia en el ministerio de Hacienda.

—Y ahora —dijo mi padre, doblando despaciosamente el periódico— vuelve los ojos a ti mismo: vas vestido de andrajos como el más miserable de los canallas. Hasta la gente humilde procura recibir alguna instrucción para ocupar en el mundo un lugar lo mejor posible, y tú, Poloznev, que procedes de una familia noble, que ha dado a la patria hombres ilustres, te empeñas en vivir en el cieno, en los bajos fondos sociales…

Se levantó, me dirigió una mirada llena de cólera, y añadió:

—Pero no he venido para hablar de ti, pues harto se me alcanza que sería tiempo perdido. He venido a preguntarte: ¿Dónde está tu hermana, miserable? Salió de casa después de comer, y aunque son ya las ocho, no ha vuelto todavía. Ha comenzado no hace mucho a salir con frecuencia sin decirme nada. Ya no es la hija respetuosa que era. Adivino en ello tu influencia nefasta, sinvergüenza. ¿Sabes dónde está?

Llevaba en la mano el paraguas de marras. Creí que se disponía a sacudirme el polvo como había hecho tantas veces, y sentí el temor infantil de un escolar a quien va a castigar el maestro. Mi padre advirtió la mirada que dirigí al paraguas y se dominó.

—Tú ya no me interesas —dijo—. Te privo de mi bendición paternal. Te he arrancado completamente de mi corazón.

La vieja Karpovna, que oía nuestra conversación, suspiró.

—¡Dios mío, Virgen Santa! —balbuceó—. ¡Estás perdido para siempre! Acabarás mal…

Comencé a trabajar en el camino de hierro.

El mes de agosto fue lluvioso, húmedo y frío. El mal tiempo impedía transportar el trigo. Por todas partes se veían montones de trigo altos como colinas. A causa de las lluvias se iban ennegreciendo de día en día y desmoronándose.

Era difícil trabajar: cuanto hacíamos nosotros lo desbarataba la lluvia. No se nos permitía vivir en los edificios de las estaciones y teníamos que guarecernos en sucias y húmedas cabañas construidas por los obreros. Yo pasaba unas noches muy malas tiritando de frío y de humedad. Con frecuencia, los obreros de la línea venían a armarnos camorra, y con el menor pretexto nos vapuleaban. Esto constituía para ellos una manera de deporte que les divertía mucho. Nos sacudían el polvo, nos robaban los colores y, para hacernos rabiar, nos destruían el trabajo.

Por si esto era poco, Nabó empezó a pagarnos sin regularidad. Bajo la dependencia de otros contratistas, recibía de ellos muy poco dinero y no ganaba lo bastante para poder pagarnos bien. Por otra parte, las lluvias incesantes nos impedían trabajar y perdíamos mucho tiempo. Los obreros, hambrientos y sin un cuarto en el bolsillo, se daban a todos los demonios y estaban dispuestos a pegarle a Nabó una paliza. Le insultaban, le llamaban canalla, mala sangre, Judas. El desventurado suspiraba, procuraba calmarlos y acababa por ir a casa de la generala Cheprakov en demanda de un pequeño préstamo.

VII

Llegó el otoño, lluvioso, cenagoso sin sol.

Sólo raras veces teníamos trabajo. Me pasaba parado hasta tres días seguidos. Para no morirme de hambre hacía cosas por completo ajenas a mi oficio; llevaba agua cavaba, recibiendo por ello veinte "kopecs" de jornal.

El doctor Blagovo se había marchado a Petensburgo. A mi hermana no había vuelto a verla. Nabó había caído enfermo y no abandonaba ya el lecho, esperando la muerte. Mi humor era también otoñal.

Vivía de nuevo en la ciudad, y lo que veía me inspiraba una repugnancia profunda. Convertido en un simple obrero, contemplaba la vida de mis paisanos desde un nuevo punto de vista.

Los que yo consideraba menos sinvergüenzas se revelaban ahora a mis ojos en toda su vileza, crueles, sin escrúpulos, capaces de toda maldad. Nos engañaban a cada paso, trataban de pagarnos lo menos posible, nos hacían esperar horas enteras en el portal frío o en la cocina, nos hablaban en un lenguaje brutal, nos insultaban, nos trataban, en fin, como a vil chusma.

Recuerdo un hecho significativo: me encargaron de empapelar el club de la ciudad. Me pagaban a razón de siete "kopecs" por rollo de papel, y como se me propusiera firmar un recibo de doce "kopecs" por rollo, me negué a hacerlo. Entonces uno de los administradores del club, un señor de aspecto muy respetable, con gafas de oro, me gritó:

—¡Si añades una palabra más, te rompo las muelas, canalla!

Un camarero allí presente le dijo algo al oído, quizá que yo era el hijo del arquitecto Poloznev. El administrador se turbó un poco, pero se repuso en seguida y contestó:

—¿Qué vamos a hacerle? ¡A la porra!

Los tenderos se creían en el deber de vendernos el género, más malo, el que no se atrevían a ofrecerles a los demás. En las carnicerías nos daban a menudo carne echada a perder. En la iglesia éramos brutalmente atropellados por la policía. Cuando alguno de nosotros estaba enfermo en el hospital, los enfermeros y las enfermeras le trataban con un desprecio altivo, le robaban el alimento y le servían de comer en platos sucios. En las oficinas de correos, cualquier empleadillo se creía en el derecho de tratarnos como a bestias y de insultarnos groseramente.

—¡Espera! ¿No ves que estoy ocupado?

Hasta los perros parecían despreciarnos y se lanzaban contra nosotros con una furia singular.

Lo que sobre todo me indignaba en nuestra ciudad era la ausencia absoluta del espíritu de justicia. Mi nueva posición social me permitía comprobarlo a cada paso. Mis paisanos estaban, como dice el vulgo, dejados de la mano de Dios. Todos sin excepción, robaban, estafaban, engañaban, abusaban de la confianza: los comerciantes, los contratistas, los empleados. A nosotros, simples obreros, no se nos reconocían ningunos derechos, ni aun los más elementales; el dinero que se nos debía por nuestro trabajo nos veíamos obligados a mendigarlo, como una limosna, gorra en mano, a la puerta de nuestros deudores. Un día que me hallaba en el club empapelando una habitación inmediata al salón de lectura, vi de pronto entrar a la hija del ingeniero Dolchikov, con unos cuantos libros en la mano.

—¡Hola! —dijo cuando me hubo reconocido, tendiéndome la mano—. Celebro mucho verle a usted.

Se sonreía y miraba con curiosidad mi blusa, el bote de la cola, los rollos de papel extendidos en el suelo.

Yo estaba confuso. Ella también parecía turbada.

—Perdone usted —me dijo— que le mire de esta manera. He oído hablar mucho de usted, sobre todo al doctor Blagovo, a quien le ha sorbido usted el seso. También he tenido el gusto de conocer a su hermana de usted. Es una muchacha muy simpática; pero no he conseguido persuadirla de que su situación actual de usted no tiene nada de horrible. Yo, por el contrario, creo que es usted hoy el hombre más interesante de la ciudad.

Miró de nuevo la cola y los rollos de papel y prosiguió:

—Le había rogado al doctor Blagovo que me proporcionase una ocasión de hablar con usted. Seguramente no se ha acordado o no ha tenido tiempo. El caso es que ya nos hemos conocido, y yo tendría mucho gusto en que viniese usted por casa. Soy una mujer sencilla y espero no ser para usted causa de azoramiento.

Me estrechó la mano, y añadió:

—Mi padre no está en la ciudad, está en Petersburgo. Y entró en el salón de lectura.

Aquella noche dormí muy poco: tan turbado estaba.

Desde el punto de vista material, aquel otoño fue para mí muy malo. Ganaba muy poco y sufría muchas privaciones. Pero un alma caritativa acudía en mi auxilio, enviándome de cuando en cuando, ya bizcochos, ya perdices asadas, ya té y azúcar. Karpovna me decía que todo aquello lo llevaba un soldado, el cual nunca quería decir de parte de quién. Le preguntaba a mi vieja nodriza si yo estaba bien de salud, si comía todos los días y si tenía ropa de abrigo.

Cuando los fríos se hicieron más fuertes, el mismo soldado me llevó una bufanda de punto que exhalaba un perfume delicado, apenas perceptible, de lirio silvestre. Ese perfume me reveló que mi buena hada era Ana Blagovo. La hermana del doctor se pirraba por los lirios silvestres, y su esencia era su perfume predilecto.

En invierno tuvimos ya más trabajo, y la situación no era tan triste. Nabó resucitó de nuevo y desplegó otra vez su acostumbrada actividad. Trabajé con él en la iglesia del cementerio, donde nos encargaron el dorado de los viejos iconos y algunas reparaciones. El trabajo era agradable e interesante. Además, los obreros se conducían, por respeto al lugar sagrado, muy correctamente: no se injuriaban y ni siquiera se reían. Se advertía que hacían cuanto estaba en su mano, para no profanar el lugar con destemplanza alguna.

Absortos en el trabajo, estábamos casi inmóviles, punto menos que como estatuas. Nos rodeaba el silencio profundo del cementerio. Si algún instrumento se caía al suelo, volvíamos la cabeza asustados: tan habituados nos hallábamos a tal silencio. De cuando en cuando se oía al sacerdote salmodiar preces sobre el ataúd de un niño. A veces, un pintor, que pintaba en la cúpula una paloma, empezaba a silbar quedito y espantado él mismo de su audacia, se callaba en seguida. Cuando las campanas de la iglesia empezaban a sonar tristemente sobre nuestras cabezas, adivinábamos que traían un difunto de la ciudad.

Entregado al trabajo durante el día en aquel templo silencioso, yo me permitía por las noches jugar al billar, o, si había algún espectáculo, ir al teatro, a entrada general, con el traje que acababa de hacerme y en el que había invertido parte de mis ahorros.

En casa de Achoguin había ya comenzado la *saison théatrale*. Se celebraron funciones y conciertos de aficionados. Las decoraciones ahora eran pintadas por Nabó sólo, sin mi ayuda. Cuando volvía de casa de Achoguin, me contaba el argumento de las piezas que se representaban y el asunto de los cuadros vivos que se ponían en escena. Todo aquello me interesaba mucho y yo habría dado cualquier cosa por estar en su lugar. Me habría placido en extremo asistir a los espectáculos de casa de Achoguin, pero no me atrevía a ir.

Una semana antes de las fiestas de Navidad llegó el doctor Blagovo.

De nuevo comenzaron nuestras discusiones. Por las noches jugábamos al billar. Para jugar se quitaba la americana, se desabrochaba la camisa, en fin, hacía cuanto le era dable por parecer un muchacho que sabe gozar de la vida. Aunque casi no bebía vino, ponía un gran empeño en pasar por un gran bebedor y todas las noches se dejaba en la caja de la taberna "Volga" un buen puñado de rublos, por más que los precios allí eran moderados.

Las visitas de mi hermana volvieron a empezar. De nuevo ella y el doctor se encontraban en casa, aparentando encontrarse por casualidad; pero por la alegría que se pintaba en sus semblantes no tardé en darme cuenta de que no había tal casualidad, y los encuentros obedecían a un previo convenio.

Hallándonos una noche jugando al billar, el doctor me dijo:

—¿Por qué no visita usted a la señorita Dolchikov? No conoce usted a María Victorovna: es inteligentísima, de muy buen corazón y muy sencilla; una mujer encantadora, en fin.

Le conté cómo me había acogido, la primavera anterior, el ingeniero Dolchikov y se echó a reír.

—No haga usted caso —me dijo—. María Victorovna es completamente independiente de su padre y hace lo que le da la gana… Debía usted ir a verla. Se alegraría mucho. Si quiere usted, iremos mañana juntos.

Acabó por persuadirme. A la noche siguiente, me puse mi traje nuevo, y muy turbado me dirigí a casa de la señorita Dolchikov.

El criado que me abrió la puerta no me pareció ya tan terrible ni el mobiliario tan lujoso como la mañana memorable que visité al señor Dolchikov para pedirle un empleo.

María Victorovna, prevenida por Blagovo de mi visita, me acogió como a un antiguo conocido y me estrechó cordialmente la mano.

Llevaba una bata gris de mangas perdidas, y los cabellos peinados a la moda no conocida aún en la ciudad y que se llamó luego "orejas de perro" porque los cabellos cubrían las orejas. María Victorovna era bella y elegante, pero no parecía muy joven: representaba treinta años, aunque en realidad sólo tenía veinticinco.

—¡Estoy agradecidísima a nuestro querido doctor! —me dijo, invitándome a sentarme—. Sin su intervención no habría usted venido a casa. Me aburro mortalmente. Mi padre se ha ido, dejándome sola, y no sé cómo pasar el tiempo en esta ciudad.

Luego me preguntó dónde trabajaba, dónde vivía, cuánto ganaba.

—¿No gasta usted más que lo que gana? —inquirió.

—Nada más.

—¡Qué feliz es usted! —suspiró—. Se me antoja que todo el mal proviene de la ociosidad, del aburrimiento, del vacío del alma, inevitable cuando no se hace nada y se vive a costa de los demás. La costumbre de vivir sin trabajar tiene consecuencias fatales. No se crea usted que lo digo por coquetería. Le doy mi palabra de que no es nada interesante ni grato el ser rico. Además, el origen de la riqueza es casi siempre poco honrado: es imposible hacerse rico honradamente.

Contempló con una mirada fría y grave al mobiliario, como si quisiera inventariarlo, y añadió:

—El confort, las comodidades tienen una gran fuerza de atracción: poco a poco conquistan hasta a los que poseen una voluntad firme. En otro tiempo, vivíamos mi padre y yo muy modestamente, casi pobremente, y ahora... ¡ya ve usted qué lujo! Me da vergüenza confesarlo; pero gastamos ¡hasta veinte mil rublos anuales, aquí, en este rincón provinciano!

—El confort —respondí— es un privilegio inevitable del capital y la instrucción. Pero yo creo que el confort no es incompatible ni con el trabajo más penoso. Su padre de usted, por ejemplo, a pesar de su riqueza, se entrega a veces a trabajos de maquinista, de simple obrero... Se puede ser rico y trabajar rudamente.

Ella se sonrió y sacudió irónicamente la cabeza.

—Los trabajos rudos de mi padre no pasan de ser caprichos, diversiones... También le gusta, de vez en cuando, un plato de sopa campesina o un pedazo de pan negro...

En aquel momento sonó la campanilla de la puerta y María Victorovna se levantó.

—Todo el mundo —prosiguió, dirigiéndose a la puerta— debe trabajar. El confort debe ser para todos. ¡Nada de excepciones, nada de privilegios!

Y salió.

Momentos después volvió acompañada del doctor Blagovo.

—Habíamos entablado —le dijo— un diálogo filosófico. Pero ¡basta de filosofía! Cuéntenos usted algo. Háblenos, por ejemplo, de sus compañeros de trabajo. Deben de ser muy interesantes.

Empecé a informarla; pero, en parte por mi torpeza de hombre no habituado a narrar y en parte por mi turbación, mi relato fue seco, como el de un etnógrafo que refiriese algo tocante a la vida de los pueblos.

El doctor también refirió varias anécdotas a propósito de los obreros, aunque con más gracia, como un artista consumado: remedaba a los obreros borrachos, lloraba, caía de hinojos, hasta se tendía en el suelo para parodiar mejor la embriaguez.

María Victorovna le miraba y se desternillaba de risa.

Luego el doctor se sentó al piano y empezó a tocar y a cantar. María Victorovna, de pie, a su lado, le colocaba en el atril los cuadernos de música y le corregía cuando se equivocaba.

—He oído, decir que usted también canta —le dije a la señorita Dolchikov.

—¿También? —gritó horrorizado el doctor—. ¡Pero si María

Victorovna es una verdadera artista! ¡Canta admirablemente!

—Hace años —dijo ella— me dediqué en serio a los estudios musicales; pero la música ya no me interesa.

Se sentó en un confidente y se puso a contarnos su vida en Petersburgo, en el medio artístico adonde la habían llevado sus aficiones filarmónicas. Imitaba a las más célebres cantantes, su voz, sus actitudes, su manera de aparecer ante el público. Luego nos retrató en su álbum al doctor y a mí. Los retratos eran bastante mediocres, pero tenían cierto parecido. Reía, se divertía como una chiquilla, y así estaba más en su papel que filosofando. Hasta me parecía que al hablar conmigo de la influencia nefasta de la riqueza y de la necesidad de que todo el mundo trabajase no hacía más que imitar a alguien.

En fin, era una admirable actriz cómica. Mentalmente la comparaba con las otras muchachas que yo conocía y a todas las encontraba muy inferiores, incluso a la linda y seria Ana Blagovo. La diferencia era enorme, como la que existe entre una bella rosa, amorosamente cultivada, y una modesta flor del campo.

Nos invitó a cenar.

El doctor y ella bebieron vino rojo, champagne y café con coñac. Brindaron por la amistad, por el ingenio, por el progreso, por la libertad. No se emborracharon; pusiéronse tan sólo un poco más encarnados que de ordinario y muy risueños; se reían, sin ninguna razón plausible, hasta saltárseles las lágrimas. Para no parecer demasiado grave, yo también bebí unos cuantos vasos de vino rojo.

—La gente dotada de gran capacidad y un espíritu independiente —dijo ella— sabe cómo hay que vivir y elige su propio camino y lo sigue, aunque no sea el camino común. La gente vulgar —como yo, por ejemplo— no se atreve a ser independiente, no sabe ni puede nada y es feliz cuando sigue una corriente de ideas, más o menos interesante, de su época.

—¡Esas corrientes de ideas no existen, ay, entre nosotros! —objetó el doctor.

—Existen, pero no las vemos —replicó María Victorovna.

—Sólo existen en la imaginación de los escritores modernos. Se entabló una discusión.

—Yo afirmo con plena convicción que nunca ha habido entre nosotros ninguna corriente importante de ideas —decía con calor el doctor—. Es la literatura quien las inventa de cuando en cuando, buscando un asunto interesante, algo que atraiga la atención del lector. También ha sido la literatura quien ha inventado los pretendidos propagandistas de la luz entre nuestros campesinos, que en realidad no existen. Busquémoslos en las aldeas: no los encontraremos. Sólo encontraremos tipos grotescos de Gogol, vestidos a la moda europea, de levita y hasta de frac, pero, que no poseen la menor cultura y apenas saben escribir. Ignoran aún lo que es la vida civilizada y no han salido todavía del estado bárbaro. Viven de la misma manera salvaje, sin ningún interés superior, sin ninguna aspiración noble, que se vivía hace quinientos años.

El doctor iba animándose conforme hablaba y elevando la voz.

—No, se lo aseguro a usted. Las pretendidas corrientes de ideas de que habla la literatura son una ficción, favorable a intereses mezquinos. ¿Qué corrientes de ideas verdaderas podemos registrar? ¿El vegetarianismo? ¿La zoofilia? Si encuentra usted en uno y otra algo serio, digno de atención, lo siento por usted. No, no hemos salido aún de la infancia, no somos aún bastante crecidos para ocuparnos en graves problemas. No los comprendemos porque nos falta la cultura. Necesitamos, ante todo, ir a una buena escuela, aprender, estudiar.

—¡Interesándonos por tales problemas, estudiamos! —replicó María Victorovna.

—No, no nos hallamos todavía bastante preparados. Como los niños no lo están para los estudios astronómicos. Lo repito: necesitamos estudiar, estudiar y estudiar. ¡Brindo por la ciencia!

Hubo un corto silencio. María Victorovna parecía sumida en una honda meditación.

—Lo innegable —dijo, con ojos pensativos— es que la vida que llevamos es demasiado gris y hay que cambiarla a toda costa. No podemos seguir el mismo camino, porque va a parar a un pantano...

Era ya muy tarde, y había que irse.

Cuando el doctor y yo salimos a la calle, en el reloj de la catedral daban las dos.

—Bueno, ¿está usted contento? —me preguntó el doctor—. ¿Verdad que es encantadora?

El primer día de Navidad comimos en casa de María Victorovna, y durante las fiestas la visitamos casi diariamente. Tenía razón al afirmar que no mantenía relación alguna con los habitantes de la ciudad: salvo nosotros dos, nadie la visitaba.

Casi todo el tiempo que estábamos con ella lo dedicábamos a pláticas y a discusiones de orden trascendental. Algunas veces el doctor llevaba un libro o el último número de una revista, y nos leía en alta voz.

En fin: él fue el primer hombre verdaderamente instruido que conocí. No puedo asegurar que tuviera una gran erudición; pero yo le escuchaba con sumo interés y me parecía persona de conocimientos muy sólidos.

Cuando hablaba de medicina, no se asemejaba en nada a los demás médicos de la ciudad; decía cosas nuevas, originales, interesantes en extremo. Yo pensaba, escuchándole, muchas veces, que podía llegar a ser un sabio célebre si quería.

Era también el único hombre que ejercía sobre mí una positiva influencia. Gracias a él y a los libros que me daba, comencé a sentir un vivo deseo de estudiar, de enriquecer mi espíritu con conocimientos nuevos que iluminasen mi vida monótona y sombría. ¡Mi instrucción entonces era tan escasa! Sólo sabía las cosas más elementales. Al menos ahora se me antojan elementales.

La influencia del doctor sobre mí fue también moral. Antes no tenía opiniones determinadas, fijas, y me guiaba en mi vida casi exclusivamente por los instintos. Desde que comencé a tratar con asiduidad al doctor sometí al análisis los móviles de mis acciones y traté de formarme ideas claras, precisas sobre el bien y el mal.

Y, no obstante, a pesar de mi gran estimación a Blagovo, me daba cuenta de que aquel hombre, sin duda el mejor y más instruido de la ciudad, distaba mucho de la perfección. Había en sus maneras algo que no acababa de gustarme, sobre todo cuando se esforzaba en parecer borracho en la taberna o cuando les daba crecidas propinas a los camareros echándoselas de gran señor. En aquellos momentos, bajo la apariencia civilizada, se denunciaba en él el tártaro.

A principios de enero regresó a Petersburgo.

La misma noche del día de su marcha vino a verme mi hermana.

Sin quitarse el abrigo ni el sombrero y sin decir palabra, se sentó en mi lecho.

Estaba muy pálida y evitaba mirarme. De cuando en cuando se estremecía de pies a cabeza. No se me ocultaban sus esfuerzos para que yo no advirtiese su estado.

—Debes de tener un enfriamiento —le dije.

Sus ojos se llenaron de lágrimas. Se levantó y se dirigió, sin contestarme, al cuarto de Karpovna.

Momentos después la oí, al otro lado del tabique, hablar con mi vieja nodriza y lamentarse.

—¡Cuando pienso en lo que mi vida ha sido hasta ahora!... ¿Para qué he vivido? He perdido toda mi juventud. No he hecho más que inscribir los gastos de la casa, economizar, velar para que no se gaste demasiado dinero, para que no se consuma demasiada azúcar... ¡Como si no hubiera nada más interesante en la vida! Comprende, vieja mía, que yo también quiero vivir, que tengo otras aspiraciones..., y, sin embargo, han hecho de mí una especie de ama de llaves, que sólo sabe contar los "kopecs" y los terrones de azúcar. Estas llaves son mis cadenas…

Y tiré al suelo, encolerizada, las llaves de la despensa, del armario de la ropa, de la bodega, las mismas que llevaba nuestra pobre madre colgadas a la cintura.

—¡Virgen santa! —gritó con horror la vieja Karpovna—. ¡Estás loca! ¡Cálmate!

Durante algunos momentos reinó el silencio tras el tabique. Luego oí un profundo suspiro de mi hermana y el ruido de las llaves que recogía del suelo.

Al irse entró en mi cuarto a decirme adiós.

—No hagas caso —me tranquilizó.— No sé qué me pasa hace algún tiempo. ¡Estoy tan nerviosa!

VIII

Una noche volví muy tarde a mi posada, de casa de María Victorovna, con quien había pasado la velada, y encontré en mi cuarto a un joven oficial de policía, engalanado con un uniforme nuevecito, que hojeaba un libro, sentado ante mi mesa.

—¡Por fin! —exclamó al verme entrar.

Salió a mi encuentro, desperezándose como tras un largo sueño.

—Es la tercera vez que vengo hoy a buscarle a usted. He perdido todo el día. He aquí de lo que se trata: su excelencia el señor gobernador ordena que se presente usted a él mañana, a las nueve de la mañana. ¡Sin falta!

Me hizo firmar un compromiso de ejecutar exactamente la orden del gobernador, y se marchó.

Aquella visita del oficial de policía y la invitación inesperada del gobernador me causaron muy mala impresión. Desde mi niñez les había tenido un miedo irresistible a los gendarmes, a los policías, a los jueces, en fin, a toda la gente para quien es un derecho, casi un deber, hacer daño a los demás. Y entonces también experimenté una gran inquietud, como si fuera autor de un crimen.

No pude conciliar el sueño. Karpovna y su hijo adoptivo, el obeso Prokofy, también estaban inquietos con la visita del oficial de policía, y no podían pegar los ojos. Además, Karpovna tenía un horrible dolor de oído, se quejaba, y de cuando en cuando se echaba a llorar.

Como me oyese, desde el otro lado del tabique, dar vueltas en la cama, Prokofy entró en mi cuarto, con una luz en la mano, y se sentó junto a mi mesa.

—Debía usted beber un poco de "vodka" —me dijo—. El "vodka"

es la sola y única salud. También convendría verter un poco de "vodka" en la oreja de mamá; pero no quiere.

A cosa de las tres se dispuso a irse al matadero en busca de la carne para su establecimiento. Convencido de que no podría dormir ya, y por matar el tiempo, me fui con él.

La noche era obscura. Prokofy llevaba en la mano una linterna, con la que alumbraba el camino. Subimos a un trineo. Un muchachuelo de trece años, llamado Nicolka, con cara de bandido, que estaba empleado en la carnicería de Prokofy, nos servía de cochero. Con una voz ronca de persona mayor, imitando a los cocheros de verdad, arreaba a las caballerías.

Por el camino me dijo Prokofy:

—Probablemente le sacudirán a usted el polvo en casa del gobernador. Porque, mire usted, hace cosas que no le convienen. Cada hombre debe seguir el camino que está destinado a seguir según su nacimiento. Unos nacen para ser gobernadores u oficiales, otros para ser obispos o capellanes, otros para ser médicos o abogados. Usted no ha nacido para ser simple obrero, y naturalmente, la gente de su clase no está dispuesta a permitir que lo sea usted…

El matadero estaba detrás del cementerio. Hasta aquella noche yo no lo había visto de cerca. Lo formaban tres grandes cobertizos de aspecto sombrío, rodeados de una tapia gris. Cuando hacía viento, llegaba de aquel edificio a la ciudad un olor malsano y abominable.

Entré en el patio, tropezando a cada paso con los caballos de los trineos cargados de carne. Una porción de hombres con linternas encendidas en la mano se insultaban y se injuriaban sin cesar. Prokofy y Nicolka hacían lo propio, como si el lugar obligase a la gente a ponerse de vuelta y media. Se oían por todas partes gritos, juramentos, relinchos.

Olía a cadáver y a estiércol. Los charcos de nieve derretida mezclada con barro parecían de sangre.

Cargado el trineo de carne, nos encaminamos al establecimiento de Prokofy.

Clareaba ya. El sol estaba a punto de salir. De nuevo en el interior de la ciudad vimos numerosas mujeres —amas y cocineras— que se iban a la compra.

Una vez en la carnicería, Prokofy se puso un delantal blanco y empezó a vender carne. Manchado de sangre, con un hacha en la mano, discutía con las mujeres; aseguraba que la carne lo costaba más cara que la vendía; juraba, se persignaba y gritaba tanto que se le podía oír al otro lado del mercado. Engañaba en el peso y daba piltrafas, y las mujeres, aunque lo advertían, le dejaban hacer lo que te parecía, aturdidas por sus gritos, y sólo alguna vez que otra le dirigían tal o cual palabra poco lisonjera.

—¡Qué bandido! ¡Vaya un granuja!

Al alzar y dejar caer el hacha sobre la carne, tomaba actitudes coquetas y agitaba con tal violencia la herramienta que yo temía que le abriese a alguien la cabeza o le cortara un brazo.

Después de estar un rato en la carnicería, me dirigí a casa del gobernador.

Mi gabán olía a carne y a sangre. De un humor de todos los diablos, yo caminaba como un condenado.

Subí una gran escalera cubierta con una alfombra a rayas. Un señor de frac —probablemente el secretario del gobernador— me indicó la puerta por donde debía entrar, y corrió a anunciar mi llegada.

Entré en un salón amueblado lujosamente pero sin gusto alguno. Entre las ventanas había altos y estrechos espejos. Pretendiendo adornarlas, herían desagradablemente la vista unas cortinas amarillas. Se advertía que los gobernadores que habitaban aquella casa se sucedían unos a otros sin que el mobiliario cambiase nunca. El paso de aquellos funcionarios por allí era tan rápido, que a todos les tenía sin cuidado cómo estaba puesta la casa.

No tardó en reaparecer el señor del frac, que me indicó otra puerta. La abrí y me dirigí a una gran mesa verde, tras la cual me esperaba, en pie, vestido de uniforme y con una condecoración en el pecho, el gobernador. Tenía en la mano una carta.

—¡Señor Poloznev! —me dijo, abriendo, en forma de "O", una boca de a palmo. Le he llamado a usted para hacerle saber lo siguiente: su honorable padre se ha dirigido, por escrito y de palabra, al presidente de la nobleza de la región suplicándole que le haga comprender a usted que su conducta no es admisible en la clase noble a que tiene el honor de pertenecer por su nacimiento. El señor presidente de la nobleza, su excelencia Alejandro Pavlovich, creyendo, con razón, que su conducta de usted es totalmente condenable, pero que su llamada al orden sería del todo ineficaz, se ha dirigido a mí, a su vez, para que yo ejerza mi poder administrativo. Aquí está su carta. Me suplica en ella que tome las medidas que juzgue necesarias al objeto de poner fin a este escándalo intolerable...

Hablaba en voz queda y con acento respetuoso, y continuaba en pie como si yo fuera su jefe, y no había en su mirada ni asomos de severidad. En su rostro rugoso se pintaba una falta total de energía. Sus mejillas colgaban como bolsas de cuero. Llevaba teñido el cabello, y su edad no era fácil de determinar: lo mismo pedía tener cuarenta que sesenta años.

—Yo espero —prosiguió— que usted sabrá apreciar la bondad de Alejandro Pavlovich al dirigirse a mí no por la vía oficial, sino por medio de una carta privada. Yo también le he llamado a usted no como un personaje oficial, sino como un particular, y le estoy hablando no como gobernador, sino como un admirador sincero de su padre. Así, pues, señor, le suplico que, o cambie de conducta y vuelva a comenzar la vida que le cuadra a un noble, o se vaya a cualquier otra ciudad donde no le conozcan y pueda hacer lo que le plazca. Si se niega usted a acceder a mi ruego, me veré precisado a tomar medidas extremas respecto de usted.

Durante unos momentos me miró fijamente, en silencio y con la boca abierta.

—¿Es usted vegetariano? —me preguntó de pronto.

—No, excelencia; como carne.

Se sentó y cogió de la mesa un papel.

Comprendí que la entrevista había terminado, saludé y salí.

Había perdido la mañana, y no valía la pena ir a trabajar antes de comer. Me volví a casa, con ánimo de dormir un rato; pero estaba tan nervioso, a causa de la excursión al matadero y de mi visita al gobernador, que no pude pegar los ojos.

Por la noche, muy excitado y de un humor negro, fui a casa de María Victorovna. Le conté mi entrevista con el gobernador. Me miraba asombrada, como si no diera crédito a mi relato, y de pronto se echó a reír como una loca, con una risa alegre, provocativa, de que sólo es capaz la gente muy sana de cuerpo y de espíritu.

—¡Si se cuenta eso en Petersburgo! ¡Dios mío, si se cuenta eso en Petersburgo! —exclamó, casi cayéndose de la silla: de tal modo la risa la sacudía.

IX

Nos veíamos con mucha frecuencia dos veces al día.

Después de comer llegaba en coche al cementerio y me esperaba leyendo las inscripciones de las tumbas. A veces entraba en la iglesia, donde yo seguía trabajando, y, de pie junto a mí, contemplaba mi tarea.

El silencio respetuoso que reinaba en torno, el trabajo ingenuo de los pintores de iconos, la conmovían. También la impresionaba agradablemente el verme vestido como los demás obreros y el observar que me tuteaban y me trataban como a su igual.

Cuando, en cumplimiento de una orden de Nabó o de otro, subía yo por la escala de cuerda a lo alto de la cúpula, llevando pintura, seguía ella con interés mis movimientos, y parecía muy emocionada. Con los ojos húmedos de lágrimas, me sonreía.

Una vez, mirándome trabajar, me dijo:

—¡Cómo me gusta usted así!

Siendo yo muchacho, un papagayo que tenían unos amigos nuestros se escapó de la jaula, y durante un mes vagabundeó por la ciudad, pasando de un jardín a otro, solitario, sin amparo, triste. María Victorovna me recordaba aquel pájaro.

—¡El único sitio adonde voy de visita es al cementerio! —me dijo un día, riendo.— Los habitantes de la ciudad me inspiran una profunda antipatía y no quiero ver a nadie. En casa de Achoguin se canta, se representa, se recitan versos, y me aburro allí de un modo insoportable. Su hermana de usted evita la sociedad y no viene a verme. La señorita Blagovo me detesta, no sé por qué. ¿Qué quiere usted que haga? ¿Adónde quiere usted que vaya?

Cuando la visitaba, mis ropas olían a pintura y a barniz; mis manos estaban sucias, y eso le gustaba. Se empeñaba en que fuera a su casa con mi blusa de obrero, tal como estaba en el trabajo; pero ese traje me cohibía mucho en su salón, y para ir a verla me lo quitaba y me ponía mi traje nuevo, más correcto. Tal mudanza de ropa la enojaba y me recibía con muecas de enfado.

—Confiese usted —me dijo una noche— que no ha podido aún habituarse a su nueva posición social. El traje de obrero le cohíbe a usted, no está usted a gusto con él. Eso se explica, en mi sentir, por la falta de convicción con que ha obrado usted al hacerse obrero. Sencillamente, no está usted satisfecho en su nueva vida. Además, a decir verdad no puede usted estarlo. Al fin y al cabo trabaja usted para los ricos, para aumentar el confort y el lujo que los rodean. Luego, usted me ha dicho muchas veces que el hombre debe amasarse su pan, y usted lo que hace es ganar el dinero con que lo compra. ¿Por qué no aplica usted estrictamente a su conducta sus principios? Debe usted seguirlos fielmente; es decir: en lugar de pintar los techos de los templos, debía usted amasar por sí mismo su pan cotidiano; labrar, sembrar, segar... o hacer algo que tenga relación directa con la agricultura; pastorear, cavar, construir casas campestres... Ha de saber usted que me pirro por la agricultura...

Abrió un armarito que había junto a su mesa escritorio, y añadió:

—Voy a revelarle a usted un gran secreto. Para eso he sacado esta conversación. Aquí tiene usted mi biblioteca agrícola. En ella encontrará usted libros que tratan del cultivo de los campos, del de los jardines, de avicultura, de apicultura, de cría pecuaria. Lo leo todo con sumo interés, y me atrevo a decir que lo conozco bastante bien. Mi sueño dorado, sépalo usted, es irme, en primavera, a nuestra Dubechnia, y dedicarme allí a la vida agrícola. ¡Qué delicia! Claro es que el primer año no podré hacer gran cosa: me orientaré, estudiaré la agricultura prácticamente... Pero al otro año intervendré en todo, mejor dicho, lo dirigiré todo, con la mayor energía, se lo aseguro a usted. Mi padre me ha prometido cederme la plena propiedad de Dubechnia, donde podré hacer lo que me dé la gana.

Estaba muy excitada; sus mejillas se habían tornado de púrpura. Llena de alegría, hablaba sin parar de la realización de sus sueños, de su próxima vida en el campo, que se pintaba ella en extremo interesante y muy poética. ¡Quién hubiera estado en su lugar, participado de su entusiasmo! La primavera se acercaba; los días eran ya muy largos; el sol derretía la nieve, y gruesas gotas de agua caían de los tejados. Todo olía ya a primavera. Y yo también sentía un gran deseo de irme al campo.

Cuando me dijo que no tardaría en irse a Dubechnia, una honda tristeza se apoderó da mí. Me vi solo en la ciudad hostil, sin nadie con quien poder cambiar algunas palabras. Tuve celos de aquellos libros de agricultura y de aquellos sueños geórgicos. Sin embargo, ni me gustaba la vida del campo, ni les tenía afición alguna a los trabajos agrícolas. Iba a decir que, en mi sentir, la agricultura rebajaba al hombre, le hacía esclavo de la tierra; pero no dije nada.

Estábamos casi en primavera, en vísperas de Pascua.

Un día llegó el ingeniero Dolchikov, de quien yo había comenzado a olvidar hasta la existencia.

Llegó de un modo inesperado, sin anunciarlo siquiera con un telegrama.

Cuando fui aquella noche, como de costumbre, a su casa, le encontré en el salón, paseándose y refiriendo no sé qué. Estaba muy lavado, perfumado y afeitado y parecía más joven que antes de su marcha.

María Victorovna, de rodillas ante la maleta, sacaba de ella libros, frascos, cajas y otros objetos, que le iba entregando al criado.

Al ver al ingeniero, di, involuntariamente, un paso atrás; pero él me tendió ambas manos y me dijo sonriendo, mostrando sus blancos y sólidos dientes:

—¡Hele aquí! ¡Tanto gusto en verle, señor decorador! Macha me lo ha contado todo. ¡Y me ha hecho tantos elogios de usted!

Me cogió del brazo, y prosiguió:

—Comprendo su decisión y la apruebo sin reservas. Es infinitamente más honrado y más inteligente ser un buen obrero que garrapatear en una oficina y llevar una escarapela en la gorra. Yo he trabajado en Bélgica como simple obrero... con estas manos que usted ve... y he sido durante dos años maquinista...

Llevaba un batín, calzaba unas pantuflas y andaba con el balanceo de los gotosos. Estaba visiblemente satisfecho de encontrarse al fin en su casa y de haber tomado su ducha. Se frotaba las manos y canturreaba.

No tardó en servirse la cena. Se me invitó. Durante la comida, fue él quien habló más.

—No hay duda —decía— de que son ustedes muy simpáticos, muy amables; pero, dígame usted, señor: ¿por qué en cuanto empiezan ustedes a trabajar físicamente y a preocuparse de la suerte del mujik se hacen, inevitablemente, sectarios? Usted, por ejemplo, señor Poloznev, ¿no es un sectario? Por cuestión de principios, no bebe usted "vodka". Eso es puro sectarismo.

Por complacerle bebí "vodka" y vino. Comimos quesos de distintas clases, salchichón, pastas y otras delicadezas gastronómicas que el ingeniero había traído de Petersburgo, y saboreamos los vinos que en su ausencia se habían recibido del extranjero, que eran, en verdad, excelentes. No sé cómo, se las arreglaban para recibirlos sin pagar derechos de importación, lo mismo que los cigarros. El caviar y el salmón se lo regalaban. No pagaban el piso, porque el propietario de la finca proveía de petróleo al camino de hierro, y, por lo tanto, dependía del ingeniero. En fin, yo casi llegué a estar convencido de que cuanto existe en el mundo se hallaba siempre —de modo gratuito— a la disposición del señor Dolchikov y de su hija, que no tenían más que tender la mano y cogerlo.

Seguí visitándolos asiduamente; pero no con tanto placer como antes de regresar el ingeniero. El señor Dolchikov me azoraba, y en su presencia no me sentía yo a mi gusto. No podía soportar su mirada serena e inocente; su conversación me era antipática; no podía yo desechar el desagradable recuerdo de mi corta estancia en sus oficinas y de la grosería con que me había tratado.

Es verdad que ahora estaba muy amable conmigo, que me rodeaba con el brazo la cintura, que me daba afectuosos golpecitos en el hombro, que, aseguraba ver con una profunda simpatía mi cambio de vida; pero a mí no se me ocultaba que me despreciaba como antes, que me consideraba una nulidad, y que sólo me toleraba por serle agradable a su hija.

Yo no podía ya reírme y decir lo que se me ocurría. Casi siempre estaba silencioso y temía a cada momento una grosería del señor Dolchikov. Mi conciencia de proletario se sublevaba contra mi conducta. Yo, un obrero, visitaba diariamente a aquella gente rica, con la que no tenía nada de común, que despreciaba a todos los habitantes de la ciudad y que era considerada por ellos extraña… Bebía en su casa vinos caros y comía bocados exquisitos… Me sentía avergonzado como si cometiese un crimen. Cuando me dirigía a casa de Dolchikov evitaba el encuentro con mis conocidos y bajaba los ojos al verlos; y cuando volvía a mi pobre posada, me abochornaba haber comido tanto y tan bien.

Pero lo que me preocupaba sobre todo era el temor de enamorarme. María Victorovna cada día me atraía más. Yendo por la calle, en el trabajo, en medio de mis charlas con mis compañeros, pensaba a cada instante en que por la noche iría a su casa, y me deleitaba recordando su risa, su voz… Antes de ir a verla permanecía largo rato de pie ante un pedacito de espejo, procurando hacerme lo más primorosamente que podía el lazo de la corbata. Mi traje me parecía abominable, y me avergonzaba, y al mismo tiempo mi dignidad se rebelaba contra esta vergüenza. Cuando ella me decía desde su cuarto que no entrase, que esperase un poco, porque no estaba vestida aún, se apoderaba de mí una gran tensión nerviosa, y mi espera, aunque fuese corta, era la espera inquieta y llena de ansias de un enamorado impaciente. Al ponerla, con el pensamiento, en parangón con otras jóvenes a quienes veía por la calle, se me antojaban todas, hasta las más lindas, vulgares, mal vestidas, grotescas. Y la superioridad de María Victorovna me enorgullecía como si la hija del ingeniero me perteneciese. Rara era la noche que no la soñaba…

Una noche salí de su casa asqueado de mí mismo. Aunque el ingeniero seguía estando muy amable y me había hecho compartir con él una enorme langosta, en su amabilidad, en la familiaridad con que me trataba, yo advertía, hacía algún tiempo, algo ofensivo para mí.

Camino de mi posada, decidí poner fin a aquella situación humillante.

"En esa casa —pensé— se me acaricia como se acaricia a un pobre perro perdido. Ahora los divierto; pero en cuanto deje de interesarlos, me pondrán de patitas en la calle".

—¡Hay que acabar lo más, pronto posible! —casi grité en el silencio de la ciudad dormida.

Y, alzando los ojos al cielo, juré solemnemente romper toda relación con la familia Dolchikov.

A la noche siguiente no fui a verlos.

Muy tarde ya, pasé por la calle de la Nobleza. Estaba obscuro y llovía. La casa de Achoguin se hallaba sumida en el sueño; en una sola ventana, la de la señora Achoguin, situada al extremo de la fachada, se veía luz. La señora Achoguin, sin duda, estaría bordando o haciendo calceta, alumbrada por tres bujías, para demostrar el desprecio que le inspiraban las supersticiones. En nuestra casa no se veía luz alguna. La de Dolchikov, frontera a la nuestra, estaba, por el contrario, muy iluminada, aunque, a causa de los visillos, no se distinguía nada de su interior.

Seguí andando a lo largo de la calle, bajo la lluvia primaveral. Oí a mi padre llegar, de vuelta del club. Llamó a la puerta, y momentos después vi, dentro, encenderse una luz. Distinguí la silueta de mi hermana, que con el quinqué en la mano, y alisándose presurosa el cabello, se dirigía a la puerta. Luego, desde mi secreto observatorio, vi a mi padre ir y venir por el salón. Hablaba frotándose las manos; mi hermana, sentada en una butaca, permanecía inmóvil y muda. Seguramente no le escuchaba, absorta en sus cavilaciones.

No tardaron en retirarse, y la luz se apagó.

Miré a la casa del ingeniero: también estaba sumida en las tinieblas. Solo, en la noche negra, bajo la lluvia, sentía una tristeza profunda, como un hombre perdido en el desierto y ya sin ninguna esperanza. Toda mi vida, la pretérita y la presente, me parecía nula, desprovista de todo interés. ¿Qué podía yo esperar del porvenir?

Sin darme cuenta de lo que hacía, tiré con todas mis fuerzas de la campanilla de la puerta del ingeniero Dolchikov, la arranqué y eché a correr a carrera tendida, calle arriba, como un chiquillo, empujado por el temor de que saliesen en seguida y me reconociesen.

A una gran distancia me detuve para tomar aliento. La calle permanecía silenciosa.

Sólo se oía el ruido de la lluvia y el de los golpes de un sereno sobre una plancha de hierro.

Durante una semana no visité a la familia Dolchikov.

Nos quedamos sin trabajo, sufrimos toda clase de privaciones. Vendí mi traje nuevo por cuatro cuartos y me comí el dinero. A veces encontraba un trabajo penoso para un día, que me producía de diez a veinte "kopecs". Cubierto de barro, temblando de frío, trabajaba como un forzado y encontraba en ello cierta satisfacción moral: me vengaba en mí mismo de las langostas, los quesos y otros buenos bocados que había saboreado en casa de Dolchikov.

Ni aun en medio de esta vida llena de miserias dejaba nunca de pensar en María Victorovna. La amaba. Sí, aquello era amor, el amor más apasionado. Cuando me acostaba, cansado, mojado, muchas veces hambriento, mi imaginación evocaba al punto su imagen y se forjaba cuadros seductores. Y aquel amor me daba fuerzas para sufrir, como si fuera por ella por quien yo padecía tan terrible vida. Una noche en que había caído una copiosa nevada, en que parecía que el invierno había vuelto, encontré en mi cuarto a María Victorovna. Estaba sentada, envuelta en su abrigo de pieles, las manos dentro del manguito.

—¿Por qué no viene usted ya a casa? —me preguntó, clavando en los míos sus ojos claros y expresivos.

Yo estaba tan turbado por la alegría, que no podía contestar, y permanecía en pie, ante ella, en la misma actitud que ante mi padre cuando me pegaba.

Ella me miraba fijamente y no se me ocultaba que se daba cuenta de la causa de mi turbación.

—¿Por qué no viene usted a verme? —repitió—. ¡Ya que usted no quiere venir a mi casa, vengo yo a la suya!

Se levantó y se aproximó a mí.

—¡No me abandone usted! —me dijo. Vi brillar las lágrimas en sus ojos. —¡No me abandone usted! ¡Estoy sola, no tengo a nadie en el mundo! Y buscando el pañuelo, para secarse las lágrimas, se sonreía.

Hubo unos instantes de silencio. La abracé, la atraje hacia mí y di un largo beso en sus labios. Al besarla, me hice sangre en la cara con el alfiler de su sombrero.

Momentos después nos pusimos a hablar como si nos amáramos hacía mucho tiempo.

X

A los dos días, María Victorovna me envió a Dubechnia. La dicha me embriagaba.

Camino de la estación, y luego en el tren, me reía a lo mejor sin motivo alguno visible, y la gente me miraba asombrada, creyendo, sin duda, que estaba un poco bebido.

La nieve seguía cayendo, aunque había empezado la primavera; pero no tardaba en derretirse, en convertirse en barro, de manera que los caminos no estaban blancos, sino negros.

Aunque había pensado arreglar la casita para mí y para Macha en el pequeño pabellón, frontero al ocupado por la señora Cheprakov, tuve que renunciar a tal proyecto; pues el pabellón estaba habitado hacía mucho tiempo por las palomas y los ánades, y para dejarlo en buen estado había que destruir gran número de nidos.

Teníamos, pues, que arreglar nuestra habitación en la casa central. Los campesinos la llamaban "castillo"; pero era un castillo nada bonito. Había en él más de veinte estancias casi vacías por completo y de un aspecto triste, sombrío. El mobiliario se reducía a un piano y un silloncito de niño, arrumbado en el granero. Aunque Macha hubiera transportado de la ciudad todo su mobiliario, la casa habría seguido

Siendo triste y pareciendo vacía.

Escogí tres habitacioncitas cuyas ventanas daban al jardín y empecé a trabajar. Me pasaba el día limpiándolas, tapando los agujeros del suelo, empapelando las paredes, sustituyendo con otras nuevas las losas rotas. Era un trabajo fácil y agradabilísimo para mí.

Con mucha frecuencia iba al río, a ver si el hielo de que estaba cubierto todo el invierno se derretía. Esperaba con impaciencia la vuelta de los pájaros que invernaban en los países cálidos. Por la noche, en la cama, soñaba, lleno de alegría, desbordante de felicidad, con Macha. Ni el viento que sacudía los postigos ni las ratas que hacían ruido en el pavimento me molestaban: tan dichoso era.

La nieve aún era muy profunda. Había caído mucha en marzo; pero pronto había empezado a fundirse, como por encanto. El río se llenaba de agua, que, en multitud de arroyos canoros, corría a su cauce.

A principios de abril aparecieron los primeros pájaros, y empezó a alegrar el jardín el batir de sus alas. El tiempo era magnífico.

Todos los días, al anochecer, me encaminaba a la ciudad, al encuentro de Macha. Iba descalzo, y era delicioso andar así por la tierra blanda, no seca aún del todo. A medio camino me sentaba y contemplaba la ciudad, sin osar acercarme a ella. Su vista me turbaba. Yo me decía: "¿Qué comentarios hará la gente que me conoce acerca de mis amores con Macha?

¿Qué dirá mi padre?". Mi vida, de pronto, se había tornado harto más complicada. Yo no la dominaba ya: era ella la que me dominaba a mí. Yo era a modo de un globo impelido por el viento no se sabe adónde. No pensaba ya en la manera de ganarme el pan; no pensaba ya en nada preciso, como si me hallase en un dulce letargo.

Casi siempre Macha venía en coche. Me sentaba a su lado y nos dirigíamos juntos a Dubechnia, libres, alegres.

A veces la esperaba en vano: no venía. Entonces, ya puesto el sol, volvía a mi vivienda, descontento, turbado, sin acertar a comprender por qué no había venido. Pero no era raro que la encontrase, inesperadamente, a la puerta de la casa o en el jardín. Esto era para mí una grata sorpresa y me regocijaba mucho.

—He venido en tren —me decía María Victorovna—. Desde la estación he venido andando.

Vestida con suma sencillez, tocada con un pañolito, con una modesta sombrilla en la mano, pero gentil, calzando unas elegantes botinas hechas en el extranjero, se me antojaba una actriz de talento que representaba el papel de muchacha de pueblo.

Visitábamos nuestra propiedad, deliberábamos acerca de una

porción de detalles: acerca de cuál sería la habitación de cada uno, de dónde plantaríamos flores, del lugar en que colocaríamos la colmena. Teníamos nuestros pollos, nuestros patos y nuestros gansos, y los amábamos porque eran nuestros. Teníamos ya preparado todo lo necesario para la siembra: trigo, avena, legumbres. Nos pasábamos horas enteras planeando los futuros trabajos, hablando de las cosechas que recogeríamos. Cuanto decía Macha me parecía bello y atinado.

Fue aquél el período más feliz de mi vida.

Algunas semanas después celebramos nuestras bodas. La solemnidad tuvo lugar en una iglesita campesina, en la aldea de Kurilovka, a tres verstas de Dubechnia.

Macha quiso que en la ceremonia todo fuera sencillo, modesto. Conforme a sus deseos, nuestros testigos fueron jóvenes campesinos. El servicio religioso estuvo a cargo de un chantre.

Volvimos a casa en un coche pesado y tambaleante, que la misma Macha guiaba.

De la ciudad sólo acudió mi hermana Cleopatra, prevenida tres días antes por una carta nuestra. Vestía un traje blanco y llevaba las manos enguantadas. Durante la ceremonia, lloraba suavemente y se pintaba en su rostro una bondad maternal infinita.

Nuestra felicidad parecía embriagarla, y la sonrisa no desaparecía de sus labios, como si estuviera respirando un aire delicioso. Contemplándola, comprendí que no existía para ella en el mundo nada tan importante como el amor, el amor sencillo, terreno, y que soñaba con él a toda hora, de un modo apasionado, ocultando celosamente sus sueños.

Abrazaba y besaba a Macha sin cesar, y, no sabiendo cómo expresarle su entusiasmo, le decía, refiriéndose a mí:

—¡Es bueno, muy bueno!

Antes de volverse a la ciudad se despojó del traje blanco, y se puso otro de diario y me suplicó que saliese un momento con ella al jardín.

—Quisiera hablarte —me dijo. Salimos. —Papá —comenzó— está muy enfadado porque no le has escrito. Debías haberle pedido la bendición. Pero, aparte de eso, está muy contento. Cree que este matrimonio te elevará a los ojos de toda la ciudad, y que, bajo el influjo de María Victorovna, te volverás un hombre serio. Por las noches hablamos de ti. Ayer te nombró con estas palabras: "Nuestro Misail", y eso me llenó de alegría. Creo que acaricia, respecto de ti, algún proyecto. Me parece que quiere darte una lección de generosidad y nobleza, y que está dispuesto a que sea suyo el primer paso hacia la reconciliación. Es muy posible que venga a veros dentro de unos días.

Se persignó varias veces, y dijo:

—Bueno, querido, sed felices. Ana Blagovo, que es tan inteligente, dice que este matrimonio es una prueba a que te somete el Señor. Te deseo fuerzas para salir victorioso de ella. La vida de familia no sólo proporciona alegrías, sino también padecimientos. La vida es así.

Macha y yo la acompañamos cerca de tres verstas, a pie. Luego de despedirla, nos dirigimos a casa, silenciosos, el corazón henchido de felicidad. Macha me llevaba cogida una mano, y de cuando en cuando cambiábamos miradas llenas de cariño. No pronunciamos ni una sola palabra de amor: eso habría podido turbar el goce de nuestra ventura. El verdadero amor no necesita ser expresado con palabras. Después de la boda nos sentíamos todavía más cerca uno de otro, y se me antojaba que nada en el mundo podría nunca separarnos.

—Tu hermana —me dijo mi esposa— es muy simpática; pero, al mirarla, se experimenta la impresión de que ha sido maltratada durante mucho tiempo. Tu padre debe de ser un hombre terrible.

Le conté el sistema educativo que mi padre había puesto en práctica conmigo y con mi hermana. Le describí nuestra niñez dolorosa y estúpida. Cuando le dije que mi padre, no hacía aún mucho tiempo, me había pegado, se estremeció y se apretó contra mí. "¡No, no me cuentes esas cosas! ¡Es terrible!".

Ya no nos separamos. Ocupábamos tres habitaciones de la casa grande. Por la noche yo cerraba con llave la puerta que daba a las habitaciones vacías, como si hubiera en ellas un ser desconocido que nos inspirase temor.

Me levantaba muy temprano, al salir el sol, y me ponía inmediatamente a trabajar. Hacía reparaciones en los coches, arreglaba las sendas del jardín, azadonaba los bancales, pintaba el tejado de la casa.

Cuando llegó la época de la siembra, mis esfuerzos para trabajar como un simple campesino fueron heroicos. Me fatigaba enormemente, sobre todo cuando llovía o hacía viento. Me dolían la cabeza y los pies. Hasta durante el sueño me atormentaba la visión de los campos labrados.

Los trabajos agrícolas no me gustaban. No conocía la agricultura y no le tenía ninguna afición, debido, sin duda, a mi origen; pues mis ascendientes nunca fueron agricultores y corría por mis venas sangre ciudadana.

Amaba tiernamente la Naturaleza, me placía contemplar los campos, las praderas, los bosques; pero cuando veía a un campesino que, con su flaco caballo, iba y venía por la tierra negra y lodosa; cuando contemplaba al pobre labrador cubierto de barro, harapiento, más desgraciado aún que su caballería, ambos me parecían la encarnación de la fuerza primitiva, brutal, sin belleza, sin atractivo. Mirando a los campesinos trabajar la tierra, pensaba que en el campo, lejos de los grandes centros de población, la vida tiene no poco de salvaje, se asemeja mucho a la de hace miles de años, a la de la gente aún no sabía servirse del fuego. Los toros, los caballos, los carneros, cuando atravesaban en rebaños la aldea, aturdiéndome y salpicándome de barro, me parecían también un símbolo de aquella vida salvaje, desprovista de todo progreso.

No, no me gustaba la agricultura ni la vida del campo tampoco. Sobre todo cuando hacía mal tiempo, cuando densas nubes gravitaban sobre la tierra sombría, el campo se me caía encima. Mientras trabajaba, no me animaba la idea de la santidad del trabajo campestre, que sostienen con tanta elocuencia sus apologistas. Al trabajo en el campo prefería el trabajo doméstico. Encontraba un placer singular en la pintura del tejado y en otras ocupaciones análogas.

No lejos de la casa había un molino que pertenecía a la finca, como dejo dicho. Me gustaba visitarlo, y, atravesando el jardín y el prado, iba a él muy a menudo.

Nos lo tenía alquilado un campesino de la aldea vecina. Se llamaba Stepan. Era un hombre muy vigoroso, guapo, de cabellos negros, barbudo. No le gustaba la molinería, y si vivía en el molino era exclusivamente por no vivir en su casa.

Era taciturno y poco sociable. Inmóvil, silencioso, se pasaba horas enteras a la orilla del río o a la puerta del molino. De vez en cuando iban verle su mujer y su suegra, ambas suaves, corteses, blancas. Le saludaban muy humildes, le trataban de usted y le llamaban Stepan Petrovich. El parecía no advertir su presencia. Sin contestar a su saludo ni con la palabra ni con el ademán, se sentaba a la orilla del río y empezaba a canturrear en voz baja.

Así, sin decir esta boca es mía, permanecía una hora y a veces más tiempo. La mujer y la suegra, después de cambiar quedamente algunas palabras, se levantaban y esperaban un instante, por si se dignaba mirarlas. Luego saludaban de nuevo muy humildes, y decían con voz cantarina:

—¡Hasta la vista, Stepan Petrovich! Y se iban.

Cuando ya estaban lejos, Stepan cogía el envoltorio con pan o ropa limpia que le habían dejado, miraba guiñando los ojos en la dirección que habían tomado las mujeres, y me decía, desdeñoso:

—¡El sexo femenino!

El molino trabajaba día y noche. Yo ayudaba a Stepan en su labor. Cuando se iba un rato del molino le reemplazaba gustosísimo.

XI

Aquel año, el tiempo fue muy caprichoso. Tras unos cuantos días de sol volvieron los días nublados. Durante todo el mes de mayo llovió e hizo frío.

El ruido de las ruedas del molino, unido al de la lluvia, emperezaba y daba sueño. El suelo temblaba, olía a harina, y eso también adormilaba.

Mi mujer, con una corta pelliza y unos chanclos, venía al molino dos veces al día y decía:

—¡Vaya un verano! Es peor que el otoño.

Tomábamos te, hacíamos gachas y permanecíamos horas y horas silenciosos, esperando que cesase la lluvia. Una noche que Stepan había ido al mercado, Macha durmió en el molino.

Cuando nos levantamos no era fácil averiguar la hora que era, pues el cielo estaba cubierto de nubes. Se oía cantar a los gallos en Dubechnia. Era aún muy temprano.

Nos dirigimos al estanque y sacarnos la red que había puesto Stepan la víspera. Había en ella una merluza y un cangrejo.

—Suéltalos —me dijo Macha—. Que ellos también sean felices.

Como habíamos madrugado tanto y no teníamos nada que hacer, aquel día me pareció muy largo, el más largo de toda mi vida.

Por la noche volvió Stepan y yo regresé a casa.

—Tu padre ha venido a vernos —me dijo Macha.

—¿Dónde está?

—Se ha marchado. No le he recibido.

Viendo que yo me puse triste, añadió:

—Hay que ser consecuente. Tu padre te ha maltratado tanto que no quiero tener con él nada de común. No le he recibido, y he hecho que le digan que no se moleste más en venir a vernos.

Momentos después me encaminaba a la ciudad para explicarme con mi padre. El camino estaba lleno de barro. Hacía frío.

Por primera vez, después de nuestra boda, sentía una profunda tristeza. Mi cerebro, cansado por aquel largo día gris, propendía a los pensamientos melancólicos. "Quizás —decía yo mentalmente— mi vida no es lo que debe ser". Una apatía honda se apoderó de mí. No tenía gana de moverme ni de pensar. Andado ya parte del camino, determiné volver a casa.

Allí encontré al padre de Macha. Llevaba un impermeable con capuchón. De pie en medio del patio, decía con voz alterada por la cólera:

—¿Dónde están los muebles? Había un hermoso mobiliario estilo Imperio, cuadros, jarrones, y ahora no hay nada. ¡Yo compré la casa con todo lo que había dentro, qué diablo!

Junto a él, con la gorra en la mano, estaba el criado de la señora Cheprakov, un hombre llamado Moisey, de unos veinticinco años, enjuto, con unos ojillos impertinentes.

—Su excelencia compró la casa sin muebles —contestó tímidamente—. Lo recuerdo bien.

—¡Cállate, canalla! —le gritó al ingeniero, rojo de ira. El eco repitió el grito en el jardín.

Cuando yo estaba haciendo algo en el jardín o en el patio, Moisey solía contemplarme con sus ojillos insolentes, cruzadas las manos atrás. Su contemplación me irritaba tanto que dejaba el trabajo y me iba.

Stepan nos había dicho que Moisey era el amante de la generala Cheprakov. Yo había notado que la gente que venía a ver a la generala para cuestiones de dinero, empezaba por dirigirse a Moisey. Una vez vi que un campesino le saludaba con gran humildad. A veces entregaba él mismo el dinero, sin contar con su ama. Se advertía que hacía en la casa lo que le daba la gana.

Nos enojaba mucho su conducta inconveniente. Disparaba escopetazos contra nuestras ventanas; nos robaba comestibles; se servía, sin pedirnos permiso, de nuestros caballos. Se diría que Dubechnia era suya y no nuestra.

Aunque nos indignábamos, Moisey seguía haciendo lo que se le antojaba.

—Cuando pienso que aún tenemos que vivir mucho tiempo con estos canallas!… —decía Macha.

Según el contrato, a la señora Cheprakov le asistía el derecho de vivir allí dos años. Su hijo, Iván Cheprakov, estaba empleado como conductor en el camino de hierro. Durante el invierno había enflaquecido tanto y se había debilitado hasta tal punto que con una copa de "vodka" se emborrachaba, Le avergonzaba ser conductor, lo que le parecía humillante para un noble; pero al mismo tiempo consideraba aquel destino muy ventajoso, pues le proporcionaba ocasión de robar bujías pertenecientes al camino de hierro y venderlas.

Mi matrimonio con Macha le asombró, le enceló y le hizo concebir la esperanza de hacer cualquier día un matrimonio parecido. Miraba a Macha con entusiasmo, me preguntaba qué comía y no me ocultaba su envidia.

—¡Dios mío! —gemía encendiendo por décima vez su cigarrillo y tirando la cerilla al suelo—. ¡Dios mío! Tú eres felicísimo, y yo… ¡Qué vida de perro! Cualquier oficialillo tiene derecho a tutearme, pues, al fin y al cabo, no soy más que un empleado subalterno, una especie de criado de los viajeros.

Una vez me dijo:

—Por culpa de mi madre soy un pobre hombre. En el tren oigo con frecuencia conversaciones científicas muy interesantes... Pues bien: le he oído asegurar a un doctor que, si los padres son perversos, los hijos, fatalmente, son borrachos o criminales. Ahora comprendo mi desventura...

Un día vino a casa tambaleándose, sin poder apenas tenerse en pie. Sus ojos miraban con una expresión turbada e insensata, su respiración era pesada, jadeante. Reía y lloraba al mismo tiempo, balbuciendo sin cesar palabras casi incomprensibles.

—¡Mi madre! ¿Dónde está mi madre? —decía llorando como un niño perdido entre la muchedumbre.

Le conduje al jardín y le acosté debajo de un árbol. Durante toda la noche, Macha y yo velamos. Macha miraba con repugnancia su rostro pálido, y decía:

—¡Y pensar que aún tenemos que vivir año y medio con esta gente! ¡Es terrible!

Los campesinos también nos daban muchas desazones. Ya aquella primavera, en los primeros días de nuestro matrimonio, decepciones terribles habían turbado nuestra felicidad.

XII

Mi mujer decidió edificar y costear una escuela para los campesinos. Yo elaboré un proyecto de escuela para sesenta muchachos. La administración del distrito lo aprobó, pero nos aconsejó que edificásemos la escuela no en Dubechnia, como pensábamos, sino en Kurilovka, una aldea algo mayor que distaba tres verstas de nuestra Dubechnia. El consejo era tanto más razonable cuanto que la escuela actual de Kurilovka, en la que estudiaban los niños de cuatro aldeas vecinas, Dubechnia una de ellas, era demasiado pequeña y estaba tan vieja que se temía su hundimiento el día menos pensado.

A fines de marzo Macha fue nombrada, conforme al deseo que había manifestado, miembro del consejo administrativo de la escuela de Kurilovka. A principios de abril congregamos tres veces seguidas a los campesinos de Kurilovka y tratamos de convencerlos de que su escuela era muy reducida y muy vieja y era necesario edificar otra. Después de las reuniones, los campesinos nos rodeaban y nos pedían dinero para comprar "vodka". El calor de la muchedumbre nos ahogaba, y nos apresuramos a marcharnos. Volvíamos a casa cansados, descontentos, decepcionados en extremo.

Tras largas negociaciones, los campesinos al fin consintieron en cedernos el terreno necesario para la construcción de la escuela y se comprometieron, a llevar de la ciudad, utilizando para ello sus caballerías, todos los materiales de construcción.

Algún tiempo después, los campesinos de Kurilovka y de Dubechnia salieron un domingo, con sus caballos y sus carros, en dirección a la ciudad para traer ladrillos. Se fueron al salir el sol y no volvieron hasta las altas horas de la noche. Todos venían borrachos, y, según decían, rendidos.

El tiempo era lluvioso y frío. Los caminos, llenos de barro, estaban impracticables. Los campesinos, al volver de la ciudad, acostumbraban meter sus carros en nuestro patio.

—Para descansar un poco —decían.

¡Aquello era un horror! No lo olvidaré nunca. Primero aparecía, en la puerta del patio, el caballo, patiabierto, ventrudo; al entrar, balanceaba la cabeza como si saludase. Luego aparecía una viga de diez metros, mojada, escurridiza; junto al carro avanzaba el campesino, sin mirar dónde ponía los pies, andando por los charcos lo mismo que por un pavimento. Luego aparecía otro carro con tablones, luego otro con postes… Poco a poco el patio se iba atestando de caballos, de carros, de tablones, de vigas. Los campesinos y las campesinas, arropada la cabeza para resguardarla del frío, lanzaban miradas furiosas a nuestras ventanas, gritaban, exigían que Macha bajase a hablar con ellos. A no mucha distancia, Moisey contemplaba la escena, y yo juraría que se bañaba en agua de rosas al vernos en aquella situación ridícula.

—¡Se acabó! ¡No transportaremos más materiales! —oíase gritar—. Estamos rendidos. Si la señora quiere edificar una escuela, que transporte los materiales ella.

Macha, pálida de emoción, temerosa de que aquella multitud irritada invadiese la casa, les enviaba a los campesinos dinero y "Vodka". Entonces el tumulto se apaciguaba poco a poco, y los carros, cargados de vigas, de tablones, de postes, iban abandonando el patio.

Cuando yo me disponía a marchar a Kurilovka para ver cómo iba la construcción, mi mujer daba muestras de gran inquietud.

—Los campesinos están furiosos —me decía—. Pueden hacerte algo. Espera, voy contigo.

Nos íbamos juntos. En Kurilovka, los carpinteros me pedían una propina. La construcción casi no adelantaba. Faltaban obreros. A pesar del compromiso contraído, muchos no acudían al trabajo. Siempre había algo que lo paralizaba. Un día nos hicieron saber que se necesitaba arena.

No habíamos pensado antes en ello. Había que buscarla lo más pronto posible. Aprovechándose de la urgencia, los campesinos nos pidieron por cada carro de arena treinta "kopecs", aunque la ribera donde tenían que cargar sólo distaba doscientos metros de la obra. Se necesitaban lo menos quinientos carros.

Las dificultades se sucedían sin tregua. Los campesinos seguían pidiéndonos dinero para "vodka" con gran indignación de mi mujer. El contratista de la obra, Tito Petrov, un anciano de setenta años, nos estaba siempre prometiendo, activar los trabajos.

—Ya verán ustedes. En dándome arena, que es lo que ahora hace falta, todo marchará como sobre rieles. Encontraré cuantos obreros sean necesarios. ¡Ya verán ustedes!

Pero se le llevó toda la arena necesaria, y la edificación, sin embargo, no avanzaba. Pasaban días y noches sin que apenas se advirtiese adelanto alguno.

—¡Es para volverse loca! —decía Macha, casi llorando—. ¡Qué gente, Dios mío, qué gente!

Durante aquellos tristes días, venía con frecuencia a vernos su padre, el ingeniero Víctor Ivanovich. Traía delicadezas gastronómicas y buenos vinos. Tenía siempre un apetito de lobo y comía mucho. Después de comer se dormía un rato en la terraza y roncaba de un modo terrible. Al oírle, nuestros obreros sacudían con asombro la cabeza y decían:

—¡Vaya unos ronquidos! Parece que duerme ahí arriba un regimiento… A Macha no le entusiasmaban sus visitas. Su padre no le inspiraba confianza, lo que no era obstáculo para que le pidiese consejos prácticos.

El ingeniero se levantaba de dormir la siesta, casi siempre muy mal humorado, y empezaba a gruñir; le parecía que todo lo hacíamos mal, y se lamentaba de haber adquirido Dubechnia, que, según decía, sólo le había proporcionado sinsabores. La pobre Macha le escuchaba cariacontecida. A veces se dolía en su presencia de la conducta de los campesinos, y él le decía que con aquella gente había que ser muy severo y que el mejor modo de hacerla entrar en razón era sacudirle el polvo.

Nuestro matrimonio y nuestra manera de vivir los consideraba una comedia.

—No es más que un capricho —decía—. En Macha son frecuentes los caprichos por el estilo. Una vez se figuró ser una gran artista de ópera y se escapó de casa. ¡Estuve dos meses buscándola por toda Rusia! Sólo en telegramas me gasté mil rublos. ¡Sí, amigo mío!

Ya no me llamaba sectario, ni señor decorador, ni elogiaba mi conversión en obrero, como acostumbraba hacer antes.

—¡Es usted un hombre extraño! —me decía ahora—. No es usted un hombre normal. No soy profeta; pero le predigo que acabará malamente.

Macha apenas dormía de noche, y se pasaba horas enteras sentada, a la luz de la luna, junto a la ventana de la alcoba. En la mesa ya no se reía ni me hacía guiños.

El ver extinguida su alegría me atormentaba. Cuando llovía, cada gota de lluvia se me antojaba que caía sobre mi corazón como plomo derretido, y sentía impulsos de arrodillarme a los pies de Macha y pedirle perdón de que hiciera mal tiempo. Cuando los campesinos escandalizaban en el patio, también me sentía culpable ante Macha. Permanecía horas y horas inmóvil en un rincón, pensando en ella, en nuestra vida. Mi amor crecía y se tornaba verdadera veneración. Macha me parecía irreprochable, ideal. Cuanto hacía me entusiasmaba, lo consideraba admirable.

Y, en efecto, era una mujer como hay pocas. Dotada de aptitudes para un trabajo tranquilo, de gabinete, le gustaba leer, estudiar. Aunque la agricultura sólo la había estudiado teóricamente, en los libros, nos asombraban sus conocimientos y los consejos que nos daba, muy útiles siempre. Por añadidura, tenía un corazón nobilísimo y un gusto exquisito, y su trato era de una amabilidad que sólo poseen las personas de una educación refinada.

Y aquella mujer se veía forzada a vivir allí, en medio de aquel desorden, entre aquella gente grosera, rencillosa y mezquina. ¡Cómo debía sufrir! Yo lo advertía y sufría también. Me pasaba las noches casi en vela, entregado a mis tristes pensamientos, y a veces los ojos se me llenaban de lágrimas. En vano procuraba hacerle a mi Macha la vida más agradable.

Iba con frecuencia a la ciudad y le compraba libros, periódicos, bombones, flores. Para variar poco nuestro "menú" pescaba en el río, con Stepan, muchas veces, bajo la lluvia, calándome hasta los huesos. Les suplicaba a los campesinos, humillándome ante ellos, que no hicieran ruido en el patio; les daba dinero para "vodka", les prometía concederles cuanto me pedían, y hacía otras mil estupideces.

Las lluvias, que parecían interminables, cesaron al fin. Me levantaba muy temprano, mucho antes de salir el sol, y me iba al jardín. El rocío brillaba en las flores, oíase por todas partes el alegre coro de los pájaros y los insectos. El cielo estaba sereno, sin una sola nube. Todo en torno, el jardín, el prado, el río, convidaba a una dulce contemplación; pero mi alma se hallaba turbada, mi pensamiento no podía apartarse de los campesinos, de los sinsabores que nos costaba la edificación de la escuela, de los reproches y las lamentaciones del ingeniero.

Algunas tardes me paseaba con Macha, en un cochecito, por el campo, para ver cómo iban los trigos. Siempre guiaba ella. Llevaba los hombros un poco levantados y el viento agitaba sus cabellos.

—¡Apártese! —gritaba cuando venía otro carruaje en dirección contraria al nuestro.

Había en aquel grito un no sé qué verdaderamente cocheril.

—Imitas muy bien a los cocheros —le dije un día.

—No es extraño —repuso—. Mi abuelo, el padre del ingeniero, era cochero. ¿No lo sabías?

Se volvió a mí, y con el orgullo de un artista pagado de su oficio lanzó un nuevo grito tan de cochero que el automedonte más castizo no habría podido ponerle reparos.

No sé por qué, aquello me satisfizo.

—Tanto mejor —me dije—; tanto mejor.

Pero al punto, los tristes pensamientos relativos a los campesinos, a la construcción de la escuela, al ingeniero, volvieron a desazonarme.

XIII

El doctor Blagovo venía a vernos, en bicicleta. Mi hermana también nos visitaba con frecuencia. Empezaron de nuevo las discusiones acerca del trabajo físico, del progreso, de la meta lejana adonde se dirige la humanidad.

El doctor no era partidario de nuestra vida campestre, cuyos menesteres y preocupaciones nos obligaban a menudo a interrumpir les diálogos trascendentales. Decía que es indigno de un hombre libre labrar, segar, cuidar del ganado. Estaba seguro de que en el porvenir todos esos trabajos groseros serían realizados por máquinas y animales, y el hombre podría entregarse por entero a las investigaciones científicas.

Mi hermana siempre tenía prisa de volver a casa. Si se quedaba con nosotros hasta la noche o hasta el día siguiente, no estaba tranquila.

—¡Dios mío, qué chiquilla es usted aún! —le decía Macha en tono de reproche—. ¡Eso es ridículo!

—Acaso tenga usted razón —respondía mi hermana—. Comprendo que es absurdo; pero ¿qué quiere usted? No puedo remediarlo. Me parece un delito hacerle a mi padre esperar.

Por la noche, tras un día de duro trabajo en el campo, yo me sentía muy cansado, y tomando el fresco en la terraza, en compañía de Macha, el doctor y mi hermana, me quedaba dormido a lo mejor de la conversación, lo que provocaba risas y bromas. Me despertaban para ir a cenar; pero el sueño se apoderaba nuevamente de mí y lo veía todo en torno mío como al través de una niebla: la luz, las caras, la mesa. Oía vagamente hablar sin comprender lo que se decía. A la mañana siguiente, de pie al amanecer, me entregaba al trabajo campestre o me dirigía a Kurilevka para vigilar la edificación de la escuela. No volvía a casa hasta muy entrada la noche.

Sólo dedicaba al hogar los días de fiesta. En esas largas horas de intimidad familiar comencé a percatarme de que Macha y mi hermana me ocultaban algo. Hasta me parecía que huían de mí. Mi mujer seguía manifestándome un tierno cariño; pero yo advertía que no me comunicaba todos sus pensamientos.

Era evidente que su irritación contra los campesinos crecía de día en día y que la vida en Dubechnia se le iba haciendo insoportable; pero no me hablaba ya de eso ni se quejaba. Sí, Macha me ocultaba sus verdaderos pensamientos. Le gustaba más hablar con el doctor que conmigo, y yo me devanaba los sesos tratando de comprender la razón.

Es costumbre en nuestro país investir de cierta solemnidad la recolección del trigo. Por la noche se reúnen en el patio del propietario los campesinos, y se los obsequia con "vodka".

Nosotros no quisimos seguir esta tradición. Los segadores y las segadoras esperaron largo rato en el patio, y viendo que no se les daba "vodka" se marcharon, muy entrada la noche, jurando e insultándonos. Macha, al oírlos, frunció las cejas y guardó un silencio sombrío. Sólo dijo al cabo de un rato, dirigiéndose al doctor:

—¡Qué brutos! ¡Son unos salvajes!

En el campo se acoge siempre a los nuevos vecinos con cierta hostilidad, como en la escuela a los nuevos alumnos. Nosotros tuvimos ocasión de experimentarlo. Al principio se nos consideraba gente de poco seso, sin el menor sentido práctico, que había comprado la finca porque no sabía qué hacer del dinero. Los campesinos se burlaban sin rebozo de nosotros y nos daban todos los disgustos que podían. Llevaban a pacer a nuestro bosque y hasta a nuestro jardín a sus vacas y sus caballos; y cuando nuestras bestias eran acusadas calumniosamente por ellos de haberse metido en sus prados, exigían que les pagásemos multas. Acudían en turba a casa, armaban bajo nuestras ventanas una algarabía infernal y aseguraban que habíamos segado un trozo de terreno que no era nuestro. Como no conocíamos los límites de nuestra propiedad, les creímos las primeras veces y les pagamos las multas sin replicar; pero no tardamos en convencernos de que las reclamaciones carecían en absoluto de fundamento.

Con frecuencia, los campesinos derribaban árboles de nuestro bosque sin pedirnos permiso. Uno de ellos, enriquecido gracias a no muy limpias operaciones comerciales en Dubechnia, se puso, en secreto, de acuerdo con nuestros trabajadores, y todos en combinación nos robaban desvergonzadamente: cambiaban en nuestros coches ruedas nuevas por viejas, se apoderaban de nuestros arneses, que nos vendían luego como si fueran suyos, etc., etc.

Pero todo esto eran tortas y pan pintado en comparación con los disgustos que nos proporcionaba la escuela. Las mujeres nos robaban durante la noche planchas de hierro, ladrillos, en fin, cuanto podían llevarse. Nosotros reclamábamos, y el alcalde y algunos guardias hacían pesquisas en el domicilio de las ladronas, les imponían a cada una dos rublos de multa, y con el dinero reunido compraban "vodka", emborrachándose toda la aldea de una manera abominable.

Macha estaba muy enojada, y le decía al doctor y a mi hermana con voz trémula de indignación:

—¡No son hombres! No hay en ellos nada de humano. ¡Qué horror! ¡Dios mío, qué horror!

Y no pocas veces la oí dolerse de haber emprendido la edificación de la escuela. El doctor trataba de calmarla.

—Hágase usted cargo —le decía— de que si edifica usted una escuela o lleva a cabo otra buena obra no es precisamente en beneficio de los "mujicks" sino en pro de la cultura general, del progreso. Y cuanto más brutos, cuanto más salvajes sean los "mujicks" más motivo hay para edificar escuelas. ¡Es tan sencillo y tan claro!

Oyéndole hablar así, me parecía que no estaba seguro de que fuera preciso, en efecto, construir tal escuela, y que compartía con Macha la antipatía a los campesinos. Macha y mi hermana iban muchas veces al molino y decían riendo que lo que las atraía allí era la hermosura de Stepan. Tuve ocasión de persuadirme de que el molinero sólo era reservado y taciturno con el sexo fuerte: con las mujeres hablaba por los codos. Una vez que fui a bañarme al río, le oí, por casualidad, conversar con Macha y mi hermana. Ambas, en bata blanca, estaban sentadas bajo un árbol; Stepan estaba en pie delante de ellas, con las manos cruzadas atrás, y decía:

—Los campesinos no son hombres. Son, perdonen ustedes la palabra, bestias. ¿Qué es su vida? Sólo saben beber, emborracharse de "vodka", perder el tiempo gritando en la taberna, cantar canciones obscenas y jurar. Nunca hablan nada razonable. No saben conducirse correctamente con la gente. ¡Son unos animales! Viven de un modo inmundo: los hombres, las mujeres, los niños, van hechos unos puercos, comen como cerdos, sin servirse casi nunca de los tenedores; se lavan muy poco… ¡Son unos marranos!, perdónenme ustedes la palabra.

—Eso se debe a su pobreza —objetó mi hermana.

—No, no lo crea usted. Claro que son pobres; pero aun siendo pobre puede uno conducirse como es debido. Si estuvieran ciegos, mutilados, sin piernas, sin brazos, se comprendería que fueran como son; pero hombres que tienen brazos y piernas, que conservan las fuerzas, no deben caer tan bajo. No, señora; créame usted, no es por su pobreza por lo que nuestros campesinos viven como cerdos. La causa de todas sus desgracias es el maldito "vodka". Además, los campesinos ricos no viven mejor que los pobres… Igual que cochinos… El rico es también grosero, canalla, borracho, con la única diferencia de que tiene más barriga y puede permitirse más porquerías. Ahí tienen ustedes al rico campesino Larion… Deben ustedes conocerle, porque les ha robado cuanto ha querido y ha cortado muchos árboles de su bosque. Bueno; con toda su riqueza, ¿cómo vive? Él y su familia van sucios, mal vestidos, habitan una casa asquerosa. A él se le ve a menudo borracho en medio de la calle, con la cara metida en un charco… No, señora; ninguno vale un pito. La vida en la aldea es un verdadero infierno. Estoy de ella hasta la coronilla. Para mí se acabó…

—¿Cómo que se acabó? —preguntó Macha.

—No tengo nada que hacer en la aldea. No quiero volver a verla. Soy libre como un pájaro y nadie puede obligarme a vivir entre esos cochinos. Es verdad que tengo una mujer y se pretende que mi deber es vivir en su compañía; pero yo no reconozco esa obligación: no me he vendido a mi mujer…

—Diga usted, Stepan, ¿se casó usted enamorado? —siguió preguntando Macha.

—No hay amor en el campo —contestó sonriendo Stepan—. Yo me he casado dos veces. No soy de Kurilovka, sino de la aldea de Zalegochi. Allí la vida era tan estúpida y tan sucia como aquí, como en todas partes. Éramos cinco hermanos; mis hermanos estaban casados y todos vivían juntos. La casa estaba llena de mujeres, de niños. Yo quise recibir mi parte de tierra y vivir separadamente, pero mi padre no lo consintió. Entonces dejé la casa y me casé en una aldea vecina. Mi primera mujer murió joven.

—¿De qué?

—De tontería. Se pasaba la vida llorando y siempre estaba tomando drogas para embellecerse. Eso seguramente la puso gravemente enferma y la mató… Mi segunda mujer es de Kurilovka. No vale un comino… Una campesina ordinaria… En el primer momento me gustó: era guapa, limpia, modesta. Lo que me gustó sobre todo fue la limpieza de su casa, una cosa rara en la aldea. Pero no era más que apariencia: al día siguiente de la boda pedí en la mesa una cuchara, y mi suegra la limpió con los dedos. "Esa es vuestra limpieza", me dije. Y al año de vivir con mi segunda mujer, la dejé… No quiero más…

Calló un instante, contemplando el agua tranquila que corría a sus pies, y añadió:

—No debí casarme con una campesina. Las campesinas son muy bestias. Dicen que la mujer debe ayudar a su marido en el trabajo; pero yo me puedo pasar sin esa ayuda; me ayudo yo mismo. Lo que necesito es una mujer con quien poder hablar…

En aquel momento advirtió que yo me acercaba, y no habló más: no le gustaba hacerlo delante de los hombres.

Macha iba con mucha frecuencia al molino; escuchaba a Stepan con visible placer: el molinero odiaba a los campesinos y ella compartía ese odio. Lo que decía Stepan justificaba el desprecio que los campesinos le inspiraban.

Cuando volvía a casa y se enteraba de que las cabras de los campesinos se habían comido las coles de nuestro jardín o de que nos habían robado algo, se encogía de hombros y decía encolerizada:

—Es natural. De gente así no se puede esperar otra cosa.

Cada día se indignaba más contra los campesinos, los odiaba con toda su alma. Yo, por el contrario, me iba acostumbrando poco a poco a sus imperfecciones. Había algo en ellos que me atraía. La mayor parte eran hombres nerviosos, irritables, ignorantes, de imaginación estrecha, de horizontes muy limitados. Todos sus pensamientos giraban en torno de la tierra negra, del pan negro y de su vida gris. Con toda su astucia y con toda su mala fe no sabían hacer el más sencillo cálculo aritmético. Se negaban a trabajar por veinte rublos, por juzgar el precio demasiado exiguo, y consentían en trabajar por medio cántaro de "vodka" aunque con los veinte rublos podían comprarse cuatro cántaros.

Macha, Stepan y los demás tenían, naturalmente, razón: los campesinos vivían como cerdos, se emborrachaban, eran a menudo estúpidos, engañaban al prójimo…, y, sin embargo, yo advertía que en la vida campestre había una base sólida, real, una base de que carecía la vida ciudadana. Viendo al campesino trabajar la tierra olvidaba uno su estupidez, sus borracheras, y descubría en él una gravedad, una importancia que no existía en Macha ni en el doctor Blagovo; aquel campesino sucio, bestia y borracho aspiraba a la justicia, tenía la convicción profunda de que sin justicia la vida es imposible.

Solía hablarle a Macha de esto. Le decía que sólo veía las manchas del cristal y no veía el cristal.

Ella evitaba toda discusión conmigo, y por única respuesta se ponía a tararear quedamente. Como en venganza, hablaba siempre que tenía ocasión con el doctor, temblándole la voz de cólera, de la embriaguez y la maldad de los campesinos. El oírla me hacía sufrir. No podía yo concebir la injusticia de sus acusaciones. Con su fina inteligencia hubiera debido darse cuenta de que la gente bien educada, perteneciente a la buena sociedad, no se distingue tampoco por la santidad de su vida. Su padre, por ejemplo, bebía también mucho, gastaba grandes sumas en vinos, y ella no se lo reprochaba. Además, el dinero con que Dolchikov había adquirido Dubechnia provenía de una fuente harto sospechosa, había sido ganado sabe Dios cómo.

XIV

Mi hermana vivía su vida y me la ocultaba cuidadosamente. Solía hablar con Macha en voz baja para que no la oyese yo. Cuando me acercaba a ella experimentaba una visible turbación y se diría que se esforzaba en cerrar su corazón ante mí. Me miraba con ojos suplicantes y al mismo tiempo culpables. No me cabía duda de que pasaba por una grave crisis y le daba el decírmelo vergüenza o miedo. Evitaba quedarse sola conmigo, y siempre estaba al lado de Macha, de modo que yo no tenía casi nunca ocasión de hablarle.

Una noche, al volver de Kurilovka, donde había pasado la tarde vigilando la edificación de la escuela, pasé por el jardín. Aunque lo envolvían ya las tinieblas, vi a mi hermana no lejos de un viejo manzano, paseándose sin ruido como un espectro; vestía de negro, andaba y desandaba nerviosamente un corto trecho, con los ojos bajos, y parecía sumida en una honda preocupación. Como cayese una manzana del árbol cercano, se estremeció al oír el ruido, se detuvo y se oprimió con ambas manos la cabeza, con un ademán doloroso.

Me acerqué a ella.

Una gran ternura había invadido de repente mi corazón. No sé por qué me acordé en aquel momento de nuestra pobre madre, de nuestra niñez, y se me arrasaron los ojos en lágrimas.

Abracé a mi hermana, la besé y la estreché contra mi pecho.

—¿Qué te pasa? —le pregunté—. Veo que sufres. Hace mucho tiempo que lo veo. Dime lo que te pasa.

—¡Tengo miedo! —contestó, temblando de pies a cabeza.

—¿Pero de qué? ¿Qué ocurre? ¡Te ruego que no me ocultes nada!

—Bueno, te lo diré todo, toda la verdad. Hace mucho tiempo que deseaba hablarte. ¡Sufría tanto callando!…

Enmudeció un instante, como para hacer un acopio de fuerzas, y continuó, en voz queda.:

—Misail… Yo amo… Sí, amo; pero ¿por qué el terror invade mi alma?

En aquel momento se oyó ruido de pasos. Entre los árboles apareció el doctor Blagovo. Llevaba una blusa de seda y botas altas. Sin duda, allí, junto al manzano, se habían dado una cita.

Al ver al doctor, mi hermana se abalanzó a él, como un niño perdido que encuentra a su madre por fin y teme que vuelva a desaparecer.

—¡Vladimiro, Vladimiro!

Se abrazó a él y le miró a los ojos ávidamente. Observé que la pobre había enflaquecido y se había puesto más pálida en aquellos últimos días. El cuello de encaje que llevaba siempre parecía demasiado grande para ella.

El doctor estaba un poco turbado, pero no tardó en recobrar su tranquilidad.

—¡Vamos, querida, cálmate! —le dijo a Cleopatra, acariciándole los cabellos—. ¿Por qué estás tan nerviosa? ¡Ya me tienes aquí!

Hubo un silencio. Yo evitaba mirar a Blagovo. Momentos después nos encaminamos a casa. El doctor empezó a teorizar.

—La vida civilizada no ha empezado aún entre nosotros —decía, dirigiéndose a mí—. Los viejos aseguran que, en otro tiempo, hace cuarenta o cincuenta años, la vida era mucho más interesante, mucho más espiritual. Quizá sea verdad; pero a nosotros los jóvenes ni siquiera nos cabe el consuelo de recordar el pasado. No podemos hacernos ilusiones. Rusia, según nos aseguran los libros de historia, comenzó a existir en 862; mas la Rusia civilizada, en mi sentir, todavía no existe.

Yo casi no prestaba atención a lo que decía. Sólo pensaba en el secreto que acababa de descubrir. ¡Me parecía tan extraño que mi hermana Cleopatra estuviera enamorada, que abrazase a aquel hombre que algún tiempo antes le era indiferente, y le mirase a los ojos llena de ternura!…

¡Mi hermana, un ser tímido, indolente, sin voluntad y sin valor, amaba a un hombre casado y con hijos!

Mi corazón se llenó de tristeza. Presentía que aquel amor no haría feliz a mi hermana.

XV

La edificación de la escuela terminó. Yo y Macha nos encaminamos a Kurilovka para asistir a la inauguración.

—Ha llegado el otoño —decía Macha tristemente, mirando el paisaje—. El verano ha pasado. Ya no hay pájaros… Casi todos los árboles están sin hoja…

Sí, el verano había pasado. Los días eran aún claros, soleados; pero por la mañana hacía frío; los pastores se ponían ya ropa de abrigo para ir a los prados con los rebaños. Sobre las flores de nuestro jardín temblaba todo el día el rocío. Se oían los ruidos del otoño: el viento, agitando los postigos y el ramaje de la arboleda, los cantos de los pájaros prestos a emigrar.

Me encanta el otoño: en esa época del año siento un deseo más intenso de vivir.

—El verano ha pasado —continuó Macha—. Ahora podemos echar la cuenta de lo que hemos hecho y de lo que hemos dejado de hacer. Hemos trabajado mucho, hemos pensado mucho, nos hemos hecho mejores que éramos. Personalmente, es decir, en lo que concierne a nuestra educación personal, hemos adelantado bastante. Pero ese progreso ¿ha ejercido una influencia más o menos grande sobre la vida que nos rodea? ¿Le ha sido útil a alguien? No. En torno nuestro todo sigue en el mismo estado: la embriaguez, la suciedad, la ignorancia, la mortalidad de la infancia no han disminuido entre los campesinos. ¡No se ha operado el menor cambio! Tú has trabajado rudamente en el campo como un simple bracero; yo he gastado un dineral, en la esperanza de mejorar un poco la vida campesina, y los resultados han sido nulos. La conclusión es bien triste: no hemos trabajado sino para nosotros mismos, para nuestro consuelo.

Las palabras de Macha producían en mi corazón un efecto penoso y me desconcertaban.

—Nuestras aspiraciones y nuestros actos siempre han sido sinceros —le contesté—. No tenemos nada que reprocharnos, creo que hemos obrado bien.

—Sí. Hemos sido sinceros; pero el camino que hemos elegido no es el que conduce al fin que perseguimos. Los procedimientos no han sido acertados. Hemos comenzado a trabajar por esa gente como propietarios, poseyendo mucha tierra, una gran casa, un hermoso jardín; en suma, todo lo que ella no posee. Eso provoca la desconfianza entre los campesinos. Nos consideran privilegiados, señores, descendientes de hombres que oprimían a los campesinos brutalmente y se enriquecían a su costa. Por otra parte, en vez de elevar el nivel de su vida, tú desciendes hasta ellos, vives como ellos, apruebas, en cierta manera, sus costumbres, la poca limpieza de sus casas, la estupidez y la incomodidad de sus vestidos.

—Claro, si la intentona sólo dura unos cuantos meses, no pasa de ser un juego, una especie de "sport" filantrópico —objeté.

—Aunque trabajes con ellos y como ellos mucho tiempo, toda tu vida, será igual... Sin duda obtendrás algunos resultados prácticos; pero... serán casi nulos en comparación con el mal que reina en la aldea, con la ignorancia, el hambre, el frío, la degeneración. Será una gota de agua en el mar. Contra ese mal son necesarios otros medios de lucha, medios violentos, enérgicos, heroicos, rápidos. Si quieres realmente hacer algo útil debes ensanchar de un modo considerable tu círculo de acción, obrar sobre la masa campesina de fuera. Por de pronto, es precisa una propaganda enérgica, ruidosa, como la de la música, que obra al mismo tiempo sobre miles y miles de seres humanos...

Durante unos instantes guardó silencio y miró, soñadoramente, al cielo.

—Sí, el arte... —continuó—. Lo único es el arte. Sólo él dota al hombre de alas, le levanta sobre la tierra y le lleva muy lejos. Quien está cansado de ver en torno suyo la suciedad cotidiana y las preocupaciones mezquinas, quien se siente ofendido, indignado por la prosa de la vida, puede hallar el reposo y la satisfacción en el arte, en lo bello...

Llegábamos ya a Kurilovka.

El tiempo era hermoso y alegre. Por todas partes se veían campesinos aventando el trigo. Tras los setos de los jardines gualdeaban las hojas aún no desprendidas de los árboles. Las campanas de la iglesia sonaban solemnes en la áurea paz de la mañana.

Grupos de campesinos se dirigían llevando iconos, a la iglesia, en cuyo interior sonaba un dulce rumor de cantos religiosos. En la clara limpidez del aire volaban palomas.

Se nos esperaba. La escuela no tardó en llenarse de gente. Se celebró una misa en el salón de estudio. Los campesinos de Kurilovka le regalaron a Macha un icono, y los de Dubechnia, un gran pastel y un salero dorado. Macha, conmovida, se echó a llorar.

—¡Si hemos pronunciado alguna vez una mala palabra, perdonadnos! —le dijo un anciano, saludándonos a los dos muy humildemente.

Cuando regresábamos a casa, Macha volvía a cada instante la cabeza para ver la escuela. El tejado verde, que había pintado yo mismo, brillaba al sol y se divisaba a gran distancia.

Las miradas que Macha dirigía a la escuela no tardé en percatarme de que eran miradas de adiós.

XVI

Aquella tarde, Macha hizo sus preparativos para un viaje a la ciudad. Desde hacía algún tiempo, Macha iba con mucha frecuencia a la ciudad, y algunas veces pasaba allí la noche. En su ausencia, yo no tenía fuerzas para trabajar; mis brazos se debilitaban y no podía hacer nada. El gran patio me parecía un lugar odioso, abominable; el jardín, en el que murmuraba el ramaje de la arboleda, se diría que lloraba los bellos días pasados; todo en torno se me antojaba hostil, extraño, no perteneciente ya a nosotros.

No salía de casa, y me pasaba horas enteras ante la mesa de Macha o ante su pequeña biblioteca de agricultura. Los pobres libros que ella había amado tanto yacían ahora abandonados y parecían mirarme con tristeza.

Durante horas y horas, de la mañana a la noche, contemplaba las diferentes prendas de Macha: sus guantes viejos, su pluma, sus tijeritas. Veía deslizarse el tiempo en una ociosidad absoluta y me daba cuenta de que si había trabajado hasta entonces, si había, labrado, segado, derribado árboles, sólo había sido por ella, por serle agradable. Si me hubiera mandado que trabajase días enteros en el río con el agua hasta la cintura, yo lo habría hecho sin preguntar si tal trabajo era útil o no.

Cuando ella no estaba a mi lado, Dubechnia, con sus ruinas, sus postigos agitados por el viento, sus ladrones diurnos y nocturnos, no era para mí más que un caos, en el que todo trabajo se me antojaba inútil. ¿Para qué iba a trabajar ya, una vez convencido de que mi papel allí, en Dubechnia, había terminado, de que ya no se me necesitaba, de que me había convertido en algo tan sin aplicación como los libros de agricultura?

Lo más penoso para mí eran las noches. Las horas me parecían interminables. Sólo, entregado a mis tristes pensamientos, aguzaba el oído en la oscuridad como si esperase que alguien me gritara:

—¡Ya no tienes qué hacer aquí! ¡Puedes irte!

No era por Dubechnia por lo que yo lloraba; era por mi amor. También había llegado para él el otoño. ¡Qué inmensa felicidad amar y ser amado!

¡Qué horror darse cuenta de que todo ha acabado, de que se derrumba la alta torre adonde el amor le había elevado a uno!

Al día siguiente por la noche, Macha volvió de la ciudad. Venía disgustada; pero me ocultó el motivo de su disgusto. Me dijo solamente que aún no era necesario poner cierres dobles en las ventanas.

¡Se ahoga una aquí!

Me apresuré a retirar los cierres dobles.

Aunque no teníamos apetito, nos sentamos a la mesa a cenar.

—Ve a lavarte las manos —me dijo Macha—. Te huelen a cola.

Había traído de la ciudad los últimos números de los periódicos ilustrados, y después de cenar nos pusimos a hojearlos juntos. Macha los miraba rápidamente y los iba apartando, para leerlos a su gusto cuando estuviera sola. Pero un figurín que representaba a una dama con una falda ancha como una campana le llamó la atención.

Le examinó larga y gravemente, y dijo:

—¡No está mal!

—Sí, ese traje es muy a propósito para ti —dije yo a mi vez.

Y mirando con admiración el figurín, que me entusiasmaba tan sólo porque era del gusto de Macha, añadí:

—¡Es un traje encantador, precioso! ¡Y estarás tan linda con él, mi bella, mi espléndida Macha!

No pude contener las lágrimas, que comenzaron a caer sobre el periódico.

—¡Mi bella, mi espléndida Macha! —repetí balbuciente...

No tardó en irse a acostar. Me quedé solo, y durante cerca de una hora estuve leyendo las ilustraciones.

—Has hecho mal en retirar los cierres dobles —me dijo Macha desde la alcoba—. Vamos a tener frío esta noche. Hace mucho viento...

Después de leer en los periódicos unas informaciones sobre un nuevo procedimiento para la fabricación de tinta y sobre el brillante más grande del mundo, me puse a examinar de nuevo el figurín que le había gustado a Macha. Me la imaginaba en un baile, con los hombros desnudos y un abanico en la mano, bella, espléndida, ducha en literatura, en artes plásticas, en música... ¡y mi papel a su lado me pareció tan insignificante, tan mezquino!...

Nuestro conocimiento, nuestro matrimonio, no habían sido sino un corto episodio, una de las muchas etapas de la vida de aquella mujer tan pródigamente dotada por la Naturaleza. Cuanto había de bueno en el mundo se diría que estaba a su disposición y no le costaba nada; hasta las nuevas ideas sociales y filosóficas le servían para embellecer su vida y darle variedad. Yo no había sido para ella más que un cochero que la había transportado de una etapa a otra de su existencia. Pero mi papel había terminado: mi hermoso pájaro volaría y yo me quedaría solo.

En aquel momento, como respuesta a mis tristes reflexiones, sonó en el patio un grito de desesperación:

—¡Socorro!

La voz era fina, parecía de una mujer. Como remedándola, el

viento gimió quejumbroso en la chimenea.

Algunos instantes después, el grito, confundiéndose con el ruido del viento, volvió a sonar; pero entonces en el otro extremo del patio.

—¡Socorro!

—Misail, ¿has oído? —preguntó con voz alterada por el miedo, mi mujer.

Salió al comedor en camisa, el cabello en desorden, y aguzó el oído.

—¡Están asesinando a alguien! —dijo—. ¡Sólo nos faltaba eso! Cogí la escopeta y salí.

Recorrí todo el patio y no encontré a nadie. Los árboles agitaban sus ramas, el viento silbaba con furia, un perro ladraba en un patio vecino… En el campo reinaba la oscuridad. Ni siquiera en la vía férrea, que pasaba a muy corta distancia de casa, se veía una luz.

De pronto, junto al pabellón donde estaba el año anterior la oficina telegráfica, sonó un grito ahogado:

—¡Socorro!

—¿Quién vive? —grité.

Me acerqué corriendo al lugar donde el grito había sonado. Dos hombres se arrastraban por tierra, luchando furiosamente. Ambos jadeaban y parecían ahogarse de rabia.

—¡Déjame! —chilló uno de ellos.

Reconocí la voz de Iván Cheprakov. Era la misma voz fina, de mujer, que pedía antes socorro.

—¡Déjame, canalla, o te muerdo!

En el otro combatiente reconocí a Moisey, el criado de la señora Cheprakov.

Tras largos esfuerzos, conseguí separarlos. No pude contenerme y le di a Moisey dos bofetadas, derribándole. Cuando se levantó le di otra.

—¡Quería matarme! —gimió—. Intentaba robarle a su madre y le he sorprendido cuando se dirigía, en la oscuridad, a la cómoda de la señora. Quiero encerrarle en el pabellón.

Iván Cheprakov estaba borracho, y no me reconoció. Volví a casa. Mi mujer se había vestido.

Le conté lo que había pasado. No le oculté que había abofeteado a Moisey.

—¡Es peligroso vivir en el campo! —dijo—. ¡Qué noche más larga!

—¡Socorro! —se oyó gritar de nuevo.

—Voy otra vez a separarlos.

—No, no vale la pena —me contestó Macha—. Que se maten.

Clavó los ojos en el techo y prestó oído a los ruidos exteriores. Yo, sentado junto a la cama, no pronunciaba una palabra. Me sentía culpable, como si por mi causa hubieran pedido socorro y fuera la noche tan larga.

Ambos guardábamos silencio. Yo esperaba con impaciencia la mañana.

Macha miraba al techo pensativamente. Se preguntaba, acaso, cómo había podido, con su inteligencia, su educación y su elegancia, ir a parar a aquel odioso rincón provinciano, poblado por seres mezquinos y vulgares, cómo había podido enamorarse de uno de esos seres y ser durante seis meses su esposa.

Sospechaba yo que ya no establecía diferencia alguna entre Moisey, Iván Cheprakov y mi propia persona: todos debíamos de ser para ella lo, mismo, Poco más o menos. No podía ocultar su profundo desprecio por todo cuanto le evocaba su imaginación al pensar en Dubechnia: por nuestro matrimonio, por nuestros trabajos agrícolas, por los campesinos, por el viento, la lluvia y el barro.

También ella esperaba con impaciencia la mañana: se leía en sus ojos… En cuanto amaneció se fue.

La esperé en Dubechnia durante tres días. Luego guardé en una sola habitación todas mis cosas, cerré la habitación con llave y me fui también a la ciudad.

Una vez allí, me dirigí a casa del ingeniero Dolchikov.

El criado me dijo que el ingeniero estaba hacía unos días en Petersburgo y que María Victorovna debía de estar en casa de Achoguin, donde se celebraba un ensayo general. Me dirigí a casa de Achoguin. Cuando subía la escalera, parecía que el corazón iba a saltárseme del pecho. Me detuve un poco ante la puerta para tranquilizarme. Por fin, me decidí a entrar en el salón.

Estaba alumbrado por velas, que lucían, en grupos de tres, sobre la mesa, el piano, el estrado. Después me enteré de que la primera función estaba fijada para el día "trece", y el primer ensayo para el "martes", que según los supersticiosos, es un día nefasto. La señora Achoguin luchaba valerosamente contra los prejuicios.

Todos los aficionados al arte teatral se encontraban ya allí. Las tres señoritas Achoguin, —la mayor, la menor y la de en medio— iban y venían por el escenario, ensayando, cuaderno en mano sus papeles. Mi antiguo patrón, Nabó, estaba sentado junto a la puerta, mirando a la escena con ojos amorosos y esperando con impaciencia el comienzo de la solemnidad.

¡Todo igual que la última vez que estuve allí!

Me disponía a saludar al ama de la casa; pero de repente todos se volvieron a mí y me dijeron por señas que no me moviese y que no hiciera ruido.

Reinó un hondo silencio. Una señora se sentó al piano y apercibió el cuaderno de música. Luego se mercó mi mujer, lujosamente vestida, hermosa, pero con muy otra hermosura de la que yo admiraba en ella, con una hermosura nueva para mí. No era ya la Macha que iba a verme al molino la anterior primavera.

Empezó a cantar una canción de Chaykovky: "¿Por qué te amo tanto, noche clara?".

Era la primera vez que la oía yo cantar.

Su voz era llena, melodiosa, y me parecía, al oírla, saborear una pera exquisita. Cuando terminó resonaron aplausos entusiásticos. Ella se sonreía y dirigía alrededor miradas de satisfacción. Se arreglaba el vestido al modo de un pájaro que logra escaparse de la jaula y se limpia las alas para echar a volar. Llevaba el cabello partido en dos bandas, que le tapaban las orejas. La expresión de su rostro era provocativa, como la de quien se apresta a la lucha. Se diría que estaba dispuesta a desafiar al mundo entero. Había en ella en aquel momento una energía salvaje que hacía pensar en sus ascendientes los cocheros.

—¿También tú estás aquí? —me preguntó, tendiéndome la mano—. ¿Me has oído cantar? ¿Qué te parece mi voz?

Y sin esperar mi respuesta, añadió:

—Has venido muy a tiempo. Esta noche me voy a Petersburgo, donde pasaré una temporada. ¿Me lo permites?

A medianoche la acompañé a la estación.

Me abrazó tiernamente. Sin duda me agradecía mucho que no le hiciese preguntas inútiles y acaso molestas. Me prometió escribirme.

No pronuncié una sola palabra. Estreché entre las mías sus diminutas manos y se las cubrí de besos. Me costó gran trabajo contener las lágrimas.

Cuando partió el tren llevándosela lejos de mí, permanecí largo rato mirando sus luces alejarse, y murmuré:

—¡Querida Macha! ¡Mi bella, mi espléndida Macha! Pasé la noche en casa de mi vieja nodriza Karpovna.

Al día siguiente fui con Nabó a tapizar las paredes a la morada de un rico comerciante que casaba a su hija con un doctor.

XVII

El domingo, después de comer, recibí la visita de mi hermana. Tomamos juntos el té.

—Ahora leo mucho —me dijo, enseñándome los libros que había llevado de la biblioteca municipal—. Se lo debo a tu mujer y a

Vladimiro: ellos despertaron mi espíritu. Me han salvado, y gracias a ellos me siento ahora un ser humano digno de serlo. Antes estaba siempre preocupada con cosas fútiles; pensaba en que consumíamos demasiada azúcar, que era preciso aliñar pepinos, comprar coles para el invierno, etc., etc. Estas ideas me inquietaban y me quitaban el sueño. Ahora tengo también preocupaciones, pero son de otra naturaleza: mi alma está conturbada porque he pasado de esa manera estúpida toda la vida. Siento menosprecio por mi pasado, siento pesar de este pasado, y a mi padre lo considero un enemigo. ¡Ah, qué agradecida estoy a tu mujer! ¡Y Vladimiro! Es un hombre admirable. Entre los dos me han abierto los ojos…

—Es peligroso que sufras insomnios —le dije.

—¿Tú crees tal vez que estoy enferma? Nada de eso. Vladimiro me ha reconocido escrupulosamente como médico y dice que mi salud es excelente. Además, no es lo único que me interesa: quiero estar segura de que marcho por el buen camino. Dime, ¿tengo razón, o no?

Mi hermana tenía necesidad de un apoyo moral, esto era evidente para mí. Macha se había marchado y el doctor Blagovo también; no quedaba en la ciudad nadie, excepto yo, que pudiera decirle que hacía bien.

Me dirigió una mirada escrutadora, esforzándose en leer en mi rostro mis pensamientos. Si yo guardaba ante ella silencio o me sumía en mis reflexiones, creería que era a causa de ella y se pondría triste. Era preciso prestar mucha atención a su mirada, y cuando me preguntara si tenía razón, apresurarme a contestarle que sí y que la quería entrañablemente.

—¿No sabes? En casa de Achoguin me han repartido un papel —me dijo—. Quiero tomar parte en los espectáculos de aficionados. Quiero vivir, gozar plenamente la vida. Naturalmente, yo no tengo talento; por lo tanto, el papel que me han repartido es insignificante —unas diez líneas en total—; pero, al menos, eso es infinitamente más noble y elevado que ocuparse del hogar, hacer economías y vigilar a la servidumbre para que no se consuma demasiado pan o azúcar. Pero lo que me interesa sobre todo es demostrar a papá que soy capaz de protestar contra la tiranía a que ha querido someterme.

Después de tomar el té se acostó en cama largo rato, sumamente pálida, los ojos cerrados.

—¡Me siento muy débil! —dijo levantándose—. Vladimiro afirma que todas las mujeres y las jóvenes que habitan en las ciudades están anémicas debido a la inactividad. ¡Tiene razón! Es preciso trabajar: esto es la sola y única salud. Sí, es preciso trabajar. Vladimiro tiene mil veces razón. Es un hombre de una inteligencia extraordinaria.

Dos días después fue a casa de Achoguin para tomar parte en el ensayo. Llevaba vestido negro, collar de corales al cuello con un gran broche pasado de moda; en las orejas, grandes pendientes con gruesos brillantes. Sentí angustia al mirarla: de tal manera su toilette carecía de gusto. ¡Qué desdichada idea la de ponerse joyas para ensayar! Los demás se fijaron en su toilette, de mal gusto e inoportuna; lo comprendí en las miradas y sonrisas.

—¡Cleopatra de Egipto! —dijo alguien a media voz, riendo. Tenía en la mano un cuaderno con un papel.

Se esforzaba en parecer una señorita distinguida, bien educada, que sabía perfectamente presentarse en sociedad, pero no lo lograba; al contrario, su aspecto era amanerado y ridículo. No había ya en ella la sencillez y gentileza natural que le eran habituales.

—Le he dicho a papá que venía al ensayo —comenzó a decirme— y me ha gritado que me niega su bendición paternal, y tenía también la intención de pegarme.

Miró un momento su cuaderno y agregó:

—Figúrate, no sé mi papel. Seguramente tendré muchas equivocaciones en escena. Pero, en fin, ¡la suerte está echada! Sí, la suerte está echada; estoy decidida…

Me parecía que todo el mundo la miraba, y me asusté de la grave determinación que acababa de tomar. Estaba convencida de que esperaban de ella algo extraordinario. Habría sido inútil tratar de persuadirla de que nadie se ocupaba de gente tan humilde y poco interesante como ella y yo.

Antes del tercer acto no tenía nada que hacer. En este acto representaba el papel de una comadre de provincias, que debía permanecer un instante tras la puerta para escuchar, y luego entrar en escena y decir un breve monólogo.

Antes de salir a escena, durante más de hora y media, en tanto que el ensayo de los dos primeros actos seguía su curso, ella siguió a mi lado, musitando sin cesar su papel y apretando con mano nerviosa el cuaderno. Pensaba que la atención de todo el mundo estaba fija en ella y que todos esperaban con impaciencia su salida a escena. Con mano temblorosa alisaba sus cabellos y decía:

—Ya verás, no recordaré el papel. Tengo un presentimiento… mi corazón late con violencia. Si lo oyeses… Tengo tanto miedo como si me fueran a ahorcar…

Al fin llegó el momento:

—¡Cleopatra Alexeyevna, prevenida! —le dijo el segundo apunte.

Salió hasta mitad de la escena. En su rostro se pintaba el terror. En aquel momento estaba fea, torpe.

Durante un minuto permaneció inmóvil, como paralizada y sólo sus pendientes se balanceaban.

—Por la primera vez es permitido leer el cuaderno —le dijo alguien.

Yo la veía temblar de pies a cabeza, de tal modo que no podía abrir el cuaderno. Iba a aproximarme a ella para sacarla de escena y calmarla; pero en aquel momento cayó de improviso de rodillas y comenzó a llorar como una loca.

Todos estaban confusos, emocionados, llenos de agitación. Mi hermana fue rodeada por todos lados. Sólo yo permanecí como clavado en mi sitio junto a los bastidores, lleno de espanto, sin comprender nada de lo que acababa de pasar ni saber qué debía hacer.

La levantaron y se la llevaron de la escena. Ana Blagovo se aproximó a mí. Yo no la había visto antes, y surgió ante mí como si brotase de la tierra. Llevaba sombrero y un velo sobre la cara y, como siempre, su actitud era la de una persona que sólo iba allí por unos instantes.

—Le recomendé que no aceptara el papel —dijo con voz alterada, ruborizándose ligeramente—. Ha sido una locura, que usted ha debido impedir…

En aquel momento se acercó a nosotros, con paso rápido y agitado, la señora Achoguin, con una blusita de mangas cortas, manchada de ceniza, delgada y derecha como una tabla.

—¡Es horrible, amigo mío! —me dijo retorciéndose las manos y mirándome, según su costumbre, a los ojos—. ¡Es terrible! Su hermana está en una situación… ¡Está embarazada! ¡Llévesela, se lo ruego!

Estaba tan turbada, que casi se ahogaba.

Algo separadas, permanecían sus tres hijas, delgadas y rectas como ella, apretadas una con otra, pintado en sus rostros el terror. Diríase que acababan de detener en su casa a un terrible criminal y que su casa estaba deshonrada para toda la vida.

¡Y pensar que esta familia había luchado toda su vida contra los prejuicios! Estos infelices creían candorosamente que todos los prejuicios y errores de la humanidad sólo consisten en las tres bujías, en la fecha 13 y en el martes…

—¡Le ruego a usted, le suplico! —repetía sin cesar la señora Achoguin, mirándome con la expresión de una mujer agobiada por horrible desgracia—. ¡Le suplico se lleve de aquí a su hermana!…

XVIII

Minutos después, mi hermana y yo caminábamos por la calle. Yo la cubría con un extremo de mi gabán para protegerla mejor contra el frío.

Caminábamos muy de prisa, eligiendo las callejuelas obscuras, esquivando a las gentes que venían a nuestro encuentro. Nuestra marcha parecía huida.

Ella no lloraba ya, y sus ojos secos miraban tristemente. Hasta el arrabal Makarija, donde ya la llevaba, sólo había veinte minutos de camino a pie; pero durante este corto trayecto hablamos de todo, evocamos los recuerdos de nuestro pasado, deliberamos y tomamos decisiones en lo concerniente a nuestra situación actual.

Decidimos que no podíamos permanecer más en la ciudad y que en cuanto yo obtuviera algún dinero marcharíamos a otro sitio cualquiera.

En la mayor parte de las casas se dormía ya, y las luces estaban apagadas; en otras se jugaba a la baraja. Todas aquellas casas nos inspiraban pena y temor; hablábamos del salvajismo, de la grosería y de la ruindad de aquellas gentes, de aquellos aficionados al arte dramático a quienes acabábamos de asustar de tal manera. Yo me preguntaba en qué eran superiores aquellas gentes estúpidas, crueles, perezosas, deshonestas, que vivían como parásitos, a los "mujicks" de Kurilovka, borrachos y supersticiosos, o a los animales que se espantan ante todo lo que turba la monotonía de su vida limitada por los instintos de bestias.

Me imaginaba los sufrimientos que habría padecido mi hermana de seguir en casa de mi padre. ¡Qué larga serie de martirios y humillaciones por parte de mi padre, de los conocidos, del primero que pasara! ¡Eran muy crueles en la ciudad! No se conocía la piedad. Recuerdo gentes que hacían, con cierto deleite, sufrir a los suyos: maridos que torturaban a sus mujeres, chicuelos que martirizaban los perros y arrancaban una a una las plumas a los gorriones vivos, que después echaban al agua. Sí, eran muy crueles nuestros paisanos. Desde mi infancia tuve ocasión de observar numerosos sufrimientos inútiles causados por la maldad de las gentes. No podía comprender cuál era la base moral de la vida de aquellos sesenta mil habitantes; me preguntaba para qué leerían el *Evangelio*, rezaban, frecuentaban la iglesia, leían periódicos y libros. ¿Qué influencia había tenido en ellos todo lo que había producido la cultura? ¡Ninguna! Vivían en la misma oscuridad de alma, de la misma manera casi bárbara que hace cien o trescientos años. De generación en generación se les hablaba de la verdad, de la misericordia, de la libertad; pero esto no les impedía mentir hasta la muerte, desde la mañana a la noche, martirizarse los unos a los otros y odiar la libertad con tanta furia como si fuese su peor enemigo.

—¡Mi suerte, pues, está decidida! —dijo mi hermana cuando ya nos hallábamos en mí casa—. Después de lo que acaba de pasar, yo no puedo volver allá. ¡Dios mío, me siento tan dichosa! Me siento tan aliviada como si me hubieran quitado de encima un gran peso.

Se acostó. Las lágrimas brillaban en sus ojos; pero su rostro conservaba la expresión de felicidad. Se durmió, y su sueño fue profundo y se adivinaba que sentía, en efecto, un gran consuelo. Hacía mucho tiempo que no tenía un sueño tan tranquilo.

A partir de este día vivimos juntos. Mi hermana estaba alegre, gozosa, cantaba a todas horas y aseguraba que se encontraba bien. Los libros que yo llevaba de la biblioteca no los leía; empleaba el tiempo en soñar y hablar del porvenir. Arreglando mi ropa o ayudando a nuestra vieja nodriza a hacer la cocina, hablaba sin cesar de Vladimiro, de su inteligencia, de su extraordinaria erudición. Yo fingía compartir su opinión sobre el doctor; pero, en el fondo de mi corazón, no le amaba.

Ella decía que quería trabajar, crearse una posición económica independiente. Había decidido, cuando su salud se lo permitiera, hacerse maestra de escuela o enfermera.

Amaba apasionadamente al hijo que esperaba. Aún no había nacido; pero ella sabía ya qué ojos, qué manos tendría y cómo se reiría. Le gustaba hablar de su educación: y como Vladimiro era para ella el mejor de los hombres, sólo tenía un deseo: que su hijo fuese el vivo retrato de su padre. De este asunto hablaba sin cesar, y sus conversaciones la animaban, la llenaban de alegría. Escuchándola, también yo me regocijaba sin saber por qué.

El estado de su espíritu soñador se me contagiaba. No leía nada y pasaba el tiempo soñando. Las noches, a pesar de la fatiga natural después del día de trabajo, me paseaba por la habitación, metidas las manos en los bolsillos, y hablaba de Macha.

—¿Qué opinas tú? —pregunté a mi hermana ¿Cuándo regresará de Petersburgo? Me parece que volverá para las fiestas de Navidad, a más tardar. Nada tiene que hacer allí.

—Sí, volverá pronto; la prueba es que no ha escrito más.

—¡Es verdad! —contesté, aunque en el fondo de mi corazón sabía que Macha nada tenía que hacer en la ciudad.

La echaba mucho de menos y me aburría terriblemente.

Cuando mi hermana me aseguraba que Macha volvería pronto, me confortaba con una ilusión agradable y yo hacía esfuerzas por creerlo.

Cleopatra esperaba a su Vladimiro; yo a mi Macha, y los dos hablábamos sin cesar de él y de ella, hacíamos proyectos sobre nuestra próxima dicha, paseábamos agitados por la habitación, reíamos. No advertíamos que por nuestra culpa la vieja Karpovna no podía dormir. Permanecía echada sobre la hornilla y balbuceaba con voz apagada:

—La cafetera hace esta noche un ruido terrible. Esto es un mal presagio… presiento alguna desgracia… ¡Ah, Dios mío, Dios mío!

Nadie nos visitaba, aparte el cartero que traía a mi hermana las cartas de Vladimiro. Alguna vez entraba por la noche en nuestra habitación el hijo adoptivo de Karpovna, Prokofy. Estaba unos minutos y se marchaba sin haber pronunciado una sola palabra. Pero luego le oía yo en la cocina decir a Karpovna:

—Cada hombre debe permanecer en la clase social donde ha nacido. Desgraciado de aquel que quiere rebasar los límites que le han sido designados al nacer.

Una vez, a finos de diciembre, cuando yo pasaba por delante de la carnicería, me invitó a entrar unos instantes. Sin tenderme la mano, me declaró que iba a hablarme de un asunto importante. Estaba amoratado del frío y del "vodka" que acababa de beber. Cerca de él estaba el dependiente Nikolka, con cara de bandido y con un cuchillo cubierto de sangre en las manos.

—Desea exponer a usted una idea —dijo Prokofy en tono bastante solemne—. Esta situación no puede prolongarse. Usted comprenderá que podemos tener disgustos. Naturalmente, mamá no se atreve a decírselo a usted; pero yo es preciso que se lo declare de una manera formal: su hermana, en el estado en que está, no puede continuar en nuestra casa. Es preciso que se marche. Tal como usted me ve, yo no puedo aprobar la conducta de su hermana.

Salí de la carnicería.

El mismo día, mi hermana y yo nos instalarnos en casa de Nabó. Como no teníamos dinero para tomar un coche, marchamos a pie. Yo llevaba un paquete con diferentes objetos; mi hermana caminaba con las manos vacías; pero, a pesar de esto, el viaje la fatigó y sufría, preguntando con frecuencia si tardaríamos mucho en llegar.

XIX

Al fin, recibí una carta de Macha. He aquí su contenido:

"Mi querido, mi buen amigo: parto con mi padre hacia América, para la exposición. ¡Adiós! Durante muchos días contemplaré el océano… Está tan lejos de Dubechnia que, a nada que pienso en ello, siento una impresión de espanto. Es tan lejano, tan inmenso como el cielo, y estoy deseando hallarme en medio de este enorme espacio, respirar el aire marino. Esta idea me embriaga, me vuelve loca de alegría, a tal punto que no puedo por menos de escribir a usted

tranquilamente. Mi querido, mi buen amigo: ¡devuélvame usted lo más pronto posible mi libertad! Rompa usted el hilo que todavía nos une. Sería para mí una gran dicha encontrarle de nuevo; sería para mí un rayo de sol que esclarecería la triste noche de mi vida en vuestra ciudad. El que yo haya llegado a ser su esposa de usted ha sido un error. Usted mismo lo comprende, ¿No es verdad? Es preciso reparar este error lo antes posible, y yo le suplico, mi generoso y noble amigo, le suplico de rodillas me telegrafíe inmediatamente, antes de mi marcha a América, que está usted dispuesto a reparar este error que hemos cometido los dos, para librarme de esa única piedra que pesa sobre mis alas. Mi padre se encargará del resto y me ha prometido no exigir a usted otras formalidades.

"¡Bien pronto seré tan libre como el pájaro ante el cual se extiende todo el espacio! Sea usted dichoso, que Dios le bendiga, y perdóneme el gran pesar que le causo.

"Me encuentro en excelente estado de salud, gasto sin medida, hago muchas tonterías, y a cada instante doy gracias a Dios de no haber tenido hijos: una mala mujer como yo no es digna de tenerlos.

"Canto en los conciertos y soy acogida con entusiasmo. Es mi vocación, mi destino, mi camino, y yo lo sigo. El rey David tenía un anillo con la inscripción: "Todo pasa". Cuando se está triste, estas palabras consuelan; cuando se está alegre, producen melancolía. Yo también me he mandado hacer una sortija parecida, con una inscripción judaica, y ella no me permite extralimitarme ni en las alegrías ni en las tristezas. Sí, todo pasará; la vida misma acabará, ¿por qué entonces atribuir tanta importancia a nuestras pequeñas alegrías y dolores? Lo único que importa es ser libre, porque, entonces solamente, el hombre no tiene necesidad de nada, absolutamente de nada.

"Rompa usted, por lo tanto, el hilo que todavía nos une. Le abrazo estrechamente, igual que si fuera su hermana. Perdóneme usted, y olvídese de su M...".

Mi hermana estaba acostada en una habitación; Nabó, en la otra; había estado otra vez enfermo, y de nuevo había triunfado de la muerte.

Al mismo tiempo que yo recibía la carta de Macha, mi hermana levantó quedamente de su cama, pasó al cuarto de Nabó, se sentó cerca del lecho y empezó a leer en alta voz. Se leía diariamente páginas de Gogol o de Ostrovsky. Él la escuchaba con aire grave, sin sonreírse, los ojos fijos en el techo. Solamente, de vez en cuando, decía:

—¡Todo es posible, todo es posible!

Si en el libro que le leía mi hermana se contaba alguna falsedad, alguna cosa poco honrada, parecía sentir una malévola alegría, y, señalando al libro con un dedo, decía con aire de triunfo:

—¡He aquí a lo que lleva la mentira, la hipocresía, la falsedad humana!

Los dramas le agradaban grandemente por su contenido, su estructura complicada, su acción palpitante. Sentía grande admiración por él, es decir, por el autor, a quien no nombraba jamás por su nombre.

—¡Qué bien ha desentrañado las cosas! —exclamaba casi siempre con entusiasmo, cuando en el momento crítico los personajes salían triunfantes de todas las dificultades.

Esta vez mi hermana le leyó sólo una página; su voz desfallecía. Nabo le cogió una mano y le dijo con voz emocionada:

—En el hombre justo, el alma es tan blanca y limpia como la tiza, y la del pecador es negra como el hollín de la chimenea. Es preciso vivir conforme a los santos: libros, trabajando, y rechazar los vanos placeres de la vida. Aquel que vive engañando y sin trabajar será castigado por Dios Todopoderoso. ¡Desgraciados los ricos, los injustos, los usureros! Ellos no entrarán jamás en el reino de los cielos. Porque la herrumbre destruye el hierro…

—¡Y la mentira destruye el alma! —terminó riendo, mi hermana, la frase favorita de Nabó…

Volví a leer la carta de Macha, y una sensación de dolor intenso invadió mi alma, como si yo presintiera algo fatal, inevitable y terriblemente triste.

En este instante entra en la cocina el soldado que nos llevaba siempre, dos veces por semana, de parte de un desconocido, pan blanco, té, azúcar y perdices olientes a perfumes finos. La persona caritativa que nos enviaba todo aquello sabía probablemente que yo no tenía trabajo y que vivíamos en una gran miseria.

Oí a mi hermana hablar con el soldado, riendo alegremente. Después se volvió a acostar, con un trozo de pan blanco en la mano y me dijo:

—Desde que tú te hiciste obrero, yo y Ana Blagovo sabíamos muy bien que tenías razón, pero no nos atrevíamos a decirlo en voz alta. Di, ¿qué fuerza nos impide decir francamente aquello que pensamos? Ana Blagovo, por ejemplo, te ama, te adora, sabe perfectamente que tienes razón; yo también; ella me quiere mucho y sabe que también tengo razón, y, sin embargo, algo le impide venir a nuestra casa, nos rehúye, temerosa de encontrarse con nosotros.

Mi hermana calló un instante y agregó con vehemencia:

—¡Si supieras cómo te ama! Sólo a mí me ha confesado su amor, y eso en la oscuridad, para que no pudiera ver su rostro. Me conducía a una alameda obscura del jardín y me hablaba, susurrando, de su gran amor por ti. Estoy segura que no se casará jamás, porque eres tú su solo amor. ¿No es verdad que da lástima?

—Sí.

—Es ella quien nos manda comida. ¡Es graciosa! ¿Por qué se oculta? Yo también me ocultaba, tenía miedo de decir lo que pensaba; pero ahora todo ha terminado: ya no tengo miedo de nada; diré cuanto quiera, y me siento dichosa. Cuando vivía en casa, no sabía aún lo que constituía la dicha, mientras que ahora no me cambiaría por una reina.

El doctor Blagovo vivía en nuestra ciudad, en casa de su padre. Se disponía a regresar a Petersburgo. Trabajaba mucho, se ocupaba en estudios científicos y había decidido marchar al extranjero para prepararse al profesorado. Dejó su servicio del regimiento, y en lugar del uniforme militar llevaba amplio gabán, anchos pantalones y bellas corbatas. Venía con frecuencia a visitarnos.

Mi hermana estaba encantada de sus trajes, de sus corbatas y alfileres y de un pañuelo pequeño encarnado que llevaba en el bolsillito de su gabán. En una ocasión, para distraernos, mi hermana y yo nos pusimos a enumerar sus trajes y contamos una decena.

Era evidente que seguía enamorado de mi hermana, y, sin embargo, jamás le había prometido, ni por galantería, llevarla con él a Petersburgo o al extranjero. Yo no podía imaginar qué sería de ella ni del niño que iba a nacer.

Ella no se daba exacta cuenta de su situación. No pensaba seriamente en el porvenir; decía que Vladimiro podía ir donde quisiera, incluso abandonarla, con tal que fuera dichoso; ella se contentaba con la felicidad que el doctor le había dado ya.

De ordinario, cuando él venía a nuestra casa, la examinaba detenidamente desde el punto de vista médico, y le hacía beber leche caliente con unas gotas medicinales.

Aquel día hizo igual. La reconoció y la obligó a beber una cosa.

—¡Bravo, estoy contento de ti! —le dijo cogiendo el vaso vacío—. No es preciso que hables tanto. Desde hace poco tiempo charlas como una urraca. ¡Cállate, te lo ruego!

Ella se echó a reír.

Luego, el doctor entró en el cuarto de Nabó, cerca del que me encontraba, dándome cariñosamente en el hombro.

—Bueno, muchacho, ¿cómo va? —preguntó, inclinándose sobre el enfermo.

—¡Todos estamos en la mano de Dios, señor doctor! Todos hemos de morir el día menos pensado. Y permítame usted que le diga, señor doctor: usted no entrará en el reino de los cielos; el infierno estaría vacío. Es preciso que haya pecadores también…

Minutos después, el doctor y yo nos hallábamos en la calle.

—¡Es doloroso, muy doloroso! —me dijo.

Observé que estaba muy acongojado y que las lágrimas asomaban a sus ojos.

—Está alegre, gozosa —continuó—; ríe, espera, y, sin embargo no quiero ocultárselo, su situación es desesperada, amigo mío. Sí, desesperada. Nabó me odia y me ha hecho comprender que yo obré respecto a su hermana de un modo poco honrado. Desde su punto de vista, tal vez tenga razón; pero yo tengo un concepto propio del bien y del mal y no me arrepiento de nada que haya hecho. Cada uno tiene derecho al amor, ¿no es cierto? Sin el amor, la vida sería imposible, y sólo los esclavos y los pobres de espíritu pueden temer y huir del amor.

Comenzó a hablar de otras cosas: de la ciencia, de sus esperanzas en lo concerniente a su carrera. Hablaba con énfasis, y se veía bien claro que no se acordaba ya de mi hermana, de su situación desesperada ni de su propio dolor. La vida le atraía, le llamaba, le arrebataba con sus posibilidades, con sus extensos horizontes. Macha tenía sus sueños, sus grandes esperanzas y ambiciones; él mismo estaba poseído de su carrera científica, y sólo yo y mi hermana quedábamos allí, pobres, desgraciados, sin ningún porvenir, sin sueños ni esperanzas.

El doctor estrechó mi mano y se marchó. Quedé solo en la calle. Me aproximé a un mechero de gas encendido, y una vez más leí la carta de Macha. Los recuerdos de mi reciente dicha se apoderaron de mi cerebro. Recordé cómo una mañana de primavera fue a verme al molino, se acostó y cubrióse con mi pelliza para mejor parecer una simple campesina. Otra vez, cuando echábamos el anzuelo a los peces del río, estaba casi toda mojada y esto le causaba tal placer que rió durante todo el tiempo.

Sin darme cuenta, me encontré en la calle de la Nobleza, ante la casa de mi padre. Estaba sumida en la oscuridad.

Salté por encima del muro que la separaba de la calle y pasé, por la puerta de detrás, a la cocina. No había nadie. La tetera hervía, probablemente preparada para mi padre. "Sí, le servirán ahora el té" — pensé.

Tomé una luz y me dirigí a la casita del patio donde yo habité en otro tiempo. Allí me arreglé, con viejos periódicos, una cama, y me acosté. La casita, débilmente alumbrada por la tenue luz de la lámpara, se llenó de sombras movientes. Hacía frío. Me figuraba que al momento entraría mi hermana llevándome de comer; pero inmediatamente me acordó que se hallaba ahora enferma en casa de Nabó. Mi consciencia se había obscurecido, y sufría múltiples pesadillas.

Bien pronto escuché una campanilla. Desde mi infancia conocía su sonido breve y lastimero.

Era mi padre, que volvía del club. Me levanté y volví a la cocina.

La cocinera, Asksinia, al advertir mi presencia, hizo un ademán de sorpresa y comenzó a llorar.

—¡Ah, querido! —sollozó—. ¡Dios mío, Dios mío, a lo que has llegado!…

Su emoción era tan grande que comenzó a estrujar su delantal entre las manos.

Sobre la ventana había una gran botella de "vodka". Me serví una copa y la bebí ávidamente, pues estaba sediento. Los bancos y las mesas estaban limpios; se respiraba un olor agradable, que me gustaba mucho en mi niñez.

Mi hermana y yo le teníamos mucho cariño a la cocina, donde pasábamos, durante las ausencias de mi padre, horas enteras escuchando los cuentos fantásticos de la cocinera, o jugando al rey y la reina.

—Y Cleopatra, ¿dónde está? —me preguntó Askinia, en voz baja, reteniendo la respiración—. ¿Y tu mujer? He oído decir que marchó a Petersburgo.

Servía ya en nuestra casa cuando mi madre vivía, y nos bañaba a Cleopatra y a mí. Ahora también continuaba considerándonos como niños que es preciso vigilar porque hacen tonterías.

Durante un cuarto de hora me habló de sus opiniones sobre mí, sobre mi hermana, sobre nuestra situación. Se veía que tenía vagar suficiente para entregarse a estas reflexiones.

—Se puede obligar al doctor a casarse con Cleopatra —dijo—. Basta que ella dirija una petición al arzobispo para que éste anule su primer matrimonio. Si el doctor rehúsa casarse, se podrán tomar medidas respecto de él.

En cuanto a mí, encontró también una solución: yo podía vender, sin que mi mujer lo supiera, Dubechnia, y poner el dinero en un Banco a mi nombre. Además —decía la cocinera—, si mi hermana y yo hubiésemos caído de rodillas ante mi padre, nos habría tal vez perdonado. Por de pronto era preciso mandar decir una misa.

En aquel momento se oyó la tos de mi padre.

—Vaya, pequeño mío, háblale —dijo Askinia—, salúdale humildemente. No te pasará nada por eso.

Entré en el gabinete de mi padre. Estaba ya sentado ante la mesa y delineaba el proyecto de una casa de campo de ventanas góticas y una gran torre parecida a la del cuartel de bomberos, algo, en suma, muy feo, trivial, insignificante. Desde el sitio donde yo me había detenido pude ver muy bien el dibujo.

Cuando hube visto el rostro flaco de mi padre y su cuello amoratado, sentí por un momento el deseo de echarme ante él suplicándole perdón, como me lo había recomendado Askinia; pero la vista de aquella pobre casa de campo con su torre repugnante me contuvo.

—¡Buenas noches! —dije.

Me miró un momento; pero bajó en seguida los ojos al dibujo.

—¿Qué necesitas? —preguntó, después de un breve silencio.

—He venido para decir a usted que mi hermana está muy enferma… Esperé un instante, y continué:

—Está en trance de muerte.

—¡Bueno, qué le vamos a hacer! —suspiró mi padre, quitándose los lentes y dejándolos sobre la mesa—. Se recoge aquello que se siembra.

Se levantó, dio algunos pasos por la habitación, y repitió:

—Sí, se recoge aquello que se siembra. Acuérdate cómo hace dos años, cuando viniste a verme, te supliqué, en este mismo lugar, renunciases a tus locas ideas; recuerda mis súplicas encaminadas a que no olvidaras tus deberes y velaras por el honor de nuestra familia y las gloriosas tradiciones legadas por nuestros antepasados. Nuestro deber es guardar esas tradiciones, y, sin embargo, las has pisoteado. No has querido seguir mis consejos. Nada quisiste escuchar, y sigues con tus locas ideas. No contento con esto, has lanzado sobre el mismo camino peligroso a tu pobre hermana. Gracias a ti ha perdido toda idea de moralidad y de honestidad. Ahora llegó el castigo. Ambos os encontráis en peligrosa situación. ¡Qué le vamos a hacer! Se recoge aquello que se siembra.

Mientras hablaba seguía paseando con paso lento a través del gabinete. Creía, sin duda, que yo había ido para pedirle perdón por mi hermana y por mí, reconociendo que habíamos cometido faltas. Esperaba ruegos, súplicas.

Yo sentía frío, y temblaba de pies a cabeza, como si sufriera fiebre. Con voz débil y serena le contesté:

—Yo también le ruego recuerde que aquí mismo, en este lugar, le supliqué me comprendiera, que comprendiera mis ideas y proyectos, porque, nosotros podíamos decidir juntos el modo de ordenar la vida. Por toda respuesta, usted comenzó a hablar de nuestros antepasados, de su abuelo el poeta, etc. Ahora, cuando le anuncio que su hija única está gravemente enferma, en situación desesperada, usted vuelve a hablar de sus antepasados, de las gloriosas tradiciones. Es inconcebible esa ligereza en un hombre ya viejo.

—¿Por qué has venido? —me preguntó colérico, probablemente herido por el reproche de ligereza.

—No lo sé. Yo le quiero. Lamento hondamente que estemos tan distantes el uno del otro. Le quiero todavía; pero mi hermana ha roto todos los lazos que le unían a usted. No le perdona ni le perdonará jamás. Sólo el oír su nombre de usted remueve en ella el odio por su pasado, por la vida que llevó a su lado.

—¿De quién es la culpa? —gritó mi padre—. ¡Eres tú, el culpable, el canalla, tú lo eres!

—Admitamos que sea yo el culpable —dije—. Confieso que tal vez he cometido muchas faltas; pero dígame usted, ¿por qué su vida, que nos cree obligados a imitar, que usted nos presenta como una vida modelo, por qué es tan sin espíritu, tan monótona, tan aburrida? ¿Por qué en todas las casas que usted construye aquí desde hace treinta años no hay un solo hombre que pueda enseñarnos de qué manera es preciso vivir? ¡No hay un solo hombre honrado en la ciudad! Las casas de usted son nidos malditos, en los cuales se martiriza a las madres, a las hijas, se mata moralmente a los niños.

Callé un instante para tomar aliento, y continué:

—¡Mi infeliz hermana! ¡Mi desgraciada hermana! Es preciso estar ciego, necesario insensibilizar el espíritu por el "vodka", los naipes, las charlas insulsas, o bien dedicar toda la vida a esos pobres dibujos de casas con apariencia abominable, para no ver todos los horrores que se ocultan en esas casas. La ciudad cuenta ya doscientos años de existencia, y no ha dado a la patria ni un solo hombre útil. ¡Ni uno solo! Todos ustedes han matado en germen, cuidadosamente, cuanto había aquí vital, capaz. Es ésta una ciudad de tenderos, de hosteleros, de escritorzuelos, de cobardes y de devotos: una ciudad que pudiera desaparecer el día menos pensado sin que se advirtiese su desaparición y sin que nadie llorase su pérdida.

—No quiero oírte más, ¡canalla! —gritó mi padre asiendo la regla que había sobre la mesa. ¡Cállate! Estás borracho. ¿Cómo te atreves a presentarte ante mí en tal estado? Yo te declaro por última vez y díselo también a tu hermana, que ha perdido toda honestidad, yo os declaro que no recibiréis nada mío. Por consiguiente, no seréis mis herederos. He arrancado de mi corazón los malos hijos, y si sufren las consecuencias de su indocilidad y de su obstinación, tanto peor para ellos. ¡No tengo piedad para vosotros! ¡Piensa en marcharte! Dios misericordioso ha querido castigarme dándome hijos perversos, y yo me someto, humilde, a esta prueba.

Como el Job bíblico, halló consuelo en los sufrimientos y en el trabajo. Calló, volvióse a mí y continuó:

—En tanto no vuelvas al buen camino, te prohíbo pisar el suelo de mi casa. Soy justo. Todo cuanto te he dicho es de una gran utilidad para ti, y si quieres corregirte, piensa en lo que te he dicho toda tu vida y sigue mis consejos. Ahora, márchate; no tengo nada más que decirte…

Yo salí.

No recuerdo cómo pasé esa noche y la siguiente. Después me dijeron que vagué todo el tiempo de una calle en otra, la cabeza descubierta, cantando, seguido de una gritadora turba de chiquillos.

XX

Si yo hubiese tenido el deseo de mandarme hacer una sortija, le habría hecho grabar esta inscripción: "Nada pasa". Sí; estoy convencido que nada pasa sin dejar una huella tras nosotros, y que cada acto nuestro, incluso el más insignificante, ejerce determinada influencia en nuestra vida presente y futura.

Lo que yo he vivido no ha dejado de ejercer influencia sobre los demás. Mis desdichas y mis sufrimientos llegaron al corazón de los habitantes, y ahora no se mofan de mí, no se vierte agua sobre mí cuando paso ante las tiendas del mercado. Poco a poco se han habituado a la idea de que yo soy ahora un simple obrero, y no encuentran nada extraño en el hecho que yo, gentilhombre, lleve vasijas llenas de pinturas y coloque cristales en las ventanas. Al contrario, se me da con satisfacción trabajo: soy considerado en la ciudad como un buen obrero y el mejor contratista de trabajo, después de Nabó.

Éste, ya restablecido de su enfermedad, seguía pintando los techos y las cúpulas de los campanarios; pero muy débil aún, no tenía fuerzas para cumplir los múltiples deberes de contratista; en casi todos era yo quien le reemplazaba: yo visitaba a los habitantes para pedir trabajo, contrataba los obreros, tomaba dinero a préstamo, pagando crecidos intereses. Ahora, convertido en contratista, comprendo perfectamente que se puede andar durante tres días recorriendo la ciudad buscando obreros para hacer un trabajo de escasa importancia.

Se es fino conmigo, no se me tutea ya; en las casas donde trabajo me dan té y se me invita a comer. Los niños y las jóvenes vienen muchas veces a ver cómo trabajo, mirándome con curiosidad y con tristeza.

En una ocasión trabajé en el jardín del gobernador, donde pinté un quiosco. Estando yo trabajando, el gobernador, que se paseaba por el Jardín, entró en el quiosco, y para distraerse comenzó a hablar conmigo. Le recordé que en otro tiempo me llamó a su casa para exigirme que variase de conducta. Me miró atentamente, y después dijo, dando a su boca la forma de una o:

—No me acuerdo.

He envejecido, me he vuelto taciturno, severo; no río casi nunca; me dicen que me parezco ahora a Nabó, y que, igual que él, aburro a los obreros con mi severidad.

María Victorovna, mi antigua mujer, vive ahora en el extranjero. Su padre, el ingeniero, se encuentra en el este de Rusia, donde construye una línea férrea y compra ventajosamente algunas propiedades.

El doctor Blagovo está también en el extranjero.

Dubechnia ha vuelto a ser propiedad de la señora Cheprakov, que la compró al ingeniero con un veinte por ciento sobre el precio a que ella se la había vendido.

Moisey, ya convertido en ingeniero, no viste ahora como un campesino: lleva un costoso sombrero, y sus trajes son de última moda. Llega muchas veces, en un cochecillo elegante, a la ciudad y frecuenta la Banca. Se dice que ya ha comprado una propiedad a plazos y se dispone a comprar también Dubechnia.

El desgraciado Iván Cheprakov está completamente desequilibrado. Durante mucho tiempo no hacía nada y vagaba por la ciudad, casi siempre ebrio. Intenté darle trabajo; durante algún tiempo pintó con nosotros tejados, colocó cristales y parecía un obrero de tantos: robaba los colores, pedía humildemente propinas a los clientes y se emborrachaba. Mas pronto dejó el trabajo y volvió a Dubechnia. Luego me contaron que había organizado una conspiración para matar a Moisey y para robar el dinero y las joyas de Cheprakov, su madre.

Mi padre ha envejecido considerablemente, y pasea durante la tarde, ya encorvado, por delante de su casa. Yo no he vuelto a verle.

Prokofy, el hijo adoptivo de Karpovna cuando el cólera se ensañaba en nuestra ciudad, hacía una propaganda encarnizada contra los doctores, asegurando que ellos provocaban la epidemia para ganar más dinero. Tomó una parte muy activa en los desórdenes y manifestaciones, y por eso fue azotado. Su oficial, Nikolka, murió del cólera. Mi anciana nodriza, Karpovna, vive todavía y continúa amando locamente a su hijo adoptivo. Cada vez que me ve mueve su venerable cabeza y dice suspirando:

—¡Pobre desgraciado! Eres un hombre perdido...

Toda la semana estoy ocupado mañana y tarde. Los días de fiesta, si el tiempo es bueno, tomo en mis brazos a mi sobrinita —mi hermana esperaba un niño, pero fue una niña lo que nació— y me encamino lentamente al cementerio. En él permanezco mucho tiempo contemplando la tumba querida y diciéndole a mi pequeñita que allí yace su madre.

Alguna vez encuentro junto a la tumba a Ana Blagovo. Nos saludamos. Unas veces permanecemos silenciosos, otras hablamos de mi pobre hermana, de la huerfanita, de las tristezas de la vida. Después salimos juntos del cementerio, caminando de nuevo en silencio. Ella marcha despacio para permanecer más tiempo a mi lado. La pequeñita, feliz, alegre, guiñando los ojos bajo los rayos del sol abrasador, ríe, tiende sus diminutas manos a Ana Blagovo; cada dos pasos nos detenemos un instante para acariciar a la pequeña.

Cuando entramos en la ciudad, Ana Blagovo, turbada, llena de emoción, los ojos enrojecidos, me estrecha la mano y se separa de mí. Ella continúa su camino sola, grave, severa, triste. Y ningún transeúnte, viéndola tan severa y reservada, creería que momentos antes marchaba a mi lado y acariciaba conmigo a la gentil niñita.

HISTORIA DE UN CONTRABAJO

Procedente de la ciudad, el músico Smichkov se dirigía a la casa de campo del príncipe Bibulov, en la que, con motivo de una petición de mano, había de tener lugar una fiesta con música y baile. Sobre su espalda descansaba un enorme contrabajo metido en una funda de cuero. Smichkov caminaba por la orilla del río, que dejaba fluir sus frescas aguas, si no majestuosamente, al menos de un modo suficientemente poético.

"¿Y si me bañara?", pensó.

Sin detenerse a considerarlo mucho, se desnudó y sumergió su cuerpo en la fresca corriente. La tarde era espléndida, y el alma poética de Smichkov comenzó a sentirse en consonancia con la armonía que lo rodeaba. ¡Qué dulce sentimiento no invadiría, por tanto, su alma al descubrir (después de dar unas cuantas brazadas hacia un lado) a una linda muchacha que pescaba sentada en la orilla cortada a pico! El músico se sintió de pronto asaltado por un cúmulo de sentimientos diversos... Recuerdos de la niñez... tristezas del pasado... y amor naciente... ¡Dios mío!... ¡Y pensar que ya no se creía capaz de amar!...

Habiendo perdido la fe en la humanidad (su amada mujer se había fugado con su amigo el fagot Sobakin), en su pecho había quedado un vacío que lo había convertido en un misántropo.

"¿Qué es la vida? —se preguntaba con frecuencia—. ¿Para qué vivimos?... ¡La vida es un mito, un sueño, una prestidigitación...!". Detenido ante la dormida beldad (no era difícil ver que estaba dormida), de pronto e involuntariamente sintió en su pecho algo semejante al amor. Largo rato permaneció ante ella devorándola con los ojos.

"¡Basta! —pensó exhalando un profundo suspiro—. ¡Adiós, maravillosa aparición! ¡Llegó la hora de partir para el baile de su excelencia!". Después de contemplarla una vez más, y cuando se disponía a volver nadando, por su cabeza pasó rauda una idea: "He de dejarle algo en recuerdo mío — pensó—. Dejaré algo prendido en su caña de pescar. ¡Será una sorpresa que le envía un desconocido!". Smichkov nadó suavemente hacia la orilla, cortó un gran ramo de flores silvestres y acuáticas y, después de atarlo con un junco, lo enganchó a la caña. El ramo se hundió hasta el fondo, pero arrastró consigo el lindo flotador.

El buen sentido, las leyes de la naturaleza y la posición social de mi héroe exigirían que este cuento acabara en este preciso punto; pero ¡ay...! El designio del autor es irreductible... Por causas que no dependen de él, el cuento no terminó con la ofrenda del ramo de flores. Pese a la sensatez de su juicio y a la naturaleza de las cosas, el humilde contrabajo estaba llamado a representar un papel importante en la vida de la noble y rica beldad.

Al acercarse nadando a la orilla, Smichkov quedó asombrado de no ver sus prendas de vestir. Se las habían robado. Unos malhechores desconocidos lo habían despojado de todo mientras él contemplaba a la beldad, dejándole sólo el contrabajo y la chistera.

—¡Maldición! —exclamó Smichkov—. ¡Oh, gentes engendradas por la malicia! ¡No me indigna tanto la pérdida de mi vestimenta, ya que la vestimenta es vanidad, como el verme obligado a ir desnudo, atacando con ello la decencia pública!

Y sentándose sobre el estuche del contrabajo se puso a buscar una solución a su terrible situación.

"No puedo presentarme desnudo en casa del príncipe Bibulov —pensaba—. ¡Habrá damas! ¡Y, además, los ladrones, al robarme los pantalones, se llevaron al mismo tiempo las partituras que tenía en el bolsillo!". Meditó tan largo rato que llegó a sentir dolor en las sienes.

"¡Ah...! —se acordó de pronto—. No lejos de la orilla, entre los arbustos, hay un puentecillo... Puedo meterme debajo de él hasta que anochezca, y cuando sea de noche, en la oscuridad, me deslizaré hasta la primera casa".

Con este pensamiento, Smichkov se caló la chistera, cargó el contrabajo sobre su espalda y se dirigió con paso vacilante hacia los arbustos. Desnudo y con aquel instrumento musical sobre la espalda, recordaba a cierto antiguo y mitológico semidiós.

Y ahora, lector mío, mientras mi héroe está sentado bajo el puente lleno de tristeza, volvamos a la joven pescadora. ¿Qué había sido de ésta?

Al despertarse la beldad y no ver en el agua su flotador, se apresuró a tirar del sedal. Este se hizo tirante, pero ni el anzuelo ni el flotador salieron a la superficie. Sin duda, el ramo de Smichkov, al llenarse de agua, se había hecho pesado.

"O bien he pescado un pez muy grande o el anzuelo se me ha enganchado en algo", pensó la joven.

Tiró unas cuantas veces más de la cuerda y al fin decidió que el anzuelo se había, efectivamente, enganchado en algo.

"¡Qué lástima! —pensó—. ¡Se pesca tan bien al anochecer...! ¿Qué haré?". La extravagante joven, sin pensarlo mucho, se quitó la ligera ropa y sumergió el maravilloso cuerpo en el agua hasta la altura de los marmóreos hombros. No era tarea fácil desprender el anzuelo del ramo enredado en el sedal; pero la paciencia y el trabajo dieron su fruto. Poco más o menos de un cuarto de hora después, la beldad salía resplandeciente del agua, con el anzuelo en la mano.

Un destino funesto la acechaba, sin embargo. Los mismos granujas que robaron la ropa de Smichkov se habían llevado también la suya, dejándole sólo el frasco de los gusanos.

"¿Qué hacer? —lloró la joven—. ¿Será posible que tenga que marchar de este modo?… ¡No! ¡Nunca! ¡Antes la muerte! Esperaré a que oscurezca, y en la sombra me iré a la casa de la tía Agafia, desde donde mandaré a la mía por un vestido… Mientras tanto, me esconderé debajo del puentecillo…".

Y mi heroína, escogiendo aquellos sitios por donde la hierba era más alta y agachándose, se dirigió corriendo al puentecillo. Al deslizarse bajo éste y ver allí a un hombre desnudo, con artística melena y velludo pecho, la joven lanzó un grito y perdió el sentido.

Smichkov también se asustó. Primeramente tomó a la joven por una ondina.

"¿Es tal vez una sirena venida para seducirme? —pensó, suposición que lo halagó, pues siempre había tenido una alta opinión de su exterior—. Mas si no es una sirena, sino un ser humano, ¿cómo explicarse esta extraña metamorfosis?".

—¿Por qué está aquí, debajo de este puente? ¿Qué le sucede? —preguntó a la joven.

Mientras buscaba una respuesta a estas preguntas, la beldad recobró el sentido.

—¡No me mate! —dijo en voz baja—. Soy la princesa Bibulov. ¡Se lo ruego! Lo recompensarán con largueza. Estuve dentro del agua desenganchando mi anzuelo y unos ladrones me robaron el vestido nuevo, los zapatos y las demás ropas.

—Señorita… —dijo Smichkov, con voz suplicante—. A mí también me han robado la ropa, y no sólo eso, sino que, además, al robarme los pantalones se llevaron las partituras que estaban en el bolsillo.

Los contrabajos y los trombones son, por lo general, gente apocada; pero Smichkov constituía una agradable excepción.

—Señorita —dijo, pasados unos instantes—. Veo que la conturba mi aspecto; pero estará usted de acuerdo conmigo en que, por las mismas razones suyas, me es imposible salir de aquí. Escuche, pues, lo que he pensado: ¿aceptará usted meterse en la caja de mi contrabajo y cubrirse con la tapa? Esto la escondería a mi vista…

Diciendo esto, Smichkov sacó el contrabajo del estuche. Por un momento le pareció que al cederlo profanaba el sagrado arte; pero su vacilación no duró largo tiempo. La beldad se metió, encogiéndose, en el estuche y el músico anudó las correas, celebrando mucho que la naturaleza lo hubiera obsequiado con tanta inteligencia.

—Ahora, señorita, no me ve usted. Siga ahí echada y quédese tranquila. Cuando oscurezca la llevaré a casa de sus padres. El contrabajo volveré a buscarlo más tarde.

Una vez anochecido, Smichkov se echó al hombro el estuche que contenía a la beldad, y cargado con él se dirigió a la casa de campo de Bibulov. Su plan era el siguiente: pasaría primero por la casa más próxima para procurarse ropa y proseguiría después su camino…

“No hay mal que por bien no venga —pensaba mientras levantaba el polvo con sus pies desnudos y se doblaba bajo su carga—. Seguramente, por haber intervenido con tanta eficacia en el destino de la princesa Bibulov, seré generosamente recompensado”.

—¿Está usted cómoda, señorita? —preguntaba con el tono de un galante caballero que invita a bailar un *quadrillé*—. No se preocupe, tenga la bondad, acomódese en mi estuche como si estuviera en su casa.

De repente, se le antojó al galante Smichkov que delante de él y ocultas en la sombra iban dos figuras humanas. Mirando con más detenimiento, se convenció de que no se trataba de una ilusión óptica. Dos figuras caminaban, en efecto, delante de él, llevando unos bultos en la mano.

¿Serán éstos los ladrones? —pasó por su cabeza—. Parecen llevar algo… Con seguridad, nuestras ropas…

Y Smichkov, depositando el estuche al borde del camino, salió corriendo en persecución de las figuras.

—¡Alto! —gritaba—. ¡Alto!… ¡Atrápenlos!

Las figuras volvieron la cabeza, y al notar que los iban persiguiendo, echaron a correr… Aun durante largo rato escuchó la princesa pasos veloces y el grito de: “¡Alto!, ¡alto!”. Por último, todo quedó en silencio.

Smichkov estaba entregado a la persecución, y seguramente la beldad hubiera permanecido largo tiempo en el campo, al borde del camino, si no hubiera sido por un feliz juego de azar. Ocurrió, en efecto, que al mismo tiempo y por el mismo camino, se dirigían a la casa de campo de Bibulov los compañeros de Smichkov, el flauta Juchkov y el clarinete Rasmajaikin. Al tropezar con el estuche, ambos se miraron asombrados.

—¡El contrabajo! —dijo Juchkov—. ¡Vaya, vaya! ¡Pero si es el contrabajo de nuestro Smichkov! ¿Cómo ha venido a parar aquí?

—Esto es que a Smichkov le ha ocurrido algo —decidió Rasmajaikin.

—O que se ha emborrachado y lo han robado… Sea como sea,

no debemos dejar aquí el contrabajo. Nos lo llevaremos.

Juchkov cargó el estuche sobre sus espaldas, y los músicos prosiguieron su camino.

—¡Diablos! ¡Lo que pesa! —gruñía el flauta durante el camino—. ¡Por nada del mundo hubiera consentido yo en tocar en este monstruo! ¡Uf!

Al llegar a la casa de campo del príncipe Bibulov, los músicos dejaron el estuche en el sitio reservado a la orquesta y se fueron al buffet.

En aquella hora ya se habían empezado a encender arañas y brazos de luz.

El novio (el consejero de Corte Lakeich), guapo y simpático funcionario del Servicio de Comunicaciones, con las manos metidas en los bolsillos, conversaba en el centro de la habitación con el conde Schkalikov. Hablaban de música.

—En Nápoles, conde —decía Lakeich—, conocí a un violinista que hacía verdaderos milagros. No lo creerá usted, pero con un contrabajo de lo más corriente lograba unos trinos… ¡Algo fantástico! Tocaba con él los valses de Strauss.

—¡Por Dios! —dudó, el conde—. ¡Eso es imposible!

—¡Se lo aseguro! ¡Y hasta las rapsodias de Listz! Yo vivía en la misma fonda que él y, como no tenía nada que hacer, llegué a aprender en el contrabajo la rapsodia de Liszt.

—¿La rapsodia de Liszt? ¡Hum!… ¿Está usted bromeando?

—¿No lo cree usted? —rió Lakeich—. Pues se lo voy a demostrar ahora mismo. Vamos a la orquesta.

Y el novio y el conde se dirigieron a la orquesta. Se acercaron al contrabajo, desataron rápidamente las correas y… ¡oh espanto!

Pero ahora, mientras el lector da libertad a la imaginación y se dibuja el final de aquella discusión musical, volvamos a Smichkov… El pobre músico, no habiendo podido alcanzar a los ladrones, volvió al lugar en que había dejado el estuche: pero ya no estaba allí la preciosa carga. Perdido en suposiciones, pasó y repasó varias veces por aquel paraje y, no encontrando el estuche, decidió que había ido a parar a otro camino.

“¡Esto es terrible! —pensaba mesándose los cabellos y presa de un frío interior—. ¡Se asfixiará dentro del estuche! ¡Soy un asesino!”. Ya había entrado la medianoche y Smichkov continuaba dando vueltas por el camino, buscando el estuche. Por fin volvió a meterse bajo el puentecillo.

“Seguiré buscando cuando amanezca”, decidió. Al amanecer, la búsqueda dio el mismo resultado y Smichkov decidió esperar debajo del puente a que llegara la noche…

"La encontraré —mascullaba, quitándose la chistera y tirándose del pelo—. ¡Aunque tarde un año, la encontraré!".

Todavía hoy, los campesinos que habitan los lugares descritos cuentan cómo por las noches, junto al puentecillo, puede verse a un hombre desnudo, todo cubierto de pelo y tocado con una chistera. Cuentan también que, a veces, debajo del puente, se oyen roncos sonidos de contrabajo.

ÍNDICE